清水教子著

平安後期公卿日記の
日本語学的研究

翰林書房

平安後期公卿日記の日本語学的研究　　目次

凡例 …………………………………………………………………… 4

序　章　平安後期公卿日記

　　1　公卿日記とその記者 ………………………………………… 8
　　2　公卿日記研究の目的・方法・意義 ………………………… 9
　　3　公卿日記の表記とその読み …………………………………11

第一章　公卿日記に見られる副詞

　　第1節　『御堂関白記』に見られる程度副詞「極（メテ）」 ………14
　　第2節　『権記』に見られる副詞 ………………………………31
　　　　　　──情態副詞を中心として──
　　第3節　『権記』に見られる陳述副詞 …………………………55
　　第4節　『小右記』に見られる「しはらく」 …………………77

第二章　公卿日記に見られる接続語

　　第1節　『御堂関白記』に見られる原因・理由を示す接続語………96
　　第2節　『権記』に見られる接続詞 …………………………114
　　第3節　『権記』に見られる原因・理由を示す接続語 ………129
　　第4節　『小右記』に見られる原因・理由を示す接続語 ……141
　　第5節　副詞・接続詞から見た『権記』の位置 ………………158
　　　　　　──「異なり語数」の観点を中心として──

第三章　公卿日記に見られる語彙の特徴

　　第1節　『御堂関白記』に見られる「同」字の用法 …………176
　　　　　　──位相語としての観点に注目して──

第2節　『権記』に見られる「時（とき）」の表現 ················· 195
　　　　　　──1日（24時間）を中心として──
　　　第3節　『権記』に見られる類義語・類義連語 ················· 216
　　　第4節　『小右記』に見られる「如（ことし）」と「似（にたり）」 ··· 248
　　　第5節　『小右記』に見られる批判文の語彙 ················· 267
　　　第6節　平安後期公卿日記に見られる語彙の一特徴 ················· 293
　　　　　　──『小右記』・『御堂関白記』・『権記』の場合──

第四章　公卿日記に見られる諸表現

　　　第1節　『御堂関白記』に見られる感情表現 ················· 312
　　　第2節　『御堂関白記』に見られる「病気」・「怪我」
　　　　　　に関する表現 ················· 328
　　　第3節　『権記』に見られる感情表現 ················· 352
　　　第4節　『小右記』に見られる感情表現 ················· 375
　　　第5節　『小右記』に見られる「病気」・「怪我」に関する表現 ··· 398
　　　第6節　『小右記』に見られる「死生」に関する表現 ················· 423
　　　　　　──語彙を中心に見た場合──
　　　第7節　『小右記』に見られる「有職故実」を実証する表現 ······ 446

終　章　公卿日記研究の現在と将来の課題 ················· 469

初出一覧 ················· 471
索　引 ················· 473
あとがき ················· 475

凡　例

一　本書で取り上げている公卿日記の調査には、以下に示す活字本を用いた。
　1　『御堂関白記』上・中・下　3冊
　　　『大日本古記録』所収　東京大学史料編纂所・財団法人陽明文庫編　岩波書店　1977年
　　　　底本は陽明文庫所蔵本であり、自筆本14巻と平安時代の古写本12巻とから成る。年紀の欠けた部分の記事については、京都大学付属図書館所蔵の平松本5冊で補ってある。

上	長徳4年（998）～寛弘5年（1008）	p1～p279
中	寛弘6年（1009）～長和2年（1013）	p1～p258
下	長和4年（1015）～治安1年（1021）	p1～p231

　2　『権記』一・二　2冊
　　　『増補史料大成』第4巻・第5巻　臨川書店　1965年
　　　底本は伏見宮家本である。

| 一 | 正暦2年（991）～長保5年（1003） | p1～p300 |
| 二 | 寛弘1年（1004）～寛弘8年（1011） | p1～p240 |

　3　『小右記』一・二・三　3冊
　　　増補史料大成刊行会編　臨川書店　1973年
　　　底本は内閣記録局所蔵秘閣61冊本である。ただし、治安4年（1024）以後は伏見宮家古写本を底本としている。

一	天元5年（982）春～長和4年（1015）夏	p1～p457
二	長和4年（1015）秋～治安3年（1023）冬	p1～p411
三	治安4年（1015）春～長元5年（1032）冬	p1～p309

二　『御堂関白記』・『権記』・『小右記』（以下、3文献と呼ぶ）に見られる具体例を引用する場合、原則として次のように記すことにする。
　1　長保元年（999）9月9日の記事は、『御堂関白記』の場合（長保1．9．9上31）、『権記』の場合（長保1．9．9－75）、『小右記』の場合（長保1．9．9－150）のように示す。
　2　具体例中の下線や波線は、清水が記したものである。

3　字体は、旧字体を可能な限り常用漢字の字体に改めている。
　　4　引用例中の語の読みに関しては、確実に判明しているものにだけ濁点を付
　　　けている。ただし、打ち消しの助動詞は「ず」と濁点を付けた。
　　5　3文献共に原本・活字本は縦書きであるが、引用例はすべて横書きに改め
　　　ている。
　　6　書き下し文は、漢語を片仮名、和語を平仮名で表記している。また、意味
　　　をつかみやすくするために濁点を付けている。

三　各節に出てくる一覧表は、原則としてそれぞれ巻末に掲げる。

四　3文献中に出てくる語の読みの決定については、次の八つの資料を主として
　　参考にしている。

1	中田祝夫・峯岸明　編	『色葉字類抄』	風間書房	1964年
2	正宗敦夫　編	『類聚名義抄』	風間書房	1970年
3	中田祝夫　著	『古本節用集六種研究並びに總合索引』	勉誠社	1979年
4	土井忠生・森田　武・長南　実　編訳	『邦訳　日葡辞書』	岩波書店	1980年
5	諸橋轍次　著	『大漢和辞典』	大修館書店	1968年
6	築島　裕　著	『興福寺本大慈恩寺三蔵法師傳古点の國語學的研究』	東京大学出版会	1965年
7	高山寺典籍文書総合調査団　編	『高山寺本古往来　表白集』	東京大学出版会	1972年
8	三保忠夫・三保サト子	『雲州往来　享禄本　本文』『雲州往来　享禄本　研究と総索引　索引編』	和泉書院	1997年

五　平安時代の下位区分としては、吉川弘文館発行（1991年）の『国史大辞典』
　　第12巻 p439記載の「平安時代」に基づいて次のようにする。

第1期	平安初期	嵯峨朝（809～823）以後のいわゆる弘仁（810～824）・貞観（859～877）期を中心とする時期。
第2期	平安中期	光孝朝（884～887）から村上朝（946～967）に至る延喜（901～923）・天暦（947～957）期を中心とする時期。
第3期	平安後期	一条朝（986～1011）の前後、すなわち摂関全盛期。
第4期	院政期	白河（1086～1129）・鳥羽（1129～1156）両上皇を中心とする院政期。

序　章
平安後期公卿日記

1　公卿日記とその記者

　公卿日記の現存最古のものは、藤原忠平（880〜949）の『貞信公記』（907〜948の記事）である。平安時代の公卿日記としては38種類現存しており、これに宇多天皇（867〜931）の『宇多天皇御記』（897〜930の記事）など、天皇の御記5種類を加えると、変体漢文の日記は43種類（拙著『平安中期記録語の研究』p18〜p19　1993年）にもなる。その中から『御堂関白記』・『権記』・『小右記』の3文献を選んだのは、紫式部によって書き上げられた和文の『源氏物語』の成立年代（1001〜1010）を含んでいる記事があるからである。私の関心は、上記3文献の日記について語彙・語法・文体の上での共通点・相違点を明らかにすることにある。即ち、平安後期公卿日記の特徴を明らかにすると共に、3文献それぞれの個性をも浮き彫りにすることにある。そして将来的には、平安・鎌倉・室町・江戸それぞれの時代の公卿日記の、時代別の共通点・相違点を明らかにすることによって、公卿日記の語彙・語法・文体を通時的に把握することを目標にしている。また、既に築島裕氏の『平安時代の漢文訓讀語につきての研究』（東京大学出版会　1963年）によって、平安時代の漢文訓読語と和文語、即ち位相語としての対立（対応）は明確にされている。その手法を変体漢文（公卿日記）と和文語との場合に用いることによって、「変体漢文特有語」をも明らかにすることを考えている。

　さて、平安後期公卿日記の3文献とは、既に述べたように『御堂関白記』・『権記』・『小右記』である。

　『御堂関白記』は藤原道長（966〜1027）が記者で、記載年月は長徳4年（998）から治安元年（1021）までの24年間である。道長は30歳（995）で右大臣・氏長者に、31歳（996年）で左大臣・正二位に、51歳（1016）で摂政に、52歳（1017）で太政大臣従一位にまで昇進している。いわゆる摂関政治の最盛期を築いたのが、この道長である。また、道長は52歳（1017）で太政大

臣・内舎人随人を辞している。54歳（1019）のときに出家して、法名を行願と称している。万寿4年（1027）12月4日に62歳の生涯を終えている。

『権記』は、小野道風・藤原佐理と並んで三蹟の一人として名高い能書家の藤原行成（972～1027）が記者である。記載年月は、正暦2年（991）から寛弘8年（1011）までの21年間である。行成の20歳から40歳までに当たっている。行成は一条天皇や藤原道長の信任が厚く、30歳（1001）で参議、38歳（1009）で権中納言、56歳（1027）で権大納言・正二位になっている。信任の厚かった一因は、行成の祖父伊尹と道長の父兼家とが兄弟関係にあったことが推測される。奇しくも、道長と全く同じ万寿4年（1027）12月4日に亡くなっている。道長より6歳下なので、享年56歳である。

『小右記』は、藤原実資（957～1046）が記者である。実資は祖父実頼の養子となり、小野宮嫡流となった。33歳（989）で参議、65歳（1021）で右大臣となる。永承元年（1046）1月18日に90歳で死去するまで、25年間右大臣の任にあった。この間、81歳（1037）のときに従一位となる。日記の記載年月は、天元元年（978）から長元5年（1032）までの55年間である。

2　公卿日記研究の目的・方法・意義

公卿日記研究の最終目的は、平安後期の漢文訓読語・和文語に対して、変体漢文としての公卿日記の言語体系を明らかにすることである。中でも、漢文訓読語・和文語との共通点・相違点を明らかにして、位相語としての位置付けを明らかにすることである。公卿日記は原則として漢字文献であるので、音声・音韻の資料としては有効ではない。語順は漢文法とは異なって日本語の文法になっているところもあり、変体漢文と呼ばれている。したがって、文法の領域では漢文法との比較考察をすることができる。語彙は、例えば、和文での「みそかに」に対して公卿日記では「ひそかに」（ちなみに、12世紀成立の『色葉字類抄』には「みそかに」は載っていなくて、「密　ヒソカニ　前田

本　下ヒ　辞字　97　オ4」と「ひそかに」のみを載せている）を用いているように、位相を異にしているものもある。敬語法においても、漢文訓読語・和文語と比較することができる。文体・表現の領域においても同様である。ただし、本書では、語彙の領域に重点を置いて考察している。

　次に公卿日記研究の方法は何か。公卿日記研究は、用いられている漢字がどのような語を表しているのか、1文全体がどのように読み下されるのかを解明することが前提となる。例えば、『御堂関白記』の記者である藤原道長は日記の中でどのような日本語を記しているのかを、正しく復元することが前提となる。そのためには、当時の書記言語を載せている辞書『色葉字類抄』（1144～1181頃成立）の読み、当時の和文である『源氏物語』などの語彙や文、公卿日記と同じく変体漢文の往来物の訓点資料（『高山寺本古往来』など）の読みや読み下し文などを参考にしながら、公卿日記そのものの中でのその漢字表記語の用法を検討することによって、語の読みや読み下し文を決定するという方法を取る。ただし、漢語・和製漢語（字音語）・和語のいずれであるのかの認定がむずかしい場合もある。その後に、それぞれの主題について考察することになる。

　最後に公卿日記研究の大きな意義は、語彙の領域での考察にあると言える。当時の女性たちの書いた和文日記、例えば『紫式部日記』などと比較した場合、扱っている内容の違いに応じて用いられている語彙に違いのあるのは当然である。しかし、同じ意味を表す語でも、例えば、和文日記に見られる程度副詞「いと」に対しては、変体漢文日記では「甚（はなはた）」を用いているように、位相を異にしているものがある。即ち意義の第1は、語彙の領域で、当時の和文語には見られないものを発掘することである。第2は、漢文訓読語の語彙（語法も）、あるいは和文語のそれとどの程度重なっているかを確認することである。第3は、漢文訓読語にも和文語にも用いられない語、いわゆる「変体漢文特有語」としてはどのような語があるのかを明らかにすることである。

3 公卿日記の表記とその読み

『御堂関白記』・『権記』・『小右記』などの公卿日記は、原則として漢字文献である。が、周知のように、「亦大夫名　隆家　訓読云　伊部乎佐加や加す　尤有興事也」（下線部　いへをさかやかす）（『小右記』寛弘9．5．11　一266下）や「被仰云　今日心神宜　目尚不快　左大臣今日参入　気色不宜　是見吾心地頗宜　ムつかる也者」（下線部　むつかる）（『小右記』長和4．4．13　一423下）などのように、万葉仮名（真仮名）・平仮名・片仮名などの仮名表記も所どころに用いられている。

　漢字文献の場合、個々の単語の読みを決定することが困難なときもある。助詞・助動詞・活用語尾・形式名詞など、漢字で表記されていなくても、補って読む（補読する）必要のある場合も出てくる。つまり、当時（平安後期）に読まれた状態に正しく復元することが基本であるのに、その復元に困難がつきまとう場合がある。

　そこで、可能な限り正しく復元していく方法は何か、ということを第一に考えなければならない。その方法は、例えば「間」を例に挙げるならば、一つの文献の中で「間」がどのように用いられているかを検討して、なるほど和語の「あひた」でよいと認定するのである。その際、和文語文献としての『源氏物語』における「あひた」の用法や、院政期の訓点資料である『興福寺本大慈恩寺三蔵法師伝古点』における読み、書記言語生活に利用したとされる12世紀（1144～1181頃）成立の橘忠兼編『色葉字類抄』の読みなどを参考にして決める。

　次に語種の観点から見ると、和語・漢語・和製漢語・混種語（漢語サ変動詞など）のいずれであるのか、認定が困難な場合もある。『御堂関白記』・『権記』・『小右記』と同時代の『源氏物語』などの和文語文献や『色葉字類抄』などに漢語（和製漢語も含む）として載っている場合は、先ず問題はな

い。では、どんな場合が問題になるのか。例えば、『小右記』における「振動」は和語動詞「ふれうごく」なのか、漢語サ変動詞「シンドウす」なのか、漢語「シンドウ」なのか。「シンドウ」の確かな例は1603年・1604年刊行の『日葡辞書』（Xindô p769右）まで下るが、平安後期に存在しなかったと言い切ってしまえるのかどうか。平安後期にも存在していたのではないかと推定せられる一つの根拠は、『春秋左氏伝』（BC722年〜481年の魯の年代記）や『史記』（前漢の司馬遷 BC135？年〜93？年の撰）の中に既に用いられている漢語だからである。こういった場合は、仮に漢語として認定しておくことにする。

　次に文レベルの問題は、既に少し触れた「補読」である。それは、同時代の平仮名文献（『源氏物語』など）、平安末期成立の漢字片仮名交じり文としての『今昔物語集』、変体漢文の訓点資料としての院政期点『高山寺本古往来』、正式漢文の訓点資料としての院政期点『興福寺本大慈恩寺三蔵法師伝古点』などにおける文例を参考にして、助詞・活用語尾などを補って読む（即ち「補読」する）ことによって１文の読みを決定することにする。

第一章
公卿日記に見られる副詞

第1節　『御堂関白記』に見られる程度副詞「極(メテ)」

はじめに

　本節は、藤原道長の『御堂関白記』を取り上げ、そこに現れている「極端」を示す程度副詞「極（メテ）（きはめて）」について、その用法を調べたものである。

　『御堂関白記』（以下、本文献と呼ぶことにする）に見られる程度副詞「極（メテ）」を取り上げた理由は、次の5点である。

　1　本文献には、自筆本14巻・古写本12巻が現存していること。
　2　時代的に見て、本文献の記載年月が平安中期末から平安後期初頭という、日本語史上重要な時期にあること。
　3　変体漢文の中で、本文献は「記録語」（公卿日記に用いられている語彙）という一部類を占めていること。
　4　名詞・動詞などは文献によってその語彙に出入りが見られるのに対して、副詞はその語彙がかなり共通していること。
　5　「極端」を示す程度副詞の中では、「極（メテ）」に以下（一以下）に述べる著しい傾向が見られること。

　ところで、本文献には「極端」を示す程度副詞として、「極（メテ）」の外に「頗（ル）（すこふる）」・「甚（タ）（はなはた）」・「太（タ）（はなはた）」・「尤（モ）（もとも）」が見られる。これらは築島裕氏によって「訓点特有語」とされているものである。本節では「極（メテ）」に焦点を当てているが、「極（メテ）」以外のものとの関係も無視できない。しかし、本節では「極（メテ）」のみの用法を明らかにしていく。

方法は、先ず、本文献の「極（メテ）」の被修飾語に着目して整理する。その結果を、本文献と同時期の他の記録語文献――『小右記』・『権記』――のそれと比較してみる。次に、中国側の文献（漢籍・漢訳仏典）における結果と比較する。最後に、本文献とは表記形式を異にし、しかも読み方の比較的はっきりしている『今昔物語集』（漢字片仮名交じり文）の結果と比較してみる。

一 『御堂関白記』に見られる「極（メテ）」

本文献の「極（メテ）」の被修飾語に着目して整理してみると、次の2点が得られた。

1 　被修飾語の意味は、非難すべき事柄・望ましくない事柄を示している場合が大部分であること。つまり、被修飾語の意味に片寄りが見られること。
2 　被修飾語は、基本的には情態的な意義を示す語が大部分であること。ただし、動作的な意義を示す語もわずかに見られること。

　表2・表3は、本文献の「極（メテ）」等の被修飾語について一覧表にしたものである。表の見方について説明すると、ローマ数字Iは、被修飾語の意味が、非難すべき事柄・望ましくない事柄を示している場合である。ローマ数字IIは、逆に、被修飾語の意味が、称賛すべき事柄・望ましい事柄を示している場合である。ローマ数字IIIは、前二者から外れる場合で、望ましくないとか、望ましいとかの判断には一応無関係の場合である。

　ローマ字aは、被修飾語が情態的な意義を示す場合、ローマ字vは、それが動作的な意義を示す場合、ローマ字nは、それが名詞的な意義を示す場合である。

　なお、これらの記号は、以下に掲げる全ての例にわたって共通するものである。

又、被修飾語の読み方は便宜的なものであって、「極(メテ)」の用法を考えるために一つの目安として用いたに過ぎない。

次に、「極(メテ)」の具体例を若干示すことにする。「　」内は書き下し文を示す。

Ⅰ－a① 　頼親停任事、是又極奇事、頼親身無罪、所申無便（寛弘三.7.15上186）

　　　（「これまたきはめてあやしきこと」頼親の身には罪が無いのだから、頼親を停任する事は非常にけしからぬ事である、という意）

　　② 　七十大臣所作極以不覚也、件人自本白物也、仍所致也、（長和五正/30下44）

　　　（「ショサきはめてもつてフカクなり」七十歳の大臣＝藤原顕光の所作は非常なしくじりである。件の人はもとより愚か者だ。だから、しでかしたのだ、の意）

Ⅰ－v③ 　又胸發動、極不堪、（寛仁二5/8下163）

　　　（「きはめてたへず」又胸が痛くなった。非常に我慢できない、という意）

Ⅱ－a④ 　被仰云、行幸日可聞参東宮給由者、啓事由、可参給者、宮御気色極宜、有悦気、（寛弘三9/3上191）

　　　（「みやのみけしききはめてよろし」宮＝居貞（おきさだ）親王の御機嫌は非常によろしい。悦んでいる様子である、の意）

Ⅲ－a⑤ 　乗舟還、宇治水極少、依之則忠宅乗之、（寛弘元10/22上112）

　　　（「うぢのみづきはめてすくなし」舟に乗って還るのだが、宇治川の水が非常に少ないので、則忠の宅の許に舟を乗り入れた、という意）

表1・2から明らかなように、「極(メテ)」は、Ⅰ（被修飾語が非難すべ

き事柄・望ましくない事柄を示している場合）が90.9％（40例）までを占めている。即ち、Ⅱ（被修飾語が称賛すべき事柄・望ましい事柄を示している場合）の2.3％（１例）、Ⅲ（被修飾語が望ましいとか望ましくないとかの判断には無関係の場合）の6.8％（３例）、に比べてⅠに著しく片寄っている。そしてこのことは、「頗（ル）」ほかの副詞の場合と比較してみても明らかである。

　なお、表２からわかるように、「尤（モ）」はⅡが84.0％（21例）で、Ⅰが16.0％（４例）であって、Ⅱに著しく片寄っている。即ち、「極（メテ）」と「尤（モ）」は、その用法において対照的であると言える。

　ところで、本文献に見られる「極（メテ）」のこのような用法（Ⅰの用法に著しく片寄っていること）は、他の記録語文献においても言えるのかどうかを調べたところ、本文献と同時代の『小右記』・『権記』にもほぼ同様な傾向の見られることがわかった。

二　『小右記』・『権記』に見られる「極（メテ）」

　『小右記』・『権記』について、本文献と同様に被修飾語に着目して整理してみると、表３・４・５・６になる。

　表３・４から、『小右記』の「極（メテ）」の被修飾語は、Ⅰ（被修飾語が非難すべき事柄・望ましくない事柄を示している場合）が86.2％（175例）を占めていることがわかる。Ⅱ・Ⅲは、併せて13.8％（28例）に過ぎない。

　表５・６から、『権記』においても、「極（メテ）」の被修飾語はⅠが殆どで95.5％（21例）を占めていることがわかる。

　なお、『小右記』・『権記』の具体例は省略する。

三　中国の文献に見られる「極（メテ）」

　先に二で見たように、記録語の３文献――『御堂関白記』・『小右記』・『権記』――において、「極（メテ）」の被修飾語の意味はⅠ、即ち、非難すべき事柄・望ましくない事柄を示している場合、に片寄っていた。このことは、どのように解釈せられるであろうか。本文献等における「極（メテ）」のこのような用法は、我国特有のそれであるのかどうか。それを確かめるために、中国の文献を見ることにする。
　漢籍としては、『史記』・『世説新語』・『文選』の３点を、仏書としては、『金光明最勝王経』・『大慈恩寺三蔵法師伝』の２点を、それぞれ取り上げる。
　漢籍として上記の３点を選んだのは、次の理由による。四書五経には副詞「極（メテ）」の用例が見い出せず、「イタル・キハム・キハマル・ヤム」等に訓読される動詞の例と、「極・三極・有極・民極」等の漢語に読まれる例とに限られていること。一方、『史記』・『世説新語』・『文選』には、少ないながらも副詞の例が見られること。又、『史記』や『文選』は、本文献の中にその書名が見えており、藤原道長にも愛読せられたであろうこと。
　仏書として上記の２点を選んだのは、次の理由による。他の仏書に比べて、「極（メテ）」という副詞の例が比較的多く用いられていること。両者共に訓点資料であるので、それぞれの時代の、即ち、『金光明最勝王経古点』は平安時代初期の、『大慈恩寺三蔵法師伝古点』は院政時代の、日本人の訓読による理解の仕方が窺えること。
　先ず漢籍について。『史記』では、表７からⅠ（被修飾語の意味が非難すべき事柄・望ましくない事柄を示す場合）が41.7％（５例）である。『世説新語』では表８から、Ⅰが22.2％（２例）であり、『文選』に至っては表９から、Ⅰが皆無である。
　このように、漢籍においては、本文献に見られたような著しい片寄りは見

られない。

　次は仏書について。『金光明最勝王経古点』では、表10からⅠが28.6%（2例）である。『大慈恩寺三蔵法師伝古点』では、表11から、Ⅰが15.4%（4例）である。仏書においても、明らかに本文献に見られたような片寄りは見られない。

四　『今昔物語集』に見られる「極（メテ）」

　『今昔物語集』においても、表12・13から明らかなように、Ⅰが52.9%（255例）であって、本文献に見られたような著しい片寄りは見られない。ただし、中国側の文献に比べると『今昔物語集』ではⅠが50%を越えており、本文献と中国側の文献との中間的な位置を占めていると言える。

ま　と　め

　本文献に見られる「極（メテ）」の被修飾語の意味は、Ⅰ、即ち、非難すべき事柄・望ましくない事柄を示す場合、に著しく片寄っている。このことは、中国側の文献や『今昔物語集』と比較してみても明らかである。
　又、本文献に見られる「極（メテ）」のこのような用法は、我国特有のそれである、とまでは言えないにしても、少なくとも、ほぼ同時期の三つの記録語文献──『御堂関白記』・『小右記』・『権記』──に共通するものである、とは言える。
　なお、このような片寄りの見られる理由については、今のところ想像の域を出ないが、次のように考えている。平安時代人──政治家としての公卿──の「ものの見方」として、賞賛すべき事柄よりも非難すべき事柄の方がよりよく目に付き、それを是正してよりよい政治や年中行事を行い、人間としてもより理想的に生きようとした現われなのではないか。

表1 『御堂関白記』に見られる程度副詞の被修飾語とその用例数

注1　凡例で記したように、和語は平仮名で、漢語（字音語）は片仮名で、それぞれ読み方を示す。このことは、以下の全ての文献に当てはまる。
注2　数字は、各副詞の用例数を示す。

Ⅰ－a

被修飾語	読み方	極	頗	甚	太	尤
奇	あやし	8	1	7	0	0
重	おもし	6	2	4	0	0
難	かたし	0	0	1	0	0
奇恠	キクワイ	0	0	1	0	0
輕々	キヤウキヤウ	0	1	1	0	0
荒涼	クワウリヤウ	1	0	0	0	0
過差	クワサ	0	1	1	0	0
下品	ケホム	0	0	1	0	0
異様	ことヤウ	0	0	1	0	0
殊様	ことヤウ	1	0	1	0	0
難堪	たへかたし	1	0	0	0	0
無力	ちからなし	1	0	0	0	0
無便宜	ヒンキなし	0	0	1	0	0
無便	ヒンなし	16	3	2	0	0
不覺	フカク	1	0	1	0	0
不當	フタウ	0	1	2	0	0
不便	フヒン	2	0	0	0	0
見苦	みくるし	1	0	2	0	0
狼籍	ラウセキ	1	0	0	0	0
至愚	シク	0	0	0	1	0
総計		39	9	26	1	0

Ⅰ－v

被修飾語	読み方	極	頗	甚	太	尤
不合	あはず	0	0	0	0	1
相違	あひたかふ	0	1	0	0	0
奇	あやしふ	0	1	0	0	0
有疑	うたかひあり	0	0	0	0	1
有恐	おそれあり	0	0	0	0	1
有悩氣	なやましけあり	0	1	0	0	0
打	うつ	0	1	0	0	0
違	たかふ	0	1	0	0	1
不堪	たへす	1	0	0	0	0
悩	なやむ	0	2	0	0	0
総計		1	7	0	0	4

II—a

被修飾語	読み方	極	頗	甚	太	尤
糸惜	いとほし	0	0	1	0	0
奇恠	キクワイ	0	0	1	0	0
稀有	ケウ	0	0	3	0	0
理也	ことはりなり	0	0	0	0	1
盛	さかん	0	0	0	0	1
可然	しかるへし	0	0	0	0	3
上品	シヤフホム	0	0	0	0	1
神妙	シンヘフ	0	0	1	0	0
道理	タウリ	0	0	0	0	1
美也	ヒなり	0	0	2	0	2
非凡	ホンにあらす	0	1	0	0	0
深	ふかし	0	0	1	0	2
吉	よし	0	0	0	0	2
能	よし	0	0	4	0	1
宜	よろし	1	18	0	0	2
雄々	をを	0	1	0	0	0
総計		1	20	13	0	16

III—a

被修飾語	読み方	極	頗	甚	太	尤
遅	おそし	0	1	0	0	0
大	おほき	0	0	8	4	0
多	おほし	0	0	9	0	0
盛	さかん	0	0	6	0	0
清明	セイメイ	0	0	1	0	0
少	すくなし	1	0	1	0	0
近	ちかし	0	0	5	0	0
遅々	チチ	1	0	0	0	0
長大	チヤウタイ	1	0	0	0	0
遠	とほし	0	0	1	0	0
年長	ネンチヤウ	0	1	0	0	0
冽	はけし	0	0	2	0	0
烈	はけし	0	0	1	0	0
太	はなはたし	0	0	1	0	0
便	すなはち	0	1	0	0	0
総計		3	3	35	4	0

II—n
　徳者（トクのもの）「頗」に1例。

表2 『御堂関白記』に見られる程度副詞の被修飾語の用例数　一覧表

副詞	I n	I v	I a	II n	II v	II a	III n	III v	III a	総計
極（メテ）	0	1	39	0	0	1	0	0	3	44
	40＝90.9%			1＝2.3%			3＝6.8%			100.0%
頗（ル）	0	7	9	1	3	20	0	5	3	48
	16＝33.3%			24＝50.0%			8＝16.7%			100.0%
甚（タ）	0	0	26	0	1	13	0	0	35	75
	26＝34.7%			14＝18.7%			3＝46.7%			100.0%
太（タ）	0	0	1	0	0	0	0	0	4	5
	1＝20.0%			0＝0%			4＝80.0%			100.0%
尤（モ）	0	4	0	0	5	16	0	0	0	25
	4＝16.0%			21＝84.0%			0＝0%			100.0%

表3　『小右記』に見られる「極（メテ）」の被修飾語とその用例数
　注　本文は、「大日本古記録」（岩波書店　1971）所収の『小右記』7冊による。

Ⅰ―a

奇	あやし	12	猛	たけし	4
奇々	キキ	1	無力	ちからなし	1
痛	いたし	1	無所據	ツヨツヨなし	1
恐	おそろし	1	悩	なやまし	14
重	おもし	12	非常	ヒシヤウ	1
愚	おろか	4	無便宜	ヒンキなし	1
難	かたし	1	無便	ヒンなし	15
片腹痛	かたはらいたし	1	深	ふかし	2
悲	かなし	1	不當	フタウ	4
辛	からし	3	不便	フヒン	40
奇恠	キクワイ	19	不法	フホウ	1
輕々	キヤウキヤウ	2	凡	ホン	1
荒涼	クワウリヤウ	1	見苦	みくるし	1
嬌餝	ケウショク	1	無用	ヨウなし	1
無心	こころなし	2	不善	よからず	2
異様	ことヤウ	3	無由	よしなし	1
冷	すさまし	1	不宜	よろしからず	2

第1節 『御堂関白記』に見られる程度副詞「極（メテ）」

狼籍	ラウセキ	3
滸	をこ	1
難被行	おこなはれかたし	1
難耐	たへかたし	1
難堪	たへかたし	1
	総計	165

Ⅰ—v

謬	あやまる	2
懶	おこたる	1
恐申	おそれまうす	2
病	やむ	1
	総計	6

Ⅱ—a

靜	しつか	1
貴	たふとし	1
深	ふかし	1
豊贍	ホウセン	1
良	よし	1
佳	よし	2
	総計	7

Ⅱ—v

有驗	しるしあり	1
優	すくる	2
和悦	やはらきよろこふ	1
悦思	よろこひおもふ	1
	総計	5

Ⅲ—a

明	あかし	1
淺	あさし	1
多	おほし	4
希代	ケタイ	1
少	すくなし	2
高	たかし	1
多々	タタ	2
短	みしかし	1
若	わかし	1
厄弱	キヤウシヤク	1
	総計	15

Ⅲ—v

| 感思 | カムしおもふ | 1 |
| | 総計 | 1 |

〔保留例　6例〕
① 極多奇事
② 極多恥辱
③ 極爲省略
④ 極最少
⑤ 極嚴寒
⑥ 極苦熱

第一章　公卿日記に見られる副詞

表4　『小右記』に見られる程度副詞の被修飾語の用例数　一覧表

副詞	I n	I v	I a	II n	II v	II a	III n	III v	III a	総計	保留例
極(メテ)	0	6	169	0	5	7	0	1	15	203	6
	175＝86.2%			12＝5.9%			16＝7.9%			100.0%	
至(リテ)	0	0	12	0	0	0	0	0	0	12	0
	12＝100.0%			0＝0%			0＝0%			100.0%	
頗(ル)	1	58	82	0	32	79	1	25	13	291	1
	141＝48.5%			111＝38.1%			39＝13.4%			100.0%	
太(タ)	0	35	236	0	17	34	0	2	61	385	0
	271＝70.4%			51＝13.2%			63＝16.4%			100.0%	
甚(ダ)	0	10	65	0	3	14	0	0	34	126	0
	75＝59.5%			17＝13.5%			34＝27.0%			100.0%	
尤(モ)	0	44	11	0	27	104	0	11	26	223	1
	55＝24.7%			131＝58.7%			37＝16.6%			100.0%	
最(モ)	0	2	6	1	7	20	12	1	7	56	0
	8＝14.3%			28＝50.0%			20＝35.7%			100.0%	

表5　『権記』に見られる「極（メテ）」の被修飾語とその用例数

注　凡例で記したように、本文は「史料大成」所収の『権記』2冊による。

Ⅰ—a

重	おもし	2
輕々	キヤウキヤウ	1
難堪	たへかたし	1
非常	ヒシヤウ	2
無便宜	ヒンキなし	2
無便	ヒンなし	3
無愛	フアイ	1
不便	フヒン	7
無用意	ヨウイなし	1
	総計	20

Ⅰ—n

恥辱	チシヨク	1
	総計	1

Ⅱ—a

神妙	シンヘウ	1
	総計	1

表6　『権記』に見られる程度副詞の被修飾語の用例数　一覧表

副詞	Ⅰ n	Ⅰ v	Ⅰ a	Ⅱ n	Ⅱ v	Ⅱ a	Ⅲ n	Ⅲ v	Ⅲ a	総計
極（メテ）	1	0	20	0	0	1	0	0	0	22
	21＝95.5％			1＝4.5％			0＝0％			100.0％
頗（ル）	1	4	2	0	11	7	0	4	0	29
	7＝24.1％			18＝62.1％			4＝13.8％			100.0％
甚（ダ）	0	13	63	0	1	15	0	4	0	96
	76＝79.1％			16＝16.7％			4＝4.2％			100.0％
尤（モ）	0	7	2	0	8	1	0	11	2	31
	9＝29.0％			9＝29.0％			13＝42.0％			100.0％
最（モ）	0	0	0	0	0	1	0	1	0	2
	0＝0％			1＝50.0％			1＝50.0％			100.0％

表7 『史記』に見られる「極(メテ)」の被修飾語 一覧表

Ⅰ—a	愚カ 難シ 哀 煩ハシ	おろか かたし かなし わつらわし	1 1 2 1	5	41.7%
Ⅱ—a	博	ひろし	1	1	8.3%
Ⅲ—a	衆シ 簡易	おほし カンイ	1 1	2	6＝ 50.0%
Ⅲ—v	知ル 忘ル	しる わする	3 1	4	
			総計	12	100.0%

注 本文は、和刻本正史『史記』（汲古書院）2冊による。

表9 『文選』に見られる「極(メテ)」の被修飾語

Ⅲ—a
高深（カウシン）1例

注 本文は、『索引本文選』（中文出版社）による。

表8 『世説新語』に見られる「極(メテ)」の被修飾語 一覧表

Ⅰ—v	罵	あなとる	2	2	22.2%
Ⅱ—a	善 好	よし よし	1 1	2	5＝ 55.6%
Ⅱ—v	進 歎 惋愕	おほし タンス ワンカク	1 1 1	3	
Ⅲ—a	明 遅	あかし おそし	1 1	2	22.2%
			総計	9	100.0%

注 本文は、『四部叢刊本』による。

表10 『金光明最勝王経』に見られる「極(メテ)」の被修飾語 一覧表

Ⅰ—a	重(シ) 難(シ)	おもし かたし	1 1		2＝ 28.6%
Ⅱ—a	妹妙 清淨 甚深 圓滿	シュメウ シヤウシヤウ シンシン エンマン	1 1 1 1		4＝ 57.1%
Ⅲ—a	柔耎	ニユネン	1		1＝ 14.3%
			総計	7	100.0%

注 本文は、春日政治著『西大寺本金光明最勝王経古点の国語学的研究』（勉誠社 1969）による。

第1節 『御堂関白記』に見られる程度副詞「極(メテ)」　27

表11　『大慈恩寺三蔵法師伝古点』に見られる「極(メテ)」の被修飾語　一覧表

Ⅰ－a	難(シ) 荒梗(上)	かたし クワウカウ	1 1	2	4＝ 15.4 ％
Ⅰ－v	慙(ツ) 怖畏(ス)	はつ フイす	1 1	2	
Ⅱ－a	嚴麗 殊妙 豊靜	コンレイ シユメウ ホウシヤウ	1 1 1	3	5＝ 19.2 ％
Ⅱ－v	加フ 主ス	くわふ なす	1 1	2	
Ⅲ－a	明(ラカ) 著(ナリ)_{アラハ} 著シ_{イチシル} 多シ 固シ 異ナ(リ) 殷(ナリ)_{サカリ} 清急 譛(ナリ)_{ソラ} 廣(シ) 短(シ) 牢固 崇(シ)	あきらか あらはなり いちしるし おほし カタシ ことなり さかりなり セイキフ そらなり ひろし みしかし ラクコ たかし	1 1 1 4 1 1 1 1 1 1 1 1 1	16	17＝ 65.4 ％
Ⅲ－v	喩(ユ)	こゆ	1	1	
		総計		26	100.0 ％

注　本文は、築島　裕著『興福寺本大慈恩寺三蔵法師伝古点の国語学的研究』訳文篇・索引篇・研究篇　全3冊（東京大学出版会　1965）による。

表12　『今昔物語集』に見られる「極メテ」の被修飾語の用例集　一覧表

Ⅰ－a

愛无シ	アイなし	1
奇異シ	あさまし	3
悪シ	あし	12
怪シ	あやし	17
不審シ	いぶかし	6
賎シ	いやし	1
怖シ	おそろし	16
恐シ	おそろし	3
怖シ氣ナリ	おそろしけ	6
重シ	おもし	10
愚ナリ	おろか	15
難シ	かたし	1
悲シ	かなし	3
カハヽユシ	かはゝゆし	1
奇異ノ	キイ	2
穢穢氣ナリ	きたなけ	1
穢シ	きたなし	2
口惜シ	くちをし	3
愚癡ニ	クチ	2
苦シ	くるし	3
苦シ氣ナリ	くるしけ	1
氣悪シ	けあし	1
氣恐シ	けおそろし	2
心苦シ	こころくるし	1
心モトナシ	こころもとなし	1
心幼氣ナリ	こころをさなけ	1
異様也	ことヤウ	6
騒カシ	さわかし	1
慈悲无シ	シヒなし	1
猛シ	たけし	1
便无シ	たよりなし	1
徒然也	つれつれ	1
拙シ	つたなし	1
情ヶ无シ	なさけなし	2
憎シ	にくし	6
嫉シ	ねたし	1
ネチケシ	ネシケシ	1

残リ无シ	のこりなし	1
基无シ	はかなし	3
半无シ	はしたなし	1
恥カシ	はつかし	3
腹悪シ	はらあし	1
非道	ヒタウ	2
貧窮ニシテ	ヒンクウ	3
便无シ	ヒンなし	1
貧ナリ	ヒン	1
无愛也	フアイ	1
不合ナリ	フカウ	1
深シ	ふかし	1
不便ナリ	フヒン	5
本意无氣也	ホイなけ	1
貧シ	まつし	15
見苦シ	みくるし	4
物痛シ	ものいたし	1
无益シ	ヤクなし	14
丞シ	やさし	1
不安ス	やすからす	5
不宜	よからす	1
狼藉也	ラウセキ	1
煩シ	わつらはし	1
侘シ	わひし	1
可咲	をかし	1
借シ	をし	1
難去シ	さりかたし	1
難知シ	しりかたし	1
難堪シ	たへかたし	1
難シ	のかれかたし	1
難忘シ	わすれかたし	1
恐シ氣也	おそろしけ	4
	総計	223

I—v

恠ヒ恐ル	あやしひおそる	1
恠シフ	あやしふ	1
荒ル	ある	1
恐レ有リ	おそれあり	1
罪有リ	つみあり	1
訴フ	うつたふ	1
恐ル	おそる	2
恐チ怖ル	おちおそる	1
恐チ迷フ	おちまよふ	1
恐ッ	おつ	2
極ス	コウス	1
不心得ス	こころえす	1
騒ク	さわく	1
萎ム	しほむ	1
制ス	セイす	1
謗リ申ス	そしりまうす	1
不堪ス	たへす	1
歎ク	なけく	1
苦ル	にかる	1
徴ル	はたる	1
恥チ悲フ	はちかなしふ	1
僻ム	ひかむ	2
不足也	ふそく	2
旄ル	ほる	1
痩セ枯ル	やせかる	1
	総計	31

I—n

恥也	はち	1
	総計	1

第1節 『御堂関白記』に見られる程度副詞「極（メテ）」　29

II－a

哀レナリ	あはれ	8
隣レ也	あはれ	1
難有シ	ありかたし	9
嚴シ	いつくし	4
糸惜シ	いとほし	9
美シ	うるはし	1
喜シ	うれし	11
喜氣ナリ	うれしけ	1
面白シ	おもしろし	1
諡シ	おもしろし	1
賢シ	かしこし	6
忝ナシ	かたしけなし	4
悲シ	かなし	1
浄シ	きよし	1
清ラナリ	きよら	1
氣高シ	けたかし	2
心強シ	こころつよし	1
戀シ	こひし	1
戀シ氣	こひしけ	1
聡敏ナリ	ソウヒン	1
大切	タイセツ	1
貴氣ナリ	たふとけ	1
貴シ	たふとし	35
道理ナリ	タウリ	1
猛シ	たけし	10
武シ	たけし	2
緩ミ无ス	たゆみなし	1
端正ナリ	タンシヤウ	1
便々シ	つきつきし	1
強シ	つよし	4
手聞ナリ	てきき	1
美ナリ	ヒ	1
美麗	ヒレイ	1
深シ	ふかし	1
風流也	フリウ	1
欲シ	ほし	1
睦シ	むつまし	2
物ノ上手ニテ	もののシヤウス	1
止事无シ	やむことなし	5
喜ハシ	よろこはし	2
善シ	よし	1
総計		141

II－v

愛嬌付ク	アイキヤウつく	1
道心有リ	タウシムあり	1
情有リ	なさけあり	1
文花有リ	フンカあり	1
達ル	いたる	1
敬フ	うやまふ	1
思フ	おもふ	1
聞ク	きく	1
禁ス	キンす	1
潔斉ス	ケッサイす	1
好ム	このむ	2
喜フ	よろこふ	4
聞マ欲シ	さかまほし	1
見マ欲シ	みまほし	4
総計		21

II－n

| 功徳 | クトク | 1 |
| 総計 | | 1 |

III―a

明シ	あかし	1
明ラカ也	あきらか	1
熱シ	あつし	3
暑シ	あつし	1
甘シ	あまし	1
青シ	あをし	1
大ナリ	おほき	4
多シ	おほし	11
思シ	おもし	4
馥シ	かうはし	1
固シ	かたし	2
臭シ	くさし	2
口早シ	くちはやし	1
暗シ	くらし	1
黒シ	くろし	1
嶮シ	けはし	1
木暗シ	こくらし	1
寒シ	さむし	2
靜ナリ	しつか	1
少シ	すくなし	2
狭シ	せはし	1
高シ	たかし	4

小シ	ちひさし	1
難量シ	はかりかたし	1
疾シ	はやし	1
久シ	ひさし	1
細シ	ほそし	1
希也	まれ	1
短シ	みしかし	1
	総計	58

III―v

遊フ	あそふ	1
値フ	あふ	1
有リ	あり	1
老ユ	おゆ	1
老耄ス	ラウモウす	1
酔ウ	ゑふ	1
	総計	6

表13 『今昔物語集』に見られる「極(メテ)」の被修飾語の用例数　一覧表

I			II			III			総計
n	v	a	n	v	a	n	v	a	
1	31	223	1	21	141	0	6	58	482
255＝52.9%			163＝33.8%			64＝13.3%			100.0%

注　本文は、「日本古典文学大系」(岩波書店)の『今昔物語集』全5冊による。

第2節 『権記』に見られる副詞
　　　——情態副詞を中心として——

は　じ　め　に

　本節は、平安後期の変体漢文日記（記録語文献）である藤原行成（972〜1027）の『権記』（991〜1011の記事）（以下、本文献と呼ぶことにする）[1]を取り上げて、そこに見られる副詞の実態について記述するものである。これは、本文献についての多角度からの考察の一環である。又、同時期の藤原実資（957〜1046）の『小右記』（978〜1032の記事）や藤原道長（966〜1027）の『御堂関白記』（998〜1021の記事）との共通点・相違点（個人差）を明らかにする作業の一環でもある。

　副詞の下位分類としての陳述副詞[2]・程度副詞[3]については過去にも記述したことがあるが、このたび再調査をした。本節では情態副詞を主として取り上げる。先ず、副詞全体の異なり語数・延べ語数の観点（表１）から、下位分類としての陳述副詞・程度副詞・情態副詞の三者を比較して、本文献の副詞の全体像を眺めることにする。次いで、陳述副詞・程度副詞について簡単にまとめる。次いで、本節の目的である情態副詞について記述していき、まとめをする。

　本文献は原則として漢字表記なので、その読みを決定するに当たっては既に述べたように、その漢字表記語の本文献での用いられ方や、当時の書記言語生活に利用された『色葉字類抄』[4]の読みを参考にした。各語の読みは、和語を平仮名で、漢語を片仮名でそれぞれ示している。

　なお、名詞の副詞的用法は除いている。又、一般に形容動詞とされることが多い語でも、本文献では連用形としてしか用いられていないものは副詞と認めている。

32　第一章　公卿日記に見られる副詞

一　本文献に見られる副詞（異なり語数・延べ語数の観点から）

　異なり語数・延べ語数の観点から見ると、本文献に見られる副詞は巻末の〈表１〉に記しているように異なり語数は、陳述副詞30・程度副詞15・情態副詞43の計88語である。同じ平安時代の往来物（変体漢文）の訓点資料としての『雲州往来』は、陳述副詞28・程度副詞16・情態副詞39の計83語である。本文献は、『土左日記』ほかの9文献の中では、この『雲州往来』に最も近い。
(5)
　一方、延べ語数は〈表２〉に記しているように、陳述副詞1222・程度副詞564・情態副詞2428の計4214である。異なり語数が本文献とよく似ている『雲州往来』は、陳述副詞348・程度副詞148・情態副詞140の計636である。両文献は分量が違うので（本文献は「増補史料大成」本A5版540ページ、『雲州往来』は同じくA5版142ページで本文献の約1/4強の分量）、単純に比べることはできない。異なり語数では、両文献共に情態副詞・陳述副詞・程度副詞の順に少なくなっている。延べ語数では、本文献の場合、異なり語数と同じく、情態副詞・陳述副詞・程度副詞の順に少なくなっているが、『雲州往来』の場合は陳述副詞・程度副詞・情態副詞の順に少なくなっていて、様相を異にしている。
　本文献における副詞の3分類の中で、用例数の多いものを次に挙げる。陳述副詞では〈表３〉から、「未」（いまた……ず　再読字――否定形と呼応するもの）220例（18.0％）、已・既（すてに――過去のことを示していたり、ある一定の基準を超えていたりする場合）216例（17.7％）、若（もし……ならは「者」――仮定の条件句を作るもの、もし……か「歟」――終助詞「か」と呼応するものなど）162例（13.3％）、只・唯（たた……のみ「而已」のように副助詞「のみ」と呼応するもの）130例（10.6％）などが目立っている。
　程度副詞では〈表４〉から、「暫・蹔・暫之・蹔之・頃・頃之・須臾（し

はらく)」227例（40.2％)、甚「はなはた」107例（19.0％）などが目立っている。

情態副詞では〈表5〉から、「即・便・則・乃（すなはち)」（すぐにの意）808例（32.7％)、「又・亦・復（また)」631例（23.0％)、「先（まつ)」219例（9.0％)、「于時・時（ときに)」（丁度そのときにの意）109例（4.5％）などが目立っている。

二　本文献に見られる陳述副詞

本文献に見られる陳述副詞は、次に示すように七つに分類することができる。
1　否定と呼応するものには、「敢（あへて)」、「強（あなかちに)」、「未（いまた)」、「于今・今（いまに)」、「曾・都（かつて)」、「必（かならす)」、「必（かならすしも)」「兼（かねて)」、「更（さらに)」、「惣・都（すへて)」、「専（もはら)、「努力（ゆめゆめ)」の12語がある。
2　比況と呼応するものには、「宛（あたかも)」、「猶（なほ)」の2語がある。
3　条件句を構成するものには、「縦・仮令（たとひ)」、「若（もし)」の2語がある。
4　助動詞「可（へし)」と呼応するものには、「必（かならす)」「定（さためて)」、「須（すへからく)」（再読字の場合もある)、「殆（ほとほと)」、「将・当・応（まさに)」、「宜（よろしく)」（再読字）の6語がある。
5　助動詞「也（なり)」と呼応するものには、「必（かならす)」、「蓋（けたし)」「、定（さためて)」の3語がある。
6　終助詞「歟（か)」と呼応するものには、「蓋（けたし)」、「定（さためて)」、「若（もし)」の3語がある。

7　終助詞「哉・乎（や）」と呼応するものには、「何況（いかにいはむ
　　や）」、「況（いはむや）」、「安（いつくそ）」の３語がある。
　以上、異なり語数の観点から見ると、陳述副詞は１の否定と呼応するもの
が12語（38.7％）で最も多いことが分かる。次いで、４の助動詞「可（へ
し）」と呼応するものが６語（19.4％）で多い。
　なお、延べ語数の観点からは一で既に述べたように、１の否定と呼応する
ものの中の「未（いまた……ず）（再読字）」が220例（18.0％）で最も多い。

三　本文献に見られる程度副詞

　本文献に見られる程度副詞は、異なり語数の観点から次の二つに分類する
ことができる。
　１　程度の大きいことを示すものとしては「大（おほきに）」、「極・極而
　　（きはめて）」、「殊（ことに）」、「悉（ことことく）」、「頗（すこふる）」、
　　「就中（なかんつくに）」、「甚（はなはた）」、「略（ほほ）」、「皆（みな）」、
　　「尤（もとも）」、「能（よく）」の11語がある。
　２　程度のさほど大きくないことを示すものとしては、「聊（いささか
　　に）」、「暫・蹔・暫之・蹔之・頃・頃之・須臾（しはらく）」、「少（すこ
　　し）」、「良（やや）」の４語がある。
１と２を併せて計15語がある。
　延べ語数の観点からは、一で既に述べたように「暫」ほかの漢字で示され
る「しはらく」227例（40.2％）、「甚（はなはた）」107例（19.0％）が圧倒
的に多く用いられている。
　なお、程度副詞の被修飾語に注目した場合、本文献における「極（きはめ
て）」は95.5％、「甚（はなはた）」は79.1％までが、「被修飾語の意味が非難
すべき事柄・望ましくない事柄を示している場合」に偏っている。[3]
　又、「甚（はなはた）」は本文献のほかに、同時代の『今昔物語集』[6]、変体

第2節 『権記』に見られる副詞　35

漢文の往来物の訓点資料としての『高山寺本古往来』[7]・『雲州往来』[5]、漢籍（正式漢文）の訓点資料としての『興福寺本大慈恩寺三蔵法師伝古点』[8]などには用いられているが、同時代の和文日記としての『蜻蛉日記』・『和泉式部日記』・『紫式部日記』・『更級日記』などには皆無である[9]。周知のように、和文では「甚（はなはた）」の替わりに「いと」（「はなはた」と「いと」は位相語）などが用いられているからである。ただし、和文日記でも紀　貫之の『土左日記』[10]では、「甚（はなはた）」1例、「いと」19例があり、1例でも「甚（はなはた）」のあることが他の和文日記とは様相を異にしている。

　又、「暫」ほかの漢字で示される「しはらく」は、『今昔物語集』・『雲州往来』・『興福寺本大慈恩寺三蔵法師伝古点』には見られるが、和文日記である『土左日記』・『蜻蛉日記』『和泉式部日記』・『紫式部日記』・『更級日記』には皆無である。その代わりに、前記和文日記5文献では、位相語としての「しはし」が用いられている。

四　本文献に見られる情態副詞

　本文献に見られ情態副詞は、「白地（あからさまに）」、「合（あはせて）」、「豫（あらかしめ）」、「一往（イチワウ）」、「弥（いよいよ）」「内内（うちうちに）」、「凡（おほよそ）」、「自・自然（おのつからに）」、「自「みつから」」、「躬自（みみつから）」、「重（かさねて）」、「且（かつは）」、「兼（かねて）」、「還（かへて）」、「相構（あひかまへて）」、「更（さらに）」、「強（しひて）」「、即・則・便・乃（すなはち）」、「惣・都（すへて）」、「慥（たしかに）」、「直（たたちに）」、「忽（たちまちに）」、「適（たまたま）」、「次次（つきつきに）」、「詳（つはひらかに）」、「遂・終（つひに）」、「具（つふさに）」、「倩（つらつら）」「手自（てつから）」、「于時・時（ときに）」、「俄（にはかに）」、「初・始（はしめて）」、「早早（はやはや）」「、密・竊（ひそかに）」、「偏（ひとへに）」、「実・誠（まことに）」、「又・亦・復（また）」、「又又（またまた）」、

「先（まつ）」、「面（まのあたり）」、「密密（ミツミツに）」、「素（もとより）」、「漸（やうやく）」の43語である。

　次に、上記異なり語43語について具体例を示し、併せて読み下し文（意味が分かりやすいように、濁点を付けている）を添える。『色』とは『色葉字類抄』のことであり、原則として前田本（前田本の欠けているところは黒川本）を引用している。

　具体例の引用は、現行の常用漢字に改めているところがある。又、所在を示す漢数字の一は1冊目、二は2冊目であり、上はそのページでの上段を、下は下段をそれぞれ示している。又、下線は、私に付けたものである。

(1)　「白地（あからさまに）」　23例　　『色』　白地　あからさま（下ア畳字39ウ5）

　　○　院事了白地罷出　ヰンのこと　をはて　あからさまに　まかりいづ。
　　　　（寛弘8．8．11二177上）

(2)　「合（あはせて）」　1例　　『色』　並・合　あはせて（下ア辞字35ウ2）

　　○　伊勢内外宮禰宜合十二人加階叙位　いせの　ナイゲグウの　ねぎ　あはせて　ジフニニンに　カカイ・ジョヰ。（寛弘2．閏2．9二136上）

(3)　「豫（あらかしめ）」　20例　　『色』　預……4豫　あらかしめ（下ア辞字38ウ4）

　　○　左大臣豫候御前　サダイジンは　あらかじめ　おまへに　さぶらふ。
　　　　（寛弘2．7．10二32上）

(4)　「一往（イチワウ）」　1例　　『色』には載っていない。

　　○　仍只可書日歟　所見一往如此　よつて　ただ　ひと　かくべきか。
　　　　みるところは　イチワウ　かくのごとし。

(5)　「弥（いよいよ）」　10例　　『色』　弥　いよいよ（上イ辞字11ウ2）

　　○　往還熱暑之間　心神弥悩　ワウクワン　ネツショのあひだ　シンシ

ン　いよいよ　なやむ。(長徳4．7．12一40上)

(6)　「内内（うちうちに）」　8例　　『色』　内内　うちうち（中ウ重点53ウ2）

　○　大臣令申云　遣召允亮　内内可被問　　ダイジンは　まうさしめていはく　「まさすけを　つかはしめして　うちうちに　とはるべし。」(長保1．12．5一93下)

(7)　「凡（おほよそ）」　1例　　『色』　凡　オホヨソ（中オ員数70オ1）

　○　凡大神宮二十年一度造替正殿等　　おほよそ　ダイジングウは　ニジフネンにイチド　セイデンらを　つくりかふ。(長保2．9．5一156下)

(8)　「自・自然（おのつからに）」　9例（5＋4）例　　『色』　自　ヲノツカラ（上ヲ辞字84ウ3）　自然　ヲノツカラ（上ヲ畳字85オ2）

　①　年月自移　　としつきは　おのづからに　うつる。(長保1．8．23一73下)

　②　時刻推移不逢刻限　是非懈怠　繁致事勤之間　自然而然也　　おのづからにして　しかなり。(長保3．9．10一223下)

(9)　「自（みつから）」　27例　　『色』　cf. 自首　ミツカラマウス（下シ畳字82日オ4）

　○　又自赴彼家　訪法事　　また　みづから　かのいへに　おもむく。(長保4．7．3　一263下)

(10)　「躬自（みみつから）」　2例　　『色』には載っていない。

　○　即令申可被仰右大臣之由　躬自奉行無便之故也　　みみづから　おこなひたてまつることは　ビンなきゆゑなり。(寛弘8．8．12二178上)

(11)　「重（かさねて）」　84例　　『色』　cf. 重　カサナル（上カ辞字105オ7）

　○　而長者被申猶受理巡之由　仍重欲令申事由之間　　よって　かさねてことのよしを　まうさしめんとするあひだに……(長徳4．1．一20

上）

⑿　「且（かつは）」　43例　　『色』　cf.　且　カツカツ（上カ辞字105オ３）

　①　自中宮有悩給之告　且被祈申　且被奉左頭中将　　かつは　いのりまうされ　かつは　トウのチウジヤウを　たてまつらる。（寛弘１．８．17二15下）

　②　被給弁官可着座日時勘文　且仰権左中弁　　かつは　ゴンのサチウベンに　おほす。（寛弘１．７．５二13上）
　　且「かつは」は上記２例から、「且……、且……」のように二つの動作が並行して行われる場合と、「且……」のように「一方では……」の場合とがある。

⒀　「兼（かねて）」　２例　　『色』　cf.　兼　カヌ（上カ辞字102ウ２）

　○　触事可用意　兼可注送存亡之由　　かねて　ソンバウのよしを　しるしおくるべし。（寛弘１．２.27二５下）

⒁　「還（かへて）」　２例　　『色』　還　かへて（上カ辞字103オ７）

　○　若乍見所司懈怠直昇立者　采女等還可蒙失錯者　　うねめらは　かへて　シツシャクをかうふるべし。（長徳３．９．９二230下）

⒂　「相構（あひかまへて）」　１例　　『色』　cf.　構　カマウ（上カ辞字103オ５）

　○　自佐府有召　臨深更雖難堪　相構参入　　シンカウにのぞみて　たへがたしといへども　あひかまへて　サンニフ（す）。（長保２．８.30一154下）

⒃　「更（さらに）」　90例　　『色』　更　サラニ（下サ辞字49ウ２）

　○　斎院供奉之者　於大宮路下馬　到堀河橋東　更騎馬　　ほりかはばしの　ひがしにいたりて　さらに　むまにのる。（長保２．４.11一122上）

⒄　「強（しひて）」　９例　　『色』　強　シヒテ（下シ人事72オ５）

　○　命云　今日物忌也　而強以出行為身有慮外之恥　　しかるに　しひて

第 2 節 『権 記』に見られる副詞　39

　　もて　いでゆくことは　みがために　リヨグワイのはぢ　あり。(寛
　　弘2．9．4二38下)
⒅　「即・便・則・乃（すなはち）」　796例（748＋36＋10＋2）　　『色』
　　即・則・乃・便　スナハチ（下ス辞字119オ3）――すぐに、の意味で
　　用いられている。
　　①　頭弁伝勅喚　予即参上御前　　ヨ　すなはち　おまへに　サンジヤウ
　　　　（す）。（寛弘7．7.30二142上）
　　②　相待此仰　已無被仰　仍便令庶政候気色也　　よて　すなはち　これ
　　　　まさをして　ケシキに　さぶらはしむるなり。（寛弘6．5．1二117
　　　　下）
　　③　如此事七瀬祓有感応　則光栄朝臣以下七人許送消息　以申刻令祓
　　　　すなはち　クワウエイあそんイゲの　ななにんのもとに　セウソクを
　　　　おくりて……（寛弘4．11.20二90上）
　　④　予与右将軍示合　便以大夫如何被奏　為有便宜　大殿乃従此議　　お
　　　　ほとのは　すなはち　このギにしたがふ。（寛仁1．8.21二238下）
⒆　「惣・都（すべて）」　17例（14＋3）　　『色』　都・惣・総　スヘテ（下
　　ス員数117オ5）――「全部で」の意味で用いられている。
　　①　一宮御方有童相撲事　（中略）　東北対面有此儀　惣二十番　　すべて
　　　　ニジフバン（寛弘3．8.17二63下）
　　②　宣命等自内侍手返受之時落之　失礼都四度　　レイを　うしなふこと
　　　　すべて　よたび（寛弘5．1.16二94上）
⒇　「慥（たしかに）」　29例　　『色』　慥　タシカニ（中タ辞字9オ1）
　　○　仰云　依道官人等申不可召寧親宅人　猶可令尋捕済政従者出雲介と云
　　　　者　其人罷下備前国云云　慥可令尋也　　たしかに　たづねしむべき
　　　　なり。（長保2．8.23一152上）
㉑　「直（たたちに）」　36例　　『色』には記載がない。――「直接に」の意
　　味で用いられている。

40　第一章　公卿日記に見られる副詞

　　○　辰刻到西塔湯屋下下馬　与皇太后宮大夫同道　大夫直到宿坊　予詣左相府御宿坊　次到宿所　タイフは　ただちに　シユクバウに　いたる。(寛弘6.5.17二118下)

⑵⑵「忽(たちまちに)」42例　『色』忽・急・乍　タチマチ(中タ辞字8ウ7)

　　○　兵衛典侍云　御悩雖非殊重　忽可有時代之変云々　「おほんなやみは　ことに　おもきには　あらず　といへども　たちまちに　じだいのヘン　あるべし」　とウンウン(寛弘8.5.27二158上)

⑵⑶「適(たまたま)」6例　『色』適　タマタマ(中タ辞字8ウ7)

　　○　其位禄官符日者紛失　今日適求出　仍所遣也　けふ　たまたま　もとめいだす。(長徳3.8.28二229下)

⑵⑷「次次(つきつきに)」1例　『色』cf.次　ツキ(中ツ名字29ウ5)

　　○　三巡左大弁　道方　春宮権大夫　公信　次羞飯汁　次々進　等上　四巡右少弁資業　つぎつぎに　たてまつる……(寛仁1.8.21二239下)

⑵⑸「詳「つはひらかに」」2例　『色』詳　ツハヒラカニ(中ツ辞字28オ2)

　　○　此外所見甚種々也　然而不詳覚　仍不記　しかれども　つばびらかには　おぼえず。(長保3.5.24一212下)

⑵⑹「遂・終(つひに)」14例(12+2)　『色』遂・終　ツヒニ(中ツ辞字26オ4)

　　○　式部大丞源国政昨死去　(中略)　身長六尺余　其力強健　六月中病疫遂以夭亡　つひにもて　エウバウ(す)。(長徳4.7.7一39上)

⑵⑺「具(つふさに)」10例　『色』具　ツフサニ(中ツ辞字27ウ4)

　　○　暫之中将伝勅云　所令申旨具聞召之　尤可然也　まうさしむるところのむね　つぶさに　きこしめせり。(長徳4.3.3一27上)

⑵⑻「倩(つらつら)」3例　『色』倩　ツラツラ(中ツ辞字27ウ6)

第2節 『権　記』に見られる副詞　41

　○　平産事未知何善之力　<u>倩</u>思所以　産婦月来奉読観音経　定識其験応也
　　　<u>つらつら</u>　おもゑ　ゆゑは　サンフ　つきごろ　カンオンキヤウを
　　　よみたてまつる。（長保3．8．1一218上）

(29)　「<u>手自</u>（てつから）」　3例　『色』　手自　テツカラ（下テ畳字23ウ2）
　○　<u>手自</u>書由緒於其下　<u>てづから</u>　ユイショを　そのしたに　かく。
　　　（長保1．8．26一74上）

(30)　「<u>于時・時</u>（ときに）」　109例（96＋13）――丁度その時に、の意味で用
　　　いられている。　『色』　cf.　時　トキ（上ト天象54オ6）
　①　参上殿上　<u>于時午一点也</u>　<u>ときに</u>　むまのイチテンなり。（長徳4．
　　　3．16一29上）
　②　此日従五位上行式少輔兼大内記越中権守紀朝臣斎名卒　（中略）　今当
　　　物故　時人惜之　<u>時年四十三</u>　<u>ときに</u>　としは　シジフサン。（長
　　　保1．12．15一98下）

(31)　「<u>俄</u>（にはかに）」　29例　『色』　俄　ニハカニ（上ニ辞字39ウ3）
　①　於天台山中堂被行御諷誦　料布<u>俄以</u>相違　仍借前信濃守公行朝臣布
　　　レウのぬのは　<u>にはかにもて</u>　あひたがふ。（長徳4．3．14一28下）
　②　手合之後相互角力　<u>俄爾</u>為久光被荷上　被投仆　<u>にはかに</u>　ひさみ
　　　つのために　かたげあげられて　なげたほさる。（長保2．8．12一146
　　　下）

(32)　「<u>初・始</u>（はじめて）」　100例（87＋13）　『色』　cf.　始・初　ハシ
　　　メ（上ハ辞字30オ4）
　①　参冷泉院　今日<u>初</u>遷御南院　焼亡以後新造也　けふ　<u>はじめて</u>　み
　　　なみのゐんに　うつりおはします。（寛弘5．12．5二106上）
　②　右金吾加階後　今日<u>始</u>被参外記　けふ　<u>はじめて</u>　ゲキに　まゐら
　　　る。（寛弘1．11.7二22下）

(33)　「<u>早早</u>（はやはや）」　1例　『色』　cf.　早　ハヤク（上ハ辞字30オ
　　　1）

○ 就中改元之次可有大赦之由　先日所承　近日不被行　早早可被行也　はやはや　おこなはるべきなり。(長徳4.7.13一41上)

(34)「密・竊(ひそかに)」16例(9+7)　『色』密・竊　ヒソカニ(下ヒ辞字97オ4)

① 納言密語云　来月十六日事如何案哉　ナゴンは　ひそかに　かたりていはく……(寛弘8.10.29二204下)

② 依御悩危急　心中竊奉念弥陀仏　奉回向極楽　こころのなかに　ひそかに　ミダほとけを　ネンじたてまつる。(寛弘8.6.22二162下)

(35)「偏(ひとへに)」13例　『色』偏　ヒトヘニ(下ヒ辞字97オ7)

○ 早可定奏　偏随彼命所定申也　ひとへに　かのメイにしたがて　さだめまうす　ところなり。(寛弘8.11.8二205下)

(36)「実・誠(まことに)」4例(2+2)　『色』cf. 実・誠・真　マコト(中マ人事91オ2)

① 件年年雖只注鹵簿　実無其物云云　まことには　そのものなし　とウンウン。(寛弘8.10.2二191下)

② 誠雖為師弟　必難捕得　成犯遁去者歟　まことに　シテイたりといへども　かならずとらへうることは　かたし。(長保3.6.19一p4上)

(37)「亦・又・復(また)」588(336+248+4)例　『色』又・方・亦・復　マタ(中マ辞字93オ4)

① 参左府　参結政　未刻使等帰参　賜饗禄如例　亦参左府　帰宅　また　サフに　まゐる。(長保3.3.23一205下)

② 大納言即供御酒　次召楽所人　内大臣亦供御酒　ナイダイジン(うちのおとど)もまた　みきを　キョウす。(寛弘7.1.15二132上)

③ 左宰相中将左兵衛督随身各二人　密密給疋絹　又秉燭近衛官人十人先日注名簿給左近府生武士　廻仰　事了人散之後　又密密給疋絹　また　ミツミツに　ヒキぎぬを　たまふ。(寛弘8.8.23二181上)

第2節 『権記』に見られる副詞　43

④　参内　詣左府　左金吾依召参内　内侍除目事也　仍予<u>又</u>参内　よて
　　ヨ<u>もまた</u>　サンダイ（す）。（寛弘4．5．11二80上）

⑤　又依召着陣座　（中略）　諸社御祈二十四日召具社司可仰之　即仰此旨
　　依大臣命復着座　ダイジン（おとど）のメイによって　<u>また</u>　チャク
　　ザ（す）。（長保3．5．19一211下）

⑥　詣左府　（中略）　次参内　令孝標伝奏左大臣旨　仰云　絹袴之事　聞
　　食　如何事哉者　仍復詣彼殿　申此旨　帰宅　よて　<u>また</u>　かのと
　　のに　まうづ。（長保2．5．8一124下）

(38)　「<u>又又</u>（またまた）」　2例　『色』には記載がない。

①　史宣理来　伝長官消息云　<u>又又</u>尋勘可示送　又自是可令尋勘法家者
　　<u>またまた</u>　たづねかんがへて　しめしおくるべし。（寛弘8．10．4二
　　192下）

②　大臣被申云　（中略）　然而至有勅命　非可申左右　今明之間　<u>又又</u>廻
　　思慮　可令奏事由者　コンミヤウのあひだ　<u>またまた</u>　シリヨをめ
　　ぐらして　ことのよしを　ソウせしむべし　てへり。（長徳3．12．10
　　二223下）

(39)　「<u>先</u>（まつ）」　219例　『色』　先　マツ（中マ辞字93オ4）

○　依可有官奏　相扶所労<u>先</u>参左府　登時参内　いたはるところ（ショ
　　ラウ）を　あひたすけて　<u>まづ</u>　サフに　まゐる。（長保1．12．15一
　　97下）

(40)　「<u>面</u>（まのあたり）」　11例　『色』　面　まのあたり（中マ人体90ウ3）
　　──「直接に」の意味で用いられている。

○　参左府　参内　奏左大臣所令申大僧正観修所申阿闍梨事　仰云　参入
　　之日<u>面</u>可仰案内　サンニフのひ　<u>まのあたり</u>　アンナイを　おほす
　　べし。（長保3．1．26一193上）

(41)　「<u>密密</u>（ミツミツに）」　17例　『色』には記載がない。なお、『日葡辞
　　書』には「Mitmit　ひみつに　Mitmitni mŏsu. 内密に話す。」(p411
　　　(9)

○　雖及厳寒　強欲参向　行歩難堪　不向紀路　密密乗船為参　可経伊勢
　　　ミツミツに　ふねにのて　まゐらんがために　イセをふべし。(長保
　　　1.11.13―86下)
⑷²　「素（もとより）」　4例　　『色』　素　モトヨリ（下モ辞字105オ3）
　　○　末代之事奇怪多端　身雖愚庸　素不虚言　面奉勅語　何有失誤乎
　　　み　グヨウたりといへども　もとより　キヨゲンせず。(長保2.8.
　　　15―149上)
⑷³　「漸（やうやく）」　23例　　『色』　漸　ヤウヤク（中ヤ辞字87オ4）
　　――次第に、の意味で用いられている。
　　○　近日疫癘漸以延蔓　此災年来連連無絶　　キンジツ　エキレイは　や
　　　うやくもて　エンマン（す）。(長保2.6.20―132上)

五　本文献に見られる情態副詞――1　複数の漢字表記を持つもの
　　　　　　　　　　　　　　　　　2　和語と漢語の両方あるもの

　次に、1　複数の漢字表記を持つもの、2　和語と漢語の両方あるものについて述べていく。
1　複数の漢字表記を持つものには、「自・自然（おのつからに）」、「即・便・則・乃（すなはち）」、「惣・都（すへて）」、「遂・終（つひに）」、「于時・時（ときに）」、「初・始（はしめて）」、「密・竊（ひそかに）」、「実・誠（まことに）」、「亦・又・復（また）」の9語がある。「すなはち」4種類、「また」3種類、残りの7語は2種類ずつである。次に、それぞれの漢字の意味・用法について検討していく。
⑴　「自・自然（おのつからに）」は、例えば「心神失措　事之真偽自可顕然　ことのシンギは　おのづからに　ケンゼンたるべし。」(長保2.7.26―141上)と、「主計頭吉兵平占　掛遇傍茹　推之　無咎　自然所為哉　おのづ

からに　なる　ところかな。」(寛弘８．５．９二156下)とを比べてみて、用法に差があるとは考えられない。又、「自」と「自然」は同じ月日の記事の中では使われていないので、同一の漢字表記を避けるためかどうかは分からない。

(2)「即・便(すなはち)」は、例えば「即仰云　以中納言藤原実資　可為造宮検校之由　仰右大臣者　即詣左府申此由　次便参弾正宮　次詣右府仰下即仰史延政　次帰宅　すなはち　おほせにいはく……すなはち　サフにまうでて……ついですなはち　ダンジヤウのみやに　まゐる……すなはち　シのぶまさに　おほす。」(長保２．６．９一131上)のように同じ用法の「すなはち」が四つ続く場合は、３番目を「便」に替えている。いずれも、「すぐに」の意味で用いられている。

「則(すなはち)」は、「此夜夢想(中略)今又謂と被仰と見　覚則九日朝也　さめば　すなはち　ここのかのあさなり。」(長保５．５．８一288下)のように、「その時丁度」の意味で用いられている。なお、「則(すなはち)」は、「於世尊寺可令三口僧五十ケ日間奉講仁王経之由　供料口別事　是則奉親祝禰為予所令行　これすなはち……」(長保３．５．22一212上)のように、「これを言い換えると」という接続詞として用いられている場合が殆どである。

「乃(すなはち)」は既に上の四(具体例)18で見たように、「便(すなはち)」が直前の文に用いられているので、文字表記を替えたものと考えられる。意味は「すぐに」である。

(3)「惣・都(すへて)」は、「左相撲人安倍長嶋任陸奥少掾　稀有例也　仍記之　惣所任四十一人　すべて　ニンずるところは　シジフイチニン。」(寛弘１．２．26二５上)、「夜半許上東門南　陽明門北　帯刀町東　西洞院西焼亡　都七百余家云云　すべて　ななヒヤクあまりのいへとウンウン」(寛弘８．11．４二205上)のように、両者ともに「全部併せて」の意味で用いられていて差がない。なお、「惣・都(すへて)」の両者が同一月日の記事の

中に出てくる例は皆無である。

⑷ 「遂・終（つひに）」は、「然而第四皇子以外祖父忠仁公朝家重臣之故<u>遂</u>得儲貳　（中略）　仁和先帝依有皇運　雖及老年<u>遂</u>登帝位　恒貞親王始備儲貳　<u>終</u>被弃置　前代得失略如此　　<u>つひに</u>　まうけのニをう。……ラウネンに　およぶといへども　<u>つひに</u>　テイキに　のぼる。……<u>つひに</u>　すておかる。」（寛弘８．５．27二157上）のように、同一月日の記事の中に３回出てくる場合は、「遂・遂・終」の順である。先述の「すなはち」と同じく、３番目の文字を替えている。意味・用法に差は無いので、文字の違いによる変化を付けたものと考えられる。

⑸ 「于時・時（ときに）」は、「依雨降指笠也　<u>于時</u>忽有下人　横奪頼明所持笠　（中略）　何者成如此濫行哉　<u>于時</u>又下人二人罷向　（中略）　車中有人<u>于時</u>頼明不堪奇念　寄　簾欲見其人之処　抜刀云　（以下省略）　　<u>ときに</u>たちまちに　ゲニン　あり。……<u>ときに</u>　また　ゲニンふたり　まかりむかふ。……<u>ときに</u>　よりあきは　あやしきおもひに　たへずして……」（長保２．11．３一173上）のように、同一月日の記事の中に３回出てくる場合がある。３回共に「于時（ときに）」と漢文で言う助字「于」を用いている。「于」は格助詞「に」当てられている。或いは、「于」を不読にして「に」を補って読む。「于」の字の無い場合は、和文の意識が表に出たものと考えられる。

⑹ 「初・始（はしめて）」は、「先詣左府　令内蔵頭陳政　申今日<u>始</u>参内之由　面謁　（中略）　参院御方　令啓今日<u>初</u>参入由　　うちのくらのかみ　のぶまさをして　けふ　<u>はじめて</u>　サンダイせしよしを　まうさしむ。……けふ　<u>はじめて</u>　サンニフせしよしを　まうさしむ。」（長徳４．８．14一43下）のように、同一月日の中に２回出てくる場合、「始・初」の順で文字を替えている。逆に、「初・始」の順番に出現している場合もある。「初・始（はしめて）」は共に、意味・用法が同じである。

⑺ 「密・竊（ひそかに）」は、同一月日の記事の中に複数出てくる場合が見

第2節 『権記』に見られる副詞　47

当たらない。峰岸明氏が既に指摘されているように、文字が違っても、意味・用法は同じである。

(8)　「実・誠（まことに）」は、2字共に意味・用法が同じである。

(9)　「亦・又・復（また）」は、接続詞か副詞かの判定に迷うもののあった語である。読み下し文で「もまた」と解釈できるものについて、「亦・又」の両者を比べてみる。「復」には「もまた」の用例は見当たらない。「頃之又有召　参御前　（中略）　臨時可行儲相撲之時　大臣兼大将者先参上　又御読経等之時　以出居次将為先　是中殿之儀　南殿又同　（中略）　仰云　先仰此旨於左大臣　大臣亦然　（中略）　仍奏覧之後　伝召申於内大臣　大臣又承召ナデンもまた　おなじ。……ダイジン（おとど）もまた　しかり。……ダイジン（おとど）もまた　めしを　うけたまはる。（長保2.8.12―146上下）のように、「（も）また」が3回出現する場合、「又・亦・又」の順になっている。使用文字に変化を付けているが、「又・亦（また）」の意味・用法は同じである。

　以上、上記9語は、複数の漢字表記を持っていても、意味・用法は全く同じである。

2　和語と漢語（厳密には混種語）の両方あるものとしては、「密・竊（ひそかに）」と「密密（ミツミツに）」がある。両者の具体例を比べてみて、意味・用法に差が有るとは考えられない。ただし、「密密（ミツミツに）」の被修飾語には、「加冠（カクワン）」・「見物（ケンブツ）」・「御覧（コラン）」など、漢語（又は漢語サ変動詞）が比較的多いようである。

　なお、『権記』に見られる「密・竊（ひそかに）」は、同時代の女性の書いた和文日記『紫式部日記』・『更級日記』では「みそかに」である。和文でも男性紀貫之の書いた（女性になったつもりで書いた――「男もすなる日記といふものを、女もしてみむとて、するなり。」）『土左日記』では「ひそかに」が見られる。又、同時代の変体漢文の訓点資料である『雲州往来』でも、

「側・偸（ひそかに）」である。同じく変体漢文の訓点資料『高山寺本古往来』には、「ひそかに」は皆無である。又、同時代の漢籍の訓点資料である『興福寺本大慈恩寺三蔵法師伝古点』でも、「私・偸・竊・密・蜜・潜（ひそかに）」である。つまり、「ひそかに」と「みそかに」とは位相語の関係である。

　他方、混種語「密密（ミツミツに）」は、上記９文献の中では『雲州往来』にしか見られない。公卿日記（記録語文献）や往来物（変体漢文で記された、往復の消息の模範文例集）に限られているので、和文や漢籍の訓点資料とは位相を異にしている。つまり、「変体漢文（記録語文献）特有語」と呼べそうである。

　以上、『権記』に見られる副詞についていくつか記述した。今後は、情態副詞に限らないで、形容詞・形容動詞・名詞の副詞的用法などをも含めて広く、主として動詞を修飾する語の立場から考察したい。

注
(1)　本稿の作業は、『増補史料大成　権記　一』（300ページ）、同じく『権記二』（239ページ）（臨川書店　1982）を用いた。
(2)　本書　第一章　第三節
(3)　本書　第一章　第一節
(4)　中田祝夫・峰岸　明編　『色葉字類抄　研究並びに索引　本文・索引編』（風間書房　1964）を用いた。
(5)　三保忠夫・三保サト子編　『雲州往来　享禄本　本文』・『雲州往来　享禄本　研究と総索引　索引編』（和泉書院　1997）を用いた。成立は平安後期で、藤原明衡（990頃〜1066）の撰になる。
(6)　馬淵和夫監修・有賀嘉寿子編　『今昔物語集自立語索引』（笠間書院　1982）
　　馬淵和夫監修・稲垣泰一編・長谷川博子校書　『今昔物語集文節索引』（笠間書院　1979）を用いた。
(7)　高山寺典籍文書総合調査団編　『高山寺本古往来　表白集』（東京大学出版会

1972）を用いた。院政末期の訓点資料である。
(8)　築島　裕著　『興福寺本大慈恩寺三蔵法師伝古点の国語学的研究　訳文篇』（東京大学出版会　1965）同『索引篇』（1966）、同『研究篇』（1967）を用いた。加点は院政時代で、6種類の訓点が識別されている。
(9)　佐伯梅友・伊牟田経久編　『かげろふ日記総索引』（風間書房　1963）、東節夫・塚原鉄雄・前田欣吾編　『和泉式部日記索引』（武蔵野書院　1969）、佐伯梅友監修　石井文夫・青島　徹編　『紫式部日記用語索引』（牧野出版　1999）、東　節夫・塚原鉄雄・前田欣吾編　『御物本　更級日記総索引』（武蔵野書院　1979）を用いた。
(10)　日本大学文理学部国文学研究室編　『土佐日記総索引』（桜楓社　1967）を用いた。
(11)　峰岸　明著　「ひそかに」用字考　『平安時代古記録の国語学的研究』　第二部　第一章　第四節に所収されている。（東京大学出版会　1986）を参照のこと。

表1　『権記』ほか10文献に見られる副詞（異なり語数の観点から）

	権記	土左	蜻蛉	和泉	紫	更科	今昔	高山	雲州	三蔵
陳　述	30	12	16	27	12	19	43	18	28	31
程　度	15	8	9	10	8	9	30	10	16	21
情　態	43	18	40	30	29	38	118	12	39	43
計	88	38	65	67	49	66	191	40	83	95

注1　文献名は、『権記』以外は全て略称を記している。
注2　陳述・程度・情態は、副詞の下位分類としての陳述副詞・程度副詞・情態副詞のそれぞれの略称である。

表2　『権記』ほか10文献に見られる副詞（延べ語数の観点から）

	権記	土左	蜻蛉	和泉	紫	更科	今昔	高山	雲州	三蔵
陳　述	1222	57	355	117	95	104	3322＋	152	308	1019
程　度	564	43	430	92	201	126	2579＋	103	147	1023
情　態	2428	52	520	84	113	93	4449＋	52	191	1187
計	4214	152	1305	293	409	323	10350＋	307	646	3229

注　『今昔物語集』の数字に＋が付いているのは、それ以上あることを示している。

第2節 『権記』に見られる副詞

表3　『権記』に見られる陳述副詞　一覧表

1．宛	あたかも	1
2．敢	あへて	15
3．強	あなかちに	3
4．何況	いかにいはむや	6
5．況	いはむや	25
6．如何・奈何	いかん	69（67＋2）
7．安	いつくそ	1
8．一定	イチヂヤウ	1
9．未	いまた……ず（再読字）	220
10．于今・於今	いまに	23（22＋1）
11．未曾	いまたかつて	1
12．都・曾	かつて	4（3＋1）
13．必	かならす	33
14．必	かならすしも	14
15．兼	かねて	1
16．盍［蓋］	けたし	4
17．定	さためて	14
18．更	さらに	21
19．已・既	すてに	216（209＋7）
20．須	すへからく…へし（再読字）	58
21．惣	すへて	2
22．只・唯	たた	130（121＋9）
23．縦・仮令	たとひ	34（33＋1）
24．猶	なほ	112
25．殆	ほとほと	5
26．将・当・応	まさに	24（22＋1＋1）
27．若	もし	162
28．専	もはら	18
29．努力	ゆめゆめ	1
30．宜	よろしく……へし（再読字）	4

計　1222

表4 『権記』に見られる程度副詞 一覧表

1. 聊	いささかに	29
2. 大	おほきに	1
3. 極・極而	きはめて	25（24＋1）
4. 殊	ことに	62
5. 悉	ことことく	5
6. 暫・(蹔)・暫之・(蹔之)・頃・頃之・須臾	しはらく	227（92＋73＋10＋50＋2）
7. 少	すこし	4
8. 頗	すこふる	30
9. 就中	なかんつくに	8
10. 甚	はなはた	107
11. 略	ほほ	1
12. 皆	みな	5
13. 尤	もとも	34
14. 良（久）	やや（ひさしく）	12
15. 能	よく	14

計 564

表5 『権記』に見られる情態副詞 一覧表

1. 白地	あからさまに	23
2. 合	あはせて	1
3. 相構	あひかまへて	1
4. 豫（予）	あらかしめ	20
5. 一往	イチワウ	1
6. 弥	いよいよ	10
7. 内内	うちうちに	8
8. 凡	おほよそ	1
9. 自・自然	おのつから	9（5＋4）
10. 重	かさねて	84
11. 且	かつは	43
12. 兼	かねて	2
13. 還	かへて	2
14. 更	さらに	90
15. 強	しひて	9
16. 即・便・則・乃	すなはち	796（748＋36＋10＋2）
17. 惣・都	すへて	17（14＋3）
18. 慥	たしかに	29
19. 直	たたちに	36
20. 忽	たちまちに	42
21. 適	たまたま	6
22. 次々	つきつきに	1
23. 詳	つはひらかに	2
24. 遂・終	つひに	14（12＋2）
25. 具	つふさに	10
26. 倩	つらつら	3
27. 手自	てつから	3
28. 于時・時	ときに	109（96＋13）
29. 俄	にはかに	29
30. 初・始	はしめて	100（87＋13）
31. 早早	はやはや	1

32. 密・竊	ひそかに	16 (9+7)
33. 偏	ひとへに	13
34. 実・誠	まことに	4 (2+2)
35. 又・亦・復	また	588 (336+248+4)
36. 又又	またまた	2
37. 先	まづ	219
38. 面	まのあたり	11
39. 自	みづから	27 (26+1)
40. 躬自	みみづから	2
41. 密密	ミツミツに	17
42. 素	もとより	4
43. 漸	やうやく	23

計　2428

第3節 『権記』に見られる陳述副詞

は じ め に

　『権記』(以下、本文献と呼ぶ)は、周知のように平安後期の公卿藤原行成の日記である。陳述副詞とは、山田孝雄による副詞の3分類——情態副詞・程度副詞・陳述副詞——の一つである。本節の目的は、先ず、本文献に見られる陳述副詞の実態を把握することである。将来の課題は、共時的研究として、本文献と同時期の他の公卿日記、藤原道長の『御堂関白記』や藤原実資の『小右記』に見られる陳述副詞と比較して、三者の共通点・相違点を探ること、通時的研究として、院政期の日記である藤原師通の『後二条師通記』や藤原忠実の『殿暦』などに見られる陳述副詞、更には鎌倉時代の公卿日記に見られる陳述副詞の実態を調べて、記録語(公卿日記に用いられている語彙)に見られる陳述副詞、とりわけその用法の変遷の有無を日本語史的に把握すること、正式漢文における陳述副詞と変体漢文としての記録語におけるそれとを比較して、共通点や相違点を探ること、位相語としての和文に見られる陳述副詞と記録語のそれとを比較して、共通点や相違点を認識することなどである。

一　副詞の認定と読み方

　例えば、本文献の「未」が陳述副詞「いまた」か否定の助動詞「ず」かの判定は、「未」と「不」の本文献での具体例の用いられ方と、院政期成立・鎌倉時代書写の書記言語のための辞書『色葉字類抄』(以下『字類抄』と呼ぶ)での読み方とから決めた。その結果、「未」は「いまた〜ず」という再

読字であり、「不」は否定の助動詞「ず」であって、両者は区別して用いられていることが分かった。また、「猶」のように、情態副詞「なほ」と陳述副詞「なほ（～のことし）」と両方に用いられているものもある。また、「未曾有」は、本文献では、「朝座講師釈第七巻、弁説之妙冠絶古今、聴者称嘆未曾有、叡賞之余可・法橋立、」（長保４．５．10―260上）１例のみで、字音語「ミソウ」なのか、和語「いまたかつてあらず」なのか判定に迷うところである。「ミソウ」という字音語は、『字類抄』には載っていなくて、室町中期成立の『易林本節用集』には「ミゾウウ」（ママ、4201―１）とある。また、『大漢和辞典』によれば「墨子」にある語であり、「未曾有」は字音語（漢語）と認められる。

　本文献に見られる陳述副詞は、巻末の一覧表に示すように、「強（あなかちに）」・「于今（いまに）」・「必（かならすしも）」・「兼（かねて）」・「定（さためて）」・「努力（ゆめ）」・「宜（よろしく）」・「何況（いかにいはむや）」の８語は、『字類抄』に載っていない。それに対して、「宛（あたかも）」・「敢（あへて）」・「安（いつくそ）」・「況（いはむや）」・「未（いまた）」・「曽・都（二つ共に、かつて）」・「必（かならす）」「・蓋（けたし）」・「更（さらに）」・「須（すへからく）」・「惣（すへて）」・「縦・仮令（二つ共に、たとひ）」・「猶（なほ）」・「殆（ほとほと）」・「将・当・応（まさに）」・「若（もし）」・「専（もはら）」の17語は、全部『字類抄』に載っている。尤も、８語は、「強（あなかち）」「今（いま）」・「必（かならす）」・「兼（かぬ）」・「定（さたむ）」・「努努（ゆめゆめ）」・「宜（よろし）」・「何（いかに）」・「況（いはむや）」という語形では勿論『字類抄』に載っているものである。

二　本文献に見られる陳述副詞の実態

　陳述副詞の下位分類は、とりわけ現代日本語に関してはいろいろ研究されているようであるが、本節では既存の説によらないで大まかに分類していく。

第3節 『権記』に見られる陳述副詞　57

呼応関係に注目して、1　否定と呼応するもの、2　比況と呼応するもの、㈢条件句を構成するもの、㈣推量・当然・希望・命令・などを示す「可（へし）」と原則として呼応するもの、㈤その他、の五つに分けて述べる。㈠では⑴「敢（あへて）」・⑵「強（あなかちに）」・⑶「未（いまた）」・⑷「于今・今（いまに）」・⑸「曽・都（かつて）」・⑹「必（かならす）」・⑺「必（かならすしも）・⑻「兼（かねて）」・⑼「更（さらに）・１「惣（すへて）」・⑾「専（もはら）」・⑿「努力（ゆめ）の12語、㈡では⒀「宛（あたかも）」・⒁「猶（なほ）」の２語、㈢では⒂「若（もし）」・⒃「縦・仮令（たとひ）」の２語、㈣では⒄「蓋（けたし）」・⒅「殆（ほとほと）」・⒆「須（すへからく）」・⒇「宜（よろしく）」・(21)「将・当・応（まさに）」の５語、㈤では(22)「況・况（いはむや）」・(23)「何況（いかにいはむや）」・(24)「安（いつくそ）」・(25)「必（かならす）」・(26)「定（さためて）」の５語をそれぞれ取り上げる。

　なお、書き下し文には意味を取りやすくするために、打ち消しの助動詞以外にも濁点を付けている。

1　否定と呼応するもの

⑴　「敢（あへて）」は、全12例中、①　重親先奉仰旨　到彼車宿令示案内　<u>無敢</u>承引　あへて　ショウインすること　なし。（長保２．４．14―122上）のように「無（ナシ）」と呼応するもの４例、②　如此大事只任宗廟之稷之神　<u>非敢</u>人力之所及者也　あへて　ジンリキの　およぶところに　あらざるものなり（寛弘８．５．27二157下）のように「非（あらず）」と呼応するもの５例、③　件文只申結政　<u>敢不</u>申陣　あへて　ヂンに　まうさず。（長保４．２．23―248上）のように「不（ず）」と呼応するもの３例である。全12例が否定と呼応しており、「敢（あへて）～無・非・不」は、「決して～しない」という意味である。

(2)　「強（アナカチニ）」は、①　仰云　以朝経可遣迎右大臣許　参内之日非廃務者　強不可避忌　あながちに　いみさくる　べからず（長保２．４．６一119上）のように「不（ず）」と呼応するものが全３例ある。「強（あながちに）〜不」は「むやみに〜しない」という意味である。なお、②　而従者等不承引　重尹強請沓下車制止　しげただは　あながちに　くつをこひて、くるまをおるることを　セイシす。（長保２．11．３一173下）のように、「むりやりに〜する」という肯定の例は４例である。

(3)　「未（いまた）」は、①　暁修法後夜未行之前　家僕等高声称乾方焼亡之由　ゴヤ　いまだ　おこなはざるまへに（長徳４．３．28一32下）のように、220例全部「いまた〜ず」という再読字として用いられている。「まだ〜しない」という意味である。なお、②　所労雖相扶　猶未快平愈　なほ　いまだ　こころよく　ヘイユせず。（寛弘８．６．13二160上）のように、情態副詞「猶（なほ）」と一緒に用いられているものは２例ある。

(4)　「于今・今（いまに）」は、全15例中、①　権中将先少将相共夜行　于今未帰参　有出家之疑云云　いまに　いまだ　キサンせず（長保３．２．４一195上）のように、「于今（いまに）」と「未（いまた）」が一緒に用いられているものが12例ある。助字「于」のないものは、②　雑色藤原頼経　去年為催百五物之使　下越前　今未参上　仍解却　いまに　いまだ　サンジヤウせず（長保２．４．９一121下）のように２例ある。「于今未・今未（いまにいまた〜ず）」は「今に至ってまだ〜しない」という意味である。「未（いまた）」と一緒に用いられていないのは、③　命云、儲宮御事于今不被仰、況兼無聞　いまに　おほせられず（寛仁１．８．８二235下）１例で、「于今不」は、「今になっても〜しない」という意味である。このように、「于今・今（いまに）は「未（いまた〜ず）」・「不（ず）」と否定と呼応している。

(5) 「曽・都（かつて）」は、『字類抄』によれば「曽」が最初に、「都」は3番目に登録されている。「曽」1例・「都」2である。、① 在俗旧朋等到訪之時　相語云　栄華有余　門胤無止之人　受病臨危之時　曽無一分之益　殆欲失二世之計　　かつて　イチブのヤク　なし　（長保3．2．4―195下）、② 以此日内供奉源信覚運等・法橋上人位　件等人年来有宿願　都不出仕依御願無止綸旨慇懃　仍今日共参入　　かつて　シュツシせず（長保3．3．10―203下）、③　所申若無理　可被仰其由　而都無勅答之由　竊所在欝也　しかるに　かつて　チョクタフのよし　なし。（寛弘8．6．9二159下）のように、「無（なし）」や「不（ず）」と呼応している。「曽・都（かつて）～無・不」は、「全然～ない」という意味である。

(6) 「必（かならす）」は、後述するように［5の(25)］否定のみならず肯定とも呼応するが、否定と呼応するものは全9例ある。① 　今日御卜　上卿不参之時　必不召云云　　かならず　めさず（長保1．12.10―96下）、② 而近来必無其勤云云　かならず　そのつとめ　なし。（長保1．12.17―99上）のように「不（ず）」と呼応するもの8例、「無（なし）」と呼応するもの1例で、「絶対に～しない」という意味である。

(7) 「必（かならすしも）」は部分否定で、全14例ある。『字類抄』には載っていないが、室町時代成立の『和玉篇』には載っており、本文献と同時代の『源氏物語』帚木の巻には「かならすしもわか思ふにかなはねと、」の用例がある。① 　申云　中弁転大之時　不必依位階　　かならずしも　ヰカイにはよらず（長徳4．8.16―43下）や② 　件事以頼明申旨非必理之　　かならずしも　ことわりに　あらず。（長保2．11．4―175上）のように「不（ず）」や「非（あらず）」と呼応している。「きっと～とは限らない」という意味である。なお、「不必」11例、「非必」3例である。

(8)　「兼(かねて)」は、○　命云　儲宮御事于今不被仰　況兼無聞　いはむや　かねて　きくこと　なし。(寛仁1．8．8二235下)　1例で、「無(なし)」と呼応している。「今までずっと〜ない」という意味である。

(9)　「更(さらに)は全21例ある。①　清明令申云　先先進勘文之時　更無御卜者　さらにおほむうらなひ　なし(長徳1．12．17一18下)、②　今日出居　仍更不改装束　よて　さらに　シヤウゾクを　あらためず(寛弘3．7．30二63上)、③　于時近信云　此事更非近信事　このこと　さらに　ちかのぶのことに　あらず。(寛弘8．11．9二206下)のように「無(なし)」・「不(ず)」・「非(あらず)」と呼応している。「更(さらに)〜無・不・非」は、「決して〜ない」という意味である。なお、情態副詞としての「更(さらに)」は、④　次余奥座揖　下西階　午南向揖　更西行立階西　さらに　にしに　ゆきて　きざはしの　にしに　たつ(寛弘3．10．23二67上)のように用いられて、全99例ある。

(10)　「惣(すへて)」は、全2例ある。○　於山作所丞相云　土葬　并法皇御陵側可奉置之由　御存生所被仰也　日者惣不覚　只今思出也　ひごろ　すべて　おぼえず(寛弘8．7．17二173下)のように「不(ず)」と呼応して、「全く〜ない」という意味である。なお、「惣(すへて)」は、『字類抄』では「都」に次いで2番目に載っている。

(11)　「専(もはら)」は、全18例ある。①　惟良言上之旨　専非官符之意　もはら　クワンフのイに　あらず(長保5．9．5一294下)、②　金吾被陳示余云　申文之間執筋事依口伝也云云　丞相命云　専不聞之説也者　もはら　きかざるセツなりてへり(長保4．2．17一247上)、③　余云　専無所過　何因可召余乎と云天　もはら　すぐるところ　なし(寛弘2．9．29二40下)のように「非(あらず)」・「不(ず)」・「無(なし)」と呼応している。「専

第3節 『権記』に見られる陳述副詞　61

（もはら）～非・不・無」は、「全く～ない」という意味である。

(12)　「努力（ゆめ）」は、『字類抄』には載っていないが、訓点資料『興福寺本大慈恩寺三蔵法師伝承徳三年（1099）点』には「努力、人びと、懇懇を加へて労苦を辞すること勿れ」とある。本文献には次の1例、○　以去四日夜夢申丞相　命云　是吉想也　努力亦莫語他人　ゆめ　また　タニンに　かたること　なかれ（長保2．9．6－157上）のみで、「莫（なかれ）」と呼応している。「努力（ゆめ）～莫（なかれ）」は、「決して～するな」という意味である。

　このように、「敢（あへて）から「努力（ゆめ）」までの12語は、いずれも否定と呼応する陳述副詞である。このうち、「未（いまた～ず）」は再読字である。また、肯定とも呼応する陳述副詞は「必（かならす）」で、情態副詞としても用いられているのは「強（あなかちに）」と「更（さらに）」の2語である。

2　比況と呼応するもの

　比況と呼応するものは、(13)「宛（あたかも）」と(14)「猶（なほ）」の2語である。いずれも1例ずつである。①　与右中弁赴八省　実撿掃除之次　入豊楽院　巡見殿堂　破壊尤盛　瓦松垣衣不異華清之春色　蔓草滋露宛如枯蘇之秋心　あたかも　こぞの　あきのこころの　ごとし（長保3．3．5－202上）、②　至于論議者　雖在例　猶如臨時之典　なほ　リンジの　のりのごとし（長保4．3.28－33下）のように比況の助動詞「如（ことし）」と呼応している。「宛（あたかも）～如（のことし）」、「猶（なほ）～如（のことし）」は、「まるで～のようだ」という意味である。

　なお、情態副詞としての「猶（なほ）」は、③　御悩雖重　猶以吉時可有御出家　なほ　キチジをもつて　ゴシユツケ　あるべし（寛弘8．6.14二

62   第一章　公卿日記に見られる副詞

3　条件句を構成するもの

　条件句を構成するものは、⒂「若（もし）」と⒃「縦・仮令（たとひ）」の2語である。

⒂「若（もし）」は、全162例中、①　又被仰云　（中略）　所労若宜可能行歩者　参入之日欲召五番如何　　いたはるところ　もし　よろしく　ギヤウブに　あたふべくは（長保2．7．28一143上）、②　若納言不候者　只召大貳可被仰歟　　もし　ナゴン　さぶらはずは（寛弘7．8.10二143上）のように係助詞「者（は）」と呼応して順接仮定条件句を構成しているものが29例ある。また、文脈上「者（は）」を補うことができる用例は、③　此例雖不甘心　若不載今日奏　可無裁許之期歟　　もし　けふのソウに　のせざるは（長保1．12．15一98下）、④　僧正被示　命不定　若有非常　此御願事因縁可知　　もし　ヒジヤウのこと　あるは（寛弘2．9．24二40上）のように68例ある。また、平仮名の「は」で表記されたものは、⑤　若造宮所なとも可行侍なれは人替事　上薦可無歟、（寛弘8．6．28二168上）1例である。「若（もし）〜者（は）」は、「もし〜ならば」という意味で用いられている。

　そのほか形式名詞「時（とき）」と一緒に用いられているのは、⑥　旧例見奏案之後問内侍候不　若不候之時　申代官用代官　　もし　さぶらはざるときは（寛弘6．6.10二120上）1例である。

　また、先学によって既に指摘されているように、疑問の終動詞「歟（カ）」を伴って、「ひょっとして〜であろうか」という意味に用いられている場合もある。⑦　報云　（中略）　而上卿不参　若任例付内侍所可令奏歟者　　もし　レイに　まかせて　ナイシどころに　つけて　ソウせしむるべきかてへり。（長保1．12．10一96下）、⑧　天暦八年　到八省廊　若是有由緒歟　　もし　これ　ユイシヨ　あらむか。（寛弘8．11．16二207下）のように61例ある。次に示すように、終助詞「乎・哉（2字共にヤ）」の場合も「ひょっとして

第3節 『権記』に見られる陳述副詞　63

～であろうか」という意味で用いられていて、1例ずつある。
　終助詞「乎（ヤ）」は⑨　於一家為兄　雖無先例　懇切有所申　亦成信朝臣相従猶子　若有余恩乎　　もし　ヨの　オン　あらむや。（長保2.4.7一120上）、終助詞「哉（や）」は⑩　孝標有申云云　此事承驚無極　若誰人所上奏哉　　もし　たれひとの　ジヤウソウする　ところや。（長保2.5.8一124下）である。

　⑯　「縦・仮令（たとひ）」は、逆接既定条件句を構成するもの（31例）と逆接仮定条件句を構成するもの（3例）とに分かれる。前者「逆接既定条件句」を構成するものは、①　縦雖有大臣之仰　於里第私不可見　　たとひ　ダイジンの　おほせ　ありと　いへども（長保4.2.23一248上）、㊶　縦院仰事雖無止　早可難承　たとひ　ヰンの　おほせごと　やむごとなきといへども（長保2.8.10一145上）のように連語「雖（いへとも）」と呼応するもの13例がある。また、②　然而時及厳寒之内収納之間　田舎有愁　御幸之事縦従倹約　事已有限　　ゴカウの　こと　たとひ　ケンヤクに　したがふ（と　いへども）（長保1.11.15一87下）、③　縦亦無出御　小朝拝可被行歟　　たとひ　また　シユツゴ　なし（と　いへども）（寛弘4.1.1二71下）のように表記上は「雖」が用いられていないが、文脈上「いへとも」を補うべきもの17例がある。

　また、「仮令（たとひ）」を用いたものは、④　左金吾被示　猶不可依位階六位申之時　猶立其間　仮令左門衆亮依四位立上　申時如何哉云云　　たとひ　サモンの　シユウの　すけ　シキに　よて　たちあぐ（と　いへども）（寛弘3.6.21二59下）1例である。「縦雖（たとひ～といへとも）」は、「仮に～であったとしても」の意味である。「たとひ」が無くても「いへとも」だけで意味が通じる。「雖」のみのものは、⑤　件等事　心神雖不覚　為令奏案内　所書出也　　シンシン　フカクと　いへども（長徳4.7.12一41下）、⑥　中宮雖為正妃　已被出家入道　随不勤神事　　チウグウ　セイヒ

たりと いへども（長保２．１.27―108下）のように333例ある。

　後者「逆説仮定条件句」は全3例ある。⑦　<u>縦</u>此外亦依有所覧　京職可主領可雇馬<u>と云とも</u>　其兵士装束等暗以難知　たとひ　このほかに　また　みるところあるに　よて　キヤウシキ　シユリヤウたるべく　うまを　やとふべしと　いふとも（寛弘８．10．3二192下）のように平仮名交りのもの１例、⑧　暫之左大臣於殿上被示御悩綿惙　若今明非常御坐歟　<u>縦</u>云延引　過御禊亦大嘗会以前非常御坐可無便宜　又<u>縦</u>云可令平復給　今一両日如此御坐被行御禊如何　たとひ　エンインすと　いふとも……また　たとひ　ヘイフクせしめたまふべしと　いふとも（寛弘８．10．24二203上）のように「云（いふとも）」と呼応しているものが２例ある。「縦云（たとひ～といふとも）」は「仮に～するとしても」の意味である。

４　推量・当然・希望・命令などを示す「可（ヘシ）」と原則として呼応するもの

　ここで扱うのは、⒄「蓋（けたし）」・⒅「殆（ほとほと）」・⒆「須（すへからく）」・⒇「宜（よろしく）」・㉑「将・当・応（まさに）」の５語である。

　⒄　「蓋（けたし）」は全２例で、①　相撲之間勝敵者也　殊宥濫訴之怠可令候座矣　<u>蓋</u>隠小過揚片善<u>也</u>（ママ）　以彼異能之優施此光華耳　けだし　セウクワを　かくして　ヘンゼンを　あぐなり。（長保２．8．12―４下）のように指定の助動詞「也（なり）」、②　侍臣聴聞之者以絃哥合奏　夫婆婆世界声作仏事　<u>蓋</u>斯謂<u>歟</u>　けだし　かく　いふか。（長保２．10．30―172下）のように疑問の終動詞「歟（か）」をそれぞれ伴っている。「蓋（けたし）」は、恐らく正しいと思われる判断を下すときの、多分に確信的な推定の気持ちを示している。①は「思うに～である」、②は「思うに～か」という意味合いである。先学によって既に指摘されている(2)ように、奈良時代における「蓋（けたし）」は推量・仮定・打ち消し・反語など、いずれも非現実の状態を表現する文で結んでいる（『万葉集』の用例）のに対し、平安時代は平叙文で

第 3 節 『権記』に見られる陳述副詞　65

結んであり（『興福寺本大慈恩寺三蔵法師伝古点』の用例）、陳述副詞と認めることはできないとされている。本文献の二つの用例も、情態副詞とする方が妥当であるかもしれないが、一応扱ってみたものである。

⒅　「殆（ほとほと）」は全 2 例で、①　相咎之間　嘉会以弓打内蔵允扶忠　扶忠以松相礙之間　殆可及闘乱　然而重家相共加制停止已了　ほとほと　トウランに　およぶべし。（長保 1 . 12. 1 一 90下）、②　常世勝　此番時正強力不可謂　常世殆可被投臥　僅依取手之功得勝　つねよ　ほとほと　なげふせらるべし。（長保 2 . 7/27 一 142下）のように、いずれも助動詞「可（へし）」を伴っている。「殆可（ほとほと～すべし）」は、「もう少しのところで～しそうであった」という非現実を表している。本文献と同時代の『枕草子』には、「里にまかでたるにほとほと笑みぬへかりしに」（84段）とあり、やはり「へし」を伴っている。また「殆（ほとほと）」も上記の「蓋（けたし）」と同様に情態副詞とする方が妥当かもしれないが、非現実を表す「可（へし）」と呼応しているという点で、陳述副詞として取り上げてみたものである。なお、③　其料亦以年料米三百八十余年石毎年充行　然而依不定置其国等　忽不能充下　殆成懈怠　布施亦同　ほとほと　ケタイを　なす（長保 2 . 3. 19一117下）のように、「あらかた～する」という情態副詞として用いられているものは 3 例ある。

⒆　「須（すへからく）」は全58例で、①　頭中将被示云　右大将表可返遣之由勅已了　須早詣彼殿也　すべからく　はやく　まうでて　とのに　せらるべきなり。（長徳 4 . 9. 23一47上）、②　一宮又御車二天御坐　御輿須入自東北門　至于南誤也　みこしは　すべからく　トウホクの　モンより　いるべし。（寛弘 2 . 11. 25二45下）のように「すへからく～すへし」という再読字として用いられているものが52例ある。③　此采女不知前例　須至暁饌依前例可令加供云云　すべからく　ゲウセンに　いたては　ゼンレイに

よて　くはへそなふべし　とウンウン。(長保２．７．13―137上)、(57)　啓白之間　左近少将朝任朝臣就講師座下　仰度者之事　須啓白之後可仰之　早也　すべからく　ケイビヤクの　のち　これを　おほすべし。(寛弘８．12．７二210下) のように、助動詞「可（へし）」を明記しているものが６例ある。「須・須〜可〜（すへからく〜すへし)」は、「当然〜すべきだ」いう意味である。

なお、「須」は鎌倉中期書写『観智院本類聚名義抄』(以下『名義抄』と記す) によれば、「スヘカラク〜スヘシ」という再読字として載っている。

⑳「宜（よろしく)」は全４例ある。①　若可令延日而行歟　只待天裁宜進退矣　　ただ　テンの　さばきを　まて　よろしく　シンタイすべし。(正暦３．５．21―3下)、②　仰云　(中略)　身已為上﨟　又堪能者也　宜請用者　よろしく　こひもちゆるべし　てへり。(長保３．２．16―198上) のように、「よろしく〜すへし」という再読字として用いられている。「宜（よろしく〜すへし)」は「ぜひとも〜すべきだ」という意味である。

なお、『名義抄』によれば「ヨロシク〜スヘシ」という再読字として載っている。

㉑「将・当・応（まさに)」は、将22例・当２例・応１例である。「まさに」は文脈の意味分析が困難ではあるが、a「まさに〜せむ」、b「まさに〜せむとす」、c「まさに〜すへし」の三つぐらいに分類できそうである。aは①　亦被示　(中略)　又造宮之時　作弘徽殿　依有所申　未賜其賞　依件両事将叙一階　　くだんの　リヤウの　ことに　よて　まさに　イチカイを　ジヨせむ。(長徳４．９．１―45下)、bは②　万春之楽未央　一夜之漏将曙　事了賜禄有差　　イチヤの　ロウ　まさに　あけむとす。(長保２．２．25―115上)、cは③　其次被示　入道相府将冠之時　初叙位給之夜　夢参内　　ニフダウシヤウフ　まさに　クワンすべき　とき、(長保２．９．６―157上) の

ように用いられている。aは「必ず〜しよう」、bは「ちょうど今〜しようとしている」、cは「きっと〜するだろう」、というほどの意味合いである。

なお、「将」は『名義抄』によれば「マサニ〜セムトス」という再読字である。

また、「将」は、④　参鴨院　即将良経参左大殿　すなはち　よしつねを　ゐて　ひだりの　おほとのに　まゐる。(寛弘8.8.24二181下)のように動詞「ゐる」として27例、⑤　因伝勅旨云　件等事若下公卿可令定申歟　将只可定仰歟　はた　ただ　さだめおほすべきか。(長保2.5.24一125下)のように接続詞「はた」(「あるいは」の意)として2例がある。

「当(まさに)」は、⑥　今左大臣者亦当今重臣外戚其人也　以外孫第二皇子定応欲為儲宮　尤可然也　今聖上雖欲以嫡為儲　丞相未必早承引　当有御悩　まさに　いま　ヂウシン　ガイセキ　そのひとなり。……まさに　おほむなやみ　あるべし。(寛弘8.5.27二157下)のように2例ある。最初の例は「ちょうど(今)」という意味の情態副詞、2番目の例はc.「まさに〜すべし」で、「きっと〜だろう」という意味の陳述副詞と考えられる。

「応(まさに)」は、⑦　参東闥　応令侍松客　まさに　シヨウカクにはべらしめむ。(寛弘7.6.4二140上)のようにa「まさに〜(しめ)む」で、「きっと〜しよう」という意味である。

以上のように、助動詞「べし」と呼応するものは、「殆(ほとほと)」・「須(すへからく)」・「宜(よろしく)」・「将・当・応(まさに)」の4語であり、このうち再読字として定着しているのは、「須(すへからく)・「宜(よろしく)」の2語である。なお、「将(まさに)」は、「まさに〜せむとす」という形で一応定着していると考えられる。

5　その他

その他として、⑵「況・况(いはむや)」・⑵「何況(いかにいはむや)」・

⑷安「いつくそ」・㉕「必(かならす)」・㉖「定(さためて)」の5語を取り上げる。

㉒ 「况・況(いはむや)」は『玉篇』によれば、「況」が正字で「况」が俗字である。全25例中、呼応のあるもの3例、呼応のないものが22例である。呼応のあるものは、① 右金吾送書状云　昨日之儀有違例之事等　其一内府先参入事也　仁寿殿召合時　次第参上　况扵臨時哉　いはむや　リンジにおいてをや。(長保2.8.13―148上)のように「况扵～哉(いはむや～においてをや)」、② 予仰云　不見旧請文　但記文年月之処皆注本官　况扵如然請文　何無注之哉　判官所可然也　いはむや　しかのごとき　シヤウモンにおいて　なにか　チウすること　なけむや。(寛弘8.10.2二192上)のように「况扵～哉(いはむや～において～むや)」、③ 件文只申結政　敢不申陣　况扵里第不可申乎　いはむや　リテイにおいて　まうすべからざらむや。(長保4.2.23―248上割注)のように「况扵～乎(いはむや～において～むや)の各例である。

また、呼応のないものは、④ 行成平生短慮也　况病悩不覚所案之事　定有紕謬誤　車中能被廻思慮可及奏聞也　いはむや　ビヤウナウ　フカクアンずる　ところの　こと　さだめて　ヒビウの　あやまち　あらむ。(長徳4.7.14―42上)、⑤ 予申　旧経史叙位之者　避職之後更任雖聞有例之由　未見慥旨　况任受領更任之者雖在外史之例　扵当職者又無其例　いはむや　ズリヤウ　コウニンをニンずるもの　グワイシの　レイに　ありといへども　タウショクの　ものに　おいては　また　その　レイ　なし。(寛弘8.12.18二212下)のように用いられている。

「况(いはむや)」は、上文の叙述からすれば、下文(「况」より後の文)で叙述することは言葉で言う必要があろうか、言うまでもなく自明のことであるという意味、つまり、「まして(～は言うまでもない)」という意味である。

第3節 『権記』に見られる陳述副詞　69

⑳　「況（いかにいはむや）は全5例ある。①　参衙　加階後今日参也　新任者猶不過三日可着　何況至于加階之後参衙不可延引　然而慮外之障歟　いかにいはむや　カカイの　のちの　サムガに　いたては　エンインすべからず。（長保3．10．18一230下）、②　又拷問之事　縦雖在実犯　事是赦前也　何況非自所知　いかにいはむや　みづから　しるところに　あらず。（寛弘8．12．15二210下）のように、いずれも呼応関係が見られない。「何況（いかにいはむや）」は「況（いはむや）」の強調形で、「勿論言うまでもない」という意味である。

㉔　「安（いつくそ）」は、○　抑件南蠻高麗之事　雖云浮説　安不忘危　非常之恐莫如成慎　能可被致種種御祈　いづくぞ　あやうきを　わすれざらむや。（長徳3．10．1二231下）1例である。表記上は現れていないが、「いつくそ～むや」と推量の助動詞「む」と反語の終動詞「や」を補うべきと考えられ「～しないであろうか、いや～する」という意味である。

　なお、『字類抄』によれば「争（イカテカ・イツクソ）」が初出の漢字で、「安」は13番目に載っている。

㉕　「必（かならす）」は、全28例中、「可（へし）を伴うもの19例、「也（なり）」を伴うもの3例、「欲（むとす）」を伴うもの1例、特別に呼応が見られないもの5例である。「可（へし）」を伴うものは①　又被奏云　大屋寺者必可入　而書落　随仰可加載　ダイオクジは　かならず　いるべし。（長保3．2．16一198下）、②　参内之間左丞相賜書云　覚縁事必候気色可示案内者　かならず　ケシキに　さぶらひ　アンナイを　しめすべし　てへり。（長保2．8．12一146上）、指定の助動詞「也（なり）」を伴うものは③　又仁王会年中必所被行也　かならず　おこなはるる　ところなり。（長保2．3．19一117下）、「欲（むとす、又は、むとおもふ）」は④　嗚乎人命不定　吾生奈何　君恩必欲報　天命必可祈者也　きみの　ヲンに　かならず　むくい

むと おもふ。(寛弘8．7．12二173下)、特別に呼応が見られないものは⑤ 先例取御馬日 弁少納言必候其場 而今日不候 かならず そのばに さぶらふ。(寛弘6．5．1二118上)のように用いられている。

「必（かならす）」は「是非とも（〜する）」という意味である。

(26) 「定（さためて）」は全14例中、終助詞「歟（か）」を伴うもの8例、助動詞「也（なり）」を伴うもの1例、助動詞「可（へし）」を伴うもの1例、表記上特別の呼応関係はないが、文脈上推量の助動詞「む」を補ってもよさそうであるもの4例がみられる。「歟（か）」を伴うものは① 我更非妨汝之志 若有違我之情 恐為退転之縁 定招罪報之因歟 外記定知先例歟 さだめて ザイホウの インを まねかむか。ゲキ さだめて センレイを しらむか。(長保3．1．7一190上)、② 亦権弁云 今日可有廃務 答云非当日所出来之穢 何因廃務哉 外記定知先例歟 ゲキ さだめて センレイを しらむか。(長保2．9．26一161上)、「也（なり）」を伴うものは③ 平産之事未知何善之力 倩思所以 産婦月来奉読観音経 定識其験応也 さだめて その ゲンオウを しるなり。(長保3．8．1一218上)、「可（へし）」を伴うものは④ 已無遺日 召物近日難出来歟 定可有謗難 為之如何 さだめて ボウナン あるべし。(寛弘8．6．28二168下)、特別の呼応が見られないものは⑤ 至于召改雖依似軽 輔佐之人所令申之旨 定有思量 さだめて おもひはかること あらむ。(長保2．12．19一184上)のように用いられている。「定（さためて）」は、「きっと（〜か、〜である、〜すべし、〜だろう）」という意味である。

なお、「定〜歟（さためて〜むか）」は、既に先学によって指摘されている[3]ように、56通の往復書状から成る往来物で、院政末期の訓点を付した変体漢文資料『高山寺本古往来』によれば、8例中7例までが⑥ 定（メテ）本意ナラ不ル〔之〕由、自ラ以テ言シ上（ク）ラム欤、(54行目)のように「ム欤」と呼応している。従って本文献の場合も、訓読文に直す場合は、前出①

定（メテ）罪報ノ〔之〕因（ヲ）招（カム）歟、というように推量の助動詞「む」を補った方がよいと考えられる。

ま と め

　『権記』に見られる陳述副詞について、種類・用法・用字の三つの観点からまとめてみよう。

　先ず、種類（異なり語数）は先述のように（→巻末の一覧表も参照のこと）、「敢（あへて）」から「定（さためて）」までの26語である。呼応関係に注目して大まかに五つに分けた場合、否定と呼応するもの12語—「敢（あへて）」から「努力（ゆめ）」まで—、「可（へし）」と呼応するもの3語—「殆（ほとほと）」・「須（すへからく）」・「宜（よろしく）」—、比況と呼応するもの「縦・仮令（たとひ）」1語—という順に少なくなる。

　次に、用法の面から見ると、情態副詞としての用法もある陳述副詞は、「強（あなかちに）」・「更（さらに）」・「猶（なほ）」・「殆（ほとほと）」の4語である。一つの呼応関係しか持たないものは、「曽・都（かつて）」・「必（かならすしも）」・「兼（かねて）」・「更（さらに）」・「忽（すへて）」・「専（もはら）」・「努力（ゆめ）」・「宛（あたかも）」・「猶（なほ）」・「殆（ほとほと）」・「須（すへからく）・「宜（よろしく）」・「安（いつくそ）」の17語である。一方、複数の呼応関係を持つものは、「若（もし）」4種類、「蓋（けたし）」2種類、「縦・仮令（たとひ）」2種類、「将・当・応（まさに）」3種類、「必（かならす）」5種類、「定（さためて）」4種類の6語である。呼応関係のある場合とない場合とが混ざっているものは、「況・况（いはむや）」と「必（かならす）」——肯定と呼応する場合、の2語である。呼応関係が全く見られないのは、「何況（いかにいはむや）」1語である。また、複数の呼応関係を持つものの中で注意されるのは、「若（もし）」・「定（さためて）」の2語である。「若（もし）」は全162例中、疑問の終動詞「歟（か）」と呼応す

るもの61例（約38%）、係助詞「者（は）」と呼応するもの29例（約18%）である。「定（さためて）」は全14例中、終動詞「歟（か）」と呼応するものが8例（約57%）ある。なお、情態副詞とする方が妥当なものは、「けたし」」と「何況（いかにいはむや）」の2語である。

　最後に、用字の面から言えば、再読字として用いられているのは、「未（いまた～ず）」、「須（すへからく～すへし）、「宜（よろしく～すへし）」、「将（まさに～せむとす）」の4語である。また、一語に複数の表記をもつものは、「いまに（于今・今）」、「かつて（曽・都）」、「たとひ（縦・仮令）」、「まさに（将・当・応）」の4語である。

　なお、「須（すへからく）」は全58例中、再読字52例（約90%）、「可（へし）」を明記したもの6例（約10%）という比率になっている。

注

(1) 小林芳規　「国語学の新領域―記録資料」（『文学語学』第48号、1968・6）
　　高山寺典籍文書総合調査団編『高山寺本古往来　表白集』（東京大学出版会　1972）p. 516
(2) 築島　裕　『興福寺本大慈恩寺三蔵法師伝古点の国語学的研究　研究編』（東京大学出版会　1967）p. 357
(3) 注(1)と同じ

第3節 『権記』に見られる陳述副詞　73

一　覧　表

『権記』に見られる陳述副詞				三巻本色葉字類抄	観智院本類聚名義抄	高山寺本古往来	興福寺本大慈恩寺三蔵法師伝古点
	使用漢字	読み方と用法	用例数				
1	否定と呼応するもの						
1	敢	アヘテ ┌敢無（アヘテ〜ナシ） ┤敢不（アヘテ〜ス） └敢非（アヘテ〜アラス）	12 （4） （5） （3）	○	○	○	○
2	強	アナカチニ 　　強不（アナカチニ〜ス） cf. 情態副詞（4）	3 （3）	△	○	○	×
3	未	イマタ 　　未（イマタ〜ス、再読字）	220 （220）	○	×	○	○
4	于今 今	イマニ ┌于今未（イマニイマタ〜ス） ┤今未（イマニイマタ〜ス） └于今不（イマニ〜ス）	13 2 （12） （2） （1）	× △	× ○	× ×	× ○
5	曽 都	カツテ ┌皆無（カツテ〜ナシ） ┤都無（カツテ〜ナシ） └都不（カツテ〜ス）	1 2 （1） （1） （1）	○ ○	○ ○	× ×	○ ×
6	必	カナラス ┌必無（カナラス〜ナシ） └必不（カナラス〜ス）	9 （1） （8）	○	○	○	○
7	必	カナラスシモ ┌不必（カナラスシモ〜ズ） └不非（カナラスシモ〜アラス）	14 （11） （3）	×	×	○	○
8	兼	カネテ 　　兼無（カネテ〜ナシ）	1 （1）	△	○	○	○
9	更	サラニ ┌更無（サラニ〜ナシ） ┤更不（サラニ〜ス） └更非（サラニ〜アラス） cf. 情態副詞（99）	21 （4） （14） （3）	○	○	○	○

	『権記』に見られる陳述副詞			三巻本色葉字類抄	観智院本類聚名義抄	高山寺本古往来	興福寺本大慈恩寺三蔵法師伝古点
	使用漢字	読み方と用法	用例数				
10	惣	スベテ 　惣不（スベテ～ズ）	2 （2）	◯	◯	×	◯
11	専	モハラ 　専無（モハラ～ナシ） 　専不（モハラ～ス） 　専非（モハラ～アラス）	18 （5） （9） （4）	◯	◯	◯	◯
12	努力	ユメ 　努力～莫（ユメ～ナカレ）	1 （1）	×	×	×	◯
		計　　319					
2　比況と呼応するもの							
13	宛	アタカモ 　宛如（アタカモ～ノコトシ）	1 （1）	◯	◯	◯	×
14	猶	ナホ 　猶如（ナホ～ノコトシ） 　cf.情態副詞（113）	1 （1）	◯	◯	◯	◯
		計　　2					
3　条件句を構成するもの							
15	若	モシ 　若～者　　（モシ～ハ） 　若～(者)　（モシ～ハ） 　若～は　　（モシ～ハ） 　若～時　　（モシ～トキ） 　若～歟　　（モシ～カ） 　若～乎　　（モシ～ヤ） 　若～哉　　（モシ～ヤ）	162 （29） （68） （1） （1） （61） （1） （1）	◯	◯		◯
16	縦 仮令	タトヒ 　縦雖　　（タトヒ～トイヘトモ） 　縦(雖)　（タトヒ～トイヘトモ） 　仮令(雖)（タトヒ～トイヘトモ） 　cf.雖（～トイヘトモ）（333） 　縦～と云とも（タトヒ～トイフトモ） 　縦云　　（タトヒ～トイフトモ）	33 1 （13） （17） （1） （1） （2）	◯ ◯	◯ ◯	◯ ×	◯ ×
		計　　196					

『権記』に見られる陳述副詞				三巻本色葉字類抄	観智院本類聚名義抄	高山寺本古往来	興福寺本大慈恩寺三蔵法師伝古点
	使用漢字	読み方と用法	用例数				
4 推量・当然・希望・命令などを示す可（べし）と原則として呼応するもの							
17	蓋	ケタシ 　蓋〜也（ケタシ〜ナリ） 　蓋〜歟（ケタシ〜カ）	2 (1) (1)	○	○	×	○
18	殆	ホトホト 　殆可（ホトホト〜ヘシ） cf. 情態副詞（3）	2 (2)	○	○	×	○
19	須	スヘカラク 　須　　（スヘカラク〜スヘシ、再読字） 　須〜可（スヘカラク〜スヘシ）	56 (52) (6)	○ ×	○ ○	○	○
20	宜	ヨロシク 　宜（ヨロシク〜スヘシ、再読字）	4 (4)	△ ×	△	○	○
21	将 当 応	マサニ 　（マサニ〜セム） 　（マサニ〜セムトス、再読字） 　（マサニ〜ヘシ）	22 1 1	○ ○ ○ ×	○ ○ ×	○ ○ ×	○ ○ ×
		計	319				
5 その他							
22	況・况	イハムヤ 　況於〜哉（イハムヤ〜ニオイテヲヤ） 　況於〜哉（イハムヤ〜ニオイテ〜ムヤ） 　況於〜乎（イハムヤ〜ニオイテムヤ） 　呼応のないもの	25 (1) (1) (1) (22)	○	○	○	○
23	何況	イカニイハムヤ 　呼応のないもの	5 (5)	×	×	×	×
24	安	イヅクソ 　安（イヅクソ〜ムヤ）	1 (1)	○	○	×	○
25	必	カナラス 　必可　（カナラス〜ヘシ） 　必〜也（カナラス〜ナリ） 　必欲　（カナラス〜ムトス） 　呼応のないもの	28 (19) (3) (1) (5)	○	○	○	○

『権記』に見られる陳述副詞				三巻本色葉字類抄	観智院本類聚名義抄	高山寺本古往来	興福寺本大慈恩寺三蔵法師伝古点
	使用漢字	読み方と用法	用例数				
26	定	サタメテ 定〜歟　（サタメテ〜カ） 定〜也　（サタメテ〜ナリ） 定可　　（サタメテ〜ヘシ） 定　　　（サタメテ〜ム）	14 （8） （1） （1） （1）	△	△	○	△
		計	73				
		総計	680				

注　○印は、1から26までの語がその文献にある場合、×印はない場合を示す。また、△印は、語形が異なる場合を示す。

第4節 『小右記』に見られる「しはらく」

一　記録語(公卿日記に用いられている日本語)研究における題目の位置付け

　平安時代の言語と言えば、位相語として仮名文学語・漢文訓読語・記録語（公卿日記に用いられている日本語）三つが存在している。そのうち現存する記録語文献としては、平安初期（第1期、嵯峨朝以後の弘仁・貞観期、810年頃～877年頃を中心）のもの2点、中期（第2期、延喜・天暦期、901年頃～957年頃を中心）のもの5点、中・後期（第3期、一条期の前後、986年頃～1011年頃を中心）のもの14点、院政期（第4期、1086年頃～1192年）のもの22点ほどが知られている。これら一つ一つの文献についてその文体を明らかにすること（つまり共時的研究）、次いで時期区分ごとに、その文体に共通点があるかどうかを吟味すること、即ち、平安初期から院政期までにおいて、文体に史的推移が見られるかどうか、見られるとすればそれはどのような推移なのかを究明すること（つまり通時的研究）、これらを記録語研究の目標としている。

　ところで、本節の題目である『小右記』に見られる「しばらく」は、平案後期の1記録語文献である藤原実資の『小右記』（以下、本文献と呼ぶことにする）を取り上げて、その文体に関与する一つの事象として「しばらく」を表す漢字の用法に視点を置いて考察したものである。

　そして、本文献とほぼ同時期の記載年月を持つ『権記』・『御堂関白記』・『左経記』[(1)]の3文献に見られる「しばらく」を表す漢字表記及びその用法と比較することによって、本文献に見られる特徴を浮き彫りにしようとしたものである。

78　第一章　公卿日記に見られる副詞

二　『小右記』等、記録語文献4点

　『小右記』等4文献はいずれも公卿日記であり、その記者名・現存始終年紀・所収文献名等について、次に一覧表で示すことにする。

	日記名	記者名	現存始終年紀	所収文献名
平安後期	小右記	藤原実資	天元五（982）年〜長元五（1032）年	史料大成
	権　記	藤原行成	正暦二（991）年〜寛仁元（1017）年	史料大成
	御堂関白記	藤原道長	長徳四（998）年〜治安元（1021）年	大日本古記録
	左経記	源　経頼	長和五（1016）年〜長元八（1035）年	史料大成

　これら4人の記者についてみれば、藤原実資は右大臣・従一位、藤原行成は権大納言・正二位、藤原道長は摂政・従一位、源　経頼は参議左大弁・従四位上、といった具合で、いずれも政治上の要職にあった人々である。又、実資と道長は伯父と甥の関係に、道長と行成も叔父と甥の関係にあって血縁関係は濃い。が、彼らの学問上の関係がどのようなものであったかは未調査である。

三　「しはらく」の漢字表記

　「しはらく」という副詞を漢字で表記するために、本文献とほぼ同じころの古字書である『色葉字類抄』（成立は院政期で、書写は鎌倉時代）では、次の諸字が掲げられている。なお、漢字の右肩の数字（小字）は私に記したもので、掲載順位を示している。

　　　○且[1]シハラク　暫[3]又乍聲　乍[4]少（中略）籍[18]已上同　（前田本　下シ辞字78オ1）

　　　○須臾[シハラク]（=時刻分）　（前田本　下シ畳字79オ2）

○小¹選^{シハラク}我²項^同 項³之^同 只⁴且^同 少⁵時^同_{又シハシハカリ}　（前田本　下シ畳字85ウ7）

　ところで、本文献の記事「舞妓進舞　台已無敷板　仍暫致遅舞」（傍線は私に記す）の中の「暫」字はどんな語を表記するために用いられているのであろうか。それを帰納するには、「暫」字を含む前後の文脈から意味を探ること、本文献全体における「暫」字の用法を調査すること、当時の古字書の和訓を参照すること、の３点が考えられる。そして、これらを検討した結果、本文献の「暫」字は副詞「しはらく」を表記していることが分かった。

四　『小右記』に見られる「しはらく」

　『小右記』等４文献に見られる「しはらく」について調査すると、次のａ・ｂ二つの意味のいずれかであることが分かった。ａは「しばらくの間〜する」という意味で用いられている場合であり、ｂは「しばらくして〜する」という意味で用いられている場合である。
　本文献に見られる「しはらく」を表す漢字表記としては、若干の例外はあるが、ａとして「且、暫（正字）・蹔（通字）、暫程」の３種類、ｂとして「頃、暫之（又は蹔之）、頃之、須臾、少選（正字）・小選（類字）、少時（正字）・小時（類字）」の６種類がある。これらの用例数については、他の文献と共に巻末に一覧表で示すことにする。表１・表２を御覧いただきたい。表１は正字・通字、正字・類字を別々にしたものであり、表２はそれらを一緒にしたものである。
　次に具体例を示しながら、本文献に見られる「しはらく」を表す漢字の用法について説明していくことにする。

(1) 「且」

　本文献には「且」は全部で8例しかなく、次の例のように、すべてa「しばらくの間〜する」の意味で用いられている。

① 　早朝宰相来　即参大殿　帰来云　夜部悩給　今尚不快坐　且被行三十講　又有吟行声　人々有憂嘆気　　しばらく　サンジフカウのことを　おこなはる。(寛仁2．5．1二184上)

(2) 「暫」又は「蹔」

　正字「暫」129例、通字「蹔」95例、合計224例ある。a「しばらくの間〜する」という意味の場合が212例、b「しばらくして〜する」という意味の場合が12例ある。a対bは95％対5％となり、aの意味に用いられるのが本則である。

　a「しばらくの間〜する」という意味の場合

① 　戸内南戸数度如人引動揺　驚奇之程暫止　又更揺動如初　　しばらくやむ。(万寿2．10．23)

② 　兵部卿不参　予蹔候罷出　ヨ　しばらく　さぶらひて　まかりいづ。(寛弘9．4．28一262下)

　b「しばらくして〜する」という意味の場合

③ 　仍参殿上　即参御前　先居出居前　次将間　仍称名　着御前座　暫中納言頼定　参議経房　三位中将能信　参議公任参上　　しばらく　して……サムジヤウ。(長和3．12．23一414下)

④ 　参殿　蹔参院及宮　　しばらく　して　キン　および　みやに　まゐる。(永観3．5．5一67下)

(3) 「暫程」

　「暫程」は「しばらくの間」とほぼ同じ意味の「しばらくのほど」で、「程」字を用いて明記されており、用例は次の1例のみである。a「しばらくの間〜する」という意味で用いられている。

○ 　下人子童 七歳 　落入井中　驚而令取出　経暫程僅取出　已溺死　　しばら

第4節 『小右記』に見られる「しばらく」　81

くの　ほどを　へて　わづかに　とりいだす。(長和5．4．11二91上)

(4)「頃」

「頃」は2例しかなく、次の例のようにいずれもb「しばらくして～する」という意味に用いられている。

○　右大臣事了巻□□□□□之後召余、下給叙位簿、入箱、頃執筆人取副芍退下　しばらくして　シフヒツのひと　シヤクを　とりそへて　しりぞきおる。(永観3．3．7)

(5)「暫之」又は「蹔之」

「暫之」9例・「蹔之」17例、合計26例のうち、25例(96％)までがb「しばらくして～する」という意味に用いられており、a「しばらくの間～する」という意味では1例(4％)に過ぎない。即ち、bの用法が本則である。

a「しばらくの間～する」という意味の場合

①　次給螺盃之間　使等罷立　但給陪従銅盞　仍左大臣以下暫之候南廊壁下　於此処用螺盃　しばらく　みなみのラウの　かべのもとに　さぶらふ。(永観3．3．26一62下)

b「しばらくして～する」というの意味の場合

②　申剋許参内　諸卿不参　暫之諸卿参入　しばらく　して　シヨキヤウサムニフ。(寛仁2．11．22二219下)

③　其後資平追来　以彼又令召随身　蹔之参来　しばらく　して　まゐりきたる。(寛弘8．1．21一214下)

(6)「頃之」

「頃之」は次の例のように、86例全部がb「しばらく　して～する」の意味に用いられている。

①　今夜戌時許蜈蚣入耳　頃之出之　其長一寸余許　しばらく　して　いづ。(天元5．3．28一19下)

②　午時許参清水寺　頃之帰宅　しばらく　して　タクにかへる。(永観2．12．18一47上)

(7) 「須臾」

「須臾」は２例しかないが、「頃之」と同じくいずれもｂ「しばらくして〜する」という意味に用いられている。

① 従去夕雨脚頻降　已無晴気　伺隙欲参斎院　猶以滂沱　未剋許乾風扇雲赴異　須臾雨止　似有神感　しばらく　して　あめ　やむ。（長和３．４．18―377上）

② 早退出　到祭使所　須臾参摂政狭敷　しばらく　して　セツシヤウのサジキに　まゐる。（長和５．４．25二93上）

(8) 「少選」又は「小選」

「少選」59例・「小選」13例、計72例のうち71例（98.6％）までがｂ「しばらくして〜する」という意味であり、１例（1.4％）のみがａ「しばらくの間〜する」という意味であって、本則はｂであると言える。

ａ「しばらくの間〜する」という意味の場合

① 参宮　少選祇候　参花山院　良久候御前　しばらく　シコウ（す）。（長徳５．７．12一144下）

ｂ「しばらくして〜する」という意味の場合

② 午時許　火見南方　其程遼遠　少選下人走来云　内大臣家者　しばらく　して　ゲニン　はしりきたて　いはく、（正暦６．１．９―102上）

③ 今日主上初覧官奏　仍参入、小選左大臣[雅信]　参入　しばらく　してサダイジン　サムニフ（す）。（正暦４．４．28―90下）

(9) 「少時」又は「小時」

「少時」95例・「小時」143例、合計238例全部が、次の２例のようにｂ「しばらくして〜する」という意味で用いられている。即ち、ｂ専用である。

① 帰来云　内大臣已下候飛香舎　関白未被参者　少時又見遣　申云　只今関白被参上者　しばらく　して　また　みつかはす。（長元２．閏２．22三197下）

② 左大将来陣　小時太皇太后宮大夫俊賢　右大弁朝経参入　しばらくし

て 　……サムニフ（す）。（寛仁２.10.22二207上）
　以上、若干の具体例を示して説明してきた。今一度まとめてみると、次のように要約することができる。

１　a「しばらくの間〜する」という意味での専用は「且」と「暫程」であるが、両者とも用例数はわずかである。「暫」又は「蹔」もａの意味で用いられるのが本則であり、b「しばらくして〜する」という意味で用いられるのは例外である。用例数の上からみて、本文献では「暫」又は「蹔」がａの意味で用いられる場合の主役であると言える。
２　ｂの意味での専用は、用例数の多い順に「少時」又は「小時」・「頃之」・「頃」・「須臾」の４種類である。そして「少選」又は「小選」・「暫之」又は「蹔之」の２種類も、それぞれ１例ずつの例外（ａの意味での用法）はあるが、ｂの意味に用いられるのが本則である。用例数からみて、ｂの意味で用いられる場合の主役は「少時」又は「小時」であり、「頃之」、「少選」又は「小選」がそれに続くものと言える。

　これら使用度の高い用字を前述の『色葉字類抄』に照合してみると、「暫」又は「蹔」は２番目、「少時」又は「小時」は５番目、「頃之」は３番目、「少選」又は「小選」は１番目に掲げられており、「少時」又は「小時」以外はいずれも掲載順位の早いものであることがわかる。当時の書記生活において、掲載順位の早い漢字ほど頻繁に用いられたものとされており、本文献に見られる「しはらく」を表す漢字もその例外ではないのである。
　なお、正字対通字、正字対類字の観点から本文献の用字を眺めてみると、どのようになっているのであろうか。表１を次のように整理し直してみる。
　表Ａから正字と通字の使用状況は、正字の方が過半数を越えてはいるが、通字との差はそれほどないことがわかる。
　表Ｂから正字と類字の使用状況は、ほぼ同じであると言ってよい。

上の二つの結果から、『小右記』の記者である藤原実資は正字対通字、正字対類字の区別をそれほど意識して使わなかったのではないか、と考えられる。

表A

正 字	暫	129	暫程	1	暫之	9	139	251	55%
通 字	蹔	95			蹔之	17	112		45%

表B

正 字	少選	59	少時	95	154	310	50%
類 字	小選	13	小時	143	156		50%

五 『権記』等3文献に見られる「しはらく」

『権記』・『御堂関白記』・『左経記』についても、本文献の場合と同様な説明をしていくことにする。「しばらく」を表す漢字の一覧及び用例数については、表1・表2を御覧いただきたい。

1 『権記』

『権記』では、「暫」又は「蹔」・「暫間」がa「しばらくの間〜する」という意味に、「暫之」又は「蹔之」・「頃之」・「有頃」がb「しばらくして〜する」という意味に用いられている。それに、「暫」又は「蹔」はbの意味(26%)にも用いられている。種類としては5種類であり、前記の本文献が9種類もの用字を持っていたのに比べると少ない(約56%)。

⑴ 「暫」又は「蹔」

「暫」又は「蹔」は、用例⑳のようにa「しばらくの間〜する」という意味で用いられているものが87例(74%)、用例㉑のようにb「しばらくして〜する」という意味で用いられているものが30例(26%)である。bの場合

第4節 『小右記』に見られる「しはらく」 85

が26%も占めてくると、例外であるとは言えなくなる。
① 先例三宮暫住他家之時　臨時加賞家主　サンのみや　しばらく　タのいへに　すむ　とき（長保1．12．5一91下）
② 左右源中将経房顕定参会　暫左衛門督参会　しばらくして　サヱモンのかみ　まゐりあふ。（長保3．2．6．一196上）
(2) 「暫間」
「暫間」は「間」字によって「あひた」が明示されており、次のように2例共にa「しばらくの間～する」という意味に用いられている。
○ 即詣近衛殿　女房等云　今間邪気移人頗宜　暫間帰宅休息　しばらくのあひだ　タクにかへて　キウソク（す）。（長徳4．3．3一26上）
(3) 「暫之」又は「蹔之」
「暫之」又は「蹔之」は次の2例のように、64例全部がb「しばらくして～する」という意味に用いられている。
① 次詣左府　暫之詣弾正宮　しばらく　して　ダンジヤウのみやに　まうづ。（長保4．4．9一255下）
② 右衛門督　先在座　暫之左兵衛督参入　しばらく　して　ヒヤウヱのかみ　サムニフ（す）。（寛弘8．8．28二184上）
(4) 「頃之」
「頃之」は用例㉕のように、56例中55例（98.2%）までがb「しばらくして～する」という意味に用いられており、用例㉖の1例（1.8%）のみがa「しばらくの間～する」という意味に用いられている。この1例は例外とみなせるので、「頃之」はb専用であると言ってよい。
① 早可被行之由　同可奏　頃之自左府　権中将来示云　しばらく　してサフより　ゴンのチウジヤウ　きたりしめして　いはく、（長徳4．7．14一42上）
② 生貴子　感悟不少　頃之気上　念本尊得平癒　しばらく　ケあがる。（長保3．8．1一218上）

⑸ 「有頃」

「有頃」は次のように、8例全部がb「しばらくして〜する」という意味で用いられている。もっとも、「有」字によってbの意味であることが明記されてはいる。

○ 少弁云　暫念不可立　此間深念本尊　有頃平復　しばらく　ありて　ヘイフク（す）。（長徳4.3.16—29上）

以上のことから、『権記』ではa「しばらくの間〜する」という意味の場合は、「暫」又は「蹔」が主役であり、このことは前述の本文献と共通している。

b「しばらくして〜する」という意味の場合は、用例数の上から、「暫之」又は「蹔之」と「頃之」が主役である。この二者は本文献にも用いられているが、「有頃」は本文献には見られないものである。

なお、正字・通字の観点から表1を整理し直してみると、次表のようになる。

正　字	暫	115	暫間	2	暫之	60	177	183	97%
通　字	蹔	2			蹔之	4	6		3%

上の表から、『権記』では、正字が主（97.7％）として用いられていて、通字の方はごくわずか（3％）しか用いられていないことがわかる。

2　『御堂関白記』

『御堂関白記』ではa「しばらくの間〜する」という意味の場合は「暫」又は「蹔」と「暫之間」の2種類が、b「しばらくして〜する」というの意味の場合は「有暫」又は「有蹔」の1種類が用いられている。『小右記』の9種類に比べると、『御堂関白記』の3種類は1/3に過ぎない。

第4節 『小右記』に見られる「しはらく」

(1) 「暫」又は「蹔」

「暫」又は「蹔」は24例中22例（92％）までが用例㉘㉙のように、a「しばらくの間〜する」という意味に用いられており、2例（8％）のみが用例①のようにb「しばらくして〜する」という意味に用いられている。『御堂関白記』の「暫」又は「蹔」は本文献のそれと同様に、bの意味に用いられるのは例外であると言える。

② 　右大臣令勘奉幣使日時程　暫立座　奏後又着　　しばらく　ザを　たつ。（寛弘8．8．15中116）

③ 　依内侍遅参　蹔相待　給御幣宣命　　しばらく　あひまつ。（寛弘7．12/11中84）

④ 　入夜参入内　即出中院給　共奉幸行　暫退出　候所宿　是有依悩気也　しばらく　して　タイシユツ（す）。（寛弘1．6．11上94）

(2) 「暫之間」

「暫之間」は「間」字によって「あひた」が明記されており、用例は次の1例のみでa「しばらくの間〜する」という意味に用いられている。

① 　辰三刻　男皇子降誕給　暫之間　雖有重悩　無殊事　　しばらくのあひだ　おもく　なやむこと　ありと　いへども　ことなること　なし。（寛弘6．11．25中30）

(3) 「有暫」又は「有蹔」

「有暫」又は「有蹔」は「有」字によって明記されているように、16例全部がb「しばらくして〜する」という意味を示している。

① 　仰可令勘政初日　有蹔申十九日由　　しばらく　ありて　ジフクニチの　よしを　まうす。（寛弘5．1．14上247）

② 　別当章信等在前間　蔵人所方有高声事　有蹔別当申云　宗相与守親相輪声也〔論〕　　しばらく　ありて　ベツタウ　まうして　いはく、（寛弘1．7．13）

以上のことから、『御堂関白記』ではa「しばらくの間〜する」という意味を表すものとして、「暫」又は「蹔」が主役であること、b「しばらくして〜する」という意味を表すものとしては「有暫」又は「有蹔」が専用されていることが分かる。

なお、正字・通字の観点から表1を整理し直してみると、次のようになる。

正 字	暫	19	暫之間	1	有暫	12	32	41	78%
通 字	蹔	5			有蹔	4	4		22%

『御堂関白記』における正字使用率78％は、『権記』の97％には及ばないが、『小右記』の55％よりはるかに高いことが分かる。

3 『左経記』

『左経記』では、a「しばらくの間〜する」という意味の場合は「且」と「暫」又は「蹔」と「頃」の3種類が、b「しばらくして〜する」という意味の場合は「暫」又は「蹔」・「頃」・「頃之」・「有暫」・「有頃」の5種類が用いられている。形の上では全体として6種類であり、『小右記』の9種類に次いで多い。

(1) 「且」

「且」は全部で5例しか使われていないが、次の例のようにすべてa「しばらくの間〜する」という意味に用いられている。

○ 余触左大弁　且於陣腋見僧名等　頃之左大弁来陣腋云　しばらく　ヂンのエキにして　ソウメイらを　みる。(長元8．3．16―402下)

(2) 「暫」又は「蹔」

「暫」又は「蹔」全77例のうち、49例（64％）がa「しばらくの間〜する」という意味に、28例（36％）がb「しばらくして〜する」という意味に用いられている。両者の割合は64％対36％になる。前述したようにbの占める割合は、『小右記』5％、『御堂関白記』8％であり、これら二文献の場合は

第4節 『小右記』に見られる「しはらく」　89

例外として処理した。

　ところが、『権記』の26%、『左経記』の36%になると、単なる例外として処理することはできない。

　次に、a・bそれぞれの意味に用いられている具体例を2例ずつ示すことにする。

　a「しばらくの間〜する」という意味の場合

① 是新帝以来月五日暫依有可遷御之議也　しばらく　センギヨすべきギあるによてなり。(長和5．1．15—5下)

② 仍自今夜賜瀧口武者等　暫可令宿直者　しばらく　シユクチヨクせしむべし　てへり。(寛仁1．7．2—31下)

　b「しばらくして〜する」という意味の場合

① 申文了次第入内　暫退出　参殿　しばらく　して　タイシユツ(す)。(長元4．4．23—278上)

② 上達部多以参入　若可令参給者　早可参給者　暫内府参入　右府被下外記勘文了　しばらく　して　ナイフ　サムニフ(す)。(長元5．6．29—352下)

(3)「頃」

　「頃」は全22例ある。次のようにいずれもb「しばらくして〜する」という意味に用いられている。

○ 是興法計也者　頃参結政　上侍従中納言　請印了着南　しばらく　して　ケツシヤウに　まゐる。(長保7．10．28)

(4)「頃之」

　「頃之」は

① 令召諸司等　頃之申神祇官陰陽寮等参由　しばらくして　……のよしを　まうす。(寛仁7．7．1)

② 早旦参殿　頃之侍従中納言左大弁被参入　しばらくして　……サムニフせらる。(長元7．8．27—366上)

の例のように、218例全部がb「しばらくして〜する」という意味で用いられている。

(5) 「有暫」

「有暫」は「頃之」の218例に比べてわずか6例しかない。「有」字によってb「しばらくして〜する」という意味の場合であることが明記されている。

○　早朝甚雨　有暫晴　参内宮　　しばらく　ありて　はる。（長元1.6.1－225下）

の例のように、全部bの意味に用いられている。

(6) 「有頃」

「有頃」も前記「有暫」と同様、「有」字によってb「しばらくして〜する」という意味の場合であることが明記されている。

○　午剋参内着楽所　有頃人々参着　　しばらく　ありて　ひとびと　まゐりつく。（長和5.3.12－12下）

の例のように全15例がbの意味に用いられている。

　以上のことから、『左経記』では「暫」又は「蹔」がa「しばらくの間〜する」という意味で用いられる場合の主役であること、「頃之」がb「しばらくして〜する」というの意味で用いられる場合の主役であることが分かる。又、この「頃之」は『小右記』・『権記』では2番目に多く用いられているものである。

　なお、正字・通字の観点から表1を整理し直すと、次のようになる。

正　字	暫	65	有暫	6	71	83	86%
通　字	蹔	12			12		14%

　上の表から、『左経記』では『権記』(97％)・『御堂関白記』(78％)と同様、主として正字（86％）が用いられていることが分かる。

ま と め

　「しばらく」を表す漢字の種類と用法とについて各文献ごとに述べてきたが、次に本文献と他の3文献（『権記』・『御堂関白記』・『左経記』）とを比較してみよう。

　4文献に共通して見られる用法は先述したように、a「しばらくの間〜する」という意味に用いられている場合と、b「しばらくして〜する」という意味に用いられている場合とに二大別されるということである。
　aの意味に用いられている場合の主役は、本文献では「暫」又は「蹔」であり、この点は他の3文献においても同じである。その外、本文献には8例ではあるが「且」が用いられている。この点は『左経記』（5例）と同じである。又、「程」や「間」の字の明記されているものは、本文献の「暫程」1例、『権記』の「暫間」2例、『御堂関白記』の「暫之間」1例というようにそれぞれ1、2例に過ぎない。
　なお、bの意味で用いられるのが本則であるが、例外としてaの意味に用いられているのは、本文献では「暫之」1例・「少選」1例であり、『権記』では「頃之」1例である。『御堂関白記』と『左経記』とには皆無である。
　他方、bの意味に用いられている場合の主役は、本文献では「少時」又は「小時」である。それに続くものとしては、「頃之」と「少選」又は「小選」がある。『権記』での主役は「暫之」又は「蹔之」と「頃之」で、両者は同じくらいの使用数を示している。『御堂関白記』での主役は「有暫」又は「有蹔」であり、『左経記』のそれは「頃之」である。
　つまり、本文献での主役「少時」又は「小時」は、他の3文献には皆無のものである。又、本文献で3番目に使用数の多い「少選」又は「小選」も、他の3文献には全然用いられていないものである。そして、本文献で2番目

に使用数の多い「頃之」は、『権記』で2番目、『左経記』で1番目であり、この「頃之」は3文献に共通して使用数の多いものである。

bの用法で本文献に見られないものとしては、『権記』・『左経記』の「有頃」、『御堂関白記』・『左経記』の「有暫」又は「有蹔」といった「有」字の明記されているものがある。

また、bの意味で用いられている場合の漢字の種類としては、各文献ごとに用例数の多い順に述べると、本文献では「少時」又は「小時」・「頃之」・「少選」又は「小選」・「暫之」又は「蹔之」・「頃」・「須臾」の6種類、『権記』では「暫之」又は「蹔之」・「頃之」・「暫*」・「有頃」の4種類、『御堂関白記』では「有暫」又は「有蹔」の1種類、『左経記』では「頃之」・「暫*」又は「蹔」・「有頃」・「有暫」・「頃」の5種類となる。＊印を付したものは先述したように、aの意味に用いられるのが本則であるが、bの意味で用いられる場合も用例数の上から単なる例外だと処理し切れないものである。が、この＊印を付したものを一応はずすとすれば、『権記』は3種類、『左経記』は4種類となる。

いずれにしても、種類の上では本文献『小右記』が一番多い。しかも、他の3文献には全然見られない「少時」又は「小時」、「少選」又は「小選」、「須臾」の3種類を含んでいるのである。

次に正字・通字、正字・類字の観点から言えば、他の3文献はいずれも「正字」が主として用いられているのに対し、本文献だけは半半くらいに用いられている。

結局のところ、「しはらく」を表す漢字の用法からみた『小右記』の特徴は、ほぼ同時期の他の3文献と比較してみた結果、次の諸点に要約することができる。

1　a「しばらくの間〜する」という意味に用いられている場合の本文献での主役は「暫」又は「蹔」であって、この点は他の3文献にも共通している。また、b「しばらくして〜する」という意味に用いられている場合に

は、次のような点が見られる。
(1) 本文献に用いられている「しはらく」を表す漢字は6種類あって、他の3文献よりも多いこと。
(2) 他の3文献には見られない用字が、本文献には3種類――「少時」(「小時」)・「少選」(「小選」)・「須臾」――あること。
(3) 本文献での主役である「少時」又は「小時」は、他の3文献には見られない用字の一つであること。

2 正字対通字、正字対類字の観点から見ると、他の3文献では主として正字が用いられているのに対し、本文献では半半くらいにしか用いられていない。つまり、本文献の記者である藤原実資は、正字と通字、正字と類字の区別をそれほど厳密には考えていなかったものと考えられる。

注
(1) 『左経記』は、「増補史料大成 6」(臨川書店 1965) 所収の本文を用いた。1ページは上下2段に活字を組んである。具体例の示し方は、例えば寛仁元年11月9日の記事の場合は48ページの上段に載っているので、「被仰此由頃之被奏宣命草」(寛仁1.11.9―48上) のように記す。下線は清水が付けたものである。

表1　4文献に見られる「しはらく」の用字と用例数

$\dfrac{a, b}{全用例数}$ $\begin{cases} a.「しはらくの間〜する」という意味の用例数 \\ b.「しはらくして〜する」という意味の用例数 \end{cases}$

用字		文献名	小右記	権　記	御堂関白記	左経記
a 用いの意味に用いられている用字		且	$\dfrac{8,0}{8}$	0	0	$\dfrac{5,0}{5}$
	暫	（正字）	$\dfrac{121,8}{129}$	$\dfrac{85,30}{115}$	$\dfrac{18,1}{19}$	$\dfrac{40,25}{65}$
	蹔	（通字）	$\dfrac{91,4}{95}$	$\dfrac{2,0}{2}$	$\dfrac{4,1}{5}$	$\dfrac{9,3}{12}$
	暫 之 間		0	0	$\dfrac{1,0}{1}$	0
	暫　　間		0	$\dfrac{2,0}{2}$	0	0
	暫　　程		$\dfrac{1,0}{1}$	0	0	0
b の意味に用いられている用字		頃	$\dfrac{0,2}{2}$	0	0	$\dfrac{0,2}{2}$
	暫之	（正字）	$\dfrac{1,8}{9}$	$\dfrac{0,60}{60}$	0	0
	蹔之	（通字）	$\dfrac{0,17}{17}$	$\dfrac{0,4}{4}$	0	0
	頃　之		$\dfrac{0,86}{86}$	$\dfrac{1,55}{56}$	0	$\dfrac{0,218}{218}$
	須　臾		$\dfrac{0,2}{2}$	0	0	0
	少選	（正字）	$\dfrac{1,58}{59}$	0	0	0
	小選	（類字）	$\dfrac{0,13}{13}$	0	0	0
	少時	（正字）	$\dfrac{0,95}{95}$	0	0	0
	小時	（類字）	$\dfrac{0,143}{143}$	0	0	0
	有暫	（正字）	0	0	$\dfrac{0,12}{12}$	$\dfrac{0,6}{6}$
	有蹔	（通字）	0	0	$\dfrac{0,4}{4}$	0
	有　　頃		0	$\dfrac{0,8}{8}$	0	$\dfrac{0,15}{15}$
合　　計			$\dfrac{223,436}{659}$	$\dfrac{90,157}{247}$	$\dfrac{23,18}{41}$	$\dfrac{54,269}{323}$

第二章
公卿日記に見られる接続語

第1節 『御堂関白記』に見られる原因・理由を示す接続語

は じ め に

　平安後期の公卿日記、藤原道長（966〜1027）の『御堂関白記』（以下、本文献と呼ぶことにする）（998〜1021の記事）には、原因・理由を示す接続語としてどのようなものが用いられているのか。これを明らかにするのが本節の目的である。

　将来の課題は、本文献と同時代の他の公卿日記、即ち、藤原行成の『権記』や藤原実資の『小右記』に見られる原因・理由を示す接続語を調べて三者間の比較検討をし、平安後期の公卿日記（平安後期の記録語文献）に見られる全体像を把握することである。そして究極には、平安後期の公卿日記に見られる様々な表現の類型を集大成していくことである。

　調査には、凡例で述べた『大日本古記録』所収の『御堂関白記』上中下3冊を用いた。ただし、底本が自筆本・古写本の部分に限り、平松本の部分は対象から外した。

　本文献に見られる原因・理由を示す接続語は、次のように大別できる。
　A　原因・理由を示す文字が表記されている場合
　　a　接続詞「仍（よて）」が用いられている場合—「X。仍Y。」
　　b　接続詞「故（ゆゑに）」が用いられている場合—「X。故Y。」
　　c　連語「依（によて）」が用いられている場合—「依X、Y。」
　　d　原因・理由の説明が後になっている場合—「Y。是依X也。」
　B　原因・理由を示す文字は表記されていないが、文意上そうであると判断できる場合（Aのa、c、dに相当する場合）
　　以下、項目ごとに述べていく。そして、「仍（よて）」と「依（によて）」

との関係についても考察する。

一　接続詞「仍（よて）」が用いられている場合

　接続詞「よて」は、動詞「よる」の連用形に接続助詞「て」の付いた「よりて」が促音便化したものである。前の事柄が原因・理由になって、後の事柄が起こることを示すものである。和文における初出例は、小学館刊行の『日本国語大辞典』（2001年）によれば、「よりて」が『千載集』に、「よつて」が『高野本平家物語』に、それぞれあることが記されている。『千載集』は文治３年（1187）の撰進であり、『平家物語』の原形は承久～仁治（1219～1243）の頃に成るかとされている。

　本文献の「仍」が接続詞「よて」であると判断したのは、具体例の検討と、天養～治承（1144～1181）の頃に成立した書記言語生活上の国語辞書『色葉字類抄』の訓とによる。なお、「よて」は、漢文の訓読から生じた語であり、本来の和語ではない。

　　　依ヨテ因籍仍縁（前田本色葉字類抄　辞字　上116オ６）

　「仍（よて）」は全部で426例であり、その内88例は文頭に立つことがはっきりしている。たとえば、「仁和寺故大僧正法事也　仍送僧前」（長保１．６．３上22）のように、指定の助動詞「也（なり）」が直前にあるもの35例、「摂政被来云　今夜斎院盗人入云々　仍奉遣奉云々」（寛仁１．７．２下109）のように、「云々（ウンウン）」（文末を間接法で結ぶ語。「…といへり。」の意）が直前にあるもの30例、「午時許人来云　有其気色者　仍行向」（寛仁２．12．９下189）のように、直前に「者（てへり）」（連語。「…といへり」の約）のあるもの21例、「只今所不覚也　若付暦歟　仍引見已無件事」（寛仁３．１．５下191）のように、終助詞「歟（か）」が直前にあるもの１例、「春宮亮周頼帯刀試分持来　仰云　勅使可持来と　仍即返給」（長和５．３.24下54）のように、引用の格助詞「と」が直前にあるもの１例などから明らかである。残

り338例は、「大歌別当右衛門督不候　仍以中宮権大夫為代」（寛弘1.11.18上118）のように、前後の文脈から接続詞「仍（よて）」だと判断できるものである。構文は「X。仍Y。」である。

　接続詞「仍（よて）」で結ばれる前の事柄と後の事柄の内容は多方面にわたるが、比較的多く用いられている例をいくつか示しておく。病気に関したもの35例、火事に関したもの11例、出産に関したもの7例、物忌に関したもの7例、死の穢れに関したもの7例、障りに関したもの5例、触穢に関したもの4例、といった具合である。次に、いくつかの具体例を挙げる。

① （病気）　三日夕方　舌下有小物　召重雅令見　申重舌　仍加療治　ヂウゼツと　まうす。　よて　レウヂを　くはふ。（寛弘1．5．15上88）

② （火事）　随身公時来　申云　法興院焼亡云云　仍求乗物馳至　ホフコウヰン　ゼウマウ（す）とウンウン。よて　のりものを　もとめて　はせいたる。（寛弘8．10．6中121）

③ （出産）　問経営雑事次　右衛門督妾有産気云云　仍問遣　サンのケありとウンウン。よて　とひやる。（長和5　10.4下77）

④ （物忌）　大宮御方御物忌也　仍不参　おほむものいみなり。　よて　まゐらず。（寛仁1．10．2下121）

⑤ （死の穢れ）　摂政参中宮御方　還来示云　彼御方有犬死穢者　仍不参大内　行土御門云云　いぬの　しの　けがれ　ありてへり。よて　おほうちに　まゐらず。（寛仁1．6．28下108）

⑥ （触穢）　御禊前駆右兵衛佐通範申触穢由　仍改定同府佐経定　ショクヱの　よしを　まうす。　よて　あらためて　…と　さだむ。（長和5．4．15下58）

⑦ （障り）　右大臣内大臣申障由不参　仍召右大将被行宣命　さはりのよしを　まうして　まゐらず。　よて　ウダイシヤウを　めして　…（長和1．4．27中151）

　なお、接続詞「よて」と判断できる例として、「依」1例、「因」1例があ

る。
⑧（依）右大将示無牛由　依送牛　　うし　なきよしを　しめす。よて　うしを　おくる。（寛弘6.12.23中35）
⑨（因）御論議如常　有七番　而遍救依申障被免　又不入経救依出憐　因件入経救　経救寛印尤美也　　あはれぶ。よて　くだんの　キヤウキウを　いる。（寛弘1.3.29上81）

二　接続詞「故（ゆゑに）」が用いられている場合

　接続詞「故（ゆゑに）」は、接続詞「仍（よつて）」と同じく、先行の事柄が原因・理由になって後続の事柄が起こることを示すものである。『日本国語大辞典』によれば、初出例は『法華義疏長保四年点』（1002年）となっている。やはり、漢文の訓読から生じた語である。
　故𠮷ヱ反由以致已上同　（前田本色葉字類抄　辞字　下68オ4）
　「仍（よて）」が426例もあるのに対し、「故（ゆゑに）」は次の1例のみである。
○　右衛門督示云　中宮参大原野給事如何　或者夢想有告云云　而今年有早魃事　仍於参給大事也　故停給也　令占筮可一定者　　よて　まゐりたまふこと　においては　ダイジなり。　ゆゑに　とどめたまふなり。（寛弘1.8.22上104）　直前の1文に接続詞「仍」が用いられているので、同じ意味を表す別の語「故」で置き換えたものと考えられる。

三　連語「依（によて）」が用いられている場合

　本文献の「依」が原因・理由を示す接続語として用いられていると判断できるのは、個個の具体例の前後の文脈によってである。「によて」は、よりどころとなる事柄に基づくという意味の動詞「よる」の連用形に接続助詞

「て」の付いた「よりて」、促音便化した「よて」の前に格助詞「に」の付いた「によりて」、「によて」という形全体が、原因・理由を示す「〜なので」というように接続助詞的に用いられたものである。初出例は、『日本国語大辞典』によれば『平家物語』（13世紀前半成立）で、「五戒十善の御果報つきさせ給ふによて、今かかる御目を御覧ずるにこそさぶらへ。」とある。『色葉字類抄』には「依ニヨル因籍仍（前田本色葉字類抄　辞字　上116オ7）、「依ヨテ因籍仍縁（前田本色葉字類抄　辞字　上116オ7）とある。

　「依（によって）」は、全部で687例用いられている。構文は「依Ｘ、Ｙ。」の形である。意味は、「ＸなのでＹである」と基本的に考えてよい。Ｘに注目すると、和語・字音語を含めて、名詞相当語の場合が345例（そのうち形式名詞は29例）、形容詞・形容動詞・副詞に相当する語の場合が118例、動詞（助動詞が付いているものもある）に相当する語の場合が224例ある。Ｘの内容は多彩であるが、比較的多く用いられているものを示せば次のようになる。名詞相当語では、「物忌（ものいみ）」119例、「事（形式名詞こと）」27例、「触穢（ショクヱ）」15例、「雨（あめ）」14例、「之（代名詞これ）」10例（うち1例は「是」）、「消息（セウソク）」4例、「服（フク）」4例「、軽服（キヤウフク）」4例、「穢（けかれ）」4例、「病（やまひ）」3例、「方忌（かたいみ）」3例、「忌日（キニチ）」3例、「暇（いとま）」3例、「早損」カンソン）3例、「吉方（えホウ）」3例などがある。「召（めし）」31例、「仰（おほせ）」23例、「命（メイ）」3例などは、原因・理由を示すというよりは、「〜に従い」と現代語訳にする方がふさわしいものである。形容詞は、「重（おもし）」23例、「固（かたし）」9例、「軽（かるし）」8例があるが、3者共にその内容は物忌に関したものが多い。その外、「無（なし）」16例、「無便（ヒンなし）」5例、「近（ちかし）」4例などがある。動詞は、「有（あり）」31例、「候（さふらふ）」10例、「申（まうす）」9例、「参（まゐる）」8例、「御（おはす、おはします）」5例などがある。「有（あり）」の内容は、「方忌」10例、「触穢」5例、「所慎（つつしむところ）」3例などである。次

に、いくつかの具体例を挙げる。
(1)　Xの中心が名詞相当語の場合
① 此夜可有中院行幸　而依雨停止　しかるに　あめによて　チヤウジ。（長和2．12.11中255）
② 依軽服無音楽　キヤウブクによて　オンガクなし。（寛弘1．3.13上77）
③ 可供奉御禊内侍順子　依暇改仰能子者　いとまによて　ノウシに　あらためておほす。（長和1．閏．2中173）
④ 日来依触穢不参内　而依召参入　ひごろ　シヨクゑによて　サンダイせず。しかるに　めしによて　サムニフ（す）。（寛弘7．8.10中72）
⑤ 依宮仰懐信登山　みやの　おほせによて　かねのぶ　やまに　のぼる。（寛仁2．8.26下173）
⑥ 候御前間　被仰云　尚有労御事　依之行大赦者　これによて　タイシヤを　おこなふてへり。（長和4．5.23下11）
⑦ 上女方参中宮御方　為女方致無礼云云　依是上女方等被追放者　又同女方候宮御方者除籍　これによて　うえのニヤウバウら　ツイホウさるてへり。（寛弘8．5.11中105）
⑧ 依舎利会事　僧等遅来　シヤリヱの　ことによて　ソウら　おそくきたる。（寛弘2．4.24上142）
(2)　Xの中心が形容詞相当語の場合
① 依物忌軽　出東河解除　ものいみ　かるきによて　ひがしのかはに　いでて　ゲヂヨ（す）。（寛弘7．3.2中51）
② 右府為加階賀被立頼　依無案内無其用意　アンナイ　なきによて　その　ヨウイ　なし。
③ 此日家所充　依政所無便　於侍所定之　まんどころ　ビンなきによて　さぶろひどころにして　これを　さだむ。（長和4．8.2下21）
④ 子時許西方有火　驚欲参大内　依枇杷殿近参入　ビハドの　ちかきに

(3) Xの中心が形容動詞相当語の場合
① 依月光瞳瞳立篝火　入夜月明令取退　　ゲツクワウ　トウトウたるによて　かがりびを　たつ。(長和2．8．13中239)
② 入夜依熱気盛乗舟追涼　ネツのケ　さかんなるによて　ふねに　のてリヤウを　おふ。(長和4．閏6．18下16)
③ 雖有悩事尚微微　従午時及戌時依微還来　かすかなるによて　かへりきたる。(寛仁2．12．8下188)
④ 依不障分明　兼綱顕定親方等候恐　さはり　フンミヤウならざるによて　…おそれさぶらふ。(長和5．7．20下69)

23は「瞳瞳（トウトウたり）、24は「盛（さかんなり）」、25は「微（かすかなり）」、26は「分明（フンミヤウなり）」である。形容詞106例に対し、形容動詞は全11例である。

(4) Xの中心が副詞相当語の場合
○ 祭使忠経許舞人下重送　件使道理可奉仕伊成也　而依触穢暇文　被充忠経　事依忽申代官　右兵衛佐通範奉仕　こと　たちまちによて　ダイクワンを　まうす。(寛弘6．11．8中27)　副詞はこの例1例だけで、「忽（たちまち）」である。

(5) Xの中心が動詞相当語の場合
① 心地不宜内　依有方忌退出　かたいみ　あるによて　タイシユツ（す）。(長和5．4．15下57)
② 依不候内舎人　御弓奏付内侍　うどねり　さぶらはざるによて　おほむゆみの　ソウ　ナイシに　つく。(寛弘1．1．7上65)
③ 親王照登依申障　以左近中将教通為代　さはりを　まうすによて　…かはりとす。(寛弘8．10.11中122)
④ 依舞人遅参　日晩事初　まひびと　おそく　まゐるによて　ひ　くれて　こと　はじまる。(寛仁2．11.25下187)

⑤　卅講五巻日也　依東宮御　無持回事　只置小廊　トウグウ　おはしますによって　もてまはること　なし。(長和４．５．13下11)
⑥　明救令奏大内云　依奉仕公家御祈　左大臣不宜思侍　クゲの　おほむいのりに　ホウジするによて　サダイジン　よろしく　おもひはべらず。(長和４．６．14下13)
⑦　而豊後守孝理相会　申云　依府使責難堪参上　而未申事由於殿下云云　フの　つかひの　せめ　たへがたきによて　まうのぼる。(長和２．11．18中252)

なお、「因（よて）」が用いられているのは、次の２例のみである。いずれもＸは、指示代名詞「これ（之・茲）」である。
①　月蝕初　十五分十三許蝕（中略）若蝕重恐思不少　因之不参大内　これによって　おほうちに　まゐらず。(寛弘１．11．15上118)
②　明救令奏大内云　依奉仕公家御祈　左大臣不宜思侍　因茲世間乃無用此御目御修法不奉仕思給云云　これによて　セケン　すなはち　ヨウなし。(長和４．６．14下13)

四　結果が先で、原因・理由の説明が後になっている場合

上記三で述べた連語「依（によて）」が用いられる場合は、「依Ｘ、Ｙ。」の構文であった。四は、「Ｙ。是依Ｘ也。」・「Ｙ。依Ｘ也。」の構文を代表とする場合についてである。全222例のうち、前文の内容を受ける指示代名詞「是（これ）」（是コレ　承紙反　前田本色葉字類抄　辞字　下８ウ２）を伴うもの129例、「是」を伴わないもの93例である。構文の型を更に下位分類すれば、「Ｙ。是依Ｘ也。」100例、「Ｙ。是依Ｘ。」13例、「Ｙ。是依Ｘ歟。」11例、「Ｙ。是依Ｘ云云。」４例、「Ｙ。是依Ｘ者。」１例、「Ｙ。依Ｘ也。」69例、「Ｙ。依Ｘ。」13例、「Ｙ。依Ｘ歟。」６例、「Ｙ。依Ｘ云云。」３例、「Ｙ。依Ｘ者。」

2例となる。又、Xの中心になる語に注目すると、名詞相当語82例、動詞相当語112例、形容詞・形容動詞・副詞相当語28例となる。X・Yの内容は多様である。以下に具体例を示す。

(1) 指示代名詞「是（これ）」がある場合

① 上卿皆参　只伊中納言一人不参　<u>是</u>依忌日<u>也</u>　これ　キニチ　によってなり。（長和1．5．17中155）

② 以頼任奉問禅林寺僧都　<u>是</u>依悩給腫物<u>也</u>　これ　はれものに　なやみたまふ　によてなり。（長和1．12．13中187）

③ 又被仰云　東宮従去正月末梳頭云云　<u>是</u>依無理髪人<u>也</u>　これ　リハツのひと　なきに　よてなり。（長和5．3．2下49）

④ 入夜参内　<u>是依</u>有方忌　これ　かたいみ　あるに　よる。（寛弘7．12．21中85）

⑤ 昨今日間桜花猶盛開　年来之間無及四月時　若<u>是</u>二月間寒気盛　依氷雪烈歟　もし　これ　ニグワツの　あひだ　カンキ　さかんにして　ヒョウセツ　はげしきに　よるか。（寛仁2．4．1下152）

⑥ 此二月三月間牛馬多以斃　京并外国如此云云　<u>是又依</u>天寒云云　これまた　テンの　さむきに　よる　とウンウン。（寛仁2．4．1下152）

⑦ 参院　被仰云　日来如聞雖任帯刀未帯刀　無食云云　<u>是</u>依不奏案内<u>者</u>　これ　アンナイを　ソウせざるに　よるてへり。（長和5．3．2下49）

上記7例のXの中心となる語は、37「忌日（キニチ）」、38「悩給（なやみたまふ）」、39「無（なし）」、40「有（あり）」、41「盛（さかんなり）」、「烈（はげし）」、42「寒（さむし）」、43「不奏（ソウせず）」である。「依」の代わりに「仍（よる）」が用いられているのは、次の1例である。

⑧ 事了乱声各一度　失歟　可有三度也　各三曲　<u>是</u>入夜<u>仍</u><u>也</u>　これ　よるに　いるに　よてなり。（寛弘7．7．28中71）

なお、「依（よる）」は用いられていないが、名詞「所以（ゆゑん）」の用いられた例が一つある。

第1節 『御堂関白記』に見られる原因・理由を示す接続語　105

⑨　即示送云　（中略）　又所申陳頗有奇事　申仲遠有怠　非可為氏長　是奇思給所以者　これ　あやしく　おもひたまふ　ゆゑてへり。（長和1．閏10.14中175）

(2)　指示代名詞「是（これ）」が無い場合

①　列見　無宴座穏座　依諒闇也　リヤウアンに　よてなり。（長和1．8．11中163）

②　法隆寺観峰是重任　此度加四任　毎任依有功也　ニンごとに　コウあるに　よてなり。（長和5．5．16下61）

③　奉渡法興院東薬師堂御仏　仏壇等未造了　然而奉居所依無便也　しかれども　すへたてまつる　ところ　ビンなきに　よてなり。（長和4．閏6．24下17）

④　乗舟参皇太后御方　依不能行歩　ギヤウブすること　あたはざるによる。（長和4．7．25下20）

⑤　松前為解除行間　於川原雷電数度　太大夫　仍還来　以為時宿祢為使件処先年到間又如此　依用赤平張等歟　あかの　ひらはりらを　もちふるに　よるか。（寛弘8．2．23中94）

⑥　摂政参大内　未着服　依日次冝也云云　ひなみ　よろしきに　よてなり　とウンウン。（寛仁3．9．14下205）

⑦　以資平朝臣令仰停止相撲由仰云　依土御門焼亡并故一条左大臣室家悩者　つちみかど　ジヤウマウ　ならびに　コイチデウの　サダイジンの　シツカの　なやみに　よるてへり。（長和5．7．24下69）

　上記7例のXの中心となる語は、46「諒闇（リヤウアン）」、47「有功（コウあり）」、48「無便（ヒンなし）」、49「不能行歩（キヤウフにあたはす）」、50「用（もちふ）」、51「冝（よろし）」、52「焼亡（セウマウ）」・「悩（なやみ）」である。

五 原因・理由を示す文字は表記されていないが、
　　文脈上から原因・理由を示す表現であると判断できる場合

　上記一から四に述べた外に、原因・理由を示す文字が用いられている表現は、接続助詞「て」によるものと、接続助詞のように用いられた名詞「間（あひた）」によるものとの2種類がある。接続助詞「て」は、次の二つの記事に見られる。一つは、一条天皇が病気のため東宮居貞親王に譲位することを語る場面で、東宮から天皇への返事の中に用いられている。

① 即参啓此由　御返事云　暫も可候侍りつるを　承御心地非例由_天_　久候_せむに_有憚_天_早能_つる_　有仰親王事は　無仰とも可奉仕事　恐申由可奏者（寛弘8．6．2中108）

小書きされた二つの「天（て）」により、原因・理由が示されている。即ち、「おほむここち　レイに　あらざるよしを　うけたまはりて」と「ひさしく　さぶらはせむに　はばかり　ありて」とである。他の一つは、

② 摂政詣慈徳寺　自心地悩_而_不参　みづからは　ここち　なやましくして　まゐらず。（寛仁2．12．19下189）である。摂政頼通は慈徳寺に参ったが、道長のほうは病気で気分が悪くて参らなかった、という場面である。形容詞「悩」（なやまし）に接続する助詞「而（て）」により、原因・理由が示されている。他方、「間（あひた）」は次の1例である。「フビヤウハツドウし　おそく　まゐるあひだ　すけみちたふあそん　きたる。」

③ 風病発動遅参_間_　亮通任朝臣来　早可参由示　即参入（寛弘4．12.26上245）

　ところで、次に取り上げるのは、先述の接続詞「仍（よて）」や連語「依（によて）」が表記上用いられていないものである。文脈上から、「仍」があるものと解されるもの9例、「依」があるものと解されるもの13例、結果が

第1節 『御堂関白記』に見られる原因・理由を示す接続語

先に示されて原因・理由の説明が後にあるものと解されるもの3例がある。

　先ず、「仍（よて）」に関しては次の3例を挙げておく。ただし、順接の接続詞「よて」を敢えて用いなかった、と解釈することもできる。
① 近衛御門日来有悩事　行見之　このゑのみかど　ひごろ　なやむことあり。（よて）ゆきて　これを　みる。（寛弘6.7.19中10）―cf. 近衛御門女子悩　仍渡見之（寛弘6.9.4中18）
② 従院人走来　御悩重由告来　乍驚馳参　御悩重御座　おほむなやみおもきよし　つげきたる。（よて）おどろきながら　はせまゐる。（寛弘8.6.20中111）―cf. 亥時許火見西方　在大内方　仍乍驚馳参　可然上達部・殿上人多参会（寛仁3.3.12下198）
③ 欲参内間　随身所下只今申有犬産由　令立簡　いぬの　サン　あるよしを　まうす。（よて）ふだを　たてしむ。（寛弘6.9.27中21）―cf. 今日東渡殿下犬死　仍令閇門立簡（長和2.9.3中242）

　「依（によて）」に関しては、次の5例を挙げておく。ただし、これも上述の「よて」の場合と同様に、敢えて「によて」を用いなかった、と解釈することもできる。
① 物忌重籠居　ものいみ　おもき　（によて）こもりゐる。（寛弘7.7.13中69）―cf. 依物忌重籠居（寛弘1閏.9.9上110）
② 有慎事　不他行　つつしむこと　ある　（によて）タカウせず。（寛弘9.7.20中161）―cf. 依有慎事無他行（長和1.2.22中140）
③ 有所労不参　いたはるところ　ある　（によて）まゐらず。（長和4閏.6.29下17）―cf. 依有所労不参（寛弘7.10.4中77）
④ 日来有悩事不参内　ひごろ　なやむこと　ある　（によて）うちにまゐらず。（寛弘2.3.4上136）―cf. 従内有召　而依有悩事不参（長和4.6.4下12）

⑤ 奉仕官奏　此間心神不宜退出　前後不覚悩　シムシン　よろしからざる　(によて)　タイシュツ(す)。(長和1．6．20上22)　―cf．依心神不宜　不参法興院(寛仁2．7．6下169)

　結果が先に示されて原因・理由の説明が後にあると解されるものは、次の3例である。
①　仰云　来月十三日一親王元服事延行之者　是中宮御産期若会合可無便者　これ　チウグウゴサンのきに　もし　クワイガフせば　ビンなかるべしてへり。(寛弘6．9．24中21)
②　令召舟　無舟　是大納言召用也　これ　ダイナゴン　めしもちふるなり。(長和2．10．3中246)
③　左大弁経頼妻亡　是産事也　これ　サンの　ことなり。(長和5．7．29下70)
　これら3例は、いずれも前文の内容を指示代名詞「是(これ)」で受けて、後文で原因・理由を説明している。「Y。是依X也。」構文の「依(によて)」が欠けている例であると考える。

六　接続詞「仍(よて)」と連語「依(によて)」との関係

　「仍(よて)」は「X。仍Y。」、「依(によて)」は「依X、Y。」の構文であるので、前者は2文、後者は1文である。しかし、内容上はXが両構文ともに原因・理由を示している点で共通している。藤原道長は、どんな観点から両者を使い分けているのであろうか。その点を推測してみたい。
　その一つの手掛かりとして、X(原因・理由を示している)の内容が両構文に共通しているものを取り出して比較してみる。「仍」426例・「依」687例のうち、Xの内容が共通しているものは、病気(「仍」35例・「依」52例)、物忌(仍7例・依119例)、火事(仍11例・依7例)、触穢(仍4例・依15例)、

穢（仍7例・依6例）、服（ブク）（仍1例・依8例）、夢想（仍1例・依7例）、忌（仍2例・依5例）、障（仍5例・依2例）、不浄（仍1例・依3例）の10項目が主なものである。これら10項目に関して、「仍」74例・「依」224例のうち、Xの内容が大体一致しているのは、病気3例・物忌1例・触穢1例・穢1例・夢想1例で、併せて7例しか見当たらない。次に、その具体例7例を挙げる。

① 日来風病発　今日宜　仍参大内　けふ　よろし。よて　おほうちに　まゐる。（寛弘7.8.3中71）――日来風病発動　今日依宜参大内并中宮　けふ　よろしきによて　おほうち　ならびに　チウグウに　まゐる。（寛仁2.1.30下139）

② 頭風尚難堪　仍無地行　ツフウ　なほ　たへがたし。よて　タカウなし。（長和1.8.14下164）――両日依難堪　不他行　リヤウニチ　たへがたきによて　タカウせず。（長和1.11.28中185）

③ 御風発給　是日来依召氷也　然無御殊事　仍退出　しかるに　ことなること　おはしますこと　なし。よて　タイシュツ（す）。（寛仁2.4.20下155）――従昨夜有咳病気　然而依殊事不御座御出　しかれども　ことなること　おはしまさざるによて　ギョシュツ（す）。（長和1.3.16上19）

④ 昨日今日物忌也　仍不他行　きのふけふ　ものいみなり。よて　タカウせず。（長和4.1.4下2）――昨日今日依物忌不他行　きのふけふ　ものいみによて　タカウせず。（長和1.2.19中140）

⑤ 臨時祭使頼光朝臣申触穢由　仍申奉仕公信朝臣由　ショクヱのよしを　まうす。よて　……よしを　まうす。（長和1.12.17中188）――春日使朝臣依申触穢由　右少将経親有仰可奉仕由　ショクヱのよしを　まうすによて　……よし　おほせ　あり。（寛弘8.2.10中92）

⑥ 摂政参中宮御方　還来示云　彼御方有犬死穢者　仍不参大内　行土御門云云　いぬの　シの　けがれ　ありてへり。よて　おほうちに　まゐ

110   第二章　公卿日記に見られる接続語

らず。(寛仁1．6．28下108) ―― 従昨日一条依犬死穢　出候内　　いぬの
シの　けがれによて　いでて　うちに　さぶらふ。(寛仁1．8．12下113)
⑦　夢想不静　仍令修御諷誦　　ムソウ　しづかならず。よて　おほむフ
ジユを　シユせしむ。(長和5．10．12下78) ―― 夢想依不静　令諷誦
ムソウ　しづかならざるによて　フジユせしむ。(寛仁1．3．25下97)

字数 \ 用例番号		①	②	③	④	⑤	⑥	⑦	合計	平均
仍	X	3	5	5	7	12	12	4	48	6.9
	Y	3	3	2	3	8	10	5	34	4.9
	Z	6	8	7	10	20	22	9	82	11.7
依	X	1	5	5	6	9	8	4	38	5.4
	Y	5	2	2	3	11	3	3	29	4.1
	Z	6	7	7	9	20	11	7	67	9.6

　先ず、上記7例に用いられている漢字の字数（X・Y，Z＝X＋Y）を調べ
てみよう。上の一覧表から、X・Y・Zともに、「仍構文」のほうが「依構文」
よりも平均字数が少しだけ多いことがわかる。内容の大体「依」224例）に
ついて同様の調査をすると、平均字数は、「仍構文」がX8.8・Y4.8・Z
13.6、「依構文」がX4.6・Y4.3・Z8.9となる。すなわち、「仍構文」のほう
がXで1.9倍、Zで1.5倍となって両者の差が開いてくる。つまり、漢字の
字数の点では、「仍構文」のほうが「依構文」よりも多く用いられていると
言える。
　次に、構文の内部構造に注目する。用例70番のように指定の助動詞「也
(なり)」が使われたり、⑥番の「示云（しめしていはく）〜者（てへり）」
という会話文の引用形式が使われたりすると、そこで文が完結するので、字
数の多少にかかわらず接続詞「仍（よて）」を用いざるを得ないということ
である。又、④番や⑦番の例から、「仍構文」と「依構文」はお互いに入れ

換えることができると言える。ただし、X・Yともに字数が少ないときに限られる。

　一応の結論としては、藤原道長はXの字数が多いときには「仍構文」を用い、Xの字数が極端に少ないとき（例えば2字の名詞の場合）には「依構文」を用いていると言える。又、字数に関係なく、文末を示す漢字（也・云云・者・歟など）がある場合は、必然的に「仍構文」を用いざるを得ないと言える。

ま　と　め

　本文献に見られる原因・理由を示す表現は、原因・理由を示す文字が表記されているかいないかによって、先ず二つに大別される。前者は、接続詞「仍（よて）」・「故（ゆゑに）」が用いられている場合、連語「依（によて）」が用いられている場合、結果が先に示されて原因・理由の説明が後になっている場合「依（による）」、の三つに大別される。その外、少数例ではあるが、接続助詞「て」の用いられる場合がある。ただし、この「て」は和文体に普通に見られるものであって、本文献のような記録体のものでは例外であると言える。用例数の点から見れば、「依X、Y。」構文が最も多く687例、次いで「X。仍Y。」構文426例、「Y。是依X也。」に代表される構文222例の順に少なくなっている。これら三つの型が、本文献での代表と考えられる。

　なお、「Y。是依X也。」構文は、前文Yの内容を受ける指示代名詞「是（これ）」が用いられている場合129例、用いられていない場合93例がある。いずれも指定の助動詞「也（なり）」が使われている場合が最も多く、「Y。是依X也。」構文100例、「Y。依X也。」構文69例となっていて、他の場合を大きく引き離している（113ページの一覧表を参照）。

　後者（原因・理由を示す文字が表記されていない場合）は25例ある。構文別に見れば「X。(仍)Y。」9例、「(依)X、Y。」13例、「Y。是(依)X

也。」3例となる。これらをどのように解釈するかが問題であるが、上記**五**で先述したように、前者二つの構文については、敢えて接続詞「よて」や接続助詞「て」を用いなかった、と解釈しておく。

　最後に「Ｘ。仍Ｙ。」構文と「依Ｘ、Ｙ。」構文との関係についてまとめておく。両者の共通点は言うまでもないが、Ｘが原因・理由を示す構文だということである。相違点は、構文上から「仍構文」は２文であり、「依構文」は１文だということである。Ｘに注目すると、「依構文」は「<u>依物忌籠居</u>ものいみによて　ラウキヨ（す）。」（長和４．10．20下28）に見られるように、漢字２字の名詞「物忌（ものいみ）」の例が119例もあるのに代表されるように、Ｘが名詞の例が345例と多い。つまり、Ｘの字数が少ないのである。これに対して、「仍構文」は原則としてＸの字数が多い。１文が長いのである。

　ただし、上記**六**で先述したように、文末を示す漢字（也・云云・者・歟など──113ページの一覧表を参照）が用いられていると、Ｘの字数に関係なく「仍構文」を取らざるを得ないということである。

第1節 『御堂関白記』に見られる原因・理由を示す接続語　113

『御堂関白記』に見られる原因・理由を示す接続語　一覧表

項目		文字	用例数					構文
一	接続詞よて	仍	429	428	426	cf X也。仍Y。 X云云。仍Y。 X者。仍Y。 X歟 仍Y。 Xと。仍Y。	35例 30例 21例 1例 1例	X。仍Y。
		依			1			X。依Y。
		因			1			X。因Y。
二	ゆゑに	故		1				X。故Y。
三	連語によて	依	689	687	345	＊名詞		依X、Y。
					224	＊動詞		
					118	＊形容詞	106	
						＊形容動詞	11	
						＊副詞	1	
	によって	因		2		＊名詞	2	因X、Y。
四	原因・理由の説明が後になっている場合	依	223	222	129	「是」の表記されている場合	100	Y。是依X也。
							13	Y。是依X。
							11	Y。是依X歟。
							4	Y。是依X云云。
							1	Y。是依X者。
	による				93	「是」の表記されている場合	69	Y。依X也。
							13	Y。依X。
							6	Y。依X歟。
							3	Y。依X云云。
							2	Y。依X者。
	による	仍		1		是のある場合		Y。是仍X也。
	名詞ゆゑん	所以		1				Y。是X所以者。
五	接続助詞て	天	3	2				X天Y。
		而		1				X而Y。
	原因・理由を示す文字が表記されていない場合	(仍)	25	22	9			X。(仍) Y。
		(依)			13			(依) X、Y。
		※		3				Y。是(依)X也。
			1,370					

＊印　X、又はXの中心になる語を示す。
※印　原因・理由の説明が後になっている場合。

第2節 『権記』に見られる接続詞

はじめに

　本節の目的は、『権記』（以下、本文献と呼ぶことにする）に見られる接続詞について、種類と用法を記述することである。

　将来の課題は、本文献と同時代の『御堂関白記』や『小右記』に見られる接続詞の種類や用法を調べて比較検討をし、平安後期記録語に見られる接続詞の全体像を把握することである。そして、接続詞に限らず、広く接続の有様を分析することにより、記録語の文体を解明していく上での一つの拠り所としたい。

一　本文献に見られる接続詞

　本文献に見られる接続詞は、意味の上から分類すると、添加・選択・転換・順接・逆接・並立・補説の七つに大別することができる。添加は「加之（しかのみならず）」・「又・亦（また）」の２語、選択は「或（あるいは）」・「若（もしくは）」の２語、転換は「爰・於是（ここに）」・「抑（そもそも）」・「夫（それ）」の３語、順接は「然（しかれは）」・「然者（しからは）」・「随（したかて）」・「次（つきに）」・「故（かるかゆゑに）」・「仍・因（よて）」・「而間・然間（しかるあひた）」の７語、逆接は「而（しかるを）」・「然而（しかれとも）の２語、並立は「及（および）・并・並（ならひに）」の２語、補説は「但（たたし）」の１語である。上記７種類の接続詞の中では、並立を示す「及（および）」・「并・並（ならひに）」の用法を特に取り上げて検討する。用例数などの一覧表は、巻末を参照されたい。

第 2 節 『権記』に見られる接続詞　115

1　添加

　添加を示す接続詞は、「加之（しかのみならす）」21例、「又（また）」820例・「亦（また）」356例である。これら（以下のものも）が文頭に立つこと、つまり接続詞であることは、「也（なり）」・「歟（か）」・「乎（や）」・「哉（や）」・「者（てへり）」・「云云（ウンウン）」・「矣（不読）」などの文末助字（助動詞・終助詞・置き字）を直前に伴っている例から判断できる。

(1)　「加之（しかのみならず）」は①　然而宗忠減斬処流　至于解官　亦減之可被行歟　加之　彼国百姓等申国内興復不可解任之由（長保2．2．25一113上）②　占者相示云　此赴延喜天暦竟御薬　共所遇也　加之　今年当移変之年　殊可慎御之由　去春所奏也云云（寛弘8．5．28二158上）のように文と文を接続し、「そればかりでなく」という意味である。

(2)　「又（また）」は、『色葉字類抄』によれば初出で、「亦」は3番目に記載されている漢字である。①　令人伝申　以御物忌也　又令民部大輔申依病者之危急　祭使事可申障之由（長徳4．3．20一30下）②　後聞　此事済政宅人射殺寧親従者云云　又済政至于昨触産穢　而穢限未満籠御候物忌　甚奇甚奇（長保2．7．25一140上）のように、文と文を接続する。なお、③　参内又宮御方　詣左府　うち　また　みやの　おほむかたに　まゐる。（長保5．2．23一282下）のように、句と句を接続する場合もある。

(3)　「亦（また）」は、①　参院　亦可渡御云云　亦依清明光栄奉平等占申不可御云云（長保3閏．12.16一241上）②　装束司判官主典宣理来　即令申長官納言云（中略）文章博士　民部輔　若散位等不列御前　可候何処哉　亦仰宣理云（寛弘8．10．7二193下）のように、文と文を接続する。

　なお、③　亦京職注文と者　未知何書之文　若職員令歟　亦京職式文歟

もし　ショクキンレイか。また　キヤウシキの　シキブンか。(寛弘8.10.3二192上)のように、添加というよりは「それとも」という選択的な意味で用いられている例がある。

2　選択

選択を示す接続詞は、「或（あるいは）」55例、「若（もしは）」2例である。

(4)　「或（あるいは）」は、①　又令蔵人忠隆奏云　内裏有穢之時　奉幣宣命料紙　<u>或</u>召大臣家　<u>或</u>召所出国司等用之（長保2.9.23―160上）のように、文と文を接続する「或」が2回用いられて、同類の事柄を列挙し、それぞれの場合があることを示したものと、次に示す②③のように、同類の事柄のうち、いずれか一方が選ばれることを示したものとがある。②　又少納言献盃之者　於階上執取　<u>或</u>上長押上取之云云（長保4.4.15―256下）は文と文を接続する場合、③　兵部丞永元為勅使申左大臣　安和元年外記日記有音奏之由　□諒闇御日記<u>或</u>私日記等無所見者　リヤウアンの　おほむニキ　あるいは　わたくしの　ニキら（長保4.2.11―246上）は句と句を接続する場合である。

(5)　「若（もしくは）」は、①　但光国者尤可被採用　陰陽助<u>若</u>博士有闕之時可被拝任歟　オンミヤウのすけ　もしくは　ハカセ（長保2.2.9―135上）②　被申云　昨今不参陳欝申無極　所労頗宜　相扶来月三日<u>若</u>八日許可参候　みか　もしくは　やうかばかりに（長保2.7.28―143下）のように語や句を接続し、同類の事柄のうち、いずれか一方が選ばれることを示している。

3　転換

話題の転換を示す接続詞は、「爰（ここに）」13例、「於是（ここに）」6例、

第2節 『権記』に見られる接続詞　117

「抑（そもそも）」32例、「夫（それ）」4例である。なお、『色葉字類抄』によれば、「爰」は初出で、「於是」は3番目に記載されている漢字である。

(6)　爰（ここに））は○　予案（中略）亦称上卿宣奉勅也　仍宣旨奉令と可云歟　爰摂政自御前被参被申主上御装束已了之由　仍被参上（寛仁1．8．21二238下）のように、文と文を接続している。

(7)　「於是（ここに）」は「爰（ここに）」と同じく、○　葬太皇太后於山城国宇治郡後山階山陵　是時天皇為祖母太皇太后喪服有疑未決　於是令諸儒議之　朝議之　心喪五月　制服三日者（長保1．12．5一92下）のように、文と文を接続している。「さて」という意味である。

(8)　「抑（そもそも）」は、改めて事柄を説き起こすことを示す発語である。①　九条殿一家中宮大夫左金吾出入用此道　当時左府御説也　抑予在此一門須参入之時用此道（寛弘3．3．14二113下）②　即被申云　御賀事欲令行給尤可然　但自院所令奏給亦理也　抑天下病患有増無減　奉仕御調度等之道雑工等皆愁此病　奉行人亦如此　期日已迫　若可然　来四月祭後択吉日令行給可宜歟者（長保3．2．9一196下）のように、文と文を接続しており、「一体」という意味である。

(9)　「夫（それ）」は①　行成平生短慮也　況病悩不覚所案之事　定有紕繆誤車中能被廻思慮可及奏聞也　夫改元大赦等事于今未被行　世間為奇云云　早可被行之由　同可奏（長徳4．7．14一42上）②　後聞大臣在左仗座　居奥座行事云云　夫山陵廃置事　可依昭穆親疎云云（寛弘8．12.27二215下）のように文と文を接続し、「一体」という意味である。

4 順接

　順接を示す接続詞は、「然者（しからは）」9例、「然（しかれは）」15例、「随（したかて）」15例、「次（つきに）」710例、「故（かるかゆゑに）」5例、「仍（よて）」776例、「因（よて）」19例、「而間（しかるあひた）」1例・「然間（しかるあひた）」1例である。

⑽　「然者（しからは）」は①　又仰云　来廿一日令行　但僅少僧都勝慶　若書誤勝算歟　然者書改可下即仰下大臣（長徳4．7．10―39上）②　詣左府　有所被奏之事　事甚非常也　是邪気詞也　以前帥可被復本官本位　然者病悩可愈者（長保2．5．25―129下）のように文と文を接続し、「そうであるならば」という意味の仮定条件を示している。

⑾　「然（しかれは）」は①　権左中弁説孝令奏云　右大臣差大外記善言申送云　今日可定申奉幣使事之由　昨日令奏了　而略見其日可及廿余日　先日略定在来八日　已依近近雖令奏今日可定申之由　彼八日是中宮行啓日也　依避彼日可延引於下旬也　然則今日不可定申者（長保2．9．2―155上）②　下知諸国令顕造丈六十一面観音可令供養事　本願殊勝　然則官符下知後六十日内開眼供養可令言上其由（長保3．5．19―211上）のように文と文を接続し、「そうであるから」という意味の確定条件を示している。

⑿　「随（したかて）」は①　我朝神国也　以神事可為先　中宮雖為正妃　已被出家入道　随不勤神事（長保2．1．27―108下）②　至于公助　相兼顕密　已有所習　随度度参仕供養者也（寛弘8．9．19二190上）のように文と文を接続し、「だから」という意味である。

　なお、「したかて」は『平家物語』に見られる。

⒀　「次（つきに）」は、①　参左府　参一条院　有拝礼　或云　此事不可必

被行云云　次参内（長保3．1．1一189上）②　詣左府　参中宮　雨　御読経始也　次入夜参内　荷前也（寛弘6．12.20二128上）のように文と文を接続する場合と、③　今日初書額　先紫宸殿　次承明門　今日省試云云（長保5．7．3一291上）のように語（シシンデン）と語（ショウメイモン）を接続する場合とがある。前者、即ち、文と文を接続する用法が大部分である。「それから」という意味である。

　なお、「つきに」は『源氏物語』に、「ついて」は訓点資料『興福寺本大慈恩寺三蔵法師伝永久四年（1116）点』に見られる。

(14)　「故（かるかゆゑに）」は、①　夫不動明王者　大悲弘願之尊也　逝者平生常帰弟子　造次不忘　是大因縁也　非善知識哉　故令人図形像於此拑手自書由緒於其下（長保1．8.26一74上）②　参内　詣法興院　八講竟　左府令備前守朝臣示給可詣　故則詣（寛弘6．7．2二121下）のように文と文を接続し、「こういうわけで」という意味である。

　なお、「かるかゆゑに」は『大鏡』や訓点資料『興福寺本大慈恩寺三蔵法師伝永久四年（1116）点』に、「ゆゑに」は訓点資料『法華義疏長保四年（1002）点』に見られる。

(15)　「仍（よて）」は『色葉字類抄』によれば、「因」が2番目、「仍」が4番目に記載されている漢字である。本文献では、「仍」776例・「因」19例である。「だから」という意味で、前の事柄が原因・理由になって後の事柄が起こることを示す。

　なお、「仍（よて）」は、『高野本平家物語』に見られる。①　今明日御物忌也　仍不御出南殿云云（寛弘8．4．1二154上）②　下官申云、丙寅日奉仕三宝父師死云云　有他日同不可被用歟　仍十四日可被行　被定仰了（寛弘4．6.16二82下）のように、文と文を接続している。

⒃　「因（よて）」は、①　仰藤中納言　可奉遣祈晴使　令勘日時　至使可遣蔵人也　因仰孝標忠孝等令用意（長保２．８．20―150下）②　即奏日　左右可随仰　但如是之事　以御意旨而可賜仰事歟　因有天許（寛弘８．５．27二158上）のように文と文を接続している。

⒄　「而間（しかるあひた）」・⒅　「然間（しかるあひた）」は、①　而内蔵文利者実是蔵人有興男也　而間竊改内蔵姓　称故土左権守佐忠男也　今又改内蔵姓更雖称藤原氏　無着其父祖　不知誰子孫（長徳４．11．19―56上）、②　彼山僧等愁申之由　依有伝承　仰少外記保重　今留請印　然間大外記善言称奉勅欲令畳上者　尋問其案内　権左中弁説孝朝臣所伝仰也云云（長保２．１．20―106下）の１例ずつで、いずれも文と文を接続している。先行の事柄を受けて後行の事柄に続け、「そうしているうちに」の意である。「しかるあひた」は『色葉字類抄』や『観智院本類聚名義抄』には載っていないが、訓点資料『高山寺本古往来』（院政末期点）には載っている。

　なお、峰岸　明氏(1)によれば、「而間」は前文までの叙述から話題を転じて、それとは別の事件・事態を後文で述べる場合、後文の文頭に用いる接続詞であり、〈転接〉と称して、「為参内為束帯参御前　而間御悩極重」（『御堂関白記』寛弘８年６月14日）の例を挙げておられるものである。

5　逆接

　逆接を示す接続詞は、「而（しかるを）」369例、「然而（しかれとも）」224例である。「しかるを」・「しかるに」両形は、『高山寺本古往来』（院政末期点）や『興福寺本大慈恩寺三蔵法師伝古点――永久四年（1116）点』ではそれぞれ同一文献内で用いられている。ただし、『色葉字類抄』には「しかるを」の方しか載っておらず、本文献の「而」は一応「しかるを」と読んでおく。

　なお、峰岸　明氏(1)によれば、「而」（しかるを・しかるに）は前述の「而

第2節 『権記』に見られる接続詞　121

間」（しかるあひた）と同じく〈転接〉であり、「時時雨降　而晩景天晴」（『御堂関白記』寛弘7年1月15日）の例を挙げておられる。

⒆　「而（しかるを）」は、①　又被申云　着鈦政者　年五月十二月為期所行来久矣　而当月欲行之　相当皇后宮崩給之間　不能行之（長保2.12.27―187上）②　歴名下給之事　注出愚案之旨　申達四条納言其報旨如案云　天慶私記云　承平二年外記下装束司　可申云　度度記文自内裏下給者　而外記下之違例云云　仍例勘旧例外記日記（寛弘8.9.16二188下）のように文と文を接続している。先行の事柄に対して後続の事柄が反対・対立の関係にあることを示しており、「しかし」の意味である。

⒇　「然而（しかれとも）」は、①　暫之中将伝勅云（中略）今聞丞相之篤疾嘆息無外　病悩之体邪気有疑　已非経数日甚以重困云云　縦在邪気之所為於遂本意有何事乎　然而能廻思慮　重可申請　其時将仰左右之由者（長徳4.3.3―27上）②　依物忌不出寺　未剋許　自左源中将許示送　今日不参之由相府有怨気者　然而令申所慎殊重之由不参（長保2.5.24―129下）のように、「而（しかるを）」と同じく文と文を接続して逆態の確定条件を示しており、「そうではあるが」の意味である。
　なお、「しかれとも」は『土左日記』・『今昔物語集』・『平家物語』などに見られる。

6　並立
　並立を示す接続詞は、「及（およひ）」86例、「并（ならひに）」355例・「並（ならひに）」5例である。また、「及（およひ）」と「并（ならひに）」が同日の記事の中に一緒に用いられているのは11例である。
　なお、「およひ」は訓点資料『弥勒経疏寛平二年（890）点』や『今昔物語集』などに、「ならひに」は『興福寺本大慈恩寺三蔵法師伝院政期点』・『高

山寺本古往来』（院政末期点）・『平家物語』などに見られる。

(21)　「及（および）」は、①　大極殿行香　上臈及下官被留　自余上達部及右大臣被候内（寛弘1．12/15二25上）のように語と語（「ジャウラフ」と「ゲクワン」）を接続する場合、②　次問上総国司及加押署於義行解文之者等（長保5．9．5一294下）のように句と句を接続する場合、③　已剋参内　季御読経始也　返献去年所下賜金剛般若経　及献奉為公家所奉書仁王般若経一部（長保4．8．14一267上）のように文と文を接続する場合の三つがある。用例数の上からは、語と語を接続する場合が圧倒的に多い（約80％）。

　①のように語と語を接続する場合、「及（および）」の前後に注目すると次の四つの型がみられる。④　依御馬数少　右兵衛佐能信及右馬助頼職等不給（寛弘6．5．1二117下）は〈1語「及」1語〉、⑤　但絁綿之類　須給大神宮司及祢宜内人等（長保2．9．5一156下）は〈1語「及」複数の語〉、⑥　藤中納言　予弾正尹　大蔵卿　左宰相中将　左兵衛督　及左中弁朝経朝臣等不着素服（寛弘8．11．16二207上）は〈複数の語「及」1語〉、⑦　藤納言余　兼隆相公　公信　長経　広業　及慶円僧正　院源　隆円　尋光　尋円等奉拾御骨入之白壺（寛弘8．7．9二171上）は〈複数の語「及」複数の語〉の場合である。

　「及（および）」が2回用いられていて〈a及b及c〉の型になるのは、次の2例である。⑧　母屋南面二間及東西各一間御簾及南廂御簾皆巻（寛仁1．8．9二236上）のように語（…ニケン、…イチケンのみす、みなみひさしのみす）を接続する場合、⑨　参内　有陣定　検非違使申請五ヶ条事　及大和守孝道申請三箇条事及下野守為元申請五ケ条事　…シンセイ（する）こと、…シンセイ（する）こと、…シンセイ（する）こと（長保3閏．12．7一239下）のように形式名詞「事（こと）」を伴った句を接続する場合である。

(22)　「幷（ならひに）」は、先述の「及（および）」と同様に、語と語を接続

する場合、句と句を接続する場合、文と文を接続する場合の三つがある。①後聞　女御母氏依此事有怨気　愁申院并左府云云（長保２．８．20一151下）は語「院（ヰン）」と語「左府（サフ）」を接続する場合、②仍参内　被行方理并宣旨等除名事　并太宰帥不可令朝参之由（寛弘６．２.20二110下）は句「…らの　ヂヨメイを　おこなはるること」と句「…テウサンせしむべからざる　よし」を接続する場合、③与権中将共詣白川寺　奉謁入道中納言　并訪少将所悩（長保２．９.10一158上）は文「…ニフダフの　チウナゴンにエツしたてまつる。」と文「セウシヤウ　なやむところを　とぶらふ。」を接続する場合である。「及（およひ）」の場合と同じく、語と語を接続する場合が圧倒的に多い（約85％）。

　①のように語と語を接続する場合、「并（ならひに）」の前後に注目すると、「及（およひ）」の場合と同様に次の四つの型が見られる。④　広業朝臣召左大弁并予　即参入（長保５．６.16一290上）は〈１語「并」１語〉、⑤　上皇時時又念仏　権僧正并僧都深覚　明救　隆円　院源　尋光　律師尋円等　又近候念仏（寛弘８．６.22二162下）は〈１語「并」複数の語〉、⑥　撤御装束後　左大臣　内大臣　左衛門督　并金吾召候御前（長保３.10．７一228下）は〈複数の語「并」１語〉、⑦　丞相被示春宮大夫　源中納言　藤中納言　余　并前権大僧都院源　権大僧都降園　前権少僧都尋光　権律師懐寿　尋円云（以下省略）（寛弘８．７.17二173上）は〈複数の語「并」複数の語〉の場合である。

　「并（ならひに）」が２回用いられて〈a并b并c〉の型になるものは、全部で４例ある。⑧　右中弁美濃守為憲并宗忠等罪名可勘宣旨事　并給美濃国可停守為憲釐務宣旨　并可用禁法散位宗忠事　今日可有官奏（長保１.12.14一97下）のように、b・cが形式名詞「事（こと）」を伴う句である場合、⑨件女并民部大輔方理朝臣　并妻　為文女　越後前守為文朝臣等罪名　可勘之由傳大納言召大外記善言朝臣仰之云云（寛弘６．２．５二109下）のようにa「くだんの　をんな」・b「…かたまさあそん」・c「つま」共に語を接続する

場合がある。

　ところで、「及（および）」・「幷（ならひに）」は、それぞれが単独で用いられる場合、先述のように両者の用法に差はないと言える。では、両者が一緒に用いられている場合はどうであろうか。本文献には11例ある。「及」・「幷」が用いられている順番に着目すると、〈幷→及〉〈及→幷〉〈幷→及→幷〉〈及→幷→幷→及〉の四つの型に分類できる。

　〈幷→及〉は、⑩　相謁僧正　受護身　被示云　為延命　毎月十五日尊勝念誦幷泥塔三百基　及月三度可供印　帰宅（長保１.12.14―97下）⑪　暫之済政還参云　后母氏加階　幷源信子　同芳子　及右大将藤原朝臣者　於一家為兄　雖無先例　懇切有所申（長保２.４.７―120上）⑫　大堂供濫僧等幷行事人人及雑用等勘文在別（長保３.２.29―201下）⑬　道行朝臣持来一宮政所雑用幷納物及未行勘文等（長保４.３.25―253下）⑭　登時少納言守隆朝臣　幷中務輔代朝任朝臣　少内記藤原義忠　菅原資信　及主鈴等　参入自日華門着座（寛弘８.10.19二202上）⑮　十四日癸未夜夢　故一条院御忌之間　左京大夫明理朝臣幷章信及他旧臣四五輩　卿有相論之事（寛弘８.11.９二206下）⑯　右府退出給之後　被定雑事　近江守惟憲朝臣□御膳幷殿上女房等簡御膳棚等事及所饗事（寛仁１.８.７二235下）の７例である。

　〈及→幷〉は、⑰　以中殿為御堂　撤母屋西放出四間　及西庇等南面幷南北庇　御簾御障子（寛弘８.８.２二174上）⑱　三位中将　保昌等加階　及左衛門督室家隆子女王叙従四位上　幷乳母子藤原幸門叙従五位下（寛弘８.８.12二178上）の２例である。

　〈幷→及→幷〉は、⑲　仰云　皇后母氏　幷乳母信子　及芳子　幷成信朝臣等之事　可然（長保２.４.７―120上）の１例である。

　〈及→幷→幷→及〉は、⑳　了左大臣出陣　定申式部大輔左大弁　及文章博士弘道　以言　明経　助教為忠　淑光　幷広澄陰陽道博士　幷清明　光栄奉平等　勘申禁中頻有火事何故　及殿舎門名号有由縁哉事　左大弁読勘文諸

卿各被定申（長保4．3．19—251上）の1例である。

　上記11例について、「及（および）」・「并（ならひに）」のそれぞれの前後の言葉の内容を検討してみると、⑬⑲はよくわからないが、⑩⑪⑫⑭⑮⑯⑰⑱の8例から、同類の事柄を並列するときに「并（ならひに）」を用い、異質の事柄を並列するときに「及（および）」を用いている。しかも、「并」で接続される事柄と「及」で接続される事柄とは対等の関係で並んでいる。それに対して、⑳の例からは、同類の事柄を並列する「并」よりも、「及」の方が大きな単位で事柄を接続していることがわかる。記号化すれば、〈A 及 B（a 并 b 并 c）及 C〉のような関係である。

㉓　「并（ならひに）」は全部で5例ある。①　此外様器並御膳等事　可仰内膳司（長保1．11.7—84上）のように語「ヤウキ」と語「ゴゼン」を接続する場合、②　参術　有政　有内印　有陣申文　並源納言為日上（寛弘3．4．9二56上）のように文「ヂンの　まうしぶみ　あり。」と文「みなもとのナゴンを　…とす。」を接続する場合の二つがある。

7　補説

　補説を示す接続詞は㉔「但（たたし）」1語で、214例ある。①　仰云　覚慶讓状已収了　収其状何有任地人乎　但実因愁申之旨非無由緒歟（長徳4．10.29—52下）②　此夜夢　故帯刀平高義示送云　今日以後五位已上可亡者六十人汝在其中云云（中略）若有神明之援助何必入鬼籙哉　但在定業　免之亦難耳（長保3．5.21—212上）③　長官報云　師長者雖儒者好客遊　非不合之者　所申不可然　早可奉仕之由可責仰也云云　但次官宣旨未下　内内事也（寛弘8．10.10二195下）のように文と文を接続し、先行の事柄について補説している。

二　位相語の観点から見た本文献に見られる接続詞

　本文献に見られる接続詞を位相語の観点から捉えるために、変体（和化）漢文の訓点資料としての『高山寺本古往来』（院政末期点）[2]、漢文訓読語の資料としての『興福寺本大慈恩寺三蔵法師伝古点』（永久四―1116―年点）[3]と比較してみよう。

　巻末の一覧表に示すように、共通する語を調べてみると、『高山寺本古往来』では19語中11語（しかのみならす　また　あるいは　そもそも　しかれは　よて　しかるあひた　しかるを　しかれとも　ならひに　たたし）で約58％、『興福寺本大慈恩寺三蔵法師伝古点』では19語中13語（しかのみならす　また　あるいは　ここに　そもそも　それ　しかれは　かるかゆゑに　よて　しかるを　しかれとも　ならひに　たたし）で68％になる。

　この結果から、本文献に見られる接続詞に関しては、変体漢文・漢籍（正式漢文）の両者共にその用いられる種類に大差がない。むしろ、和文に用いられている接続詞と比較する方がよさそうであるが、これは別の機会に譲る。

ま　と　め

　本文献に見られる接続詞について、次の5点をまとめておく。
　第1点は、意味上の分類から見ると、添加・選択・転換・順接・逆接・並立・補説の七つが用いられていることである。ただし、「たとへは」・「すなはち」など「説明」を示す接続詞が見られないことである。
　第2点は、語の種類（異なり語数）から見ると、添加2語、選択2語、転換3語、順接7語、逆接2語、並立2語、補説1語であり、順接を示す語が多いことである。
　第3点は、順接を示す接続詞の中では、変体漢文にも漢文訓読語にも見ら

れる「仍（よて)」の用例数（776例—約51％）が最も多く、次いで『源氏物語』などの和文に見られる「次（つきに)」の用例数（710例—約46％）が多く、この２語で約97％をも占めていることである。

第４点は、並立を示す「及（およひ)」と「并（ならひに)」が一緒に用いられている場合（具体例(57)〜(67)）には、同類の事柄を並列するときに「ならひに」を用い、異質の事柄を並列するときに「およひ」を用いていることである。また、「ならひに」よりも「およひ」の方が、より大きな単位で事柄を接続していること（具体例(68)）である。

第５点は、位相語の観点から見ると、変体漢文・漢文訓読語の両者共に用いられている異なり語数に大差のないことである。

注

⑴ 峰岸　明著『変体漢文』（東京堂出版　1986）第６章　変体漢文の文法　P. 232

⑵ 高山寺典籍文書総合調査団編『高山寺本古往来　表白集』（東京大学出版会　1972）第一部　高山寺本古往来　第二編　索引編　和語索引　P. 173〜260

⑶ 築島　裕著『興福寺本大慈恩寺三蔵法師伝古点の国語学的研究　索引編』（東京大学出版会　1966）一　和訓索引　P. 1〜246

128　第二章　公卿日記に見られる接続語

『権記』に見られる接続詞　一覧表

意味の上からの分類	接続詞		用例数	読み方	『色葉字類抄』	『観智院本類聚名義抄』	『高山寺本古往来』	『興福寺本大慈恩寺三蔵法師伝古点』
1　添　加	(1)	加	21	しかのみならず	○	○	○	○
	(2)	又	820	また	○	○	○	○
	(3)	亦	356	また	○	○	○	×
2　選　択	(4)	或	55	あるいは	○	○	○	○
	(5)	若	2	もしは	×	×	×	×
3　転　換	(6)	爰	13	ここに	○	○	×	○
	(7)	於是	6	ここに	○	○	×	○
	(8)	抑	32	そもそも	○	○	○	○
	(9)	夫	4	それ	○	○	○	○
4　順　接	(10)	然者	9	しからは	×	×	×	×
	(11)	然	15	しかれは	×	×	×	×
	(12)	随	15	したかて	×	×	×	×
	(13)	次	710	つきに	×	×	×	×
	(14)	故	5	かるかゆゑに	○	○	×	○
	(15)	仍	776	よて	○	×	○	○
	(16)	因	19	よて	○	×	○	○
	(17)	而間	1	しかるあひた	×	×	○	×
	(18)	然間	1	しかるあひた	×	×	○	×
5　逆　接	(19)	而	369	しかるを	○	×	○	○
	(20)	然而	224	しかれとも	○	○	○	○
6　並　立	(21)	及	86	および	×	×	×	×
	(22)	并	355	ならひに	×	×	○	×
	(23)	並	5	ならひに	×	×	○	×
7　補　説	(24)	但	214	たたし	○	○	○	○
			計 4,113					

注　一覧表の○×は、○がその文献に記載されている場合、×が記載されていない場合を示す。

第3節 『権記』に見られる原因・理由を示す接続語

はじめに

　本節の目的は、『権記』(以下、本文献と呼ぶことにする)に見られる原因・理由を示す接続語について記述することである。

一　本文献に見られる原因・理由を示す接続語

　本文献に見られる原因・理由を示す接続語は、それを示す文字が表記されている場合とそうでない場合とに大別される。例えば「詣法興院(X)故尚侍法事也(Y)」(寛弘1.3.23二8上)は、Xに対してYが文脈上その理由を示している。即ち、「法興院にもうでました。それは故尚侍の法事があったからです。」という意味である。理由を示す文字(「から・ので」に相当する文字)が表記されていない場合である。が、本節では前者(原因・理由を示す文字が表記されている場合)のみを取り上げることにする。
　巻末の一覧表から明らかなように、順接型——原因・理由を示す事柄が先行して、それを「そうであるので」という意味の接続詞「よて(仍・因)」・「かるかゆゑに(故)」で受けて後の事柄(結果)に続ける場合、接続詞を用いないで1文になる場合(「依X、Y。」XによてY。)、倒置型——結果が先行して、原因・理由の説明が後に来る場合(例えば、「Y。依X也。」Y。XによてなY。)とに二大別される。具体例を更に細分して図式化すると、次のようになる。

　　1　順接型　(1)「X。仍Y。」・「X。因Y。」

　　　　　　　　(2)「X。故Y。」
　　　　　　　　(3)「依X、Y。」・「因X、Y。」・「縁X、Y。」
　　2　倒置型　(4)「Y。依X也。」・「Y。是依X也。」ほか
　　　　　　　　(5)「Y。X之故也。」・「Y。是X之故也。」・「Y。是依XX'之故也。」
　　　　　　　　(6)「Y。其故者X。」ほか
　　　　　　　　(7)「Y。為X也。」

以下、上の１順接型(1)(2)(3)、２倒置型(4)(5)(6)(7)の各項目ごとに述べていく。

　なお、原因・理由を示す文字の和訓は、平安後期（天養～治承、1144年～1181年）に成立したとされる日常の書記言語生活上の語彙が収録されている国語辞書『色葉字類抄』によれば、「依ヨテ因藉仍縁」（前田本　辞字　上116オ６）、「依ヨリ因藉寄仍」（前田本　辞字　上116オ７）「故ユヘ由以致已上同」（前田本　辞字　下68オ４）、「為タメ与同」（黒川本　辞字　中６ウ８）とある。

　本文献には「宣命」の箇所に、①　朝恩を蒙幾人に依天牟殊尓内大臣乃官尓任賜布（正暦２．９．７－２上）②　旧例毛在尓依天奈牟皇太弟度改定給（寛仁１．８．９二238上）などがあり、「～に依て」が用いられている。

1　順接型

(1)「X。仍Y。」・「X。因Y。」

　接続詞「よて」は全部で807例あり、「仍」784例・「因」23例である。そのうち「よて」が文頭に立つこと（接続詞であること）が明確に表記上わかる例は、「仍」187例・「因」３例の190例である。「X云云。仍Y。」70例、「X也。仍Y。」64例、「X者。仍Y。」44例、「X歟。仍Y。」８例、「X哉。仍Y。」１例、「X也。因Y。」・「X者。因Y。」・「X歟。因Y。」各１例である。文末を示す「云々（ウンウン）」・「也（なり）」・「者（てへり）」・「歟（か）」・「哉（や）」が「仍」・「因」の直前に用いられているからである。接続

詞「よて」で結ばれる前の事柄（原因・理由）と後の事柄（結果）の内容は多方面にわたるが、両者の間に必然的な関係があることは言うまでもない。

「仍（よて）」は、① 御悩雖非殊重　忽可有時代之変云々　仍女官愁嘆也（寛弘8．5．27二158上）② 宮末儲家給　極不便之事也　仍所奉也（寛弘8．8．11二178上）③ 兵部大輔示御悩甚重諸僧等奉加持　頗宜坐者　仍罷出（長保3．9．18一225上）④ 下官申云　丙寅日奉仕三宝父師死云々　有他日同不可用歟　仍十四日可被行　被定仰了（寛弘4．6．16二82下）⑤ 仰云節会已停　何有拝賀哉　仍大臣以下且着殿上　予勧盃於大臣（長保2．1．1一102下）のように用いられている。

「因（よて）」は、⑥ 可奉遣祈晴使　令勘日時　至使者可遣蔵人也　因仰孝標忠孝等令用意（長保2．8．20一150下）⑦ 此間今朝所給御書持来云（中略）今明雖物忌可参院者　因亦令申今朝御書只今見給之由　若可令参院給者　可待候歟（長徳4．7．2一36下）⑧ 即奏曰　左右可随仰　但如是之事　以御意旨而可賜仰事歟　因有天許（寛弘8．5．27二158上）のように用いられている。

(2)　「X。故Y。」

接続詞「故（かるかゆゑに）」は、先述の『色葉字類抄』によれば「故ヵルカユヘニ」（前田本　辞字　上106オ1）という訓が存在する。「故」は宣命の中に1例○　旧例毛在ルニ依天奈牟　皇太弟度改定給故此状乎悟天　仕奉礼と勅布天皇御命乎　衆聞食と宣（寛仁1．8．8二238上）と見られる。

(3)　「依X、Y。」・「因X、Y。」・「縁X、Y。」

接続詞「よて」（仍・因）や「かるかゆゑに」（故）を用いる2文形式ではなくて、「XによてY」という1文形式をとるものは、「依」993例・「因」15例・「縁」1例と全部で1009例ある。Xの内容で文字として「依」（因・縁）に直接続くものに注目してみると、「依」の場合は名詞624例（名詞582・代名詞2・形式名詞40）・動詞180例・形容詞72例・形容動詞11例・助動詞87例・補助動詞6例・連語5例・接続語8例といった具合で、名詞が6

割を越えている（約64％）。「因」の場合は15例全部が名詞（名詞2・代名詞13——之5・何8）であり、「縁」の場合は全1例が動詞である。

　「依」は①　依仰事前大僧正参東宮（長保4．5．7—259下）②　右最手常世依母喪不候（寛弘3．8．1二63上）のように名詞「おほせこと」・「も」の場合、③　此次所示甚多　不能注　依之参内之間　聞院御悩殊重之由（長保2．5．8—124下）④　東三条院参給石山寺　依之令奉出車　余祇候御共（長保3．10．27—232上）のように代名詞「これ」の場合、⑤　亦民部少丞俊遠　織部正著信　右近府生紀光方等依闘乱事　令検非使召問之（長徳1．12．25—19下）⑥　雖候殿上　依令渡中宮御方給之由　罷出　申剋詣左府（寛弘8．5．22二157上）のように形式名詞「こと」・「よし」の場合、⑦　白馬事雖止節会　依有例可覧之由　先日所承也（長保2．1．7—104上）⑧　依少納言遅参無政之間　不奏内案請（長保5．3．23—285上）のように動詞「あり」・「まゐる」の場合、⑨　依無可候南殿之僧綱　可遣召僧都済信之由　左大臣令奏（長保2．3．16—117上）⑩　登横川　依浜泥深　径山路　至飯室宿　相逢中将（長保5．5．12—289下）のように形容詞「なし」・「ふかし」の場合、⑪　命云（中略）只蒙朝恩被加任律師　以之可為其報　依事之懇不憚天聴所令申也　必加用意可洩奏者（長保2．8．11—145下）⑫　今日禄事依倉卒多用練衾（長保2．10．15—169下）のように形容動詞「ねんころなり」・「サウソツなり」の場合、⑬　依可有官奏　相扶所労先参左府（長保1．12．15—97下）⑭　而依左衛門督被申故障　使四条大納言兼深草使（寛弘6．12．20二128上）のように助動詞「へし」・「る」の場合、⑮　戌剋許詣左府　今日出間有恩問之由　惟弘告申　為令申其恐也　然而依寝息給不能令申事由帰宅（長保1．12．6—94下）⑯　即参中宮御方　左府坐　依参東宮給　即候御共（寛弘7．3．20二138下）のように補助動詞「たまふ」の場合、⑰　示日　中宮少進藤原惟通給宮臨時御給　右近将監永家依去年非巡察使功不次給爵云々（長保2．2．11—112上）⑱　此日依造宮事欲漸畢　可被奉幣於伊勢并諸社之由　先日所被定也（長保2．9．26—161上）のような連語「あら

ず」・「むとす」の場合、⑲　此間余心神乖和　如欲気上　依甚難堪　示事由
於左少弁欲退出（長徳４．３．16一29上）⑳　可申計歴　若依公文事等　欲申
延任（寛弘１．４.29二11下）のように接尾語「かたし」・「ら」の場合がある。

「因」は㉑　亦仰云　暫可候者　因仰祇候（長徳４．10.29一52上）のよう
に名詞「おほせ」の場合、㉒　仰云　以朝経可遣仰右大臣許　参内之日非廃
務者　強不可避忌　令申之旨已懇切之中　依有遺日　過被日行之有何事哉
因之可遣仰云々（長保２．４．６一119上）㉓　小舎人丸部季永来召之　禄法
如何　惟弘朝臣所令申也　因之仰遣　以疋絹給小舎人（寛弘８．８．11二177
上）㉔　亦権弁云　今日可有廃務　答云　非当日所出来之穢　何因廃務哉
外記定知先例歟　可被尋問（長保２．９.26一161上）㉕　大臣列大納言列
不依位階　各立一列　何因中納言独以二位加大納言末乎（寛弘８.10.18二
200下）のように代名詞「これ」・「なに」の場合がある。

「縁」は、㉖　元慶三年三月廿三日　淳和太皇太后崩　縁有遺令不在御葬
之諸司（長保１.12.５一92下）のように、動詞「あり」の場合が１例のみで
ある。

２　倒置型
(4)　「Ｙ。依Ｘ也。」・「Ｙ。是依Ｘ也。」ほか

倒置型は先述のように、結果が先に示されていてその後で原因や理由が説
明されている形式のものである。構文を更に細かく分類すると次の８種類に
なる。

　　㈦　「Ｙ。依Ｘ也。」88例、「Ｙ。縁Ｘ也。」１例
　　㈤　「Ｙ。依ＸＸ'也。」４例
　　㈢　「Ｙ。依Ｘ。」６例

㈎　「Y。依X歟。」4例

㈏　「Y。是依X也。」9例、「Y。此依X也。」2例、「Y。是因X也。」1例

㈐　「Y。是依XX'也。」4例

㈑　「Y。是依X。」2例

㈒　「Y。是依XX'。」1例

㈐　「Y。依X也。(Y。Xによてなり。)」は①　自左大殿有召　依作文事也（長徳3.10.13二231下）のように形式名詞「事（こと）」、②　奉書北野宮額　依是算法橋示也　（寛弘6.8.4二122上）のように動詞「示（しめす）」、③　帰宅　此夕参左府宿　依御病殊重也（長保2.5.11一125上）のように形容詞「重（おもし）」の場合がある。「Y。縁X也。(Y。Xによてなり。)」は④　元慶三年三月廿三日　太皇太后崩　同四月　停平野松尾梅宮広瀬龍田賀茂祭等　縁太皇太后崩也者（長保1.12.5一92上）のように動詞「崩（ホウす）」の場合が見られる。

㈑　「Y。依XX'也。(Y。XによてX'なり。)」は①　右中弁説孝補蔵人　依無可仰不之人所示也（長徳4.7.14一42上）のように形容詞「無（なし）」、②　奉左府故九条殿御日記十二巻　依先日命令書写也（寛弘6.3.1二111上）のように名詞「命（めい）、③　献手跡　依仰所書也（長保2.3.16一117上）のように名詞「仰（おほせ）」の場合が見られる。

㈒　「Y。依X。(Y。Xによる。)」は①　蔵人隆光召諸卿　被参　上下有退出　依御物忌（長保5.1.5一279上）のように「物忌（ものいみ）」、②　左相参八省給　候御共　依式部丞示之（長保5.1.14一280上）のように動詞「示（しめす）」、③　後左府命云　良久相論極無便也　依不得理之事（寛弘7.1.18二132下）のように形式名詞「事（こと）」の場合が見られる。

㈓　「Y。依X歟。(Y。Xによるか。)」は①　此暁退出　到陽明門乗車出之

間　牛仆　余落自車無疵　依神仏冥助歟（寛弘1.11.24二23下）のように名詞「冥助（メイショ）」、②　蔵人所出納高橋国忠行之　不着素服当色依中宮大進歟（寛弘8.7.8二169下）のように名詞「大進（タイシン）」、③　三日有東宮拝礼　但傳大臣不預退出　若依諒闇歟云々（寛弘8.12.26二215上）のように名詞「諒闇（リヤウアン）」の場合が見られる。

㈭　「Y。是依X也。（Y。これXによてなり。）」は①　候内　左府自去夜候宿給　是依可有官奏直物等也（長徳4.12.16一61上）のように助動詞「可（へし）」、②　文慶阿闍梨任律師云々　是依二宮御悩奉仕御修法有験也（寛弘5.4.24二99下）のように動詞「有（あり）」、③　下官参内之間不着鈍色着蘇芳下襲　是依召使之先日告也（寛弘8.8.23二179下）のように動詞「告（つく）」の場合がある。

「Y。此依X也。（Y。これXによてなり。）」は④　此間御前僧徘徊弓場殿　此依出居候不能参上也　仍更召四位少将　令候出居（長徳4.9.29一48下）のように連語「不能（あたはず）」、⑤　仰綱所於七大寺并延暦寺奉為公家御息災　可令奉転読金剛般若経一万巻之由　此依天変也（長保1.10.25一82上）のように名詞「天変（テンヘン）」の場合がある。

「Y。是因X也。（Y。これXによてなり。）」は⑥　勅使別当五師前各置法華経一部最勝王経一部　是因今日所下給宣旨試年分度者也（長保1.10.15一80上）のように名詞「度者（トシヤ）」の場合が見られる。

㈯　「Y。是依XX'也。（Y。これXによてX'なり。）」は①　令行政奏大般若一帙新書写　是依院仰　従去廿一日所令奉仕也（長徳4.12.29一64上）のように名詞「仰（おほせ）」、②　着左衛門陣　是依去廿二日新任少納言能信朝臣示始可従行事之由　所参也（寛弘8.3.26二152下）のように動詞「示（しめす）」、③　最勝講朝夕座已了　以午二剋斎王可退出　宣命給了　是依右大臣御消息申行也（寛弘8.3.27二153上）のように名詞「消息（せうそく）」の場合が見られる。

㈮　「Y。是依X。（Y。これXよる。）」は、①　右近府生公忠参来申云　大

殿可参皇后宮給　是<u>依</u>東宮事云々（寛仁1.8.6二235上）のように形式名詞「事（こと）」、②　有臨時奉幣云々　是<u>依</u>八幡行幸事（長徳1.10.12一18上）のように同じく形式名詞「事（こと）」の場合が見られる。

(ク)　「Y。是依XX'。（Y。これXによってX'。）」は○　自内詣左府　此夜半渡坐道真朝臣宅　是<u>依</u>小君<u>病</u>避所云々（長保1.7.9一68上）のように名詞「病（やまひ）」の場合が見られる。

(5)　「Y。X之故也。」・「Y。是X之故也。」・「Y。是依XX'之故也。」

これは上記3形式共に「故也（ゆゑなり）」を伴うもので、各形式に1例ずつ見られる。「Y。X之故也。（Y。Xするゆゑなり。）」は①　詣左府　左府今朝退出給　只今向三井寺給中将於此寺入道云々　即候御車後　入夜帰京右府又同向給　少将共<u>入道</u>之<u>故</u>也（長保3.2.4一195下）のように漢語サ変動詞「入道（ニフタフす）」の場合である。

「Y。是X之故也。（Y。これXするゆゑなり。）」は②　召左近看督使津守宗正　付少舎人上村主友信令候仕所　是先日遣於丹波国　而不罷国到京宅<u>責</u>妻子<u>故</u>也（長保1.11.11一86上）のように動詞「責（せむ）」の場合である。

「Y。是依XX'之故也。（Y。これXによってX'するゆゑなり。）」は③　今日雅楽寮雖候不奏音楽　是依院御悩　<u>有</u>此行幸之<u>故</u>也（長徳3.6.22二220上）のように動詞「有（あり）」の場合である。

(6)　「Y。其故者X。」ほか

「Y。其故者X。（Y。そのゆゑはX。）」は2例、「Y。其故X。」（係助詞「は」一者一が文字で無表記の形式）が3例見られる。前者は①　四条納言被送書云　昨日定奏御斎会行事　此事頗以違例　<u>其故者</u>　旧例大臣定納言以下行事并所々行事　而自為行事　即自定奏　不知其例（寛弘8.11.8二205下）②　而外記兼輔申云　近年例　取手寮助持参院　右馬頭通任朝臣依兼宮亮　又持参宮云々　件事雖在近例　甚別様也　非可准処　<u>其故者</u>　通任朝臣在取手之中　便以本宮亮令取可宜　以不候此座居宅之者　暗不可為使　又馬

助為使極而無便　仍令外記告此案内於蔵人少将（寛弘6．5．1二118上）である。

　後者は③　後日見宣命　可有三段之拝　其故依立太子載其事　即譲位事云了有宣字（寛弘8．6．11二160下）④　大嘗会間事　四条納言注出持来　只注次第不見子細仍示此書無益之由返了　其故　只為見次第欲注目録　相省略本意可多書之故以是欲為証拠（寛弘8．11．9二206上）⑤　大嘗会事其子細作式　自仁和寺伝取四条納言見之云　寛平所作歟　仍彼納言号之寛平式　其故云元慶仁和例在注文　其中有可取之事（寛弘8．11．9二206上）である。

(7)「Y。為X也。」

　本文献に見られる「為」の用法の一つとして、①　今日殿北方為先考丞相奉供養仏経給也（長保1．7．20―70下）②　座主法橋為故院修不断念仏　此夕了也（長保5．12．17―299下）のように相手（丞相や故院）にとって利益になる「ため」の場合や、③　件事等　心神雖不覚　為令奏案内所書出也（長徳4．7．13―41下）のように「アンナイをソウせしむるために」、④　而或説云　雖無御拝　只自内蔵寮送遣之事有先例云々　仍為令問先例召令寮官人（長保2．7．13―136上）のように「センレイをとはしむるために」のように目的を示す場合がある。

　しかし、「為」が倒置型で使われて「Y。為X也。」のような形式を取る場合は、原因や理由を説明していると判断するのが妥当である。形式は次の三つである。

　　(ア)「Y。為X也。」11例
　　(イ)「Y。是為X也。」1例
　　(ウ)「Y。是為XX'也。」1例

(ア)「Y。為X也。（Y。Xするためなり。）」は①　此僧正被示雑事　夜半許帰宅　為逢修法発願也（長保2．8．29―154下）のように動詞「逢（あふ）」、②　詣藤相公御許　為謝一日被過悚也（長保3．9．3―221下）の

ように漢語サ変動詞「謝（シヤす）」、③　参内　試楽也　左大臣以下被参為不知頼隆死也（長保5.11.21一298上）のように「不知（しらず）」の場合など、全11例ある。

(イ)「Y。是為X也。（Y。これXのためなり。）」は、○　此日招来女巨勢広貴　示今日可奉図不動尊像之由　是則為故宣方中将（長保1.8.23一73下）のように名詞「中将（チウシヤウ）」の場合が1例ある。

(ウ)「Y。是為XX'也。（Y。これXのためにX'するなり。）」は、○　請権大僧都院源為講師　説経微妙　合願主御本意云々　是只為後生被行之事也（寛弘8.3.27二153上）のように名詞「後生（コシヤウ）」の場合が1例ある。

ま　と　め

　本文献に見られる原因・理由を示す接続語は、それを示す文字が表記されている場合に注目すると、先述のように1順接型（原因・理由が先行して結論が後に来る形式）と2倒置型（結論が先行して原因・理由の説明が後に述べられる形式）とに2大別することができる。用例数は1が1817例、2が145例である。その比率は約93％対7％となり、圧倒的に1順接型が多く用いられている。これは人間の思考の仕方・表現の仕方から見て極自然であると考えられないであろうか。

　1順接型の中では、(1)「X。仍Y。」・「X。因Y。」(2)「X。故Y。」のように接続詞「よて（仍・因）」・「かるかゆゑに（故）」を用いる例が807例（約45％）ある。これに対して(3)「依X、Y。」・「因X、Y。」・「縁X、Y。」のように「〜によて（依・因・縁）」を用いて1文になっている例が1009例（約55％）であり、用例数の上からは両者の間にそれほどの差はないと言える。『御堂関白記』（第二章　第1節）で考察したように、文字数が多くなる場合に分けて2文としており、文字数が少ない場合は「〜によて」の方がよ

く用いられているのである。又、用字の面から見ると、接続詞「よて」は「仍」784例（約97％）・「因」23例（約3％）であり、「仍」字を用いるのが原則である。「〜によて」は「依」993例（約98％）・「因」15例（約1.4％）・「縁」1例（約0.6％）であり、「依」を用いるのが原則である。

　なお、接続詞としては「仍」784例・「因」23例の併せて807例に対し、「故」は宣命の中に1例用いられているに過ぎず、「よて（仍・因）」が原則として用いられると言える。

　2 倒置型 の中では、(4)の(ア)「Y。依X也。（Y。XによてなY。）」88例を代表的形式とする。(オ)「Y。是依X也。（Y。これXによてなY。）」9例を(ア)に次ぐ形式とする一連の構文―(ア)から(ク)まで―は全124例（約85％）を占める。(5)「Y。X之故也。（Y。XするゆゑなY。）」・「Y。是X之故也。（Y。これXするゆゑなY。）」・「Y。是依XX'之故也。（Y。これXによてX'するゆゑなY。）」各1例の全3例（約2％）、(6)「Y。其故者X。（Y。そのゆゑはX。）」を代表的形式とするもの5例（約3.5％）、(7)の(ア)「Y。為X也。（Y。XするためなY。）」11例、(イ)「Y。是為X也。（Y。これXのためなY。）」1例、(ウ)「Y。是為XX'也。（Y。これXのためにX'するなY。）」1例の全13例（約9.5％）となる。先述した(4)の(ア)（Y。XによてなY。）のように、「依也」を用いるのが使用例の上では圧倒的に多い（約62％）。換言すれば、倒置型の代表的構文は「Y。依X也。」であると言える。

　なお、用字の上から見ると「Y。依X也。」構文の場合、「Y。依X也。」88例（約98％）、「Y。縁X也。」1例（約1％）、「Y。是因X也。」1例（約1％）となり、順接型の(3)「依X、Y」の場合と同様に「依」字を用いるのが圧倒的に多くて原則であると言える。

『権記』に見られる原因・理由を示す接続語　一覧表

分　類	使用文字	和訓	用例数		構文の種類ほか
1　順接型					
(1) X。仍Y。 　　X。因Y。	仍 因	よて よて	784 23	807	①X云々。仍Y。(70例)　②X也。仍Y。(64例)　③X者。仍Y。(44例)　④X歟。仍Y。(8例)　⑤X哉。仍Y。(1例)
(2) X。故Y。	故	ゆゑに	1	1	
(3) 依X、Y。 　　因X、Y。 　　縁X、Y。	依 因 縁	よて よて よて	993 15 1	1009 計1817 92.6%	依（因・縁）に接続するもの―「依」①名詞・代名詞・形式名詞624例②動詞180例③形容詞72例④形容動詞11例⑤助動詞87例⑥補助動詞6例⑦接尾語8例⑧連語5例「因」①名詞2例②代名詞13例（之5例・何8例）「縁」名詞1例
2　倒置型					
(4) Y。依X也。	依	よて	122	124	(ア)Y。依X也。88例　Y。縁X也。1例 (イ)Y。依XX'也。4例 (ウ)Y。依X。6例 (エ)Y。依X歟。4例 (オ) Y。是依X也。9例 　　 Y。此依X也。12例 　　 Y。是因X也。1例 (カ)Y。是依XX'也。4例 (キ)Y。是依X。2例 (ク)Y。是依XX'。1例
Y。縁X也。 　　Y。是因X也。	縁 因	よて よて	1 1		
(5) Y。X之故也。	故	ゆゑ	3		(ア)Y。X之故也。1例(イ)Y。是X之故也。1例(ウ)Y。是依XX'之故也。1例
(6) Y。其故者X。	故	ゆゑ	5		(ア)Y。其故者X。2例(イ)Y。其故X。3例
(7) Y。為X也。	為	ため	13		(ア)Y。為X也。11例(イ)Y。是為X也。1例(ウ)Y。是為XX'也。1例
			計 145 7.4% 総計 1962 100.0		

第4節 『小右記』に見られる原因・理由を示す接続語

はじめに

　本節の目的は、平安後期の公卿藤原実資（957〜1046）の日記『小右記』（978〜1032の記事。以下、本文献と呼ぶことにする）に見られる原因・理由を示す接続語について記述することである。

　将来の課題については、既に（第二章　第1節）述べた。

一　本文献に見られる原因・理由を示す接続語

　本文献に見られる原因・理由を示す接続語は、次の二つに大別することができる。前者は原因・理由を示す文字が明記されている場合である。例えば「今日物忌　依非殊重　欲参御八講」（寛弘9．5．19―269上）の記事は「今日は物忌であるが、殊に重くはない<u>ので</u>、御八講に参ろうと思う。」という意味を示し、<u>ので</u>に相当する語「<u>依</u>（〜によて）」が表記されている場合である。後者は文字として明記されていない場合である。例えば「諸僧自大極殿東西壇上参　購読師亦同　無音楽　<u>蓋是御国忌月歟</u>　<u>天暦九年以後例歟</u>可尋見矣」（長和2．1．8―298上）のように、「音楽はなし。その理由として、もしかしてこれは御国の忌月であるからなのか、それとも、天暦9年以後の例によるのか、調べてみるべきである。」という意味を示してはいるが、「依（〜による）」が文字として表記されていない場合である。

　上記の両者がどのような比率で用いられているかを調べることも必要であるが、本節では前者（原因・理由を示す文字が明記されている場合）のみを取り上げることにする。

142　第二章　公卿日記に見られる接続語

　ところで、巻末の一覧表から明らかなように、本文献では、構文上、原因・理由を示す事柄が先行してその結果が後に示される場合（順接型と呼ぶことにする）と、結果が先行してその原因・理由が後に補足的に示される場合（倒置型と呼ぶことにする）とに二大別することができる。次に、これらの代表例を示す。

I　順接型（原因・理由を示す事柄が先行し、その結果が後に示される場合）
　1　接続詞を用いる場合（2文）
　　(1)　仍（よて）　　　「X者。仍Y。(X てへり。よて　Y。)」
　　(2)　依而（よて）　　「X。依而Y。(X。よて　Y。)」
　　(3)　依天（よて）　　「X。依天Y。(X。よて　Y。)」
　　(4)　因（よて）　　　「X。因以Y。(X。よてもて　Y。)」
　　(5)　故（ゆゑに）　　「X。故Y。(X。ゆゑに　Y。)」
　　(6)　随（したかて）　「X。随亦Y。(X。したかて　また　Y。)」
　　(7)　然者（しかれは）「X。然者Y。(X。しかれは　Y。)」
　2　動詞「よる」を用いる場合（1文）
　　(1)　依（よて）　　　「依X、Y。(Xによて、Y。)」
　　(2)　依天（よて）　　「X依天Y。(Xによて　Y。)」
　　(3)　因（よて）　　　「因X、Y。(Xによて、Y。)」
　　(4)　縁（よて）　　　「縁X、Y。(Xによて、Y。)」
　3　名詞「ゆゑ」を用いる場合（1文）
　　　　故（ゆゑに）　　「X之故、Y。(Xのゆゑに、Y。)」

II　倒置型（結果が先行し、その原因・理由の説明が後に補足的に示される場合）
　1　動詞「よる」を用いる場合（2文）
　　(1)　依（よて）　　　「Y。依X也。Y。是依X也。(Y。Xによてなり。

(2)　縁（よる）　　　「Y。縁X。Y。是縁X歟。(Y。Xによる。Y。これXによるか。)」
　　(3)　因（よる）　　　「Y。因X。(Y。Xによる。)」
　2　名詞「ゆゑ」・「ため」を用いる場合（2文）
　　(1)　故（ゆゑ）　　　「Y。X故也。(Y。Xのゆゑなり。)」
　　(2)　其故者（そのゆゑは）「Y。其故者X。(Y。そのゆゑはX。)」
　　(3)　其故（そのゆゑは）「Y。其故X者。(Y。そのゆゑはXてへり。)」
　　(4)　故何者（ゆゑはなにとなれは）「Y。故何者X而已。(Y。ゆゑはなにとなれはXのみ。)」
　　(5)　所以者（ゆゑは）　　「Y。所以者X。(Y。ゆゑはX。)」
　　(6)　為（ため）　　　「Y。為X也。(Y。Xのためなり。)」
以上の型について、次に具体的に述べていく。

二　順接型の場合

1　接続詞を用いる場合（2文）

　接続詞「よて」は、「仍」2512例、「依而」1例、「依天」1例、「因」1例の計2515例、「故（ゆゑに）」18例、「随（したかて）」44例、「然者（しかれは）」22例である。

　なお、『色葉字類抄』には「依ィ・ヨテ因藉仍縁」（前田本　辞字上ヨ116オ6）とあって、「依」は初出、「仍」は4番目の掲載字である。

(1)　「仍（よて）」が文頭に立つこと、即ち接続詞であることは、「X者。仍Y。」（者＝てへり）188例、「X云々。仍Y。」（云々＝とウンウン）79例、「X也。仍Y。」（也＝なり）68例、「X歟。仍Y。」（歟＝か）27例、「X乎。仍Y。」（乎＝か）4例、「X而已。仍Y。」（而已＝のみ）2例などのように、

文末を示す助辞——連語・助動詞・終助詞・副助詞——が「仍」の直前にあることから明白である。「仍」で結ばれる前の事柄（原因・理由）と後の事柄（結果）との内容は多方面にわたっているが、両者の間に必然的な関係があることは言うまでもない。具体例は、①　又云摂政従夜部有被悩　今日試楽不可被参上者　仍乍驚詣彼御宿所　以経頼令申事由（寛仁１.11.23二148上）②　右兵衛督云　法成寺僧房板敷下有死児　犬喫入云々　仍有三十日穢十日御堂会停止者（治安４.３.２三12下）③　今日青宮還給日也　仍日入未秉燭間参入　候殿上（万寿２.７.３三52上）④　参皇太后宮　暫候　左相府被悩間　令心労給歟　仍以資平　令示女房（寛弘９.６.６一275下）⑤　但以彼庁咒願教円可令奉仕之由　仰之了　然而彼未従其事　有何事乎　仍所仰也（寛仁１.10.６二126上）⑥　今日　権左中弁相方一人而已　仍雖四位仰史生事（長徳３.１.29一129上）などである。

(2)　「依而（よて）」は、次の１例のみである。○　日者以柳地菘蓮葉寺湯洗而依夢想告傳支子　又以蓮葉煮冷洗面　依而腫頗減赤色　亦宜冷治已有其験（治安３.９.16二376上）

(3)　「依天（よて）」は、次の宣命に１例ある。○　大僧正法印大和尚位慶円者　春秋多積り（中略）　山中賢聖之首太　其徳広波口如し　強切たうす　依天　天台座主層任賜と治賜布事乎　白せとて　定勘命白（長和３.12.27一417下）

(4)　「因（よて）」は、○　昨日吉日　因以初汲泉水　先供本尊閼伽　其後汲用（長和２.２.21一312下）１例のみである。

(5)　「故（ゆゑに）」は、①　為盛朝臣云　右衛門督一日従内退出後身熱悩故不可詣関白賀茂御共亦不可向使出立所（治安３.４.14二337下）のほか、残りの３例はいずれも、②　今此由違令祈申乍止　所念給那り　故是以　吉日良

第 4 節 『小右記』に見られる原因・理由を示す接続語　145

辰_平擇定_天（以下省略）（長元 4．8．23三279下）のように宣命に用いられている。

(6)「随（したかて）」は、①　仰亦少将不可申大将殿之由　随亦不知案内仍所不申也（治安 3．7．19二360下）のように「X。随亦 Y。」18例、②　又令申云　有饗饌何不候哉　随又被仰可進止者候　是縦雖無例　所申可然者　仍令仰其由（治安 1．7．25二321下）のように「X。随又 Y。」11例、③　報云　今夜可宣下　明日明[後]日身慎殊重　随又々不可来者（治安 3．2．3二357上）のように「X。随又々Y。」2例、④　昨日大納言在衡仰少外記海正隆云　有式日神事之日　被加行他神事之例　宜勘申者　随則勘申仁和三年二月四日祈年祭之日　伊勢并常陸等幣帛使立（寛仁 1．10．13二129上）のように「X。随則 Y。」12例、⑤　余報云　覚慶付属院源之状　有可任源心之状　随即放与以源心了（長元 1．12．20三186下）のように「X。随即 Y。」1例である。

なお、促音便形の確かな例は、室町末期（1603刊）の『日葡辞書』(Xitagatte) が初出であるが、一応音便形にしておく。

(7)「然者（しかれは）」は、『色葉字類抄』には載っていないが、院政時代の訓点資料『興福寺本大慈恩寺三蔵法師伝古点』には「然_レハ」とある。①　余云　奉移之事必不可忌避歟　非祭而已　然者今日不可有御殿祭歟如何（長和 5．6．2二102上）②　去夜襲芳舎放火撲滅了　（中略）　連夜京中往々有斯事　放免所為云々　（中略）　愚所思者捕追行火者之輩　可加殊賞之宣旨若可被下歟　然者有怖畏歟　此由密々示達四条大納言　頭弁経通　放火事不断者　天下滅亡了歟（寛仁 3．4．13二243下）などである。

2　動詞「よる」を用いる場合（1文）

『色葉字類抄』には「依_ヨル_ﾆﾖﾙ因藉寄仍（中略）縁（以下省略）」（前田本　辞

字　上ヨ116オ7）とあり、「依」は初出字、「因」は2番め、縁は23番めに掲載されている漢字である。「依」2001例、「因」25例、「縁」22例がある。

⑴　「依（よて）」は、①　今日太閤云　李部宮今朝已不覚　依有御本意先剃御頂　其後参入　自起居給　懇切宣出家事者　ゴホンイ　あるに　よて　まづ　おほむいただきを　そる。（寛仁2．12．26二228上）②　今日御読経結願　依有所労不参入　いたはるところ　あるに　よて（寛仁1．12．24二164下）のように「依X、Y。」1976例、③　無臨時祭試楽　依禅閣重悩給云々　ゼンカフ　おもく　なやみたまふによて　とウンウン。（万寿4．11．24三149上）④　日来摂政被食葛根　依為薬云々　くすりたるに　よて　とウンウン。（長和5．5．13二98上）のように「依X、云々」（「云々」は以下を省略したもので、直前の内容の繰り返しを避けている、と捉えた）19例、⑤　又従今日五箇日　可廃朝之由　被下宣旨已了経状如此之　昨日諸卿定太不当也　依之定所被行歟　これに　よて　さだめて　おこなはる　ところか。（寛弘8．7．8一225下）のように、前文の内容を指示代名詞「之」で受ける「依之、Y。」3例、⑥　摂政従別納所々参賀茂　依是不被参祭云々　これに　よて　まつりに　まゐられず　とウンウン。（寛仁3．8．29二280下）のように「依是、Y。」（④の例と同じく、前文の内容を指示代名詞「是」で受ける場合）1例である。

⑵　「依天（よて）」は、○　爰去六月十七日恒例乃御祭奈留爾　依天　斎内親王諸司遠率列天　参詣之天　如跡爾欲供奉留所爾　おほむまつりなるに　よて（長和4．8．23三278下）のように宣命に2例ある。

⑶　「因（よて）」は、①　早朝　左府被送書状　為見山辺紅葉　所被伴也　然而因物忌　不追従　ものいみに　よて　ツイジュウせず。（一152上）②　仰可召侍従之由　次余起座参上（中略）因日漸傾　不待侍従参上　ひや

第4節 『小右記』に見られる原因・理由を示す接続語　147

うやく　かたぶくに　よて　ジジユウを　またずして　まうのぼる。(寛仁3．7．27二271上)のように「因X、Y。」11例、③　列見延引　<u>因</u>上卿有障云々　シヤウケイ　さはり　あるに　よて　とウンウン(長元2．2．11三194上)のように「因X、云々」(云々は前文の内容の繰り返しを避けたものと考える) 2例、④今日欲被定季御読経事　大納言以上皆有故障　<u>因之</u>無定　これに　よて(二130上)のように直前の文の内容を指示代名詞「之」で受ける「因之、Y。」11例、⑤　又相通ᴾ　神戸ﾉ　外ﾆ　追越ｼ　宣ᶠ　<u>因茲</u>ᵀ　夫婦共ﾆ　科祓ᵀ払却ᴷ　祭例ᴾ　不勤仕ｽﾅﾄ　これに　よて(長元4．8．23三279上)のように「因茲ᵀY。」(④と同じく直前の文の内容を指示代名詞「茲」で受けたもの)は、この宣命1例である。

(4)「縁(よて)」は、①　山座主光臨云　従去十八日欲行内論議事　<u>縁内裏焼亡事停止</u>　ダイリ　ゼウマウの　ことに　よて　チヤウジ(す)。(長元4．11．22二35上)②　皆有船楽儲　<u>縁式部卿親王重悩給俄停止</u>　おもくなやみたまふに　よて　にはかに　チヤウジ(す)。(寛仁2．12．25二227下)のように「縁X、Y。」19例、③　於本院被修仏事　<u>縁大嘗会行事不参入也</u>　ギヤウジによて　サムニフせざるなり。(寛弘9．6．22一280下)のように、「縁X、Y也。」2例、④　左大臣可上表云々　<u>縁夢想告</u>　俄所被思企歟　ムソウの　つげによて　にはかに　おもひくはだてらるる　ところか。(長和2．3．4一315下)のように「縁X、Y歟。」1例である。

3　名詞「ゆゑ」を用いる場合(1文)

『色葉字類抄』には「故ユヘ由以致已上同」(前田本　辞字　ユ下68オ4)とある。①　明後日可候由仰之　<u>無殊忌之故</u>　関白軽服之後　可見給　ことなる　いみ　なきが　ゆゑに…みたまふべし。(万寿2．10．18三83下)②　参八省院之間　行歩可難堪<u>之故</u>　先定祈年穀使之後　可定申也　ギヤウブたへがたかるべき　ゆゑに…さだめまうすべきなり。(長和2．2．11三194

上）のように「X 之故、Y」12例である。

三　倒置型の場合

1　動詞「よる」を用いる場合（2文）

　動詞「よる」を用いる場合は、「依」（『前田本色葉字類抄』初掲字）362例、この内、指示代名詞「是」を伴うもの16例、「縁」（同じく23番目に掲載）18例、この内、「是」を伴うもの2例、「因」（同じく2番目に掲載）10例、「是」を伴うものは皆無である。

(1)　「依（よる）」は、①　秉燭後行香　予先退出　右兵衛督経通乗余車後　依心身不宜也　シンシン　よろしからざるに　よてなり。（万寿4.10.28三146下）②　早旦　馬一疋給石見守資光朝臣　昨日参内之間不給　今日首途之由　依昨日申也　サクジツ　まうすに　よてなり。（長元4.3.9三245下）のように「Y。依X也。」119例、③　少選資平帰来云　相府已不見給　卿相宮殿人等　不悦気色甚露　依令産女給歟　をんなを　うましめたまふに　よるか。（長和2.7.7一328下）④　今夜大殿引率北方　被参法性寺云々　依御胸未平損歟　おほむむね　いまだ　ヘイソンせざるに　よるか。（寛仁2.閏4.16二181上）のように「Y。依X歟。」111例、⑤　先例着南座　召宣命　見了返給内記　渡小庭進御所　而今日不然　若依左府着南座歟（寛弘2.5.26一193下）⑥　四条大納言及下官　不被定宛　若依非御傍親院司等歟　もし　ゴバウシン・キンジらに　あらざるに　よるか。（寛弘8.7.22一230上）のように「Y。若依X歟。」8例、⑦　法性寺座主慶命僧都来　不相逢　依有所労　いたはるところ　あるに　よる。（長和4.12.14二39下）⑧　皇后宮先日為尼　去九日更剃御髪為法師　依御病危急是二位宰相所陳　おほむやまひ　キキフたるに　よる。（寛仁3.5.13二252上）のように「Y。依X。」79例、⑨　入夜宰相来　伝関白御消息云　十

第 4 節 『小右記』に見られる原因・理由を示す接続語　149

四日節会早参可行　依月蝕事　亥刻以前依可終節会者　ゐのとき　イゼンに　セチヱを　をふべきに　よるてへり。(治安 3 . 11 . 7390 上)　⑩　此間清談次云　関白及次々人々未束帯　依日次不宜者　ひなみ　よろしからざるに　よるてへり。(万寿 2 . 10 . 1 三77下)のように「Y。依 X 者。」22例、⑪　伯州返事云遣不可参上由　依所労頗宜耳　いたはるところ　すこぶるよろしきに　よるのみ。(治安 3 . 9 . 30 二379上)のように「Y。依 X 耳。」5 例、⑫　相府不決之事只近習卿相所令候也　還以可恐惶　依無過怠而已　クワタイ　なきに　よるのみ。(寛弘 8 . 7 . 22 一230上)のように「Y。依 X 而已。」1 例、⑬　不可背年来例　畿内土佐使更無殊事　令蒙此仰　依奉仕乎　明日参大殿　候気色可一定　ホウジするに　よるか。(寛仁 2 . 4 . 24 二177下)のように「Y。依 X 乎。」1 例である。

又、前文の内容を指示代名詞「是(これ)」で受ける場合は、⑭　宣命版数度催後中務置式部臨晩僅立標　今日事猶以水投厳　是依相府気也 (寛弘 9 . 4 . 27 一260上)　⑮　御贈物延喜御手跡等笄　中納言行成参議道方執之　先是大夫斎信進御前問之　是依左大臣相示也 (長和 4 . 9 . 20 二18上)のように「Y。是依 X 也。」5 例、⑯　釈迦堂御読経事　以具趣仰遣律師真喜許　是依可慎御火事 (天元 5 . 2 . 3 一8下)のように「Y。是依 X。」3 例、⑰　今日一代一度仁王会被行之日 (中略) 左大弁候造宮所　称所労不参　若是依不昇晋歟不可然 (寛仁 1 . 10 . 6 二125上)のように「Y。若是依 X 歟。」1 例、⑱　雲上人及有徳者或当任吏或旧吏等　各引卒随兵十二十人　騎馬者不可勝計左右無比　是依相府定云々 (寛弘 8 . 2 . 15 一218上)のように「Y。是依 X 云々。」2 例、⑲　修理大夫示送云　按察納言従内告送云　今日賀茂使宰相昨日廻仰　悉申故障不参　早可参入之　是依有天気者 (寛弘 9 . 4 . 24 一256下)のように「Y。是依 X 者。」1 例、⑳　内□頭弁以資平有示達事等　□相府被談事等也　偏是依不好座主有傍難耳 (長和 3 . 12 . 29 一418上)のように「Y。是依 X、Z 耳。」1 例、㉑　召使未来之前七八人兵逃亡了者　件所々　佐以下皆悉馳向　事頗可驚多　是依京内不静所被行歟 (長徳 2 . 1 . 16

一111上)のように「Y。是依X、Z歟。」1例、㉒　伝聞　二品女親王今夜退出　是依光照卒去俄以被出云々（天元5．4．3一20上）のように「Y。是依X、Z云々。」1例がある。

(2)「縁（よる）」は、①　今朝女装束一襲送頭中将許　伊勢儲禄料也　縁一日有所触　ひとひ　ふるるところ　あるによる。（長和4．9．3二13上）②　関白云　諸卿不可早起座　縁可狼藉　仍暫候　ラウゼキたるべきによる。（万寿4．7.26三138上）のように「Y。縁X。」は5例、③　右衛門府生保年申云　昨被下相撲楽止宣旨云々　若縁左府病歟　もし　サフのやまひに　よるか。（長徳3．7.28一135下）のように「Y。若縁X歟。」は2例、④　雷鳴陣立不案内　差随身時頼　間遣於陣　帰来云　依無宣旨不立者　縁入秋節歟　年来雷鳴陣事如棄忘耳　あきの　セツに　いるに　よるか。（長和4．7．3二１上）のように「Y。縁X歟。」は2例、⑤　又取案内　聞延引由不参入歟　大納言斎信従途中退帰　縁聞延引由云々　エンインの　よしを　きくに　よる　とウンウン。（長和3．6．8一391上）のように「Y。縁X云々」は3例、⑥　其返事云　昨今不発給　今暁度給御堂　縁瘧病之疑者　わらはやみの　うたがひに　よるてへり。（寛弘9．6．8一276下）のように「Y。縁X者。」は3例、⑦　右金吾加元日十六日次第　縁彼意示也　かの　イを　しめすに　よてなり。（長元4．1．7三221上）のように「Y。縁X也。」は1例、⑧　大臣云　明日可参入之由　被触戒卿相　同被命下官不申左右　縁不可参耳　まゐるべからざるに　よるのみ。（長和2．3.29一324上）のように「Y。縁X耳。」は1例である。

又、前文の内容を指示代名詞「是（これ）」で受ける場合は、⑨　頭弁云昨日主上密々被仰雑事之次　有令褒誉資平給　仰云　前日間事有答対　是只縁大将之気歟　これ　ただ　タイシヤウの　キによるか。（長和2．1.17一303下）のように「Y。是縁X歟。」1例ある。

第4節 『小右記』に見られる原因・理由を示す接続語　151

(3)「因(よる)」は、① 擬階奏持来　不加署　因仮間　かりの　あひだに　よる。(寛仁2.4.1二172下) ② 長保辞書進之　不見返給　又不相逢　因苦熱内　クネツの　うちに　よる。(万寿2.7.22三56下)のように「Y。因X。」は6例、③ 中納言来云　今明物忌　而依有大弁告　破物忌欲候院御供　留給之由　只今亦有其告　仍不可参向白河　因物忌者　ものいみに　よるてへり。(長元4.3.5三243上)のように「Y。因X者。」は3例、④ 早旦沐浴清食　因円融院御国忌也　エンユウキンの　ゴコクキに　よてなり。(寛仁2.2.12二238上)のように「Y。因X也。」は1例ある。

　なお、「因」は指示代名詞「是(これ)」で受ける場合は皆無である。

2　名詞を用いる場合（2文）

　名詞を用いる場合は、「故(ゆゑ)」74例、「所以(ゆゑ)」1例、「為(ため)」31例である。又、前文の内容を指示代名詞「是(これ)」で受ける場合は「故(ゆゑ)」1例のみである。

(1)「故(ゆゑ)」は、① 蔵人式部丞雅康　仰可候御神楽之由　称有所労之由退出　実有方忌之故也　其由内々相承了　かたいみ　あるが　ゆゑなり。(長和3.11.27一407下) ② 彼寺焼亡　仍今日於円融院被修云々　聊依有所労不参入　老人苦熱間　強扶参入　不可耐之故也　たふべからざるが　ゆゑなり。(寛仁2.6.22二197下)のように「Y。X之故也。」は46例、③ 又斎王参宮之間忽有故障　而更不然　仍知治天下良久之由　是宮人等所申也云々　世間之事只可以目　敖々多端　不可以言之故　もつて　いふべからざる　ゆゑ(なり)。(長和5.閏6.10一453下) ④ 山階別当・甘瓜　使給少禄屢有分送　今般似有殊志　其味甚美之故　その　あじ　はなはだ　ビなるが　ゆゑ(なり)。(長元4.8.16三275上)のように「Y。X之故也。」の「也」が省略されたものと考えられる「Y。X之故。」は9例、⑤　又云

(中略)今月晦比渡給二条殿　以新造御堂充吉方　依無仏忌　只可有我忌之故者　ただ　わが　いみ　あるべき　ゆゑ（なり）てへり。（寛仁3.12.4二301下）のように「Y。X之故者。」は2例、⑥　今日左相府三十講結願披露物忌由不参入　世間不静之比　老人奔走太以無益之故耳　はなはだもて　ヤクなきが　ゆゑのみ。（長和5.5.25一442上）のように「Y。X之故耳。」は1例、⑦　或云　公忠更不可被召仕　至今只可令従本府事者　公忠濫行張本之故云々　きみただは　ランカウの　チヤウホンなるが　ゆゑ（なりと）ウンウン。（寛仁2.4.21二176下）のように「Y。X之故云々。」は1例ある。

　又、理由の説明が長くなるときには、次に示すように「其故者」・「其故」（共に「そのゆゑは」）・「故何者（ゆゑはなにとなれは）」を用いている。

(2)「其故者（そのゆゑは）」は、①　又勤不勘文　且可令進由　有仰事　然而不承従　其故者　疫癘流行之間　可無他事者也　而頻依被催仰雖勤造　自然如之　不可被強仰歟者（長和5.6.12一446上）②　予答云雖有前例　忽不可然　其故者　大和尚与左相府　近日不和　必無許容歟　又良円事下宮内々先達相府　随其気色可左右也（長和4.8.27二11下）のように「Y。其故者X。」は12例ある。

(3)「其故（そのゆゑは）」は、①　右衛門志貞宣令奏云　去十七日厨町穢引来本陣　其故　以穢後飯　持来射礼所宛其饗　官人等着食還参本陣者（天元5.1.19一5下）のように、「其故者」の「者（は）」が省略されたと考えられる「Y。其故X者。」が1例ある。

(4)「故何者（ゆゑはなにとなれは）」は、○　此文不快　故何者　非摂政関白　任終随身之例　権帥而已　仍返給令止（長徳2.10.9一126下）のように「Y。故何者X而已。」1例である。

第4節 『小右記』に見られる原因・理由を示す接続語   153

(5)「所以者(ゆゑは)」は、① 故花山院御子二人　為故冷泉院王子　為親王　依彼例所被行云々　已不相合之例也　所以者　冷泉院御　之時　為彼王子　而三条院崩　已及三箇年　今更為彼王子如何（寛仁3．3．5 二240下）のように「Y。所為者X。」1例がある。又、前文の内容を指示代名詞「是」で受ける場合は、② 入夜資平来云　今日左府有作文管絃之興　主上被仰云　我昨談譲位事　是有不予事之故　而今有糸竹等之遊　心頗不安　これ　フヨの　こと　あるが　ゆゑ（なり）。（長和4．11．6 二240下）のように「Y。是X之故。」1例がある。

(6)「為(ため)」は、① 事頗乖理　仍為令知衆人　令着白色　誠有所以為後所記也　のちの　ために（寛弘2．4．21一188下）や、② 疑義帥自今日七箇日　奉為主上奉供北斗中将宅　是皇后命也　シュジヤウの　おほむために（長和3．12．21一414上）のように目的を示す場合、③ 参議通任為相府家子等被嘲哢　シヤウフの　いへのこらの　ために（長和2．7．13一330上）のように被害の受身を示す場合などがある。また次のように、結論を先に述べて理由を後で説明していると考えられるものが31例ある。④ 明日明後日有所慎不可参御葬送之由　示拾遺納言　為令披露也　ヒロウせしめむが　ためなり。⑤ 今日不参之事云遺頭中将資平許　大略昨日披露了　然而為令達摂政也　しかれども　セツシヤウに　タツしめんが　ためなり。（長和5．6．4 二104下）のように「Y。為X也。」は15例、⑥ 戌刻許太皇太后宮亮能通宅山井云々西焼亡　依行祭事不遣消息　為避焼亡所穢　ゼウマウせしところの　けがれを　さけむが　ため（なり）。（長和4．4．23一428上）⑦ 件事今朝達四条大納言　為令示彼三品亜将　かの　サムホンの　アシヤウに　しめさしめむが　ため（なり）。（寛弘9．8．27一293下）のように「Y。為X。」（「為也」の「也」が省略されたものと考える）は10例、⑧ 今日有女叙位　其次以主計頭吉平叙位従四位下　朝恩之至也　陰陽家為無比肩之者

歟　ヒケンする　もの　なきが　ためか。（長和５．1．8 二50下）のように「Y。為X歟。」は５例、⑨　於土御門堂　供養等身金色阿弥陀　并百巻阿弥陀経　偏<u>為</u>往生極楽也者　ひとへに　ゴクラクワウジヤウの　ためなりてへり。（寛弘８．3．27―222上）のように「Y。為X也者。」は１例ある。
　　なお、指示代名詞「是（これ）」が前文の内容を受ける場合は皆無である。

ま　と　め

　本文献に見られる原因・理由を示す接続語について、構文・用字法・用例数の観点からまとめてみると、次の11点になる。
1　順接型は4645例、倒置型は496例であり、全体の90.4％までが順接型である。順接型が多いのは、人間の思考・表現の仕方（原因・理由があってその結果が生じる）からすれば自然と考えられるのではないか。
2　順接型では、接続詞を用いる場合（２文）が2585例（55.6％）、動詞「よる」を用いる場合（１文）が2048例（44.1％）、名詞「ゆゑ」を用いる場合（１文）が12例（0.3％）である。用例数の上からは、接続詞を用いる場合が最も多い。
3　倒置型では、動詞「よる」を用いる場合（２文）が390例（78.8％）、名詞「ゆゑ」・「ため」を用いる場合（２文）が106例（22.2％）である。用例数の上からは、動詞を用いる場合が圧倒的に多い。
4　順接型で接続詞を用いる場合は、「よて」（「仍」2512、「依」2、「因」1）が2515例（97.3％）、「随（したかて）」44例（1.6％）、「然者（しかれは）」22例（0.8％）、「故（ゆゑに）」4例（0.3％）である。「よて」が圧倒的に多く用いられている。
5　順接型で動詞「よる」を用いる場合は、「依」2001例（97.7％）、「因」25例（1.2％）、「縁」22例（1.1％）である。「依」を用いる場合が圧倒的に多い。

第 4 節　『小右記』に見られる原因・理由を示す接続語　155

6　倒置型で動詞「よる」を用いる場合は、「依」362例（92.8％）、「縁」18例（4.6％）、「因」10例（2.6％）である。上記5の順接型と同様に「依」を用いる場合がが圧倒的に多い。

7　順接型で動詞「よる」を用いる場合は、「依 X、Y。」が1976例（96.5％）で圧倒的に多い。

8　倒置型で動詞「よる」を用いる場合は、「Y。依 X 也。」が119例（29.0％）、「Y。依 X 歟。」が111例（28.5％）であり、この二つの型で57.5％を占めている。

9　倒置型で動詞「よる」を用い指示代名詞「是(これ)」で受ける場合は17例である。そうでない場合（373例、95.6パーセント）に比べてわずか4.4％である。

10　倒置型で名詞を用い指示代名詞「是(これ)」で受ける場合は1例であり、そうでない場合（105例、99.1％）に比べてわずか0.9％である。

11　原因・理由の説明が長くなる場合は、倒置型の「Y。其故者 X。」・「Y。其故 X 者。」・「Y。故何者 X 而已。」が用いられている。

『小右記』に見られる原因・理由を示す接続語　一覧表

I	順接型	原因・理由を示す事柄が先行し、その結果が後に示される場合。	II	倒置型	結果が先行し、その原因・理由の説明が後に示される場合。

I 順接型

1　接続詞を用いる場合（2文）

(1)「よて」　　　　　　　　　　2515例

仍　① X者。　仍Y。　　188
　　② X云々。仍Y。　　79
　　③ X也。　仍Y。　　68
　　④ X歟。　仍Y。　　27
　　⑤ X乎。　仍Y。　　 4
　　⑥ X而已。仍Y。　　 2
　　⑦ X。　　仍Y。　2144
　　　　　　　　計 2512

依　① X。　依天Y。　　1
　　② X。　依而Y。　　1
　　　　　　　　計　2

因　① X。　因以Y。　　1

(2)　随（したかて）　　　　　　44例
　　① X。　随亦Y。　　18
　　② X。　随又Y。　　11
　　③ X。　随又又Y。　 2
　　④ X。　随則Y。　　12
　　⑤ X。　随則Y。　　 1

(3)　然者（しかれは）　　　　　22例
　　① X歟。　然者Y。　　3
　　② X而已。然者Y。　　1
　　③ X云々。然者Y。　　1
　　④ X者。　然者Y。　　1
　　⑤ X。　　然者Y。　16

(4)　故（ゆゑに）　　　　　　　 4例
　　① X。　故Y。　　 4

2　動詞「よる」を用いる場合（1文）　2048例

依　① 依X、　Y。　1976
　　② X依天Y。　　 2
　　③ 依X、　云々。　19
　　④ 依之、　Y。　　 3
　　⑤ 依是、　Y。　　 1
　　　　　　　　計 2001

因　① 因X、　Y。　　11
　　② 因X、　云々。　 2
　　③ 因之、　Y。　　11
　　④ 因茲天Y。　　　 1
　　　　　　　　計　25

II 倒置型

1　動詞「よる」を用いる場合（2文）

依　A 346　B 16　　　　　　362例

A　① Y。　依X也。　　119
　　② Y。　依X歟。　　111
　　③ Y。　若依X歟。　　 8
　　④ Y。　依X。　　　 79
　　⑤ Y。　依X者。　　22
　　⑥ Y。　依X耳。　　 5
　　⑦ Y。　依X而已。　 1
　　⑧ Y。　依X乎。　　 1

B　① Y。　是依X也。　 5
　　② Y。　是依X。　　 3
　　③ Y。　是依X、Z。　1
　　④ Y。　若是依X歟。 1
　　⑤ Y。　是依X、Z歟。1
　　⑥ Y。　是依X、云々。2
　　⑦ Y。　是依X、Z云々。1
　　⑧ Y。　是依X、Z耳。1
　　⑨ Y。　是依X者。　 1

縁　A 17　B 1　　　　　　　18例

A　① Y。　縁X。　　　 5
　　② Y。　縁X歟。　　 2
　　③ Y。　若縁X歟。　 2
　　④ Y。　縁X云々。　 3
　　⑤ Y。　縁X者。　　 3
　　⑥ Y。　縁X也。　　 1
　　⑦ Y。　縁X耳。　　 1

B　① Y。　是縁X歟。　 1

因　A 10　B 0　　　　　　　10例

A　① Y。　因X。　　　 6
　　② Y。　因X者。　　 3
　　③ Y。　因X也。　　 1

2　名詞を用いる場合（2文）

(1)　故（ゆゑ）　A73　B1　　74例

A　① Y。　X之故也。　46
　　② Y。　X之故。　　 9
　　③ Y。　X之故者。　 5
　　④ Y。　X之故耳。　 1
　　⑤ Y。　X之故云々。 1
　　⑥ Y。　其故者X。　12

第4節 『小右記』に見られる原因・理由を示す接続語　157

| I | 順接型 | 原因・理由を示す事柄が先行し、その結果が後に示される場合。 | II | 倒置型 | 結果が先行し、その原因・理由の説明が後に示される場合。 |

縁　① 縁X。　Y。　　　19
　　② 縁X。　Y也。　　 2
　　③ 縁X。　Y歟。　　 1
　　　　　　　計　　22

⎰　⑦　Y。　其故X者。　　1
⎱　⑧　Y。　故何者X而已。 1
　　　　　　　　　計　73
B　①　Y。　是X之故。　　1
(2) 所以（ゆゑ）　A1　B0　　　1例
　　①　Y。　所以者X。　　1
(3) 為（ため）　A31　B0　　　31例
　　①　Y。　為X也。　　 15
　　②　Y。　為X。　　　 10
　　③　Y。　為X歟。　　　5
　　④　Y。　為X也者。　　1

3　名詞「ゆゑ」を用いる場合（1文）　12例
　　①　X之故、Y。　　12

　　計　　4645例　（90.4％）　　　　　計　　496例　（9.6％）

第5節　副詞・接続詞から見た『権記』の位置
――「異なり語数」の観点を中心として――

はじめに

　『権記』（以下、本文献と呼ぶことにする）は，周知のように平安後期の公卿藤原行成（972〜1027）の日記（991〜1011の記事）である。記事は原則として漢字表記であり、文体は変体漢文である。本文献と比較する文献としては、平安時代の和文日記――『土左日記』[1]・『蜻蛉日記』[2]・『和泉式部日記』[3]・『紫式部日記』[4]・『更級日記』[5]――、漢字片仮名交じり文の『今昔物語集』[6]、変体漢文の往来物の訓点資料『高山寺本古往来』[7]・『雲州往来』[8]、漢籍（正式漢文）の訓点資料『興福寺本大慈恩寺三蔵法師伝古点』[9]の9文献を取り上げる。

　副詞と接続詞とに限定したのは、次の理由による。副詞は原則として用言を修飾するので、文献の内容によって用いる情態副詞は異なるものの、陳述副詞や程度副詞は共通度が高いと考えられるからである。位相語の観点から副詞を考察するためである。一方、接続詞は、主として文と文の続き具合を限定するので、接続詞を用いることによって（接続詞を用いない場合より）、続き具合が鮮明になるからである。つまり、接続詞を用いることによって文章の論理構造をはっきり示すことは、和文の文体との違いにかかわってくるからである。

　本節の目的は、本文献と他の9文献の副詞・接続詞のそれぞれの異なり語数との比較、本文献と一致する他の9文献の副詞・接続詞のそれぞれの異なり語数（一致率）との比較を通して、本文献の語彙・文体にかかわる位置を明らかにすることである。

　以下、上で述べた四つのグループごとに本文献との比較をしていく。各文献ごとに副詞・接続詞の異なり語及び用例数の全てを示すことは、紙幅の都

合で不可能なので割愛する。

　なお、副詞としては、原則として名詞の副詞的用法は除いている。又、辞書や索引の類で副詞であったり形容動詞であったりしているもの、形容動詞の連用形「〜に」の形しかないものなどは副詞として扱っている場合がある。又、副詞の下位分類としての陳述副詞・程度副詞・情態副詞の三つのうち、いずれに属するとすべきかで迷いもあったことを付け加えておきたい。それに、「又・亦（また）」などのように副詞か接続詞かの認定が困難な場合もあり、「更（さらに）」などのように陳述副詞（否定形と呼応する場合）・情態副詞の両者に用法の分かれる場合もある。

　同じ語でも索引によって品詞の異なる場合（例えば、副詞か形容動詞か）は、私に調整した。

　本文献の副詞・接続詞のそれぞれの語彙については、第一章（第2節・第3節）・第二章（第2節・第3節）で既に記述しているが、情態副詞に関しては新たに調査をした。

　上記4グループごとに副詞・接続詞のそれぞれの一致率を比較するに先立って、本節で扱う10文献に見られる副詞・接続詞の各異なり語数の全体について次に見る。

一　10文献に見られる副詞・接続詞の異なり語数（→表1）

　10文献に見られる副詞の異なり語数は、巻末の表1から、分量も大部の（例えば、小学館の日本古典文学全集で全4冊）『今昔物語集』が最も多く、191語（24.4％）である。次いで、『興福寺本大慈恩寺三蔵法師伝古点』の95語（12.1％）、本文献の88語（11.3％）、『雲州往来』の83語（10.6％）、『和泉式部日記』の67語（8.6％）、『更級日記』の66語（8.4％）、『蜻蛉日記』の65語（8.3％）、『紫式部日記』の49語（6.3％）、『高山寺本古往来』の40語（5.1％）、『土左日記』の38語（4.9％）の順に少なくなっている。異なり語

数の点で本文献と最も近いのは、同じ変体漢文の『雲州往来』であることが分かる。和文日記の３文献、『和泉式部日記』・『更級日記』・『蜻蛉日記』はいずれもほぼ同じ数値である。意外に思うのは、漢文訓読語の交じっている『土左日記』が他の女性の書いた４日記よりも異なり語数の点で数値が低く、10文献中最下位に位置していることである。

　一方、接続詞の異なり語数は、副詞の場合と同じく『今昔物語集』が最も多くて33語（23.9％）である。次いで、『興福寺本大慈恩寺三蔵法師伝古点』の27語（19.6％）、本文献の21語（15.2％）、『高山寺本古往来』・『雲州往来』の14語（10.1％）、『土左日記』の９語（6.5％）、『紫式部日記』の７語（5.1％）、『蜻蛉日記』・『和泉式部日記』の６語（4.3％）であり、最下位は『更級日記』の１語（0.7％）である。つまり、本文献と数値が最も近いものは見当たらない。強いて言えば、『高山寺本古往来』・『雲州往来』、『興福寺本大慈恩寺三蔵法師伝古点』である。女性日記は、『蜻蛉日記』・『和泉式部日記』・『紫式部日記』共に４～５％であり、本文献の異なり語数の1/3くらいである。和文日記の中では、『土左日記』が前記３日記より１～２％数値が高い。即ち、前文と後文との論理構造を明確に示しているのは、和文の日記５文献ではなくて、変体漢文の３文献・正式漢文の１文献である。同じ変体漢文の中では、本文献が最も多い。

二　和文日記との比較（→表２～表６）

　和文の五つの日記のうち、『土左日記』だけは紀貫之という男性が作者である。周知のように冒頭に、「男もすなる日記といふものを、女もしてみむとて、するなり。」と女の立場で書くのだと宣言している。従って、五つの日記は全て女性、或いは、女性の立場になって書いたものである。本文献と前記５文献とで、副詞・接続詞のそれぞれの異なり語の一致するものを次に示すことにする。副詞は、陳述副詞・程度副詞・情態副詞の順に記す。

第5節　副詞・接続詞から見た『権記』の位置　161

(1) 『土左日記』との比較

　本文献と『土左日記』とで一致する陳述副詞は「かならす・かならすしも・さらに・たた・なほ・もし・もはら」7語、程度副詞は「はなはた」1語、情態副詞は「おのつから・かつ・ひそかに・もとより」4語で、計12語である。

　接続詞は、添加の「また」、転換の「そもそも」、逆接の「しかれとも」3語である。

(2) 『蜻蛉日記』との比較

　本文献と『蜻蛉日記』とで一致する陳述副詞は「さらに・たた・なほ」3語、程度副詞は「きはめて」1語、情態副詞は「いよいよ・さらに・はしめて・まつ・やうやく」5語、計9語である。

　接続詞は零である。

(3) 『和泉式部日記』との比較

　本文献と『和泉式部日記』とで一致する陳述副詞は「かならす・さためて・なほ・もし」4語、程度副詞は「いささか・ことに・また」3語、情態副詞は「すなはち・たまたま・にはかに・はしめて・まつ」5語、計12語である。

　接続詞は零である。

(4) 『紫式部日記』との比較

　本文献と『紫式部日記』とで一致する陳述副詞は「いまた・さためて・たた・なほ」4語、程度副詞は「また」1語、情態副詞は「いよいよ・おのつから・まつ・みつから」4語、計9語である。

　本文献と一致する接続詞は転換の「それ」1語である。

162　第二章　公卿日記に見られる接続語

(5)　『更級日記』との比較

　本文献と『更級日記』とで一致する陳述副詞は「いまた・かならす・さらに・たた」4語、程度副詞は「いささか・すこし・また」3語、情態副詞は「いよいよ・ひとへに」2語、計9語である。

　本文献と一致する接続詞は添加の「また」1語である。

　以上から、本文献（異なり語数88語）と一致する副詞は、『土左日記』・『和泉式部日記』いずれも12語（13.6％）、『蜻蛉日記』・『紫式部日記』・『更級日記』いずれも9語（10.2％）である。5日記共に10％台と一致度の低いことがわかる。

　他方、本文献と一致する接続詞（異なり語数21語）は、『土左日記』3語（14.3％）、『紫式部日記』・『更級日記』1語（4.8％）、『蜻蛉日記』・『和泉式部日記』零（0％）である。漢文訓読語の交じっている『土左日記』のみ10％台で、残り4日記は5％以下であり、いずれも一致度の低いことがわかる。

三　漢字片仮名交じり文との比較（→表2〜表6）

(6)　『今昔物語集』との比較

　本文献と一致する『今昔物語集』の陳述副詞は「あへて・イチチヤウ・いまた・かつて・かならす・かならすしも・さためて・さらに・すてに・すへからく・たた・なほ・ほとほと・まさに・もし・ゆめゆめ」16語、程度副詞は「いささかに・きはめて・ことことく・しはらく・すこし・なかむつくに・はなはた・もとも・やや・よく」10語、情態副詞は「あからさまに・いよいよ・おのつから・おのつからに・かねて・すなはち・たちまちに・たまたま・つきつき・つひに・つらつら・にはかに・ひそかに・ひとへに・まことに・まつ・まのあたり・みつから・もとより・やうやく」20語、計46語で

ある。

　本文献（異なり語数88語）と一致する『今昔物語集』の副詞は46語（52.3％）であり、過半数である。

　接続詞は、添加の「しかのみならず・また」2語、選択の「または・もしくは」2語、転換の「ここに・そもそも」2語、順接の「しかれは・すなはち・ゆゑに」3語、逆接の「しかるに・しかるを・しかれとも」3語、並立の「ならひに」1語、補足の「たたし」1語、計14語である。

　本文献（異なり語数21語）と一致する接続詞は14語（66.7％）であり、副詞の一致率よりも14.4％高いことがわかる。

四　変体漢文の訓点資料との比較（→表2〜表6）

(7)　『高山寺本古往来』との比較

　本文献と一致する『高山寺本古往来』の陳述副詞は、「あたかも・あへて・いかん・いまた・かならす・さためて・さらに・すてに・すへからく・たた・たとひ・まさに・もし・もはら」14語、程度副詞は「いささかに・ことに・しかしなから・なかんつくに・はなはた・また・もとも」7語、情態副詞は「あらかしめ・いよいよ・おのつから・さらに・たまたま・まことに・まつ・もとより・やうやく」9語、計30語である。

　本文献（異なり語数88語）と一致する『高山寺本古往来』の副詞は30語（34.1％）であり、1/3強である。

　接続詞は、添加の「しかのみならず」1語、転換の「そもそも」1語、順接の「かかるあひた・しかれは・すなはち・よて」4語、逆接の「しかるに・しかるを・しかれとも」3語、並立の「ならひに」1語、補足の「たたし」1語、計11語である。

　本文献（異なり語数21語）と一致する接続詞は11語（52.4％）であり、過半数である。

(8) 『雲州往来』との比較

　本文献と一致する『雲州往来』の陳述副詞は、「あへて・いかん・いかに・いはむや・いはむや・いまた・いまに・かつて・かならす・かならすしも・さためて・さらに・すてに・すへからく・たた・たとひ・なほ・ほとほと・まさに・もし・ゆめゆめ・よろしく」21語、程度副詞は「いささか・きはめて・ことに・しかしなから・しはらく・すこし・すこふる・なかんつくに・はなはた・また・もとも・やや・よく」13語、情態副詞は「あらかしめ・いよいよ・かねて・かねてより・さらに・たちまちに・たまたま・つらつら・てつから・にはかに・はしめて・ひそかに・ひとへに・まことに・まつ・みつから・ミツミツに・もとより・やうやく」19語、計53語である。

　本文献（異なり語数88語）と一致する『雲州往来』の副詞は53語（60.2％）であり、6割を超えている。

　接続詞は、添加の「しかのみならず・また」2語、転換の「ここに・そもそも・それ」3語、順接の「すなはち・よて」2語、逆接の「しかるに・しかるを・しかれども」3語、並立の「ならひに」1語、補足の「たたし」1語、計12語である。

　本文献と一致する接続詞（異なり語数21語）は12語（57.1％）であり、6割に近い。

五　漢籍の訓点資料との比較（→表2〜表6）

(9) 『興福寺本大慈恩寺三蔵法師伝古点』との比較

　本文献と一致する『興福寺本大慈恩寺三蔵法師伝古点』の陳述副詞は、「あへて・いはむや・いまたかつて・かならす・かならすしも・すてに・たた・たとひ・なほ・まさに・もし・もはら・よろしく」14語、程度副詞は「いささかに・きはめて・ことことく・しはらく・すこし・すこふる・はな

はた・また・もとも・やや・よく」11語、情態副詞は「あらかしめ・いよいよ・おのつから・かさねて・さらに・すなはち・たちまちに・たまたま・つひに・ときに・にはかに・はしめて・ひそかに・ひとへに・まことに・まつ・もはら・もとより・やうやく」19語、計44語である。

本文献（異なり語数88語）と一致する『興福寺本大慈恩寺三蔵法師伝古点』の副詞は44語（50.0％）であり、半分である。

接続詞は、添加の「しかのみならず・また」2語、選択の「または」1語、転換の「ここに・そもそも・それ」3語、順接の「すなはち・ゆゑに・よて」3語、逆接の「しかるに・しかるを・しかれとも」3語、並立の「ならひに」1語、補足の「たたし」1語、計14語である。

本文献（異なり語数21語）と一致する接続詞は14語（66.7％）であり、副詞の一致率よりも16.7％高くなっている。

六 『権記』と一致する9文献の副詞・接続詞

本文献（『権記』）と一致する9文献の異なり語数の観点（→表2〜表6）からまとめると次のようになる。

副詞は『雲州往来』の53語（60.2％）が最も多く、『今昔物語集』の46語（52.3％）、『興福寺本大慈恩寺三蔵法師伝古点』の44語（50.0％）、『高山寺古往来』の30語（34.1％）、『土左日記』・『和泉式部日記』の12語（13.6％）、『蜻蛉日記』・『紫式部日記』・『更級日記』の9語（10.2％）の順に少なくなっている。即ち、副詞は、日記と往来物というジャンルの違いはあっても、本文献と同じ変体漢文の『雲州往来』との一致率が最も高く、『土左日記』ほか和文日記との一致率は『雲州往来』の1/4以下である。

又、副詞の下位分類で見ると、陳述副詞21語（70.0％）・程度副詞13語（86.7％）で『雲州往来』との一致率が最も高く、和文日記類との一致率はその1/4以下である。情態副詞は、『今昔物語集』が20語（46.5％）で最も

一致率が高い。

　一方、接続詞は、『今昔物語集』と、『興福寺本大慈恩寺三蔵法師伝古点』の２文献がいずれも、本文献と一致する異なり語数14語（66.7％）と最も一致率が高い。次いで、『雲州往来』の12語（57.1％）、『高山寺本古往来』の11語（52.4％）、『土左日記』の３語（14.3％）、『紫式部日記』・『更級日記』の１語（4.8％）、『蜻蛉日記』・『和泉式部日記』零（0％）の順に低くなる。やはり、変体漢文の『雲州往来』・『高山寺本古往来』との一致率は、和文日記の中では高い『土左日記』の約４倍である。

　接続詞の意味上の分類の観点からは、添加は『今昔物語集』・『雲州往来』・『興福寺本大慈恩寺三蔵法師伝古点』の２語（100％）、選択は『今昔物語集』の２語（66.7％）、転換は『雲州往来』の３語（100％）、順接は『今昔物語集』の４語（57.1％）、逆接は『今昔物語集』・『高山寺本古往来』・『雲州往来』・『興福寺本大慈恩寺三蔵法師伝古点』の３語（100％）、並立・補説は『今昔物語集』・『高山寺本古往来』・『雲州往来』・『興福寺本大慈恩寺三蔵法師伝古点』の１語（50.0％）がそれぞれ最も本文献との一致率が高い。

　いずれにしても、接続詞の場合は、本文献との一致率が和文の日記５文献で0％〜5.40％と非常に低いのに対して、『今昔物語集』・『高山寺本古往来』・『雲州往来』・『興福寺本大慈恩寺三蔵法師伝古点』では52.4％〜66.7％と非常に高い。

　以上、本文献との一致率から見ると、副詞では『雲州往来』、接続詞では『今昔物語集』・『興福寺本大慈恩寺三蔵法師伝古点』が最も高い。即ち、副詞・接続詞を構成している語彙は、和文の５日記に比べて、『今昔物語集』、変体漢文の訓点資料『高山寺本古往来』・『雲州往来』、漢籍の訓点資料『興福寺本大慈恩寺三蔵法師伝古点』との一致率が格段に高いのである。副詞・接続詞に関して、和文の日記５文献と変体漢文の２文献・正式漢文の１文献・『今昔物語集』とでは、使用語彙にグループ差の見られることが明らかである。

まとめ

　以上をまとめると、副詞・接続詞のそれぞれの「異なり語数」の観点から見た本文献の位置は次のように言える。

1　副詞の異なり語数の点では、同じ変体漢文の『雲州往来』に最も近い。
2　接続詞の異なり語数の点では、同じ変体漢文の訓点資料『高山寺本古往来』・『雲州往来』や正式漢文の訓点資料『興福寺本大慈恩寺三蔵法師伝古点』に比較的近い。
3　本文献と一致する副詞の異なり語数は、『雲州往来』が最も多い（一致率60.2％）。下位分類では、陳述副詞（一致率70.0％）・程度副詞（一致率86.7％）は『雲州往来』との、情態副詞（一致率46.5％）は『今昔物語集』との一致率がそれぞれ最も高い。
4　本文献と一致する接続詞の異なり語数は、『今昔物語集』・『興福寺本大慈恩寺三蔵法師伝古点』（一致率66.7％）が最も多い。接続詞の意味上の分類の観点からは、次のものが100％の一致率を示している。『雲州往来』との一致率（60.0％）は、9文献中3番目に高い。
 (1)　添加は、『今昔物語集』・『雲州往来』・『興福寺本大慈恩寺三蔵法師伝古点』の3文献。
 (2)　選択は、『今昔物語集』・『雲州往来』の2文献。
 (3)　逆接は、『今昔物語集』・『高山寺本古往来』・『雲州往来』・『興福寺本大慈恩寺三蔵法師伝古点』の4文献。

　結局、変体漢文日記である『権記』は、副詞・接続詞のそれぞれの異なり語数、副詞・接続詞のそれぞれ本文献と一致する語の異なり語数の両方の面から見て、同じ変体漢文の往来物の訓点資料である『雲州往来』に最も近いと位置付けることができる。

注

(1) 日本大学文理学部編 『土佐日記総索引』（桜楓社　1967）
(2) 佐伯梅友・伊牟田経久編 『かげろふ日記総索引』（風間書房　1963）
(3) 東　節夫・塚原鉄雄・前田欣吾編 『和泉式部日記総索引』（武蔵野書院　1969）
(4) 今西祐一郎・上田英代・村上征勝編 『紫式部日記　語彙用例　総索引』（勉誠社　1996）
(5) 東　節夫・塚原鉄雄・前田欣吾共編 『更級日記総索引』（武蔵野書院　1979）
(6) 馬淵和夫監修・有賀嘉寿子編 『今昔物語集自立語索引』（笠間書院　1982）
(7) 高山寺典籍文書総合調査団編 『高山寺本古往来　表白集』（東京大学出版会　1972）
(8) 三保忠夫・三保サト子編著 『雲州往来　享禄本　研究と総索引　索引編』（和泉書院　1997）
(9) 築島　裕著 『興福寺本大慈恩寺三蔵法師伝古点の国語学的研究　索引編』（東京大学出版会　1996）

第5節 副詞・接続詞から見た『権記』の位置 169

表1 『権記』など10文献に見られる副詞・接続詞の異なり語数 一覧表

		権記	土左	蜻蛉	和泉	紫式部	更級	今昔物語	高山寺	雲州往来	三蔵
副詞	陳述副詞	30	12	16	27	12	19	43	18	28	31
	程度副詞	15	8	9	10	8	9	30	10	16	21
	情態副詞	43	18	40	30	29	38	118	12	39	43
	合 計	88	38	65	67	49	66	191	40	83	95
接続詞	添 加	2	1	0	0	0	0	4	1	2	3
	選 択	3	0	0	0	0	0	3	0	0	2
	転 換	4	2	0	0	1	0	2	1	3	3
	順 接	7	2	3	2	2	1	16	5	2	13
	逆 接	2	4	3	4	4	0	6	5	5	4
	並 立	2	0	0	0	0	0	1	1	1	1
	補 足	1	0	0	0	0	0	1	1	1	1
	合 計	21	9	6	6	7	1	33	14	14	27

表2 『権記』と一致する9文献の副詞・接続詞の異なり語数 一覧表

		権記	土左	蜻蛉	和泉	紫式部	更級	今昔	高山寺	雲州往来	三蔵
副詞	陳述副詞	30	7	3	4	4	4	16	14	21	14
	程度副詞	15	1	1	3	1	3	10	7	13	11
	情態副詞	43	4	5	5	4	2	20	9	19	19
	合 計	88	12	9	12	9	9	46	30	53	44
接続詞	添 加	2	1	0	0	0	1	2	1	2	2
	選 択	3	0	0	0	0	0	2	0	0	1
	転 換	4	1	0	0	1	0	2	1	3	3
	順 接	7	0	0	0	0	0	4	4	2	3
	逆 接	2	1	0	0	0	0	3	3	3	3
	並 立	2	0	0	0	0	0	1	1	1	1
	補 説	1	0	0	0	0	0	1	1	1	1
	合 計	21	3	0	0	1	1	15	11	12	14

表3 『権記』と一致する9文献の陳述副詞（+は、その数字以上を示す。）一覧表

	陳述副詞	土左	蜻蛉	和泉	紫	更級	今昔物語	高山寺本	雲州往来	三蔵法師
1	あたかも	0	0	0	0	0	0	1	0	0
2	あへて	0	0	0	0	0	77+	4	2	43
3	いかん	0	0	0	0	0	0	14	21	0
4	いかにいはむや	0	0	0	0	0	0	0	2	0
5	イチチヤウ	0	0	0	0	0	1	0	0	0
6	いはむや	0	0	0	0	0	0	0	6	19
7	いまた	0	0	0	1	2	141+	11	20	2
8	いまに	0	0	0	0	0	0	0	6	0
9	かつて	0	0	0	0	0	6+	0	1	15
10	かならす	2	0	2	0	6	292+	9	8	45
11	かならすしも	2	0	0	0	0	1	0	3	1
12	けだし	0	0	0	0	0	0	0	0	0
13	さだめて	0	0	0	0	0	130+	8	20	0
14	さらに	2	20	7	1	1	381+	16	4	0
15	すてに	0	0	0	0	0	0	17	59	253
16	すへからく	0	0	0	0	0	0	7	9	0
17	たた	7	67	0	29	19	0	11	24	62
18	たとひ	0	0	0	0	0	0	5	9	8
19	なほ	19	85	21	10	0	0	0	19	33
20	ほとほと	0	0	0	0	0	0	0	5	0
21	まさに	0	0	0	0	0	0	5	9	157
22	もし	3	0	2	0	0	0	22	27	82
23	もはら	1	0	0	0	0	0	4	0	1
24	ゆめゆめ	0	0	0	0	0	0	0	10	0
25	よろしく	0	0	0	0	0	0	0	2	28
	総用例数	36	172	32	41	28	1029+	134	266	749
	一致する異なり語数	7	3	4	4	4	8	14	21	14

第 5 節　副詞・接続詞から見た『権記』の位置　171

表 4　『権記』と一致する 9 文献の程度副詞　一覧表

	程度副詞	土左	蜻蛉	和泉	紫	更級	今昔物語	高山寺本	雲州往来	三蔵法師
1	いささか	0	0	1	0	3	0	0	17	0
2	いささかに	0	0	0	0	0	35+	1	0	3
3	きはめて	0	1	0	0	0	370+	0	1	25
4	ことことく	0	0	0	0	0	52+	0	0	41
5	ことに	0	0	3	0	0	0	19	16	0
6	しかしなから	0	0	0	0	0	0	4	8	0
7	しはらく	0	0	0	0	0	181+	0	9	32
8	すこし	0	0	0	0	3	140+	0	2	17
9	すこふる	0	0	0	0	0	0	0	9	5
10	なかつくに	0	0	0	0	0	9	0	0	0
11	(なかんつくに)	0	0	0	0	0	0	2	1	0
12	はなはた	1	0	0	0	0	71+	7	11	54
13	また	0	0	16	33	16	0	1	4	511
14	もとも	0	0	0	0	0	61+	26	48	24
15	やや	0	0	0	0	0	24	0	1	4
16	よく	0	0	0	0	0	221+	0	5	70
	総用例数	1	1	20	33	22	1164+	60	132	786
	一致する異なり語数	1	1	3	1	3	10	7	13	11

表5　『権記』と一致する9文献の情態副詞　一覧表

	情態副詞	土左	蜻蛉	和泉	紫	更級	今昔物語	高山寺本	雲州往来	三蔵法師
1	あからさまに	0	0	0	0	0	18+	0	0	0
2	あらかしめ	0	0	0	0	0	0	1	3	8
3	いよいよ	0	2	0	3	1	35+	6	9	30
4	おのつから	1	0	0	8	0	154+	7	0	20
5	おのづからに	0	0	0	0	0	20	0	0	0
6	かさねて	0	0	0	0	0	0	0	0	34
7	かつ	1	0	0	0	0	0	0	0	0
8	かねて	0	0	0	0	0	59+	0	11	0
9	かねてより	0	0	0	0	0	0	0	1	0
10	さらに	0	8	0	0	0	0	2	3	86
11	すなはち	0	0	1	0	0	296+	0	0	262
12	たちまちに	0	0	0	0	0	410+	0	7	35
13	たまたま	0	0	1	0	0	25+	11	8	7
14	つきつき	0	0	0	0	0	8+	0	0	0
15	つひに	0	0	0	0	0	314+	0	0	161
16	つらつら	0	0	0	0	0	2	0	1	0
17	てつから	0	0	0	0	0	0	0	1	0
18	ときに	0	0	0	0	0	0	0	0	90
19	にはかに	0	0	1	0	0	178+	0	1	9
20	はしめて	0	1	1	0	0	0	0	6	9
21	ひそかに	4	0	0	0	0	141+	0	4	43
22	ひたすら	0	0	0	0	0	0	0	0	0
23	ひとへに	0	0	0	0	2	157+	0	8	2
24	まことに	0	0	0	0	0	269+	4	5	2
25	まつ	0	28	5	6	0	155+	7	14	38
26	まのあたり	0	0	0	0	0	14+	0	0	0
27	みつから	0	0	0	1	0	206+	0	3	0
28	みつみつに	0	0	0	0	0	0	0	4	0
29	もはら	0	0	0	0	0	8	1	0	6
30	もとより	1	0	0	0	0	86+	0	1	12
31	やうやく	0	1	0	0	0	187+	1	1	39
	総用例数	7	40	9	18	3	2742+	40	91	893
	一致する異なり語数	4	5	5	4	2	21	9	19	19

第5節　副詞・接続詞から見た『権記』の位置　173

表6　『権記』と一致する9文献の接続詞　一覧表

分類		接続詞	土左	蜻蛉	和泉	紫	更級	今昔物語	高山寺本	雲州往来	三蔵法師
A.添加	1	しかのみならす	0	0	0	0	0	7	3	3	15
	2	また	23	0	0	0	1	762+	0	4	511
B.選択	3	または	0	0	0	0	0	6	0	0	4
	4	もしは	0	0	0	0	0	14+	0	1	0
C.転換	5	ここに	0	0	0	0	0	19+	0	0	102
	6	そもそも	1	0	0	0	0	412+	24	26	4
	7	それ	0	0	0	1	0	0	0	1	4
D.順接	8	しかるあひた	0	0	0	0	0	0	4	0	0
	9	しかれは	0	0	0	0	0	632+	1	0	0
	10	すなはち	0	0	0	0	0	296+	15	13	262
	11	ゆゑに	0	0	0	0	0	1	0	0	59
	12	よて	0	0	0	0	0	0	21	0	0
		(よりて)	0	0	0	0	0	0	0	31	91
E.逆説	13	しかるに	0	0	0	0	0	313+	13	6	5
	14	しかるを	0	0	0	0	0	11	9	20	2
	15	しかれとも	1	0	0	0	0	136+	6	18	15
F.並立	16	ならひに	0	0	0	0	0	68+	13	1	128
G.補足	17	たたし	0	0	0	0	0	196+	16	26	69
		総用例数	25	0	0	1	1	2873+	125	150	1271
		一致する異なり語数	3	0	0	1	1	14	11	12	14

第三章
公卿日記に見られる語彙の特徴

第1節 『御堂関白記』に見られる「同」字の用法
　　――位相語としての観点に注目して――

はじめに

　本節では、平安後期公卿日記に見られるさまざまな表現の類型を探る基礎作業の一つとして、藤原道長の日記『御堂関白記』(以下、本文献と呼ぶことにする)を取り上げ、「同」字の用法について記述することを目的とする。
　ところで、「同」字を選んだのは、次の四つの理由あるいは動機による。
1　本文献を読んでいて、「女方同之」のように「同之」が随分と目に付いたこと。
2　「おなじ」は漢字表記としては「同」1字しかなくて変字法の対象にはならないが、今日も私たちが用いている言葉であること。
3　「同じ」は同時代の位相語としての他の文献、即ち漢文訓読語や和文語にも出てくる言葉であること。いわゆる「記録特有語」ではないが、逆に、三者(漢文訓読語・和文語・記録語)に用いられているという共通性を持つこと。
4　三者に共通に用いられているにしても、その用法に何か違いがあるかもしれないこと。

一　本文献に見られる「同」字の用法

　本文献に見られる「同」字の用法は、構文又は語の観点から次の五つに大別することができる。
　　1　連用修飾語としての「同」(同＋用言)
　　2　連体修飾語としての「同」(同＋体言)

3　述語としての「同」
　　4　同様にという意味の接続詞としての「同」
　　5　「同」を含む字音語

以下にこの順で記述していく。文又は語の当時の読みを復元する場合、既に序章の3で触れたように、主な問題点は次の二つである。第1は、漢字で表記されていないもの、主として助詞・助動詞（両者共に漢字で表記されているものもある）をどのように補って読むべきかという「補読」の問題である。第2は、字音語なのか和語なのかをどのようにして決定すべきかという問題である。

第1の点については、同時代の和文語『源氏物語』[1]、時代は少し下って院政期末期の訓点資料である変体漢文の往復書簡集『高山寺本古往来』[2]、院政期の点本である漢文訓読語の『興福寺本大慈恩寺三蔵法師伝古点』[3]、平安末期成立の説話集である『今昔物語集』[4]などを参考にすることができる。同時代の公卿日記の古点本（訓点資料）が現存していれば一番いいのであるが、今のところ発見されていない。

第2の点については、当時の人々が書く生活に用いた古辞書『色葉字類抄』の「畳字」部門などを一つの証拠とすることができる。本辞書の成立は院政期の1144年〜1181年頃であり、前田本は鎌倉時代の書写である。「畳字」に載っていれば字音語ということである。本辞書以外に、平安末期成立の『今昔物語集』、鎌倉初期成立の『宇治拾遺物語』、軍記物の訓点資料『将門記』真福寺蔵承徳3（1099）年点、時代は下って鎌倉時代の成立になる軍記物『保元物語』・『平治物語』・『平家物語』などに載っている字音語を参考にすることができる。

ところで、公卿日記は自己の備忘録ではなく、有職故実を子子孫孫に伝えていく公開性を持ったものである。千年近くの後に私たちが彼の日記を読む場合、内容の観点からは、意味が分かれば取り敢えずは良しとするであろうが、当時の言葉を復元するという日本語学の立場からは、是非とも正しい読

みが必要である。しかし記録語にあっては、語や文の正しい読み方は先述したように難しい。本節での具体例の読み方は、将来訂正することになるかもしれない点を御容赦いただきたい。

なお、『色葉字類抄』には、「同オナシ徒紅反醜混昆涵撿捉巳上同」(黒川本　辞字　中68オ２)とある。ちなみに、当時の人々が読む生活に用いた辞書『観智院本類聚名義抄』(平安末期成立、鎌倉中期書写)には「同音童．オ．ナ．シ　ヒトシヒトシウス（以下省略）」(僧下106)とある。

本文献に見られる「同」字は、前記１〜３の用法に関しては形容詞「おなし」、４については接続詞「おなしく」であると認められる。

全体の用例数一覧など表の類は、巻末にまとめて示すことにする。

1　連用修飾語としての「同」（同＋用言、同しく〜す、又は同しう〜す）

連用修飾語としての「同（おなしく）」は、用例(1)(2)のように被修飾語としての用言が和語の動詞の場合、(3)のように接続助詞「て」を介して別の動詞に続く場合、(4)のように補助動詞「たまふ」を伴っている場合、(5)のように連語「了（をはんぬ）」を伴っている場合などがある。

A1　被修飾語としての用言が和語の動詞の場合
① 於南渡殿有酒肴　上達［部］十許輩被座　同在此座　其後入夜参内
おなじく　このざに　あり。（寛仁２．３．５下145）
② 寅時許従院蔵人章経来云　御悩只今極重者　乍驚参　奉見雖重似無殊事明後退出　又辰時許参　猶同御坐　午時許退出　なほ　おなじく　おはします。（寛仁１．４．28下102）
A2　被修飾語としての用言が接続助詞「て」を介して別の動詞に続く場合
③ 参内　退出問　摂政合途中　下従車居　侍従中納言与摂政同道　同下居
無為方留　車示可立由　おなじく　おりて　ゐる。（寛仁１．３．26下97）

第1節 『御堂関白記』に見られる「同」字の用法　179

A3　被修飾語としての用言が補助動詞「たまふ」を伴っている場合

④　此暁近衛御門詣法性寺五大堂　院同参給　キンも　おなじく　まゐり
たまふ。(寛仁2．10．5下178)

A4　被修飾語としての用言が連語「了(をはんぬ)」を伴っている場合

⑤　寅時許二条与西洞院焼亡(中略)高［階］二位家同焼了　及夕雨降
たかしなの　ニヰの　いへ　おなじく　やけをはんぬ。(長和5．12．10下
83)

　　被修飾語が和語の動詞の場合は、「当(あつ)」・「有(あり)」・「在
(〜にあり)」・「到(いたる)」・「出(いつ)」・「入(他動詞いる)」など、
異なり語数38である。

　　被修飾語が動詞相当語の場合は、「可被行(おこなはるへし)」・「参候
(まゐりてさふらふ)」・「参給(まゐりたまふ)」・「焼了(やけをはんぬ)」
など、異なり語数5である。

　又、被修飾語が字音語又は漢語サ変動詞の場合は、「解除(ケチヨ)」・「見
物(ケンフツ)」・「参会(サンクワイ)」・「参入(サムニフ)」・「上進(シ
ャウシン)」・「除籍(チヨセキ)」・「退出(タイシュツ)」・着座「(チヤク
サ)」など異なり語数8、「加冠(カクワンす)」・「具(クす)」・「下向
(ケカウす)」・「奏聞(ソウモンす)」・「奏(ソウす)」・「任(ニンす)」・
「拝(ハイす)」・「拝舞(ハイフす)」・「命(メイす)」など異なり語数9が
ある。

B　被修飾語が字音語の場合

①　斎宮遷野宮(中略)此時吉時　与摂政同見物　還渡中宮大夫大炊御門家
セツシャウと　おなジく　ケンブツ。(寛仁1．9．21下118)

②　従三条帰来　参内融院御八講初　即参大内　候宿　女方同参入　をん
ながた　おなジく　サムニフ。(長和2．2．12中202)

C　被修飾語が漢語サ変動詞の場合

①　慶賀人々奏聞其由　余并内府同奏　是依子慶也　ヨ　ならびに　ナイ

フ　おなじく　ソウす。（寛弘5．10．16上272）
② 被命云　為申停春宮事聞消息（中略）又随身事同被命　承此由等退出
　　また　ズイジンの　こと　おなじく　メイぜらる。（寛仁1．8．6下112）
　　　又、被修飾語が形容詞相当語の場合は、「難堪（たへかたし）」1例がある。

D　被修飾語が形容詞相当語の場合
○　参皇太后宮　所労足雖頗宜　行歩難堪　乗車（二日前の長和4．7．15下19）に続いて　行二条見造作　右衛門督同車　足同依難堪　従車不下　あし　おなじく　たへがたきに　よて　くるま　より　おりず。（長和4．7．17下20）とある。

2　連体修飾語としての「同」（同＋体言、おなし～、又はおなしき～）
　連体修飾語としての「同（おなし又はおなしき）」は、被修飾語が和語の名詞の場合、和語の名詞相当語の場合、字音語の名詞の場合の三つに大別することができる。和語の名詞の場合は「朝臣（あそん）」・「色（いろ）」・「恐（おそれ）」・「方（かた）・「階（きさはし）」・「輿（こし）」・「事（こと）」・「様（さま）」など、異なり語数22である。和語の名詞相当語の場合は、「品者（しなのもの）」1例である。字音語の名詞の場合は、「階（カイ）」・「巻数（クワンシュユ）」・「参議（サンキ）」・「対（タイ）」「大禍（タイクワ）」・「府（フ）」・「瓶子（ヘイシ）」・「門（モン）」など、異なり語数8がある。

A　被修飾語が和語の名詞の場合
① 衆僧又同降東西階行道　廻池　昇従同階着座　おなじ　きざはしより　のぼて　チヤクザ。（長和4．10．25下29）
② 早朝行宇治　女方相具　与按察同舟見紅葉　アゼチと　おなじ　ふねにして　もみぢを　みる。（寛仁1．10．25下122）

B　被修飾語が和語の名詞相当語の場合

第1節 『御堂関白記』に見られる「同」字の用法　181

○　講師宣旨給永昭了　上﨟等殊無衆望　同品者経救依講師事度々放無便詞
為戒此度不　給云々　おなじ　しなの　もの（寛仁2.10.8下178）
C　被修飾語が字音語の名詞の場合
①　左衛門督有可給加階仰　而彼申云　与祖同階事申有恐由　ソと　おな
　　じ　カイを　まうすこと　おそれ　ある　よし（寛弘7.11.28中83）
②　是中納言已闕　以実成為被任也　宰相中将与実成同参議　彼人位階高也
　　サイシヤウ　チウジヤウ　さねなりと　おなじ　サンギ（長和4.10.27下
　　31）

3　述語としての「同（〜とおなし）」
　述語としての「同」は、全例「おなし」という終止形で用いられている。
構文上、次の三つに大別することができる。
　　A　名詞（又は名詞相当語）＋「同」＋名詞（又は代名詞）
　　B　名詞（又は名詞相当語）＋「同」
　　C　「与」＋名詞＋「同」

A　名詞（又は名詞相当語）＋「同」＋名詞（又は代名詞）
　この構文は、更に次の三つの型に分類することができる。第1は182ペー
ジの用例①〜③に見られるように、〈名詞（又は名詞相当語）＋「同」＋
「之（これ）」〉で76例ある。このうち45例までが①に見られるような「女方
同之（をんながた　これに　おなじ。）」である。「女方（をんなかた）」とは、
藤原道長の妻である源倫子を指している。指示代名詞「之（これ）」は直前
の文の内容を受けており、夫である道長の行動と同じであることを示してい
る。第2は、用例(19)・(20)に見られるように、〈名詞（又は名詞相当語）＋
又＋「同之」〉で、「これにおなじ」の前に「又（また）」が加わったもので
3例ある。第3は用例(21)(22)に見られるように、「之（これ）」の代わりに名詞
が用いられているもので4例ある。

182　第三章　公卿日記に見られる語彙の特徴

A1　名詞（又は名詞相当語）＋「同」＋「之」

① 入夜詣法性寺　女方同之　をんながたも　これに　おなじ。（寛仁2．正．15下137）

② 舞人・陪従座在南殿北廂　上卿座同之　シヤウケイの　ザも　これに　おなじ。（寛仁1．3．19下96）

③ 右大将相語云　賀茂祭雖有触穢事　神御心尚可有祭也　是則斎院下部併院　御夢催　事度々見給云々　以之云之　前年小野太政大臣夢相同之　ゼンネンの　おのの　ダジヤウダイジンの　ゆめも　これに　あひおなじ。（長和1．5．1　中152）

A2　名詞（又は名詞相当語）＋「又」＋「同之」

① 殿上人足見　頭綾　楽所者・主殿寮者給足見　殿上　飯　女方又同之　をんながたも　また　これに　おなじ。（寛弘7．正．15中42）

② 外記参入　仰可候筥文由如常　御前儀又同之　おまへの　ギも　また　これに　おなじ。（長和2．正．6中192）

A3　名詞（又は名詞相当語）＋「同」＋名詞

① 申馬人々　公信朝臣飾馬・引馬　清通朝臣同上　資平飾馬　きよみち　あそんも　うへに　おなじ。（寛弘8．4．18中102）

② 相撲御前内取　依御物忌相撲等籠候　左宰相中将候御前　最手・腋不決　右三位少将候御前　雖少将依三位候耳　最手・腋同左　了退出　ほて・わきも　ひだりに　おなじ。（寛弘3．7．28上187）

B　名詞（又は名詞相当語）＋「同」

このBの構文は、「同」の直前に副詞などが付かない場合と付く場合とに大別することができる。前者は用例(23)・(24)のように用いられて11例、後者は用例(25)～(30)のように用いられて34例ある。「同」は前の文の内容を受けている。

B1　「同」の直前に副詞などの類が付かない場合

① 出東河禊　女方同　参内・東宮　をんながたも　おなじ。（寛弘7．9．

3中74）用例㉓のように、「女方（即ち、源倫子のこと）同」は5例ある。
② 今夜事我奉仕　御前物・皇子御衣如一昨日　自余皆同　ジヨ　みなおなじ。（寛弘6.11.29中31）

B2　「同」の直前に副詞などが付く場合

この場合は、用例㉕・㉖のように「又同」29例、用例㉗のように「亦同」1例、用例㉘・㉙のように「猶同」2例、用例㉚のように接頭語の付いた「相同」2例がある。又、用例㉕のような「女方又同」は10例ある。女方は源倫子のことである。

① 従大内罷出　参中宮　渡東三条　女方又同　藤大納言少将祭使料送雑物等　をんながたも　またおなじ。（長和1.2.7中137）
② 春日祭可用中申有定云々　他祭々又同　祈年可行他吉日　夕の　まつりまつりもまた　おなじ。（寛弘8.正.29中91）
③ 其後出朔平門外　着素服　余・東宮大夫・皇太后宮大夫・右宰相中将・殿上人等　女方亦同　此夜候倚廬　をんながたも　また　おなじ。（寛弘8.11.16中125）
④ 渡土御門　日者依無井水　渡枇杷殿　掃水出　仍還来　従夏旱猶同　京中井水四条以北尽　至鴨河辺同　河三条以北尽　なつよりの　ひでりなほ　おなじ。（寛弘1.11.7上117）
⑤ 右衛門督妾有産気云々　仍問遣　返事云　雖重悩未事成者　又問遣　猶同者　なほ　おなじてへり。（長和5.10.4下77）
⑥ 此夜参中宮　女方相同　候東対　をんながたも　あひおなじ。（長和2.3.16中209）

C　「与」＋名詞＋「同」

このCの構文は、用例㉛～㉝に見られるように「～と（与）同じ」と格助詞「と」を漢字「与」で表記したものである。「～に同じ」が多い中、「～と同じ」は3例である。

① 辰始着寺　女方下借屋　与春宮大夫同　巳時吉時打鐘　トウグウタイ

フと おなじ。(寛弘2.10.19上162)。春宮大夫と同様に鐘を打ったという意味である。
② 出東河解除 与女方同 女子等又解除 与到土御門 をんながたとおなじ。(長和2.3.26中212)女方と同様に女子らも解除した、という意味である。
③ 与源大納言見物 摂政与侍従中納言同車 左大将与二位中将又同 左衛門督与三位中将又同車在 申時許還 サダイシヤウは ニヰの チウジヤウと また おなじ。サヱモンのかみは さむみの チウジヤウと また おなじ くるまに あり。(寛仁元.4.18下101)左大将は二位の中将と又同じ車に乗った。左衛門督は三位中将と同じ車であった。という意味である。

4 「同様に」という意味の接続詞としての「同（おなしく）」
　「同」が「おなしく」と読まれ、「同様に」という意味の接続詞として用いられている場合は、用例①・②のように4例ある。
① 被仰下名上卿 被加物 右近権中将教通 同中将道雅 左近少将頼宗 左兵衛好親 新宰相中宮亮兼字 (寛弘5.正.29上249)右近権中将教通、同じく中将の道雅、……という意味である。
② 昼御座御帳帷一面焼了 見奇事不少 女方等素服 同男方素服等宮主預 取出河辺祓 破棄云々 (寛弘8.11.29 中126)女方らの素服と同様に、同じく男方の素服らを宮主預り取って河辺に出て祓う、という意味である。

5 「同」を含む字音語
　字音語としての認定は、次の7語、「同車（トウジャ）」(『色葉字類抄』)・「同道（ドウダウ）」(『色葉字類抄』)・「同音（トウオン）」(『今昔物語集』)・「同座（トウサ）」(『今昔物語集』)・「同心（ドウジン）」(『色葉字類抄』)・「同腹（トウフク）」(『色葉字類抄』)・「同類（トウルイ）」(『宇治拾遺物語集』)

である。用例はA～Gにそれぞれ示すことにする。

なお、『色葉字類抄』所載の「同車」・「同道」・「同心」・「同腹」はいずれも、前田本の「畳字」部門（上63オ7、上63オ5、上62ウ2、上62オ5）に載っている。

A　同車（トウジャ）
① 　南大門見物　与女方同車　未晩程也　　女方と同車。（寛仁2．11．27下188）
② 　臨時祭如常（中略）申時使立　見物　摂政・按察等同車　此日酉時右衛門督着座

　摂政・按察ら同車。（寛仁2．3．13下147）「与（と）」を伴ったものは16例ある。「与（と）」を伴った場合の主語は道長であり、「与（と）」を伴わない用例(37)の主語は摂政・按察らである。

B　同道（ドウダウ）

「同道」30例中、①のように「与（と）」を伴ったものは2例ある。(38)は侍従中納言が主語である。用例②は、「同道の＋名詞」で、連体修飾語として用いられている。用例③は、「同道す」という漢語サ変動詞として用いられている。

① 　参内　退出間　摂政合途中　下従車居　侍従中納言与摂政同道　同下居無為方留車示可立由　而良久不立　　侍従中納言は摂政と同道。（寛仁1．3．26下97）
② 　辰時行宇治　同道人々自道出会　是前定也　　同道の人々は道より出会ふ。（長和2．10．6中246）
③ 　暁従内若宮・三宮・尚侍同道御一条家散［桟］敷室　　内より若宮・三宮・尚侍、同道して一条家の桟敷室におはします。（寛弘8．4．18中102）

C　「同音」（トウオン）

「同音」は2例で、いずれも怜人（雅楽を奏する官吏）の登場している場

面で用いられている。

○　姫君御百日（中略）階下召伶人等　上下同音　両三巡後　太皇太后宮大夫献盃有　　かみしも　トウオン。（長和2．10．20　中248）「同音」は合唱の意味である。

D　「同座」（トウサ）

「同座」は同席の意味で、次の1例である。

○　庚申　人々被来　左大臣同座　拝礼如常（寛仁3．正．2　下191）左大臣藤原顕光が道長と同席したという意味である。

E　「同心」（ドウジン）

「同心」は次の1例で、心を合わせるという意味である。

○　戌時許従中宮被仰云　御乳母典侍中務只今従内出間　竹司小路与高倉許為人被取可尋者（中略）女同心　仍各免遣（長和4．4．4下7）

F　「同腹」（トウフク）

「同腹」は次の1例で、小若（長家）と女子（尊子か）は母親が同じという意味である。

○　此日定小若元服并同腹女子着裳等雑事（寛仁1．4．5下99）此の日、小若の元服ならびに同腹の女子の着裳らの雑事を定む、という意味である。

G　「同類」（トウルイ）

「同類」は次の1例で、仲間という意味である。

○　夜部盗人同類追捕云々（長和2．2．19中203）よべ盗人の同類を追捕した、という意味である。

二　同種の構文における表現差

同じような内容の同種の構文における表現差は、次の6組の用例に見ることができる。

①　従内出　参東三条并中宮　女方同之（長和1．1．9中132）

第1節 『御堂関白記』に見られる「同」字の用法　187

- ② 従中宮出　参東三条　女方又同（長和1．1.11中132）
- ③ 入夜参皇太后宮　女方同之（長和1．9．4中166）
- ④ 入夜皇［太］后宮　女方又同（長和2．4.16中217）
- ⑤ 入夜参大内　女方同之（寛仁2．4．7下153）
- ⑥ 入夜参大内　女方又同（長和2.10.27　中249）
- ⑦ 入夜従内罷出　女方同之（依明日・明後日物忌重也）（寛弘2．8.15上156）
- ⑧ 暁従内罷出　女方同（午後到東三条）（寛弘3．8．2上188）
- ⑨ 今日還土御門　女方同之
- ⑩ （従今夜　以教静津師於東三条行修善）土御門帰来　女方又同（入夜参大内）（長和1．1.14中133）
- ⑪ 入夜参大内　候宿　女方又同（長和2．8.28中241）
- ⑫ 入夜参内　候宿　女方同（寛弘4．5．2上220）

　以上の具体例によれば、藤原道長は「女方同之（をんながたもこれにおなじ）」・「女方又同（をんながたもまたおなじ）」・「女方同（をんながたもおなじ）」の三つの型のいずれかを用いていることがわかる。用例数は、「女方同之」45例、「女方又同」10例、「女方同」5例である。

　なお、「女方」とは先述したように藤原道長の妻である源倫子のことであるが、「女方」の代わりに「女（をんな）」・「内方（うちのかた）」を用いたものが1例ずつある。用例⑤⑥と対になるものとして、

⑬　暁参内　女同之（雨下）（寛弘2．8.28上157）

用例(52)(53)と対になるものとして、

⑭　従内罷出　内方同之（依方忌宿枇杷殿）（寛弘2．9.20上159）がある。

　以上で、本文献に見られる「同」字の用法についての記述を終える。次には、位相語としての他文献における「同じ」の用法について観ることにする。語彙体系同士を比較するのが本来の研究方法であるが、「同じ」という語一

つだけを取り出して考察する。

三 位相語としての他文献に見られる「同し」の用法

位相語としての他文献としては、先述した『源氏物語』・『興福寺本大慈恩寺三蔵法師伝古点』・『高山寺本古往来』の三つを取り上げる。

1 『源氏物語』に見られる「同し」

注1に記した総索引によると、『源氏物語』に見られる「同じ」は表2のように用いられている。述語としての終止形の用法は皆無である。

表2から明らかなように『源氏物語』では、連用修飾語としての用法に音便形でないものと音便形の2形、連体修飾語としての用法に連体形が2形、副詞としての用法に音便形でないものと音便形の2形がそれぞれ用いられている。物語の内容の上から、「おなじ＋体言」の用法が圧倒的に多い（76.9％）ことがわかる。つまり、和文語としての『源氏物語』では、連体修飾語としての用法「おなし」（81.6％）が主流であり、ついで、副詞としての用法（16.4％）である。

2 『興福寺本大慈恩寺三蔵法師伝古点』に見られる「同し」

注3に記した索引によると、『興福寺本大慈恩寺三蔵法師伝古点』に見られる「同じ」は表3のように用いられている。表3のD「〜に同し」の場合は、原文に漢字はないが「に」を訓点として補読している。E「〜と同じ」の場合は、原文に漢字「與（与）」が元々ある。それぞれの用例を次に示す。
D　訓点「に」を付しているもの
①　宝冠（ノ）［之］帝、休祚方ニ永キニ同シ。（巻第9　111行め　p. 310)
②　法師 諒ニ貞士為り。（中略）芬タルコト蕙芷ニ同シ。（巻第10　269行め　p. 379)

第1節 『御堂関白記』に見られる「同」字の用法　189

E　漢字「與（与）」が元々あるもの
① 此ノ経ノ部軸大般若與同シ。(巻第10　76行め　p. 360)
② 師腹（タ）為ニ講（スルヲ）見（ル）ニ、昔ノ言與同シ。(巻第3　406行め　p. 110)

　『興福寺本大慈恩寺三蔵法師伝古点』では表3から明らかなように、連用修飾語としての用法「同（おなしく）」(49.3%)が最も多い。

3　『高山寺本古往来』に見られる「同し」

　注2に記した索引によると、『高山寺本古往来』に見られる「同し」は、「〜に同し」1例、「同しく＋用言（「同しく」が連用修飾語として用いられているもの）」2例、「〜に同しくす」1例の全4例である。表4を参照のこと。

A　同しく＋用言
① 幣身同シク彼ノ日ヲ以（テ）神拝ヲ始メメト欲フ。(118行め、p. 134)
② 又、菓子同シク加（ヘ）送ル可シ。(278行め、p. 144)

D　〜に同し
○ 但シ、恥チラクハ、馬融カ［之］舊曲ニ似ス［不］シテ、更（ニ）披［牧］童之新聲ニ相ヒ同シ。(138行め、p. 135)

G　〜に同しくす
○ 苟クモ、少僧、世路ニ相交テ、白衣ニ同（ク）スト雖（モ）、心ニ仏法ヲ亡レ未。(256行め、p. 143)

四　「同し」の用法についての比較

　「同し」の用法について、本文献と先の三で取り上げた三つの文献（『源氏物語』・『興福寺本大慈恩寺三蔵法師伝古点』・『高山寺本古往来』）とを比較してみる。表5を参照のこと。

「同し」の用法A～Hの有無はその文献の内容と密接に関係があり、有無でもって単純に比較することは危険である。しかし敢えて比べてみると、次の8点が言えよう。

1　A「同しく（又は同しう）＋用言」の用法は、四つの文献に共通していること。
2　B「同し（又は同しき）＋体言」の用法は、三つの文献『御堂関白記』・『源氏物語』・『大慈恩寺三蔵法師伝古点』に共通していること。
3　C「同しくは（又は同しうは）＋用言」の用法は、『源氏物語』にのみ見られること。
4　D「〜に同し」の用法は、『源氏物語』を除く三つの文献に共通していること。
5　E「〜と同し」の用法は、『御堂関白記』・『大慈恩寺三蔵法師伝古点』の二つの文献に共通していること。
6　F「〜を同しくす」の用法は、『大慈恩寺三蔵法師伝古点』にのみ見られること。
7　G「〜に同しくす」の用法は『高山寺本古往来』にのみ見られること。
8　H「同様に」という意味の接続詞としての用法は、『御堂関白記』にのみ見られること。

以上の8項目から、本文献『御堂関白記』と「同じ」の用法（A～H）が共通しているものの数は、『大慈恩寺三蔵法師伝古点』4（A・B・D・E）、『高山寺本古往来』2（A・D）、『源氏物語』2（A・B）となる。

又、共通点の最も多い『大慈恩寺三蔵法師伝古点』と本文献とを比べると、本文献にはF「〜を同しくす」の用法が見られない。

ま　と　め

本文献（『御堂関白記』）に見られる「同」字の用法について、次の5点に

第1節　『御堂関白記』に見られる「同」字の用法　191

まとめておく。
1　形容詞「同じ」は、和文語『源氏物語』・漢文訓読語『興福寺本大慈恩寺三蔵法師伝古点』・変体漢文の書簡集『高山寺本古往来』のいずれにも用いられており、いわゆる「記録特有語」ではないこと。
2　内容の上から本文献には、『源氏物語』に見られるC「どうせ〜なら」という意味での副詞としての用法（同しくは、同しうは、）が見られないこと。『大慈恩寺三蔵法師伝古点』に見られるF「〜を同しくす」という述語としての用法が見られないこと。『高山寺本古往来』に見られるG「〜に同しくす」という述語としての用法が見られないこと。
3　本文献には、『興福寺本大慈恩寺三蔵法師伝古点』に見られるD「〜に同し」という述語としての用法、E「〜と同し」という述語としての用法のいずれも見られること。
4　D「〜に同し」という用法の中で、本文献においては、3.-A1「女方同之（女方もこれに同じ。）」3.-B1「女方同（女方も同じ。）」、3.-B2.「女方又同（女方も又同じ。）」という3種類の表現の型がよく用いられていること。
5　H「同様に」という意味の接続詞としての用法は、本文献にのみ見られること。

注
⑴　上田英代・村上征勝・今西祐一郎・樺島忠夫・上田裕一共編『源氏物語　語彙用例　総索引　自立語篇』（勉誠社　1994）
⑵　高山寺典籍文書綜合調査団編『高山寺本古往来　表白集』高山寺資料叢書第2冊（東京大学出版会　1972）
⑶　築島　裕『興福寺本大慈恩寺三蔵法師伝古点の国語学的研究』本文編・訳文編・索引編の3冊（東京大学出版会　1965）
⑷　馬淵和夫・馬淵昌子『今昔物語集文節索引』巻1〜巻31の31冊（笠間書院　1979）

192　第三章　公卿日記に見られる語彙の特徴

表1　『御堂関白記』に見られる「同」字の用法　一覧表

1	連用修飾語としての「同」　同+用言　同しく（又は同しう）〜す。 　A1　被修飾語とての用言が和語の動詞の場合 　A2　修飾語とての用言が接続助詞「て」を介して別の動詞に続く場合、 　　　（動詞相当語の場合） 　A3　被修飾語としての用言が補助動詞「たまふ」を伴っている場合 　　　（動詞相当語の場合） 　A4　被修飾語としての用言が「了（をはんぬ）」を伴っている場合 　B　被修飾語が字音語の場合 　C　被修飾語が漢語サ変動詞の場合 　D　被修飾語が形容詞相当語の場合	76 9 10 1	96 (26.5%)
2	連体修飾語としての「同」　同+体言　同し〜（又は同しき〜） 　A　被修飾語が和語の名詞の場合 　B　被修飾語が和語の名詞相当語の場合 　C　被修飾語が字音語の名詞の場合	53 1 9	63 (17.4%)
3	述語としての「同」 　A　名詞（又は名詞相当語）+同+名詞（又は代名詞）　XもYにおなし。 　　A1　名詞（又は名詞相当語）+同+之+（これ）　Xもこれにおなし。 　　　　（「女方同之」女方もこれにおなし。45例） 　　A2　名詞（又は名詞相当語）+又+同之　Xもこれにおなし。 　　A3　名詞（又は名詞相当語）+同+普通名詞　XもYにおなし。 　B　名詞（又は名詞相当語）+同　Xもおなし。 　　B1　名詞+同（「女方同」女方もおなし。5例） 　　B2　名詞+副詞+同 　　　　名詞+又+同　Xもまたおなし。（「女方又同」女方も又おなし。10例） 　　　　名詞+亦+同　Xもまたおなし。 　　　　名詞+猶+同　Xもなほおなし。 　　　　名詞+相+同　Xもあひおなし。 　C　与+名詞+同　Yとおなし。	83 76 3 4 45 11 34 29 1 2 2 3	131 (36.2%)
4	同様にという意味の接続詞としての「同」　X、同じくY		4 (1.1%)
5	「同」を含む字音語として 　A　同車（ドウジヤ） 　B　同道（ドウダウ） 　C　同音（トウオン） 　D　同座（トウサ） 　E　同心（ドウジン） 　F　同腹（トウフク） 　G　同類（トウルイ）	32 30 2 1 1 1 1	68 (18.8%)
			362

第1節 『御堂関白記』に見られる「同」字の用法　193

表2　『源氏物語』にみられる「同（おなし）」の用法　一覧表

A	おなしく＋用言	連用修飾語としての用法	2	6 (2.1%)	294
	おなしう＋用言		4		
B	おなしき＋体言	連体修飾語としての用法	13	240 (81.6%)	
	おなし＋体言		225		
	御おなし＋体言		2		
C	おなしくは＋用言	どうせ〜ならという意味での副詞としての用法	39	48 (16.3%)	
	おなしうは＋用言		9		

表3　『興福寺本大慈恩寺三蔵法師伝古点』に見られる「同（おなし）」の用法　一覧表

A	同（しく）＋用言	連用修飾語としての用法	33 (49.3%)	67
B	〜に同（しき）＋体言	連体修飾語としての用法	2 (2.9%)	
D	〜に同し	述語としての用法	21 (31.3%)	
E	〜と同し	述語としての用法	5 (7.5%)	
F	〜を同（し）くす	述語としての用法	6 (9.0%)	

表4　『高山寺本古往来』に見られる「同（おなし）」の用法　一覧表

A	同しく＋用言	連用修飾語としての用法	2 (50.0%)	4
D	〜に同し	述語としての用法	1 (25.5%)	
G	〜におなしくす	述語としての用法	1 (25.5%)	

194　第三章　公卿日記に見られる語彙の特徴

表5　4文献に見られる「同（おなし）」の用法　一覧表

「同し」の用法		文献	御堂関白記	源氏物語	三蔵法師伝古点	高山寺本古往来
A	同しく＋用言 同しう＋用言	連用修飾語としての用法	○	○ ○	○ ×	○ ×
B	同し＋体言 同しき＋体言	連体修飾語としての用法	○	○ ○	× ○	× ×
C	同しくは＋用言 同しうは＋用言	どうせ〜ならという意味での副詞としての用法	×	○ ○	× ×	× ×
D	〜に同し	述語としての用法	○	×	○	○
E	〜と同し	述語としての用法	○	×	○	×
F	〜を同しくす	述語としての用法	×	×	○	×
G	〜に同しくす	述語としての用法	×	×	×	○
H	同しく	同様にという意味の接続詞としての用法	○	×	×	×

（○印はその用例がある場合、×印はない場合を示す。）

第2節 『権記』に見られる「時(とき)」の表現
——1日（24時間）を中心として——

はじめに

　『権記』（以下、本文献と呼ぶことにする）・『御堂関白記』・『小右記』の三者に見られる「時」の表現を調べて、三者の共通点と相違点とを明らかにし、当時の記録語における「時」の体系を究めること、これが当面の最終目標である。
　本節では、本文献に見られる「時」を示す表現の中で、1日（24時間）の表現を中心に述べることにする。

一　本文献に見られる「時」の表現

　1日（24時間）の表現としては、時刻や時間を具体的に示す場合と、そうではない場合（数詞の類を用いない場合）とに大別される。前者は、例えば「辰二剋（たつのニコク）」（午前8時）のように数詞を用いる場合であり、後者は、「終日（シウジツ）」（1日中の意味）のような語を用いる場合である。以下、若干の具体例を示しながら述べていく。

1　時刻や時間を具体的に示す場合
　「時(とき)」を表す漢字として、『色葉字類抄』や『古本節用集』では「時・剋」、「コク」を表す漢字として『古本節用集』では「剋」を掲げている。『色葉字類抄』には「コク」の単独例はなくて「剋剋」「コクコク」を挙げている。『正字通』によれば、「剋」が正字で「剋」はその俗字である。本文献には「時」と「剋」が両方用いられており、「時」を「とき」、「剋」を「コク」と

判別した。

　巻末の表1に示しているように、時刻や時間を具体的に示す場合は、「子（ね）」から「亥（ゐ）」までの十二支のいずれかを用いて2時間の幅をもって示す場合と、「子」なら「子」を更に四つに分けて30分の幅をもって示す場合とに大別される。

　前者は、十二支のいずれかを単独に用いる場合（(1)）、十二支のいずれかに和語「〜のとき」が付け加わる場合（(2)）、十二支のいずれかに字音語「コク」が加わって「〜のコク」となる場合（(3)）の三つの型がある。前者は次の3例のように用いられている。

　(1)は①　朝猶雨降　及午有晴気　仍参内　むまに　およびて　はるるケ　あり。（寛弘6．3．14二112下）の「むま」、(2)は②　巳時講詩訖　みのときに　シを　カウじをはんぬ。（長保1．10．8一78下）の「みのとき」、(3)は③　自寅剋被始不断念仏　卯剋参入　午剋罷出　とらのコクより　フダンの　ネンブツを　はじめらる。うのコクに　サムニフ。むまのコクにまかりいづ。（長保3．12．14一236上）のとらのコク・うのコク・むまのコクなどの例に見られる。表1によれば、「〜剋」（〜のコク）532例（83.4％）もあり、「〜時」（〜のとき）80例や「〜」26例より圧倒的に多く用いられている。

　後者は、次の四つの型に分類できる。A――十二支のいずれかに「初」（はしめ）・「了・終」（をはり）のどちらかが加わる場合、B――十二支のいずれかに和語の数詞が加わる場合、C――十二支のいずれかに字音語の数詞「〜剋」（〜コク）が加わる場合、D――十二支のいずれかに字音語の数詞「〜点」が加わる場合である。

　Aは、④　亥初到左大殿　ゐの　はじめに（寛弘6．5．17二118下）⑤　辰了出飯室　午剋入京　たつの　をはりに（長保4．4．7一255上）⑥　到着剋限巳終也　みの　をはりなり。（長保2．12.20一184下）に見られる「ゐのはじめ」・「たつのをはり」・「みのをはり」などである。

第2節 『権記』に見られる「時」の表現 197

　Bは、⑦　子二事了　ねの　ふたつに　こと　をはんぬ。(寛弘4．1，16二72上) ⑧　巳剋参内　候殿上　午四右金被参云云　むまの　よつに　みぎの　キンゴ　まゐらると　ウンウン。(長保3．9．11一223下)に見られる「ねのふたつ」(午前零時)・「むまのよつ」(午後1時)などである。

　Cは、⑨　辰四剋参入　献御書　たつの　よんコクに　サムニフ。(長保1．8．21一73上) ⑩　戌二剋主上出御南殿　いぬの　ニコクに　シュジヤウ　ナデンに　シュツギョ。(長保2．10．11一166下)のように、「たつのよんコク」(午前9時)・「いぬのニコク」(午後8時)などである。

　Dは、⑪　于時未二点也　仍着陣北座　頃之打未三点　ときに　ひつじの　ニテンなり。……　しばらく　して　ひつじの　サンテンを　うつ。(寛弘6．3．14二113上) ⑫　御出行日時　同日　時亥四点　ときは　ゐの　よんテン(寛弘8．6．25二163下)のように、「ひつじのニテン」(午後1時)・(「ひつじのサンテン」(午後1時半)・「ゐのよんテン」(午後11時)などである。

　表1に示すように、A19例・B3例・C89例・D31例であり、Cの「〜剋」(〜コク)を用いる型が一番多い(62.7%)。

　以上から、前者(2時間の幅をもって示す場合)・後者(30分の幅をもって示す場合)共に、「〜剋」(〜コク)という字音語を用いる型の多いことが注目される。

　なお、時間の経過を示すものとしては、⑬　集会衆人一心聴聞　自申至亥座席雖久　講如食頃(寛弘8．3．27二153上)のように、「さるよりゐにいたる」と格助詞「自(より)」と動詞「至(いたる)」を用いて示したものがある。また、4時間を示す「二時(ふたとき)」は、⑭　卯時誕生女児　二時許不胞落　ふたときばかり　ホウ　おちず。(寛弘4．11．20二90上)の例に見られる。

198　第三章　公卿日記に見られる語彙の特徴

2　数詞の類を用いない場合

　数詞の類を用いない場合については、「子」（午後11時〜午前１時）から「亥」（午後９時〜午後11時）に至る時間の流れに即し、五つのグループに大きく分けて述べていく。

　なお、午前・午後に相当するものとしては、「午上」（コシヤウ）・「午後（ココ）」が用いられている。「午上」は①　<u>午上大雨　申剋参内</u>（長保３.11.13―232下）、「午後」は②　<u>午後除目召仰云云　今夜候宿</u>（寛弘４.１.21二３下）などの例がある。

(1)　「真夜中から夜明けごろまで」を示す表現

　和語を中心とするものとしては、「夜中許（よなかはかり）」・「及夜深（よふけにおよふ）」・「夜已半（よすてになかは）」・「夜深（よふかし）」・「夜未明」（よいまたあけず）」がある。「暁（あかつき）」に関しては、「暁」の外に、「此暁（このあかつき）」・「及暁（あかつきにおよふ）」・「至暁（あかつきにいたる）」・「臨暁（あかつきにのそむ）」・「向暁（あかつきにむかふ）」などがある。即ち、動詞「およふ」・「いたる」・「のそむ」・「むかふ」と一緒に用いられた場合がある。また、「暁方（あかつきかた）」・「鶏已鳴（にはとりすてになけり）」・「未日出（いまたひいてす）」・「夜明（よあく）」・「日出（ひいつ）」がある。

　漢語（字音語）を中心とするものとしては、「深更」（シンカウ）」・「及深更（シンカウにおよふ）」・「臨深更（シンカウにのそむ）」、「夜半（ヤハン）」・「夜半許（ヤハンはかり）」・「及夜半（ヤハンにおよふ）」・「此夜半（このヤハン）」・「此夜半許（このヤハンはかり）・「今夜半許（コンヤハンはかり）」、「半夜許（ハンヤはかり）」、「後夜（コヤ）」、「未鶏鳴（いまたケイメイならす）」、「未明（ヒメイ）」、「暁更（ケウカウ）」・「及暁更（ケウカウにおよふ）」・「此暁更（このケウカウ）」、「払暁（フツケウ）」、「今暁（コン

第2節 『権記』に見られる「時」の表現　199

ケウ）」、「遅明（チメイ）」、「鶏鳴（ケイメイ）」・「及鶏鳴（ケイメイにおよふ）」がある。

　なお、「きのふ」や「あす」の意味まで含んだものとしては、「昨暁（サクケウ）」・「明暁」（ミヤウケウ）」がある。

　和語を中心とする「よなかはかり」は①　候内　早朝或者云　左丞相自夜中許頻給（長徳3．6．8 二219下）、「よふけにおよふ」は②　次参一宮　及夜深退出（寛弘8．10．2 二192上）、「よすてになかは」は③　此夜新中将公信過来　言談之間夜已半（寛弘3．3．10二54上）、「よふかし」は④　依左金吾命詣中務宮　夜深帰（寛弘1閏．9．6 二19上）、「よいまたあけず」は⑤　此寅剋許召集官人等罷向依夜未明　暫経廻五条堀川辺（長保3．7．17一216下）、「あかつき」は⑥　入夜詣帥宮　（中略）同車参内　暁亦参宮（長保1．10．7 一78上）、「このあかつき」は⑦　左衛門督此暁入滅云云（長保3．9．3 一221下）、「あかつきにおよふ」は⑧　此夜心神乖例　及暁復常（長保3．10.19一213上）、「あかつきにいたる」は⑨　詣鴨院　与口談通宵至暁　中将帰来（寛弘8．9．10二186上）、「あかつきにのそむ」は⑩　此夜念源闍梨来　終夜言談　臨暁帰去（長保3．4．3 一207下）、「あかつきにむかふ」は⑪　今夜安唐文殊像於新堂被行正月　左大臣右大将宰相中将被候　予向暁帰宅（長保2．1．3 一103下）、「あかつきかた」は⑫　此夜女人有煩　順朝祈願　暁方有傷胎事（寛弘1．9.30二19上）、「にはとりすてになけり」は⑬　此夢此夜二寝之間見　仍備忽忘挑灯書之于時鶏已鳴矣（寛弘8．11．8 二206上）、「いまたひいてず」は⑭　今夜亥剋許内裏焼亡　（中略）未日出罷出　又帰参（長保3．11.19一233上）、「よあく」は⑮　丑剋許院侍上毛野有奉走来　（中略）又頻使蔵人孝標奉問　此間夜明（長保2．5．17一127上）、「ひいつ」は⑯　鶏鳴出洛　日出到三井寺（長保3．7．25一217下）などの例に見られる。

　漢語（字音語）を中心とする「シンカウ」は①　入夜詣右大臣殿　（中略）

深更帰宅（長保２．８.20―151上）、「シンカウにおよふ」は②　亥初到左大臣殿　相待相府御坐　及深更帰給（寛弘６．５.17二118下）、「シンカウにのそむ」は③　自左府有召　臨深更雖難堪　相構参入（長保２．８.30―154下）、「ヤハン」は④　早旦左京亮国平朝臣来云　修理大夫内方自夜半有悩気　已入滅（正暦４．２.29―9下）、「ヤハンはかり」は⑤　今夜頭中将被過　夜半許帰（寛弘６．６.10二120上）、「ヤハンにおよふ」は⑥　戌剋参内　及夜半退（寛弘８．５.29二158下）、「このヤハン」は⑦　自内詣左府　此夜半渡坐道貞朝臣宅（長保１．７.19―68上）、「このヤハンはかり」は⑧　早朝向僧正房　敬久法師此夜半許入長谷給　重痾也者（長保５．３.11―248上）、「コンヤハンはかり」は⑨　今夜半許西方有火（寛弘２.11.15二44上）、「ハンヤはかり」は⑩　詣左府　有作文　（中略）半夜許作了　帰家及暁（寛弘３．３.24二55上）、「コヤ」は⑪　暁修法後夜未行之前家僕等高声称乾方焼亡之由（長徳４．３.28―32下）、「いまたケイメイならず」は⑫　半夜許潅頂　（中略）次之相逢入道権中将　帰路未鶏鳴（寛弘１．３.９二7上）、「ヒメイ」は⑬　夜半許中宮御産気色云云　即参　有気色　丑剋立白木御帳鋪設　依軽服有事憚　未明退出（寛弘５．８.９二102下）、「ケウカウ」は⑭　今夜詣広隆寺（中略）暁更帰宅（寛弘７.10.５二144上）、「ケウカウにおよふ」は⑮　即参院　今夜渡御右大臣土御門第　又帰宅　一寝之後及暁更（長保３.10.８―229上）、「このケウカウ」は⑯　此暁更傳殿姫君亡去（寛弘７．１.26二133上）、「フツケウ」は⑰　払暁参内　巳剋罷出（長徳４．７11―40上）、「コンケウ」は⑱　早朝両三大夫来云　今暁東三条院西対有放火事　（長保２．１.９―104下）である。「チメイ」は『色葉字類抄』には載っていないが、『古本節用集』には載っている。例えば、「伊京集」には、「遅明」の右側に「チメイ」、左側に「アクルコロホヒ」とあり、「夜明けごろ」の意味である。⑲依夜未明暫経廻五条堀川辺　遅明囲件宅　所捕獲也者（長保３．７.17―216下）。「ケイメイ」は⑳　鶏鳴詣桃園　早朝平納言被参（長徳４.10.10―50上）、「ケイメイにおよふ」は㉑　有和歌事　事了帰家　及鶏鳴（長保４．３.

29―254上）である。

　なお、「サクケウ」は㉒　今夕参内　左少弁示　自昨暁主上於東庭有御拝（長保３．４．12―208上）、「ミヤウケウ」は㉓　仍明暁使官人等蒙宣旨可罷下云云（長保２．７．21―139上）の例に見られる。

(2)　「夜明けから昼過ぎまで」を示す表現

　和語としては、「朝（あさ）」・「朝間（あさのあひた）」・「此朝（このあさ）」・「旦（あした）」・「此旦（このあした）」・「今朝（けさ）」・「日高（ひたかし）」・「昼（ひる）」がある。「朝」・「旦」は、両者共に「あした」と読む可能性もあるが、ここでは一応区別してみた。

　字音語としては、「早朝（サウテウ）」・「早旦（サウタン）」・「昧旦（マイタン）」・「朝旦（テウタン）」・「旦朝（タンテウ）」・「白昼（ハクチウ）」がある。「昧旦」「朝旦」「旦朝」は、『詩経』や『書経』などに出典のある漢語であり字音語と認めた。「昧旦」は早朝、「朝旦」・「旦朝」は朝の意味である。

　なお、翌日の意味を含んだ字音語として、「明朝（ミヤウテウ）」・「明旦（ミヤウタン）」がある。

　和語「あさ」は①　（夜雨）朝猶雨降　及午有晴気（寛弘６．３．14二112下）、「あさのあひた」は②　詣石山　率女房等　朝間雨　巳剋晴　衝昏詣着（寛弘１．８．/25二16上）、「このあさ」は③　自内詣左府　此朝候御前之次仰云（長保２．４．４―118下）、「あした」は④　旦参東宮　帰宅　申剋亦参（長保２．12．２―177下）、「このあした」は⑤　此旦大僧正被送御修法支度（長保２．９.26―161上）、「けさ」は⑥　今朝講詩之後帰京　入夜到桂河　半夜帰家（寛弘１閏．９.22二19下）、「ひたかし」は⑦　日高参内　参左府（長保５.1/11―279下）、「ひる」は⑧　昼午時太白径天見　又同日酉時与太白在妻同宿（正暦３．１．４―3上）などに見られる。

漢語（字音語）「サウテウ」は①　早朝雨　午時許自左府帰　参内（寛弘２．４．１二30下）、「サウタン」は②　今日早旦右大臣候殿上（長徳１．10．3一16下）、「マイタン」は③　昧旦三位中将被過　同車詣左府（長保３．１．７一270上）、「テウタン」は④　朝旦左府為使為義朝臣被給四尺屏風四帖　即書色紙形奉之（長保３．１．９一190上）、「タンテウ」は⑤　有弓場初事云云　旦朝罷出（長徳１．10．５一17上）、「ハクチウ」は⑥　阿波権守奏聞寧親従者持楯帯弓箭　白昼破五位以上宅門　成濫行之由云云（長保２．７．26一141上）の例に見られる。

　なお、「ミヤウテウ」は⑦　入夜右中弁示送云　明朝雨可被仰一定（長保１．９．７一75上）、「ミヤウタン」は⑧　此夕道行朝臣来　示明旦可赴任之由（寛弘６．３．15二114上）の例に見られる。

(3)　「昼過ぎから夕方ごろまで」を示す表現

　和語としては、「夕・晩・昏（ゆふへ）」・「臨夕・臨晩・臨昏（ゆふへにのぞむ）」・「及晩・及昏（ゆふへにおよぶ）」・「至昏（ゆふへにいたる）」、「日暮・日晩・日昏（ひくる）」、「夕方（ゆふかた）」、昨日の意味が加わった「去夕（さんぬるゆふへ）」がある。外に、夕方を示す表現としては、「日脚已低」（ひあしすてにひくし）、「日已傾」（ひすてにかたふく）、「日未入（ひいまたいらず）」がある。

　漢語（字音語）としては、夕方の意味を示す「晩景（バンゲイ）・「晩頭（バンドウ）」・「黄昏（クワウコン）」・「晡時（ホジ）」がある。「晡時」は、『漢書』や『古本節用集』にある字音語で、午後４時前後に当たる。１で述べた「申剋」（さるのコク）と同じころを示す漢語である。また、「晩景」・「晩頭」は、『色葉字類抄』によれば濁点がはっきり打たれている字音語で、「及晩景（バンゲイにおよぶ）」という表現もある。「黄昏」は、『古本節用集』によれば「ゆうぐれ」とあるが、『色葉字類抄』・『古本節用集』に「ク

第 2 節 『権記』に見られる「時」の表現　203

ワウコン」とあり、漢籍「楚辞」などにある漢語なので字音語と認めた。「及黄昏（クワウコンにおよぶ）」という表現もある。その外、夕方を示す表現としては、「秉燭（ヘイソク）」を用いた「不秉燭（ヘイソクならず）」・「未不秉燭（いまたヘイソクならず）」・「未及秉燭（いまたヘイソクにおよはず）、「光景」（クワウケイ―日の光のこと）を用いた「光景已昏（クワウケイすてにくる）」・「光景漸傾（クワウケイやうやくかたふく）」・「光景既傾（クワウケイすてにかたふく）」・「光景云斜（クワウケイななめといふ）などがある。また、「今夕」・「昨夕」は、『色葉字類抄』には載っていないが『古本節用集』に載っており、漢籍『詩経』・『唐書』に出てくる漢語なので、字音語「コンセキ」・「サクセキ」と認めた。意味は、次の(4)で扱う「今夜（コンヤ）」・「昨夜（サクヤ）」などとあまり違わないようであるが、(3)で扱うことにした。

　和語「ゆふへ」は①　今朝罷出　夕参院（長保１．９.19―76下）、②　払暁赴桃園　晩帰宅便参三条院（長保３．２.18―198下）、③　又同日昏酉時与太白並在妻宿（正暦３．４．１―３上）、「ゆふへにのそむ」は④　余奉仕僧房臨夕帰家（長保３.12.４―235上）、⑤　即共車招右頭中将赴雲林院　有小興臨晩帰家（長保５．３.11―284上）、⑥　未剋於馬場殿餛飩如例　臨昏有神楽事　（正暦４．９.20―11下）、「ゆうへにおよぶ」は⑦　申剋出御　依小忌遅参及晩也（長保１.11125―88上）、⑧　午剋許為訪申承香殿女御詣広隆寺及昏参内（長徳４.12.12―60上）、「ゆうへにいたる」は⑨　至昏左丞相以下乗舟給（寛弘6.10.４ 二124下）などがある。「ひくる」は、⑩　又詣二条殿為書屏風色紙形而依日暮不書而出（長保１.10.27―83上）、⑪　詣左府　依日晩不参内（寛弘７．１.26二133上）、⑫　自宮参内　比至左衛門陣日昏（寛弘８.12.16二211上）。「ゆふかた」は⑬　亦参宮　夕方御湯殿（寛弘５．９.13二103上）、「さんぬるゆふへ」は⑭　五君去夕亡去之由　自彼乳母許示送（寛弘７．６.18二141上）。また、「ひのあしすてにひくし」は⑮　依羅表㖵

以泥奉書　此間日脚已低　然而参内（寛弘8.9.12二187下）、「ひすてにかたふく」は⑪　給位記欲出御　日已傾　仍止（寛弘3.12.29二71上）、「ひいまたいらず」は⑰　巳剋参内　午剋出御　日未入叙列叙位（寛弘1.1.7二2下）の例に見られる。

　漢語（字音語）「バンゲイ」は①　晩景示送云　今夜可被行　宿装可参入者（寛弘8.3.18二152上）、「バンゲイにおよふ」は②　事了上達部殿上人飲食　及晩景乗酔参左府　有和歌事（寛弘1.4.30二11下）、「バンドウ」は③　於世尊寺此君達猶在　晩頭同車参内（長保4.9.13一271上）、「クワウコン」は④　黄昏到寺　秉燭之後大臣帰給（長保3.10.27一232上）、「クワウコンにおよふ」は、⑤　日已及黄昏　搥鐘入堂（長保5.1.14一280上）、「ホシ」は、⑥　晩参左府　聞御梳櫛之由退出　到宅晡時也（寛弘8.12.19二213下）、また「ヘイソクならず」は⑦　御覧後抜出　右助手勝岡　左癸度那勝　不秉燭退出（寛弘3.8.1二63上）、「いまたヘイソクならず」は⑧　未秉燭事了　入夜撤堂荘厳（寛弘8.2.8二175上）、「いまたヘイソクにおよはず」は⑨　仍盃酌之間令勤行酒之役　未及秉燭事了（寛弘3.7.30二63上）。「クワウケイすてにくる」は⑩　両三盃之後　光景已昏　即為参左府退出（寛弘8.10.5二193下）、「クワウケイやうやくかたふく」は⑪　此間光景漸傾（寛弘1.8.9二236下）、「クワウケイすてにかたふく」は⑫　奏雑事之間時剋推移　光景既傾　仍不参結政（長徳4.12.15一60下）、「クワウケイななめといふ」は⑬　遊戯已闌　光景云斜　左大臣退出（長保2.2.3一110上）に見られる。また「コンセキ」は⑭　参内　此夕行女王禄事　自今夕有可産気色（寛弘4.11.18二90上）、「サクセキ」は⑮　辰剋講詩　不罷出自昨夕於御書所亦有作文（長保1.9.10一76上）の例に見られる。

　読み方が決められないものとして、「衝昏」・「衝黒」がある。『色葉字類抄』・『古本節用集』・『大漢和辞典』のいずれにも載っていないが、字音語「ショウコン」・「ショウコク」としておく。（和語とするならば、「ゆふへに

第2節 『権記』に見られる「時」の表現　205

むかふ」・「くろきにむかふ」か。）意味はどちらも、夕方と推測せられる。「ショウコン」は⑯　詣藤宰相殿　亦弾正宮　<u>衝昏</u>帰家（長保４.４.16一256下）、「ショウコク」は⑰　有弓事　晩景出給　亦候御共　<u>衝黒</u>帰家（寛弘３．３．６二53下）などに見られる。

　なお、「黄昏」に関しては、「やうやくクワウコンたらむとす」⑱　相待之間　漸欲黄昏　仍令尋候内御物忌次将（寛弘６．５．１二117上）と読める例もある。

(4)　「夕方から真夜中ごろまで」を示す表現

　和語としては、「此夕・此夜（こよひ）」・「夜（よ・よる）」——「〜夜（〜のよ）・「夜間」よるのあひた）」——「晩後（くれてのち）」・「暗（くらし）」・「臨暗（くらきにのそむ）」がある。「夜」は「入夜（よにいる）」・「臨夜（よにのそむ）」・「達夜（よにタツす）」・「過夜（よをすく）」というように、動詞「いる」・「のそむ」・「タツす」・「すく」を伴う場合もある。また「日已入（ひすてにいる）」、「日落山椒（ひサンセウにおつ）」、「挙燭・挙炬（ともしひをあく）」、「挙庭燎・挙燎（にはひをあく）」がある。また、昨日の夜を示すものに「夜部・夜へ（よへ）」・「去夜（さんぬるよ）」、先日の夜を示すものに「一夜（ひとよ）」がある。

　漢語（字音語）としては、「秉燭（ヘイソク）」・「昏時（コンシ）」・「昏黒（コンコク）」・「夜漏（ヤロウ）」・「今夜（コンヤ）」・「今夜方（コンヤかた）」（厳密には「混種語」）・「今晩（コンハン）」がある。いずれも夜を示す。「昏時」や「昏黒」は、動詞を伴う「及昏時（コンシにおよふ）」・「及昏黒（コンコクにおよふ）」の例もある。また、昨日の夜を示すものに「昨夜（サクヤ）・「前夜（センヤ）」・「夜前（ヤセン）」がある。昨夜以来という意味を示す「夜来（ヤライ）」もある。「暗夜（アンヤ）」は、「やみよ」のことである。

「此夕」は「このゆふへ」、「此夜」は「このよ」と読む可能性もあるが、『色葉字類抄』に「此夕・此夜」共に「こよひ」とあるので、ここでは「こよひ」と認めた。

　和語「こよひ」は① 此夕参院　今夜御左大臣土御門第（長保３.12.13一236上）、② 此夕子剋又誕男児（寛弘５.９.26二104上、）③ 晩自内有召参入 此夜戌剋五節入（長徳４.11.22一57下、）④女御此夜戌剋出給（長保２.２.10一111下）、「よる」は⑤ 今夜舞姫参入 （中略）高雅五節夜初参入（長保５.11.15一297下）、「よ」は⑥ 無御前試夜也（寛弘１.11.16二23上）、「よるのあひた」は⑦ 宣旨已下 夜間尋勘 後日可勘申者（長保４.９.８一270上）、「よにいる」は⑧ 入夜右中弁送云（長保１.９.７一75上）、「よにのそむ」は⑨ 臨夜帰宅（長保１.７.９一66下）、「よにタツす」は⑩ 宸遊達夜（長保３.10.23一231下）、「よをすく」は⑪ 中宮出給 供奉戌剋也 過夜入道女御入滅（寛弘５.７.６二101下）である。「ひすてにいる」は⑫ 参内 日已入 戌二剋還宮（長保５.10.８一296上）。「ひサンセウにおつ」は⑬ 比日落山椒還御之後諸卿退出（長保３.９.11一233下）。なお、「山椒」とは山頂のことである。「くれてのち」は⑭ 自内罷出 亦晩後参候宿（寛弘２.11.21二44上）。「くらし」は、⑮ 仰云 已及昏暗 可令結三番（長徳４.３.28一34下）、「くらきにのそむ」は⑯ 依臨暗不能召仰（長保１.12.９一96下）。「ともしひをあく」は⑰ 殿司挙燭立柱下 丑一剋事了（長徳４.１.７一21上）、⑱ 此間主殿挙炬（長保３.10.７一228下）。「にはひをあく」は⑲ 主殿寮挙庭燎（長保２.12.29一188下）、⑳ 此間所司挙燎 十三番（長保２.７.27一142上）。また「よへ」は㉑ 老尼御悩危急 自近衛殿告来 乍驚馳詣 女房等云 夜部甚重坐 今間雖重猶自夜ゝ小軽也云云（長徳４.３.20一30上）、「さんぬるよ」は㉒ 自五条帰 去夜亥時許院令崩給云云（寛弘５.２.９二96下）、「ひとよ」は㉓ 右中弁参会内 示云 一夜於山為汝見吉想云云（正暦４.７.19一10上）である。

漢語（字音語）「ヘイソク」は①　酉剋許事了　秉燭入京　経阿弥陀嶺　今夕渡西対（長保4．12．21―277上）、「ヘイソクののち」は②　五六両親親王此夜可被申慶賀也　秉燭之後参内（寛弘8．9．17二189下）、「ヘイソクにおよふ」は③　申終大臣参入　官奏聞及秉燭（寛弘5．11．13二104下）。「コンシ」は④　昏時依丞相命参中宮（長保3．1．9―190下）、「コンシにおよふ」は⑤　以右府命示云　先先候奏聞　自及昏時　供御殿油（長徳3．10．19二232上）。「コンコクにおよふ」は⑥　酉剋右中弁説孝　奏申　御装束間　已及昏黒　出御（長徳3．10．19二232上）。「ヤロウ」は⑦　地震三度　午剋一度　酉剋一度　夜漏一度（寛弘8．4．8―154上）、「コンヤ」は⑧　今夜亥剋許内裏焼亡（長保3．11．18―233上）⑨　今夜子剋棄児於乙方東河原也（寛弘5．9．28二104上）、混種語「コンヤかた」は⑩　今夜方人人詣賀茂祈也（正暦4．2．28―8下）、「コンハン」は⑪　今晩信乃守済政朝臣来　示明日赴任之由　今夜出世尊寺（長保4．3．10―250下4）である。また「サクヤ」は⑫　信行送食物於僧房云　昨夜御殿北屋未申妻付火　撲滅云云（長保4．10．24―275下）、「センヤ」は⑬　前夜夢行法事甚不浄之由　是一日於桃園所祈申也（長保4．9．26―272上）、「ヤセン」は⑭　又寺所司并権別当律師林懐已講等来　逢　即謝律師夜前無告人不対面之由（長保1．10．10―78下）。「ヤライ」は⑮　早旦挙直朝臣告送云　夜来大雨　鴨河堤絶　河水入洛（長保2．8．16―149上）、「アンヤ」は⑯　但罷過之間番箭抜刀之者有一両依暗夜慚不知其人云云（長保1．12．1―90上）に見られる。

5　その他

「現在」を示すものとしては、「今（いま）」・「今間（いまのあひた）」・「只今（たたいま）」がある。「いま」は①　覚運大僧都去夜卒去云云　仏法棟梁国家珍宝也　今聞逝去　悲涙麗襟（寛弘4．11．1二89上）、「いまのあひた」は②　少将今朝甚不覚　今間頗宜　湯治験也云云（長保1．7．8―66下）、

「たたいま」は③　右宰相中将自院示云　只今可参　即馳参（寛弘8.6.19二162上）に見られる。

「夜となく昼となくいつも」の意味としては、「夜昼（よるひる）」がある。④　帰家詣世尊寺　自今日限五ヶ日　夜昼転読仁王経（寛弘3.5.10二57下）。

「朝夕に」の意味を示すものとしては、「于朝于夕（あさにゆふへに）」がある。⑤　去年丞相累月有恙　亜将于朝于夕嘗薬無違（長保3.2.4一195下）。

「月（つき）」を用いることによって、大体の時を示す場合がある。夜を示すものとしては「月出（つきいつ）」、月の明かりを頼りとする意味の「乗月（つきにのる）」、夜明けのころと思われる「月西傾（つきにしにかたふく）」、「月未入山椒（つきいまたサンセウにいらず）」がある。「つきいつ」は⑥　早朝詣左府　月出帰宅（寛弘1.8.22二16上）、「つきにのる」は⑦　晩景与中弁罷出　詣閑院　乗月帰畢（長保3.8.12一219下）、「つきにしにかたふく」は⑧　入夜詣左衛門督殿、月西傾帰家、（寛弘1.12.12二24下）、「つきいまたサンセウにいらす」は⑨　巳剋参内　（中略）月未入山椒事終　退出（寛弘1.1.7二2下）に見られる。

また、一日中を示すものとしては「終日（シウシツ）」、夜どおしを示すものとしては「通夜（ツウヤ）」・「終夜（シウヤ）」がある。「シウシツ」は⑩　早朝参内　終日候　亥剋退出（寛弘2.5.25二32下）、「ツウヤ」は⑪　成信少将来談之間通夜（長保3.2.3一195上）、「シウヤ」は⑫　此夜念源闍梨来終夜言談　臨暁帰去（長保3.4.3一207下）に見られる。

「所定の時刻」という意味を示す「剋限（コクケン）」は、例えば、⑬　剋限已成　冠者着座　コクケン　すてに　なる。（寛弘8.1.20二149下）のように用いられている。

「時」が移ることを示す表現としては、「時移（ときうつる）」、「時剋推移（シコクスイイ）」、「今剋刻欲過（いまコクコクとすきむとす）」などがある。

「ときうつる」は⑭　左大弁同今日被参　時移後入内（長保3．10.19―230下）、「シコクスイイ」は⑮　詣右府　奉一昨定分　言談之間時剋推移　参内（長保4．8.19―268下）、「いまコククコクとすきむとす」は⑯　依仰相待之間、宰相中将<small>斉信</small>　示云　去年　可出居次将一人不候　以斉信祇候　雖出居不候　被始行訖　今剋刻欲過　依去年例申行乎者（長徳4．3.16―29下）に見られる。

ま　と　め

「時」を示すのに数詞の類を用いる場合は、一の1で先述したように、「子」から「亥」に至る十二支を用いて表し、2時間の幅を示す場合であれ、30分の幅を示す場合であれ、両者共に「〜剋（〜のコク、〜コク）」という字音語を用いる場合が非常に多い。

それに対して数詞の類を用いない場合は、表2に示すように、和語や漢語（字音語）を用いて表現が大変豊かである。「真夜中ごろ」を示すものとしては、和語「夜中（よなか）」・「夜中許（よなかはかり）」・「及夜更（よふけにおよふ）」・「夜已半（よすてになかは）」・「夜深（よふかし）」・「夜未明（よいまたあけず）」・「未日出（いまたひいてず）」、漢語を中心に用いるものとして「深更（シンカウ）」・「及深更（シンカウにおよふ）」・「臨深更（シンカウにのそむ）」・「夜半（ヤハン）」・「夜半許（ヤハンはかり）」・「此夜半（このヤハン）」・「此夜半許（このヤハンはかり）」・「及夜半（ヤハンにおよふ）」・「今夜半許（コンヤハンはかり）」・「半夜許（ハンヤはかり）」・「後夜（コヤ）」・「未鶏鳴（いまたケイメイならず）」がある。

「夜明けごろ」を示すものとしては、和語「暁（あかつき）」・「此暁（このあかつき）」・「至暁（あかつきにいたる）」・「臨暁（あかつきにのそむ）」・「向暁（あかつきにむかふ）」・「暁方（あかつきかた）」・「鶏已鳴（にはとりすてになけり）」・「夜明（よあく）」・「日出（ひいつ）」・「月未入山椒（つき

いまたサンセウにいらず）」・「月西傾（つきにしにかたふく）」、漢語（字音語）を中心に用いるものとして「未明（ヒメイ）」・「暁更（ケウカウ）」・「及暁更（ケウカウにおよふ）」・「此暁更（このケウカウ）」・「払暁（フツケウ）」・「今暁（コンケウ）」・「遅明（チメイ）」・「鶏明（ケイメイ）」・「及鶏明（ケイメイにおよふ）」がある。

「朝の早いころ」を示すものとしては、漢語（字音語）「早朝（サウテウ）」・「早旦（サウタン）」・「昧旦（マイタン）」がある。

「朝」を示すものとしては、和語「朝（あさ）」・「朝間（あさのあひた）」・「此朝（このあさ）」・「旦（あした）」・「此旦（このあした）」・「今朝（けさ）」、漢語（字音語）「朝旦（テウタン）」・「旦朝（タンテウ）」がある。

「昼ごろ」を示すものとしては、和語「日高（ひたかし）」・「昼（ひる）」、漢語（字音語）「白昼（ハクチウ）」がある。

「夕方ごろ」を示すものとしては、和語「夕・晩・昏（ゆふへ）」・「臨夕・臨晩・臨昏（ゆふへにのそむ）」・「及晩・及昏（ゆふへにおよふ）」・「至昏（ゆふへにいたる）」・「日晩・日暮・日昏（ひくる）」・「夕方（ゆふかた）」・「日脚已低（ひあしすてにひくし）」・「日已傾（ひすてにかたふく）」・「日未入（ひいまたいらず）」、漢語（字音語）を中心とする晩景（バンゲイ）」・「及晩景（バンゲイにおよふ）」・「晩頭（バンドウ）」・「不秉燭（ヘイソクならず）」・「未秉燭（いまたヘイソクならず）」・「未及秉燭（いまたヘイソクにおよはす）」・「黄昏（クワウコン）」・「及黄昏（クワウコンにおよふ）」・「晡時（ホシ）」・「衝昏（ショウコン）」・「衝黒（ショウコク）」・「光景已昏（クワウケイすてにくる）」・「光景漸傾（クワウケイやうやくかたふく）」・「光景既傾（クワウケイすてにかたふく）」・「光景云斜（クワウケイななめといふ）」がある。

「夜」を示すものとして、和語「日已入（ひすてにいる）」・「晩後（くれてのち）」・「暗（くらし）」・「臨暗（くらきにのそむ）」・「此夕・此夜（こよひ）」・「夜（よる）」・「夜間（よるのあひた）」・「〜夜（〜のよ）」・「入夜（よ

第2節 『権記』に見られる「時」の表現　211

にいる）」・「臨夜（よにのぞむ）」、漢語（字音語）を中心とするものに「日落山椒（ひサンセウにおつ）」・「達夜（よにタツす）」・「過夜（よをすぐ）」・「秉燭（ヘイソク）」・「秉燭之後（ヘイソクののち）」・「及秉燭（ヘイソクにおよふ）」・「昏時（コンシ）」・「及昏時（コンシにおよふ）」・「及昏黒（コンコクにおよふ）」・「夜漏（ヤロウ）」・「今夜（コンヤ）」・「今晩（コンハン）」・「今夕（コンセキ）」、混種語「今夜方（コンヤかた）」がある。

　以上、七つに区分して述べた。用例数の上から見て、「真夜中ごろ」を示すものとしては「深更（シンカウ）」22例・「及深更（シンカウにおよふ）」21例、「夜明けごろ」を示すものとしては「暁更（ケウカウ）」24例、「朝の早いこと」を示すものとしては「早朝（サウテウ）」110例、「朝」を示すものとしては「今朝（けさ）」93例、「夕方ごろ」を示すものとしては「晩景（バンゲイ）」38例、「夜」を示すものとしては「此夜（こよひ）」136例・「入夜（よにいる）」137例・「今夜（コンヤ）」130例が代表的なものである。

　これらを語種の観点から言えば、和語は「今朝（けさ）」・「此夜（こよひ）」・「入夜（よにいる）」の三つ、漢語（字音語）は「深更（シンカウ）」・「暁更（ケウカウ）」・「早朝（サウテウ）」・「晩景（バンゲイ）」・「今夜（コンヤ）」の五つになる。

　なお、「昼ごろ」を示すものとしては、「日高（ひたかし）」4例・「昼（ひる）」1例・「白昼（ハクチウ）」1例と種類も用例も少ない。が、現代と同じく「昼（ひる）」が代表的な語だと考えられないであろうか。

212　第三章　公卿日記に見られる語彙の特徴

表1　時刻や時間を具体的に示す場合　一覧表

時刻 読み方			表記	(1) 十二支のいずれかのみ ○	(2) 〜時 (〜のとき) ○	(3) 〜剋 (〜のコク) ○	計	A 初(はじめ) ○ または了・終 (をはり) ○	B 和語の数詞	C 〜剋 (〜コク) ○	D 〜点 (〜テン) ○	計
1	子	ね	○	2	2	29	33	1	2	12	4	19
2	丑	うし	○	0	1	30	31	0	0	13	0	13
3	寅	とら	○	1	5	11	17	1	0	0	0	1
4	卯	う	○	0	4	7	11	0	0	1	0	1
5	辰	たつ	○	2	6	44	52	4	0	3	3	10
6	巳	み	○	2	10	59	71	2	0	0	10	12
7	午	むま	○	10	30	58	98	2	1	5	3	11
8	未	ひつし	○	1	2	70	73	1	0	17	8	26
9	申	さる	○	4	4	84	92	6	0	8	1	15
10	酉	とり	○	0	3	49	52	0	0	7	0	7
11	戌	いぬ	○	0	4	52	56	1	0	8	0	9
12	亥	ゐ	○	4	9	39	52	1	0	15	2	18
			計	26	80	532	638	19	3	89	31	142
					106				22		120	

（○印は、『色葉字類抄』に載っている場合を示す。）

第2節 『権記』に見られる「時」の表現

表2　数詞の類を用いない場合　一覧表

和語を主とするもの					字音語を主とするもの			
			数	A B				数 A B C

(1) 真夜中から夜明けごろまで

	和語	読み	数	AB		字音語	読み	数	ABC
1	夜中	よなか	0	××	12	深更	シンカウ	22	○○○
	夜中許	よなかはかり	1			及深更	シンカウにおよふ	21	
2	夜更	よふけ	0	××		臨深更	シンカウにのそむ	1	
	及夜更	よふけにおよふ	1		13	夜半	ヤハン	8	×○○
3	夜巳半	よすてになかは	1			夜半許	ヤハンはかり	8	
4	夜深	よふかし	1	××		及夜半	ヤハンにおよふ	4	
5	夜未明	よいまたあけす	1			此夜半	このヤハン	1	
6	暁	あかつき	10	○○		此夜半許	このヤハンはかり	3	
	此暁	このあかつき	12		14	今夜半許	コンヤハンはかり	1	×××
	及暁	あかつきにおよふ	4		15	半夜半	ハンヤはかり	4	○×○
	至暁	あかつきにいたる	1		16	今夜	コヤ	4	××
	臨暁	かつきにのそむ	1		17	未鶏鳴	いまたケイメイならす	1	
	向暁	あかつきにむかふ	1		18	未明	ヒメイ	1	○○○
7	暁方	あかつきかた	1	××	19	暁更	ゲウカウ	24	○××
8	鶏巳鳴	にわとりすてになけり	1			及暁更	ケウカウにおよふ	3	
9	未日出	いまたひいてつ	1			此暁更	このケウカウ	1	
10	夜明	よあく	3		20	払暁	フツケウ	10	×○×
11	日出	ひいつ	8		21	今暁	コンケウ	1	
					22	昨暁	サクケウ	1	×××
					23	明暁	ミヤウケウ	1	○××
					24	遅明	チメイ	7	×○○
					25	鶏明	ケイメイ	7	○○×
						及鶏明	ケイメイにおよふ	1	
		計	48				計	137	

(2) 夜明けから昼過ぎまで

	和語	読み	数	AB		字音語	読み	数	ABC
1	朝	あさ（あした）	27	○×	6	早朝	サウテウ	110	○×○
	朝間	あさのあひた	6		7	早旦	サウタン	18	×○○
	此朝	このあさ	1		8	昧旦	マイタン	1	××
2	旦	あした	6	○○	9	朝旦	テウタン	1	××
	此旦	このあした	2		10	旦朝	タンテウ	1	××
3	今朝	けさ	93	○○	11	明朝	ミヤウテウ	3	×○○
4	日高	ひたかし	4		12	明旦	ミヤウタン	2	
5	昼	ひる	1	○○	13	白昼	ハクチウ	1	○○○
		計	135				計	137	

(3) 昼過ぎから夕方ごろまで

	和語	読み	数	AB		字音語	読み	数	ABC
1	夕	ゆふへ	22	○○	8	晩景	バンゲイ	38	○○○
	晩	ゆふへ	5	○×		及晩景	バンゲイにおよふ	7	
	昏	ゆふへ	1	○×	9	晩頭	バンドウ	2	○○×
	臨夕	ゆふへにのそむ	1		10	今夕	コンセキ	66	×○○
	臨晩	ゆふへにのそむ	1		11	昨夕	サクセキ	8	×○
	臨昏	ゆふへにのそむ	12		12	不乗燭	ヘイソクならす	1	
	及晩	ゆふへにおよふ	1		13	未乗燭	いまたヘイソクならす	1	
	及昏	ゆふへにおよふ	9			未及乗燭	いまたヘイソクにおよはす	1	
	至昏	ゆふへにいたる	1		14	黄昏	クワウコン	3	○○○

和語を主とするもの				字音語を主とするもの			
2	日暮	ひくる	4 ×○		及黄昏	クワウコンにおよふ	3
	日晩	ひくる	4 ××	15	光景已昏	クワウケイすてにくる	1
	日昏	ひくる	3 ××	16	光景漸傾	クワウケイやうやくにかたふく	1
3	夕方	ゆふかた	4 ××	17	光景既傾	クワウケイすてにかたふく	1
4	去夕	さんぬるゆふへ	34	18	光景云斜	クワウケイななめといふ	1
	黄昏	ゆふくれ	8 ×○	19	哺時	ホシ	1 ×○○
	及黄昏	ゆふくれにおよふ	3	20	衝昏	ショウコン	2 ×××
5	日脚已低	ひのあしすてにひくし	1	21	衝黒	ショウコク	14 ×××
6	日已傾	ひすてにかたふく	1				
7	日未入	ひいまたいらす	1				
	計	121			計	151	

(4) 夕方から真夜中ごろまで

1	日已入	ひすてにいる	1	13	乗燭	ヘイソク	35 ○×○
2	日落山椒	ひサンセウにおつ	2		乗燭之後	ヘイソクののち	3
3	晩後	くれてのち	1		乃乗燭	ヘイソクにおよふ	10
4	暗	くらし	1 ×○	14	昏時	コンシ	1 ××
	臨暗	くらきにのそむ	1		及昏時	コンシにおよふ	2
5	燭・炬	ともしひ	0 ○×	15	昏黒	コンコク	0 ××
	挙燭	ともしひをあく	8		及昏時	コンコクにおよふ	1
	挙炬	ともしひをあく	1	16	夜漏	ヤロウ	3 ×××
6	庭燎・燎	にはひ	0 ○△	17	今夜	コンヤ	130 ×○○
	挙庭燎	にはひをあく	1	18	今夜方	コンヤかた	1 ×××
	挙燎	にはひをあく	1	19	今晩	コンハン	1 ×××
7	此夕	こよひ	75 ○×	*20	昨夜	サクヤ	1 ○○
	此夜	こよひ	136 ○×	*21	前夜	センヤ	2 ○○
8	夜	よ・よる	13 ○○	*22	夜前	ヤセン	8 ×○×
	入夜	よにいる	137	*23	夜来	ヤライ	2 ××
	臨夜	よにのそむ	1	24	暗夜	アンヤ	2 ××○
	達夜	よにタッス	1				
	過夜	よをすく	1				
	夜間	よるのあひた	1				
9	～夜	～のよ	6 ○○				
10	夜部	よへ	5 ××				
	夜へ	よへ	1 ××				
11	去夜	さんぬるよ	18				
12	一夜	ひとよ	1 ×○				
	計	415			計	201	

(5) その他

1	今	いま	51 ○○	7	終日	シュウシツ	15 ○○○
	今間	いまのあひた	7	8	通夜	ツウヤ	1 ○×○
	于今	いまに	4	9	終夜	シュウヤ	3 ××
	於今	いまに	1	10	剋限	コクケン	8 ×△△
	至今者	いまにいたりては	3		剋限已過	コクケンすてにすく	4
2	只今	たたいま	21 ×○		剋限已至	コクケンすてにいたる	3
3	夜昼	よるひる	1 ××		剋限已成	コクケンすてになる	2
4	于朝于夕	あしたにゆふへに	2	11	時剋	シコク	10 ×△△
5	月	つき	0 ○○		時剋推移	シコクスイイ	11
	月出	つきいつ	1		時剋移	シコクうつる	2

第 2 節 『権記』に見られる「時(とき)」の表現　215

和語を主とするもの				字音語を主とするもの			
⎡乗月	つきにのる	1		⎡時剋多移	シコクおほくうつる	2	
｜月末入山椒	つきいまたサンセウにいらす	1		｜時剋欲移	シコクうつらむとす	1	
⎣月西傾	つきにしにかたふく	3		｜時剋相遷	シコクあひうつる	1	
6　時	とき	0	〇〇	⎣時剋推遷	シコクおしうつる	1	
時移	ときうつる	1		12　午上	コシヤウ	5	×　×　×
				13　午後	ココ	5	×　×　〇
	計	96			計	74	

A 『色葉字類抄』
B 『観智院本類聚名義抄』
C 『古本節用集』
(〇印は A・B・C に載っている場合、×印はそれらに載っていない場合を示す)

第3節 『権記』に見られる類義語・類義連語

はじめに

　『権記』(以下、本文献と呼ぶことにする)に見られる類義語・類義連語を考察すること、これが本節の目的である。では、類義語とは何か。それは例えば、現代語の「利口」と「賢明」のような関係にある語のことである。類義連語とは、例えば、現代語の「楽観的である」と「のんきである」のような関係にあるものである。ただし、本節では類義語の範疇を狭義ではなくて広義に、かなりゆるやかに扱っている。また、本文献における全ての類義語・類義連語を扱うことは時間上も紙幅上も無理であり、本節では次のものに限定して考察した。それは、有職故実に関して先例や慣例を重んじることに注目したものと、平安貴族の行動に関することである。前者・後者それぞれ3項目に限定し、次の6項目についてそれぞれ記述していくことにする。

　　A　先例や慣例に関すること
　　　1　先例や慣例に反すること
　　　2　先例や慣例のとおりであること
　　　3　先例や慣例に照らして許可すること
　　B　行動に関すること
　　　1　宿泊すること（特に「とのゐ」）
　　　2　何かをすることが不可能なこと
　　　3　出家すること

一 A 先例や慣例に関すること

A－1 先例や慣例に反すること

　先例や慣例に反することの中には、礼儀に反することや非難すべき点（欠点）などをも含めて扱っている。

　先例や慣例に反することとしては、「違例（ヰレイ）」・「非例（レイにあらず）」・「失（シツ）」・「非（ヒ）」・「違失（ヰシツ）」・「失錯（シツシヤク）」・「失誤（シツゴ）」・「過誤（クワゴ）」・「過失（クワシツ）」・「紕謬（ヒヒウ）・謬誤（ヒウゴ）」・「謬説（ヒウセツ）」・「謬例（ヒウレイ）」など漢語（字音語）を中心とするもの13種類、「誤（あやまち）」、「誤・謬（2字共にあやまつ）」など和語2種類がある。礼儀に反することとしては「違礼（ヰライ）」・「失礼（シチライ）」・「無礼（ムライ）」・「失礼儀（レイキをうしなふ）」・「失儀（キをうしなふ）」など5種類がある。非難すべき点（欠点）を表すものとしては、漢語「難（ナン）」と和語「病（やまひ）」の2種類がある。

(1)　「違例（ヰレイ）」　54例

　「違例（ヰレイ）」は先例や慣例に反することで、次のような具体例がある。

①　以六位上表事頗違例之由申大殿　すこぶる　ヰレイの　よし（正暦4．10．26一11下）

②　右金吾送書状云　昨日之儀有違例之事等　其一内府先参入事也　ヰレイの　ことら　あり。（長保2．9．13一148上）

③　左府仰云　信濃国重減省解文　左中弁在任国之間　越可申　是違例也　これ　ヰレイなり。（寛弘1．12．13二24下）

④　其時上卿八［条］大将仰外記云　先々縦有蔵人所下給［例］此度初自外記下給之由可注記文云々　是非可為違例也　これ　ヰレイと　すべきに　あらざるなり。（寛政8．9．16二189上）

(2)「非例（レイにあらず）」 9例
　「非例（レイにあらず）」は先例や慣例にないことで、次のような具体例がある。
　　① 雨儀入内之時　自中隔経東陣云々　而経月華門非例也　　レイに　あらざるなり。（長徳4．3．18一30上）
　　② 兵部卿云　式日先令申案内　而直申此由非例　請印如例　　レイにあらず（寛弘8．3．16二151下）
　なお、「非例」の反対は「如例（レイのことし）」である。
(3)「失（シツ）」 23例
　「失（シツ）」は先例や慣例に則っていないこと、即ち過失である。次のような例がある。
　　① 昨菊酒事不給失也　　シツなり。（長保4．9．10一270下）
　　② 左大臣不取布施着座云々　失也　　シツなり。（寛弘5．4．8二98下）
　このように「失」の後ろに断定の助動詞「也（なり）」を伴ったものは、23例中16例見られる。
(4)「非（ヒ）」 12例
　「非（ヒ）」は先例や慣例に則っていないこと、即ちよくないことの意味で用いられており、12例全部が「也（なり）」を伴っている。
　　○ 参道守隆経柱外　弁経通経柱内　此是彼非也　　これ　ゼ　かれ　ヒなり。（寛弘2．8．11二37上）
　なお、「非」の反対語は「是（セ）」である。
(5)「違失（ヰシツ）」 4例
　「違失（ヰシツ）」は先例や慣例に則っていないこと、即ち過失である。次のような例が見られる。
　　① 御歌不待仰早返　可謂違失　　ヰシツと　いふべし。（長保1．11．23一88下）
　　② 今日会廻請各付本所　違失之甚　衆人不甘心　　ヰシツ　はなはだし。

第3節 『権記』に見られる類義語・類義連語　219

(長徳4．3．18一30上)

(6)　「失錯（シツシヤク）」　3例

　「失錯（シツシヤク）」は先例や慣例に反すること、即ち、しくじりのことである。次のような例がある。

　① 仍召問従儀師利中　所申不分明　失首尾　可謂従儀師失錯　　シツシヤクと　いふべし。（長保1．10．21一81下）
　② 陪膳釆女因幡令申云（中略）至今者奉指仰可昇立　若乍見所司懈怠昇立者　釆女等還可失錯者　シツシヤクと　すべし。（長徳3．9．9二230下）

(7)　「失誤（シツコ）」　3例

　「失誤（シツコ）」は先例や慣例に則っていないこと、即ち、先述の「失錯」と同じくしそこないのことで、次のような例が見られる。

　① 一日面奉勅命之事　専無失誤之旨了　シツコ　なき　むね（長保2．8．15一149上）
　② 末代之事奇怪多端　身雖愚庸　素不虚言　面奉勅語　何有失誤乎　なにか　シツコ　あらむや。（同上）

(8)　「過誤（クワコ）」　1例

　「過誤（クワコ）」は、先例や慣例というよりも模範例に反していること、即ち誤りのことで、次のような例が見られる。

　○ 同経道詩雖無題意　点画［無］過誤　テンカクに　クワコ　なし。（寛弘2．7．10二35上）

(9)　「過失（クワシツ）」　1例

　「過失（クワシツ）」は、先述の「過誤」と同じく、先例や慣例というよりも模範例に反すること、即ち失敗のことで、次の例がある。

　○ 前美濃守共政朝臣令申云　奉公之後殊無過失　為吏数国　年過六旬　ことに　クワシツ　なし。（長徳4．9．1一45下）

(10)　「紕謬（ヒヒウ）」　1例

「紕謬(ヒヒウ)」は、先例や慣例というよりも理想例や最善例に反すること、即ちしくじりのことである。この例の場合、「紕謬」のすぐ後ろに「誤(あやまち)」があり、同じ意味の言葉が二つ重ねて用いられている。

　　○　蔵人式部丞行資明年巡至可預叙位者也　総爵彼行資　以右中弁説孝被補其替　令奉行雑事如何　以六位雖被補　忽不知案内之輩不可有益　行成平生短慮也　況病悩不覚所案之事　定有紕謬誤　車中能被廻思慮可及奏聞也　さだめて　ヒビウ・あやまち　あらむか。(長徳4.7.14―42上)

(11)「謬誤(ヒウコ)」　1例

「謬誤(ヒウコ)」は先例や慣例に関して間違っていることを示しており、次の例が見られる。

　　○　此日天皇幸建礼門　発遣使者　告来十月十六日可即位由於伊勢大神宮　先例修理八省院之時幸此門云々　頗謬誤之説歟　すこぶる　ビウゴ　の　セツか。(寛弘8.8.27二182上)

(12)「謬説(ヒウセツ)」　1例

「謬説(ヒウセツ)」は先例や慣例に関して間違った見解のことで、次の例がある。

　　○　仰云　為慎成祈専非凶事□朔日如此事行否前例如何　大臣重被奏云　円融院御時有此事　仍停止也　此事甚謬説也　縦有以朔日延行之例　依事可用其例　この　こと　はなはだしき　ビウセツなり。(長保2.7.1―134上)

(13)「謬例(ヒウレイ)」　1例

「謬例(ヒウレイ)」は先例に関して間違ったよくない例のことで、次の具体例がある。

　　○　有頃平中納言従八省入内　此間甚雨　雨儀入内之時　自中隔経東陣云々　而経月華門非例也　納言称有先例　甚謬例歟　はなはだしき　ビウレイか。(長徳4.3.18―30上)

⒁　「誤（あやまち）」　12例

「誤（あやまち）」は先例や慣例とは違っていること、即ち間違いのことで、次のような例が見られる。

① 一宮又御車﹅御坐　御輿須入自東北門　至南誤也　みなみに　いたること　あやまちなり。　（寛弘2.11.27二45上）

② 今日饗依当御修法間可設精進　而用魚味誤也　しかるに　ギヨミを　もちふること　あやまちなり。（長徳4.10.22一51上）

⒂　「誤・謬（2字共にあやまつ）」　9例

動詞「誤・謬（2字共にあやまつ）」は先例や慣例とは違うこと、即ち間違うことで、次のように用いられている。

① 考所弁少納言入自西庁東廂柱内　而少納言守隆誤自東南第一柱外入　しかるに　セウナゴン　もりたか　あやまて　ひがしみなみの　ダイイチの　はしらの　そとより　いる。（寛弘2．8．11二37上）

② 僧正被示此度上表可被収事　能可奏聞　亦云（中略）其幸蒙明王之恩　謬居諸僧之上　あやまて　もろもろの　ソウの　かみに　ゐる。（長保2．8．20一150上）

以上、先例や慣例に反すること、即ち間違っていることに関して、どのような語や表現が用いられているかを述べた。漢語（字音語）12種類、和語2種類、文表現「非例（レイにあらず）」1種類である。これら15種類の中では、漢語（字音語）の名詞「違例（ヰレイ）」が最も多用されている（54例）。

次に、礼儀に反することに関して述べる。

⒃　「違礼（ヰライ）」　1例

「違礼（ヰライ）」は礼儀に反することで、次の具体例がある。

○ 摩御導師右方柱南入　最違礼也　もとも　ヰライなり。（正暦3．4．8一下）

⒄　「失礼（シチライ）」　10例

222　第三章　公卿日記に見られる語彙の特徴

「失礼（シチライ）」は先述した(16)「違礼」と同じく、礼儀にもとることである。次のような例が見られる。

① 史元政奏了後　結申詞有失礼　先可申若干枚　　シチライ　あり。（長保3．12.20—236上）

② 上臈文信作法事失礼　右少史忠国懈怠参　　シチライ（なり）。（長保4．2.23—247下）

③ 又番奏後六府佐可左返　而右返　是右少将頼親朝臣失礼也　　シチライなり。（正暦4．11．1—12上）

(18)　「無礼（ムライ）」　2例

「無礼（ムライ）」は礼儀に欠けること、即ち礼儀にもとることで、次のような例がある。

① ［于］時抜刀者云　奉為殿申之詞無礼也者　　ムライなりてへり。（長保2．11．3—173上）

② 左金吾被示云　上臈納言佇立壁後之間令申文　甚無礼事也云々　　はなはだ　ムライの　ことなり　とウンウン。（長保3．10.21—231下）

(19)　「失礼儀（レイキをうしなふ）」　1例

「失礼儀（レイキをうしなふ）」は先述した(17)「失礼（シチライ）」と同じ意味で、礼儀にもとることである。次の例がある。

○ 今日出御南殿　甚雨之間已失礼儀云々　無庭立　有番奏云々　　すでに　レイギを　うしなふ。（長保元．10．1—16上）

(20)　「失儀（キをうしなふ）」　3例

「失儀（キをうしなふ）」は上述した(19)「失礼儀」と同じ意味で、（礼）儀にもとることである。次の例が見られる。

① 諸大夫須相分東西列立　而皆在東列　須臾式部権大輔紀朝臣　少輔菅原朝臣師長　兵部少輔平朝臣為忠等　率叙入　入自会昌東西扉列立　共失儀　　ともに　ギを　うしなふ。（寛弘8．10.11二197下）

② 就中此日宣命使離自列経前列之上　可就宣命版　若雖少退加大納言列

者　進退可失儀　　シンタイ　ギを　うしなふべし。(寛弘8．10．18
二200下)

　以上、礼儀にもとることに関しては、漢語（字音語）3種類、動詞「失
（うしなふ）」を伴った文表現2種類がある。5種類の中では、漢語「失礼
（シチライ）」が最も多用されている（10例）。
　次には、非難すべき点（欠点）を表すものについて述べる。

(21)　「難（ナン）」　5例
　「難（ナン）」は非難すべき点、欠点のことで、5例中3例までが漢詩の評
価に用いられている。次のような例がある。
　① 中原長国詩無難　有題意　　なかはらの　ながくにの　シ　ナン　な
　　し。(寛弘2．7．10二35上)
　② 即報云　共無難　当時内東宮度々有此事　小舎人所具也　已後朝御使
　　陣中事也　近代例如此　況有先例　更不為難耳　　さらに　ナンと
　　せざるのみ。(寛弘7．2．21二134下)
(22)　「病（やまひ）」　2例
　「病（やまひ）」は漢詩の修辞上欠点のあることで、次のような例がある。
　○ 巨勢文任詩有字誤　惟宋詩有病　中原長国詩無難　有題意　可謂殊勝
　　同師任有病　　おなじく　もろとう　やまひ　あり。(寛弘2．7．10
　　二35上)

　以上、非難すべき点（欠点）に関しては、漢詩のみに用いられる和語「病
（やまひ）」と、漢詩とそれ以外のことにも用いられる漢語「難（ナン）」と
がある。

A－2　先例や慣例のとおりであること

　先例や慣例のとおりであることを表す類義表現は、「例」を用いる場合と「常」を用いる場合とに大別することができる。

　前者には「如例（レイのことし）」、「如例（レイのことく～す）」、「任例（レイにまかせて～す）」、「依例（レイによって～す）」、「例也（レイなり）」、「例（レイの）」などがある。後者には「如常・如恒（共に、つねのことし）」、「如常（つねのことくに～す）」、「常事（つねのこと）」・「恒例（コウレイ）」・「常例（シャウレイ）」などがある。

　先ず「例」を用いる場合から記す。

(1)「如例（レイのことし）」　146例

　何が先例や慣例のとおりであるのかを見ると、「作法（サホフ）」10例・「次第（シタイ）」8例・「申文（まうしふみ）」8例・「儀（キ）」3例・「雑事（サフシ）」2例・「自余（シヨ）――その外の事の意味」2例ほかがある。

① 上卿一々開見　次先給懸紙　次給文　其作法如例　事了史退出　その　サホウ　レイの　ごとし。（長保3．2．11―197下）

② 参内　相撲次第如例　すまふの　シダイ　レイの　ごとし。（長保5．7．27―292上）

③ 結願之後　左大臣就陣座　史貴重申文如例　左大弁候　シ　たかしげの　まうしぶみ　レイのごとし。（長保4．3．7―250上）

④ 左中弁執之見後　置箸執笏　申於上如例　了入内之儀如例　うへにまうす（こと）レイの　ごとし。をはて　ジュダイの　ギ　レイのごとし。（長保3．10．21―231上）

⑤ 就馬場十列馳之　雑事如例　寺僧総禄外亦給馬　ザフジ　レイのごとし。（寛弘4．2．29二76上）

⑥ 一巡予勧盃　二巡左大臣以下如例　不給螺盃銅盞　自余如例　右中弁同車見物　ニジユン　サダイジン　イゲ　レイの　ごとし。……ジョ　レイの　ごとし。（長保3．3．22―205下）

第3節 『権記』に見られる類義語・類義連語　225

⑦ 参内　節会如例　内弁左大臣　外弁右大臣　御弓奏付内侍所　セチ
　　ヱ　レイの　ごとし。(寛弘7．1．7二131上)

(2) 「如例（レイのことくに〜す）」　7例
「如例（レイのことくに）」は後接する動詞などを修飾する場合で、次のような例が見られる。

① 亦自右腋乍箱欲置　依日上示如例置之　可謂太失　レイの　ごとく
　に　これを　おく。(寛弘3．2．11二52上)
② 女房等云　全朝臣申　如例可給疋絹之由　雖示兵衛佐　不更承引
　レイの　ごとくに　ひきぎぬを　たまふべき　よし（寛弘8．8．11二
　177上)

(3) 「任例（レイにまかせて〜す）」　3例
「任例（レイにまかせて〜す）」は先例や慣例に従って〜することで、次のような例がある。

① 仰云　依御物忌不出給　任例可行（長徳4．1．16一22下)
② 人陪従等装束任例給之（長保3．3．22一205上)
③ 装束管掌并下﨟史等相共任例可令奉仕也（長保3．12．26一237下)

(4) 「依例（レイによって〜す」　15例
「依例（レイによって〜す）」は先例や慣例に従って〜することで、次のような例がある。

① 仰云　聞食　但警固等事依例行之（長保2.12.21一185上)
② 金吾奉頭伝宣仰余　宜陽殿座依例可令敷　仍仰奉親宿祢（長保3．9．
　9一222下)

(5) 「例也（レイナリ)」　28例
「例也（レイナリ）」は、そうすることが先例や慣例であることを示しており、次のような例が見られる。

① 余云　日蝕之日廃務例也　而今日結政如何（長保2．3．1一116上)
② 両納言余候殿上　無還昇也　此間右近官人以下有歌吹之事　例也（長

保3．8．25一221下）
　③　兵部卿行内侍除目事　依中務不参　奏後加封給外記云々　<u>例</u>也（寛弘
　　7．閏2．28二137下）

(6)　「<u>例</u>（レイの）」　1例

　連語「<u>例</u>（レイの）」は、和文によく見られるものは「いつものように
〜すること」や「くだんの」という意味で用いられている。本文献では次の
例のように、「いつものように」という意味で用いられている。
　○　依<u>例</u>物忌籠居　レイの　ものいみに　よて　ロウキヨ。（寛弘4．1．
　　27二73下）

　以上の6種類の中で、(1)「如例（レイのことし）」が最も多用されている
(146例)。次に、「常」を用いる場合について述べる。

(7)　「如常・如恒（つねのことし）」　54例

　「如常（つねのことし）」53例・「如恒（つねのことし）」1例は、何が先例
や慣例のとおりであるのかを見ると、「節会（セチヱ）」14例・「儀（キ）」4
例、「小朝拝（セウテウハイ）」・「四方拝（シハウハイ）」・「御装束（みシヤ
ウソク）」ほかである。
　①　晩景参内　節会<u>如常</u>　但大歌別当右衛門督依物忌不参　　セチヱ　つ
　　ねの　ごとし。（寛弘1．11．18二23上）
　②　参八者　右大将行事　布施堂等儀<u>如恒</u>　着右近陣　　フセダウらの
　　ギ　つねの　ごとし。（寛弘6．1．14二108上）
　③　参内　小朝拝<u>如常</u>　節会<u>如常</u>　内弁左大臣　外弁右大臣　諸奏付内侍
　　所　　セウテウハイ　つねの　ごとし。セチヱ　つねの　ごとし。
　　（寛弘6．1．1二107上）

(8)　「如常（つねのことくに〜す）」　1例

　「如常（つねのことくに）」は後接する動詞などを修飾する場合で、「いつ

第3節 『権記』に見られる類義語・類義連語　227

ものように～すること」であり、次の例がある。
　○　還着幣殿　神馬十列等八廻　次歌舞　如常舞訖　次幣殿神楽　つねの　ごとくに　まひをはんぬ。(寛弘4．2．29二76上)

(9)「常事（つねのこと）」　1例
　「常事（つねのこと）」は慣例であることを示しており、次の例が見られる。
　○　右大弁被示云　先例内記不候之時　成□作詔勅　是常事也　これつねのことなり。(長徳4．7．2一37下)

(10)「恒例（コウレイ）」　4例
　「恒例（コウレイ）」は慣例であることを示しており、次のような例がある。
　①　越奏之事乖恒例也　仍申案内　コウレイに　そむくなり。(長保1．7．19一68上)
　②　仰云　今朝自院有仰事　又只今有此仰之旨　可然　而賀算之事古今恒例不可黙　行事已甫　為之如何　ココンの　コウレイ（にして）モクすべからず。(長保3．2．9一196下)

(11)「常例（シヤウレイ）」　1例
　「常例（シヤウレイ））は慣例の意で、次の例がある。
　○　件竪義事　故真喜僧正及予為寺別当　依先例講了日　相共議定放供解文　非寺長者所被仰　但至于連年宣旨長者所被仰也　而当時別当定澄大僧都并左大弁知寺事之間　慥不知先例　一両度伺長者御気色　随指帰之間事為常例　毎事如此内々被仰也　ジヤウレイと　す。(寛弘8．10．9二195上)

　以上5種類の中で(7)「如常（つねのことし）」が最も多用されている（54例）のは、(1)「如例（レイのことし）」（146例）に対応している。
　傾向として、「作法」・「次第」・「申文」は「如例」と、「節会」は「如常」と一緒に用いられている。「儀」は両者共に用いられている。

A−3　先例や慣例に照らして許可すること

　先例や慣例に照らして許可することを表す語としては、「勅許（チヨクキヨ）・「天許（テンキヨ）」・「許応（キヨオウ）」・「恩許（オンキヨ）」・「恩容（オンヨウ）」・「優許（イウキヨ）」・「優如（イウシヨ）」・「許容（キヨヨウ）」、罪を許すことに限定される「赦免（シヤメン）」・「減免（ケンメン）」・「赦（シヤ）」・「大赦（タイシヤ）」・「放免（ハウメン）」などの漢語（字音語）13種類、和語の動詞「免・許・聴（いずれの漢字もゆるす）」1種類がある。

(1)　「勅許（チヨクキヨ）」　3例
　「勅許（チヨクキヨ）」は天皇による許可のことで、次のような例がある。
　① 然源中納言被申依軽服只欲奉仕陰陽寮　寮官等示合也　有勅許　退出チヨクキヨ　あり。（寛弘3．7．15二62上）
　② 旧例見奏案之後　問内侍候不　若不候之時　申代官用代官　若令口蔵人　皆待勅許行之　みな　チヨクキヨを　まて　これを　おこなふ。（寛弘6．6．10二120上）

(2)　「天許（テンキヨ）」　3例
　「天許（テンキヨ）」は天皇による許可のことであり、次のような例がある。
　① 此日内大臣被申冷泉院臨時給事　奏聞　有天許　テンキヨ　あり。（長保3．2．21一199上）
　② 即奏日　左右可随仰　但如是之事　以御意旨而可賜仰事歟　因有天許　よて　テンキヨ　あり。（寛弘8．5．27二158上）

(3)　「許応（キヨオウ）」　1例
　「許応（キヨオウ）」は天皇による許可のことであり、次の例が見られる。
　○ 名簿今日可献宮　但候本宮藤原為祐同可申補也　有許応　キヨオウ　あり。（寛弘8．10．7二194上）

(4)　「恩許（オンキヨ）」　2例
　「恩許（オンキヨ）」は「主君からの温情による許可のこと」であり、次の

第3節 『権記』に見られる類義語・類義連語　229

ような例が見られる。
① 今夜至忠範朝臣　為明日鴨院犯土事　則隆朝臣来示恩許之由　…きたて　オンキヨの　よしを　しめす。(長保5.12.8―299上)
② 今因六条左大臣応和造宮之時先預行事之賞　後年預修理職賞之例　令申可加一階之由　奏者右宰相中将伝勅曰　有恩許云々　オンキヨありと　ウンウン。(寛弘8.6.9二159下)

(5) 「優許（イウキヨ）」　3例
「優許（イウキヨ）」は「天皇の温情による許可のこと」で、次のような例が見られる。
① 仰云　上表重畳　所申懇切　殊以優許之由可給勅答　ことに　もて　イウキヨの　よし　チヨクトウを　たまふべし。(長保3.1.29―193下)
② 是自明日除目始　不可有政　過今日政此度不可定功過者　仍殊優許午後除目召仰云々　よて　ことに　イウキヨ。(寛弘1.1.21二3下)

(6) 「恩容（オンヨウ）」　2例
「恩容（オンヨウ）」は「天皇や院が恵み深い態度で許可すること」で、次のような例がある。
① 令申可加一階之由（中略）而都無勅答之由　竊所怫欝也　仍重令中将奏　無不許之気　有恩容之色云々　オンヨウの　いろ　ありと　ウンウン。(寛弘8.6.8二159下)
② 後聞　春宮大夫云　依有伝聞院御気色　申案内於左符　左府命　実有恩容之天気云々　まことに　オンヨウの　テケ　ありと　ウンウン。(同上)

(7) 「優如（イウショ）」　1例
「優如（イウショ）」は、左大臣が恵み深い心で許可することに用いられており、次の1例である。

○　命云（中略）若小舎人以無実事申之者　亦可誡小舎人　惣共令勘糺　可知実偽也　近日如此殊加優如　能誡仰事由　可免給者　かくのごとくに　ことに　イウジヨを　くはふ。（長保1．7．3一65上）

(8)　「許容（キヨヨウ）」　7例

「許容（キヨヨウ）」は「心を広く持って許すこと」で、主語は天皇ではない。

　　①　中将示云　依有所思可罷飯室　所陳之旨有理　仍許容　よて　キヨヨウ。（長保3．6．15一214上）
　　②　子剋許見病者　辛苦頗慰　但甚無力気色　請為尼　依平日契許容　令順朝闍梨為戒師　ヘイジツの　ちぎりに　よて　キヨヨウ。（長保4．10.16一274下）

上記2例は、本文献の記者藤原行成が主語である。

(9)　「赦免（シヤメン）」　2例

「赦免（シヤメン）」は「天皇が罪人の罪を許すこと」で、次のような例がある。

　　①　又院御悩殊重　又世間病悩已盛　若被行赦免之事如何　もし　シヤメンを　おこなはるる　こと　いかん。（長徳4．7．2一37上）
　　②　何況赦免之事　勅出後不改時剋所行也　いかに　いはむや　シヤメンの　こと（長徳4．7．2一37下）

(10)　「原免（ケンメン）」　1例

「原免（ケンメン）」は「天皇が罪人の罪を許すこと」で、次の例がある。

　　○　而逢恩原免者　改京戸貫外土　可入移郷之例歟　しかるに　オン・ゲンメンに　あふ　もの（寛弘1．9.20二18上）

(11)　「赦（シヤ）」　3例

「赦（シヤ）」は「天皇が罪人の罪を許すこと」で、律令制に見られる。次のような例がある。

　　○　又拷問之事　縦雖在実犯　事是赦前也（中略）事以赦前犯今所拷問

第3節 『権記』に見られる類義語・類義連語　231

　　甚異様也　ことは　シヤの　ゼンホンを　もて　いま　ガウモンす
　　る　ところ（寛弘8.12.15二210下）
⑿　「大赦（タイシヤ）」　2例
「大赦（タイシヤ）は律令制の赦の一つで、次のような例がある。
　①　此日依御悩有大赦　　この　ひ　おほむなやみに　よて　タイシヤ
　　　あり。（寛弘8.5.28二158下）
　②　此［年］両度有非常大赦　希有事也　　この　とし　リヤウド　ヒジ
　　　ヤウの　タイシヤ　あり。（寛弘8.10.25二204上）
⒀　「放免（ハウメン）」　3例
「放免（ハウメン）」は「罪人を釈放すること」で、次のような例が見られ
る。
　○　但此事可違法　放免之後　各還本貫為平民勤役　而逢恩原免者　　ハ
　　　ウメンの　のち（寛弘1.9.20二18上）
⒁　「免・許・聴（ゆるす）」　53例
　動詞「免・許・聴（ゆるす）」は「許可すること」で、「免」32例・「許」
12例・「聴」9例である。既出の『色葉字類抄』によれば、「ゆるす」は
「許・免・赦・聴・祚・原・放・釈・刓・容（以下省略）」の順番で掲載され
ている（前田本　下ユ辞字　68オ6）。即ち、本文献に見られる3種類の漢字
は、初出「許」・2番め「免」・4番め「聴」である。
　許可する対象は、「昇殿（シヨウテン）」9例・「殿上（テンシヤウ）」6
例・「仮（いとま）＝休暇の意」2例・「不与状（フヨシヤウ）」[1]2例ほかで
ある。
　①　頭中将告昇殿非免之由　　シヨウデン（は）　ゆるす（こと）　あらざ
　　　る　よし（寛弘6.3.14二113下）
　②　即被仰権亮公成朝臣可聴左大弁源朝臣殿上由　　…（の）テンジヤウ
　　　を　ゆるすべきよし（寛仁1.8.21二238上）
　③　則光又伝院御消息云　甲斐守忠規従者日者候獄所　忽有所煩云々　暫

可免給仮　即奏　しばらく　ゆるして　いとまを　たまふべし。
（長徳3．5．24二219上）
④　大僧正被過　依被示懇切　欲許前丹後守　経国不与状　さきの　タンバの　かみを　ゆるさむと　おもふ。（寛弘1．4．29二11上）

上記4例のうち、3例までが許可する主語は天皇であり、最後の1例は藤原行成である。

以上の例から、主君（天皇や院）による許可であることを示す語「勅許・天許・許応・恩許・優許・恩容」、主君以外による許可を示す語「優恕・許容」、法制（律令）に基づく許可を示す語「赦免・原免・赦・大赦・放免」とに3大別することができる。和語の動詞「免・許・聴（ゆるす）」は、主君と主君以外の両方が主語になっている。

二　B　行動に関すること

B－1　宿泊すること（特に「とのゐ」）

「宿泊すること」は、内や院での「とのゐ」（職務によって、宮中や役所に宿泊して仕事や警戒に当たること）とそれ以外とに分かれる。「候宿（とのゐにさふらふ）」、「宿侍（とのゐにはへり）」[(2)]、「宿（とのゐす）」、「宿（やとる）」の4種類がある。「候宿」と「宿侍」は、共に謙譲表現である。

(1) 「候宿（とのゐにさふらふ）」　56例

「候宿（とのゐにさふらふ）」で宿泊場所が明記されているのは、「内（うち）」34例・「院（キン）」2例である。明記されていない場合も、文脈上から「内」や「院」であることがわかる。

①　参左符　夕帰宅　与蔵人弁参内候宿　とのゐに　さぶらふ。（長保3．8．4一218下）

第3節 『権記』に見られる類義語・類義連語　233

② 参院　候宿　有御悩也　とのゐに　さぶらふ。(長保3.閏12.12—240下)

③ 大臣亦被申云　此夜雖可候宿　経営期迫　不具事多　仍不能候　こよひ　とのゐに　さぶらふべしと　いへども（長保2.2.22—113上）

④ 今日内豎来告　蔵人道済仰明日御物忌也　可有御庚申　今夜可参宿　即参候宿　すなはち　まゐて　とのゐに　さぶらふ。（長保5.8.2—292下）

(2) 「宿侍（とのゐにはへり）」26例

「宿侍（とのゐにはへり）」は先の「候宿（とのゐにさふらふ）」とは語順の違いがあるが、日本語の語順が出たものとして扱う。「宿侍」で宿泊場所が明記されているものは「内」18例であり、明記されていない場合も、文脈上から「内」であることがわかる。

① 今夕与右中弁同車参内宿侍　サンダイして　とのゐに　はべり。長保3.5.17—211上）

② 次参内（中略）此夜宿侍　こよひ　とのゐに　はべり。（長徳4.10.24—51上）

③ 候　亦宿侍　また　とのゐに　はべり。（長保2.11.2—172下）

④ 予自去六日連々有障　不能宿侍　仍令奏也　とのゐに　はべるにあたはず。（長保3.5.8—209下）

(3) 「宿（とのゐす）」17例

「宿（とのゐす）」で宿泊場所が明記されているのは、「内」17例である。

① 与藤中将同車参内　与中将同宿　チウジヤウと　おなじく　とのゐす。（長保1.10.26—82下）

② 参内候宿　新中将同宿　サンダイして　とのゐに　さぶらふ。シンチウジヤウも　おなじく　とのゐす。（長保3.3.24—206上）

③ 自内参結政　帰参　御物忌也　雖然不罷出候宿　与中将同宿　しかりと　いへども　まかりいでずして　とのゐに　さぶらふ。　チウジ

ヤウと　おなじく　とのゐす。（長保3.3.14一204上）

上記2例のように、先ず候宿があり、それに続いて藤原行成以外の人も一緒にする場合は「宿」が用いられている。

⑷　「宿（やとる）」　44例

「宿（やとる）」は「とのゐ」ではなくて「単に泊まること」である。宿泊場所が明記されているのは、「世尊寺」4例の外、「飯室」・「五師修忍房」・「堀川辺」・「右頭宿所」・「文佐朝臣宅」・「則友家」・「彼宅」など様々である。

① 参院　罷出　女児等相共宿於世尊寺　入夜参内　セソンジに　やどる。（長保3.閏12.29一242上）

② 依有方忌不宿三条　宿民部権大輔宅　サンデウに　やどらず。（長徳3.12.3二243上）

③ 参内　籠御物忌也　宿右頭中将宿所　右金語被同宿　みぎの　トウの　チウジヤウの　シユクシヨに　やどる。（寛弘3.2.11二52上）

④ 入夜帰参石山　依嘗魚味不宿堂南房　宿五師修忍房　ダウの　みなみの　バウに　やどらず　ゴシ　シユニンバウに　やどる。（寛弘2.11.2二43上）

以上から、「とのゐ」に関しては「候宿」（56例）の方が「宿侍」（26例）の約2倍用いられている。「候宿」・「宿侍」・「宿」の順に使用例が少なくなっている。先述したように、「宿」は「候宿」の直後の文に用いられている場合がある。

一方、職務としてではない「宿（やとる）」は、「内」や「院」以外の様々な場所に用いられている。

B－2　何かをすることが不可能なこと

「何かをすることが不可能なこと」を表す類義表現には、「不能（～するにあたはず、又は、～することあたはず）」、「難（～しかたし）」、「不堪・不耐

第3節 『権記』に見られる類義語・類義連語　235

(〜にたへず)」、「不得(〜することをえず)」の4種類がある。
　「不能」の読みが2種類あるのは、次に例を挙げるように、『三宝絵詞』⁽³⁾・『今昔物語集』⁽⁴⁾・『高山寺本古往来』⁽⁵⁾・『興福寺本大慈恩寺三蔵法師伝古点』⁽⁶⁾などに両方の読みがあるからである。

① 水ヲ於与久二手ヲ動サ子ハ水ヲ度ルコト不能ス（『三宝絵詞』上13オ8地の文）
② 雪山童子普ク大乗経ヲ求ムルニ不能ス（『三宝絵詞』上26ウ4地の文）
③ 行歩ニ不能ズ（『今昔物語集』巻一6-69-15地の文）
④ 供養シ奉ル事不能ズ（『今昔物語集』巻一34-117-2地の文）
⑤ 日一比一者　雨気晴レ難クシテ　苅リ収ムルニ能（ハ）不（『高山寺本古往来』67行め）

なお、『高山寺本古往来』には「コトあたはず」の例はない。

⑥ 観レハ其レ均綵濃淡（ハ）敬君モ其ノ巧ニ逾ユルコト能（ハ）不（『興福寺本大慈恩寺三蔵法師伝古点』巻第9-210行め）
⑦ 渇（シ）ナハ前ムニ能（ハ）不（『興福寺本大慈恩寺三蔵師伝古点』巻第1-267行め）

ただし、『興福寺本大慈恩寺三蔵法師伝古点』では、「コト（こと）能（ハ）不」57例に対し、「ニ能（ハ）不」は2例である。
　「難（〜しかたし）」は、『高山寺本古往来』の「雨気晴レ難クシテ」（67行め）などを参考にした。
　「不堪・不耐（〜にたへず）」は、「歩ニ不堪ズト云ヘドモ」（『今昔物語集』巻一23-100-12地の文）などを参考にした。
　「不得（〜することをえず）」は、同じく『今昔物語集』の「妻ノ許ヘ行ク事ヲ不得ズ」（巻一18-90-5地の文）などを参考にした。

(1)「不能（〜するにあたはず、又は、〜することあたはず）」70例
　「不能（〜するにあたはず、又は、〜することあたはず）」は、「〜するこ

236　第三章　公卿日記に見られる語彙の特徴

とができないこと」を示している。何が不可能なのかを見ると、「加（くはふ）」・「定（さたむ）」・「候（さふらふ）」・「登（のほる）」・「乗（のる）」・「申（まうす）」・「罷出（まかりいつ）」・「参（まゐる）」などの和語の動詞、「糺定（キウチヤウす）・「参入（サムニウす）・「奏（ソウす）」・「奏聞（ソウモンす）」・「束帯（ソクタイす）」・「入道（ニフタウす）」・「奉仕（ホウジす）」などの漢語サ変動詞と、実に多様である。次のような例がある。

　①　心神弥迷　不能加署辞書　仍令人書名字　差小舎人貞正令献　ジシヨに　シヨを　くはふるに　あたはず。（長徳４．７．15―42上）

　②　早可参　然而依病者已危急不能参入之由　付出納允政令申　サムニフするに　あたはざる　よし（長徳４．４．２―35上）

　③　定申云（中略）能可被致種々御祈　可被立奉幣諸社使　行仁王会修大元法等歟者　依御殿籠不能奏聞　おほむとのごもるに　よて　ソウモンするに　あたはず。（長徳３.10.１二 P. 231下）

　④　被申日次不宣忽不能令奉仕　来十四十七日間可奉仕之由　たちまちに　ホウジせしむるに　あたはず。（長保３．１.12―191上）

(2)　「難（～しかたし）」　33例

　「難（～しかたし）」は、「～することが難しい」意である。どうすることが難しいのかを見ると、「到着（いたりつく）」・「行（おこなふ）」・「抑（おさふ）」・「推（おす）」・「忍（しのふ）」・「知（しる）」・「過（すく）」・「堪（たふ）」「参来（まゐりく）」などの和語動詞、「裁縫（サイホウす）」・「参入（サムニフす）」・「奉仕（ホウジす）」などの漢語サ変動詞と様々である。このうち、「難堪（たへかたし）」が９例ある。ちなみに『色葉字類抄』には「難堪 タヘカタシ」（黒川本　畳字　中11オ５）が載っている。次のような例が見られる。

　①　又被啓雖無定数可難過七八人之由　シチハチニンを　すぎがたかるべき　よし（長徳４．２.11―23下）

　②　亦差人奉佐府　令申依病難堪辞申官職之由　やまひ　たへがたきに

第3節　『権記』に見られる類義語・類義連語　　237

　　よて（長徳4．7．15一42上）
　③　於鴨院令裁縫　是依不知寸法　暗難裁縫也　　アンに　サイホウしが
　　たきなり。（寛弘8．8．23二179下）
　④　期日漸近　今召本司官人　更早可難参入歟　　さらに　はやく　サム
　　ニフしがたかるべきか。（寛弘8．10.11二196上）
⑶　「不堪・不耐（〜にたへず）」　7例
　「不堪（〜にたへず）」6例、「不耐（〜にたへず）」1例がある。なお、「た
ふ」は『色葉字類抄』によれば、「堪・能・任・耐・通（以下省略）」（黒川
本　辞字　中ウ8）の順に掲載されていて、「堪」が初掲字、「耐」が4番目
であることがわかる。何にがまんできないのかを見ると、「所労（いたはる
ところ）」・「恋（こふ）」「候（さふらふ）」・「病（やまひ）」などの和語、「感
悦（カムエツ）・「行歩（キヤウフ）」などの字音語がある。傾向として、名
詞又は名詞相当語が多い。次のような例がある。
　①　右大臣令奏給云　所労更発　不堪暫候　御読経事大納言定申非無先例
　　可被仰民部卿藤原朝臣歟云々　　しばらく　さぶらふに　たへず。
　　（長徳4．9.19一46上）
　②　唯須奉具地上之功徳　法華経一部　右同朝臣　施伯英能写法華之妙典
　　擎唯一乗表無貳之忠心　盖不耐恋恩報主之志余而已　　けだし　シュ
　　の　ヨに　こころざす　ホウオンを　こふるに　たへざるのみ。（寛
　　弘8．8.11二176上）
　③　左大臣退下　拝舞訖　称天長地久跳而舞　雖似軽忽　不堪感悦　大臣
　　参上　　カムエツに　たへず。（長保3．10．7一228下）
　④　所労雖愈不堪行歩　不参入之由同可奏　　いたはる　ところ　いよい
　　よ　ギヤウブに　たへずと　いへども（長徳4．3.21一31上）
⑷　「不得（〜することをえず）」　4例
　「不得（〜することをえず）」は「〜することができない」という意である。
どうすることが不可能なのかを見ると、「従（したかふ）」・「追捕（ツイフ

238　第三章　公卿日記に見られる語彙の特徴

す)」・「上殿（テンチヤウす）——文字の順序が逆になっている」などであり、次のような例が見られる。

　① 三位以上者且従事　其外無指仰者　<u>不得従事</u>　<u>不得従事者</u>　雖為牧宰不可自由（長保１．12．8一95下）
　② 仰云　且捜伺京辺令追捕　若<u>不得</u>追捕者　可令給官符於国者（長徳１．12.24一19上）
　③ 前近江介則忠朝臣如旧可令　殿上宣旨下之　先年有起請受領吏候殿者去任之後<u>不得</u>上殿　今随旧例殊聴之也（長保２．2．2一109下）

　以上から、不可能なことを表す類義表現の中では、「不能（～するにあたはず、又は、～することあたはず）」（70例）が最も多用されており、次いで、「不難（～しかたし）」（33例）がよく用いられていることがわかる。

Ｂ－３　出家すること
　「出家すること」に関しては、「出家（シユツケ）」・「入道（ニフタフ）」・「発心（ホツシン）」・「落髪（ラクハツ）」などの漢語（字音語）——「漢語サ変動詞」として用いられている場合もある——、「剃（そる）」・「遂（とく）」・「為（なる）」などの和語の動詞が用いられている。
(1)「出家（シユツケ）」　33例
　「出家（シユツケ）」は「家を出て仏道を修行すること」で、構文上から名詞用法と見なされるもの13例、動詞用法と見なされるもの20例がある。次のような例がある。

　① 相符御消息云　遂<u>出家</u>之由可奏者　シユツケを　とぐ　よしを　ソウすべし　てへり。（長徳４．3．3一26上）
　② 猶以吉時可有御<u>出家</u>　ゴシユツケ　あるべし。（寛弘８．6．19二162上）
　③ 左相符依御病重　被<u>出家</u>（シユツケせらる。（正暦４．7．26一10下）

④　辰剋是高申少将出家之由　此少将去夜於中宮　為右兵衛佐能信朝臣被陵辱　今以出家也　セウシヤウ　シユツケせし　よし……　いまもて　シユツケするなり。(寛弘6.12.1二127上)

(2)「入道（ニフタウ）」　22例

「入道（ニフタウ）」は「仏道に入ること」で、構文上から全て動詞用法である。

　①　中宮雖為正妃　已被出家入道　随不勤神事　すでに　シユツケ・ニフダウせらる。(長保2.1.28一108下)
　②　左兵衛佐長信　於雲林院剃髪入道　テイハツ・ニフダウ（す）。(長保3.閏12.15一241上)
　③　此日正五位下左大史兼箏博士淡路守小槻宿祢奉親上自任国　不入京洛登横河山剃頭　入道　遂年来之志也　于時年四十九　よがはの　やまに　のぼりて　かしらを　そり　ニフダウ（す）。(寛弘8.1.26二150上)
　④　従四位下行左近衛少将兼美作守藤原朝臣重家（中略）年来雖有本意不能入道　としごろ　ホイ　ありと　いへども　ニフダウするに　あたはず。(長保3.2.4一196上)

このように、「入道」は「出家」・「剃髪」・「剃頭」とそれぞれ一緒に用いられる場合もある。

(3)「発心（ホツシン）」　1例

「発心（ホツシン）」は「菩提を求める心を起こすこと」、即ち「出家すること」で、次の1例がある。

　○　従四位上行右近衛権中将兼備中守源朝臣成信（中略）在俗旧朋等到訪之時　相語云（中略）丞相嘗薬之始　弟子発心之初　今遂宿念　諸仏冥護也　デシ　ホツシンの　はじめ(長保3.2.24一196下)

(4)「落髪（ラクハツ）」　1例

「落髪（ラクハツ）」は「髪を剃り落として仏門に入ること」で、次の1例

が見られる。動詞用法である。

○ 此夜尚侍正二位藤原朝臣綏子薨　年三十一（中略）　及病綿惙落髪為尼　遂宿念歟　ラクハツして　あまと　なる。（寛弘1．2．7二4上）

このように、「落髪」は「為尼」と一緒に用いられている。

(5)　「剃（そる）」　16例

「剃（そる）」は、その対象を見ると、「髪（かみ）」10例・「髭（ひけ）」2例・「頭（かしら）」2例・「鬢（ヒン）」2例で、いずれも「出家」を意味する。次のような例がある。

① 従二位行中宮大夫兼陸奥出羽按察使源時中依病剃髪　今夕入滅　…みなもとのときなか　やまひに　よて　かみを　そる。（長保3．12．29―238下）

② 其後不幾　前弾正親王薨去給（中略）臨病甚剃髪入道云々　やまひはなはだしきに　のぞみて　かみを　そり　ニフダウ（す）と　ウンウン。（長保4．6．15―262下）

③ 晩景参弾正宮　昨夕以前大僧正為沙弥戒師　剃御頭云々　今夜剃御髪帰家　おほむかしらを　そると　ウンウン。コムヤ　おほむかみを　そる。（長保4．6．6―262上）

④ 奉剃之人不知案内　先奉剃御髪　次剃御鬢　只除髪遺鬢相似外道之体仍故実　出家之人先剃鬢也云々　まづ　おほむかみを　そりたてまつる。つぎに　おほむひげを　そる。……　シユツケの　ひと　まづ　ひげを　そるなり　と　ウンウン。（寛弘8．6．19二162上）

⑤ 今日還御後　院剃御鬢為僧　以法橋実運為戒師　ヰン　おほむビンを　そて　ソウと　なる。（長保3．閏12．16―241上）

このように、「剃髪」と「入道」、「剃髪」と「剃鬢」、「剃鬢」と「為僧」がそれぞれ一緒に用いられている例がある。

(6)　「遂（とく）」　14例

第3節 『権記』に見られる類義語・類義連語　241

　「遂（とく）」は、その対象である「本意（ホンイ）」6例・「宿念（シユクネン）」2例・「素懐（ソクワイ）」1例・「宿懐（シユククワイ）」1例・「出家（シユツケ）」2例・「志（こころさし）」2例などを伴うことによって、「出家すること」を意味している。次のような例がある。

① 今病已危　急不可存命　此時不遂本意　遺恨更有何益　このときに　ホイを　とげずは……（長徳4．3．3一26下）
② （尚侍藤原綏子）及病綿惙落髪為尼　遂宿念歟　シユクネンを　とぐか。（寛弘1．2．7二4上）
③ 昨日中将詣飯室剃髪　遂素懐也　ソクワイを　とぐなり。（長保4．2．3一244下）
④ 正四位下源朝臣兼資卒（中略）今日辰尅剃髪為仏弟子　遂平生宿懐　已尅終世　ヘイゼイの　シユクカイを　とぐ。（長徳4．8．6一266下）
⑤ 即伝勅旨　復命云　勅旨敬奉不可遁申　但出家之事依年来宿念可遂也　ただし　シユツケの　こと　としごろの　シユクネンに　よて　とぐべきなり。（長徳4．3．3一26下）
⑥ ［仰］云　丞相所令請出家事（中略）道心堅固必可遂志者　病悩除愈心閑入道如何罷向被家可仰此由　ダウシン　ケンゴに　して　かならず　こころざしを　とぐべし　てへり。（長徳4．3．3一26下）

　このように、「落髪為尼」と「遂宿念」、「剃髪」と「遂素懐」、「剃髪為仏弟子」と「遂宿懐」、「遂志」と「入道」など、それぞれ一緒に用いられている場合がある。前者と後者は同じ内容、即ち「出家すること」を表している。

(7)「為（～になる）」　5例

　「為（～になる）」は、「為僧（ソウになる）」2例、「為仏弟子（フツテシになる）」1例、「為尼（あまになる）」2例がある。いずれも「出家すること」を意味している。次のような例がある。

① 仁泰生不及百日　父多治比延忠帰京之日　懐抱乗舟　少登台嶺　剃鬢

242　第三章　公卿日記に見られる語彙の特徴

　　　為僧　修学無隙　寸陰是競　　ビンを　そて　ソウに　なる。(寛弘
　　　1．2．27二5下)
　②　(源兼資)今日辰剋剃髪為仏弟子　遂平生宿懐　　かみを　そて　ブ
　　　ツデシに　なる。(長徳4．8．6一266下)
　③　事了詣東院　戌剋北方請法橋覚運為戒師為尼　　カイシと　して　あ
　　　まに　なる。(長保4．8．1一266上)
　このように、「剃鬚」と「為僧」、「剃髪」と「為仏弟子」の組み合わせに
ついては、先述したとおりである。

　以上から「出家すること」に関しては、「出家」(33例)に次いで「入道」
(22例)がよく用いられていると言える。

ま　と　め

　以上、「先例や慣例に関すること」3項目、「行動に関すること」3項目の
6項目に限って、本文献に見られる類義語・類義連語について記述した。次
の8点にまとめておく。なお、巻末の一覧表をも参照されたい。
1　A－1「先例や慣例に反すること」(異なり語数22)やA－3「先例や慣
例に照らして許可すること」(異なり語数14)、A－2「先例や慣例のとおり
であること」(異なり語数11)に見られるように、比較的多くの異なり語数
を持つものと、B－1「宿泊すること」(特に「とのゐ」)(異なり語数4)に
見られるように、異なり語数の少ないものとに分類することができる。
2　異なり語数の多いA－1「先例や慣例に反すること」やA－3「先例や
慣例に照らして許可すること」では、和語よりも漢語(字音語)の方が多く
見られる。その字音語が漢語・和製漢語(字音語)のいずれであるかについ
ては、今後の課題である。
3　A－1「先例や慣例に反すること」では、「違例(ヰレイ)」が最も多く

用いられている（54例＝32.9％）。

4　A-2「先例や慣例のとおりであること」では、「如例（レイのことし）」が最も多用され（146例＝55.9％）、次いで「如常・如恒（つねのことし）」が多用されている（54例＝20.7％）。中でも目立つのは「節会（セチヱ）」の場合で、「節会如常」が14例（93.3％）、「節会如例」が1例（6.7％）であって、「節会」は「如常」と共に用いられる傾向がある。

5　A-3「先例や慣例に照らして許可すること」では、和語の動詞「免・許・聴（ゆるす）」が最もよく用いられている（53例＝61.6％）。

6　B-1「宿泊すること（特に「とのゐ」）」では、「候宿（とのゐにさふらふ）」56例＝56.6％、「宿侍（とのゐにはへり）」26例＝26.3％、「宿（とのゐす）」17例＝17.1％という割合であり、「候宿」が最も多く用いられている。

7　B-2「何かをすることが不可能なこと」では、「不能（～するにあたはず、又は、～することあたはず）」が最も多く用いられている（70例＝61.4％）。

8　B-3「出家すること」では、「出家（シュツケ）」が最も多く用いられている（33例＝35.9％）。そして表現上目につくのは既に指摘したように、「出家」と「入道」、「剃髪」と「入道」、「剃頭」と「入道」、「落髪」と「為尼」、「剃髪」と「為仏弟子」、「剃鬘」と「為僧」、「落髪為尼」と「遂宿念」、「剃髪」と「遂素懐」、「剃髪為仏弟子」と「遂宿懐」など、2語や2文あるいは3文が連ねて用いられていることである。前者と後者のどちらか一方でも「出家すること」を意味しているが、二つの文を連ねている場合、具体的な動作が先行している。三つの文を連ねている場合は、いずれも「出家しようという本来の意思を成就させた」という内容の文が最後に来ている。

注
(1)　不与状は、正式名は「不与解由状」で、中古、官吏、特に国司の交替のとき、納付すべき官物が不足・未済の前任者に対して、解由状を渡すことができな

いという事由を記して、両者が連署し、前任者あてに新任者が交付する文書（『新潮国語辞典』）のことである。
(2) 「とのゐ」は『色葉字類抄』に「直ﾄﾉｷｽ／ﾄﾉｲ宿ｼｸ・同」（前田本　人事　上56ウ4）とあり、『源氏物語』には「御殿ゐにさふらひ給」（『源氏物語語彙用例総索引』勉誠社　1994）とある。
(3) 馬渕和夫監修・中央大学国語研究室編『三宝絵詞自立語索引』（笠間書院　1985）を用いた。
(4) 馬渕和夫監修・野沢勝男編『今昔物語集文節索引』（笠間書院　1976）を用いた。
(5) 高山寺典籍文書総合調査団編『高山寺本古往来　表白集』（東京大学出版会　1972）を用いた。
(6) 築島　裕著『興福寺本大慈恩寺三蔵法師伝古点の国語学的研究』索引篇・訳文篇（東京大学出版会　1967）を用いた。

第3節 『権記』に見られる類義語・類義連語　245

『権記』に見られる類義語・類義連語　一覧表

項目		語又は文	読み	出典 色葉字類抄	出典 その他	用例数
A 先例や慣例に関すること	1 先例や慣例に反すること	(1) 違例	ヰレイ	×	神皇正統記	54
		(2) 非例	レイにあらず	レイ あらす		9
		(3) 失	シツ	×	十訓抄	23
		(4) 非	ヒ	×	平家物語	12
		(5) 遺失	ヰシツ	×	古今著聞集	4
		(6) 失錯	シツシヤク	シツシヤク	大鏡	3
		(7) 失誤	シツコ	シツゴ		3
		(8) 過誤	クワコ	×		1
		(9) 過失	クワシツ	○		1
		(10) 紕謬	ヒビウ	ヒビウ	高山寺本古往来	1
		(11) 謬誤	ヒウコ	×	史記抄	1
		(12) 謬説	ヒウセツ	ヒウセツ		1
		(13) 謬例	ヒウレイ	×		1
		(14) 誤	あやまち	あやまち		12
		(15) 誤・謬	あやまつ	あやまつ	竹取物語	9
		(16) 違礼	ヰライ	×	金史	1
		(17) 失礼	シチライ	シチライ	宇津保物語	10
		(18) 無礼	ムライ	ムライ	平家物語	2
		(19) 失礼儀	レイキをうしなふ	レイキ		1
		(20) 失儀	キをうしなふ	キ		3
		(21) 難	ナン	×	源氏物語	5
		(22) 病	やまひ	やまひ	源氏物語	2
						計 159
	2 先例や慣例のとおりであること	(1) 如例	レイのことし	レイ ことし		146
		(2) 如例	レイのことく〜す	レイ		7
		(3) 任例	レイにまかせて〜す	レイ まかす		3
		(4) 依例	レイによって〜す	レイ よる		15
		(5) 例也	レイなり	レイ なり		28
		(6) 例	レイの	レイ	竹取物語	1
		(7) 如常・如恒	つねのことし	つね ことし		54
		(8) 如常	つねのことく〜す	つね		1
		(9) 常事	つねのこと	つね こと		1
		(10) 恒例	コウレイ	○	日葡辞書	4
		(11) 常例	シヤウレイ	×		1
						計 261

246　第三章　公卿日記に見られる語彙の特徴

項目		語又は文	読み	出典 色葉字類抄	出典 その他	用例数
A 先例や慣例に照らして許可すること	(1)	勅許	チヨクキヨ	×	東鑑	3
	(2)	天許	テンキヨ	×		3
	(3)	許応	キヨオウ	×		1
	(4)	恩許	オンキヨ	○		2
	(5)	優許	イウキヨ	×		3
	(6)	恩容	オンヨウ	オンヨウ		2
	(7)	優恕	イウシヨ	イウシヨ		1
	(8)	許容	キヨヨウ	キヨヨウ	平家物語	7
	(9)	赦免	シヤメン	シヤメン	平家物語	2
	(10)	原免	ケンメン	×	後漢書	1
	(11)	赦	シヤ	シヤ		3
	(12)	大赦	タイシヤ	タイシヤ		2
	(13)	放免	ハウメン	ハウメン		3
	(14)	免・許・聴	ゆるす	ゆるす		53
					計	86
B 行動に関すること	1 宿泊すること（特に「とのゐ」） (1)	候宿	とのゐにさらふふ	とのゐ　さふらふ		56
	(2)	宿侍	とのゐにはへり	とのゐ　はへり		26
	(3)	宿	とのゐす	とのゐす		17
	(4)	宿	やとる	やとる		44
					計	143
	2 何かが不可能なことをすること (1)	不能	～するにあたはず ～することあたはず	×	今昔物語集	70
	(2)	難	～しがたし	かたし	源氏物語	33
	(3)	不堪・不耐	～にたへず	たふ	今昔物語集	7
	(4)	不得	～することをえず	う	今昔物語集	4
					計	114
	3 出家すること (1)	出家	シユツケ	×	今昔物語集	33
	(2)	入道	ニフタウ	×	大鏡	22
	(3)	発心	ホツシン	×	栄花物語	1
	(4)	落髪	ラクハツ	×	日葡辞書	1
	(5)	剃	そる	そる		16
	(6)	遂	とく	とく		14
	(7)	為	～になる	なる		5
					計	92

① 出典欄『色葉字類抄』の○× ｛○　載っているが読みはない場合
　　　　　　　　　　　　　　　　× 載っていない場合
② 出典の成立年代（又は書写年代）については、次に記しておく。
　　　1　『竹取物語』　　　　　859年頃成立
　　　2　『宇津保物語』　　　　983年頃成立
　　　3　『源氏物語』　　　　　1010年頃成立
　　　4　『大鏡』　　　　　　　1100年頃成立

5 『今昔物語集』   1100年頃成立
 6 『栄花物語』   1107年頃までに成立
 7 『色葉字類抄』   1180年頃成立   （前田本は鎌倉時代書写）
 8 『高山寺本古往来』 1184年頃書写
 9 『平家物語』   1240年頃成立
10 『十訓抄』   1252年成立
11 『古今著聞集』   1254年成立
12 『東鑑』   1180年～1266年の記事
13 『神皇正統記』   1339年成立
14 『史記抄』   1477年成立
15 『日葡辞書』   1603年～1604年刊行

248　第三章　公卿日記に見られる語彙の特徴

第4節　『小右記』に見られる「如（ことし）」と「似（にたり）」

はじめに

　本節は、藤原実資の『小右記』（以下、本文献と呼ぶことにする）に見られる「如（ことし）」と「似（にたり）」の意味・用法の分担について考察したものである。
　なお、『色葉字類抄』によれば、「如」・「似」は次のように載っている。

　　「如ゴトシ若而妬反猶尚由令適斬似類 已上同」（前田本　下コ　辞字　9オ5）
　　「似ニタリ肖疑類朷　如相抵 已上同」（前田本　上ニ　辞字　39オ6）

一　「如（ことし）」の用法

　本文献に見られる「如（ことし）」は、その意味から大別すれば、A「〜のとおりである」という意、B「まるで〜のようである」という意（比況）の二つになる。次にいくつか具体例を示す。

A　「〜のとおりである」という意の場合
(1)　「如例（レイのことし）」　129例
　①　今日試楽也　未時事始　其儀如例　そのギレイのごとし。（永観2.11.25一43下）、②「石塔如例以倉賢奉供養」　いしのタフレイのごとくに　くらかたを　もて　クヤウしたてまつる。（寛仁1.12.30二166下）、③　講師演説如例　カウジのエンゼツレイのごとし。（治安4.6.26三20下）、④「相成朝臣云式光已似平復　言語進退如例」

第4節 『小右記』に見られる「如（ことし）」と「似（にたり）」　249

ゴンゴ・シンタイ　レイの　ごとし。(治安3.11.8二390上）の例に見られるように、「如例（レイのことし）、いつものとおりであるという意味」は129例ある。

(2) 「如恒（つねのことし）」　74例

　① 行香等儀如恒　ギヤウカウらの　ギ　つねの　ごとし。(万寿2.11.29三100下）、② 石塔如恒　いしの　タフ　つねの　ごとし。(寛仁3.8.1二273上）、③ 講説論義如恒　カウセツ・ロンギ　つねの　ごとし。(寛弘8.2.12一217下）のように、「如恒（つねのことし、いつものとおりであるという意）」は74例ある。

(3) 「如常（つねのことし）」　61例

　① 上達部舞人陪従座如常　…の　ザ　つねの　ごとし。(長和2.3.29一323上）、② 報云　只今殊事不御　聖体如常　セイタイ　つねの　ごとし。(長和4.12.10二38下）、③ 音楽如常　オンガク　つねの　ごとし。(治安4.6.26三20上）のように、「如常（つねのことし、いつものとおりであるという意）」は61例ある。

(4) 「如尋常（シンシヤウのことし）」　18例

　① 御作法如尋常　ゴサホフ　ジンジヤウの　ごとし。(長和5.5.25一442下）、② 禅閤如尋常已無恙気　ゼンカフ　ジンジヤウの　ごとくに　すでに　つつがの　ケ　なし。(万寿4.1.21三119上）、③ 仍従家相従上下其装束如尋常　その　シヤウゾク　ジンジヤウの　ごとし。(万寿4.12.6三153下）のように、「如尋常（シンシヤウのごとし、いつものとおりであるという意）」は18例ある。

(5) 「如元（もとのことし）」　74例

　① 件解文等見畢如元結巻　もとの　ごとくに　まきを　むすぶ。(治安3.10.23二386下）、② 「亦伝仰云（中略）但馬守実経　如元可令行国務者」　もとの　ごとくに　コクムを　おこなはしむべしてへり。(治安3.7.3二357上）のように、「如元（もとのことし、元のとおりであるという

意)」は74例ある。
⑹ 「如本（もとのことし）」 7例
　① 天皇覧了　如本結書　置給東置物御机　もとの　ごとくに　シヨを　むすぶ。（正暦6.10.1一109上）、② 余見文畢如本巻返給　もとの　ごとくに　まきかへして　たまふ。（治安3.11.21二395上）のように、「如本（もとのごことし、本のとおりであるという意）」は7例ある。
⑺ 「如初（はしめのことし）」 21例
　① 御目如初不明　太不便也　はじめの　ごとくに　あきらかならず。（長和5.5.11一435下）、② 「乍驚遣義行朝臣　其報如初」　その　ホウ　はじめの　ごとし。（寛弘9.6.4一275上）のように、「如初（はしめのことし、初めのとおりであるという意）」は21例ある。
⑻ 「如先（さきのことし）」 3例
　① 大外記文義仰云　大将如先者　タイシヤウ　さきの　ごとしてへり。（治安1.7.28二323下）、② 如先結取副文　趣出　さきの　ごとくに　むすびて（長元2.4.1三202下）のように、「如先（さきのことし、先のとおりであるという意）」は3例ある。
⑼ 「如旧（キウのことし）」 5例
　① 常盤介満仲如旧兼任馬権頭事　キウの　ごとくに　…を　ケンニンすること。（天元5.3.5一14下）、② 右大弁朝任示他事次云　今日権大僧都林懐　如旧可知寺務之由　被下宣旨了者　キウの　ごとくに　ジムを　しるべき　よし（寛仁2.6.25二198下）のように、「如旧（キウのことし、旧のとおりであるという意）」は5例ある。
⑽ 「如云々（ウンウンのことし）」 7例
　① 又云（中略）雖令召遣不参入者如云々者　ウンウンの　ごとしてへり。（長和4.4.20一425下）② 資高又来　今日事如云々　けふの　こと　ウンウンの　ごとし。（万寿2.10.16三83上）のように、「如云々（ウンウンのことし）、先に申したとおりであるという意」は7例ある。

(11) 「如形(かたのことし)」 6例

① 入昏宰相来云　競馬五番　先卅講如形被行　まづ　サンジフカウ　かたの　ごとくに　おこなはる。(治安3.9.28二378下)、② 「右兵衛督経通云　童女装束如形可令調」　ドウヂヨの　シヤウゾク　かたの　ごとくに　ととのへしむべし。(万寿2.9.13三72下)のように、「如形(かたのことし、慣例どおりであるという意)は6例ある。

(12) 「如件(くたんのことし)」 11例

① 故殿御日記云　恐所雖在火灰燼之中　曽不焼損云々　如件説　似三面　くだんのセツの　ごとし。サンメンに　にたり。(万寿2.11.17一207下)、② 仍召諸近身　相副件女三人　差島使前掾御室為親　進上如件者　シンジヤウ　くだんの　ごとし　てへり。(寛仁3.8.10二276下)のように、「如件(くたんのことし、先に記したとおりであるという意)」は11例ある。

(13) 「如此(かくのことし)」 126例

① 又右衛門督是廷尉　異凡人　近来気色猶以追従　一家々風豈如此乎　イツカのカフウ　あに　かくの　ごときならむや。(長保1.10.28一155下)、② 早旦間遣近江守許　其報云　昨未申剋許発悩給　夜無殊事　今朝又如此　けさも　また　かくの　ごとし。(寛弘9.6.5一275下)、③ 去五日落書関白第云々　有天下事道俗事　上達部以下悪事　皆注載云々　往古来今未有如此之落書云々　ワウコより　いままで　いまだ　かくの　ごとき　ラクがき　あらず。(万寿5.8.18三166上)のように、「如此(かくのことし、このとおりであるという意)」は126例ある。

(14) 「如之(かくのことし)」 12例

① 入夜資平来云　今日罷向左中弁頭中将上御社宿所　諸大夫多会合脱衣給　引馬　近衛等如理　両所如之　已背倹約之制　リヤウシヨ　かくのごとし。(長和3.4.19一378上)、② 左丞相頗有悩気　次々事存例　無国栖奏　依不参上也　近年如之　キンネン　かくの　ごとし。(寛弘8.1.1一211下)のように、「如之(かくのことし、このとおりであるという意)」

は12例ある。
　その外、上記の意味で用いられている「如（ことし）」は228例ある。

　なお、次の３例――35「今日少将堅固物忌　然而相扶所労罷向門外可聞案内　頃之示送云　少将如同者」　セウシヤウ　おなじ　ごとし　てへり。（治安３．７．６二357下）、36「宰相中将来云　宮御悩如同」　みやの　おほむなやみ　おなじ　ごとし。（万寿４．４．21三130上）、37「武光云　去夜半許禅閣以忠明宿祢被針背腫物　濃汁血等少々出　吟給声極苦気色者　朝源律師来　中将来云　禅室如同　其憑已少云々」　ゼンシツ　おなじ　ごとし。（万寿４．12．２三152上）のように、会話文の中で用いられている場合の「如同（おなしことし）」は、「同（おなし）」と断定しないで「同じようです」という意に和らげて表現したものと考えられる。

B　「まるで～のようである」という意（比況）の場合
　「まるで～のようである」という比況の場合は、「宛（あたかも）」という陳述副詞を伴う場合とそうでない場合とに大別できる。

1　「宛（あたかも）」を伴う場合
　陳述副詞「宛（あたかも）」を伴う場合は、①　資平自院告送云　頭弁云　左府命云　御傍親并院司及給素服之人外　不可着鈍色如初定　着心喪装束可参院及内裏者　件定日々変改　宛如反掌　あたかも　たなうらを　かへすが　ごとし。（寛弘８．７．17一228下）（例の定めが日々に変わるのは、まるで手の平を返すようなものであるという意）、②　今朝先参被殿　隔几帳被談雑事　宛如尋常　然而邪気猶有怖畏　あたかも　ジンジヤウなるがごとし。（寛弘９．６．４一274上）（殿が雑事を語られる様子は、まるで尋常のようであるという意）、③　装束南殿宛如釈奠内論義儀　但僧座在母屋　あたかも　シヤクテン・うちの　ロンギの　ギの　ごとし。（長和２．１．14

第4節 『小右記』に見られる「如（ことし）」と「似（にたり）」　253

一301下）（南殿の装束の様子は、まるで釈奠や内の論義の儀のときのようであるという意）、④　其外前駈上達部布衣烏帽　宛如俗人　あたかも　ゾクジンの　ごとし。（長和3．10．25一400上）（前駈の上達部の装束が布衣烏帽であるのは、まるで俗人のようであるという意）、⑤　入夜宰相来云　今日摂政及諸卿多参会　大殿令率　冊余疋馬　令騎殿下摂政左大将随身等　上下猥雑　宛如夢想云々　あたかも　ムソウの　ごとし　とウンウン。（寛仁2．10．14二203上）（身分の高い人と低い人とが入り乱れている様子は、まるで夢想のようであるという意）、⑥　為時申云　罷会以彼申旨可申者　此間検非違使式光在家　大略仰案内　宛如窮鳥入懐　あたかも　キュウテウふところに　いるるが　ごとし。（長元2．4．16三205下）（大体の案内をおっしゃるのは、まるで追い詰められた鳥が人の懐に入ってくるようなものであるという意）のような例がある。

　なお、「窮鳥入懐」は『顔氏家訓』にあり、困窮して頼って来る者があれば、哀れみ助けるべきことの例えに用いられる。

　以上のように「宛如（あたかも＋体言＋のごとし）」全14例、「宛如（あたかも＋用言＋がごとし）」は全3例ある。

2　「宛（あたかも）」を伴わない場合

　陳述副詞「宛（あたかも）」を伴わないで、「まるで〜のようである」という比況を表す場合は、次のような例がある。

(1)　「如雨（あめのことし）」　10例

　①　今日禅閤被参内　関白内府両大納言在御共　禅閤過登花殿之間　涕泣如雨　件殿故尚侍旧曹也　テイキフすること　あめの　ごとし。（万寿2．10．12三82下）（涙を流して泣く様子が雨のようであるという意）、②　度斎宮南小路之間　飛礫如雨　縦度門前猶不可被打歟　ヒレキ　あめの　ごとし。（長和2．7．3一326下）（小石が飛んで来る様子が雨のようであるという意）、③　使官人随兵　射盗　其矢射自背　少許当顕長　盗落　此間射矢

如雨　六隻立身　即死者　この　あひだに　やを　ゐること　あめの　ごとし。(治安４．３．11三13下)（矢を射る様子が雨のようであるという意）のように「如雨（あめのことし）」は10例ある。

(2)　「如雲（くものことし）」　7例

①　縦横事等満官底　讒言逐日如雲歟　喘息者衆　サンゲン　ひを　おひて　くもの　ごときか。(寛弘８．２．４一217上)（讒言は日が経つにつれ雲のように拡がるという意）、②　孝義朝臣云　敦頼朝臣親光朝臣等可任因州賊云々　説々如雲而難信　セツセツ　くもの　ごとくにして　シンじがたし。(治安３．６．23二353上)（諸説が雲のように拡がって信じがたいという意、③　上下馳馬飛車　会集如雲　臨暗少々分散云々　あひあつまること　くもの　ごとし。(万寿５．８．５三166上)（集まった人々は雲が拡がっているように多いという意）のように、「如雲（くものことし）」は7例ある。

(3)　「如泥（テイのことし）」　7例

①　昨日仁王会如泥　是請僧等所談　大極殿立百高座　請僧十余人闕　又御前南殿各々二人闕請　人云　検校上卿頼宗　行事弁定頼　不熟公事之人等也　仍有如此之事歟云々　サクジツの　ニワウエ　デイの　ごとし。(長和４．４．１一418下)（昨日の仁王会の有様は、泥のように無様であったという意）、②　入夜　前常盤介師長密語云　蔵人登任初可着綾　可用左三位中将蘇芳下襲　已以如泥　すでに　もて　デイの　ごとし。(長和２．１．20一304上)（ふさわしい服装でないのが、全く泥のようでみっともないという意）、③　宰相乍立両度来云権大納言女事　以定基僧都令申禅閣　其報如泥者　是政職朝臣所談　大納言密々談政職云々　以新中納言可為驚事也　大略無許容歟　その　ホウ　デイの　ごとし　てへり。(万寿２．11．３三91下)（禅閣の返事は、泥のように面目無かったという意）のように、「如泥（テイのことし）」は7例ある。

(4)　「如散楽（サンカクのことし）」　6例

○　宰相云　去夜中納言能信奏御馬解文　於中隔分取　左右馬寮不候　左

第4節 『小右記』に見られる「如(ごとし)」と「似(にたり)」 255

右近衛其数太少 或童牽御馬 如散楽 サンガクの ごとし。(寛仁3.9.
3二286下)（馬を分け取りする様子が散楽のように滑稽であったという意）、
② 入夜少納言資高来云 中納言師房 参議公成 右中弁経輔 少納言資高
参入 平座旬如散楽 サンガクの ごとし。(万寿4.4.1三125下)（平
座の旬の様子は散楽のように滑稽であるという意）、③ 宰相云 昨日御読
経結願 大納言斎信卿為上首 御読経作法如散楽云々 サンガクの ごと
し。(寛仁3.10.25二294下)（御読経の作法は散楽のように滑稽であったと
いう意）のように、「如散楽（サンガクのことし）」は6例ある。
　以上の外に、「比況」と判断できるものとして次の諸例がある。
(5)「その他」　6例
　① 午時許白雲如布従坤指艮　しろくも　ぬののごとくに（治安4.9.
11三23下）（白い雲が布のように拡がっているという意）のように「如布
（ぬののことし）」、② 臨昏罷出 此間雨脚止 陽明門内至式曹司 如海
うみの ごとし。(万寿2.2.10三37下)（式の曹司に至っては海のように雨
水が貯まっているという意）のように「如海（うみのことし）」、③ 門楽有
無 申云 可有楽 亦仰云何年例 申云 不慥承者 毎時不審 如向暗夜
アンヤに　むかふが　ごとし。(長和4.7.11三258上)（事ごとに詳細がわ
からないのは、暗い夜に向かうようなものであるという意）のように「如向
暗夜（アンヤにむかふかことし）」、④ 此間事恐懼最多 如履薄氷　ハク
ヒョウを　ふむが　ごとし。(長元4.8.19三276上)（この間の出来事は恐
れ入ることが最も多くて、薄氷を踏むかのようであるという意。「如履薄氷」
は『詩経』にあり、非常に危険な例えに用いられる。）のように「如履薄氷
（ハクヒョウをふむがごとし）」、⑤ 頻承凶事 寸心如切 此度事被行寛恕法
如何　スンシン　きれるが　ごとし。(長元4.9.20三294下)（心が切れ
るように辛いという意）、⑥ 不敷御前座事問頭亜将 云 奉御宇知支間
不見御前装束 極不便事也 蔵人等悉如木遇人 可指弾　くらうどら　こ
とごとくに　モクグウジンのごとし。(治安3.12.26二410上)（蔵人等は、

全く「でくの坊」のように役立たずであるという意)のように「如木遇人(モククウシンのことし)」など。

二 「如」(ことし)」の位相

「如(ことし)」の位相を考察するに当たって、本文献とほぼ同時期或いは少し後の他文献——漢籍の訓点資料としての延久3（1071）年書写の奥書を持つ『興福寺本大慈恩寺三蔵法師伝古点』、和文語資料としての『源氏物語』、変体漢文の訓点資料としての『高山寺本古往来』——の3文献を取り上げる。三者共に既刊の索引があるので、それを利用していくつかの具体例を挙げてみよう。

『興福寺本大慈恩寺三蔵法師伝古点』では、① 響ノ声ニ酬フルカ如シ　（巻第8、189行）、② 必（ス）当ニ象軍ヲ整理シテ雲ノコトクニ〔於〕被ニ萃メテ（巻第5、60行）、③ 又〔見〕無量ノ僧衆　手ニ花蓋ヲ執（リ）テ前（ノ）如ク供具ヲモテ共ニ来テ大般若経ヲ供養ス　（巻第10、47行）などが見られる。

『源氏物語』では、④ なにがしはべらん限りは、仕うまつりなん。(中略)このあらん命は、葉の薄きが如しと言ひ知らせて（「手習」p. 336、横川の某僧都のセリフ）、⑤ 殿に召しはべりしかば、今朝参りはべりて、ただ今なんまかり帰りはんべりつる。(中略)さるべきをのこどもは、懈怠なくもよほしさぶらはせはべるを、さのごとき非常の事のさぶらはむをば、いかでか承らぬやうははべらん、(以下省略)（「浮舟」p. 175、内舎人のセリフ)、⑥ 月ごろ内の御方に消息聞こえさせたまふを、(中略)受領の御婿になりたまふかやうの君たちは、ただ私の君のごとく思ひかしづきたてまつり、(以下省略)（「東屋 p. 20、仲人の男のセリフ」、⑦ その事になくて、対面もいと久しくなりにけり。(中略)院の御賀のため、ここにものしたまふ皇女の、法事仕うまつりたまふべくありしを、次々とどこほること繁くて、かく年も

第4節 『小右記』に見られる「如（ごとし）」と「似（にたり）」　257

せめつれば、え思ひのごとくしあへで、型のごとくなん斎の御鉢まゐるべき
を、(以下省略)」(「若菜　下」p. 265、光源氏のセリフ) などがある。

『高山寺本古往来』では、①　適持テ来ル馬　仰（セ）被ル　カ如シ三疋
也（240行）、②　謹言　日来（ノ）〔之〕間久（シク）奉謁セ不　鬱望（ノ）
〔之〕至り　歳月ヲ送ルカ如シ（390行）、③　但（シ）件（ノ）殿〔於〕殿
上ニ近ウシテ君達蔵人雲ノ如ク集ハリ来ラムニ然ル可キ処旡シ」（373行）、
④　右仰ノ旨ニ随（ヒ）テ　奉上件（ノ）如シ（141行）、⑤　意ニ任セテ恣
ニ数日（ノ）〔之〕間　昼夜ヲ論セ不乗り用（キ）ルニ依テ　本自リ疲極
（ノ）〔之〕上ニ　尻左ノ足（ノ）内　股ヲ突キ損シタリ　并（ヒニ）背　泥ノ如
シ（249行）などとある。

この「ゴトシ」については築島1963年[2]の先行研究があり、それによれば、
比況の「ゴトシ」は「訓点特有語彙」とされている。これに対応する和文語
は「やうなり」である。又、先の研究書には、「ゴトシの用法が訓点で殊に
複雑であることも、既に先学の論ずる所である。ただこの語幹『ゴト』の単
独の用法だけは、逆に訓読に見えず和文に見えるのである。」(p. 637) と載っ
ている。

つまり、「訓点特有語彙」としての比況の「ゴトシ」は、記録語資料とし
ての本文献にも用いられているのである。

なお、本文献には、「ゴトシ」に対応する和文語「やうなり」の具体例は
皆無である。

三　「似（にたり）」の用法

上記の具体例で見たように、本文献に見られる「如（ことし）」は体言
（又は、体言相当語）に接続する場合が圧倒的に多くて827例（91.6％）、用
言（又は、用言相当語）に接続する場合は67例（8.4％）に過ぎない。そし
て用法としては、A「～のとおりである」という意に用いられる場合817例

(91.5%) とB「比況」の場合77例（8.5%）とに大別することができた。

　では、「似（にたり）」の場合はどうであろうか。「如（ごとし）」の場合と同様に、中心となる接続語（表記上、漢字で明記されているもの）に注目して、a「名詞」・b「形容詞」・c「動詞」・d「助動詞（補助動詞・接尾語をも含む）」の四つの場合に分けて記すことにする。全用例数は、a「名詞」50例（27.9%）、b「形容詞」27例（15.1%）、c「動詞」48例（26.8%）、d「助動詞（補助動詞・接尾語をも含む）」54例（30.2%）である。以下にいくつかの具体例を示す。

A　中心となる接続語が「名詞」の場合
(1)　和語の名詞の場合

　接続語の中心が和語の場合は、①　昨夜二品女親王　不使人知親切髪云々（中略）又云　是非多切　唯額髪許云々　頗似秘蔵詞　すこぶる　ヒサウのことばに　にたり。（天元5．4．9一20下）、②　日来夜々悩苦　初似瘧病至今他祟相加歟　はじめは　わらはやみに　にたり。（長和3．4．14一375下）、③　十箇日内令肥満可奉者（中略）至給馬不可仰瘦疲歟　事似私愁　ことは　わたくしの　うれひに　にたり。（寛仁2．5．14二188下）、④　恒盛云　丑時夢不静　語其夢　似吉夢　但彼日占頗不宜者　よき　ゆめににたり。（治安3．11.17二393上）のように、「〜に類似している」という意味で用いている。

(2)　漢語の名詞の場合

　接続語の中心が漢語の場合は、①　又雅楽三献之後可発音声　頗似遅引如何　すこぶる　チインに　にたり。（正暦6．1．28一103上）、②　余答云　過明日伝仰此事甚似遅々　はなはだ　チチに　にたり。（長和4．8．2二7下）、③　故殿御日記云　恐所雖在火灰燼之中　曽不焼損云々　如件説似三面　くだんの　ごとき　セツは　サンメンに　にたり。寛仁2.11.17一207下）、④　藤納言云　以一条院可為東宮御領歟　仍殊有此事歟　還似

第4節 『小右記』に見られる「如(ことし)」と「似(にたり)」　259

謀略者　かへて　ボウリヤクに　にたり　てへり。(寛弘8.8.11一236上)、⑤　或云　相府極重被煩　有不尋常之詞　似狂言云々　キヤウゲンに　にたりと　ウンウン。(寛弘9.6.8一277上)、⑥　為信真人病悩体初是時行　後似邪気　言語不通　のちは　ジヤキに　にたり。(長和5.5.20一440下)、⑦　資平従内罷出云　主上今日御心地宜御　似御風病　亦御面赤　若御邪気歟　おほむフビヤウに　にたり。(長和4.12.9二38下)、⑧　直方成道依別仰為捕犯人罷向摂津之由　事似詐偽　可令進過状　ことはサギに　にたり。(治安4.4.11三15下)、⑨　人々云　事似無実云々　ことは　ムジツに　にたりと　ウンウン。(長元4.2.14三236上)、⑩　資房云　江典侍樋洗童　為大納言斎信卿童女忽有顕露　及天徳　被仰実康　女官及公女候女等到彼直廬辺成市　仍見　已似恥辱　すでに　チジヨクに　にたり。(万寿4.11.20三148下)、⑪　豊道身為検非違使　所申頗似矯餝　まうす　ところ　すこぶる　ケウシヨクに　にたり。(治安4.4.11三15下)、⑫　余答云（中略）重有卜筮可似重畳　殊廻賢慮可被進止　かさねて　ボクゼイ　あるは　チヨウデフに　にたるべし。(長和5.6.19二107下)、⑬　尤可然之事也　両祭頗似斑駁　リヤウの　まつりは　すこぶる　ハンバクに　にたり。(寛仁1.11.3二136上)、⑭　令仰云　左大将分配也　外記所令申甚似荒涼　ゲキの　まうさしむる　ところは　はなはだ　クワウリヤウに　にたり。(長和5.2.13二69下)、⑮　簾前盃両三巡　卿相不酔　事似冷淡　ことは　レイタンに　にたり。(長和2.8.27一349上)のように、「に類似している」いう意味で用いられている。

B　中心となる接続語が「形容詞」の場合

　中心となる接続語が「形容詞」の場合は、①　飛騨雖言上　事頗似軽　不可給勅符　ことは　すこぶる　かるきに　にたり。(長徳3.10.1一139上)、②　執筥書列立之間　大納言頼通　中納言教通　同列立　父丞相具程太近　似無礼節　レイセツ　なきに　にたり。(長和3.10.14一397上)、

260　第三章　公卿日記に見られる語彙の特徴

③　或云　御法事日許　皆可着鈍色云々　此事似無所拠　この ことは よるところ なきに にたり。(寛弘8.7.17一228下)、④　人々云　斎王卜定之後可有除目賦者　事頗似早云々　ことは すこぶる はやきに にたり とウンウン。(永観2.11.1一38下)、⑤　中将臨昏　従高陽院来云　風病似宜　フビヤウ よろしきに にたり。(長元4.1.27三230下)のように「のように見える」いう、断定を避けた表現として用いられている。

C　中心となる接続語が動詞の場合

(1)　和語の動詞の場合

　中心となる接続語が和語の動詞の場合は、①　賜御書　似有御出家御本意　ゴシュツケの ゴホイ あるに にたり。(長保1.11.24一160上)、②　余所労面疵似愈合　ヨ いたはる ところの おもの きず いえあふに にたり。(治安3.9.16二376下)、③　須持立御輿於日華門橋上之後諸卿参列　而上臈早進　似失前例　ゼンレイを うしなふに にたり。長和2.9.16一353下)、④　今一封似送小臣　仍開見　セウシンに おくるに にたり。(長元2.3.2三199上)、⑤　権大納言行成着藁履歩行　頗無所拠由　上下云々　彼又有所案歟　但似忘古跡　ただし コセキを わするるに にたり。(万寿2.8.16三65上)のように、「〜のように見える」という、断定を避けた表現として用いられている。

(2)　漢語サ変動詞の場合

　中心となる接続語が漢語サ変動詞の場合は、①　又送近江守朝臣許之書状云（中略）近江朝臣日者病悩　自昨夕似減平者　サクセキより ゲンヘイするに にたり てへり。(寛弘2.2.7一176下)、②　阿闍梨心誉云　誠雖似平復　御病体猶不快　亦飲食不受　まことに ヘイフクするに にたりと いへども (寛弘9.6.3一274上)、③　一番　右被打鼓　武文前立入四五丈許　度々左大臣差使仰遣　忽不入甚不足言　似怖畏保信　諸卿嘲哢　武文去年負者也　やすのぶを フヰするに にたり。(長和3.5.16一386

第4節 『小右記』に見られる「如(ことし)」と「似(にたり)」　261

下)のように、「〜のように見える」いう、断定を避けた表現として用いられている。

D　中心となる接続語が助動詞(補助動詞・接尾語を含む)の場合
　この場合は、①　宮御悩(中略)自暁更頗宜御坐　然而御悩体似可慎給　しかれども　おほむなやみの　テイ　つつしみたまふべきに　にたり。(長保1.11.10―158上)、②　前大威儀師延暦来談次云　皇后宮祖母日来老病似可難存　春秋八十六　ソンしがたかるべきに　にたり。(長和5.3.5二79上)、③　似書状問遣頭弁　返状云　従十二日亥時　隔日有御薬気(中略)只今似令平損給　已如瘧病　ただいま　ヘイソンせしめたまふに　にたり。(寛弘9.7.17―286上)、④　左大将更降自壇　立予立所已謂失儀　似不知前跡　ゼンセキを　しらざるに　にたり。(長和2.7.29―336下)、⑤　為義朝臣自左相罷出云　相府発給之後　不整衣装　寄車於堂帰家　自北門入車　此度御病似難憑者　このたびの　おほむやまひは　たのみがたきに　にたりてへり。(寛弘9.6,10―277下)のように、「のように見える」という、断定を避けて和らげた表現として用いられている。

　以上に述べたように、「似X(Xに似たり)」のXが名詞の場合、体言(又は体言相当語)の場合は、「〜に類似している」という「似」の原義を強く残している。それに対して、Xが形容詞・動詞・助動詞(補助動詞・接尾語を含む)の場合、用言(又は用言相当語)の場合は、「〜のように見える」という、断定を避けて和らげた表現として用いられていると言える。前者「〜に類似している」という意味の場合は50例(27.9%)、後者「〜のように見える」という断定を避けた表現の場合は129例(72.1%)である。用例数の上からは、断定を避けた表現の方が多い。

四 「不似（にず）」の用法

　動詞「似（にる）」の否定形「不似」（にず）は、「不似X（Xににず）」のXが16例中15例まで体言である。
① 朝臣　伝大殿御報云　所悩未快　不似前々　頗有熱気　さきざきににず。（寛仁２．６．24二198上）、② 今日雷鳴不似近代　太可怖也　けふの　ライメイは　ちかき　よに　にず。（寛仁２．６．29二200上）、のように和語の名詞、③ 又神事違礼　幣帛疎薄　不似古昔　不敬神也　コセキににず。（長元４．８．４三267下）、④ 大納言能信和琴　拍子中納言実成　唱歌大納言斎信　頼宗等也　今夜御遊不似往昔　不異狭楽　可類蝦遊　コムヤの　おほむあそびは　ワウセキに　にず。（長元５．11．２三307下）、⑤ 早朝宰相来云　昨日参季御読経事　大納言俊賢行之　不似公事　蝕事不便クジに　にず。（寛仁２．12．24二230上）、のように漢語の名詞の場合がある。いずれも「Xに似ていない、Xとは違う」という意味を表している。

　又、Xが用言の場合は次の１例である。⑥ 帰宅後令問子細　云　一昨丑剋許奉春日御社奉幣　畢返宿所　食了一寝後　心神不覚　腰亦不動（中略）諷誦御寺之後　食粥　無苦病　得尋常　其後又発煩　然而不似初発煩　相扶乗船参上　今日頗減自昨日　しかれども　はじめ　おこり　わづらひしには　にず。（万寿５．９．27三170下）、のように「Xに似ていない、Xとは違う」という意味で用いられている。

五 「似（にたり）」の位相

　先の二に述べた「如（ことし）」の位相の場合と同じく、漢籍の訓点資料・変体漢文の訓点資料・和文語の資料の三者に見られる「似（にたり）」の用法を考察して、「似（にたり）」の位相について述べる。

第4節 『小右記』に見られる「如（ごとし）」と「似（にたり）」　263

　「似（にたり）」は、漢籍の訓点資料『大慈恩寺三蔵法師伝古点』には先述の索引によれば10例ある。「似Ｘ」のＸが「体言」の場合は、①〔於〕宝庫ノ前ニ更ニ長屋百余行ヲ造（ル）此ノ京邑ニ似タリ　肆ノコトク行レリ（巻第5、232行）、②　彼ノ仏ノ牙ノ窣堵波ノ上宝珠ヲ見（レ）ハ　光明閦然トシテ　状　空ノ中ノ星燭（ニ）似タリ（巻第4、81行）などがある。Ｘが「用言」の場合は、③　曰ハク「我カ河西ノ僧ニハ非（サリ）ケリ　実ニ京師ヨリ来（レ）ルニ似タリ〔也〕（巻第1、231行）④　今外国ノ僧ノ名（ヲ）聞（キ）テ身心歓喜ス　道牙（ノ）〔之〕分ヲ聞（ク）ニ似タリ（巻第5、55行）、⑤　玄奘一生ヨリ以来所脩ノ福恵斯ノ相貌ニ准（スル）ニ功唐捐ニ（アラ）不ルニ似タリト欲ユ（巻第10、91行）などである。いずれも、「〜と類似している」という意味で用いられている。

　次に、変体漢文（和化漢文）の訓点資料『高山寺本古往来』には、先述の索引によれば、「似タリ」2例、「似（ル）」1例、「似ズ」2例がある。⑥加之　旅所ニ坐（セ）被（ル、）〔之〕間ニ　菜（ノ）〔之〕物并（ヒニ）塩梅等ヲ奉（ラ）不　頗（ル）奉仕ノ志无（キニ）似タリ（211行）、⑦　又彼馬従（リ）外ニ当用之乗物无シ　頗（ル）悋惜ニ似タリ（ト）雖モ　又匿レ忍フ〔之〕事ニ非ス（252行）のように、前者6は断定を和らげた表現として、後者7は「〜に類似している」という意味としてそれぞれ用いられている。⑧　誠ニ世路（ノ）〔之〕事ニ似（ル）ト雖モ　是延算（ノ）〔之〕計也（356行）、⑨　但シ恥チラクハ　馬融力〔之〕旧曲ニ似ス〔不〕シテ　更（ニ）披童之新声ニ相ヒ同シ（138行）、⑩　件（ノ）馬誠ニ彼ノ毛（ニ）似不ト雖（モ）已（ニ）其（ノ）才ヲ謂ウニ　豈ニ勝劣有ラム哉（349行）は、「〜に類似している」或いは「〜に類似していない（〜とは違う）」という意味で用いられている。

　つまり、⑥の用例のみが断定を避けて和らげた表現である。

　次に、和文語の資料『源氏物語』には、動詞「似（にる）」は先述の索引によれば、全132（未然形53・連用形53・終止形8・連体形18）例ある。一

つは、⑪　葦垣の方を見るに、例ならず、「あれは誰そ」という声々いざとげなり。立ち退きて、心知りの男を入れたれば、それをさへ問ふ。さきざきのけはひにも似ず（「浮舟」p. 180）（これまでの様子とは違うという意）、⑫　何心もなく、いときよげにておはす。めづらしくをかし、と見たまひし人よりも、また、これはなほあり難きさまはしたまへりかし、と見たまふものから、いとよく似たるを思ひ出でたまふも胸ふたがれば、（以下省略）（「浮舟」p. 129）（匂宮の妻である中の君と、薫の恋人である浮舟とは顔が実によく似ているという意）などのように、「似る」の原義が強い場合である。

　他の一つは、⑬　上も見たまひて、「いづれも、劣りまさるけぢめも見えぬ物どもなめるを、着たまはん人の御容貌に、思ひよそへつつ奉れたまへかし。着たる物のさまに似ぬは、ひがひがしくもありかし」とのたまへば（以下省略）（「玉鬘」p. 129）（着物が人柄に似合わない、ふさわしくないという意）などのように、「釣り合う」、「ふさわしい」という意味で用いられる場合である。

　なお『土左日記』には、⑭　大湊に泊れり。医師ふりはへて、屠蘇・白散、酒加へて持て来たり。志あるに似たり。（承平4.12.19、p. 34）とあり、「厚意があるように見える」という、断定を和らげた表現として用いられている。

　以上のように、和語の動詞「似（にる）」は、訓点語・変体漢文（和化漢文）・和文のいずれにも用いられている。ただし、その用法を見た場合、「断定しないで和らげた表現」としては、変体漢文の訓点資料『高山寺本古往来』に1例（6番の用例）、『蜻蛉日記』・『和泉式部日記』・『紫式部日記』などいわゆる平安時代の女性の書いた和文日記とは少し文体を異にする、「男もすなる日記といふものを、女もしてみむとて、するなり」（p. 29）で始まる紀貫之の『土左日記』に1例（14番の用例）ある。このような婉曲用法は、変体漢文の「往来物」や変体漢文の公卿日記『小右記』（記録語）に特有の

ものと言える。

まとめ

　本文献(『小右記』)に見られる「如(ことし)」と「似(にたり)」の意味分担については、次のようにまとめることができる。

　上記一に記したように、「如(ことし)」の基本的用法は、「～のとおりである」という意味で用いられる場合(817例＝91.4％)と、「比況」(まるで～のようであるという意。陳述副詞「宛(あたかも)」を伴わない場合もある)として用いられる場合(77例＝8.6％)の二つである。それに極少数で用例も「如同(おなしことし)」(3例)のみであるが、「断定を和らげた表現」として用いられている場合がある。

　他方、「似(にたり)」は上記三に記したように、「～に類似している」という意味で用いられている場合(50例＝38.8％)と、「～のように見える」という、断定を避けて和らげた表現として用いられている場合(129例＝61.2％)の二つが基本的用法である。

　以上のことから、「如(ことし)」は「～のとおりである」という意味を、「似(にたり)」は「断定を避けて和らげた表現」をそれぞれ基本的に担っていると言える。

注
(1)　池田亀鑑　『源氏物語大成　索引編』(中央公論社　1967)
　　校註・訳　阿部秋生　秋山虔　今井源衛　『日本古典文学全集　源氏物語』全6巻(小学館　1992)
(2)　築島裕　『平安時代の漢文訓読語につきての研究』(東京大学出版会　1965) p. 327
(3)　校注・訳　松村誠一　『日本古典文学全集　土佐日記　蜻蛉日記』(小学館　1993)

『小右記』に見られる「如（ことし）」 一覧表

A. 〜のとおりであるという意		B. 比　況	
〈如＋体言〉		〈宛＋如＋体言〉	
如例　レイのことし	129	計	3
如恒　つねのことし	74		
如常　〃	61	〈宛＋如＋用言〉	
如尋常　シンシヤウのことし	18	計	14
如恒例　ユウレイのことし	2		
如元　もとのことし	74	〈如＋体言〉	
如本　〃	7	如雨　あめのことし	10
如先　はしめのことし	21	如泥　テイのことし	7
如旧　キウのことし	5	如散楽　サンカクのことし	6
如云々　ウンウンのことし	7	如布　ぬののことし	1
如形　かたのことし	6	如海　うみのことし	1
如件　くたんのことし	11	如木偶人　モククウシンのことし	1
如此　かくのことし	126	その他	3
如之　〃	12	計	36
如是　〃	1		
如同　おなしことし	3	〈如＋用言〉	
その他	228	如向暗夜　アンヤにむかふかことし	1
計	788	如覆薄氷　ハクヒョウをふむかことし	1
		寸心如切　スンシンきれるかことし	1
〈如＋用言〉		その他	21
計	29	計	24
総計　817（91.4％）		総計　77（8.6％）	

『小右記』に見られる「似（にたり）」、「不似（にず）」 一覧表

「〜に類似している」という意		「〜のように見える」という意 （断定を避けて和らげた表現）	
〈似＋名詞〉	50	〈似＋形容詞〉	27
		〈似＋動詞〉	48
		〈似＋助動詞〉	54
総計　50（38.8％）		総計　129（61.2％）	
〈不似＋名詞〉	15		
〈不似＋動詞〉	1		
総計	16		

第5節 『小右記』に見られる批判文の語彙

はじめに

　本節は、『小右記』に見られる批判文の語彙の特徴について記述するものである。批判文を取り上げる理由は、平安後期記録語（公卿の記した日記に用いられている日本語）に見られる「感情表現」、「原因・理由を示す表現」、「病気・怪我に関する表現」、「時(とき)」に関する表現、「死生に関する表現」、「有職故実を実証する表現」、「類義語・類義連語」などについて考察してきた一連のものの一つとしてである。いろいろな視点から考察することによって、記録語に用いられている語彙や文体の全体像に迫りたいと考えているからである。

　ところで、『小右記』（以下、本文献と呼ぶことにする）の調査は、分量の上では約36％（798ページ／2,221ページ）、記載年月の上では約60％（33年間／55年間）の段階である。作業途中ではあるが、よく用いられる語の見通しは立ったと言える。即ち、頻出する語の「異なり語数」についてはほぼ出揃っていると推定している。全部の調査を終了した時点では、頻出する語については「延べ語数」が明らかになり、それ以外では「異なり語数」・「延べ語数」共に明らかになるはずである。

一　『小右記』を取り上げる理由

　平安後期の三つの公卿日記（記録語資料）――『御堂関白記』・『権記』・『小右記』――の中では、批判文が本文献に最も多く見られることが、取り上げる第1の理由である。第2の理由は、『御堂関白記』とは違って自筆本

は現存していないものの、平安・鎌倉時代の古写本(前田本・九条本・伏見宮本)が残っていることである。第3は、記載年月が55年間に亘っていて十分な量を持っている点である。

二 『小右記』の内容と調査に用いた文献

　本文献の内容は、他の公卿日記と同じく「有職故実」に関するものが中心である。朝廷の礼式・官職・法令・年中行事などにおける典故を、子子孫孫に正しく伝えることを目的としている。それ故に、行事のときの服装や礼儀作法などが間違っていたり、加階が妥当に行れなかったりした場合は、当然厳しく批判されることになる。先例に習うことを重んじる(当然とする)当時の貴族社会にあっては、先例を知らなかったり、先例に背いたりした場合は、やはり批判されることになる。本節で扱う批判文とは、このような場合に用いられる文を指している。批判文には、批判の対象となる事柄の記載のみではなくて、怒りや憎悪などの感情が伴っている場合もある。又、人の生死に関する記事などもあり、それに伴う感情が示されている場合もある。

　本文献の調査には、この節以外で用いた文献とは異なる資料を用いている。即ち、『大日本古記録』所収の『小右記』一～三の3冊(全9冊中)(1)を用いた。記載年月などは、次のとおりである。

『大日本古記録』	記　載　年　月	ページ	藤原実資の年齢
一	天元5年(982)～長徳1年(995)	308	26歳～39歳
二	長徳2年(996)～寛弘8年(1011)	221	40歳～55歳
三	長和1年(1012)～長和3年(1014)	269	56歳～58歳

三　『小右記』に見られる批判文の語彙

　本文献に見られる批判文は先の二で触れたように、「前例を重んじること」を前提にしている当時にあっては、「有職故実」に関する事柄において「前例に則っていない場合」によく現れている。批判する人は、本文献の記者である藤原実資に限られておらず、他の貴族の官職名や固有名で示されている場合、「万人（バンニン）」・「天下之人（テンカのひと）」「時人（ときのひと）」などと示されている場合もある。それら批判文において、中心的な役割を果たしている語又は連語は何か。批判するときのキーワードは何か。それをここでは語彙と呼んでいる。同義語・類義語の観点から似通ったものを一つにまとめ、以下20項目に分けて述べることにする。

(1)　「前例（センレイ）」ほかに属するものは、「名詞」又は「名詞相当語」として「前例（センレイ）」37例、「先例（センレイ）」6例、「前跡（センセキ）」9例、「前伝（センテン）」3例、「先伝（センテン）」2例、「古伝（コテン）」3例、「例（レイ）」17例、「往古之例（ワウコのレイ）」13例、「例儀（レイのキ）」1例、「所拠（シヨキヨ又はシヨコ）」7例、「固実（コシチ）」13例、「故実（コシチ）」3例、「古実（コシチ）」2例などがある。「動詞」としては「失（うしなふ）」、「背（そむく）」、「違（たかふ）」、「連語」としては「非（あらず）」、「不知（しらず）」、形容詞としては「無（なし）」がある。これらが一緒に用いられている。次にいくつか具体例を示す。

　①　御禊了　於瀧口戸外吹笛　而以笛吹令牽御馬　仍違期吹調子　行事蔵人敦親<u>不知前例所行歟</u>（長和3.11.27三254）──ギヤウジの　くらうど　あつちか　ゼンレイを　しらずして　おこなふ　ところか。

　②　手結者府大事　公家所知食　非無止事不可更召　経通朝臣可尋問一家<u>古実歟</u>　近代之人以自案為<u>固実</u>　甚<u>背前跡</u>之事也（寛弘2.5.7二

	③　而書別紙　須書黄紙　亦書勅任　只可書勅　<u>違例</u>之事極以多多（寛弘8．2．4二167）——レイに　たがふこと　きはめて　もて　タタ（なり）。
	④　但或云　御法事日許皆可着鈍色云云　此事似<u>無所拠</u>（寛弘8．7．17二183）——この　ことは　シヨキヨ　なきに　にたり。
	⑤　大臣三人連座　乍三人可取続瓶子　而只取左大臣続瓶子　失也　次少納言貞亮又同　共<u>不知固実</u>歟（寛弘8．8．11二192）——ともに　コジチを　しらざるか。
	⑥　外記為長候小庭　仰可進詔書覆奏之由　暫之挿書状直進膝突奉之　既<u>失礼儀</u>（長和2．2．28三87）——すでに　レイの　ギを　うしなへり。
	⑦　其後殊有仰事　召左右最手　而左最手致平申障　即免給　仍不取也　人人云　須召最手　而最後召<u>非例</u>云云（正暦4．7．28一287）——しかるに　サイゴに　めす　ことは　レイに　あらず　とウンウン。

(2)　「無礼（ムライ又はフレイ）」ほかに属するものは、「無礼（ムライ又はフレイ）」3例、「失礼（シチライ）」（礼儀を弁えないこと）1例、「礼節（レイセツ）（礼儀と節度）1例、「威儀（ヰキ）」（礼式に叶った重重しい動作・作法のこと）1例がある。「礼節」は連語「不知（しらず）」と、「威儀」は形容詞「無（なし）」と共に用いられている。礼儀や節度や威儀はあることが前提であり、それに欠けることは批判の対象となる。
　　次に1例ずつ具体例を示す。
	①　幸路出御自東門（中略）諸卿下馬　左右将軍立門中左右之間　左御馬入南門　群立埒内　太<u>無便宜</u>之上　甚<u>無礼</u>也（長和3．5．16三224）——はなはだ　ムライなり。
	②　出居侍従右中弁忠輔入自日花門参上　度出居次将前着座　<u>失礼</u>（長徳1．10．1一307）——シチライ（なり）。

③ 早朝以刑部丞為 信令奉摺袴於摂政殿（中略）摂政不出 但在同対西面 着烏〔帽子〕・直衣等 相逢公卿 似不知礼節（正暦4．4．15一271）――レイセツを しらざるに にたり。
④ 左府着平絹青朽葉下襲 今日猶可被着綾歟 就中着白阿古め 無威儀也（正暦4．2．27―274）――キギ なきなり。

(3) 「規模（キホ）」は手本の意であり、「後鑑（コウカン）」は後後の手本の意である。連語「非（あらず）」や「不可（へからず）」と共に用いられていて、手本ではない、手本にすべきではないと言っている。両者は1例ずつある。
① 資平云 左相国乗車入自郁芳・待賢等門 進近太政官下車 任意之事也 非規模耳（長和3．2．14三191）――キボに あらざるのみ。
② 又共人兵衛尉二人 綾一疋 随身等絹二疋云云 其過差非丞相志耳 不可後鑑 為奇為奇（寛弘2．4．18二110）――コウカンと すべからず。この例では、「後後の手本にすべきではない」と批判し、更に、「為奇為奇（キとす キとす）」と「実にけしからん」と続けている。

(4) 「公事（クジ）」3例は、公務、即ち、朝廷の政務や儀式のことである「公事」は連語「非（あらず）」や漢語「凌夷（リョウイ――物事が次第に衰えすたれることの意）」と一緒に用いられている。公事ではなかったり、公事がすたれたりすることは望ましくないという点で、批判されている。
次に2例挙げる。
① （春日祭使）代官事奏事由（中略）近代只申代官 似非公事（長和2．1．30三79）――クジにあらざるににたり。
② 数度加催 僅三人参入 今一人不足 仍図書官人令行香 公事凌夷不如当今耳（長和3．1．8三175）――クジのリョウイは、タウギンにしかざるのみ。後者の例では、公事の衰えすたれることは当代の天皇

の御世には及ばない、当代が一番すたれていると言っている。

(5) 「叡慮（エイリヨ）」ほかに属するものは、「叡慮（エイリヨ）」１例・「綸旨（リンシ）」１例・「王命（ワウメイ）」１例、「王化（ワウクワ）」１例・「朝威（テウキ）」２例・「皇憲（クワウケン）」１例などである。いずれも天皇にかかわる漢語である。「叡慮」は天皇の考え、「綸旨」と「王命」は天皇の命令、「王化」は天皇が徳によって民を信服させること、「朝威」は天皇の威力、「皇憲」は天皇の作った法律のことである。これらが否定されることは望ましくないことであり、動詞「背（そむく）」・「乖（そむく）」・「損（そこなふ）」や形容詞「無（なし）」と共に用いられている。又、「綸旨」は絶対的なものであるのに、天皇自らが自分の命令を無きものにする場合、「反掌（たなこころをかへす――態度を急変させることの例えの意）」と一緒に用いられている。次に具体例を示す。

① 相府被申不可有禁制之由　亦六位差紅色　是有不可着之仰　而不着用　強乖叡慮王化之薄歟（長和3．11．21三253）――しひて　エイリヨに　そむくことは　ワウクワの　うすきか。

② 還御之後　忽以民部大輔兼綱被補蔵人頭（中略）件頭事度度仰云　有闕之時　必可成資平之由　以人被仰　又被仰資平　而如汗綸旨不異反掌耳　後後仰不可恃（長和3．5．16三228）――しかるに　あせのごとき　リンシは　たなごころを　かへすに　ことならざるのみ。

③ 資平見物来云　使使童装束改着　馬副脱褐衣　着狩衣・指貫皆綾織物者　以背王命為賢而已（長和2．4．25三110）――ワウメイに　そむくを　もて　ケンと　するのみ。

④ 惟道所騎馬左大臣家馬　彼馬舎人欲打看督長　仍不能搦得元武　此間作法還損朝威（長和3．4．15三212）――この　あひだの　サホフは　かへて　テウキを　そこなへり。

⑤ 七条大道有合戦（中略）使官人等向事発所間　雑人悉分散　中矢者二

人　捕得則武日記二通持来（中略）濫吹事多　<u>似無皇憲</u>（長徳1．7．
　　27―306）――クワウケンなきに　にたり。

(6)　「乱代（ランタイ）」ほかに属するものは、「乱代（ランタイ）3例、「末
　　代（マツタイ）　1例、「乱世政（ランセイのまつりこと）」1例、「暗夜（ア
　　ンヤ）」3例などがある。「閑廻愚慮　事頗淡薄　要国皆人人御得分歟　<u>延喜
　　天暦御宇　豈有如此之乎</u>」（長和3．12．20三263）」――延喜・天暦の御宇に
　　は、あにかくのごときことあらんや――901年～923年醍醐天皇の御世、947
　　年～957年村上天皇の御代には、こんな理不尽なことはなかった――とある
　　ように、善政の行われた延喜・天暦の時代の天皇の治世と比べてみて、「乱
　　代」（乱れた世）・「末代」（末法の世）・「暗夜」（暗い夜――比喩）と言って
　　いる。次に具体例をいくつか示す。
　①　資平云　右衛門督今朝依召参内　参議不可任　以頼宗可任中納言　是
　　　左大臣懇奏也者　<u>不足言　又不足言　乱代之又乱代</u>（長和3．3．25三
　　　205）――ランダイの　また　ランダイ（なり）。
　②　近日強盗不憚貴処　<u>可謂末代</u>（長徳3．4．25二34）――マツダイと
　　　いふべし。
　③　今日除目（中略）民部少輔及両国相替事　左府殊所奏定　天下貴賤弥
　　　以嘆悲　<u>大臣召及今度除目乱世政也</u>（長徳3．7．9二38）――ダイジ
　　　ンめし　および　このたびの　ヂモクは　ランセイの　まつりごとな
　　　り。
　④　市女笠非禁制物　仮令雖禁物　看督長・放免・別当下人破却
　　　<u>太奇怪也</u>　別当年歯極若　又無才智　<u>暗夜暗夜又暗夜也</u>（長和3．4．
　　　21三216）――アンヤ　アンヤ　また　アンヤなり。――（悪政の世
　　　であることの喩え）

(7)　「神威（シンヰ）」ほかに属するものは、「神威（シンヰ）」（神の威光）1

例、「神怒（かみのいかり）」（文字どおりの意）1例、「天譴（テンケン）」（天罰のこと）1例がある。神や天は人間にとって絶対の存在であり、それに歯向かう言動は批判される。「神威」は形容詞「無（なし）」、「神怒」は動詞「有（あり）」、「天譴」は連語「難避（さけかたし）」とそれぞれ一緒に用いられている。次に具体例を示す。

① 帥献芹両府　又妻三位候御所　内外謀略太高　如今似無神威（長和6．7．1二81）――いまの　ごときは　シンヰ　なきに　にたり。

② 拾遺納言云　斎宮事不可敢成　公家懇切之仰遂日殊甚　而左府一切不承従　計之有神怒歟（長和2．8．18三147）――これを　はかるに　かみのいかり　あらんか。

③ 僕射縦雖有所思　道綱何同心乎　愚也愚也　天譴難避歟（長和3．3．14三201）――テンケンは　さけがたきか。

(8)「首尾（シユヒ）」ほかに属するものは、「首尾（シユヒ）」4例、「理（リ又はことわり）」2例、「道理（タウリ）」1例、「物故（もののゆゑ）」1例がある。いずれも「物事のそうあるべき筋道」を示しており、それに反することは批判される。「首尾」は形容詞「無（なし）」、「理」は動詞「乖（そむく）」、「道理」は動詞「失（うしなふ）」、「物故」は連語「知良ぬ（しらぬ）」（終止形は「しらず」）とそれぞれ一緒に用いられている。次に具体例を示す。

① 其後殊有仰事　召左右最手　而左最手致平申障　即免給　仍不取也　人人云　須召最手　而最後召非例云云　又有仰事　被召出之後　被免障　似無首尾云云（正暦4．7．28一287）――シユビ　なきに　にたり　とウンウン。

② 今年賀茂祭日斎院女房唐衣外着白衣（中略）禊祭料紅花今年許依新司申被許色替（中略）而公家被定云　去年十一月辞退新司須弁済者（中略）仍今年許申請色替云云　左府所定申云云　事頗乖理　仍為令知衆人令着白色（寛弘2．4．21二111）――ことは　すこぶる　ことわり

第5節 『小右記』に見られる批判文の語彙　275

　に　そむく。
③　又云　廃朝五箇日定了　而左相府云　廃朝畢日有忌　仍不可縮行　須
　加今二箇日可為御心喪云云　<u>初諸卿定似失道理</u>（寛弘8．7．11二181）
　——はじめの　シヨキヤウの　さだめは　ダウリを　うしなふに　に
　たり。
④　裹頭法師五六人出立云云　ここは檀那院_そ　下馬所_そ　<u>大臣公卿_は物
　故_は知_{良ぬ物かと}云云</u>（長和1．5．23三27）——ダイジン　クギヤウは
　もののゆゑは　しらぬものかと　ウンウン。（道理を知っているのが
　当然なのに、知らないのかと非難している場面。）

(9)　「軽軽（キヤウキヤウ）」6例と「軽忽（キヤウコツ）」4例はいずれも
「軽率なこと」の意であり、そのような言動は批判されることになる。次に
具体例を1例ずつ挙げる。
①　侍従中納言隆家於左府以笏打落慶家朝臣冠　件慶家為右衛門督前駈
　執履近寄拾遺納言辺　仍所打落云云　或云　依有宿意云云　<u>事頗軽軽
　右金吾有忩怒色</u>（寛弘2．1．2二85）——ことは　すこぶる　キヤウ
　キヤウ（なり）。
②　今明物忌　依覆推開門　雲上侍臣五六人向大井云云　摂政・左大将・
　権大納言・(中略)三位中将俄被向大井云云　於河辺有和歌云云　<u>事極
　軽忽　上下側目云云</u>（永延2．9．17一144）——ことは　きはめて
　キヤウコツ（なり）。

(10)　「至愚（シク）」ほかに属するものには、「至愚（シク）」(極めて愚かな
こと) 4例、「鴻濌（ヲコ）」2例、「愚（ク）」2例、(どちらも、愚かなこ
との意)、「愚頑（ククワン）」(愚かで頑固なことの意) 1例がある。上記4
語は、言動に対する批判として用いられている。次に具体例を1例ずつ示す。
①　後日聞　史奉親朝臣云　除目清書可被奉左府歟云云　除目専不奉也

奉親至愚之又至愚也（長和１．４．27三16）――ともちかは　シグの
　　　また　シグなり。
　②　昨内大臣参皇太后宮　令啓左兵衛督実成造宮行事　可被聞左府者　事
　　　太展転　是下﨟作法也　又向権僧正明救房令奏聞　権僧正日来奉仕内
　　　御修法　非丞相之作法　如凡人又其事不成　極鴻濟也（長和３．５．24
　　　三230）――きはめて　ヲコなり。
　③　僕射縦雖有所思　道綱何同心乎　愚也愚也（長和３．３．14三201）
　　　――グなり　グなり。
　④　三献了左大臣奏宣命・見参（中略）但少納言唱見参之所諸卿不覚（中
　　　略）余追悔思如此之時　見文書可参入也　而心冷性懶　臨時不詳前例
　　　愚頑甚　亥刻事了（長徳３．10．１二42）――ググワン　はなはだし。

(11)　感動詞「嗟乎（ああ）」４例と形容詞「悲（かなし）」１例は、「あきれ
　たことよ」とか、「残念なことよ」の意であり、批判する場合に用いられて
　いる。次に具体例を挙げる。
　①　日者内裏御猫産子　女院・左大臣・右大臣有産養事（中略）未聞禽獣
　　　用人礼　嗟乎（長和１．９．19二61）――ああ。（猫などの禽獣に人の
　　　礼を用いることは、いまだかつて聞かないことである。それなのに、
　　　人の礼を用いるとは情けないと批判している場面）
　②　又云　祭使還饗　内大臣出居如昨　初献春宮亮道雅　往来盃同昨日
　　　内府失固実　嗟乎嗟乎（長和３．４．19三215）――ああ　ああ。（内大
　　　臣が故実に則らなかったことに対して、批判している。「ああ」を２
　　　回繰り返して、批判の度合を強めている。）
　なお、『色葉字類抄』によれば、「嗟乎」は「嗟呼」と載っている（前田本
下ア　畳字39ウ７）。
　③　除目云云（中略）亦頭中将能信可叙三品云云　乱代之極又極也　悲哉
　　　（長和３．１．17三176）――かなしきかな。（乱れた世の極みに対して、

第5節 『小右記』に見られる批判文の語彙　277

悲しいことだと批判している。)

(12)「恥(はち)」ほかに属するものには、「恥(はち)」3例——動詞「残(のこす)」や「棄(すつ)」と一緒に用いられている——、動詞「恥(はつ)」1例——「天地(テンチ)」と一緒に否定形で用いられている——、漢語「恥辱(チンシヨク)」2例、和語「大恥(おほはち)」1例がある。恥を残すこと、恥を棄てること、天地を恥じないこと、当時後代の大きな恥辱となることは、批判されるべき内容である。次に具体例を示す。

① 近代太政大臣及大納言已下息女　父薨後皆以宦任 (中略) 末代卿相女子為先祖可遺恥 (長和2.7.12三126) ——マツダイの　キヤウシヤウの　ヂヨシは　センゾの　ために　はぢを　のこすべし。

② 除目云云　太汎愛　世間珍宝　悉到蓮府　可謂棄恥 (長和3.1.17三176) ——はぢを　すつ　と　いふべし。

③ 於大宮院北辺見物及昏　過差之甚　万倍例年　是制止之所致也　依左府気色　禊日前駈祭所過差　内奏可停過差之由　外仰不可拘制之事　不恥天地歟 (長和2.4.24三110) ——テンチを　はぢざるか。(左大臣の行う矛盾について、天地を恥じないのかと批判している。)

④ 法師敢言云　騎馬て前前専不登山　縦大臣・公卿なりとも執髪て引落せ云云　相府当時後代大恥辱也 (長和1.5.24三27) ——シヤウフはタウジコウダイのおほいなるチンジヨクなり。

⑤ 中宮権大夫扶義談云　昨日后宮乗給扶義車　其後使官人等参上御所　捜検夜大殿及疑所所　放組入・板敷等　皆実検云云　奉為后無限之大恥也　又云　后昨日出家給云云 (長徳2.5.2二10) ——きさきのおほむためには　かぎりなき　おほはぢなり。(検非違使等の行動を批判している。)

(13)連語「不甘心(カムジムせず)」は10例、連語「不甘(あまんせず)」は

2例ある。即ち、漢語サ変動詞「甘心（カムジムす）」の否定形と和語の動詞「甘（あまんす）」の否定形は、どちらも「納得しない」という意味で用いられている。これは批判の現れと見ることができる。次に具体例を示す。

① 上達部依左府命献和歌　往古不聞事也　何況於法皇御製哉　又有主人和歌云云　今夕有被催和歌之御消息　令申不堪由　定有不快之色歟　<u>此事不甘心事也</u>（長保1．10．28二67）――このことは　カムジムせざる　ことなり。（左大臣の命令によって公卿が和歌を献上すること、まして法皇が御製を藤原道長の長女彰子入内のための屏風歌に収めることには納得しないという意味）

② 尋禅位之跡　可有心喪之限　御本服七日　此間可有御心喪歟　諸卿僉議　<u>愚心不甘</u>　後代之賢哲必有所定歟（寛弘8．7．8二179）――グシンはあまんぜず。（諸卿の相談した内容に藤原実資は納得しないという意味）

⒁　「弾指（タンシ　又は　タンシす）」ほかに属するものには、「弾指（タンシ　又は　タンシす）」（非難すること）6例、「難（ナンす）（非難する意）2例、「後難（コウナン）（後日に受ける非難のこと）2例、「誹謗（ヒハウ）」（中傷すること）2例、「謗難（ハウナン　又は　ハウナンす）」（誹謗し論難すること）5例がある。これらのうち「誹謗」と「謗難」は少しずれるが、批判の中に一応入れて扱うことにする。次に具体例を挙げる。

① 近衛等或以弓打　或以杖打　不耐打追雑人盈満御前（中略）事之濫吹未有此比　<u>諸卿或弾指　或嘆息</u>（長和2．7．29三136）――シヨキヤウは　あるいは　タンジし　あるいは　タンソクす。

② 資平入夜来云　今朝権大納言・権中納言・三位中将・源宰相同車　被過門外　被召乗車　於五条辺騎馬　見古加云処　彼大納言所領也　其辺有能通朝臣領処　大納言有要望気者　<u>可弾指之世也</u>（長和3．12．6三259）――タンジすべき　よなり。（権大納言藤原頼通が能通朝臣の

第5節 『小右記』に見られる批判文の語彙　279

所領をほしいと思っていることに対して、藤原実資が非難すべき世だと書いている。)

③ 去夕皇后宮命云　行幸無便事　下官・為任等難申之由　(中略)　為任・下官対誰人有所難乎（長和2．9．6三155）——ゲクワン・ためとうらが　ナンじまうす　よし、(中略)ためとう・ゲクワンは　たれひとに　たいして　ナンずる　ところ　あらんや。(行幸は不都合であると、実資や為任が非難しているという皇后宮の言に対して、そんなはずはないと反論している。)

④ 今日須候内　而太相国承希有迯遊　仍抛公事所馳参也　不思後難　又忘公責耳（永延2．10．3一146）——コウナンを　おもはず。(後難は、他の公卿がのちに藤原実資を非難すること。)

⑤ 宮被仰云　日来中宮煩有饗饌　卿相有煩歟　(中略)　相府坐間　諸卿饗応　退有誹謗歟　況万歳後哉（長和2．2．25三86）——しりぞくにヒバウ　あらむか。

⑥ 相府云　明年両后可被行我賀 五十+　而主上盈御四十筭之年　然而不可有御賀　今於宮中之宮被行我賀　可有謗難（長和3．12．8三260）——バウナン　あるべし。

(15)「不足言（いふにたらず）」11例と「言外（ケンクワイ　又は　ことのほか）」3例は、共に「もってのほかだ」という意味である。次に具体例を示す。

① 命云　式部卿宮雑人与定頼従者闘乱　初聞宮人不善之由　後能聞子細　定頼朝臣所為極不善　非尋常　可謂不足言（長和3．12．4三259）——いふに　たらず　と　いふべし。

② 召外記公資問六衛将佐等候不　雖進巻文　一人不参者　見今日気色　甚以言外也（長和1．4．27三14）——はなはだ　もて　ゲングワイなり。

⒃　連語「不穏（おたやかならず）」3例と連語「非穏便（オンヒンにあらず）」1例は、いずれも「けしからない」という意味である。具体例を次に示す。

　①　右権中将道隆叙正四位下　極奇怪事（中略）大貮輔正叙正四位下　是又不穏　然而依赴遠任　殊有天許歟（天元5．1．6―3）――これもまた　おだやかならず。（指示代名詞「是（これ）」は、直前の「大弐すけまさを正四位下に叙したこと」を受けている。このことも又「けしからない」という批判である。）

　②　薨奏今日可侍也　但錫紵令除給事　日次不宜之時　延及四个日多其例侍（中略）有令縮除之事　弥可縮以日易月之日数歟　頗非穏便耳（長和2．7．17三129）――すこぶる　オンビンに　あらざるのみ。

⒄　「無由・无由（よしなし）」4例と「無益（ムヤク）」2例は、「くだらない」とか「つまらない」とかの意である。次に具体例を示す。

　①　黄昏資平来云　雨脚不止　仍無競馬事　雲上人人会集左府馬場飲食令馳馬　相府早旦参内　不出里第　今日事極無由云云（寛弘2．4．22二111）――けふの　ことは　きはめて　よしなしと　ウンウン。

　②　取案内女房　云　宮被仰云（中略）連日饗宴　人力多屈歟　今以思之太無益事也　有停止　尤可然者（長保2．2．25三86）――はなはだムヤクの　ことなり。

⒅　「無便（ヒンなし）」ほかに属するものには、「無便（ヒンなし）」45例、「無便宜（ヒンキなし）」26例、「不便（フヒン）」12例があり、いずれも「不都合だ」という意味で用いられている。それぞれの用法を少し詳しく見ると、「無便（ヒンなし）」は、「無便（ヒンなし）」5例、「太無便（はなはたヒンなし）」2例、「無便事也（ヒンなきことなり）」3例、「極無便事也（きはめ

第5節 『小右記』に見られる批判文の語彙　281

てヒンなきことなり)」2例、「無便賦(ヒンなきか)」5例、「可無便賦(ヒンなかるへきか)」7例、「可無便(ヒンなかるへし)」6例などと用いられている。即ち、程度副詞「太(はなはた)」・「極(きはめて)」や形式名詞「事(こと)」、助動詞「可(へし)」、終助詞「賦」などと一緒に用いられている。

「無便宜(ヒンキなし)」は、「甚無便宜(はなはたヒンキなし)」6例、「可無便宜(ヒンキなかるへし)」5例、「頗無便宜事也(すこふるヒンキなきことなり)」1例、「太無便宜之事也(はなはたヒンキなきことなり)」1例、「可無便宜(ヒンキなかるへし)」5例などのように用いられている。即ち、程度副詞「甚・太(はなはた)」・「頗(すこふる)」、助動詞「可(へし)」、形式名詞「事(こと)」などと一緒に用いられている。

「不便(フビン)」は、「極不便也(きはめてフビンなり)」2例、「太不便也(はなはたフビンなり)」2例、「極不便事(きはめてフビンのこと)」1例、「極不便事也(きはめてフビンのことなり)」1例、「太不便事也(はなはたフビンのことなり)」1例などと用いられている。即ち、程度副詞「極(きはめて)」・「太(はなはた)」、断定の助動詞「也(なり)」、形式名詞「事(こと)」などと一緒に用いられている。次に具体例を1例ずつ示す。

① (西方有火) 答云　相撲期誠雖遠　今月内可定遣陸奥・太宰等使　今焼亡不幾　未被定造宮事等之前　差遣相撲使　於事無便賦 (長和3．2．19三192) ——ことに　おいては　ビンなきか。

② 予問左相府　被答云　可置棒物之料也　往古所不見聞　已是新案　臨時昇立　甚無便宜　兼可立賦 (長和1．5．17三23) ——はなはだ　ビンギ　なし。

③ 兵部卿云　不知案内之文書可出来云云　可用意者　極奇事也　先日以右宰相中将有令云事　是返中納言以子相任可拝信乃事也　以件中納言便可奏任教通云云　相任本任国事未済　又不預放還　仍答不可然由了而有此事　極不便事　今就此事廻思慮　相任謀略賦 (長和1．8．17三

56）――きはめて　フビンの　こと

⑲　「奇（あやし）」ほかに属するものとしては、「奇（あやし）」65例（このうち2回繰り返しているもの11例）、「驚奇（おとろきあやしふ）」14例、「奇驚（あやしひおとろく）」4例、「為奇（キとす）」17例、「傾奇（キにかたふく）」18例、「奇怪之又奇怪也（キクワイのまたキクワイなり）」1例、「奇也怪也（キなりクワイなり）」1例、漢語「奇怪（キクワイ）」47例・「奇異（キイ）」1例・「怪異（クワイイ）」1例などがある。二つの動詞「驚奇」と「奇驚」（これらには、「驚く」と「奇しむ」の二つの意味が含まれている）を除いて、意味はいずれも「けしからない（こと）」である。望ましくない言動を批判する際に用いられている。

　形容詞「奇（あやし）」の用法を少し詳しく見ると、「太奇事也（はなはたあやしきことなり）」6例、「甚奇事也（はなはたあやしきことなり）」5例、「極奇事也（きはめてあやしきことなり）」4例、「頗奇思（すこふるあやしくおもふ）」2例、「尤可奇事也（もともあやしかるへきことなり）」2例などのように用いられている。即ち、程度副詞「太・甚（はなはた）」・「極（きはめて）」・「頗（すこふる）」・「尤（もとも）」、形式名詞「事（こと）」、断定の助動詞「也（なり）」、当然の助動詞「可（へし）」などを伴う例がある。次に具体例をいくつか示す。

①　今夕相府云　沈病之間被悦人人五人之由　近日所聞　太奇事也　中宮大夫・右大将不可然歟（長和1．7．21三49）――はなはだ　あやしきことなり。

②　於陣行除目　下官辞退状被納了　而不被人替人　太奇太奇（長徳2．9．9二22）――はなはだ　あやし。はなはだ　あやし。（「太奇」を2回繰り返すことによって、「けしからないこと」を強調している。）

③　伝聞　昨日僧正寛朝参観音院　乗唐車　前駈法師・童其数数多　皆着綾羅云云　天下之人尤所驚奇（寛和1．2．23―84）――（テンカのひ

第5節 『小右記』に見られる批判文の語彙　283

とは　もとも　おとろきあやしふ　ところ（「奇」に「けしからない」と思う気持ちが込められている。）

④ 伝聞　亥時許斎王被向河頭云云　今日上卿及参議不参斎院　仍以左中弁懐忠為上代令行其事云云　事已希有　奇驚了（天元5.4.21一31）——あやしび　おどろきをはんぬ。（「奇」に「けしからない」と思う気持ちがある。）

⑤ （雲上賭射）　前例未射之前　以公卿先被定前後方　又被仰度数　而無其事　似失古実不供御膳　尤足為奇　五度了（正暦4.3.29一268）——もとも　キと　するに　たれり。

⑥ 伝聞　今日殊有仰事　左中弁相方被加権字　以権左中弁行成為正者　相方是上臈也　追被加権字　傾奇了（長徳2.8.5二19）——キに　かたぶきをはんぬ。

⑦ 去夜右宰相中将兼隆俄被叙正三位　奇怪之又奇怪也　月来被勘当者也（長和2.1.25三76）——キクワイの　また　キクワイなり。（同一語「奇怪」を2回繰り返すことによって、その程度を強調している。）

⑧ 上達部員数似無涯岸　又可有禅位之由有責　太難耐之由有仰事者　奇也　怪也（長和3.3.25三205）——キなり。クワイなり。

⑨ 右権中将道隆叙正四位下　極奇怪事　四位正下一世源氏外　更無此例（天元5.1.6一3）——きはめて　キクワイの　こと。

⑩ 仰内大臣云　関白煩病之間　雑文書・宣旨等先触関白　次触内大臣可経奏聞者　内大臣云　伝勅之旨頗以相違　関白煩病之間　専委内大臣之由已有所承　而先触関白　相続有可令見文書之仰如何者　仍以此旨経奏聞　仰云　須以此趣仰関白　随彼申旨仰事由者　頭中将馳向関白家云云　此事大奇異之極也　必有事敗歟（長徳1.3.8一301）——この　ことは　おほいに　キイの　きはまりなり。

⑪ 左金吾示送云　去夕行啓俄以延引　其由者依大将軍遊行方也　本宮有饗饌并所司装束等　而臨期撤却　頗似怪異云云（寛弘5.7.10二143）

——すこぶる　クワイイに　にたりと　ウンウン。
　以上、「けしからないこと」を示す場合は、形容詞「怪（あやし）」が最もよく用いられている（65例）と言える。

⒇　「不可然（しかるへからず）」28例は、前文の内容を受けて「そうであってはならない」と批判する場合、「不可（〜すへからず）」34例はその直後にいろいろな動詞が接続して「そうするべきではない」と批判する場合にそれぞれ用いられている。次に具体例を挙げる。
　①　又可給宣旨之時　依可給宣旨　可候式部之由　兼所仰外記　相府之気色　給除目之時　式部着靴　為令知其事也　兼仰外記　更又不可仰歟　件事不聞古伝　若今案歟　不可然也（長和３．６．17三234）——しかる　べからざるなり。（左大臣藤原道長のやり方に対して、「そうするべきではない」と批判している。）
　②　今日左相府大饗（中略）昨日尊者三人　一人馬二疋　今二人各一疋　未有其意　於大臣不可有差別也　可奇事也（正暦４．１．24—257）——ダイジンに　おいては　シヤベツ　ある　べからざるなり。（差別があるべきではないと批判している）

ま　と　め

　前記三で、20項目に分けて具体例を示しながら説明した。本文献に見られる批判文の語彙の特徴について、まず各項目ごとに述べ、次に全体のまとめをする。
　先の20項目について、異なり語数の観点、どんな語と一緒に用いられているかという観点、この二つの点について次に述べる。

第5節　『小右記』に見られる批判文の語彙　285

(1)　「前例（センレイ）」ほか

　異なり語数は、「前例（センレイ）」・「先例（センレイ）」・「前跡（センセキ）」・「前伝（センテン）」・「先伝（センテン）」・「古伝（コテン）」・「例（レイ）」・「所拠（シヨコ）」・「固実（コシツ）」・「故実（コシツ）」・「古実（コシツ）」など漢語9語、「往古之例（ワウコのレイ）」・「例儀（レイのキ）」など混種語の連語2語である。一緒に用いられているのは、「不知前例（センレイをしらず）」13/37例と「不知固実（コシチをしらず）」10/18例とに代表されるように、連語「不知（しらず）」という動詞「知（しる）」の否定形である。外には、連語「非（あらず）」、形容詞「無（なし）」、動詞「失（うしなふ）」、「背（そむく）」、「違（たかふ）」などと一緒に用いられている。

(2)　「無礼（ムライ　又は　フレイ）」ほか

　異なり語数は、「無礼（ムライ）」・「失礼（シチライ）」・「礼節（レイセツ）」・「威儀（ヰキ）」など漢語4語である。「無礼」と「失礼」は、それ自身（指定の助動詞「也（なり）」を伴うこともあるが）単独で用いられている。「礼節」と「威儀」は、連語「不知（しらず）」や形容詞「無（なし）」と共に用いられている。

(3)　「規模（キホ）」と「後鑑（コウカン）」

　異なり語数は漢語2語である。「規模（キホ）」は連語「非（あらず）」と、「後鑑（コウカン）」は連語「不可（〜とすへからず）」と一緒に用いられている。

(4)　「公事（クシ）」

　異なり語数は漢語1語である。「公事（クシ）」は連語「非（〜にあらず）」と一緒に用いられている。

(5)　「叡慮（エイリヨ）」ほか

　異なり語数は、「叡慮（エイリヨ）」・「綸旨（リンシ）」・「王命（ワウメイ）」・「王化（ワウクワ）」・「朝威（テウキ）」・「皇憲（クワウケン）」など漢語6語である。動詞「乖・背（そむく）」・「損（そこなふ）」、形容詞「無

(なし) などと一緒に用いられている。
(6) 「乱代（ランタイ）」ほか
　異なり語数は、「乱代（ランタイ）」・「末代（マツタイ）」・「暗夜（アンヤ）」など漢語3語、「乱世政（ランセイのまつりこと）」など混種語1語である。動詞「謂（いふ）」や助動詞「也（なり）」と一緒に用いられている。
(7) 「神威（シンヰ）」ほか
　異なり語数は、「神威（シンヰ）」・「天遣（テンケン）」など漢語2語、和語「神怒（かみのいかり）」1語である。「神威」は形容詞「無（なし）」、「天遣」は連語「難避（さけかたし）」、「神怒」は動詞「有（あり）」とそれぞれ一緒に用いられている。
(8) 「首尾（シユヒ）」ほか
　異なり語数は、「首尾（シユヒ）」・「理（リ）」・「道理（タウリ）」など漢語3語、和語「物故（もののゆゑ）」1語である。「首尾」は形容詞「無（なし）」、その他は動詞「乖（そむく）」・「失（うしなふ）」、連語「不知（しらず）」と一緒に用いられている。
(9) 「軽軽（キヤウキヤウ）」と「軽忽（キヤウコツ）」
　異なり語数は、漢語「軽軽（キヤウキヤウ）」・「軽忽（キヤウコツ）」の2語である。程度副詞「頗（すこふる）」・「極（きはめて）」と一緒に用いられているものの外に、連語「似（〜ににたり）」と一緒に用いられているものもある。
(10) 「至愚（シク）」ほか
　異なり語数は、「至愚（シク）」・「鴻溥（ヲコ）」・「愚（ク）」・「愚頑（ククワン）」など漢語4語である。助動詞「也（なり）」や形容詞「甚（はなはたし）」と一緒に用いられている。
(11) 「嗟乎（ああ）」と「悲（かなし）」
　異なり語数は、感動詞「嗟乎（ああ）」と形容詞「悲（かなし）」など和語2語である。「嗟乎（ああ）」は、単独又は2回繰り返して用いられている。

「悲（かなし）」は、感動の終動詞「哉（かな）」と一緒に用いられている。
⑿　「恥（はち）」ほか
　異なり語数は、名詞「恥（はち）」・「大恥（おほはち）」、動詞「恥（はつ）」など和語3語、漢語の名詞「恥辱（チンシヨク）」1語である。名詞は、動詞「遺（のこす）」・「棄（すつ）」、助動詞「也（なり）」などと共に用いられている。動詞「恥（はつ）」は漢語「天地（テンチ）」と一緒に用いられている。
⒀　「不甘心（カムジムせず）」と「不甘（あまんせず）」
　異なり語数は、混種語の連語「不甘心（カムジムせず）」1語、和語の連語「不甘（あまんせず）」1語である。「不甘心」はその後ろに「事也（ことなり）」を伴っているものが2例あるが、大部分は単独で用いられている。「不甘」は単独か2回繰り返すか、のどちらかで用いられている。
⒁　「弾指（タンシ　又は　タンシす）」ほか
　異なり語数は「弾指（タンシす）」、「難（ナンす）」など混種語の漢語サ変動詞2語、「後難（コウナン）」・「誹謗（ヒハウ）」・「謗難（ハウナン）」など漢語の名詞3語である。「後難」は連語「不思（おもはず）」と、「誹謗」や「謗難」は動詞「有（あり）」とそれぞれ一緒に用いられている。
⒂　「不足言（いふにたらず）」と「言外（ケンクワイ　又は　ことのほか）」
　異なり語数は、和語の連語「不足言（いふにたらず）」1語、漢語の名詞「言外（ケンクワイ）」1語である。「不足言」は単独の外、助動詞「也（なり）」や連語「可謂（〜といふべし）」などを伴っている。「言外」は助動詞「也（なり）」を伴うものがある。
⒃　「不穏（おたやかならず）」と「非穏便（オンヒンにあらず）」
　異なり語数は、和語の連語「不穏（おたやかならず）」1語、混種語の連語「非穏便（オンヒンにあらず）」1語である。「不穏」は「事也（〜ことなり）」を伴うものがある。

⒄　「無由・无由（よしなし）」と「無益（ムヤク）」

　異なり語数は、和語の形容詞「無由・无由（よしなし）」1語、漢語の名詞「無益（ムヤク）」1語である。「無由」は程度副詞「極（きはめて）」を伴うもの、「事也（〜ことなり）」を伴うものなどがある。「無益」は「事也（〜のことなり）」を伴うもの、「無益」を2回繰り返すものなどがある。

⒅　「無便（ヒンなし）」ほか

　異なり語数は、「無便（ヒンなし）」・「無便宜（ヒンキなし）」など混種語2語、漢語「不便（フヒン）」1語である。「無便（ヒンなし）」は、終動詞「歟（か）」を伴うもの、「事也（〜ことなり）」を伴うもの、助動詞「也（なり）」を伴うもの、助動詞「可（へし）」を伴うもの、程度副詞「極（きはめて）」・「太（はなはた）」・「頗（すこふる）」などを伴うものがある。「無便宜（ヒンキなし）」も、「無便」とほぼ同様のものを伴っている。「不便（フヒン）」は、程度副詞「極（きはめて）」・「太（はなはた）」や「事也（〜のことなり）」を伴っているものがある。

⒆　「奇（あやし）」ほか

　異なり語数は、形容詞「奇（あやし）」、動詞「驚奇（おとろきあやしふ）」・「奇驚（あやしひおとろく）」など和語3語、「為奇（キとす）」・「傾奇（キにかたふく）」・「奇怪之又奇怪也（キクワイのまたキクワイなり）」・「奇也怪也（キなりクワイなり）」などの句4種類、「奇怪（キクワイ）」・「奇異（キイ）」・「怪異（クワイイ）」などの漢語3語である。用例数の上からこのグループの代表である「奇（あやし）」には、「太・甚（はなはた）」・「極（きはめて）」・「頗（すこふる）」・「尤（もとも）」などの程度副詞や助動詞「也（なり）」を伴っているものが見られる。

⒇　「不可然（しかるへからず）」と「不可（〜すへからず）」

　異なり語数は、和語の連語「不可然（しかるへからず）」と「不可（〜すへからず）」の2語である。「不可然（しかるへからず）」は単独で、「不可（〜すべからず）」はその直後に種々の動詞を伴って、それぞれ用いられてい

第5節 『小右記』に見られる批判文の語彙　289

る。

　以上の項目ごとのまとめに加えて、本文献に見られる批判文の語彙に関する全体的特徴は、次の7点にまとめることができる。
1　語種の異なり語数の観点からは、漢語約61%（46/75）・和語約21%（16/75）・混種語約18%（13/75）であり、漢語の占める割合が6割を越えている。
2　語種の異なり語数の多いものは、1「前例（センレイ）」ほかの11語と、⒆「奇（あやし）」ほかの10語とである。「前例」に関する類義語が多いのは、平安貴族社会の政治や年中行事などにおいては前例や固実を尊重することが前提であり、それに則っていない場合に批判されることを考えると容易にうなずくことができる。「奇（あやし）」の類義語や類義連語が多いのは、批判する場合に、「けしからないことだ」という意味を示す語が好んで用いられたからではないであろうか。
3　批判に用いられる語の意味合いからすれば、「けしからないこと」は19「奇（あやし）」ほかと16「不穏（おたやかならず）」と「非穏便（オンヒンにあらず）」、「もってのほかであること」は15「不足言（いふにたらず）」と「言外（ケンクワイ）」、「不都合であること」は18「無便（ヒンなし）」ほかで表されている。
4　批判文に用いられる語の代表は、用例数の上から1「前例（センレイ）」（37例）と19「奇（あやし）」（65例）とである。中でも、「不知前例（センレイをしらず）」と「太奇事也（はなはたあやしきことなり）」とを代表と見なすことができる。
　　なお、「前例（センレイ）」と「奇（あやし）」とは、本文献全体（全9冊）を調査し終えたときにも、頻出語であると推定することができる。
5　20「不可然（しかるへからず）」と「不可（〜すへからず）」もよく用いられる連語であり、本文献全体においても頻出すると推定される。とりわ

け、後者は助動詞「可(へし)」の後にいろいろな動詞を続けることができるので、「〜するべきではない」と批判する場合に重宝されたと考えられる。

6　批判文の構造は、批判される内容が先に書いてあり、それを受けて批判文が続くというものが大部分、いや、現時点の調査では全部だと言ってよい。この順番は、批判文の場合はごく普通だと考えられる。

これに対して、原因・理由を示す表現の場合には、先述した(第二章　第4節)ように、「原因・理由が先に示されて結果が後に出てくるもの」(『小右記』では4645例＝90.4％)と、「結果が先に示されて原因・理由が後に出てくるもの」(496例＝9.6％)とがあり、「批判文」の場合とは様相を異にしている。

7　批判を強調して表現する場合は、「極奇事也(きはめてあやしきことなり)」(寛弘8．8．27二202)のように程度副詞「極(きはめて)」以外に、「太・甚(はなはた)」・「頗(すこふる)」・「尤(もとも)」などを用いるものと、「<u>不足言　又不足言　乱代之又乱代</u>(いふに　たらず。また　いふに　たらず。　ランタイの　また　ランタイ)」(長和3．3．25三205)のように同一連語や同一語を2回繰り返すものとが見られる。

最後に、本文献に見られる批判文の語彙の一覧表と、語種の異なり語数の一覧表とを載せておく。

注
(1)　東京大学史料編纂所編　『大日本古記録　小右記』(岩波書店　1987)

第5節 『小右記』に見られる批判文の語彙　291

表1　本文献に見られる批判文の語彙　一覧表

語（又は連語）	よみ	用例数
1　前例ほか		116
前例	センレイ	37
先例	センレイ	6
前跡	センセキ	9
前伝	センテン	3
先伝	センテン	2
古伝	コテン	3
例	レイ	17
往古之例	ワウコのレイ	13
例儀	レイのギ	1
所処	シヨキヨ（又はシヨコ）	7
固実	コシチ	13
故実	コシチ	3
古実	コシチ	2
2　無礼ほか		6
無礼	ムライ（又はブレイ）	3
失礼	シチライ	1
礼節	レイセツ	1
威儀	キギ	1
3　規模と後鑑		2
規模	キホ	1
後鑑	コウカン	1
4　公事	クシ	3
5　叡慮ほか		7
叡慮	エイリヨ	1
綸旨	リンシ	1
王命	ワウメイ	1
王化	ワウクワ	1
朝威	テウキ	2
皇憲	クワウケン	1
6　乱代ほか		9
乱代	ランタイ	3
末代	マツタイ	1
乱世政	ランセイのまつりこと	1
暗夜	アンヤ	4
7　神威ほか		3
神威	シンキ	1
神怒	いみのいかり	1
天譴	テンケン	1
8　首尾ほか		7
首尾	シユヒ	4
理	リ（又は　ことわり）	1
道理	タウリ	1
物故	もののゆゑ	1
9　軽軽と軽忽		10
軽軽	キヤウキヤウ	6
軽忽	キヤウコツ	4
10　至愚ほか		9
至愚	シグ	4

語（又は連語）	よみ	用例数
澔	ヲコ	2
愚	グ	2
愚頑	ククワン	1
11　嗟乎と悲		5
嗟乎	ああ	4
悲	かなし	1
12　恥ほか		7
恥	はち	3
恥	はつ	1
大恥	おほはち	1
恥辱	チンシヨク	2
13　不甘心と不甘		12
不甘心	カムジムせず	10
不甘	あまんせず	2
14　弾指ほか		17
弾指	タンシ（又はタンシす）	6
難	ナンす	2
後難	コウナン	2
誹謗	ヒハウ	2
謗難	ハウナン（又はハウナンす）	5
15　不足言と言外		14
不足言	いふにたら	11
言外	ケンクワイ（又は　ことのほか）	3
16　不穏と非穏便		4
不穏	おたやかならず	3
非穏便	オンヒンにあらず	1
17　無由と無益		6
無由・无由	よしなし	4
無益	ムヤク	2
18　無便ほか		83
無便	ヒンなし	45
無便宜	ヒンキなし	26
不便	フヒン	12
19　奇ほか		169
奇	あやし	65
驚奇	おとろきあやしふ	14
奇驚	あやしひおとろく	4
為奇	キとす	17
傾奇	キにかたふく	18
奇怪之亦奇怪他	キクワイのまたキクワイなり	1
奇也　怪也	キなり　クワイなり	1
奇怪	キクワイ	47
奇異	キイ	1
怪異	クワイイ	1
20　不可然と不可		62
不可然	しかるへからず	28
不可	～すへからず	34
		551

表2 語種の観点から見た異なり語数 一覧表

項目＼語種	漢語	和語	混種語	計
1	9	0	2	11
2	4	0	0	4
3	2	0	0	2
4	1	0	0	1
5	6	0	0	6
6	3	0	1	4
7	2	1	0	3
8	3	1	0	4
9	2	0	0	2
10	4	0	0	4
11	0	2	0	2
12	1	3	0	4
13	0	1	1	2
14	3	0	2	5
15	1	1	0	2
16	0	1	1	2
17	1	1	0	2
18	1	0	2	3
19	3	3	4	10
20	0	2	0	2
計	46	16	13	75
％	61.4	21.3	17.3	100.0

第6節　平安後期公卿日記に見られる語彙の一特徴
——『小右記』・『御堂関白記』・『権記』の場合——

はじめに

　平安後期公卿日記に見られる語彙の一特徴を考察するには、同時代の位相を異にする和文の文献に見られる語彙と比較してみることが、一つの有効な方法である。平安後期公卿日記としては、『御堂関白記』・『権記』・『小右記』の3文献を取り上げる。そして、これら公卿日記に見られる特定の記事と内容をそれぞれ同じくする和文のそれとを比較していく。

一　公卿日記と和文日記や物語とに共通する内容

　ここでは、「人の生死に関する記事」で、公卿日記と和文日記や物語とに共通するものにどんなものがあるのかについて述べていく。
　「生に関する記事」では、一条天皇と藤原道長の長女—彰子中宮—との間に生まれた敦成（あつひら）親王の誕生前後に関わるものがある。敦成は一条天皇の第2皇子で、後に後一条天皇となった人である。寛弘5年（1008）9月11日に生まれ、八代天皇としての在位は1016年から1036年までの21年間である。長元9年（1036）4月17日に29歳で崩じた。公卿日記では『小右記』（二146）・『御堂関白記』（上268）・『権記』（二102）の3文献に、和文日記では『紫式部日記』（171—174）[1]にそれぞれ記述がある。
　「死に関する記事」には次の二つがある。帥宮為尊（ためたか）親王の場合と藤原行成の娘の場合とである。
　為尊親王は冷泉天皇（950—1011）の第3皇子で、母は関白藤原兼家（道長の父）の娘超子である。貞元2年（977）に生まれ、長保4年（1002）6

月13日に26歳で薨じている。なお、この為尊親王の弟は、『和泉式部日記』の女主人公「女（をんな）」の恋の相手としてよく知られている帥宮敦道親王（冷泉天皇の第4皇子）であり、寛弘4年（1007）10月2日に26歳で薨じている。公卿日記では『権記』（一262上）に見られるが、『御堂関白記』や『小右記』には欠けている。和文日記では『和泉式部日記』(85)[2]の中に、為尊親王の亡くなったことを伺わせる記述が見られる。

　藤原行成の女（むすめ）は、藤原道長の5男長家（1005―1064）の妻であり、親譲りの能書家であったらしい。寛弘4年（1007）に生まれ、治安元年（1021）3月19日に15歳で病没している。公卿日記『小右記』（六20)[3]には記載があるが、『御堂関白記』や『権記』には欠けている。和文では、『更級日記』（300)[4]や『栄花物語』（下　巻16「もとのしづく」37―38)[5]に記述が見られる。

　以上の三つの内容に関して、次にそれぞれ比較検討する。

二　敦成（あつひら）親王誕生に関する場合

　敦成親王誕生の前後に関して、『小右記』・『御堂関白記』・『権記』と『紫式部日記』のそれぞれの該当箇所を先ず記す。

(1)　『小右記』に見られる具体例

　『小右記』には敦成親王誕生の前後に関して、次に示すように、寛弘5年（1008）9月10日から12日まで3日間に亘って記事が載っている。

　①　鶏鳴人々告送中宮（注　藤原彰子のこと）御産気色之由　卯刻許参入（中略）余巳時許退出　依御産気色微微也（寛弘5．9．10二146）
　　　ケイメイに　ひとびと　チウグウ　ゴサンの　ケシキの　よしを　つげおくる。うのコクばかりに　サムニフ（す）。（中略）ヨ　みのときばかりに　タイシュツ（す）。ゴサンの　ケシキ　ビビたるに　よてなり。

第6節　平安後期公卿日記に見られる語彙の一特徴　　295

② 左武衛被示送云　丑刻許自宮退出　無御産気　但邪気出来（寛弘5．9.11二146）

　　ひだりの　ブエイ　しめしおくられて　いはく「うしのコクばかりに　みやより　タイシユツ（す）。ゴサンの　ケ　なし。ただし、ジヤキ　シユツライ（す）。

③ 湯殿間五位十人・六位十人執弓立庭中　皆着白重　其前読書人立之　朝読書伊勢守　致時朝臣　夕挙周朝臣（寛弘5．9.12二146）

　　ゆどのの　あひだ　ゴヰ　ジフニン・ロクヰ　ジフニン　ゆみを　とて　テイチウに　たつ。みな　しろがさねを　きる。　その　まへに　ドクシヨの　ひと　たつ。あさの　ドクシヨは　いせのかみ　むねときあそん、ゆふべは　たかちかあそん。

　以上の3例から『小右記』では、生まれ出ようとする兆候の有無や生まれて後の御湯殿の儀式（生まれた皇子に産湯を使わせる儀式）の様子は分かるが、出産そのものの記述は無い。が、生まれたことは事実である。
　なお、皇子誕生等に関する記事は、宮内庁書陵部所蔵の『御産部類記所引不知記』にはあるという(6)が未見である。

(2) 『御堂関白記』に見られる具体例

　『御堂関白記』には敦成誕生前後の記事は、次に示すように、寛弘5年（1008）9月10日から13日までの4日間に亘って載っている。

① 子時許従宮（注　彰子）御方女方来云　有悩御氣者　参入　有御気色　(中略) 他人々多参　終日悩暗給（寛弘5．9.10上267）

　　ねのときばかりに　みやの　おほむかたより　ニヨウバウ（をんなかた）きたて　いはく、「なやみ　おはします　ケ　あり」てへり。サムニフ（す）。みケシキ　あり。(中略)ほかの　ひとびと　おほくまゐる。シウジツ　なやみ　くらしたまふ。

② 午時平安男子産給　候僧・陰陽師等賜禄　各有差　同時乳付　切斉

［臍］結［緒］造御湯殿具初　酉時右少弁広業読書　教［孝］経　朝
　　　夕同（中略）御湯鳴弦五位十人　六位十人（寛弘5．9．11上268）
　　　むまのときに　ヘイアンに　をのこを　うみたまふ。さぶらふ　ソ
　　　ウ・オンミヤウジらに　ロクを　たまふ。おのおの　サ　あり。おな
　　　じ　ときに　ちづけす。ほそのをを　きる。おゆどのの　ぐを　つく
　　　りはじむ。とりのときに　ウシヤウベン　ひろなり　シヨを　よむ。
　　　（コブン）コウケウ　あさゆふ　おなじ。（中略）おゆ（どのにして）
　　　つるを　ならすのは　ゴキ　ジフニン　ロクキ　ジフニン。
　③　御湯殿読書朝（注　中原）致時　明経　夕（大江）挙周（寛弘5．912
　　　上268）
　　　おゆどのの　ドクシヨ　あさは　（なかはらの）　むねとき　ミヤウ
　　　キヤウ。ゆふべは（おほえの）たかちか。
　④　庁官奉仕御産養（寛弘5．9．13上268）
　　　チヤウクワン　おほむうぶやしなひに　ホウジ（す）。
　以上の4例から『御堂関白記』では、中宮彰子のお産の前日の（肉体的
に）苦しんだ様子、お産の当日は男子を安産したこと、お湯殿の儀式の様子、
生まれて三日目に「産養い」の祝宴を設けたことがわかる。
(3)　『権記』に見られる具体例
　『権記』には敦成親王の誕生に関して、次のように、9月9日から13日ま
での5日間の記事が載っている。
　①　夜半許中宮（注　彰子）御産気色云云　即参　有気色　丑刻立白木御
　　　帳鋪敷（寛弘5．9．9二102下）
　　　ヤハンばかりに　チウグウ　ゴサンの　ケシキ（あり）と　ウンウン。
　　　すなはち　まゐる。ケシキ　あり。うしのコクに　しらきの　みチヤ
　　　ウを　たてて　しく。
　②　午刻許又参　未云云（中略）亦参左府　未云云（寛弘5．9．10二102
　　　下）

むまのコクばかりに また まゐる。いまだ（ならず）と ウンウン。
（中略）また サフに まゐる。いまだ（ならず）と ウンウン。

③ 巳刻参左府　午刻中宮（注　彰子）誕男皇子　仏法之霊験也　御乳付橘三位　読書伊勢守致時朝臣　右少弁挙周朝臣等也云云（寛弘５．９．11二102下）

みのコクに サフに まゐる。むまのコクに チウグウ をとこみこを うむ。ブツホフの レイゲンなり。おほむちづけは たちばなのサムミ。ドクシヨは いせのかみ むねときあそん ウセウベン たかちかあそんらなりと ウンウン。

④ 朝　致時朝臣［読］礼記第十六中庸篇（寛弘５．９．12二103上）
あさ　むねときあそん　ライキ　ダイジフロク　チウヨウヘンを（よむ）。

⑤ 亦参宮　夕方御湯殿　致時朝臣読書　弦打二十人　五位十人　六位十人（以下省略）（寛弘５．９．13二103上）
また みやに まゐる。ゆふがた おゆどの（のギ） むねときあそん ドクシヨ。つるうちは ニジフニン　ゴヰ ジフニン ロクヰジフニン。（以下省略）

　以上の５例から『権記』では、出産の間近いこと、男子の生まれたこと、乳付けや読書を誰がしたかということ、御湯殿の儀式のことなどがわかる。

(4) 『紫式部日記』に見られる具体例

　十日の、まだほのぼのとするに御（おほん）しつらひかはる。白き御帳（みチャウ）にうつらせたまふ。（中略）十一日の暁も、北の御障子、二間（ふたま）はなちて、廂（ひさし）にうつらせたまふ。（中略）御いただきの御髪（みぐし）おろしたてまつり、御いむこと受けさせたてまつりたまふほど、くれまどひたるここちに、こはいかなることと、あさましうかなしきに、たひらかにせさせたまひて、のちのことまだしきほど、さばかり広き身屋

（もや）、南の廂、高欄（カウラン）のほどまで立ちこみたる僧も俗も、いま一よりとよみて、額（ぬか）をつく。(中略)今とせさせたまふほど、御物（おほんもの）のけのねたみののしる声などのむくつけさよ。(中略)午（むま）の刻（とき）に、空晴れて、朝日さしいでたるここちす。<u>たひらかにおはします</u>うれしさの、たぐひもなきに、男（をとこ）にさへおはしましけるよろこび、いかがはなのめならむ。(中略)内裏（うち）より御佩刀（みはかし）もてまゐれる頭（トウ）の中将頼定（よりさだ）、けふ伊勢の奉幣使（みてぐらづかひ）、かへるほど、のぼるまじければ、立ちながらぞ、たひらかにおはします御有様奏せさせたまふ。禄などもたまひける、そのことは見ず。御臍の緒（おほんほぞのを）は殿のうへ、御乳付（おほんちつけ）は橘の三位。御乳母（おほんめのと）、もとよりさぶらひ、むつましう心よいかたとて、大左衛門（おほさゑもん）のおのとつかうまつる。(中略)御湯殿（おほんゆどの）は酉（とり）の刻（とき）とか。(中略)文（ふみ）読む博士（はかせ）、蔵人の弁広業（ひろなり）、高欄（かうらん）のもとに立ちて、史記の一巻（いつくわん）を読む。弦（つる）うち二十人、五位十人、六位十人、二なみに立ちわたれり。夜さりの御湯殿（おほんゆどの）とても、さまばかりしきりてまゐる。儀式同じ。御文（ふみ）の博士ばかりや変りけむ。伊勢の守致時（むねとき）の博士とか。例の孝経なるべし。また、挙周（たかちか）は、史記文帝の巻をぞ読むなりし。七日のほど、かはるがはる。(中略)三日にならせたまふ夜は、宮づかさ、大夫（だいぶ）よりはじめて、<u>御産養（おほんうぶやしなひ）つかうまつる</u>。右衛門の督（うゑもんのかみ）は御前（おまへ）のこと、沈（ぢん）の懸盤（かけばん）、白銀の御皿など、くはしくは見ず。(中略)十月十余日までも、御帳（みちやう）いでさせたまはず。(以下省略)（167—187）

　上記の『紫式部日記』からは、出産を迎える準備のこと、男子を安産したこと、お祝いのこと、湯殿や産養いの儀式のこと、中宮彰子が出産後一箇月

第6節　平安後期公卿日記に見られる語彙の一特徴　299

ぐらい養生していることなどが詳しくわかる。

(5)　公卿日記と和文日記との比較

　先述の公卿日記（変体漢文日記）3文献（『小右記』・『御堂関白記』・『権記』）と和文日記『紫式部日記』とを、語彙・（文体）の両面で比較する。

　先ず語彙の面では、「1日のうちの時間帯を表す名詞」に限って両者を比較する。『小右記』では「卯刻（うのコク）」・「巳時（みのとき）」・「丑刻（うしのコク）」があり、3語ともに副助詞「許（はかり）」が後ろに付いている。漢語としては「鶏鳴（ケイメイ）」[鶏鳴　アカツキ・ケイメイ　晨夜分『色葉字類抄』中ケ　畳字　黒川本98オ7]がある。

　『御堂関白記』には「子時許（ねのときはかり）」・「午時（むまのとき）」・「朝（あさ）」・「夕（ゆふへ）」があり、漢語としては「終日（シウシツ）」[終日　ヒメモス・シウシツ『色葉字類抄』下シ　畳字　前田本78ウ7]がある。

　『権記』には「丑刻（うしのコク）」・「巳刻（みのコク）」・「午刻（むまのコク）」・「朝（あさ）・「夕方（ゆふかた）」があり、漢語としては「夜半（ヤハン）」[夜半（読みはない）天部・晨夜部『色葉字類抄』中ヤ　畳字　黒川本87ウ1]がある。

　一方、『紫式部日記』には「まだほのぼのとする（に）」（名詞相当語）「、暁（あかつき）」・「午の刻（むまのとき）」・「夜（よ）」がある。

　両者に用いられている語を比較すると、十二支で表される時間帯はどちらにも見られる。公卿日記にしか見られないのは、「鶏鳴（ケイメイ）」・「終日（シウシツ）」・「夜半（ヤハン）」の漢語3語である。これらの語は宮島達夫編の『古典対照語い表』[16]に無いので、和文の文献『蜻蛉日記』・『紫式部日記』・『枕の草子』・『源氏物語』などには用いられていない語である。ちなみに、上記3語に対応する和語は「暁（あかつき）」[『紫式部日記』7例など]、「ひねもす」[『蜻蛉日記』1例・『更級日記』3例など]、「よは」[『紫式部日記』1例・『源氏物語』4例など]である。即ち上記の3漢語は、和文には

見られない点で「位相語」を形成している。

　次には、同じ内容をどんな語彙を用いて表現しているかを見ることにする。内容の共通しているものを二つ取り上げる。
　敦成親王が生まれたことは既に見たように、『御堂関白記』では「午時平安男子産給」（むまのときに　ヘイアンに　をのこを　うみたまふ。）とあり、『権記』では「午刻中宮誕男皇子」（むまのコクに　チウグウは　をとこみこを　うむ。）とある。『色葉字類抄』によれば、「平安」は［平安　大平分　ヘイアン　上ヘ　畳字　前田本52ウ6］、「男子」は［男子　ヲノコ　上ヲ　人倫　前田本81オ4］、男は［男　オトコ　中オ人倫　黒川本64ウ1］、「産」・「誕」は［生　ウム又ウマル　産山　ウマル　已上生ウマル也　誕　興育乳　已上ウム　中ウ人事　黒川本49オ4－5］とある。上記2文を構成している語は、和語としては、「午時（うまのとき）・「午刻（うまのコク）（厳密には「混種語」）、「男子（をのこ）」・「男皇子（をとこみこ）」、「産」・「誕」（いずれも、「うむ」）、「給（補助動詞たまふ）」がある。漢語としては、「平安（ヘイアン）」・「中宮（チウグウ）」がある。その外に、補読としての助詞「に」・「を」・「は」などがある。
　上記2文と同じ内容が『紫式部日記』では、「たひらかにせさせたまひて」、「午（むま）の刻（とき）に、空晴れて、朝日さしいでたるここちす。たひらかにおはしますうれしさの、たぐひもなきに、男（をとこ）にさへおはしましけるよろこび、いかがはなのめならむ。」とある。①「平安（ヘイアンに）」――「たひらかに」、②「産給（うみたまふ）」、「誕（うむ）」――「せさせたまふ」、③「男子（をのこ）」・「男皇子（をとこみこ）」――男（をとこ）」の対応が見られる。①は漢語対和語、②は具体的な和語の動詞対「す」、③はいずれも和語である。

　次に内容の共通しているものとしては、『御堂関白記』の「庁官奉仕御産

養」（チヤウクワンは　おほむうぶやしなひに　ホウジす。）と『紫式部日記』の「三日にならせたまふ夜は、宮づかさ、大夫（だいぶ）よりはじめて、御産養（おほんうぶやしなひ）つかうまつる。」とがある。①　「御産養（おほむうぶやしなひ）は和語で、両者に共通している。②　「奉仕（ホウジす）」は『色葉字類抄』に［奉仕　ホウジ　上ホ　畳字　前田本48オ4］とあり、謙譲の漢語サ変動詞と認定した。和語「つかうまつる」（謙譲語）と対応している。

　以上から、語彙の面では、公卿日記における漢語（又は漢語サ変動詞）は和文日記などにおける和語と対応して用いられているもの（位相語）のあることがわかった。

　最後に文体に関わる面では周知の事実として、公卿日記にはいわゆる「ク語法」が見られる。『御堂関白記』の(1)に見られるような「来云（きたりていはく）……者（てへり）」と呼応している場合の「云（いはく）」である。なお、『色葉字類抄』には、［謂イハク又イフ言曰猶称云導　已上同イフ　上イ辞字　前田本10ウ4］、［者テヘリ　下テ辞字　前田本21ウ3］とある。

三　帥宮為尊（ためたか）親王の死に関する場合

　帥の宮為尊（ためたか）親王の死の前後に関しては、『権記』にのみ記事が見られる。又、和文日記としての『和泉式部日記』には死の直接の記述はないが、死を回想している場面が冒頭にある。
(1) 『権記』に見られる具体例
　『権記』には為尊親王の死の前後に関しては、6月5日・6日・13日・15日と4日間に亘って記事が載っている。
　　①　弾正宮御悩殊重　可出家被申冷泉院云云（長保4．6．5―261下）
　　　　ダンジヤウのみやの　おほむなやみは　ことに　おもし。シユツケすべし　と　レイゼイヰンに　まうさると　ウンウン。

② 晩景参弾正宮　昨夕以前大僧正為沙彌戒師　剃御鬚云云　今夜剃御髪帰家（長保４．６．６―262上）
　　バンゲイに　ダンジヤウのみやに　まゐる。サクセキに　さきの　ダイソウジヤウを　もて　シャミの　カイシと　なして　おほむひげを　そると　ウンウン。コンヤ　おほむかみを　そる。いへに　かへる。

③ 丑刻許惟弘来云　弾正宮薨給云云者（長保４．６．13―262上）
　　うしのコクばかりに　これひろ　きたて　いはく「ダンジヤウのみやは　コウじたまふ」と　ウンウン　てへり。

④ 星変　是庶子可慎　A <u>不幾前弾正親王薨去給</u>（中略）示宮御事　年廿六　去年冬十月受病之後数月懊悩　B <u>以逝去給</u>　親王冷泉院太上皇第三子　母故前太政大臣第一娘　女御超子也　元服叙三品　後任弾正尹　天暦朝拝為威儀　叙二品兼太宰帥　遷上野太守　臨病甚剃髪入道云云（長保４．６．15―262下）

④については、下線部のみの書き下し文を次に示すことにする。
　　A　いくばくならずして　さきの　ダンジヤウの　シンワウは　コウキヨしたまふ。
　　B　もて　セイキヨしたまふ。

　以上の４例から『権記』では、重病であったこと、出家したこと、６月13日に亡くなったこと、去年の10月に病を受けて数箇月患い26歳で亡くなったことなどがわかる。死を表す語は、弾正宮為尊親王が二品であることから、３種類の漢語サ変動詞――「薨（コウす）」・「薨去（コウキヨす）」・「逝去（セイキヨす）」――が用いられている。これら３語は、『古典対照語い表』にある和文の文献には見られないので、「位相語」である。

(2) 『和泉式部日記』に見られる具体例
　　<u>夢よりもはかなき世の中</u>を、嘆きわびつつ明かし暮らすほどに、四月十余日にもなりぬれば、木の下くらがりもてゆく。(85)

「夢よりもはかなき世の中」で、夢ははかないものの例に引かれるが、その夢よりももっとはかなかった今は亡き為尊親王との恋を表している。直接に死を示す語は用いられていないので、公卿日記との比較はできない。

四　藤原行成の娘の死に関する場合

藤原行成の娘の死に関しては先述したように、公卿日記では『小右記』にのみ記事が見られ、和文日記では『更級日記』に記述が見られる。又、『栄花物語』には詳しい記述がある。
(1) 『小右記』に見られる具体例
　『小右記』には次に示すように、治安１年（1021）３月19日の記事に、藤原行成の娘の死に関する記述が見られる。
　　権大納言（注　藤原行成）如［女］今暁亡　年来病者之中　為長宗［家］室（治安１．３．19　六20）
　　ゴンの　ダイナゴンの　ニヨは　コンゲウ　バウず。ネンライ　ビヤウシヤの　うちに（あり）。ながいへの　シツたり。

「亡」は「うす」・「ハウす」のいずれも『色葉字類抄』に載っていないが、漢語サ変動詞「ハウす」は平安末期成立の『今昔物語集』には例がある。又、娘の意味で漢語「如［女］（ニヨ）」を用いているので、動詞も漢語サ変動詞と認定しておく。
(2) 『更級日記』に見られる具体例
　『更級日記』には、藤原行成の娘の死に関して、次の記述がある。
　　また聞けば、<u>侍従の大納言（注　藤原行成）の御むすめなくなりたまひぬなり。</u>殿の中将のおぼし嘆くなるさま、わがものの悲しきをりなれば、いみじくあはれなりと聞く。のぼりつきたりし時、「これ手本にせよ」とて、この姫君の御手をとらせたりしを、「さよふけてねざめざりせば」な

ど書きて、「とりべ山たにに煙小字のもえ立たばはかなく見えしわれとしらなむ」と、いひ知らずをかしげに、めでたく書きたまへるを見て、いとど涙をそへまさる。(300〜301)

このように、死を意味する動詞は和語「なくなる」を用い、尊敬の補助動詞「たまふ」で待遇している。

(3) 『栄花物語』に見られる具体例

『栄花物語』には、藤原行成の娘の死に関して次の記述があr。

　　侍従の大納言（注　行成）の（御）姫君、ついたち頃よりいみじうわづらひ給て、限かぎりと見え給ふ。大納言も北の方も、しづ心なくおぼし惑ふ。三位の中将（注　長家）も若き御心地に、いとあはれにおぼし惑うふ。いみじう頼もしげなくおはすれば、限にこそはとおぼし惑ひたり。よろづの物を仏神にとのみとり集め、経にし果てさせ給ふ。大納言も、、ははきたのかたも、物もおぼし給はず。(中略)中将の君泣く泣く近う寄り給て、御手をとらへて、「何事かおぼしめす、の給べき事やある」と、聞へ給へど、物はいはましとおぼしながら、物はえの給はで、ただ御涙のみこぼるめれば、男君御直衣の袖を御顔に押し当てて、いみじう泣き給ふ。この御有様のいみじきに、北の方物も覚え給はで、隠れたる方にて水浴み給ひて、物も覚え給はねど、ただ十方の仏神を拝み給つつ泣かせ給ふ。その程姫君は、「母はいづらいづら」と求め奉らせ給て、ただ「観音観音」とのみ申し給ふ程に、この姫君の御けしきのただ変りに変りゆけば、「（や、こは）いかにするわざぞや」とまどひ給に、ゆゆしう悲し。人々どよみて泣きののしる程、あさましうゆゆしう悲し。御乳母（めのと）、君の御足をつと抱（いだ）きて、諸声に泣き惑ふ。(中略)かかれど七日ありて生き出（い）でたる例（ためし）を、人々語り聞ゆるままに、山々寺寺に御祈（いのり）しきりたり。(中略)かくて日頃になり給ぬれば、色（いろ）も変り給ぬるぞ、いとどあはれに悲しかりける。さて七日八日ばかりありて

北山なる所に、霊屋（たまや）といふ物造りて、ようさり率（ゐ）て出で奉らんとて、つとめてよりその御急ぎをそそのかせ給にも、涙のみ尽きせぬものにて暮れぬれば、今はとて率（ゐ）て出で奉る程、誰（たれ）かは安からん。（以下省略）（下 「もとのしづく」37～39）

　上記下線部分に見られるように、死を意味するのに漢語の名詞「けしき」、和語の名詞「色（いろ）」、和語の動詞「かはりゆく」・「かはる」を用いている。即ち、生きているときとは違う状態になることで死を表している。
　又「物語」という性格上、姫君（藤原行成の娘）を取り巻く人々の心情も詳しく書いてある。

　以上の3文献を比較した結果、死んだという事実をただ記録した『小右記』では漢語サ変動詞「亡（ハウす）」を、『更級日記』では和語の動詞「なくなる」を、『栄花物語』では漢語の名詞「けしき」、和語の名詞「いろ」、和語の動詞「かはりゆく」・「かはる」を用いていることがわかった。「亡（ハウす）」は『古典対照語い表』[7]にある和文の文献には無いので、「位相語」である。

まとめ

　先述した三つの場合——敦成親王誕生の場合、帥宮為尊親王の死の場合、藤原行成の娘の死の場合——に基づいて、公卿日記（前者）と和文日記や物語（後者）との両者における語彙・（文体）の領域での特徴をまとめてみる。
1　1日のうちの時間帯を表す名詞に限って見た場合、「卯刻（うのコク）」や「巳時（みのとき）」などのように十二支を用いることは両者に共通している。又「朝（あさ）」は『古典対照語い表』によれば『源氏物語』に2例、「夕（ゆふへ）」は同じく『更級日記』に1例、「夕方（ゆふかた）」

は同じく『源氏物語』に１例など見られる。即ち、和語の名詞は両者に共通している。又、前者にしか見られないのは、「鶏鳴（ケイメイ）」・「終日（シウジツ）」・「夜半（ヤハン）」などの漢語の名詞である。

2　和語の動詞「うむ（産・誕）」は両者に共通している。『古典対照語い表』によれば、『蜻蛉日記』に４例ある。『紫式部日記』では和語の動詞「す」を用いている。

3　情態を表す語として、前者は混種語「平安（ヘイアンに）」を、後者は和語「たひらかに」を用いている。

4　和語の名詞「御産養（おほむうぶやしなひ）」は両者に共通している。が、前者は謙譲の漢語サ変動詞「奉仕（ホウジす）」を、後者は和語の謙譲語「つかうまつる」を用いている点が異なっている。

5　帥宮為尊親王（二品）の死の場合には、三つの漢語サ変動詞「薨（コウす）」、「薨去（コウキヨす）」、「逝去（セイキヨす）」が用いられている。後の二つの漢語サ変動詞は同じ長保４年６月15日の記事にあり、同一語を用いることを避けたものである。

　なお、これら三つの漢語サ変動詞は『古典対照語い表』によれば、『紫式部日記』や『源氏物語』などの和文には見当たらない。

6　前者の漢語サ変動詞「亡（ハウす）」に対して、後者は和語の動詞「なくなる」や生きている状態とは異なる様子を表す和語の動詞「かはりゆく」・「かはる」を用いている。

7　文体に関わるものとしては、いわゆる「ク語法」とその結び「云（いはく）……者（てへり）」が見られる。これは後者には見られないものである。

　総まとめとしては、前者変体漢文日記（公卿日記）では漢語の名詞・混種語（漢語＋助動詞なり）・漢語サ変動詞を用いているところを、後者和文日記や物語では和語の名詞・和語の形容動詞・和語の動詞を用いている場合の

あることである。即ち、周知のように変体漢文と和文とで位相語の見られることである。勿論、両者に共通に用いられている和語のあることは言うまでもない。本節での作業は生又は死に関する場面（両者に共通する内容）に限って、語彙・（文体）の面での比較を試みたものである。

今後の課題は、変体漢文と和文の語彙を体系として比較し、変体漢文にのみ用いられる語（変体漢文特有語）、両者に共通して用いられる語、和文にのみ用いられる語（和文特有語）を特定することによって位相語の全体像を明らかにすることである。

注
(1) 中野幸一　校注・訳　日本古典文学全集18所収の『紫式部日記』（小学館　1988）に依る。
(2) 藤岡忠美ほか校注・訳　日本古典文学全集18所収の『和泉式部日記』（小学館　1988）に依る。
(3) 東京大学史料編纂所編　大日本古記録所収の『小右記』六（岩波書店　1987）の例言に記されている。
(4) 犬養　廉　校注・訳　日本古典文学全集18所収の『更級日記』（小学館　1988）に依る。
(5) 松村博司・山中　裕　校注　日本古典文学大系76所収の『榮花物語　下』（岩波書店　1965）。
(6) 注3で取り上げた『小右記』二の例言に記されている。
(7) 宮島達夫編　『古典対照語い表』（笠間索引叢刊4　1992）に依る。

公卿日記（変体漢文日記）と和文の日記又は物語とで共通している内容　一覧表

	敦成（あつひら）親王誕生に関する場合 寛弘5年（1008）9月11日生まれ	帥宮為尊（ためたか）親王の死に関する場合 長保4年（1002）6月13日没　26歳	藤原行成の娘の死に関する場合 治安1年（1021）3月19日没　15歳
公卿日記 （変体 漢文日記）	『小右記』 寛弘5．9．10　二146 寛弘5．9．11　二146 寛弘5．9．12　二146	記事なし	『小右記』 治安1．3．19六20
	『御堂関白記』 寛弘5．9．10　上267 寛弘5．9．11　上268 寛弘5．9．12　上268 寛弘5．9．13　上268	記事なし	記事なし
	『権記』 寛弘5．9．9　二102下 寛弘5．9．10　二102下 寛弘5．9．11　二102下 寛弘5．9．12　二103上 寛弘5．9．13　二103上	『権記』 長保4．6．5　一261下 長保4．6．6　一262上 長保4．6．13　一262上 長保4．6．15　一262下	記事なし
和文の日記 又は 和文の物語	『紫式部日記』 10日・11日・12日 167～187		『栄花物語』下 「もとのしづく」 　37～39
		『和泉式部日記』 冒頭部　85	
			『更級日記』 ［10］二つの死別 300～301

第6節　平安後期公卿日記に見られる語彙の一特徴　309

公卿日記（変体漢文日記）と和文の日記又は物語に用いられている語彙　一覧表

	敦成親王誕生に関する場合	帥宮為尊親王の死に関する場合	藤原行成の娘の死に関する場合
『小右記』	卯刻（うのコク） 巳時（みのとき） 丑刻（うしのコク） 鶏鳴（ケイメイ）	記事なし	亡　（ハウす）
『御堂関白記』	子時（ねのとき） 午（むまのとき） 朝（あさ） 夕（ゆふへ） 産（うむ） 終日（シウシツ） 平安（ヘイアンに） 男子（をのこ）	記事なし	記事なし
『権記』	丑刻（うしのコク） 巳刻（みのコク） 午刻（むまのコク） 朝（あさ） 夕方（ゆふかた） 誕（うむ） 夜半（ヤハン） 男皇子（をとこみこ）	薨（コウす） 薨去（コウキヨす） 逝去（セイキヨす）	記事なし
『和泉式部日記』		記述なし	記述なし
『紫式部日記』	またほのぼのとする（に） 暁（あかつき） 午の刻（むまのとき） 夜（よ） たひらかにす	記述なし	記述なし
『更級日記』	記述なし	記述なし	なくなる
『栄花物語』	記述なし	記述なし	けしき 色（いろ） かはりゆく かはる

第四章
公卿日記に見られる諸表現

第四章　公卿日記に見られる諸表現

第1節　『御堂関白記』に見られる感情表現

はじめに

　『御堂関白記』（以下、本文献と呼ぶことにする）は周知のように、平安後期の公卿藤原道長の日記（998〜1021）である。政治家としての道長の日記は、内容から見て有職故実に関するものが大部分である。したがって、『蜻蛉日記』や『和泉式部日記』などの平安女流日記に見られる、恋愛を主とする私的情感の細やかな内容のものと比べ、本文献が感情表現に乏しいことは言わば当然であろう。しかし、道長も、道長によって記されている登場人物も、人間である以上、折に触れて感情を現にしているのである。その点に目を向けて、仮名文学作品とは違う変体漢文としての、更に厳密に言えば記録語資料としての、本文献に見られる感情表現の実態を分析し総合すること、これが本節の目的である。その結果が道長個人の表現方法であるのか、それとも、平安後期の公卿日記に共通に見い出される表現方法であるのかは、今後の課題である。それは、藤原道長と同時代の他の公卿の日記、藤原実資の『小右記』（978〜1032）や藤原行成の『権記』（991〜1011）などを調査してみて、初めてわかることだからである。

　なお、後出の一覧表の用例数については、調査が不十分なため、少なくとも何例あるという風に解釈していただきたい。

一　本文献に見られる感情表現

　感情表現という場合、すぐに思い浮かぶのは「喜怒哀楽」の表現である。無論、この四つ以外にも様々な感情がある。が、本文献には、「怒」と「楽」

の感情表現は見当たらないようである。「喜」は、主として道長一族や他の貴族たちの官位昇進、皇子や皇女の誕生などに関する場合に、「哀」は、道長と親しい人々の出家や死に関する場合に、それぞれ多く見られる。「喜」・「哀」のいずれにも属させかねるものもある。そこで、人間にとってその感情が「快」か「不快」か、という観点で大きく2分して述べることにする。したがって、「喜」は「快」に、「哀」は「不快」に、それぞれ属することになる。ただし、感情表現というと、直接的具体的表現と間接的抽象的表現とがあり、両者の表現の次元は異なると考えられる。しかし、本節ではその分類まではしないことにする。

1 「快」を表す場合

「快」を表す場合は、喜びに関するものがほとんどである。字音語としては、「感悦（カンエツ）」・「慶賀（ケイガ）」・「賀（ガ）」「随喜（スイキ）」・「感懐（カンクワイ）」・「満足（マンソク）」などがある。和語としては、「悦・慶・喜（3語共に、よろこひ）」、「悦・慶（2語共に、よろこふ）」及びその複合語――「見悦（みよろこふ）」、「聞悦（ききよろこふ）」、「悦思（よろこひおもふ）」――、「涙（なみた）」などが用いられている。

(1) 「感悦（カンエツ）」

「感悦（カンエツ）」は「心に感じて喜ぶこと」、という意味である。

① 左近将監物部武能一度中兄失　衆人<u>感悦</u>　シユウジン　カンエツ。（寛仁1.1.18下88）のように、「感悦」だけを用いるのが基本である。

「感悦」の程度まで示したものとしては、

② 中宮悩気御座由示来　即参入　候宿　主上両三度渡御　<u>感悦不少</u>　カンエツ　すくなからず。（長和1.10.8中170）

③ 乗方朝臣集注文選并元白集持来　<u>感悦無極</u>　カンエツ　きはまりなし。（寛弘1.10.3上113）

314　第四章　公卿日記に見られる諸表現

④　参内　退出間　摂政合途中　下従車居　侍従中納言与摂政同道同下居　無為方留車示可立由　而良久不立　依程経過了　路頭者感悦尤深云々　（カンエツ　もとも　ふかしと　ウンウン）（寛仁１．３．26下97）

⑤　公成朝臣為勅使来云　石清水可有競馬者　仍絵左右寮馬各一疋者　是皆一足　左尾白　右古比千　感悦余身　カンエツ　みに　あまる。（寛仁１．９．20下118）などがある。

　即ち、②は形容詞「少なし」の否定形「不少（すくなからず）」を、③は「この上ない」という意味の形容詞「無極（きはまりなし）」を、④は「第一に」という意味の程度副詞「尤（もとも）」で修飾されている形容詞「深（ふかし）」を、⑤は「余身（みにあまる）」を、それぞれ伴っている。④は言うまでもなく、程度副詞「尤（もとも）」が形容詞「深（ふかし）」を修飾して最上級の表現になっている。また、「忙しいこと」という意味の字音語「多端（タタン）」を用いた例としては、

⑥　此間東泉渡殿三后有御対面　見者感悦多端　みる　もの　カンエツ　タタン。（寛仁２．10．22下182）や、「感悦」を二つ重ねた例、

⑦　此間尚微雨降　御出間不降　感悦感悦　（寛仁２．３．８上137）もある。

　以上の７例の中では、③「無極」と④「尤深」を伴ったものは最上級を表している。②「不少」や⑤「余身」、⑥「多端」を伴ったもの、⑦「感悦」を２回重ねたもの、などは③・④より「感悦」の程度は低いが、①「感悦」だけのものよりはその程度が高い。

(2)　「慶賀（ケイガ）」と「賀（ガ）」

　「慶賀（ケイガ）」は「喜び祝うこと」、「賀（ガ）」は「喜びの意を表すこと」である。「慶賀」は「祝うこと」、「賀」は「表すこと」という動作がそれぞれ付け加わっているが、感情表現として扱うことにする。「慶賀」も「賀」も、「言う」という意味の動詞と一緒に用いられている例が多い。内容からは、両者共に官位の昇進が叶った時の喜びが多い。

①　参弓場殿　奏慶賀　是権大納言依兼大将也　ケイガを　ソウす。

第1節 『御堂関白記』に見られる感情表現　315

(長和4．10．28下31)

② 従頭中将許消息持来　披見　賜両女御従二位者　右府申賀退出云云　ウフ　ガを　まうして　タイシュツ(す)と　ウンウン。(寛弘2．1．11上128) などがある。

　①「奏慶賀（ケイカをソウす）」、②「申賀（カをまうす）」のように、「慶賀」も「賀」も間接的抽象的表現であり、それぞれの程度を示す修飾語は用いられていない。

(3)「随喜（スイキ）」

「随喜（スイキ）」は、「心からありがたく思うこと」という意味の仏教用語である。

① 供養舎利会　(中略)　座主綾褂一重袴　諸僧綱褂一重　随喜又同　ズイキ　また　おなし。(寛弘6．5．7中4)

② 余発願元　若命及明年東金堂可奉作者　僧成随喜　ソウ　ズイキをなす。(寛仁1．6．23下107)

のように、「随喜又同（スイキ　また　おなし）」、「成随喜（スイキを　なす）」と用いられている。また、「随喜」の程度は、

③ 見聞道俗随喜尤深　ケンブンの　ダウゾク　ズイキ　もとも　ふかし。(寛弘6．10．13中24)のように、程度副詞「尤（もとも）」が形容詞「深（ふかし）」を修飾することによって表されている。

(4)「感懐（カンクワイ）」

「感懐（カンクワイ）」は、「心に感ずる思い」という意味であり、すばらしさや珍しさに感動した時に用いられている。

① 有曲水会　(中略)　羽觴頻流移唐家儀　衆感懐　シユウ　カンクワイ　(寛弘4．3．3上213) などがある。感懐の程度は、

② 左衛門督云　夜部二星会合見侍りしと　(中略)　件事昔人人見之云云　近代未聞事也　感懐不少　カンクワイ　すくなからず。(長和4．7．8．18)のように、(1)「感悦」のところで既に見られた「不少（すくなら

316　第四章　公卿日記に見られる諸表現

ず）」を用いて表している。

(5)　「満足（マンソク）」

　「満足（マンソク）」は、「望みが満ち足りて不平がないこと」という意味である。

○　件事返返見悦不少　現世後生願満足也　ゲンセ・ゴシヤウの　ねがひ　マンゾクなり。（寛弘5．6．16上259）のように、「満足也（マンソクなり）」とある。「満足」という言葉の意味からして、程度副詞などの修飾語が付け加わることは少ないと考えられる。

(6)　「悦・慶・喜（よろこひ）」

　名詞「よろこひ」は、「悦・慶・喜」と3種類の漢字で表記されているが、用法上の差異はほとんどないと考えられる。基本は

① 従申時許雨降　下人等為慶　よろこびと　す。（寛仁2．4．26下156）のように、「為慶（よろこひとす）」とだけあって、何も修飾語が付いていない。

「よろこび」の程度は、次の諸例のように示されている。

② 春宮大夫年来間語人也　今日忽退家所奉志　非可云　為慶無極　よろこびと　する（こと）　きはまりなし。（長和2．1．16中196）のように、形容詞「無極（きはまりなし）」を用いていること、

③ 夕方定基来云　被申悦事無量者　よろこひを　まうさるること　はかりなしと　てへり。（寛弘5．6．15上259）のように、「はかり切れないほど非常に多い」という意味の形容詞「無量（はかりなし）」を用いていること、

④ 是従去六月朔　日日雨下　為農尤作慶　ノウの　ために　もとも　よろこびを　なす。（寛弘5．8．4上265）のように、程度副詞「尤（もとも）」を用いていること、

⑤ 是国再拝立舞　此間盃酌数巡　悦身余泥酔不覚　よろこひ　みに　あまり　デイスイ　フカク。（寛弘4.11.8上238）のように、「悦身余（よろ

こひ　みに　あまる）」という言い回しを用いていること、

⑥　如夕立雨下　万人為悦為悦　　バンミン　よろこびと　す、よろこびとす。（寛弘8．7．14中114）のように、「為悦（よろこひとす）」を繰り返していること、などによって示されている。形容詞「無量（はかりなし）」を用いること以外は、(1)「感悦」のところで既に見られたものである。

(7)　「悦・慶（よろこふ）」及びその複合語

　動詞「よろこふ」は、名詞「よろこひ」と同様、「悦」も「慶」も用法上の差異はほとんどないと考えてよい。単独の動詞としては、

①　其次見勝蓮華院　座主有悦気　　ザス　よろこぶ　ケ　あり。（寛弘1．8．17上103）のように、「有悦気（よろこふケあり）」と用いられていて、どの程度に悦ぶ気配があるのかまではわからない。

　複合動詞としては、「見悦（みよろこふ）」、「聞悦（ききよろこふ）」、「悦思（よろこひおもふ）」などがある。いずれも、程度を示す「不少（すくなからず）」や「無極（きはまりなし）」と一緒に用いられている。(5)「満足」の(5)例のように、「見悦不少（みよろこふこと　すくなからず）」、

②　左大将皇太后大夫以下　左衛門督髪上被物云云　聞悦不少　　ききよろこぶ（こと）すくなからず。（寛弘7．11．17中81）のように、「聞悦不少（ききよろこふこと　すくなからず）」、

③　右府御車下未天被参　悦思不少　　よろこひおもふ（こと）すくなからず。（寛弘6．8．17中14）のように、「悦思不少（よろこひおもふことすくなからず）」という風に用いられている。

　また、形容詞「無極（きはまりなし）」は、

④　右府内府被参　昨日モ被参南院　両度参慶思無極　　リヤウド　まゐる（こと）　よろこびおもふ（こと）　きはまりなし。（長和2．1．16中196）のように、「慶思無極（よろこひおもふこと　きはまりなし）」とある。「よろこび」の程度を示すのに、「不少」や「無極」を用いるのは、(1)「感悦」のところで既に見たものである。

318　第四章　公卿日記に見られる諸表現

(8)　「涙（なみた）」

　この場合の「涙（なみた）」は、「喜びやありがたさから出る嬉し涙」である。

①　次至座主房相示参入幷　今日不発給由慶　次以馬一疋志之　座主有慶気流涙　ザス　よろこぶ　ケ　あて　なみだを　ながす。（寛仁２．８．29下174）のように、「流涙（なみたを　なかす）」、

②　祈請打火不及二度　一度得火　（中略）　見聞道俗流涙如雨　ケンブンの　ダウゾク　なみだを　ながすこと　あめの　ごとし。（寛仁２．10．19上163）のように、「流涙如雨（なみたを　なかすこと　あめの　ことし）」とある。②は、非常に感動したことを示すのに「如雨（あめの　ことし）」という比況の表現を用いて具体的に述べられている。

2　「不快」を表す場合

　本文献で不快を表す場合は「喜怒哀楽」の「哀」に属するものが多いが、その外のものもある。字音語は「恐恐（キヨウキヨウ）」・「不快（フカイ）」・「不覚（フカク）」、和語は名詞「愁（うれへ）」・「恐（おそれ）」・「恨（うらみ）」、動詞「愁（うれふ）」、「恐（おそる）」及びその複合語、「憐（あはれふ）」及びその複合語、「嘆（なけく）」及びその複合語、「驚（おとろく）」及びその複合語、形容詞「悲（かなし）」、「糸星・糸惜（いとほし）」、「口惜（くちをし）」、「心細（こころほそし）」などが用いられている。

(9)　「恐恐（キヨウキヨウ）」

　「恐恐（キヨウキヨウ）」は、（ア）「こわがること」をいう意味では、

①　丑時許有雷音　又暁後数度　雷電数度　其音太大也　為恐恐　夜風甚烈キヨウキヨウと　す。（寛弘７．11．18中81）のように用いられている。（イ）「恐れかしこまること」という意味では、

②　仰云　両人親王各可叙一品者　（中略）　両親王参中宮御方被啓賀　大夫

啓之　恐恐不少　是我君達也　キヨウキヨウ　すくなからず。(寛弘4．4．26上219) のように用いられている。②の「不少（すくなからず）」は「恐恐」の程度を示しており、(1)「感悦」で既に述べたところのものである。

(10)　「不快（フカイ）」

「不快（フカイ）」は、和語「こころよからず」の可能性もあるが、一応字音語としておく。意味は「嫌な気持ちがすること」である。

①　浄妙寺供養　(中略)　堂僧時剋吹螺　新螺声未調不快　あたらしきほらがひのこえ　いまだ　ととのはずして　フカイ。(寛弘2．10．19上163) のように用いられている。また、

②　召陰陽師等問云　件精進不快事度度出来　奉使如何　くだんの　シヤウジン　フカイの　こと　たびたび　シユツライ　(寛弘8．3．12中96) のように用いられている。いずれも「不快」の程度は示されていない。

(11)　「不覚（フカク）」

「不覚（フカク）」は「人事不省になるさま」であるが、本文献では、「気絶してしまうほどの悲しみや驚き」などに用いられている、と考えるほうがよさそうである。

①　巳時許慶命僧都来云　山侍間　此暁馬頭出家　来給無動寺坐　為之如何者　(中略)　人人多来問　渡近衛御門　母乳母不覚　付見心神不覚也　はは・めのと　フカク。みるに　つけ　シンシン　フカクなり。(長和1．1．16中133) は、馬頭が出家したことで、その母や乳母が悲嘆にくれている様子を目の辺りにした藤原道長も衝撃を受けた場面である。また、

②　還御間従京人走来云　采女町火付焼了　件火欲付西廊間　人多上滅了　心神不覚　先思東宮御在所　シンシン　フカク　(長和2．11．29中254) は、火事のために藤原道長が非常に驚きあわてたことを示す場面である。

(12)　「愁（うれへ）」

名詞「愁（うれへ）は、(ア)「嘆いて心中を訴えること」という意味では、

① 入夜筑後守文信不能呵法　申参上由　為申愁公家也　うれへを　クゲに　まうさむが　ためなり。（寛弘6.9.1中17）のように用いられている。また、「愁への程度が大きいこと」は、

② 其後又法師二人来申云　以正満所示下手者早可被送　大愁也云云　おほきなる　うれへなりと　ウンウン。（寛仁2.3.24下149）のように、「愁（うれへ）」に修飾語を付けることで示している。次に、(イ)「悲しみ」の意味では、

③ 従巳時許雨下　甚雨也　五六日間天晴　為衆人悦間　又降　人愁無過斯　ひとの　うれへ　これに　すぐること　なし。（寛弘7.9.21中76）、④ 従春雨下乏　就中従去月十許日不雨下　天下愁甚盛　テンカの　うれへ　はなはだ　さかんなり。（長和1.8.8中163）のように用いられている。いずれも「愁（うれへ）」の程度を示している。次に、(ウ)「心配」の意味では、

⑤ 日来蝗虫喰田所云云　就中丹波国尤有愁者　なかんづく　たんばのくに　もともうれへ　あり　てへり。（寛仁1.8.3下112）のように、程度副詞「尤（もとも）」を用いている。なお、⑤については、2日後の日記に「深雨　雷有声虫悉死無愁云云　うれへ　なし。（寛仁1.8.5下112）とあり、心配のなくなったことがわかる。

程度を示す表現として、②のように連体詞「おほきなる」を用いること、③にように「これにすぐることなし」という最上級を用いること、④のように程度副詞「甚（はなはだ）」を用いること、などは⑾までに見られなかったものである。

⒀「愁（うれふ）」

動詞「愁（うれふ）」は、(ア)「自分の嘆きを他人に告げる」という意味では、

① 学生源頼成愁申云　昨日判頼成文題無字書不　以之為難　落第　而紀重利已無改字　彼已及第者　以之為愁者　うれへまうして　いはく

第1節　『御堂関白記』に見られる感情表現　321

（寛仁2．10．29下184）のように、複合動詞「うれへまうす」がある。次に(イ)「悲しむ」という意味では、

② 　従去月廿八日不雨下　田頭有愁気云云　うれふる　ケ　ありと　ウンウン。（寛弘6．7．12中9）のような例がある。2例共に、「愁（うれふ）」の程度を示す表現にはなっていない。

⑭ 「恐（おそれ）」

名詞「恐（おそれ）」は、(ア)「こわがること」という意味では、

① 　直講善澄前得業生(ママ)問答間　善澄如狂人　未如此奇事　衆人成恐　若是恐歟　若酔歟　是本性云云　シユウジン　おそれを　なす。（寛弘4．5．30上221）のように用いられている。(イ)「神仏や目上の人などに対して慎むべきこと」という意味では、

② 　右府参賀茂　有頼通彼共　是宮参大原野給被供奉　依此恐所奉也　このおそれによって　たてまつる　ところなり。（寛弘2．4．19上142）のように用いられている。「恐（おそれ）」の程度を表すものとしては、

③ 　候御前　書叙位　以道方被仰云　可賜一階如何　奏聞云　官位共高　仕公間非無其恐　不賜為慶　その　おそれ　なきにしも　あらず。（寛弘5．10．16上272）、④ 　右大将相語云　賀茂祭雖有触穢事　神御心尚可有祭也　是則斎院下部并院御夢催事度度見給云云　以之云之　前年小野太政大臣夢相同之　為恐不少　おそれと　すること　すくなからず。（長和1．5．1中152）のように用いられている。③は二重否定の形式をとることにより、肯定の意味が更に強められていると考えられる。④の「不少（すくなからず）」は(1)「感悦」で既に見た表現形式である。

⑮ 「恐（おそる）」及びその複合語

動詞「恐（おそる）」は、(ア)「圧倒されて心がひるむ」という意味では、

① 　宮被仰云　尚侍可立后事早早可吉者　余申云　宮御座恐申侍　是以来申如此事也　おそれまうし　はむべり。（寛仁2．7．28下170）のような例がある。程度を示すものとしては、前述の「不少（すくなからず）」や

「無極（きはまりなし）」が用いられている。それは、次のような例に見られる。

② 依十三日物忌参賀茂　（中略）同道上達部十一人　大納言春宮大夫御座　恐申不少　おそれまうすこと　すくなからず。（寛弘3．4．16上179）、③ 相撲五番有召事　如前儀　是余不参召合　仍有御意　恐申無極　おそれまうすこと　きはまりなし。（寛弘4．8．20上230）である。(ア)の意味での複合動詞には「恐思（おそれおもふ）」や「悦恐（よろこひおそる）」があり、次のようにいずれも前述の「不少（すくなからず）」と共に用いられている。

④ 小女子為着袴　人不知　而人人見気色　両大臣右大将外上達部十余人殿上人廿人許来　事忽恐思不少　おそれおもふ　こと　すくなからず。（寛弘8．12．28中129）、⑤　昨日依至事　中宮大夫左衛門督家被来云云　未聞大納言来中納言家　悦恐不少　よろこびおそること　すくなからず。（寛弘7．1．4中40）。

次に(イ)「こわがる」という意味での単独動詞の例は見当たらないが、複合動詞「恐思（おそれおもふ）」や「驚恐（おとろきおそる）」があり、やはり前述の「不少（すくなからず）」や「無極（きはまりなし）」と一緒に用いられている。その例は次のようなものである。

① 亥時許風雨并氷下　雷鳴数度　高大也　恐思不少　おそれおもふ　こと　すくなからず。（寛弘2．11．2上164）、② 定間従御殿上　蛇降在庭前　従南殿北階上行西方　是内侍所方　衆驚恐無極　シユウ　おどろきおそるる　こと　きはまりなし。（寛弘3．7．3上184）

(16)「恨（うらみ）」

「恨（うらみ）」は、「恨めしいと思う気持ち」である。その程度までは示されていないが、○　又勝筭申闍梨事已久　今被下之　此不下必人有恨歟　仍再奏　これくださずは　かならず　ひと　うらみ　あらむか。（寛弘5．6．16上259）のような例が見られる。

第1節 『御堂関白記』に見られる感情表現

⒄ 「憐(あはれふ)」及びその複合語

「憐(あはれふ)」は、「気の毒だと思う」という意味である。

① 従師許送書 開見 書云 相撲使公時死去由 件男随身也 只今両府者中第一者也 日来依此云云憐者甚多 ひごろ これに よて ウンウン と あはれぶ もの はなはだ おほし。(寛弘1．8．24下115)のように用いられている。また、複合動詞「哀憐(かなしひあはれふ)」や「嘆憐(なけきあはれふ)」は、次のように用いられている。

② 次仰云 右兵衛尉多吉茂年七十余 当時物上手也 可加任右衛門権少尉者 是立舞間 上達部等多哀憐 仍有仰歟 かむだちめら おほく かなしびあはれふ。(寛弘7．7．17中70) ③ 各還来申 為友公忠保友従殿出 渡西間所為者 保友已死了云 嘆憐無極 なげきあはれぶ こときはまりなし。(寛弘2．2．16上134)の例がある。①の「甚(はなはた)」は「憐(あはれふ)」を修飾していないので、程度を示す表現には入れないが、③の「無極(きはまりなし)」は、前述したように程度を示す表現である。

⒅ 「嘆(なけく)」及びその複合語

「嘆(なけく)」は「憂い悲しむ」という意味であるが、本文献には単独の動詞の例は見当たらないようである。複合動詞には「見嘆(みなけく)」、「嘆思(なけきおもふ)、「思嘆(おもひなけく)」などがある。

① 到世尊寺 問前僧正 面所所有疵 見嘆無極 みなげく こと きはまりなし。(寛弘1．6．6上94) ② 此暁高雅出家云云 年来無他心相従者 今有事 嘆思不少 なげきおもふ こと すくなからず。(寛弘6．8．28中16) ③ 去年九月法興院焼亡 又今年如此 嘆思無極 なげきおもふ こと きはまりなし。(長和1閏．10．17中176) ④ 陰陽師医家申可食魚肉 (中略) 従今日食之 思嘆千万念 是只為仏法也 非為身 おもひなげく こと センマンネン (寛仁3．2．6下194)

などの例に見られる。「不少(すくなからず)」や「無極(きはまりなし)」

は前述したものであるが、④の「千万念（センマンネン）」は初出である。「千万」という数を用いることにより、その程度が並並でないことを示している。

⒆　「驚（おとろく）」及びその複合語

　「驚（おとろく）」は、「意外なことにびっくりする」という意味である。

①　亥時許東方有火　乍驚行向　是当一条方　おどろきながら　ゆきむかふ。（長和5．8．8下71）のような例がある。複合動詞「奇驚（あやしひおとろく）」は、

②　丑時許広業朝臣来云　為式部丞定佐面打破者　奇驚見所　上脣大腫　有疵　あやしびおどろいて　みる　ところ　（寛弘3．5．10上181）の例に見られる。「驚く」の程度を示した表現は見当たらない。

⒇　「悲（かなし）」

　「悲（かなし）」は、「嘆かわしい」という意味である。

○　久不他行　而長谷僧正重悩者　即馳向　其悩事従去年七月也　而未平復　従四月悩　仍極無力　悲思千廻千廻　かなしく　おもふ　こと　センクワイ　センクワイ　（寛弘5．6．13上259）のような例がある。程度を示すために、「千廻」を2度重ねて用いることによって、その度合を一層強めている。

㉑　「糸星・糸惜（いとほし）」

　「糸星・糸惜（いとほし）」は、「かわいそうだ」という意味である。

①　参慈徳寺　（中略）事了還程　山東口雨降　上達部乗馬五六人　糸星久見事無極　いとほしく　みゆる　こと　きはまりなし。（長和2．12．22中257）、②　惟貞立門前間　家道俗数十見之　甚糸惜見事無極　はなはだ　いとほしく　みゆる　こと　きはまりなし。（長和4．4．4下7）の例がある。後者の例は、程度副詞「甚（はなはた）」が修飾語として用いられている点が前者とは異なる。

㉒　「口惜（くちをし）」

「口惜（くちをし）」は、「残念だ」という意味である。

○　以公信朝臣令奏　従夜部有犬死穢　非可参明後日五番之由　仰云　不参者　非可召五番　<u>口惜思食</u>　くちをしく　おぼしめす。（長和２．８．６中237）のように用いられている。程度を示す表現にはなっていない。

(23)　「心細（こころほそし）」

「心細（こころほそし）」は、「たよりなく不安だ」という意味である。

○　参御前　而間御悩極重　為他行<u>心細</u>久思御座　仍奏不可参由　タカウをなすこと　こころほそく　おもひおはします。（寛弘８．６．14中110）のように用いられている。「心細（こころほそし）」の程度は示されていない。

以上、本文献に見られる「快・不快」の表現について、具体例を挙げて簡単に述べてみた。327ページの一覧表を参照されたい。

まとめ

本文献に見られる感情表現について、専ら形式の点からまとめてみよう。
1　「異なり語数」は、「快を表す場合」が「感悦」から「涙」まで12、「不快を表す場合」が「恐恐」から「心細」まで24、併せて36である。
2　語種（字音語・和語）の観点からは、「感悦（カンエツ）」・「恐恐（キョウキョウ）」などの字音語９、「見悦（みよろこふ）」・「見嘆（みなけく）」などの和語27である。和語のほうが字音語より３倍も多く用いられている。
3　和語を品詞別に見ると、「悦・慶・喜（よろこひ）」・「愁（うれへ）」など名詞５、「聞悦（ききよろこふ）」・「驚悦（おとろきあやしふ）」など動詞18、「糸星・糸惜（いとほし）」など形容詞４である。動詞が名詞の3.6倍、形容詞の4.5倍多く用いられている。名詞は動詞と共に用いられて初めて感情表現になっていることを考え併せると、動詞の比率が更に高くな

る。
4　名詞の場合、どんな動詞と結び付いているかを見ると、「悦・慶・喜（よろこひ）」は「奏（ソウす）」・「啓（ケイす）」・「申（まうす）」など「言ふ」という意味の動詞、「涙（なみた）」は「流（なかす）」、「愁（うれへ）」は「有（あり）」と「申（まうす）」、「恐（おそれ）」は「成（なす）」・「為（なる）」・「有（あり）」など、「恨（うらみ）」は「有（あり）」とである。
5　「快・不快」の感情を表す語は、それぞれそれ自身だけで用いられている場合が多いが、程度を示す表現に目を向けてみると、14種類用いられている。
(1)　最上級の表現としては、「無過斯（これにすくることなし）」がある。程度副詞「尤（もとも）」や形容詞「無極（きはまりなし）」が用いられている場合もある。
(2)　最上級ではないが、程度の並並ならないことを示す表現としては、形容詞「無量（はかりなし）」、程度副詞「甚（はなはた）」、句「余身（みにあまる）」などを用いる場合、字音語「多端（タタン）」・「千廻千廻（センクワイ　センクワイ）」・「千万念（センマンネン）」などを用いる場合がある。また、「如雨（あめのことし）」という比況の表現もある。
(3)　これらより程度は低くなるが、「大（おほきなる）」という連体詞を用いたもの、「感悦感悦（カンエツ　カンエツ）」、「為悦為悦（よろこひとすよろこひとす）」のように語又は句を2回繰り返したもの、が見られる。
(4)　程度が更に低くなると、「多（おほし）」ではなくて「不少（すくなからす）」、「有（あり）」ではなくて「非無（なきにしもあらず）」を用いたものも見られる。
(5)　「快・不快」を通じて、程度を示す表現で目立つのは、多用されている「不少（すくなからず）」と「無極（きはまりなし）」の二つである。

『御堂関白記』に見られる感情表現　一覧表

快・不快を表す語		(読み方)	なし	連体詞 繰り返し	形容詞 大 おほきなる	形容詞 無極 きはまりなし	形容詞 無量 はかりなし	形容詞の否定 不少 すくなからず	形容詞の否定 非無 なきにあらず	余身 みにあまる	無過斯 これにすくることなし	程度副詞 尤 もとも	程度副詞 甚 はなはた	比況 如雨 あめのことし	字音語 多端 タタン	字音語 千廻千廻 センクワイセンクワイ	字音語 千万念 センマンネン	計
1 快を表す場合	(1) 感悦	カンエツ	2	1		2		3		1		1		1				11
	(2) 慶賀	ケイカ	11															11
	賀	カ	19															19
	(3) 随喜	スイキ	2									1						3
	(4) 感懐	カンクワイ	1			1												2
	(5) 満足	マンソク	2															2
	(6) 悦・慶・喜	よろこひ	5	1		1	1					1		1				10
	(7) 悦・慶	よろこふ	7															7
	見悦	みよろこふ						1										1
	聞悦	ききよろこふ						1										1
	悦思・慶思	よろこひおもふ	2			2		2										6
	(8) 涙	なみた	1											1				2
2 不快を表す場合	(9) 恐恐	キヨウキヨウ	1			1												2
	(10) 不快	フカイ	2															2
	(11) 不覚	フカク	3															3
	(12) 愁	うれへ	15		1							1	1	2				20
	(13) 愁	うれふ	17															17
	(14) 恐	おそれ	6					1	1									8
	(15) 恐	おそる	7		1			1										9
	恐思	おそれおもふ						3	1									4
	悦恐	よろこひおそる						1										1
	驚恐	おとろきおそる				1												1
	(16) 恨	うらみ	1															1
	(17) 憐	あわれふ	3															3
	哀憐	かなしひあはれふ	1															1
	嘆憐	なけきあはれふ					1											1
	(18) 嘆	なけく																0
	見嘆	みなけく				1												1
	嘆思	なけきおもふ				2		1									3	
	思嘆	おもひなけく															1	1
	(19) 驚	おとろく	18															18
	奇驚	あやしひおとろく	1															1
	(20) 悲	かなし											1		1			
	(21) 糸星・糸惜	いとほし				2							1					3
	(22) 口惜	くちをし	1															1
	(23) 心細	こころほそし	1															1
	計		129	2	1	13	1	16	2	2	1	4	3	1	1	1	1	178

328　第四章　公卿日記に見られる諸表現

第2節　『御堂関白記』に見られる「病気」・「怪我」に関する表現

一　本節の目的と今後の課題

　本節の目的は、平安時代後期、一条朝（986〜1011）の前後、すなわち摂関政治の全盛期における公卿藤原道長（966〜1027）の記した『御堂関白記』（以下、本文献と呼ぶことにする。998〜1021の記事、道長33歳〜56歳）に見られる病気・怪我（治療方法は除く）に関する表現について記述することである。

　今後の課題は、本文献と同時期の他の記録語文献、藤原実資（957〜1046）の記した『小右記』（982〜1032の記事）や藤原行成（972〜1027）の記した『権記』（991〜1011の記事）に見られる病気・怪我に関する表現と比較検討し、三者間の共通点と相違点（個性差）とを明らかにすることである。

二　「病気」・「怪我」に関する表現の実態

　本文献に見られる病気・怪我に関する表現の実態として、主語と述語、目的語と述語、修飾語と被修飾語などの関係において、それぞれどんな語と一緒に用いられているかを中心に考察する。なお、「異なり語数」・「延べ語数」などは巻末に一覧表として示す。

I　名詞（又は、名詞相当語）を中心に見た場合

　病気・怪我に関する名詞（又は、名詞相当語）は、和語として「足（あし）」・「面（おもて）」・「頭（かしら）」・「腰（こし）」・「舌（した）」・「脛（すね）」・「歯（は）」・「鼻（はな）」・「膝（ひざ）」・「耳（みみ）」・「胸（む

ね）」・「目（め）」・「眼（まなこ）」など身体部位を示すもの13語、「心地（ここち）」・「心（こころ）」など精神に関するもの2語、「労（いたはり）」・「風（かぜ）」・「疵（きす）」・「太波事（たはこと）」・「悩気（なやましけ）」・「悩（なやみ）」・「腫物（はれもの）」・「病（やまひ）」・「咳病（しはふきやみ）」・「瘧病（わらはやみ）」・「殊事（ことなること）」など、主として病気の症状に関するもの11語、併せて「異なり語数」は26語である。字音語としては、「霍乱（クワクラン）」・「時行（シキヤウ）」・「疾疫（シツエキ）」・「頭風（ツフ）」・「熱（ネツ）」・「病死（ヒヤウシ）」・「病者（ヒヤウシヤ）」・「病悩（ヒヤウナウ）」・「風病（フヒヤウ）」・「痢病（リヒヤウ）」など、主として病気の症状に関するもの10語、「邪気（シヤケ）」・「心神（シンシン）」など2語、「行歩（キヤウフ）」・「暗夜（アンヤ）」など2語、併せて異なり語数は14語である。

　これら40語のうち「延べ語数」の比較的多いものは、和語としては「悩（なやみ）」46例・「心地（ここち）」35例・「殊事（ことなること）」25例・「病（やまひ）」23例・「目（め）」14例・「咳病（しはふきやみ）」12例・「足（あし）」11例・「胸（むね）」7例・「歯（は）」6例の9語がある。字音語としては、「心神（シンシン）」33例・「風病（フヒヤウ）14例・「霍乱（クワクラン）」6例・「時行（シキヤウ）」4例・「頭風（ツフ）」4例・「痢病（リヒヤウ）」4例の6語がある。併せて15語について以下に取り上げる。

1　和語──「悩・心地・殊事・病・目・咳病・足・胸・歯」（9語）
(1)「悩（なやみ）」は①　此日久主御悩極重　このひ　キウシユの　おほむなやみ　きはめて　おもし。（寛弘8．6．13中110）のように、形容詞「重（おもし）」が述語になっているもの22例、②　従今朝御悩頗宜　けさ　より　おほむなやみ　すこぶる　よろし。（長和2．5．25中225）のように、形容詞「宜（よろし）」が述語になっているもの4例、③　大内御悩発御云云　おほうちの　おほむなやみ　おこりおはしますと　ウンウ

ン。(長和1．7．20中161)のように、動詞「発（おこる）」を述語としているもの2例などである。

(2) 「心地（ここち）」は① 病者心地両三日宜者　ビヤウシヤの　ここち　リヤウサンニチ　よろし　てへり。(寛仁2．10．11下178)のように、形容詞「宜（よろし）」を述語とするもの19例、② 為職従一条消息　老者御心地従昨日重者　ラウシヤの　おほむここち　サクシツより　おもし　てへり。(長和5．7．3下67)のように、形容詞「重（おもし）」を述語とするもの5例、③ 東宮御心地非例御座　仍候宿　トウグウの　おほむここち　レイに　あらず　おはします。(寛仁2．8．13下172)のように、「非例（レイにあらず）」を述語とするもの4例、④ 従内退出　中宮御心地無殊事　チウグウの　おほむここち　ことなる　こと　なし。(長和1．10．9中170)のように、「無殊事（ことなることなし）」（別にたいしたことはないという意）を述語とするもの3例などである。

(3) 「殊事（ことなること）」は① 大将心地今日無殊事　ダイシヤウの　ここち　けふ　ことなる　こと　なし。(長和4．12．14下36)のように、形容詞「無（なし）」を述語とするもの17例、② 有内御耳悩給御消息　乍驚参　依殊事不御退出　ことなる　こと　おはしまさざるに　よて　タイシユツ。(寛仁3．2．24下196)のように、尊敬の動詞「御（おはします）」を述語とするもの4例、③ 東宮御脛有小熱給物　仍召医師問案内　殊事不御座者　ことなる　こと　おはしまさず　てへり。(寛仁2．3．26下150)のように、尊敬の動詞「御座（おはします）」を述語とするもの4例である。

(4) 「病（やまひ）」は① 民部卿依有病　不着宇治　やまひ　あるに　よて(長保1．3．2上18)のように、動詞「有（あり）」を述語とするもの

5例、② 左兵衛督依母病重申可献五節舞姫障　ははの　やまひ　おもきに　よて（長和5．11．12下81）のように、形容詞「重（おもし）を述語とするもの3例、③　民部大輔為任　従去年三月不参内　無殊病云云　ことなる　やまひ　なしと　ウンウン。（寛弘3．6．13上182）のように、形容詞「無（なし）」を述語とするもの2例、④　右大臣童女等称病由不参　やまひの　よしを　シヨウして　まゐらず。（長和2．11．15中251）のように、漢語サ変動詞「称（シヨウす）」を述語とするもの2例、⑤　従亥時許悩胸病甚重　丑時許頗宜　むねの　やまひを　なやむ　こと（寛仁2．4．9下153）のように、動詞「悩（なやむ）」を述語とするもの1例、⑥　従巳時許　胸病発動　辛苦終日　むねの　やまひ　ハツドウ（す）。（寛仁3．1．17下192）のように、漢語又は漢語サ変動詞「発動（ハツトウ）（す）」を述語とするもの1例などである。

(5)「目（め）」は①　御覧左右御馬云云　所労給御目宜歟　いたはりたまふ　ところの　おほむめ　よろしきか。（長和4．6．4下12）のように、動詞「労（いたはる）」と一緒に用いられているもの（この場合は「目」の修飾語）4例、②　心神如常　而目尚不見　二三尺相去人顔不見　只手取物許見之　何況庭前事哉　しかるに　め　なほ　みえず。（寛仁3．2．6下194）のように、動詞「見（みゆ）」を述語とするもの3例、③　而今日所悩給御目殊暗云云　なやみたまふ　ところの　おほむめ　ことに　くらし　と　ウンウン。（長和4．4．13下9）のように、動詞「悩（なやむ）」と一緒に用いられているもの2例、④　件経書外題　依目暗極別様也　而依有気色書之　め　くらきに　よて　きはめて　ベツヤウ　なり。（寛仁3．1．15下192）のように、形容詞「暗（くらし）」を述語とするもの2例、⑤　只皇后宮大夫一人不候　是去年依突目　日来篭居也　めを　つくに　よて（長和2．1．10中194）のように、動詞「突（つく）」を述語とするもの1例、⑥　出東河解除　是月来間目不明　仍所祓也　め

あかからず。(寛仁2.11.6下185)のように、形容詞「明(あかし)」を述語とするもの1例、⑦ 如昨今日日来労給御且尚重　いたはりたまふ　おほむめ　なほ　おもし。(長和4.3.20下5)のように、形容詞「重(おもし)」を述語とするもの1例などである。

(6)「咳病(しはふきやみ)」は① 従夜部悩咳病　今朝難堪　しはぶきやみに　なやむ。(寛弘4.1.17上206)のように、動詞「悩(なやむ)」を述語とするもの5例、② 日来依咳病重　今日遅参　しはぶきやみ　おもきに　よて　(寛仁2.8.27下173)のように、形容詞「重(おもし)」を述語とするもの3例、③ 従昨夜有咳病気　しはぶきやみの　ケあり。(長保1.3.16上19)のように、動詞「有(あり)を述語とするもの1例、④ 咳病重発動　しはぶきやみ　おもく　ハツドウ(す)。(寛弘2.12.8上167)のように、漢語「発動(ハツトウ)」又は漢語サ変動詞「発動(ハツトウす)」を述語とするもの1例などである。

(7)「足(あし)」は① 所労足未踏立　いたはる　ところの　あし　いまだ　ふみたたず。(長和4閏.6.27下17)のように、動詞「労(いたはる)」が「足」を修飾しているもの4例、② 行二条見造作　右衛門督同車　足同依難堪　従車不下　あし　おなじく　たへがたきに　よて　くるまより　おりず。(長和4.7.17下20)のように、連語「難堪(たへかたし)」を述語とするもの2例、③ 所労足雖頗宜　行歩難堪　乗車　いたはる　ところの　あし　すこぶる　よろし　と　いへども　ギヤウブに　たへがたし。(長和4.7.15下19)のように、形容詞「宜(よろし)」を述語とするもの2例、④ 落北屋打橋間　損左方足　前後不覚　ひだりの　かたの　あしを　そこなふ。(長和4閏.6.19下16)のように、動詞「損(そこなふ)」、⑤ 法興院御八講初　所労足未踏立　仍不参人　いたはる　ところの　あし　いまだ　ふみたたず。」(長和4閏.6.27下

17)のように、複合動詞「踏立（ふみたつ）」、⑥　初参大内　足猶不堪　早退出　あし　なほ　たへず。(長和4.7.21下20)のように、動詞「堪（たふ）」1例、⑦　夜間足腫痛不知為方　よるの　あひだ　あし　はれいたみて　せん　かたを　しらず。(長和4閏.6.20下16)のように、複合動詞「腫痛（はれいたむ）」1例などと一緒に用いられている。

(8)「胸（むね）」は①　従夜部中宮悩御胸　通夜及寅時　おほむむねを　なやむ。(寛仁1.9.8下116)のように、動詞「悩（なやむ）」を述語とするもの5例、②　従辰巳時例胸発動　前後不覚　レイの　むね　ハツドウ（す）。(寛仁3.1.10下192)のように、漢語「発動（ハツトウ）」又は漢語サ変動詞「発動（ハツトウす）」を述語とするもの2例がある。

(9)「歯（は）」は①　依内御歯悩給参入　おほむはに　なやみたまふによて　(寛弘5.4.7.255)のように、動詞「悩（なやむ）」を述語とするもの3例、②　今日太〔内〕裏令取御歯云云　おほむはを　とらしむと　ウンウン。(長和1.2.8中137)のように、動詞「取（とる）」2例、③　中納言御歯持令見　是依仰也云云　おほむはを　もて　みせしむ。(長和1.2.8中137)のように、動詞「持（もつ）」・「見（みす）」1例などとそれぞれ一緒に用いられている。

2　字音語──「心神・風病・霍乱・時行・頭風・痢病」（6語）

(1)「心神（シンシン）」は①「其後風病発動　心神不宜　シンシン　よろしからず。(寛仁2.1.25下138)のように、形容詞「宜（よろし）」11例、②　亥時許忽悩霍乱　心神不覚　通夜辛苦　シンシン　フカク。(寛弘1.7.2上98)のように、漢語「不覚（フカク）」8例、③　従暁痢病　心神非例　仍罷出　シンシン　レイに　あらず。(寛弘3.7.7上184)のように、連語「非例（レイにあらず）」5例、④　心神依悩　不参彼宮

シンシン　なやましきに　よて　（長和２．１.27中199）のように、形容詞「悩（なやまし）」４例などを述語としている。

(2)　「風病（フヒヤウ）」は①　雖風病発動　参中宮　フビヤウ　ハツドウす　と　いへども　（寛弘８.11.20中125）のように、漢語サ変動詞「発動（ハツトウす）」10例、②　行一条　風病発悩給　フビヤウ　おこて　なやみたまふ。（長和５．８.17下72）のように、動詞「発（おこる）」３例などを述語としている。

(3)　「霍乱（クワクラン）」は①　東宮霍乱悩給　クワクランに　なやみたまふ。（寛弘１閏．９.25上112）のように、動詞「悩（なやむ）」を述語とするもの４例、②　従其後心神不覚　如霍乱　クワクランの　ごとし。（寛仁３．２．３下194）のように、比況の助動詞「如（ことし）」を伴うもの１例などである。

(4)　「時行（シキヤウ）」は①　院有御悩　是似時行　これ　ジギヤウに　にたり。（寛仁１．４.21下101）のように、動詞「似（にる）」２例、②　大将日来有悩気　而今日極重者　是時行欲愈歟　これ　ジギヤウ　いえむ　と　するか。（長和４.12.12下36）のように、動詞「愈（いゆ）」１例、③　無詩宴云云　依時行者　ジギヤウに　よる　てへり。（長和４．８.10下22）のように、理由を示す動詞「依（よる）」１例などと一緒に用いられている。

(5)　「頭風（ツフ）」は①　酉時許雨止　其間頭風発動　悩間　兼経朝臣来云　その　あひだに　ツフ　ハツドウ（す）。（長和１．８.13中164）のように、漢語「発動（ハツトウ）」又は漢語サ変動詞「発動（ハツトウす）」２例、②　頭風発　仍不参円融院」ツフ　おこる。（寛弘４．２.12上210）のよう

に、動詞「発（おこる）」1例、③　頭風尚難堪　仍無他行　ツフ　なほ　たへがたし。（長和1．8．14中164）のように、連語「難堪（たへかたし）」1例などを述語としている。

⑹　「痢病（リヒヤウ）」は○　参東宮後　冷泉院痢病悩御由示来　仍参入リビヤウに　なやみおはします　よし（寛弘6．9．4中17）のように、動詞「悩（なやむ）」3例などを述語としている。

　以上、名詞（又は、名詞相当語）を中心に見た場合、和語9語・字音語6語併せて15語に共通して用いられているのは、動詞「悩（なやむ）」7語（④病⑤目⑥咳病⑧胸⑨歯⑫霍乱⑮痢病）、漢語又は漢語サ変動詞「発動（ハツトウ）（す）」5語（④病⑥咳病⑧胸⑪風病⑭頭風）、形容詞「重（おもし）」5語（①悩②心地④病⑤目⑥咳病）、形容詞「宜（よろし）」4語（①悩②心地⑦足⑩心神）、動詞「有（あり）」3語（①悩④病⑥咳病）、動詞「発（おこる）」3語（①悩⑪風病⑭頭風）などである。つまり、動詞は「悩（なやむ）」・「発動（ハツトウ、又は、ハツトウす）・「発（おこる）」・「有（あり）」の4語、形容詞は「重（おもし）」・「宜（よろし）」の2語と、それぞれ比較的よく一緒に用いられている。

　「延べ語数」の観点から見ると、①「悩（なやみ）」は動詞「有（あり）」40例、②「心地（ここち）」は形容詞「宜（よろし）19例、③「殊事（ことなること）」は形容詞「無（なし）」17例、④「病（やまひ）」は動詞「有（あり）」5例、⑤「目（め）」は動詞「労（いたはる）」4例、⑥「咳病（しはふきやみ）」は動詞「悩（なやむ）」5例、⑦「足（あし）」は動詞「労（いたはる）」4例、⑧「胸（むね）」は動詞「悩（なやむ）」5例、⑨「歯（は）」は動詞「悩（なやむ）」3例、⑩「心神（シンシン）」は形容詞「宜（よろし）」11例、⑪「風病（フヒヤウ）」は漢語「発動（ハツトウ）」又は漢語サ変動詞「発動（ハツトウす）」10例、⑫「霍乱（クワクラン）」は動詞

「悩(なやむ)」4例、⑬「時行(シキヤウ)」は動詞「似(にる)」2例、⑭「頭風」(ツフ)は漢語「発動(ハツトウ)又は漢語サ変動詞「発動(ハツトウす)」2例、⑮「痢病(リヒヤウ)」は動詞「悩(なやむ)」3例とそれぞれよく一緒に用いられている。

　更にまとめると、動詞としては、「有(あり)」45例・「悩(なやむ)」20例・「発動(ハツトウ　又は　ハツトウす)」12例・「労(いたはる)」8例・「似(にる)」2例の順によく用いられているということになる。

II　動詞(又は、動詞相当語)を中心に見た場合

　病気・怪我に関する動詞(又は、動詞相当語)は、和語としては「労(いたはる)」・「痛(いたむ)」・「愈(いゆ)」・「得(う)」・「失(うしなふ)」・「打(うつ)」・「打破(うちやふる)」・「起(おく)」・「発(おこる)」・「知(しる)」・「損(そこなふ)」・「堪(たふ)」・「垂(たる)」・「突(つく)」・「取(とる)」・「悩(なやむ)」・「成(なる)」・「似(にる)」・「吐(はく)」・「腫(はる)」・「冷(ひやす)」・「踏立(ふみたつ)」・「見(みゆ)」・「病(やむ)」など24語がある。字音語又は漢語サ変動詞としては、「減(ケンす)」・「辛苦(シンク)」・「発動(ハツトウ)」・「平復(ヘイフク)」など4語がある。これら28語のうち、「延べ語数」の観点からは「悩(なやむ)」・「労(いたはる)」・「発(おこる)」・「発動(ハツトウ)」などが多い。が、和語としては、「悩(なやむ)」106例・「労(いたはる)」53例・「発(おこる)」19例・「得(う)」4例・「成(なる)」3例・「知(しる)」2例・「損(そこなふ)」2例・「堪(たふ)」2例・「失(うしなふ)」1例の9語を取り上げる。字音語又は漢語サ変動詞としては、「発動(ハツトウ)」17例・「平復(ヘイフク)」4例・「減(ケンす)」1例・「辛苦(シンク)」1例の4語を扱う。したがって、併せて13語を取り上げる。

第2節　『御堂関白記』に見られる「病気」・「怪我」に関する表現　337

1　和語——「悩・労・発・成・知・得・損・堪・失」（9語）

(1)　「悩（なやむ）」は①　依有日来悩事不他行　ひごろ　なやむこと　あるに　よて　タカウせず。（長和1．3．11中142）のように「有悩事（なやむことあり）」の形40例、②　早朝参冷泉院　雖御悩重　未時罷出　是日来有所悩　久候不能　仍退出　これ　ひごろ　なやむ　ところ　あり。（寛弘8．10．19中123）のように「有所悩（なやむところあり）」の形14例、③　左中弁来門外云　斎院長官為理日来有所労不参院　令申云　所悩猶重　非可供奉祭者　なやむ　ところ　なほ　おもし。（寛弘8．4．10中100）のように「所悩（なやむところ）」3例などである。すなわち、形式名詞「事（こと）」を修飾するもの40例、形式名詞「所（ところ）」を修飾するもの17例がある。そのほかの具体例は省略するが、「悩（なやむ）」の対象としては前記1で記したように、「心神（シンシン）」4例、「歯（は）」・「胸（むね）」・「霍乱（クワクラン）」・「痢病（リヒヤウ）」共に3例、「咳病（しはふきやみ）」2例、「腫物（はれもの）」・「耳（みみ）」・「目（め）」・「瘧病（わらはやみ）」・「風病（フヒヤウ）」共に1例がある。

(2)　「労（いたはる）」は①　有足下所労　不能束帯　ソクカに　いたはるところ　あり。（寛弘7．8．21中72）のように「有所労（いたはるところあり）」22例、②　又頭中将云　昨日使経親申所労侍　いたはる　ところ　はべり。（長和2．2．9中201）のように、丁寧語「侍（はへり）」を用いた場合1例、③　定申相撲事　定申云　世間病事甚盛　可被止　加又有所労御座者　いたはる　ところ　あて　おはします　てへり。」（長和4閏．6．5下15）のように、尊敬語「御座（おはします）」を伴っている場合1例、④　所労足雖頗宜　行歩難堪　いたはる　ところの　あしすこぶる　よろし　と　いへども　（長和4．7．15下19）のように「所」が関係代名詞的な働きをしているもの8例（被修飾語は「足」5例・「目」2例・「膝」1例）、⑤　春宮大夫有労事退出　いたはる　こと　あて

タイシュツ。(寛弘3．1．16上173)のように「有労事（いたはることあり）」15例、⑥ 於労事坐如何　　いたはること　おはしますに　おいては　いかに。(寛弘8．3．12中96下)のように、尊敬語「坐（おはします）」を用いた場合1例、⑦　此間有相撲召合如何　可定申　又加労御座　御目日来猶重者　　いたはり　おはします　おほむめ　ひごろ　なほ　おもし　てへり。(長和4閏．6．4下14)のように「目」を被修飾語とするもの2例などがある。

(3)「発（おこる）」は①　日来風病発　今日宜　　ひごろ　フビヤウ　おこる。(寛弘7．8．3中71)のように、漢語「風病（フヒヤウ）」3例、②　大内御悩発御座云云　　おほむなやみ　おこり　おはします　と　ウンウン。(長和1．7．18中161)のように、和語「悩（なやみ）」3例、③　頭風発　仍不参円融院　　ツフ　おこる。(寛弘4．2．12上210)のように、漢語「頭風（ツフ）」1例、④　白地退出間　瘧病已発了　仍還参　　わらはやみ　すでに　おこりをはんぬ。(寛弘8．7．25中115)のように、和語「瘧病（わらはやみ）」1例、⑤　参太内　御風発給　是日来依召氷也　　おほむかぜ　おこりたまふ。(寛仁2．4．20下155)のように、和語「風（かせ）」1例などを主語としている。

(4)「成（なる）」は①　従中宮人来申云　有御悩　即参入　宜御座　参入後成平常給　　サムニフの　のち　ヘイジヤウに　なりたまふ。(寛弘1．8．21上104)のように、漢語「平常（ヘイシヤウ）」1例、②　御悩日日宜成給　　おほむなやみ　ひびに　よろしく　なりたまふ。(長和5．9．16下75)のように、形容詞「宜（よろし）」2例をそれぞれ補語としている。

(5)「知（しる）」は否定形「不知（しらず）」の形で、①　辰時許与女房従中宮出　後終日有悩事　無其所心神不覚　不知為方　　せむ　かたを　し

第 2 節　『御堂関白記』に見られる「病気」・「怪我」に関する表現　339

らず。(寛仁2.4.10下153)のように、連語「為方(せむかた)」2例、
②　亥時辰巳方有火　従其後心神不覚　如霍乱　不知前後　仍罷出　ゼ
ンゴを　しらず。(寛仁3.2.3下194)のように、漢語「前後(センコ)」
1例をそれぞれ目的語としている。「せむかたをしらず」はどうしていい
かわからないほどの状態であること、「センコをしらず」は何が起こった
か少しも気付かず正体がないことである。

(6)　「得(う)」は①　又仰云　若得尋常秋可有也云々　もし　ジンジヤウ
なる　ことを　えば　あきに　あるべきなり　と　ウンウン。(長和4.3.
20下5)、②　告文云　有所労御延引　得尋常以秋可有行幸云々　ジン
ジヤウなる　ことを　えば　あきに　ギヤウカウ　あるべし　と　ウンウ
ン。(長和4.4.27下6)のように、いずれも「尋常(シンシヤウなるこ
と)」を目的語としている。

(7)　「損(そこなふ)」は①　従前僧正許　以円観消息　只今参問　一条橋下
覆車　面所所有損所　おもて　ところどころに　そこなふ　ところ　あり。
(寛弘1.6.5上93)のように、身体部位は「面(おもて)」で、「有損所
(そこなふところあり)」の形1例、②　落北屋打橋間　損左方足　前後不
覚　ひだりの　かたの　あしを　そこなふ。(長和4閏.6.19下16)の
ように、「足(あし)」を目的語とするものが1例ある。

(8)　「堪(たふ)」は①　初参太内　足猶不堪　早退出　あし　なほ　たへ
ず。(長和4.7.23下20)のように、「足」を主語とするもの1例、②　又
胸発動　極不堪　また　むね　ハツドウ(す)。　きはめて　たへず。
(寛仁2.5.18下163)のように、「胸」を主語とするもの1例がある。

(9)　「失(うしなふ)」は○　如前着座間　忽有悩事　心神失度　シンシン

ドを うしなふ。(長和2.7.10中233)のように、「度(ト)」を目的語とするもの1例がある。「度を失ふ」とはうろたえて取り乱すことである。

2 字音語(漢語サ変動詞も含む)──「発動・平復・辛苦・減」(4語)

(1) 「発動(ハツトウ)」は①　舞姫両三昇後　依風病発動退下　フビヤウハツドウせしに　よて　しりぞきくだる。(長和1.11.20中182)のように、漢語「風病(フヒヤウ)」11例、②　頭風発動　不参御斎会結願　ツフハツドウ。(長和5.1.14下41)のように、漢語「頭風(ツフ)」2例、「又胸発動　極不堪　また　むね　ハツドウ。」(寛仁2.5.18下163)のように、和語「胸(むね)」2例、③　咳病重発動　しはぶきやみ　おもく　ハツドウ。(寛弘2.12.8上167)のように、和語「咳病(しはふきやみ)」1例、④　日来熱発動　無他行　ひごろ　ネツ　ハツドウ。(寛仁2.4.6下152)のように、漢語「熱(ネツ)」1例をそれぞれ主語としている。

(2) 「平復(ヘイフク)」は①　而長谷僧正重悩者　即馳向　其悩事従去年七月也　而未平復　しかるに　いまだ　ヘイフクせず。(寛弘5.6.13上259)のように、和語の連語「其悩事(そのなやむこと)」1例、②　日来御歯悩給　大腫也　召阿闍梨尋〔心〕誉奉仕加持間　勿〔忽〕以平復　厳徳〔験得〕無極　たちまちに　もて　ヘイフク。(長和1.5.9中153)のように、和語「歯」1例、③　資平朝臣云有申奉令平復御目者　おほむめを　ヘイフクせしめたてまつること　まうすこと　あり　てへり。(長和4閏.6.13下15)のように、和語「目」1例(この場合は目的語)、④　式部卿宮出家　此両三年之際有病　依不平復　被遂本意云云　ヘイフクせざるに　よて　ホイを　とげらると　ウンウン。(寛弘7.10.9中77)のように、和語「病(やまひ)」1例をそれぞれ主語としている。

(3)「辛苦(シンク)」は①　従巳時許　胸病発動　辛苦終日　シンクすること　シウジツ。(寛仁3.1.17下192) 1例のように、和語の連語「胸病(むねのやまひ)」を連用修飾語としている。

(4)「減(ケンす)」は①　而今日所悩給御目殊暗云云　なやみたまふところの　おほむめ　ことに　くらしと　ウンウン。(長和4.4.13下9)の記事の後に②　七壇御修善結願　僧等賜度者　労給尚無減気　いたはりたまふ　ところ　なほ　ゲンずる　ケ　なし。(長和4.5.10下11)とあるように、三条天皇の目の病が主語で「無減気(ケンするケなし)」の形で述語となっている。症状の軽くなる様子がないという意味である。なお、「減(ケンす)」は「気(ケ)」を修飾している。

　以上、動詞(又は、動詞相当語)を中心に見た場合、⑯「悩(なやむ)」は「悩事(なやむこと)」24例・「所悩(なやむところ)」17例、⑰「労(いたはる)」は「所労(いたはるところ)」22例・「労事(いたはること)」15例のように、形式名詞「事」又「所」を伴うものが、他の語を伴う例よりもはるかに多い。又、「所労」には関係代名詞的な働きもある(例——所労足いたはる　ところの　あし)。又、㉕「発動(ハツトウ)」は漢語「風病(フヒヤウ)」11例を主語とするものが多い。

Ⅲ　形容詞(又は、形容詞相当語)を中心に見た場合
　病気・怪我に関する形容詞(又は、形容詞相当語)は、「重(おもし)」63例・「宜(よろし)」38例・「難堪(たへかたし)」10例・「明(あかし)」4例・「悩(なやまし)」4例・「暗(くらし)」3例・「無力(ちからなし)」2例の7語である。このうち用例数の多いものは、「重(おもし)」と「宜(よろし)」の2語である。なお、混種語としては連語「如例(れいのごとし)」が1例ある。

1 和語──「重・宜・難堪・悩・明・暗・無力」（7語）

(1) 「重（おもし）」は① 参冷泉院　御悩甚重　雖然日来有労事退出　おほむなやみ　はなはだ　おもし。（寛弘8.10.19中123）のように、和語「悩（なやみ）」が主語となっている場合20例、② 被東宮傅来　帥宮重悩給者　ソチのみや　おもく　なやみたまふ　てへり。（寛弘4.10.2上234）のように、動詞「悩（なやむ）」を修飾している場合10例、③ 心誉律師奉仕大内御修善　是所労給御目依逐日重也　これ　いたはりたまふ　ところの　おほむめ　ひを　おふに　よて　おもきなり。（長和4.5.15下11）のように「目（め）」が主語の場合3例、④ 而咳病尚重　仍申障由　しかるに　しはぶきやみ　なほ　おもし。（寛弘2.12.10上167）のように「咳病（しはふきやみ）」が主語の場合3例、⑤ 本是人長上手依病重年老不奉仕　やまひ　おもく　とし　おゆるに　よて　ホウジせず。（寛弘6.11.22中29）のように「病（やまひ）」が主語の場合3例、⑥ 彼上御心地猶以重　かの　うへの　おほむここち　なほ　もて　おもし。（長和5.7.18下69）のように「心地（ここち）」が主語の場合2例、⑦ 臨暁行大将方　悩気尚重　邪気重見由　仍令成祈間　遷人頗宜　なやましゲ　なほ　おもし。ジヤケ　おもく　みゆる　よし（長和4.12.13下36）のように「悩気（なやましケ）」や「邪気（シヤケ）」2例などを主語としている場合がある。

(2) 「宜（よろし）」は① 右大臣被来　心地依宜　出為対面　ここち　よろしきに　よて　いでて　タイメンす。（寛仁2.4.24下161）のように「地地（ここち）」11例、② 心神尚不宜　雨下　シンシン　なほ　よろしからず。（寛仁1.5.4下103）のように「心神（シンシン）」11例、御出家後　御悩頗宜　是奉奇見　おほむなやみ　すこぶる　よろし。（寛弘8.6.19中111）のように「悩（なやみ）」6例、③ 御覧左右御馬云云

所労給御目宜歟　いたはりたまふ　ところの　おほむめ　よろしきか。（長和4．6．4下12）のように「目（め）」2例、④　日来風病発　今日宜仍参大内　ひごろ　フビヤウ　おこる。けふ　よろし。（寛弘7．8．3中71）のように「風病（フヒヤウ）」2例などを、それぞれ主語としている。

(3)　連語「難堪（たへかたし）」は①　依所労足尚難堪不参　いたはるところの　あし　なほ　たへがたきに　よて　まゐらず。（長和4．7．2下18）のように「足（あし）」3例、②　九重不静云云　而依所労膝難堪令申案内　不参　しかるに　いたはる　ところの　ひざ　たへがたきに　よて　アンナイを　まうさしむ。（寛仁3．3．14下198）のように「膝（ひさ）」1例などをそれぞれ主語としている。あと具体例は省略するが、「咳病（しはふきやみ）」・「胸（むね）」・「行歩（キヤウフ）」・「頭風（ツフ）」など各1例を主語としている。

(4)　「悩（なやまし）」は①　摂政詣慈徳寺　自心地悩而不参　ここち　なやましきに　よて　まゐらず。（寛仁2．12．19下189）のように「心地（ここち）」2例、②　心神依悩　不参彼宮　シンシン　なやましきに　よて　かの　みやに　まゐらず。（長和2．1．27中199）のように「心神（シンシン）」1例などを主語としている。

(5)　「明（あかし）」は①　出東河解除　是月来間目不明　仍所祓也　このつきごろの　あひだ　め　あかからず。（寛仁2．11．6下185）のように「目（め）」1例、②　今日終日祓　吉平給禄　是月来間眼不明　仍所祓也而未明　この　つきごろの　あひだ　まなこ　あかからず。（寛仁2．11．12下186）のように「眼（まなこ）」2例などがある。全4例共に「目」又は「眼」を主語としている。

(6)「暗（くらし）」は○　儲官奏文　而今日所悩給御目殊暗云云　仍不奉仕　しかるに　けふ　なやみたまふ　ところの　おほむめ　ことに　くらし　と　ウンウン。（長和４．４．13下９）のように、全３例共に「目」を主語としている。

(7)「無力（ちからなし）」は○　依有労不候御共　是除目後不能行歩　又病後無力無極　仍不奉仕　また　やまひの　のち　ちからなき　こと　きはまりなし。（寛仁１．５．12下103）のように、連語「無力（ちからなきこと）」が形容詞「無極（きはまりなし）」の主語となっている。「無力」とは元気のないことを意味している。

２　混種語――連語「如例」（１語）

「如例（レイのごとし）」は○　入夜従中宮女方退出　亥時許大将忽重悩者遣人令問　従此夕悩侍数吐　只今如例者　ただいま　レイの　ごとし　てへり。（寛仁２．９．11下175）のように全１例である。「如例」は症状が落ち着いたようである、普通の状態（病気でない状態）のようである、という意味である。

以上、形容詞（又は、形容詞相当語）を中心に見た場合、「㉙重（おもし）」は「悩（なやみ）」20例、「宜（よろし）」は「心地（ここち）」11例・「心神（シンシン）」11例をそれぞれ主語とするものが多用されている。

Ⅳ　形容動詞（又は、形容動詞相当語）を中心に見た場合

病気や怪我に関する形容動詞（又は、形容動詞相当語）は、和語として「盛（さかんなり）」１語（２例）、字音語として「不覚（フカク）」16例・「尋常（シンシヤウ）」８例・「平常（ヘイシヤウ）」１例の３語、混種語とし

て「例(レイの)」1語(1例)である。

1 和語──「盛」(1語)

「盛(さかんなり)」は① 定申相撲事 定申云 世間病事甚盛 可被止加又有所労御座者 セケンの やまひの こと はなはだ さかんなり。(長和4閏.6.5下15)のように「病事(やまひのこと)」、② 世間病悩甚盛 此間有相撲召合如何 セケンの ビヤウナウ はなはだ さかんなり。(長和4閏.6.4下14)のように「病悩(ヒヤウナウ)」をそれぞれ主語としている。

2 字音語──「不覚・尋常・平常」(3語)

(1) 「不覚(フカク)」は① 通夜心神猶不覚 従今朝頗宜 ツウヤ シンシン なほ フカク。(寛仁2.4.11下154)のように「心神(シンシン)」を主語とするもの6例、② 尚侍亥時許了由示 数月病 従去三日不覚有如無 是希有事也 さんぬる みか より フカクにして なきが ごとくに あり。(寛弘1.2.7上71)、③ 丑時許従院頼清来云 御重者乍驚参入 奉見不覚御座 みたてまつるに フカクに おはします。(寛仁1.5.9下103)のように、述語として用いられているもの7例がある。

又、「前後不覚(センゴフカク)」の形は④ 奉仕官奏 此間心神不宜退出 前後不覚悩 ゼンゴフカクに なやむ。(長保1.5.20上22)のように、動詞「悩(なやむ)」を修飾しているもの1例、⑤ 従辰巳時例胸発動 前後不覚 仍不詣法性寺 入夜頗宜(寛仁3.1.10下192)のように、述語として用いられているもの2例がある。「前後不覚」は、何が起こったか少しも気づかず、正体のないことである。

(2) 「尋常(シンシヤウ)」は① 仰云 女二内親王悩給事得尋常 をんな

二の　ナイシンワウ　なやみたまふ　こと　ジンジヤウなる　ことを　う。（寛弘5．4．24上257）のように「～（なることを）う」の形が4例、②主上日来不御座尋常　今頗重悩給　シユジヤウ　ひごろ　ジンジヤウにおはしまさず。（寛弘八5．23中107）のように、述語として用いられているものが4例ある。

⑶　「平常（ヘイシヤウ）」は○　従中宮人来申云　有御悩　即参入　宜御座　参入後成平常給　仍罷出　サムニフの　のち　ヘイジヤウに　なりたまふ。（寛弘1．8．21上104）のように、動詞「成（なる）」を修飾しているもの1例がある。「平常」は普通の状態であることを示す。

3　混種語──「例」（1語）
　「例（レイの）」は○　従辰巳時例胸発動　前後不覚　たつみの　ときより　レイの　むね　ハツドウ（す）。（寛仁3．1．10下192）のように、漢語又は漢語サ変動詞「発動（ハツドウ）（す）」を修飾しているもの1例である。「例（レイの）」は、「いつも起こっている、あの」という意味である。

　以上、形容動詞（又は、形容動詞相当語）を中心に見た場合、㊳「不覚（フカク）」は「心神（シンシン）」6例を主語とするものが多用されている。

三　注意される表現の類型

　ここでは、病気・怪我に関して同じような意味を示す表現の場合、本文献ではどんな類型が用いられているかという観点から記述する。次の二つ、1「有悩事」と「有労事」、2「有所悩」と「有所労」を取り上げる。

1 「有悩事」と「有労事」

「有悩事（なやむことあり）」は24例、「有労事（いたはることあり）」は15例である。①　依有日来悩事不他行　ひごろ　なやむ　こと　あるに　よて　タカウせず。（長和元3．11中142）、②　此一両日有労事不他行　このイチリヤウジツ　いたはること　あて　タカウせず。（長和１閏．10.26中176）のように、両者の間に用法差はない。又、「悩（なやむ）」も「労（いたはる）」も「病気する」という意味である。

ただし、同じ日の記事の場合は、③　右府申云　射〔謝〕座有膝悩事　難列者　以此奏聞　被免了　余有労事　不奉仕内弁退出　シヤザ　ひざになやむ　こと　あて　レツしがたし　てへり。……　ヨ　いたはる　ことあり。（寛弘２．1．1上126）のように両者を用いて、同一句の繰り返しを避けている。

本文献の記者藤原道長は、用例数から見て「有悩事」の方をどちらかと言えばより好んで用いたと考えられる。

2 「有所悩」と「有所労」

「有所悩（なやむところあり）」は14例、「有所労（いたはるところあり）」は22例である。この用例数は先に１で見たのと逆になっているが、その理由の一つとして形式名詞「所（ところ）」との結合度が「悩（なやむ）」よりも「労（いたはる）」の方がより強かったことが考えられる。すなわち、後に「所労（シヨラウ）」（病気という意味）という字音語は成立した（『平家物語』・『日葡辞書』に所収）が、「所悩（シヨナウ）」という字音語は成立していないからである。○依有所悩　不参　なやむ　ところ　あるに　よて　まゐらず。（長和１．8.13中164）、○仁王会　依有所労不参　いたはるところ　あるに　よて　まゐらず。（寛弘7．10．4中77）のように、両者の用法に差は見られない。

本文献の記者藤原道長は、用例数から見て「有所労」の方を「有所悩」よ

りも好んで用いたと考えられる。

ま と め

　本文献に見られる病気・怪我に関する表現は、次の3点にまとめることができる。
1　「病気をする」という意味を示す表現は、「有悩（なやみあり）」5例、「悩（なやむ）」106例、「有悩事（なやむことあり）」24例、「有所悩（なやむところあり）」14例、「有労（いたはりあり）」2例、「労（いたはる）」5例、「有労事（いたはることあり）」15例、「有所労（いたはるところあり）」22例、の8種類である。用例数の上からは、動詞「悩（なやむ）」（なやむ——どこを悩むかという身体部位を示す語を伴うものが多い）が圧倒的に多く（54.9％）、これが代表と言える。
2　「所労（いたはるところ）」の「所」には、「所労足（いたはるところのあし）」のように関係代名詞的な働きをする場合がある。
3　同じような意味を示す表現の場合、本文献の記者藤原道長は「有悩事（なやむことあり）」、「有所労（いたはるところあり）」を好んで用いている。

『御堂関白記』に見られる病気・怪我に関する語　一覧表

[色]……『色葉字類抄』のこと。○×は、その語の掲載の有無を示す。
[名]……『類聚名義抄』のこと。○×は、その語の掲載の有無を示す。

1　名詞（又は、名詞相当語）　(1)　和語

	語	よみ	[色]	用例数		語	よみ	[色]	用例数
1	足	あし	○	11	14	太波事	たはこと	×	1
2	労	いたはり	×	2	15	悩気	なやましけ	×	29
3	面	おもて	○	2	16	悩	なやみ	○	46
4	頭	かしら	○	2	17	歯	は	○	6
5	風	かせ	○	1	18	鼻	はな	○	1
6	疵	きす	○	2	19	腫物	はれもの	×	1
7	心地	ここち	×	35	20	膝	ひさ	○	2
8	心	こころ	○	1	21	眼	まなこ	○	2
9	腰	こし	○	3	22	耳	みみ	○	1
10	異事	ことなること	×	25	23	胸	むね	○	7
11	舌	した	○	1	24	目	め	○	14
12	咳病	しはふきやみ	×	12	25	病	やまひ	○	23
13	脛	すね	×	1	26	瘧病	わらはやみ	○	4

計　235

1　名詞（又は、名詞相当語）　(2)　字音語

	語	よみ	[色]	用例数		語	よみ	[色]	用例数
1	暗夜	アンヤ	×	1	8	頭風	ツフ	○	4
2	行歩	キヤウフ	×	2	9	熱	ネツ	×	9
3	霍乱	クワクラン	○	6	10	病死	ヒヤウシ	×	1
4	時行	シキヤウ	○	4	11	病者	ヒヤウシヤ	×	1
5	疾疫	シツエキ	×	1	12	病悩	ヒヤウナウ	×	2
6	邪気	シヤケ	○	2	13	風病	フヒヤウ	×	14
7	心神	シンシン	○	33	14	痢病	リヒヤウ	○	4

計　84

350　第四章　公卿日記に見られる諸表現

2　動詞（又は、動詞相当語）　(1)　和語

	語	よ　み	[色]	用例数		語	よ　み	[色]	用例数
1	労	いたはる	○	53	13	垂	たる	○	1
2	痛	いたむ	○	1	14	突	つく	○	1
3	愈	いゆ	○	1	15	取	とる	○	2
4	得	う	○	4	16	悩	なやむ	○	106
5	失	うしなふ	○	1	17	成	なる	○	3
6	打	うつ	○	1	18	似	にる	×	3
7	打破	うちやふる	×	1	19	吐	はく	○	1
8	起	おく	×	1	20	腫	はる	○	2
9	発	おこる	○	19	21	冷		×	1
10	知	しる	○	2	22	踏立	ふみたつ	×	1
11	損	そこなふ	○	2	23	見	みゆ	○	3
12	堪	たふ	○	2	24	病	やむ	○	3

　　　　　　　　　　　　　　　　　　　　　　　計　　125

2　動詞（又は、動詞相当語）　字音語（漢語サ変動詞をも含める）

	語	よ　み	[色]	用例数
1	減	ケンす	○	1
2	辛苦	シンク	○	1
3	発動	ハツトウ	×	17
4	平復	ヘイフク	○	4

　　　　　　　計　　23

3　形容詞（又は、形容詞相当語）　(1)　和語

	語	よ　み	[色]	用例数
1	明	あかし	○	4
2	重	おもし	○	63
3	暗	くらし	× [名]○	3
4	難堪	たへかたし	○	10
5	無力	ちからなし	×	2
6	悩	なやまし	×	4
7	宜	よろし	○	38

　　　　　　　計　　124

3 形容詞(又は、形容詞相当語) (2) 混種語

	語	よ　み	[色]	用例数
1	如例	レイのことし	×	1

計　1

4 形容動詞(又は、形容動詞相当語) (1) 和語

	語	よ　み	[色]	用例数
1	盛	さかん(なり)	○「さかり」	2

計　2

4 形容動詞(又は、形容動詞相語) (2) 字音語

	語	よ　み	[色]	用例数
1	尋常	シンシヤウ	○	8
2	不覚	フカク	○	16
3	平常	ヘイシヤウ	×	1

計　25

[参考文献]
1　服部敏良『王朝貴族の病状診断』(吉川弘文館　1975)
2　服部敏良『平安時代醫學の研究』(科学書院　1980)

第3節 『権記』に見られる感情表現

はじめに

　『権記』(以下、本文献と呼ぶことにする) に見られる感情表現は、前記『御堂関白記』に見られる感情表現 (第四章第1節) で試みた方法により、人間にとってその感情が「快」か「不快」か、という観点で大きく2分して述べていく。ただし、紙幅の制限上全てを記述することは不可能であり、いくつかを重点的に取り上げる。

一　本文献に見られる感情表現

1　「快」を表す場合

　「快」を表す場合は、「喜びを示すもの」と「相手を誉めるもの」とが多い。前者には和語として「慶・悦・喜（よろこひ）」・「悦（よろこふ）」・「悦（よろこはす）」・「宇礼之（うれし）」・「涙（なみた）」などがある。字音語（漢語サ変動詞をも含める）としては、「感悦（カンエツ）」・「欣悦（キンエツ）」・「恐悦（キヨウエツ）」・「歓喜（クワンキ）」・」随喜（スイキ）」・「落涙（ラクルイ）」・「慶賀（ケイカ）」・「賀（カ）」・「拝賀（ハイカ）」・「賀表（カヘウ）」・「賀（カす）」などがある。

　後者「相手を誉めるもの」には、字音語（漢語サ変動詞をも含める）として「感嘆（カンタン）」・「称嘆（シヨウタン）」・「称誉（シヨウヨす）」・「褒賞（ホウシヤウす）」「賞（シヤウ）」・「賞（シヤウす）」などがある。

　なお、「恐悦」は、自分の喜びを目上の人に対して言う語である。

第3節 『権記』に見られる感情表現　353

(1) 喜びを示すもの

「慶・悦・喜（よろこひ）」は① 仰旨　叙行成一階也　即参内令奏慶由　すなはち　サムダイして　よろこびの　よしを　ソウせしむ。（長徳4．1．11一21上）、② 及暁京兆出　被示産事遂之由　男子云云　為悦不少　よろこびと　する　こと　すくなからず。（長徳4．12．3一59上）、③ 一云朔日沐浴不出　三月有大喜　サングワツは　おほきなる　よろこび　あり。（寛弘6．5．1二116下）などである。

「悦（よろこふ）」は、④ 頼重祭使当巡　而無申故障而今望期申子死之由　望期申此由不当　仍被改任　而内内有悦気云云　しかるに　うちうちに　よろこぶ　ケ　あり。（寛弘8．4．15二154下）などがある。

「悦（よろこはす）」は、⑤ 仰云（中略）又能登事不令申之前日　是欲遣仰案内之間　令申事由　聞食悦耳目者　きこしめして　ジボクを　よろこばす　てへり。（長徳4．3．21一31下）などである。

「宇礼之（うれし）」は、⑥ 参院　依召近候　供御漿　仰云　最宇礼之　もとも　うれし。（寛弘8．6．21二162下）である。

「涙（なみた）」は、⑦ 夜夢（中略）一拝之間　抱腰之人漸復二賊之間　称弥陀如来不免給　此人已離　此間不覚涙下　即余以足踏此人　この　あひだ　フカクにも　なみだ　おつ。（寛弘2．9．29二41上）などである。

「感悦（カンエツ）」は、⑧ 仰云　如汝申彼石山祈願之間有見夢　自石山有僧持来如意輪観音経云云　承綸命之処　感悦無極　カンエツ　きはまりなし。（寛弘7．3．20二138下）などである。

「欣悦（キンエツす）」は⑨ 丞相命云（中略）亦如兄弟可相思之由　可仰含者　欣悦給旨甚多　キンエツしたまふ　むね　はなはだ　おほし。（長保1．12．7一95上）などである。

「恐悦（キョウエツ）」は、⑩ 即参御前　奏覚縁事　有恩許之色気　仍以其趣申達相府　有恐悦之報　キョウエツの　ホウ　あり。（長保2．8．13一148上）などである。

「歓喜（クワンキ）」は、⑪　僧都乍立加持　一念珠間平安遂了　邪気雖成妨　仏力依無限也　歓喜歓喜　　クワンギ　クワンギ。（長徳4．12．3一59上）などである。

「随喜（スイキ）」は、⑫　詣左府　御悩已平愈仏力所為　随喜甚深　　ズイキ　はなはだ　ふかし。（長保2．6．27一133上）などである。

「落涙（ラクルイ）」は、⑬　右大将以下引参左府　今日被開眼供養金色等身阿弥陀仏（中略）而丹波守匡衡朝臣作願文　避事忌之間　不合丞相意　然而僧都見其色気　不避事忌　不憚人聴　表白開講之旨　主人不甚感嘆　落涙難抑　　ラクルイ　おさへがたし。（寛弘8．3．27二153上）などである。

「慶賀（ケイカ）」は、⑭　慶賀人人来　　ケイガの　ひとびと　きたる。（寛弘1．1．25二3下）などである。

「賀（カ）」は、⑮　諸大夫数輩来　新年之賀也　　シンネンの　ガなり。（長保2．1．1一102上）などである。

「拝賀（ハイカ）」は、⑯　左丞相引諸卿被参　有拝賀之礼　　ハイガのレイ　あり。（長保2．1．2一102下）などである。

「賀表（カヘウ）」は、⑰　今日朔旦冬至　仍奉賀表　　よて　ガヘウをたてまつる。（正暦4．11．1一11下）などである。

「賀（カす）」は、⑱　此日勅云　以僧正観修為法務（中略）亦赴僧正房賀法務慶　　ホフムの　よろこびを　ガす。（長保2．4．5一118下）などである。

(2)　相手を褒めるもの

「感嘆（カンタン）」は、⑲　此夕始三昧香火　大臣請誓放火　一度火付衆人感嘆　　シウジン　カンタン。（寛弘2．10．19二42下）などである。

「称嘆（シヨウタン）」は、⑳　朝座静照（中略）朝座講師釈第七巻　弁説之妙冠絶古今　聴者称嘆未曾有　　きく　もの　シヨウタンする　こと　いまだ　かつて　あらず。（長保4．5．10一260上）などである。

第3節 『権記』に見られる感情表現　355

「称誉（シヨウヨす）」は、㉑　又左大臣以下参殿上　申剋献詩了（中略）藤原雅任詩無難　同経道詩雖無題意点画過誤　年少之者一時終篇　尤可称誉　もとも　シヨウヨすべし。（寛弘2．7．10二35下）などである。

「褒賞（ホウシヤウす）」は、㉒　仰云　官人等可給禄　又信行奉仰之後忽有事憖　尤可褒賞者　もとも　ホウシヤウすべし　てへり。（長保3．7．17一217上）などである。

「賞（シヤウ）」は、㉓　左大臣参入　於御前被申行院司賞　おまへにして　キンづかさの　シヤウを　まうしおこなはる。（長保3．10．10一229下）などである。

「賞（シヤウす）」は、㉔　亦明日可被賞厳久之由被仰　また　あす　ゲンキウを　シヤウせらるべき　よしを　おほせらる。（長保1．8．20一72下）などである。

(3) その他

(1)「喜びを示すもの」や(2)「相手を褒めるもの」以外を「その他」とする。「その他」には、「心持ちがよいさま」を示す「快（こころよし）」・「快然（クワイセン）」、「相手に感謝すること」を示す「謝（シヤす）」、「感じ悟ること」を示す「感悟（カンコす）」、「ねんごろで親切なこと」を示す「懇切（コンセチ）」、「ねんごろなこと」を示す「慇懃（インキン）」を取り上げておく。

「快（こころよし）」は、㉕　宮仍為快見御前儀　到殿　自格子伺見　みや　すなはちおまへの　ギを　こころよく　みむが　ために　とのに　いたる。（寛仁1．8．21二238下）などである。

「快然（クワイセン）」は、仍直参内　仰云　中宮誕男子　天気快然　七夜可遣物等事依例可令奉仕者　テンキ　クワイゼンたり。（長保1．11．7一84上）などである。

「謝（シヤス）」は、㉗　実経殿上之事　以書状奉謝左府　ショジヤウを

「感悟（カンコ）」は、㉘ 此間宅中起者惟弘只一人　并孟光而已也（中略）我与僧都師弟之契非今生之事　加以僧都驗德甚明之由　孟光与惟弘感悟無極　マウクワウ　ただひろと　カンコすること　きはまりなし。（長徳４．７．16 一42下）などである。
　「懇切（コンセチ）」は、㉙ 丞相於御宿所命云　大将加階之事度度所被示　甚以懇切也　はなはだ　もて　コンセチなり。（長保２．４．7 一120下）などである。
　「慇懃（インキン）」は、㉚ 重所令洩奏非無事憚　然而彼大将為家兄慇懃有望　不能抑止　今一度許令洩申也云云　しかれども　かの　ダイシヤウいへの　あにの　ために　インギンに　のぞむ　こと　あり。（長保２．４．7 一120下）などである。

　以上、１「快」を表す場合について具体例を挙げてきた。語種の観点から「異なり語数」を調べてみると、(1)「喜びを示すもの」は和語５対字音語11、(2)「相手を褒めるもの」は和語０対字音語６、(3)「その他」は、和語１対字音語５となる。合計すると、和語６対字音語22であり、字音語が和語の４倍近くも占めている。
　それぞれの感情の度合いについては、程度副詞「最・尤（もとも）」（用例⑥㉑㉒）・「甚（はなはた）」（用例⑨⑫㉙）、形容詞「無極（きはまりなし）」（用例⑧㉘）、連語「不少（すくなからず）」（用例②）、連体詞的用法の「大（おほきなる）」（用例③）などを伴って表されている。また、用例⑪のように「歓喜」という同一漢語を２回反復して表す場合もある。

２　「不快」を表す場合

　「不快」を表す場合は、(1)「嘆き・悲しみ・愁い」を示すもの、(2)「哀れみや思慕」を示すもの、(3)「驚き・恐れ・怪しみ」を示すもの、(4)「恥やあ

ざけり」を示すもの、(5)「怒り」を示すもの、(6)「恨みや憎しみ」を示すものが目立っている。以下、項目ごとに具体例を挙げて述べていく。

(1) 「嘆き」・「悲しみ」・「愁い」を示すもの

「嘆き」は、「嘆(なけき)」・「嘆(なけく)」・「思嘆(おもひなけく)」・「思食嘆(おほしめしなけく)」・「愁嘆(うれへなけく)」・「嘆念(なけきおもふ)」・「嗚呼・嗟乎・嘻乎(ああ)」・「嘆息(タンソク)」・「悲嘆(ヒタン)」などである。

「悲しみ」は、「悲(かなしひ)」・「悲(かなしふ)」・「悲・哀(かなし)」・「悲泣(かなしひなく)」・「泣(なく)」・「泣(なみた)」・「泣涕(キフテイ)」・「悲慟(ヒトウ)」・「挙哀(キヨアイ)」などである。

「愁い」は、「愁(うれへ)」・「愁(うれふ)」・「愁申(うれへまうす)」・「愁文(うれへふみ)」・「愁状(うれへシヤウ)」・「愁憂(シウイウ)」・「愁訴(シウソ)」などである。

なお、「泣涕(キフテイ)」は涙を流して泣くこと、「悲慟(ヒトウ)」は悲しみいたむこと「挙哀(キヨアイ)」は死者を祭るために哭泣する礼のことである。

●嘆きを示すもの

「嘆(なけき)」は、① 真言之道以秘為先 授法之師秘器伝之 今上御時 或因旧御願或無止之長者等 所被申加 漸及百数 時人以風愛為嘆云云 ときの ひと フウアイを もて なげきと す と ウンウン。(寛弘5.6.16二101上)などである。

「嘆(なけく)」は、② 参内之後 於掖陣下披見返事 云世中乎無墓物ト 乍知如何為猿ト何加嘆鑒 なにか なげかむ。(長保2.12.19一184上)などである。

「思嘆(おもひなけく)」は、③ 早朝参院(中略)御悩甚重(中略)酉剋崩給 思嘆無極 御算冊(=四十) おもひなげく こと きはまりなし。

358　第四章　公卿日記に見られる諸表現

(長保3閏.12.22―241下) などである。
　「思食嘆(おほしめしなけく)」は、④　仰云(中略)春季御読経間論義恒例之事也　而神祇官齋院灾　是非常事也　思食嘆無極　おぼしめしなげくこと　きはまりなし。(長徳4．3.28―33下) などである。
　「愁嘆(うれへなけく)」は、⑤　兵衛典侍云　御悩雖非殊重　忽可有時代之変云云　仍女官愁嘆也　よて　ニョクワン　うれへなげく　なり。(寛弘8．5.27二158上) などである。
　「嘆念(なけきおもふ)」は、⑥　至于寧親　有被殺二人従者之愁嘆念之間　阿波権守奏聞寧親従者持楯帯弓箭　白昼破五位以上宅門　成濫行之由云云　ふたりの　ジウシヤを　ころされし　うれへを　なげきおもふ　あひだに　あり。(長保2．7.26―141上) などである。
　「嗚呼(ああ)」は、⑦　式部大丞源国政昨死去(中略)六月中病疫　遂以夭亡　嗚呼悲夫　ああ　かなしき　かな。(長徳4．7.7―39上)、⑧　抑七七聖忌今月二日　荘厳仏経　修斎会先了(中略)於是院司等運意匠　以整仏具　抽心機　以織法服　嗟乎　もて　ホフブクを　おる。　ああ。(寛弘8．8.11二176上)、⑨　令広貴不動尊像　自書由趣於尊像下　付惟風朝臣送故中将内方許　其詞云(中略)去年中秋既損　嘻乎哀哉　ああ　かなしきかな。(長保1．8.26―74上) などである。
　「嘆息(タンソク)」は、⑩　暫之中将伝勅云(中略)輔導朕身之事　当時自非丞相在於誰人哉　今聞丞相之篤疾　嘆息無外　タンソクの　ほか　なし。(長徳4．3.3―27上) などである。
　「悲嘆(ヒタン)」は、⑪　早旦左京亮国平朝臣来云　修理大夫内方自夜半有悩気　已入滅　悲嘆無極　ヒタン　きはまりなし。(正暦4．2.29―9下) などである。
●悲しみを示すもの
　「悲嘆(かなしひなけく)」は、⑫　覚運大僧都去夜卒去云云　仏法棟梁　国家珍宝也　今聞逝去　悲嘆灑襟　かなしみなげく　こと　えりを　うる

第3節 『権記』に見られる感情表現　359

ほす。(寛弘4.11.1二89上)などである。

「悲(かなしふ)」は⑬　式部大丞源国政昨死去家人□□□由也　甚足悲　はなはだ　かなしぶに　たる。(長徳4.7.7一38下)なでである。

「悲(かなし)」は、⑭　仰云　皇后宮已頓逝甚悲　□大臣可参之由只今可仰遣者　クワウゴウグウ　すでに　トンセイして　はなはだ　かなし。(長保2.12.16一181下)、cf. ⑨　嘻乎哀哉（上に既出）などである。

「悲泣(かなしひなく)」は、⑮　暫之母氏悲泣、即知児亡之剋　しばらくして　ははうじ　かなしびなく。(長徳4.10.18一50下)などである。

「泣(なく)」は、⑯　仏云経云（中略）今望宝蓮之月　泣祈成仏於世尊　ないて　ジヤウブツを　セソンに　いのる。(寛弘8.8.11二176上)などである。

「涙(なみた)」は、⑰　亥剋許法皇暫起　詠哥曰　露之身乃風宿尓君乎置天塵を出ぬる事曽悲支　其御志在寄皇居　但難指知其意　于時近侍公卿侍臣男女道俗聞之者　為之莫不流涙　これが　ために　なみだを　ながさざる　もの　なし。(寛弘8.6.21二162下)

などである。

「泣涕(キフテイ)」は、⑱　占者相示云　此卦延喜天暦竟御薬　共所遇也　加之今年当移変之年　殊可慎御之由　去春所奏也云云　此等旨左大臣覚悟　於二間与権僧正見占文　共以泣涕　ともに　もて　キフテイ（す）。(寛弘8.5.27二158上)などである。

「悲慟(ヒトウ)」は、⑲　産婦病甚重（中略）丑剋気漸絶　悲慟之極何事如之　ヒドウの　きはまり　なにごとか　これに　しかむ。(長徳4.10.16一275上)などである。

「挙哀(キヨアイ)」は、⑳　去八日夜崩御給　遺詔云　挙哀素服国忌山陵等可停止之由可令奏　キヨアイ・ソフク・コクキ・サンリヤウらを　チヤウジすべき　よし　(寛弘5.2.11二96下)などである。

●愁いを示すもの

「愁（うれへ）」は㉑　仰云　院御修行事　依路次之愁　再三令申可令止給之由　而已無許容　ロシの　うれへによ て（長保1.11.15一87下）、「愁（うれふ）」は㉒　詣左府　有所被奏之事　事甚非常也　是邪気詞也（中略）心神若亡　邪霊領得　以不平生　死者士之常也　生而何益之有　謂事之理是世無常也　可愁可愁　可悲可悲　　うれふべし　うれふべし。（長保2.5.25一130上）、「愁申（うれへまうす）」は㉓　明経得業生学生等　与紀伝道座論之間　弾正所行不当　仍為愁申其由　得業生以下引参別当右大臣家之由　博士広隆令申　よて　そのよしを　うれへまうさむがために（寛弘4.8.4二85上）、「愁文（うれへふみ）」は㉔　相撲人着座之間　左相撲宇治部利村挿愁文於文刺　進庭中　うれへふみを　ふみさしに　さす（長保2.8.12一147上）、「愁伏（うれへシヤう）」は㉕　左大臣雖軽服坐　有勅命取遣彼是愁状（寛弘1.3.23二8下）、「愁憂（シウイウ）」は㉖　寅剋許自葬送処向白川流　亡者骨粉釈貞持之　順闍梨加持光明真言　雖念往往之并愁憂無極（長保4.10.18一275上）、「愁訴（シウソ）」は㉗　因幡守行平朝臣依百姓愁訴被召問殺害介千兼由等（寛弘4.10.29二88下）などである。

(2)　「哀れみ」や「思慕」を示すもの

「哀れみ」を示すものは、「愛愍（アイヒン）」・「哀憐（アイレンす）」・「愛憐（アイレン）」・「不便（フヒン）」などである。「思慕」を示すものは、「恋（こふ）」・「恋慕（レンホ）」・「慕（したふ）」・「焦思（こかれおもふ）」・「惜（をしむ）」・「痛惜（ツウセキ）」などである。

なお、「愛憐」は同情すること、「痛惜」はひどく惜しむことである。

●哀れみを示すもの

「愛愍（アイヒン）」は、㉘　未剋　去年誕生男児亡没　在嬰孩容貌甚美　日者煩熱瘡今日瘡気少伏　依見無力之気　母氏雍樹以居　愛愍之甚也　アイビン　これ　はなはだしきなり。（長徳4.10.18一50下）などである。

「哀憐（アイレンす）」は、㉙　件朝臣村上御時補蔵人　為進士（中略）仕

朝年老　臨病命危　其所申請最可愛憐　但許否之間可随勅定　その　まう
しこふ　ところ　もとも　アイレンすべし。(長徳4.9.1一46上)などで
ある。
　「愛憐(アイレン)」は、㉚　即奏云　此皇子事所思食嘆尤可然(中略)今
為皇子非無所怖　能可被祈謝太神宮也　猶有愛憐之御意　給年官年爵并年給
受領之吏等　令一両宮臣得恪勤之便　是上計也者　なほ　アイレンの　ギ
ヨイ　あり。(寛弘8.5.27二157下)などである。
　「不便(フヒン)」は、㉛　命云　殿上事雖不示　何無用意　二条家献一宮
之事　人人云不必可然之由　然而先院御時厚被御顧所儲之家已有其数　宮未
儲家給　極不便之事也　仍所奉也　きはめて　フビンの　ことなり。(寛
弘8.8.12二178上)などである。
●思慕を示すもの
　「恋(こふ)」は、㉜　参一条院　御念仏也　参会参議以上十七人　旧侍臣
又有数　恋恩慕徳之多也　ヲンを　こひ　トクを　したふ　もの　おほき
なり。(寛弘8.12.15二210上)などがある。
　「恋慕(レンホ)」は、は㉝　入道左大臣従一位兼行皇太子傅源朝臣雅信薨
年七十四(中略)朝家所重也　洛陽士女[聞]薨逝而皆恋慕矣　ラクヤウ
の　シジョ　コウセイを　きいて　みな　レンボ(す)。(正暦4.7.29一11
上)などである。
　「慕(したふ)」は、このページの㉜を参照されたい。
　「焦思(こかれおもふ)」は、㉞　我等自悟岫之露一零　栴檀之煙永昇以来
溺涙焦思不知日月之徂　抑七七聖忌今月二日　なみだに　おぼれて　こが
れおもふ　こと　ニチグエツの　ゆくを　しらず。(寛弘8.8.11二176上)
などである。
　「惜(をしむ)」は、　此日従五位上行式部少輔兼大内記越中権守紀朝臣斉
名卒(中略)尤巧於詩　今当物故　時人惜之　時年卅(＝四十)三　とき
の　ひと　これを　をしむ。(長保1.12.15一98下)などである。

「痛惜（ツウセキ）」は、㊱　大僧都実因卒去　修学共備　尤為法器　今聞逝去　莫不痛惜之人　これを　ツウセキせざる　ひと　なし。(長保２.８.16―149上) などである。

(3)　「驚き」・「恐れ」・「怪しみ」を示すもの

「驚き」を示すものは、「驚（おとろく）」・「驚（おとろかす）」である。

「恐れ」を示すものは、「恐・悚（おそれ）」・「怖・恐・悚（おそる）」・「悚申（おそれまうす）」・「恐（おそろし）」・「悦悚（よろこひおそれ）」・「怖畏（フキす）」・「悚畏（シヨウキす）」などである。

「怪しみ」を示すものは、「奇（あやしみ）」・「怪・奇（あやし）」・「怪・奇（あやしふ）」・「驚奇（おとろきあやしふ）」・「恐奇（おそれあやしふ）」・「奇恠（キクワイ）」などである。

なお、「悚（おそれ・おそる）」は「恐・怖（おそれ・おそる）」とは違い、「恐縮」の意を示している。

◉驚きを示すもの

「驚（おとろく）」は、㊲　老尼御悩危急　自近衛殿告来　乍驚馳詣　おどろきながら　はせまうづ。(長徳４.３.20―30上) などである。

「驚（おとろかす）」は、㊳　顧見藤典侍捧□手為取懸所圧来也　其体垂髪更逆大張　所放之音多驚人耳　はなつ　ところの　おと　おほく　ひとを　おどろかすのみ。(長保２.12.16―182上) などである。

◉恐れを示すもの

「恐（おそれ）」は、㊴　抑件南蛮高麗之事　雖云浮説　安不忘危　非常之恐莫如成慎　能可被致種種御祈　ヒジヤウの　おそれ　つつしみを　なすに　しくは　なし。(長徳３.10.1二231下) など、「悚（おそれ）」は、㊵　次参内府　申昨日恩問之悚　帰宅　サクジツの　ヲンモンの　おそれをまうす。(長保１.12.6―94下) などである。「怖（おそる）」は、㊶　木工寮頭雅致触穢　官人等雖奉仰　不可触頭　頭若口入尤可怖之処事也　トウ

もし　くちいれすれば　もとも　おそるべき　ところの　ことなり。（長保１.12.９一96上）、「恐（おそる）」は㊷　而今汝請出家　非我素意　我更非妨汝之志　若有違我之情　恐為退転之縁　定招罪報之因歟　　おそるらくはタイテンの　エンと　なり　（長保３．１．７一190上）、「悚（おそる）」は、㊸　蔵人輔応召参御前還出　被補蔵人頭者　即令奏悚由　　すなはち　おそるる　よしを　ソウせしむ　（長徳１．８.29一15上）などである。

「悚申（おそれまうす）」は、㊹　即令申　夜前為申良経之慶雖参陣辺　依装束不調　自陣外密密所罷帰也　今賜此抑　無極所悚申也　　おそれまうすところ　きはまりなきなり。（寛弘８．８.25二181下）などである。

「恐（おそろし）」は、㊺　少将示出家之志刻念素深　唯依納言之旨未能遂之云云　一門之中依無他人　暫欲不許　然而於妨其志　罪業可恐　仍不示左右　　ザイゴフは　おそろしかるべし。（長保２.12.20一184下）などである。

「悦悚（よろこひおそれ）」は、㊻　又上表所謂三事之中　被免其二　件等悦悚　早可参入令奏聞也　　くだんらの　よろこびおそれは　はやく　サムニフして　ソウモンせしむべきなり。（長徳４．３.13一28下）などである。

「怖畏（フヰす）」は、㊼　丞相出示此事之間　心神無主有甚怖畏給之気云云　　シンシン　シユなく　はなはだ　フヰしたまふ　ケ　あり　と　ウンウン。（長保２.12.16一182上）などである。

「悚畏（シヨウヰ（す）」は、㊽　而病雖減損　余気猶在　行歩難堪　不能早参悚畏申之由　伺従容可奏者　　はやく　まゐる　こと　あたはずしてシヨウヰし　まうす　よし（長徳４．３.13一28下）などである。

◉怪しみを示すもの

「奇（あやしひ）」は、㊾　素無抑留彼朝臣文之意　今聞此語為奇不少　いま　この　ことを　きいて　あやしひを　なすこと　すくなからず。（長保５．１.14一280上）などである。

「奇（あやし）」は、㊿　晩景有御遊事　院御忌月也　而有此事　怪念怪念　あやしく　おもふ　あやしく　おもふ。（正暦４．１．３一６上）、(51)　以赦前

事召禁拷問如何乎　答云　此事奇念事也　この　こと　あやしく　おもふ　ことなり。(寛弘8.12.15二210下)などである。

「怪・奇(あやしふ)」は、㊾　余参御前　入夜罷出　牛車人人怪之　ギツシヤの　ひとびと　これを　あやしぶ。(長保5.1.3一279上)、㊿　新任少納言朝典昨日初参　欠日也　今日候人奇之　けふ　さぶらふ　ひと　これを　あやしぶ。(長徳4.11.9一55上)などである。

「驚奇(おとろきあやしふ)」は、㊾　大臣参上殿上之後　大納言未取筥文之前　右大臣遅参而入明義門　到始大臣立之処　揖納言以下参上　于時人人驚奇　ときに　ひとびと　おどろきあやしぶ。(寛弘8.12.18二212上)などである。

「恐奇(おそれあやしふ)」は、㊿　火勢已成　忽難滅得（中略）仰云　神祇官災恐奇不少　可令所司奉仕御卜歟　ジンギクワンの　わざはひ　おそれあやしぶ　こと　すくなからず。(長徳4.3.28一33上)などである。

「奇怪(キクワイ)」は、㊿　文室為義来云　一昨子剋一宮御方天井上有投多瓦礫之声　甚奇恠也　はなはだ(はなはだしき)　キクワイなり。(寛弘8.5.9二156上)などである。

(4)「恥」や「あざけり」を示すもの

「恥」を示すものは、「恥・耻(俗字)(はち)」・「恥辱(チシヨク)」などである。「あざけり」を示すものは、「嘲(あさけり)」・「嘲(あさける)」・「咲(わらふ)」などである。

●恥を示すもの

「恥(はち)」は、㊼　即馳詣枇杷殿　命云　今日物忌也　而強以出行　為身有慮外之恥　みの　ために　リヨガイの　はぢ　あり。(寛弘2.9.4二38下)などである。

「恥辱(チシヨク)」は、　於昼御座奏左大臣令申之旨（中略）院源宣旨已而無由還　亦不被仰下者　為覚慶失本意　為院源極恥辱之趣也　ヰンゲン

の ために きはめて（きはめたる） チジヨクの おもむきなり。（長徳4.10.29一52上）などである。

◉あざけりを示すもの

「嘲（あさけり）」は、(59) 亦出家之告已満京洛 若狭納言旨之難背不遂本意 更帰洛下 今世招衆人之嘲 後生結無間之因歟 いまの よ シウジンの あざけりを まねく。（長保2.12.20一184下）などである。

「嘲（あさける）」は、(60) 此日御匣殿別当可為女御之事 於朝餉奉勅令退出之間 女御母氏在暗戸室曹子 欲纏頭於予 予見其気色直退向陣 仰此事之間 自彼曹子差従女 令招若雄丸 雄丸不進向 従女只持女装空帰曹子見者有嘲色云云 みる もの あざける いろ あり と ウンウン。（長保2.8.20一151下）などである。

「咲（わらふ）」は、(61) 此次中将密密云 将候出来云 蒙恩遷任権大夫云云 其懦弱事也 聞付人人大咲 人咲不悪 きくに つけ ひとびと おほきに わらふ。 ひと わらひて にくまず。（寛仁1.8.8.7二235上）などである。

(5) 「怒り」を示すもの

「怒り」を示すものは、「怒（いかる）・「怒（いからす）」・「忿怒（フンヌ、又はフント）」・「忿怒（フンヌす、又はフントす）」・「欝（いきとほり）」・「欝申（いきとほりまうす）」・「恠欝（あやしひいきとほる）」・「憤念（いきとほりおもふ）」などである。

「怒（いかる）」は、(62) 藤相公被云 去十六日 汝車依甚雨 立民部卿家車宿 仍民部卿怒云云 聞驚 よて ミンブキヤウ いかる と ウンウン。（長保4.5.19一261上）などである。

「怒（いからす）」は、(63) 仍亦詣仰此由 霊気自初託主人 聞難渋之勅語怒目張口 忿怒非常也 めを いからして くちを はる。 フンヌ ヒジヤウなり。（長保2.5.25一130上）などである。

「忿怒（フンヌ）」は前出㊳などである。
　「忿怒（フンヌす）」は、㊹　下官所申無理之時　猶可被仰案内　不披理非推以〔空〕所被忿怒　於事可商量　おすに　もて　（むなしく）　フンヌせらるる　ところ　（長保５．１．14―280上）などである。
　「欝（いきとほり）」は、㊺　改元改銭事　件両事遅引于今　人人為欝　ひとびと　いきどほりを　なす。（長保４．７.13―41上）などである。
　「欝申（いきとほりまうす）」は、㊻　被申云　昨今不参陳欝申無極　所労頗宜　相扶来月三日若八日許可参候　サクコン　まゐらずして　いきどほりまうす　こと　きはまりなきを　のぶ。（長保２．７.28―143下）などである。
　「恠欝（あやしひいきとほる）」は、㊼　其後大臣命云　天気不許無答云云　所申若無理　可被仰其由　而都無勅答之由　竊所恠欝也　仍重令中将奏　ひそかに　あやしびいきどほる　ところなり。（寛弘８．６．９二159下）などである。
　「憤念（いきとほりおもふ）」は、　此次補律師如何　又雖不在道之僧綱　以他僧綱令結番如何　如此之事面可仰也　而依有所悩不参之間令人伝仰　極所憤念　随定申旨可行者　きはめて　いきどほりおもふ　ところ　（長徳４．３.28―34上）などである。

(6)　「恨み」や「憎しみ」を示すもの
　「恨み」を示すものは、「怨・恨（うらみ）」・「怨言（うらみこと）」・「怨・恨（うらむ）」・「愁怨（うれへうらむ）」・「遺恨（ヰコン）」などである。「憎しみ」を示すものは、「悪（にくむ）」・「（きらふ）」・「咎（とがむ）」などである。
◉恨みを示すもの
　「怨・恨（うらみ）」は、㊽　命云　法性寺座主有闕之時　不補実因僧都之事　自所大失也　極楽寺阿闍梨今有其闕　仍実因所放解文欲奏　必入心可申

第3節 『権記』に見られる感情表現　367

下　以此事欲報彼怨　即給其文　この　ことを　もて　かの　うらみに　むくひむとす。(長保2.6.9―131上)、⑦〇　自寺還詣内府　被命云　昨日可参之由　兼申事由　亦中心所在地　而入道民部少輔女弟一昨午時許長逝之由示送仍不参　為恨甚　何事如之　今須後日必参彼寺可申此悼之由　可申納言者　うらみと　する　こと　はなはだし。(正暦3.6.9―4上) などである。

「怨言(うらみこと)」は、⑦①　先日左府有被怨言之気色云云　即美作白米減省解文抑留之由也　センジツ　サフ　うらみこと　せらるる　ケシキ　あり　と　ウンウン。(長保5.1.2―281上) などである。

「怨・恨(うらむ)」は、⑦②　即御悩弥令重給　于時有此遜位之議云云　依昨重日　今朝達此案内云云　後聞　后宮奉怨丞相給云云　きさいのみやジヤウソウを　うらみたてまつりたまふ　と　ウンウン。(寛弘8.5.27二158上)、⑦③　仍重令中将奏　無不許之気　有恩容之色云云　又後有指被仰可賞之由者　然而丞相難渋　運之不及歟　不咎乎人　不恨乎天耳　テンを　うらまざるのみ。(寛弘8.6.9二159下) などである。

「愁怨(うれへうらむ)」は、⑦④　此日除目初間丞相命曰欲令兼中将如何申云　恩至也　但成房為四位少将　一家間親昵者也　彼已受運　若行成有兼任者　雖彼無所愁怨　以彼得理被任如何　丞相許若給之　かれ　うれへうらむ　ところ　なしと　いへども　(長保3.3.18―204下) などである。

「遺恨(ヰコン)」は、⑦⑤　又被仰云　罷向左大臣第　可仰昨今不参甚有遺恨　所労若宜可能行歩者　参入之日欲召五番如何　サクコン　まゐらざること　はなはだ　ヰコン　あり　と　おほすべし。(長保2.7.28―143上) などである。

●憎しみを示すもの

「悪(にくむ)」は、前ページ⑥①の用例「聞付人人大咲　人咲不悪　ひとわらひて　にくまず。」などである。

「嫌(きらふ)」は、⑦⑥　今依有不善之聞国司動致苛責　仍申請本府供奉此

役也　時人雖嫌濫悪　非無哀憐　ときの　ひと　ランアクを　きらふと
いへども　（長保２．７．28―142下）などである。
　「咎（とかむ）」は、前出⑬の用例「不咎乎人　不恨乎天耳　ひとを　と
がめず。」などである。

(7)　その他

　その他として、「失色（いろをうしなふ）」・「悔（くゆ）」・「迷（まと
ふ）」・「乱（みたる）」・「謝（シヤす）」・「難渋（ナンシフ）」・「無愛（フア
イ）」・「冷淡（レイタン）」の八つを挙げておく。
　「失色（いろをうしなふ）」は「顔色が青ざめること」であり、「悔（く
ゆ）」は「後悔すること」である。
　「失色（いろをうしなふ）」・「悔（くゆ）」は、⑰　盛算君云　今朝参左府
命云　儲宮御事于今不被仰　況兼無聞　又一日東宮被申案内於后宮　后宮先
不被触　報及外漏之由有□　于時儲宮閉口失色頗有悔色　是非本意　早遍被
申大殿云云　いろを　うしなひ　すこぶる　くゆる　いろ　あり。（寛仁
１．８．８二235下）などである。
　「迷（まとふ）」は、⑱　亦差人奉左府　令申依病難堪辞申官職之由　使者
帰来云　左府甚重御坐　存給可難云云　心神弥迷　不能加署辞書　仍令人書
名字　差小舎人貞正令献　シンシン　いよいよ　まどふ。（長徳４．７．15―
42上）などである。
　「乱（みたる）」は、⑲　産婦病甚重（中略）丑剋気漸絶年廾七　悲慟之極何事
如之　指臨終之間　心神不乱　シンシン　みだれず。（長保４．10．16―275
上）などである。
　謝罪するの意「謝（シヤす）」は、⑳　左府依減省事　有忿怒之気色（中
略）推以〔空〕所被忿怒　於事可商量　為謝申詣左府申案内了　シヤしま
うさむが　ために　サフに　まうでて　アンナイを　まうし　をはんぬ。
（長保５．１．14―280上）などである。

「二つ返事ではないこと」を示す「難渋（ナンシフ）」は、(81)　又被奏云件院別当非有定数増減　随時於被補給有何難哉　又被啓雖無定数可難過七八人之由　令奏之旨甚雖懇切　猶有難渋之御気色　　なほ　ナンジフの　みケシキ　あり。（長徳４.２.11一23下）などである。

「愛想のないこと」を示す「無愛（フアイ）」は、(82)　夜夢　故一条院御忌之間　左京大夫明理朝臣并章信及他旧臣四五輩　卿有相論之事　又令泉院事と毛覚由　此中又有近信朝臣同論事之間　其詞極以無愛也　　その　ことばきはめて　もて　ブアイなり。（寛弘８.11.９二206下）などである。

「冷淡（レイタン）」は、(83)　此日石清水臨時祭也（中略）右中弁同車見物世間之作法冷淡　弥発無常之観　　セケンの　サホフ　レイタン。（長保３.３.22一205下）などである。

以上、２「不快」を表す場合について具体例を見てきた。「語種」の観点から「異なり語数」を調べてみると、次のようになる。

⑴「嘆き」・「悲しみ」・「愁い」を示すものは、和語17対字音語７、⑵「哀れみ」や「思慕」を示すものは、和語４対字音語６、⑶「驚き」・「恐れ」・「怪しみ」を示すものは、和語14対字音語３、⑷「恥」や「あざけり」を示すものは、和語４対字音語１、⑸「怒り」を示すものは、和語６対字音語２、⑹「恨み」や「憎しみ」を示すものは、和語７対字音語１、⑺「その他」は、和語４対字音語４である。合計すると和語56対字音語24（70.0％：30.0％）となり、１「快を表す場合」とは逆に、和語が字音語の２倍強用いられている。

感情の度合いは、程度副詞「極（きはめて）」（用例㉛(58)(68)(82)）・「甚（はなはた）」（⑬⑭㊼(56)(75)）・「最・尤（もとも）」（㉙㊶）・「頗（すこふる）」（(77)）・「弥（いよいよ）」（(78)）、形容詞「無極（きはまりなし）」（③④⑪㉖㊹(66)）・「甚（はなはたし）」（㉘(70)）、名詞「極（きはまり）」（⑲）、連語「不少（すくなからす）」（㊾(55)）、形容動詞「大（おほきに）」（(61)）などを伴って表

されている。また、㊱の「痛惜（ツウセキ）」のようにその言葉自体が「非常に」の意を含んでいるもの、㉒や㊿のように「可愁（うれふへし）」や「怪念（あやしく　おもふ　）」をそれぞれ2回ずつ反復するものもある。

ま　と　め

　本文献に見られる感情表現について、感情の種類と「異なり語数」、「語種」、感情の度合いの表現、の三つの観点からまとめてみよう。
　先ず、感情の種類と「異なり語数」については、次に示す一覧表から、1「快」を表す場合は、(1)「喜び」を示すもの16、(2)「相手を褒めるもの」6、その他6の計28である。2「不快を表す場合」は、(1)「嘆き」・「悲しみ」・「愁い」を示すもの25、(2)「哀れみ」や「思慕」を示すもの10、(3)「驚き」・「恐れ」・「怪しみ」を示すもの17、(4)「恥」や「あざけり」を示すもの5、(5)「怒り」を示すもの8、(6)「恨み」や「憎しみ」を示すもの8、(7)「その他」8の計81である。すなわち、感情の種類（1－3種類、2－7種類──22.2％：77.8％）の点からも「異なり語数」（1－28、2－81──25.7％：74.3％）の点からも、2「不快」を表す場合のほうが1「快」を表す場合よりも格段に多いことがわかる。この点は、『御堂関白記』（第四章第1節）や『小右記』（第四章第3節）の場合と同じ傾向を示すものである。
　次に、「語種」の観点から見ると、1「快」を表す場合は、和語6対字音語22──21.4％：78.6％）である。2「不快」を表す場合は、和語56対字音語24──70.0％：30.0％）（一覧表の23―名詞「愁状（うれヘシャウ）」は混種語）である。したがって、1「快」を表す場合は字音語のほうが、2「不快」を表す場合は和語のほうが、それぞれ多く用いられている。この傾向は、『小右記』（第四章第3節）の場合と同じである。また1・2併せると和語62対字音語46──57.4％：42.6％）となり、字音語が約43％を占めている。ただし、この割合については、和語か字音語かの認定が困難なもの──例えば、

26「感悟（カンコ）」・5「愁嘆（うれへなけく）」・13「悲泣（かなしひなく）」・35「痛惜（ツウセキ）」など――も含んでいるので、多少変動するとしても、かなり高い使用率と言えよう。なお、『小右記』の場合は、約37％が字音語であった（第四章第4節）。

　最後に、感情の度合いの表現については、1「快」を表す場合と2「不快」を表す場合とでそれぞれ先述したので詳述はしないが、程度副詞「極（きはめて）」・「甚（はなはた）」・「尤・最（もとも）」・「頗（すこふる）」・「弥（いよいよ）」、形容詞「無極（きはまりなし）」・「甚（はなはたし）」、連語「不少（すくなからず）」などと一緒に用いることにより、また、同一内容を反復することにより示されている。この点は1・2の両者に共通して見られるものである。

表1　『権記』に見られる感情表現　用例数　一覧表

1	「快」を表す場合				
	(1)　「喜び」を示すもの				
1	慶	よろこひ	○	70	
	悦	よろこひ	○	20	
	喜	よろこひ	○	1	
2	悦	よろこふ	○	3	
3	悦	よろこはす	×	1	
4	宇礼之	うれし	×	1	
5	涙	なみた	○	1	
6	感悦	カンエツ	○	3	
7	欣悦	キンエツ	○	1	
8	恐悦	キョウエツ	○	1	
9	歓喜	クワンキ	○	3	
10	随喜	スイキ	○	3	
11	落涙	ラクルイ	×	1	
12	慶賀	ケイカ	○	26	
13	賀	カ	○	22	
14	賀	カす	○	2	
15	拝賀	ハイカ	×	3	
16	賀表	カヘウ	×	1	
		（計　163例）			
	(2)　相手を誉めるもの				
17	感嘆	カンタン	○	2	
18	称嘆	ショウタン	×	1	
19	称誉	ショウヨ(す)	○	1	
20	褒賞	ホウシャウ(す)	○	1	
21	賞	シヤウ	○	12	
22	賞	シヤウ(す)	×	1	
		（計　18例）			
	(3)　「その他」				
23	快	こころよし	○	1	
24	快然	クワイセン	×	1	
25	謝	シヤす	○	2	
26	感悟	カンコ	×	2	
27	懇切	コンセチ	○	4	
28	慇懃	インキン	○	1	
		（計　11例）			
		（総計　192例）			
2	「不快」を表す場合				
	(1)　「嘆き」・「悲しみ」・「愁い」を示すもの				
1	嘆	なけき	×	1	
2	嘆	なけく	○	4	
3	思嘆	おもひなけく	×	1	
4	思食嘆	おぼしめけなく	×	2	
5	愁嘆	うれへなく	×	1	
6	嘆念	なけきおもふ	×	1	
7	嗚呼	ああ	×	2	
	嗚乎	ああ	○		
	嘻乎	ああ	×		
8	嘆息	タンソク	○	1	
9	悲嘆	ヒタン	×	1	
10	悲	かなしひ	×	1	
11	悲	かなしふ	○	3	
12	悲	かなし	○	3	
	哀	かなし	○		
13	悲泣	かなしひなく	×	3	
14	泣	なく	○	1	
15	涙	なみた	○	4	
16	涙涕	キフテイ	○	1	
17	悲慟	ヒトウ	○	1	
18	挙哀	キョアイ	○	1	
19	愁	うれへ	○	9	
20	愁	うれふ	○	5	
21	愁申	うれへまうす	×	27	
22	愁文	うれへふみ	×	10	
23	愁状	うれシヤウ	×	1	
24	愁憂	シウイウ	×	1	
25	愁訴	シウソ	×	1	
		（計　99例）			
	(2)　「哀れみ」や「思慕」を示すもの				
26	愛愍	アイミン	×	1	
27	哀憐	アイレン(す)	○	4	
28	愛憐	アイレン	×	1	
29	不便	フヒン	○	2	
30	恋	こふ	○	2	
31	恋慕	レンホ	○	1	
32	慕	したふ	○	1	
33	焦思	こかれおもふ	×	1	
34	惜	をしむ	○	1	
35	痛惜	ツウセキ	×	1	
		（計　15例）			
	(3)　「驚き」・「恐れ」・「怪しみ」を示すもの				
36	驚	おとろく	○	22	
37	驚	おとろかす	×	1	

第3節 『権記』に見られる感情表現

38	恐	おそれ	×	5
39	悚	おそれ	×	4
40	｛怖	おそる	○	2
	恐	おそる	○	8
41	悚	おそる	○	5
42	悚申	おそれまうす	×	2
43	恐	おそろし	○	1
44	悦悚	よろこひおそれ	×	2
45	怖畏	フキ(す)	○	3
46	悚畏	シヨウキ(す)	×	1
47	奇	あやしひ	×	6
48	｛奇	あやし	○	3
	怪	あやし	○	3
49	｛奇	あやしふ	×	3
	怪	あやしふ	×	2
50	驚奇	おとろきあやしふ	×	1
51	恐奇	おそれあやしふ	×	1
52	奇怪	キクワイ	○	1
		(計	75例)	
(4) 「恥」や「あざけり」を示すもの				
53	恥	はち	○	2
54	恥辱	チシヨク	○	1
55	嘲	あさけり	×	2
56	嘲	あさける	○	1
57	咲	わらふ	○	2
		(計	8例)	
(5) 「怒り」を示すもの				
58	怒	いかる	×	2
59	怒	いからす	×	1
60	忿怒	フンヌ(又はフント)	○	3
61	忿怒	フンヌす(又はフントす)	×	1

62	鬱	いきとほり	○	2
63	鬱申	いきとほりまうす	×	2
64	恠鬱	あやしひいきとほる	×	1
65	憤念	いきとほりおもふ	×	1
		(計	13例)	
(6) 「恨み」や「憎しみ」を示すもの				
66	｛怨	うらみ	×	3
67	恨	うらみ	×	2
68	｛怨	うらむ	○	4
	恨	うらむ	○	1
70	遺恨	キコン	○	2
71	悪	にくむ	○	1
72	嫌	きらふ	○	1
73	咎	とが	○	1
		(計	17例)	
(7) 「その他」				
74	失色	いろをうしなふ	×	1
75	悔	くゆ	○	1
76	迷	まとふ	○	1
77	乱	みたる	○	1
78	謝	シヤす	○	1
79	難渋	ナンシフ	○	3
80	無愛	フアイ	○	1
81	冷淡	レイタン	×	1
		(計	10例)	
		(総計	237例)	

注：○×は、その語が『色葉字類抄』に載っている場合に○を、載っていない場合に×を付けている。

表2 『権記』に見られる感情表現――「異なり語数」と「延べ語数」 (1)

1 「快」を表す場合	「異なり語数」		「延べ語数」	
1 「喜び」を示すもの	16	57.1%	163	84.9%
2 相手を誉めるもの	6	21.4%	18	9.4%
3 その他	6	21.4%	11	5.7%
	計 28		計 192	
2 「不快」を表す場合				
1 「嘆き」・「悲しみ」・「愁い」を示すもの	25	30.9%	99	41.8%
2 「哀れみ」や「思慕」を示すもの	10	12.3%	15	6.3%
3 「驚き」・「恐れ」・「怪しみ」を示すもの	17	21.0%	75	31.6%
4 「恥」や「あざけり」を示すもの	5	6.2%	8	3.4%
5 「怒り」を示すもの	8	9.9%	13	5.5%
6 「恨み」や「憎しみ」を示すもの	8	9.9%	17	7.2%
7 その他	8	9.9%	10	4.2%
	計 81		計 237	

表3 『権記』に見られる感情表現――「異なり語数」と「延べ語数」(2)

	「異なり語数」		「延べ語数」	
1 「快」を表す場合	28	25.7%	192	44.8%
2 「不快」を表す場合	81	74.3%	237	55.2%
計	109		429	

第4節 『小右記』に見られる感情表現

　本節の目的は、『小右記』(以下、本文献と呼ぶことにする)に見られる感情表現の実態を明らかにすることである。

一　本文献に見られる感情表現

　本文献に見られる感情表現は、先述の『御堂関白記』(第四章第1節)や『権記』(第四章第3節)の場合と同様に、人間にとってその感情が「快」か「不快」か、という観点で大きく2分して述べていくことにする。ただし、本文献に見られる感情表現の種類は『御堂関白記』のそれに比べ6、7倍もあり、紙幅の制限上全てを記述することはできない。そこで、いくつかを重点的に取り上げていくことにする。

1　「快」を表す場合

　「快」を表す場合は、「喜び」を示すものと相手を誉めるものとが多い。前者は、和語として「悦・慶・喜・歓(よろこひ)」・「悦・喜・歓(よろこふ)」・「悦思・喜思・歓思・歓念(よろこひおもふ)」・「涙(なみた)」・「悚歓(おそれよろこふ)」などがある。字音語としては、「慶賀(ケイカ)」・「賀(カ)」・「賀表(カヘウ)」・「悦予(エツヨ)」・「感悦(カンエツ)」・「喜悦(キエツ)」・「欣悦(キンエツ)」・「恐悦(キヨウエツ)」・「欣欣(キンキン)」・「随喜(スイキ)」・「落涙(ラクルイ)」・「感涙(カンルイ)」・「涕泣(テイキフ)」などがある。混種語としては、「忻感(よろこひカンす)」・「感思(カンしおもふ)」などがある。

　後者——相手を誉めるもの——は、字音語として「感嘆(カンタン)」・「感賞(カンシヤウ)」・「賞嘆(シヤウタン)」・「褒賞(ホウシヤウ)」などが

ある。
　なお、字音語は漢語サ変動詞（混種語）として用いられている場合もある。

(1) 「喜び」を示すもの

　いくつかの具体例を挙げて示すと、「悦（よろこひ）」は、① 入夜宰相来云　今日相逢権大納言小男参入　令召前被示雑事　更召出随身給禄　無極之悦也者　きはまりなき　よろこびなり　てへり。（治安4．2．4 三10上）などである。

　「悦（よろこふ）」は、② 摂政被向新造二条第（中略）未被遷移之前有煩参詣　仍従内参入　頗有悦気　すこぶる　よろこぶ　ケ　あり。（長和5．3．20 二85下）などである。

　「歓思（よろこひおもふ）」は、③ 仍以資平　令示女房　被仰云　時時参入事　歓思之間　今日又参入　有訪申　弥所悦思　日来嘆息相府病　而従昨日宜由聞喜者　よろこびおもふ　あひだ（寛弘9．6．6 一275下）などである。

　「悚歓（おそれよろこふ）」は、④ 資平参皇太后宮　便有令訪給　悚歓無極　おそれよろこぶ　こと　きはまりなし。（長和2．3．21 一318）などである。

　「涙（なみた）」は、⑤ 又云　東寺孔雀読経事　僧正随喜無涯　発願間感涙数行　諸僧拭涙　もろもろの　ソウ　なみだを　のごふ。（治安3．12．20 二407上）のように用いられている。

　「慶賀（ケイカ）」は、⑥ 昨初移新舎之日　一家三人有慶賀　イツカサムニンに　ケイガ　あり。（寛仁3．12．22 二307上）などである。

　「賀（カ）」は、⑦ 今日所所奉左大臣五十賀云云　ゴジフの　ガ（長和4．12．26 二43上）などである。

　「賀表（カヘウ）」は、⑧ 又七日代代上賀表　是已同賀悦之事也　またなぬかは　ダイダイ　ガヘウを　あぐ。（寛仁1.12.17 二163上）などである。

「悦予（エツヨ）」は、⑨　晩景知道朝臣帰来云　相対座主相伝消息　深有悦予之報　従一昨頗得尋常者　ふかく　エツヨの　ホウ　あり。（長元２．９．１０三２１３上）などである。

「感悦（カンエツ）」は、⑩　右近府生安春　無所言直進庭前　見其気色似有物要　仍賜絹一疋　感悦極深　窮困者也　カンエツ　きはめて　ふかし。（長保１．１２．２９一１６４下）などである。

「喜悦（キエツ）」は、⑪　山階別当僧都扶公来言探題慶　深有喜悦　ふかく　キエツ　あり。（万寿２．１０．２０三８５上）などである。

「欣悦（キンエツ）」は、⑫　払暁　取宮御悩案内　宜御坐者　欣悦了　キンエツし　をはんぬ。（長保１．９．２３一１５２上）などである。

「恐悦（キョウエツ）」は、⑬　禅閣以能通朝臣有懇切御消息之詞　即令申恐悦由　すなはち　キョウエツの　よしを　まうさしむ。（治安３．９．４二３７３下）などである。

「欣欣（キンキン）」は、⑭　外記□親王　通達之人可相儲之由　差随身□武　密密示前左衛門督　返事感悦再三所示也云云　簾□女等奔走　有忻忻声云云　キンキンの　こゑ　あり　と　ウンウン。（長元４．９．５三２８７下）などである。

「随喜（スイキ）」は、⑮　若有対面　且可伝申云　先日僧正之所陳　已以相合感嘆　随喜随喜　ズイキ　ズイキ。（長和２．７．１６一３３１下）などである。

「落涙（ラクルイ）」は、⑯　奉為一条院　令供養法華経（中略）殊以已講永照為講師　釈経優妙　落涙難禁　ラクルイ　キンじがたし。（寛仁３．６．２２二２６０下）などである。

「感涙（カンルイ）」は、⑰　左大臣更召取行義朝臣横笛　授式部卿親王令吹（中略）親王吹笛之間　右大臣　大納言道綱卿拭感涙　ダイナゴン　みちつなキャウ　カンルイを　のごふ。（長和４．４．７一４２１上）などである。

「涕泣（テイキフ）」は、⑱　天皇出御　太子出自休廬　其処立白木端至木

下拝舞　作法無失　見者感嘆　左相府涕泣　サシヤウフ　テイキフ。（長和３.11.17一404下）などである。

「忻感（よろこひカンす）」は、⑲　雖駑駘可志与由令指示了　有忻感色云云　よろこびカンずる　いろ　あり　と　ウンウン。（万寿２.３.４三43下）などである。

「感思（カンしおもふ）」は、⑳　談雑事次云　一日応召　早参行立后事并除目事　極所感思　きはめて　カンしおもふ　ところ（寛弘９.５.11一266上）のように用いられている。

また、それぞれの感情の度合いは、具体例⑮のような反復（随喜随喜）、①④⑨⑪のような形容詞「無極（きはまりなし）」・「深（ふかし）」、②③⑩⑳のような程度副詞「頗（すこふる）」・「弥（いよいよ）」・「極（きはめて）」などによって示されている。また、その具体例は挙げないが、連語「不少（すくなからず）」、形容詞「甚（はなはたし）」、程度副詞「甚・太（はなはた）」・「尤・最（もとも）」なども用いられている。

(2)　相手を誉めるもの

「感嘆（カンタン）」は、㉑　後日四条大納言云　帥宮才智太朗　尤足感嘆云云　もとも　カンタンに　たる　と　ウンウン。（長和２.９.24一359下）、㉒　遍救律師廻見堂　感嘆無彊云云　カンタン　かぎりなし　と　ウンウン。（治安３.９.７二374下）などである。

「賞嘆（シヤウタン）」は、㉓　今夜尚侍出一条院別納　上達部東宮殿上人有饗饌禄云云　懐妊被退出　依被賞嘆其事有禄歟　その　ことを　シヤウタンせらるるに　よて　ロク　あるか。（万寿２.３.11三45上）などである。

「感賞（カンシヤウ）」は、㉔　僕大饗於小野宮行之　皆是故殿旧儀　於此宮被行　初任大饗　一以無失　時人感賞　ときの　ひと　カンシヤウ。（治安１.７.25二318下）などである。

「ホウシヤウ」は㉕　資通朝臣伝関白消息云　貞清朝臣穀倉院内造舎倉門

屋等也　復旧基　尤可被褒賞　もとも　ホウシヤウせらるべし。(長元1．11.29三184下)のようにそれぞれ用いられている。

　誉め方の度合いは、具体例㉑㉕のような程度副詞「尤（もとも）」、㉒のような形容詞「無彊（かきりなし）」などによって示されている。その他具体例は省略するが、(1)「喜び」を示すもので上述したように、形容詞「無極（きはまりなし）」・「深（ふかし）」・「甚（はなはたし）」などが用いられている。その外㉖　東大寺別当僧都深覚枉駕　清談次云　入道殿可住給所所汝申之旨　只今或伝談　已合我所思　不堪感嘆所来也者　カンタンにたへずして　きたる　ところなり　てへり。(寛仁3．4．3二242)のように連語「不堪（たへず）」も用いられている。

(3)　その他

　(1)「喜び」を示すものや(2)　相手を誉めるもの以外では、相手に感謝する気持ちを表す「謝（シヤす）」、機嫌のよいことを示す「気色宜（ケシキよろし）」、気持ちがよいことを表す「快（こころよし）」、心に憂いがないことを示す「心安（こころやすし）」、受けた恥をぬぐい消す意の「雪辱（はちをきよむ）」、ねんごろで親切なことを示す「懇切（コンセチ）」、性質が穏やかなことを示す「温和（ヲンワ）」を取り上げておく。

　具体例は「謝（シヤす）」は、㉗　師重云、参内之後源中納言立過　為謝潅頂僧前之悦歟　クワンヂヤウ　ソウゼンの　よろこびに　シヤせむがためか。(長元1．11.23三182下)などである。

　「気色宜（ケシキよろし）」は、㉘　早旦資平来云　加階事　昨日以新源中納言　達左相府了　気色頗宜者　ケシキ　すこぶる　よろし　てへり。(長和4．10.10二21下)などである。

　「快（こころよし）」は、㉙　神泉御修法間甘雨快降　弘法大師遺法　験徳掲焉　シンセンの　みズホフの　あひだ　カンウ　こころよく　ふる。(寛仁2．6．8二194上)などである。

「心安(こころやすし)」は、㉚　余答云（中略）参会之時間雑事　甚心安者　はなはだ　こころやすし　てへり。(長元4.1.1三216下)などである。

「雪辱(はぢをきよむ)」は、㉛　答云（中略）但為男尤可哀憐　今年許立胯　欲雪数年之恥者　スネンの　はぢを　きよめむとす　てへり。(長元4.7.27三264下)などである。

「懇切(コンセチ)」は、㉜　入夜府生重孝申云（中略）二后可令見物給是入道殿懇切被勧聞云云　これ　ニフダウどの　コンセチに　すすめらると　きく　と　ウンウン。(寛仁3.7.16二268下)などである。

「温和(ヲンワ)」は、㉝　両府清談　予交言語　左府気色太温和　サフの　ケシキ　はなはだ　ヲンワ。(寛弘8.7.30一231下)のように用いられている。

感情の度合いは、具体例㉘のように程度副詞「頗(すこふる)」、㉚のように程度副詞「甚(はなはた)」の外に、形容詞「無極(きはまりなし)」も用いられている。

以上、「快」を表す場合の感情表現についていくつか述べてきた。「喜び」を示すものとして、和語の外に字音語の種類が多いのに気付く。また、相手を誉めるものも字音語が目立つ。感情の度合いの表現は、「極(きはめて)」・「甚(はなはた)」・「尤(もとも)」・「頗(すこふる)」・「弥(いよいよ)」などの程度副詞、「無極(きはまりなし)」・「無彊(かぎりなし)」・「甚(はなはたし)」・「深(ふかし)」などの形容詞、「不少(すくなからず)」・「不堪(たへず)」などの連語、「随喜随喜(スイキスイキ)」など同一語の反復を用いることがわかった。

なお、次の具体例㉞　今日　源中納言外孫　於桃園家加元服云云　雖有消息不向　候宿御事也　有御気色之由少将乳母密密相談　感悦之腸一時千廻　カンエツの　はらわた　イチジに　センクワイ。(天元5.2.25一12下)、㉟

太相府被参　被候殿上　奏云　皇后宣命慶前後不覚　頻載朝恩　不知所為　クワウゴウ　センミヤウの　よろこびに　ゼンゴフカク。(天元5．3．11―16上) が示すように、「喜び」の度合いを「腸一時千廻」・「前後不覚」という表現で示したものもある。

2　「不快」を表す場合

　「不快」を表す場合は、(1)「嘆き」・「悲しみ」・「愁い」を示すもの、(2)「哀れみ」を示すもの、(3)「恥」や「悔い」を示すもの、(4)「驚き」や「恐れ」を示すもの、(5)「あざけり」や「ののしり」を示すもの、(6)「恨み」や「憎しみ」を示すもの、(7)「怒り」を示すものが目立つ。以下、具体例を挙げて順番に述べていく。感情の度合いは、一括して最後に述べる。

(1)　「嘆き」・「悲しみ」・「愁い」を示すもの

　「嘆き」は、「嘆（なけき）」・「嘆（なけく）」・「嘆息（タンソク）」・「嗟嘆（サタン）」・「嗟呼（ああ）」が中心となる。「悲しみ」は、「哀（かなしひ）・「悲（かなしふ）」・「悲（かなし）」・「涙（なみた）」・「落涙（ラクルイ）」・「涕泣（テイキフ）」が中心となる。「愁い」は「愁（うれへ）」・「愁（うれふ）」が中心となる。それ以外は後出の一覧表に示すように、「愁嘆（うれへなけく）」・「嘆悲（なけきかなしふ）」・「悲泣（かなしひなく）」などの複合語が目立つ。

　「嘆（なけき）」は、①　但文書悉焼亡　不取出一枚為嘆　イチマイをもとりいださざるを　なげきと　す。(正暦4．1．25―86下) などである。

　「嘆（なけく）」は、②　三宮御事　男女子等事内尤所嘆　只皇太后宮御事而已　をとこ　をんなごらの　こと　うち　もとも　なげく　ところ (寛弘9．6．9―277下) などである。

　「嘆息（タンソク）」は、③　良円示送云　和尚自去夕不覚　甚難憑者　嘆息無比　タンソク（すること）ヒなし。(寛仁3．8．26二282上) などで

ある。

「嗟嘆（サタン）」は、④　今日陰陽師等占云　病忽不可平愈　似可慎者　相府深以嗟嘆云々　シヤウフ　ふかく　もて　サタン（す）と　ウンウン。（寛弘２．１．４一169下）などである。

「嗟呼（ああ）」は、⑤　爰知劣自古人　而称自賢　嗟呼嗟呼　しかるに　みづから　ケンなりと　ソヨウす。　あああああ。（寛仁２．11．２二214下）などである。

「哀（かなしひ）」は、⑥　隠哀有罪如何　かなしみを　かくす　ことつみ　あり　いかに。（長和５．１．23二54）などである。

「悲（かなしふ）」は、⑦　惣取坊門羅城門左右京職寺々石云々　可嘆可悲不足言　なげくべし　かなしぶべし　いふに　たらず。（治安３．６．11二351下）などである。

「悲（かなし）」は、⑧　宰相密談　件鵄尾以鉛鋳造　以鉛為宛法成寺瓦料云々　万代之皇居一人自由乎　悲哉悲哉　マンダイの　クワウキヨを　イチニン　ジユウに　するか。かなしきかな、かなしきかな。（万寿２．８．12三63下）などである。

「涙（なみた）」は、⑨　彼宮内之人悲泣連声　聴者拭涙　きく　もの　なみだを　のごふ。（長徳２．４．28一115上）などである。

「落涙（ラクルイ）」は、⑩　此闍梨十有余年有所恨無来者　夏以降已有和気　今日談説旧事　落涙如雨　ラクルイ　あめの　ごとし。（長徳３．７．９一135下）などである。

「涕泣（テイキフ）」は、⑪　禅閣過登花殿之間　涕泣如雨　件殿故尚侍旧曹也　テイキフする　こと　あめの　ごとし。（万寿２．10．12三82下）などである。

「愁（うれへ）」は、⑫　日来雨沢不降　有旱損愁云々　カンソンの　うれへ　あり　と　ウンウン。（長和５閏．６．３一452上）などである。

「愁（うれふ）」は、⑬　摂政曰　今一町後年更充若有所愁歟　いま　イ

チチヨウを　コウネン　さらに　あつは　もし　うれふる　ところ　あらむか。(寛仁３．９．２二286上)などである。

「愁嘆(うれへなけく)」は、⑭　此間左府作法奇也怪也　年齢七十有四近日深有愁嘆云云　而強忍追従　キンジツ　ふかく　うれへなげく　こと　あり　と　ウンウン。(寛仁１．11．12二141上)などである。

「嘆悲(なけきかなしふ)」は、⑮　捜於夜御殿内　后母敢無隠忍　見者嘆悲　みる　もの　なげきかなしぶ。(長徳２．５．５一117上)などである。

「悲泣(かなしひなく)」は、⑯　又云（中略）産婦母忽為尼　其後産婦僅蘇生　猶不可憑　父母悲泣者　ちちはは　かなしびなく　てへり。(万寿２．８．28三68)のように用いられている。

なお、もう一例付け加えておく。「悲嘆(かなしひなけく)」は、⑰　宰相来云　去夜移夜尚侍於法興院　禅閣関白已下相送　猶被往被寺云云　不堪恋慕歟（中略）宰相参法興院　衝黒帰来云　女房哭泣声無間隙　上達部会合禅閣悲嘆無極　レンボに　たへざるか。……　ニョウバウの　コクキフする　こゑ　カンゲキ　なし。……　ゼンカフ　かなしびなげく　こときはまりなし。(万寿２．８．７三61下)である。「恋慕(レンホ)」は『色葉字類抄』に「悲詞」とあるが、この例では亡くなった尚侍を恋い慕う気持ちに耐えられないということである。また、「哭泣(コクキフ)」は泣き叫ぶことである。「悲嘆(かなしひなけく)」は悲しみ嘆くことである。

(2)　「哀れみ」を示すもの

「哀れみ」は、「憐(あはれふ)」・「哀憐(アイレン)」・「不便(フヒン)」などによって表されている。

「憐(あはれふ)」は、⑱　入夜　山井三位公過　清談間夜漏闌　演出家志太可憐　はなはだ　あはれぶべし。(寛弘２．３．18一182下)などである。

「哀憐(アイレン)」は、⑲　東獄門前令堀井　夫食自家宛給　年来因徒難飲水　仍仮令堀　渇死因衆　実可哀憐　まことに　アイレンすべし。(長

徳2．6．13一119）などである。
　「不便（フヒン）」は、⑳　四条大納言余暫祗候入道殿　悩苦御声極不便也　なやみくるしむ　おほむこゑ　きはめて　フビンなり。（寛仁3．5．25二254）などの例によって示されている。

(3)　「恥」や「悔い」を示すもの
　「恥」は、「恥（はち）」・「恥辱（チシヨク）」・「恥（はつ）」などによって示されている。「悔い」は動詞「悔（くゆ）」によって示されている。
　「恥（はち）」は、㉑　此間成市見咲者衆（中略）啓中宮　中宮乍驚聞相府彼夜両人已見恥歟　かの　よ　リヤウニン　すでに　はぢを　みしか。（長和4．4．5一419下）などである。
　「恥辱（チシヨク）」は、㉒　資房云　江典侍　樋洗童　為大納言斉信卿童女忽有顕露　及天聴　被仰実康　女官及公女候女等到彼直廬返成市　仍見已似恥辱　よて　みるに　すでに　チジヨクに　にたり。（万寿4．11．14三148下）などである。
　「恥（はつ）」は、㉓　宰相来談　道成所陳事也　新中納言也　高松已合応彼納言亦甘心　但無早気　只依恥身也云云　ただ　みを　はづに　よてなり　と　ウンウン。（万寿2．12．3三102下）などの例に示されている。
　また「悔（くゆ）」は、㉔　前日宰相云　守道占吉　加持吉　吉平陳不快由云云　先日説与源納言説已以相違　前日説或説云云　加持事深有悔色云云　カヅの　こと　ふかく　くゆる　いろ　あり　と　ウンウン。（万寿2．8．8三62下）の例に示されている。

(4)　「驚き」や「恐れ」を示すもの
　「驚き」は、和語「驚（おとろく）」、字音語「驚駭（キヤウカイ）」・「仰天（キヤウテン）」、複合語「奇驚（あやしひおとろく）」・「驚奇（おとろきあやしふ）」・「驚惑（おとろきまとふ）」などによって示されている。

第4節 『小右記』に見られる感情表現　385

　「恐れ」は、和語「恐・怖（おそれ）」・「恐・懼・怖・畏（おそる）」・「恐（おそろし）」、字音語「怖畏（フキ）」・「恐怖（キヨウフ）」・「恐懼（キヨウク）」・「恐惶（キヨウクワウ）」・「恐恐（キヨウキヨウ）」、複合語「恐思（おそれおもふ）」・「慎恐（つつしみおそる）」・「憚恐・憚懼（ははかりおそる）」・「恐慎（おそれつつしむ）」・「恐憚（おそれははかる）」などによって示されている。

　また、「驚き」と「恐れ」と両方を含んだものとして、「恐驚（おそれおとろく）」・「驚恐（おとろきおそる）」・「驚懼（キヨウク）」などが用いられている。

　「驚（おとろく）」は、㉕　大臣未有向納言家之例　天下之人頗驚無極　テンカの　ひと　すこぶる　おどろく　こと　きはまりなし。(永観2.12.6一45下)、㉖　太皇太后宮大夫公任示送云　宮悩気御坐者　乍驚申達案内　おどろきながら　アンナイを　まうしタツす。(長和4.7.23二5下)などである。

　「驚駭（キヤウカイ）」は、㉗　只依次第　有可被任懐忠一人之気色　而被加道綱　左僕射一日令奏康保四年伊尹越帥氏任権大納言之例　是村上先朝之例也者　極所驚駭　きはめて　キヤウガイする　ところ　(長徳3.7.9一135下)などである。

　「仰天（キヤウテン）」は、㉘　又去月晦比　両夜四条小人宅焼亡　常陸介惟通旧妻宅　群盗付火　惟通女被焼殺　当時已無憲法　万人抱膝仰天　バンニン　ひざを　かかへて　ギヤウテン（す）。(寛仁3.4.5二242下)などである。

　「奇驚（あやしひおとろく）」は、㉙　掃部官人云　無打払筥者　太以奇驚　又又令案内　はなはだ　もて　あやしびおどろく。(長徳3.11.18一141上)などである。

　「驚奇（おとろきあやしふ）」は、㉚　大納言公季　中納言道綱　参議斉信　預参議席　正三位加階　足驚奇者也　おどろきあやしぶに　たる　ものな

「驚惑（おとろきまとふ）」は、㉛　野鹿走入昇板敷上　入上達部中　越中宮大夫肩走迷　大殿及卿相起座経営　諸僧殿上人諸大夫驚惑群立　ショソウ　テンジヤウびと　ショタイフ　おどろきまどひて　むれたつ。（寛仁1.10.29二135上）などの例によって示されている。

「恐（おそれ）」は、㉜　召遣府夫進法師　今一人男成恐逃去　召間法師　いまひとりの　をのこは　おそれを　なして　にげさる。（長元4.7.15三259下）、㉝　以左大将被示云　冒雨過訪太為恐　所煩未平復　不能相逢者　あめを　をかして　よぎりとぶらふ　こと　はなはだ　おそれと　す。（寛仁2.5.1二184上）などである。ただし、後者の「恐（おそれ）」は「恐縮」の意味である。

「恐（おそる）」は、㉞　只恐加不良声引退　乗船遁去　ただ　かぶらのこゑに　おそれて　ひきしりぞく。（寛仁3.4.25二247下）、㉟　禅閣招呼余　仍着簾前座　被示云（中略）仍所行也　而過訪事太恐侍者　しかるに　よぎりとぶらふ　こと　はなはだ　おそれはべり　てへり。（万寿2.10.1三77下）などである。この場合の「恐（おそる）」は、先述の㉝と同じく「恐縮する」という意味である。

「恐（おそろし）」は、㊱　天仰云　譲位事左府近日頻有催事　筥云　伊勢祈後又今年以後随状可思定者　太奇事　甚恐事也　はなはだ　おそろしきことなり。（長和4.8.4二8）などである。

「怖畏（フキ）」は、㊲　人人云　故堀河左府　并院女院御息所霊所吐詞　一家尤有怖畏云云　イケ　もとも　フキ　あり　と　ウンウン。（万寿2.8.8三62下）などである。

「恐怖（キヨウフ）」は、㊳　巳始剋地大震　人已恐怖　ひと　すでに　キヨウフ（せり）。（長和5.5.28一443下）などである。

「恐懼（キヨウク）」は、㊴　匡衡書状云　十余日許既復尋常了　而自昨日未剋許　未受飲食　至干今時恐懼怖畏　いまの　ときに　いたて　キヨウ

第4節 『小右記』に見られる感情表現　387

クフキ。(寛弘9.6.19一280上)などである。

「恐惶(キヨウクワウ)」は、㊵　四条大納言及下官　不被定宛　若依非御傍親院司等歟　将有不許気歟　相府不快之事　只近習卿相所令候也　還以可恐惶　依無過怠而已　かへて　もて　キヨウクワウたるべし。(寛弘8.7.22一230上)などである。「恐惶」は「おそれかしこまること」である。

「キヨウキヨウ」は、㊶　呼遣右馬頭輔公　仰行幸日駒不可被馳之事　有惑嘆気　但恐恐示可申大殿由了　ただし　キヨウキヨウに　おほとのにまうすべき　よしを　しめしをはんぬ。(寛仁2.10.8二202下)などである。

「怖思(おそれおもふ)」は、㊷　頻被行配流事　極所怖思　宣旨文相改奉之　きはめて　おそれおもふ　ところ　(長元4.9.20三295上)などである。

「慎恐(つつしみおそる)」は、㊸　就中伊勢太神有託宣之間　有非常過差似無慎恐之御心歟　つつしみおそるる　みこころ　なきに　にたるか。(長元4.9.2三285下)などである。

「憚懼(ははかりおそる)」は、㊹　参入尤多憚懼　罷向宰相許令伝申如何　サムニフは　もとも　はばかりおそるる　こと　おほし。(万寿2.10.2三78下)などである。

「恐慎(おそれつつしむ)」は、㊺　今年有五ケ災　天下可恐慎　テンカおそれつつしむべし。(万寿5.8.23三167上)などである。

「恐憚(おそれははかる)」は、㊻　相府報云　召牧司源訪可定仰也　件訪不家人　従茲召遣有恐憚歟　召遣可送者　これより　めしつかはす　ことは　おそれはばかる　こと　あらむか。(長和4.4.5一419下)などの例に示されている。

「恐驚(おそれおとろく)」は、㊼　頭中将示送云　神鏡昨奉移　担開旧御韓櫃　将奉納新辛櫃之間忽然有如日光照燿　内侍女官等同見　神験猶新　最是足恐驚者　もとも　これ　おそれおどろくに　たる　てへり。(寛弘2.12.10一209下)などである。

「驚恐（おとろきおそる）」は、㊽　抑朝威之所致　非頼信之殊功　而忽奉褒賞之綸言　難抑驚恐之寸心　おどろきおそるる　スンシンを　おさへがたし。（長元４．７．１三255）などである。

「驚懼（キヨウク）」は、㊾　午終許大地震　上下驚懼　かみしも　キヨウク（す）。（万寿２．３.12三45上）などの例で示されている。

なお、「恐れ」は具体例㉜㉞のように「恐怖」を意味する場合と、㉝㉟のように「恐縮」を意味する場合とがある。

⑸　「あざけり」や「ののしり」を示すもの

「あざけり」は、「咲（わらふ）・「嘲（あさける）」、複合語「嘲哢（あさけりもてあそぶ）」・「嘲咲（あさけりわらふ）」「戯咲（たはふれわらふ）」・「侮思（あなつりおもふ）」などによって示されている。

「ののしり」は「罵（のる）」、「恥ずかしめる」意味の付け加わった「罵辱（ハシヨク）」などによって表されている。

「咲（わらふ）」は、㊿　日者内裏御猫産子　女院　左大臣　右大臣　有産養事（中略）猫乳母馬命婦　時人咲之云云　ときの　ひと　これを　わらふ　と　ウンウン。（長保１．９.19一151下）などである。

「嘲（あさける）」は、㉑　止音楽之宣旨下了　府更挙勝負楽可謂違勅歟　干左府挙音楽　万人或驚或嘲　甚奇怪事也　バンニン　あるいは　おどろき　あるいは　あざける。（長元２．７.19三209上）などである。

「嘲哢（あさけりもてあそぶ）」は、㉒　先年斉信卿行赦令事　隔数日自仰人無前例由　諸人驚奇　且有嘲哢之人云云　かつは　あざけりもてあそぶ　ひと　あり　と　ウンウン。（治安４．７.13三22下）などである。

「嘲咲（あさけりわらふ）」は、㉓　宣制両段　諸卿毎段再拝　叙人通任卿初宣制段再拝　相従叙人再拝　諸卿高声嘲咲　ショキヤウ　カウシヤウにあざけりわらふ。（治安４．１．７三４上）などである。

「戯咲（たはふれわらふ）」は、㉔　又云　従昨尚侍赤班瘡序病　今日瘡出

仍止修法加持　義光朝臣伝　尚侍瘡出　即熱気散　仍今日修法被加持　陪従女房戯咲無極　今思慮　加持早早歟　ベイジユウ　ニョウバウ　たはぶれわらふ　こと　きはまりなし。(万寿2.7.29三59上)などである。

「悔思（あなつりおもふ）」は、㊺　内府見此文歟　余追悔思　如此之時慥見文書可参入也　而心冷性憚　臨時不詳前例　愚頑甚　ヨ　おて　あなづりおもふ。(長徳3.10.1一138下)などの例に示されている。

「罵（のる）」は㊻　其後兼房昇殿上　弥以放罵辱之詞云云　面罵蔵人頭未聞事也　まのあたり　くらうどのトウを　のる。(寛仁2.4.2二173上)などである。

「罵辱（バジョク）」は、㊼　左大臣報云　一定了　被下式部省　被召返太加無便者、　大殿大怒被罵辱　不可敢云　即以此罵　辱御詞　被聞左府了　おほとの　おほきに　いかて　バジョクせらる。(中略)被命可仰左府之由其間罵辱不可算尽　その　あひだの　バジョク　かぞへつくすべからず。(寛仁2.10.29二213下)などの例によって示されている。

(6)　「恨み」や「憎しみ」を示すもの

「恨み」は、和語「怨（うらみ）」・「恨・怨（うらむ）」、字音語「怨恨（ヱンコン）」・「怨敵（ヲンテキ）」などによって示されている。

「憎しみ」は、和語「悪（にくむ）」・「弾指（ゆひをはしく）」などによって示されている。

「怨（うらみ）」は、㊽　内内云　件為政先日相違途中　不下馬相過　依其怨　即日申摂政所行也　その　うらみに　よて　ソクジツ　セシヤウにまうし　おこなふ　ところ　なり。(寛仁2.5.14二188下)などである。

「恨（うらむ）」は、㊾　一日禅閤曰　随吉平信令加持之所致也（中略)加持事深有悔色云云　亦被恨申三宝云云　また　サムバウを　うらみまうさる　と　ウンウン。(万寿2.8.8三62下)、㊿　阿闍梨祈統来云　座主御心地無減　彼譲状事　太以懇切　被送書礼于源大納言許　此事　下官猶可令

申者　頗有怨気云　随状可左右也　すこぶる　うらむ　ケ　あて　いはく（寛仁３．８．24二281下）などである。

「怨恨（ヱンコン）」は、⑥１　記斉信卿失礼事　及披露　斉信卿怨恨無極云云　サイシンキヤウの　ヱンコンは　きはまりなし　と　ウンウン。（万寿２．２．９三37上）などである。

「怨敵（ヲンテキ）」は、⑥２　前日人人云　此南院者　関白道隆閇目処　一家怨敵　而忘其事所被住　イケの　ヲンテキ（長元２．９．13三213下）などによって示されている。

「悪（にくむ）」は、⑥３　或云　前大貮惟憲愁嘆罔極　飲食忘味　関白云　年已臨七旬　出家尤可宜　有被悪之気　若守宮神入関白心所令思賎　にくまるる　ケ　あり。（長元４．１．16三226上）などである。

「弾指（ゆひをはしく）」は、⑥４　公家須捕追打雑人之者被下獄也　事之濫吹　未有此比　諸卿或弾指　或嘆息　ショキヤウ　あるいは　ゆびを　はじき　あるいは　タンソクす。（長和２．７．29一337下）などの例によって表されている。

(7) 「怒り」を示すもの

「怒り」は、和語「怒・忿（いかる）」・「腹立（はらたつ）」・「憤（いきとほる）」、字音語「忿怒（フンヌ）」・「忿怨（フンヱン）」などによって示されている。具体例を挙げると、「怒・忿（いかる）」は、⑥５　院祭日并昨日見物給之間　被打調者多多　就中昨日被調業敏朝大臣　烏帽曳乱髻云云　禅室依此事被大怒云云　ゼンシツ　この　ことに　よて　おほきに　いからる　と　ウンウン。（治安３．４．18二340上）、⑥６　今夜皇太后可有行啓　雨脚時時降　仍無一定間　大夫道綱卿申明日可宜之由　太閤忿怒入簾中（中略）以権大夫経房令取案内　忿気不散云云（中略）仍有行啓　太閤愁束帯　参彼宮被奉迎也　其間猶有忿気云云　その　あひだ　なほ　いかる　ケ　ありとウンウン。（寛仁２．12．14二226）などである。

「腹立（はらたつ）」は、⑥⑦　今日摂政依昨濫行事大**腹立**　勘当三位中将令近江守惟憲捕従者　けふ　セシヤウ　きのふの　ランカウの　ことによて　おほきに　はらたつ。（長和5.5.26二100下）などである。

「憤（いきとほる）」は、⑥⑧　今朝大納言示送云　高麗使事其定如何（中略）朕已不送　日本何授位階　又知本位進一階所作也　朕文無本位　此間**憤**申侍　この　あひだ　いきどほりまうしはべり。（寛仁3.9.23二290上）などである。

「忿怒（フンヌ）」は、⑥⑨　今夜右大臣参入　依資平被申左大臣　若勅使昇殿御慶歟　而御拝之間已無他事　時剋推移　右大臣佇立中門辺　不承返事**忿怒**退出　左大臣聞更嘲咈　フンヌして　タイシユツす。（長和5.1.29二61下）などである。

「忿怨（フンヱン）」は、⑦⓪　左衛門督頼通卿参春日　雲上侍臣地下四位五位六位悉以催役随身参入　為不饗応深結**忿怨**云云　キヤウオウせざるがために　ふかく　フンヱンを　むすぶ。（寛弘8.2.15一218上）などである。

(8) その他

その他として次の4例を追加しておく。

「心細（こころほそし）」は、⑦①　昨今御目弥全暗給　**太心細**覚御由　有仰事　はなはだ　こころぼそく　おぼえおはします　よし（長和4.10.16二23上）である。

「心中穏やかではないこと」を示す連語「不安（やすからず）」は、⑦②　主上被仰云　我昨談譲位事　是有不予事之故　而今有糸竹等之遊　心頗**不安**　こころ　すこぶる　やすからず。（長和4.11.6二30下）である。

「心配であること」を示す「欝欝（ウツウツ）」は、⑦③　聖上不予案内　以書状問遣中将許　返書云（中略）若復御平生御覧遠近者歟　此間太**欝欝**　重取案内　この　あひだ　はなはだ　ウツウツ（たり）。（長和5閏.6.26一456下）である。

「うろたえて取り乱すこと」を示す句「失度（トをうしなふ）」は、⑭　自太宰飛駅到来云　高麗国人鹵掠対馬壹岐島　又着肥国欲鹵領云云　上下驚駭三丞相失度　サムジヨウシヤウ　ドを　うしなふ。（長徳３．10．１─138上）などである。

　以上、「不快」を表す場合の感情表現を見てきた。各感情の度合いの表現は、具体例の列挙を省略してまとめてみると、程度副詞「極（きはめて）」・「尤・最（もとも）」・「甚・太（はなはた）」・「頗（すこふる）」・「大（おほきに）」・「弥（いよいよ）」、情態副詞「実・寔（まことに）」・「頻（しきりに）」、形容詞（又は形容詞相当語）「無極・罔極（きはまりなし）」・「無比（たくひなし）」・「甚（はなはたし）」・「深（ふかし）」・「多（おほし）」・「不少（すくなからず）」・「無隙（ひまなし）」・「非無（なきにあらず）」・「似無（なきににたり）」などと共に用いられている。「涙」に関しては、「如雨（あめのことし）」・「難禁（きんしかたし）」・「不堪（たへず）」・「難抑（おさへかたし）」・「足（たる）」などを用いて表されている。

　なお、「嘆而又嘆（なげきて　また　なげく）」（寛仁２．12．27二231下）、「口惜口惜（くちをし　くちをし）」・「嘆息嘆息（タンソク　タンソク）」（共に長和４．４．13─423上）、「悲代也悲代也（かなしき　よ　なり　かなしき　よ　なり）」（長和３．２．７─365上）、「可弾指可弾指（ゆびを　はじくべし　ゆびを　はじくべし）」（長和４．10．15二23上）などの例に見られるように、同一語又は同一句の反復による感情の度合いの表現もある。

二　まとめ

　次に示す一覧表から、次の３点にまとめることができる。
１　本文献に見られる感情表現は「異なり語数」の点で、１「快」を表す場合──⑴「喜び」を示すもの20、⑵相手を誉めるもの４、⑶その他７で計

31となる。2「不快」を表す場合――(1)「嘆き」・「悲しみ」・「愁い」を示すもの35、(2)哀れみを示すもの3、(3)恥や悔いを示すもの4、(4)「驚き」や「恐れ」を示すもの24、(5)「あざけり」や「ののしり」を示すもの9、(6)「恨み」や「憎しみ」を示すもの6、(7)「怒り」を示すもの6、(8)その他4で計91となっている。すなわち、感情の種類（3：8＝27.3％：72.7％）の点からもその「異なり語数」（31：91＝24.8％：75.2％）の点からも、「不快」を表す場合のほうが「快」を表す場合よりも格段に多い事がわかる。これは、先の『御堂関白記』の場合と同じ傾向を示している。当時の貴族の日常生活では不快な事柄のほうが多かったのかも知れないが、記者藤原実資は「快」よりも「不快」の感情の方により敏感であったのであろう。

2 「語種」の観点から言えば、「快」を表す場合は和語8・字音語19・混種語4（25.8％：61.3％：12.9％）であり、「不快」を表す場合は和語64・字音語25・混種語2（70.3％：27.5％：2.2％）である。すなわち、「快」を表す場合は字音語のほうが、「不快」を表す場合は和語のほうがそれぞれ多く用いられている。両者併せると、和語72・字音語44・混種語6（59.6％：36.1％：4.3％）となり、字音語が約36％を占めている。このように字音語の使用率が高いのは、和文語文献に比べて記録語文献の一つの特徴と言えよう。

3 各感情の度合いの表現については、1「快」を表す場合と2「不快」を表す場合とでそれぞれ先述したが、程度副詞やある種の情態副詞・形容詞、比喩、同一語又は同一句の反復などによって表されている。

なお、今後の課題として、「晩景法性寺座主慶命僧都立過云　大僧正譲事入道殿猶有難渋　摂政雖有和気　只可在入道殿雅意者　ワする　ケ　あり。

(寛仁3．8．23二281下)」や「凶悪之者盈満内府　彼等気色不可敢言　<u>愚也</u><u>頑也</u>　<u>奇也</u>　<u>怪也</u>　グなり　グワンなり　キなり　クワイなり。(長元4．2．7三233下)」の下線部に見られるような、判断や批評の表現との関連を考察することが必要である。

『小右記』に見られる感情表現　一覧表

1	「快」を表す場合					29	ヲンワ	温和	×	1
(1)	「喜び」を示すもの					30	ケシキよろし	気色宜	×	1
1	よろこひ	慶	○	83		31	シヤす	謝	○	9
		悦	○	39				(計	36例)	
		喜	○	3		2	「不快」を表す場合			
		歓	○	1		(1)	嘆き・悲しみ・愁いを示すもの			
2	よろこふ	悦	○	42		1	なけき	嘆	○	6
		喜	○	2		2	なけく	嘆	○	17
		歓	○	1		3	なけきおもふ	嘆思	×	2
3	よろこひおもふ	悦思	×	5				嘆念	×	1
		喜思	×	1		4	なけきおそる	嘆恐	×	1
		歓思	×	1		5	うれへなけく	愁嘆	×	10
		歓念	×	1				憂嘆	×	1
4	よろこひカンす	忻感	×	1		6	かなしひなけく	悲嘆	×	4
5	カンしおもふ	感思	×	1				哀嘆	×	1
6	おそれよろこふ	悚感	×	1		7	おとろきなけく	驚嘆	×	2
7	ケイカ	慶賀	○	30		8	いきとほりなけく	欝嘆	×	1
8	カ	賀	○	9		9	みなけく	見嘆	×	1
9	カヘウ	賀表	×	1		10	タンソク	嘆息	○	29
10	カンエツ	感悦	○	15		11	サタン	嗟嘆	×	2
11	キエツ	喜悦	○	10		12	ああ	嗟呼	○	7
12	キンエツ	忻悦	○	2		13	あ	嗟	○	1
13	エツヨ	悦予	×	2		14	かなしひ	哀	×	1
14	キンキン	忻忻	×	2		15	かなし	悲	○	10
15	キヨウエツ	恐悦	○	4		16	かなしふ	悲	○	3
16	スイキ	随喜	○	16		17	なけきかなしふ	嘆悲	×	2
17	テイキフ	涕泣	○	6		18	あはれひかなしふ	憐悲	×	1
18	カンルイ	感涙	×	3		19	うれへかなしふ	憂悲	×	1
19	ラクルイ	落涙	×	3		20	かなしひなく	悲泣	×	7
20	なみた	涙	○	3		21	テイキフ	涕泣	×	1
		(計	288例)			22	コクキフ	哭泣	×	1
(2)	相手を誉めるもの					23	なみた	涙	○	5
21	カンタン	感嘆	○	31		24	ラクルイ	落涙	×	2
22	シヤウタン	賞嘆	×	3		25	レンホ	恋慕	○	1
23	カンシヤウ	感賞	×	1		26	うれへ	愁	×	32
24	ホウシヤウ	褒賞	○	2		27	うれふ	愁	×	21
		(計	37例)			28	うれへまうす	愁申	×	32
(3)	その他					29	うれへうつたふ	愁訴	×	4
25	こころよし	快	○	7		30	うれへくるしふ	愁苦	×	4
26	こころやすし	心安	×	1		31	うれへしぬ	憂死	×	1
27	はちをきよむ	雪辱	○	1		32	かなしひうれふ	悲愁	×	1
28	コンセチ	懇切	○	16		33	うれへふみ	愁文	×	9

#	語	漢字	○×	数
34	うれへシヤウ	愁状	×	1
35	シウキン	愁吟	×	3
		(計	229例)	

(2) 「哀れみ」を示すもの

#	語	漢字	○×	数
36	あはれふ	憐	○	4
37	アイレン	哀憐	○	6
38	フヒン	不便	○	1
		(計	11例)	

(3) 「恥」や「悔い」を示すもの

#	語	漢字	○×	数
39	はち	恥	○	6
40	はつ	恥	○	2
41	チシヨク	恥辱	○	2
42	くゆ	悔	○	1
		(計	11例)	

(4) 「驚き」や「恐れ」を示すもの

#	語	漢字	○×	数
43	おとろく	驚	○	125
44	おとろきあやしふ	驚奇	×	47
		驚怪	×	1
45	おとろきまとふ	驚感	×	1
46	あやしひおとろく	奇驚	×	10
47	おそれおとろく	恐驚	×	2
48	キヤウカイ	驚駭	×	2
49	キヤウテン	仰天	×	2
50	おそれ	恐	×	36
		怖	×	1
51	おそる	驚	○	68
		懼	○	5
		怖	○	1
		畏	○	1
52	おそろし	恐	○	1
53	おそれおもふ	怖思	×	1
		恐念	×	1
54	おそれつつしむ	恐慎	×	1
55	おそれははかる	恐憚	×	3
56	おそれうけたまはる	恐承	×	2
57	おとろきおそる	驚恐	×	2
58	つつしみおそる	慎恐	×	1
59	ははかりおそる	憚恐	×	1
		憚懼	×	1
60	フヰ	怖畏	○	20
61	キヨウク	恐懼	○	12
62	キヨウフ	恐怖	○	8
63	キヨウクワウ	恐惶	×	1
64	キヨウク	恐懼	○	1

#	語	漢字	○×	数
65	シヨウキヨウ	悚恐	×	1
66	キヨウキヨウ	恐恐	×	1
		(計	360例)	

(5) 「あざけり」や「ののしり」を示すもの

#	語	漢字	○×	数
67	わらふ	咲	○	6
68	あさける	嘲	○	1
69	あさけりもてあそふ	嘲哢	○	3
		嘲咲	○	1
70	あさけりなけく	嘲嘆	×	2
71	たわふれわらふ	戯咲	×	1
72	ふくみわらふ	含笑	×	2
73	あなつりおもふ	侮思	×	1
74	のる	罵	○	2
75	ハシヨク	罵辱	×	16
		(計	35例)	

(6) 「恨み」や「憎しみ」を示すもの

#	語	漢字	○×	数
76	うらむ	怨	×	2
77	うらむ	恨	○	3
		怨	○	4
78	エンコン	怨恨	×	1
79	ヲンテキ	怨敵	○	1
80	にくむ	悪	○	1
81	ゆひをはしく	弾指	×	12
		(計	24例)	

(7) 「怒り」を示すもの

#	語	漢字	○×	数
82	いかり	怒	×	1
		忿	×	1
83	いかる	怒	×	12
		忿	×	4
84	いきとおる	憤	○	1
85	はらたつ	腹立	×	6
86	フンヌ(又はフント)	忿怒	×	10
87	フンエン	忿怨	○	2
		(計	37例)	

(8) その他

#	語	漢字	○×	数
88	こころはそし	心細	×	2
89	やすからす	不安	×	5
90	ウツウツ	欝欝	×	10
91	トをうしなふ	失度	×	1
		(計	18例)	

注：表の○×は、その語が『色葉字類抄』(12世紀成立)に載っている場合に○印で、載っていない場合に×印で、それぞれ表したものである。

『小右記』に見られる感情表現 「延べ語数」 一覧表

1	「快」を表す場合		(3) 「恥」や「悔い」を示すもの	11
(1)	「喜び」を示すもの	288	(4) 「驚き」や「恐れ」を示すもの	360
(2)	相手を褒めるもの	37	(5) 「あざけり」や「ののしり」を示すもの	35
(3)	その他	37		
		計 362	(6) 「恨み」や「憎しみ」を示すもの	24
2	「不快」を表す場合		(7) 「怒り」を示すもの	37
(1)	「嘆き」・「悲しみ」・「愁い」を示すもの	237	(8) その他	18
				計 733
(2)	「哀れみ」を示すもの	11		

398　第四章　公卿日記に見られる諸表現

第5節　『小右記』に見られる「病気」・「怪我」に関する表現

はじめに

　平安後期の公卿藤原実資（957〜1046）の書いた日記『小右記』（982年正月から1032年12月までの記事が現存。以下、本文献と呼ぶことにする）では、「病気」・「怪我」に関する表現はどのように記されているのか。特に、1文中での主語と述語、連用修飾語と述語、などに用いられている語に注目しながら、注意すべき表現の類型を探ってみることにする。これが本節の目的である。

　将来の目標は、本文献と同時期の他の記録語文献、藤原道長（966〜1027）の『御堂関白記』（998年から1021年までの記事が現存）や藤原行成（972〜1027）の『権記』（991年から1011年までの記事が現存）において、本文献と同様の方法で調査することにより、平安後期の記録語文献に見られる「病気」・「怪我」に関する表現に共通する表現の類型と、三者間の個性差による表現の違いとを考察することである。

一　「病気」・「怪我」に関する表現の実態

　「病気」・「怪我」に関する表現の実態では、どんな語が用いられているかを中心に考察する。以下、「異なり語」に注目して、その使用状況を概観する。

1　名詞（又は、名詞相当語）を中心に見た場合

　「病気」・「怪我」に関する名詞（又は、名詞相当語）は、和語としては、

第5節 『小右記』に見られる「病気」・「怪我」に関する表現　399

「瘡（かさ）」・「風（かせ）」・「疵（きす）」・「心地（ここち）」・「咳病（しはふきやみ）」・「近目（ちかめ）」・「恙（つつか）」・「悩気（なやましけ）」・「悩（なやみ）」・「腫物（はれもの）」・「病（やまひ）」・「煩（わつらひ）」・「瘧病（わらはやみ）」・「所労（いたはるところ）」・「所悩（なやむところ）」・「所煩（わつらふところ）」（以下省略）など51語がある。

　字音語としては、「疫（エキ）」・「疫癘（エキレイ）」・「飲食（オンシキ）」・「苦痛（クツウ）」・「霍乱（クワクラン）」・「食物（シキモツ）」・「時行（シキヤウ）」・「邪気（シヤケ）・「邪霊（シヤリヤウ）」・「心神（シンシン）」・「心労（シンラウ）」・「寸白（スハク）」・「痔（シ）」・「熱（ネツ）」・「風病（フヒヤウ）」・「不予（フヨ）」・「不例（フレイ）」・「痢病（リヒヤウ）」（以下省略）など57語がある。したがって、和語と字音語を併せると108語ある。

　上記の108語のうち、用例数の比較的多いものの中から次の9語──「病（やまひ）」176例・「悩（なやみ）」50例・「心地（ここち）」35例・「疵（きす）」23例、「邪気（シヤケ）」43例・「心神（シンシン）」38例・「風病（フヒヤウ）」34例・「痢病（リヒヤウ）」21例・「飲　食（オンシキ）」12例──を取り上げる。

　1文の表現は、どんな名詞（又は、名詞相当語）がどんな動詞（又は、動詞相当語）や形容詞（又は、形容詞相当語）などと一緒に用いられているかによって決まるので、以下それについて説明する。

(1)「病（やまひ）」は、① 忽煩胸病　不参御前　たちまちに　むねのやまひを　わづらふ。（永観2.10.22―36下）のように、動詞「煩（わつらふ）」と共に用いられたもの15例、② 称病不参　やまひと　シヨウしてまゐらず。（天元5.3.22―18下）のように、漢語サ変動詞「称（シヨウす）」と共に用いられたもの12例、③ 左衛門督病重由云々　サヱモンのかみ　やまひ　おもき　よし　と　ウンウン。（寛仁2.11.4二214）のように、形容詞「重（おもし）」と共に用いられたもの10例、④ 雅通依胸痛発

動未可参　まさみち　むね　いたく　ハツドウするに　よて　いまだ　まゐるべからず。(長和5.3.6二79上)のように、漢語サ変動詞「発動（ハツトウす）」と共に用いられたもの6例、「申云、有身病　みに　やまひあり。」(長和5.3.2二78上)のように、動詞「有（あり）」と共に用いられたもの5例、といった具合である。

(2)「悩（なやみ）」は、① 宮御悩頗宜由承案内　みやの　おほむなやみ　すこぶる　よろしき　よし（長保1.10.6一153上）のように、形容詞「宜（よろし）」と共に用いられたもの6例、② 御悩尚不快　おほむなやみ　なほ　こころよからず。（長保1.10.19一154上）のように、連語「不快（こころよからず）」と共に用いられたもの3例、③ 宮御悩　去夜極重由　早朝有告　みやの　おほむなやみ　さんぬる　よ　きはめて　おもき　よし（長保1.11.10一158上）のように、形容詞「重（おもし）」と共に用いられたもの3例、④ 御悩似重痢発御　おほむなやみ　おもき　リ　おこりおはしますに　にたり。（長保1.9.22一152上）のように、連語「似（にたり）」と共に用いられたもの3例といった具合である。

(3)「心地（ここち）」は、① 今日御心地頗宜云々　けふ　おほむここち　すこぶる　よろし　と　ウンウン。（寛仁2.5.2二184下）のように、形容詞「宜（よろし）」と共に用いられたもの3例、② 御心地不宜之時事也者　おほむここち　よろしからざる　ときの　ことなり　てへり。（寛仁3.4.28二249上）のように、連語「不宜（よろしからず）」と共に用いられたもの3例、③ 御心地尚不快　おほむここち　なほ　こころよからず。（治安3.7.3二357上）のように、連語「不快（こころよからず）」と共に用いられたもの2例という具合である。

(4)「疵（きす）」は、① 面疵未復尋常　おもの　きず　いまだ　ジンジヤウに　フクせず。（治安3.9.13二375下）のように、連語「未復（いまたフクせず）」と共に用いられたもの1例、② 日々所労疵平愈　ひび　いたはる　ところの　きず　ヘイユ。（治安3.9.13二375下）のように、漢語

第5節 『小右記』に見られる「病気」・「怪我」に関する表現　401

「平愈(ヘイユ)」と共に用いられたもの1例などである。

(5)「邪気(ジヤケ)」は、①　御邪気能被調伏者　おほむジヤケ　よくテウブクせらる　てへり。(長和5.5.27一443下)のように、漢語サ変動詞「調伏(テウフクす)」と共に用いられたもの4例、②　日夜為邪気被取入　ニチヤ　ジヤケの　ために　とりいる。(万寿2.8.29三68下)のように、複合動詞「取入(とりいる)」と共に用いられたもの3例、③　時行邪気相交者　ジギヤウ　ジヤケ　あひまじる　てへり。(長和4.12.12二39上)のように、動詞「相交(あひましる)」と共に用いられたもの3例、④　初是時行　後似邪気　のちに　ジヤケに　にたり。(長和5.5.20一440)のように、連語「似(にたり)」と共に用いられたもの3例、⑤　邪気駆移一両女人之後　頗宜御坐者　ジヤケ　イチリヤウの　ニヨニンに　かけうつりて　のち(長保1.11.4一157上)のように複合動詞「駆移(かけうつる)」と共に用いられたもの2例などである。

(6)「心神(シンシン)」は、①　依心神不宜不相逢　シンシン　よろしからざるに　よて　あひあはず。(長元2.2.24三195上)のように、連語「不宜(よろしからず)」と共に用いられたもの21例、②　従午時許心神極悩　むまの　ときばかりより　シンシン　きはめて　なやまし。(永観3.3.22一62)のように、形容詞「悩(なやまし)」と共に用いられたもの15例、③　心神不覚　腰亦不動　シンシン　ふかく　こしも　また　うごかず。(万寿5.9.27三170上)のように、漢語「不覚(フカク)」と共に用いられたもの9例、④　心神復例　シンシン　レイに　フクす。(二399)のように漢語サ変動詞「復(フクす)」と共に用いられたもの4例、⑤　依心神難堪不向禄所　シンシン　たへがたきに　よて(寛仁3.11.16二298下)のように、連語「難堪(たへかたし)」と共に用いられたもの3例などである。

(7)「風病(フヒヤウ)」は、①　宰相従一昨夕風病発動　フビヤウ　ハツドウ。(治安3.5.12二345下)のように、漢語「発動(ハツトウ)」と共に用いられたもの14例、②　今日依風病発不参　けふ　フビヤウ　おこるに

よて　まゐらず。(長元４．1．25三229下)のように、動詞「発（おこる）」と共に用いられたもの５例、③　摂政被労風病　セシヤウ　フビヤウを　いたはらる。」(長和５．2．23二73下)のように、動詞「労（いたはる）」と共に用いられたもの３例などがある。

(8)「痢病（リヒヤウ）」は、①　従暁更痢病発動　ギヤウカウより　リビヤウ　ハツドウ。(万寿２．10．22三87上)のように、漢語「発動（ハツトウ）」と共に用いられたもの６例、②　昨日俄労痢病　サクジツ　にはかに　リビヤウを　いたはる。(治安３．8．27二371上)のように、動詞「労（いたはる）」と共に用いられたもの４例、③　資房従夜部重煩痢病　すけふさ　よべより　おもく　リビヤウを　わづらふ。(万寿２．8．21三66上)のように、動詞「煩（わづらふ）」と共に用いられたもの３例などがある。

(9)「飲食（オンシキ）」は、①　日来不受飲食　ひごろ　オンジキを　うけず。(寛仁２．11．4二214下)のように、連語「不受（うけず）」と共に用いられたもの７例、②　飲食不入口　オンジキ　くちに　いれず。(万寿４．12．4三153上)のように、連語「不入（いれず）」と共に用いられたもの１例、③　飲食已絶　オンジキ　すでに　たゆ。(万寿４．11．21三149上)のように動詞「絶（たゆ）」と共に用いられたもの１例などがある。

以上から、(7)「風病（フヒヤウ）」や(8)「痢病（リヒヤウ）」は漢語「発動（ハツトウ）」と、(9)「飲食（オンシキ）」は連語「不受（うけず）」と、それぞれよく一緒に用いられていると言える。

2　動詞（又は、動詞相当語）を中心に見た場合

「病気」・「怪我」に関する動詞（又は、動詞相当語）は、和語としては、「喘（あえく）」・「労（いたはる）」・「痛（いたむ）」・「愈（いゆ）」・「打（うつ）」・「吟（うめく）」・「発（おこる）」・「苦（くるしふ）」・「眩（くるめく）」・「損（そこなふ）」・「散（ちる）」・「疲（つかる）」・「悩（なやむ）」・

第5節 『小右記』に見られる「病気」・「怪我」に関する表現　403

「腫（はる）」・「臥（ふす）」・「病（やむ）」・「煩（わつらふ）」（以下省略）など、73語ある。

　字音語（漢語サ変動詞も含める）としては、「眩転（ケンテン）」・「減平（ケンヘイ）・「発起（ハツキ）」・「発動（ハツトウ）」・「不調（フテウ）」・「平復（ヘイフク）・「平愈（ヘイユ）」（以下省略）など29語ある。したがって、和語と字音語を併せると103語である。

　上記のうち、用例数の比較的多いものの中から次の9語――「悩（なやむ）」126例・「労（いたはる）」239例・「発（おこる）」62例・「煩（わつらふ）」77例・「平復（ヘイフク）」44例・「発動（ハツトウ）」30例・「平愈（ヘイユ）」15例・「称（シヨウす）」31例・「滅（メツす）」30例――を取り上げる。

(1)「悩（なやむ）」は、何に悩むかという対象を表記上明記している場合が少ない。①　斎王此一両日悩給御歯　サイワウ　この　イチリヤウジツ　おほむはを　なやみたまふ。（寛弘9．4．21一256上）のように「歯（は）」2例、②　大殿自夜間重悩給御胸　おほとの　よるの　あひだより　おもく　おほむむねを　なやみたまふ。（寛仁2．閏4．16二180下）のように「胸（むね）」2例、③　皇太后宮日来悩給寸白　クワウタイゴウグウ　ひごろスバクを　なやみたまふ。（寛弘9．4．28一P262下）のように「寸白（スハク）」などを対象としている。

(2)「労（いたはる）」は、①　左相府被労足不被参入　サシヤウフ　あしを　いたはられて　サムニフせられず。（長和5．閏6．27一457上）のように「足（あし）」3例、②　是御腰重労給也　これ　おほむこしを　おもくいたはりたまふなり。（長元4．7．5三256上）のように「腰（こし）」3例、③　昨日俄労痢病　サクジツ　にはかに　リビヤウを　いたはる。（治安3．8．27二371上）のように「痢病（リヒヤウ）」3例などを対象としている。

(3)「発（おこる）」（「発動（ハツトウ）」も）は、①　御風病発御云々　おほむフビヤウ　おこりおはします　と　ウンウン。（寛弘9．7．13一285

下)のように「風病(フヒヤウ)」5例、② 只瘧病許発動給之由　ただ わらはやみばかり　ハツドウしたまふ　よし(寛弘９．６．11一277下)のように「瘧病(わらはやみ)」4例、③ 禅閤熱発不被聴聞　ゼンカフの ねつ　おこて　チヤウモンせられず。」(万寿２．３．25三50上)のように「熱(ネツ)」4例などと共に用いられている。

(4) 「煩(わつらふ)」は、① 式部卿宮室従去七日重煩胸病　シキブキヤウのみやの　シツ　さぬる　なぬかより　おもく　むねの　やまひを　わづらふ。(万寿２．２．11三38上)のように「胸(むねのやまひ)」10例、② 左衛門督女児日来煩時行　サヱモンのかみの　ヂヨジ　ひごろ　ジギヤウを わづらふ。(長和５．４．29二94下)のように「時行(シキヤウ)」3例、③ 資房従夜部重煩痢病　すけふさ　よべより　おもく　リビヤウを　わづらふ。(万寿２．８．21三66上)のように「痢病(リヒヤウ)」3例などと共に用いられている。

(5) 「平復(ヘイフク)」は、① 又病已平復云々　また　やまひ　すでに ヘイフク　とウンウン。(長和４．４．18一424下)のように「病(やまひ)」4例、② 御胸平復　おほむむね　ヘイフク。(寛仁２．閏４．17二181上) のように「胸(むね)」3例などを主語としている。

(6) 「発動(ハツトウ)」は、既に前記１―(7)(8)―で述べたように、「風病(フヒヤウ)」14例、「痢病(リヒヤウ)」6例などを主語としている。

(7) 「平愈(ヘイユ)」は、① 病忽不可平愈　やまひは　たちまちに　ヘイユすべからず。(寛弘２．１．４一169下)のように「病(やまひ)」1例、② 而所労未平愈之間　不能定申　しかるに　いたはる　ところ　いまだ ヘイユせざる　あひだ(治安３．４．２二P335上)のように「所労(いたはるところ)」1例、③ 四位侍従経任　日来煩赤斑瘡平愈　ひごろ　セキハンの　かさを　わづらひて　ヘイユ。(万寿２．８．９三62下)のように「瘡(かさ)」1例などを主語としている。

(8) 「称(シヨウす)」は、① 内府称所労　自七条辺退帰　ナイフ　いた

はる　ところ　と　シヨウして（寛弘2．3．8一181上）のように「所労（いたはるところ）」18例、②　称病退去　やまひと　シヨウして　しりぞきさる。（万寿2．8．29三68下）のように「病（やまひ）」7例、③　今日俄称所煩　再三仰遣　けふ　にはかに　わづらふ　ところと　シヨウす。（万寿4．7．19三135上）のように「所煩（わつらふところ）」1例などと共に用いられている。

(9)「減（ケンす）」は、①　所労目十分之七八減者　いたはる　ところのめ　ジフブンの　シチハチに　ゲンず　てへり。（長和2．9．8一351下）のように「目（め）」3例、②　所労今日頗減者　いたはるところ　けふ　すこぶる　ゲンず　てへり。（治安3．8．28二371上）のように「所労（いたはるところ）」1例、③　少将所悩未減　セウシヤウ　なやむ　ところ　いまだ　ゲンぜず。（万寿2．8．19三66上）のように「所悩（なやむところ）」1例、④　少将所煩未減者　セウシヤウ　わつらふ　ところ　いまだ　ゲンぜず　てへり。（治安3．7．7二P357下）のように「所煩（わつらふところ）」1例などが主語である。

3　形容詞（又は、形容詞相当語）を中心に見た場合

「病気」・「怪我」に関する形容詞（又は、形容詞相当語）は、「赤（あかし）」・「明（あかし）」・「熱（あつし）」・「遍（あまねし）」・「危（あやふし）」・「痛（いたし）」・「重（おもし）」・「軽（かるし）」・「暗（くらし）」・「苦（くるし）」・「快（こころよし）」・「高（たかし）」・「無恙（つつかなし）」・「悩（なやまし）」・「不安（やすからず）」・「宜（よろし）」・「難堪（たへかたし）」（以下省略）など22語ある。上記のうち、用例数の多い「重（おもし）」108例・「難堪（たへかたし）」21例・「熱（あつし）」17例・「不快（こころよからず）」18例の4語を取り上げる。

(1)「重（おもし）」は、①　重尹朝臣申母病重由　しげただあそん　ははの　やまひ　おもき　よしを　まうす。（長和4．4．6一420下）のように

「病(やまひ)」19例、②　去夜宮御悩重発給由　さぬる　よ　みやの　おほむなやみ　おもく　おこりたまふ　よし(長徳1．10．19一154下)のように「悩(なやみ)」8例、③　御胸重発給　おほむむね　おもく　おこりたまふ。(寛仁2．5．27二191下)のように「胸(むね)」2例、④　大殿御心地猶重云々　おほとのの　おほむここち　なほ　おもし　と　ウンウン。(寛仁2．6．22二197下)のように「心地(ここち)」2例などが主語である。

(2)　「難堪(たへかたし)」は、○所悩太難堪　なやむ　ところ　はなはだ　たへがたし。(寛仁3．5．26二225下)

(3)　「熱(あつし)」は、○身熱心神不宜　み　あつくして　シンシン　よろしからず。(長和5．4．30二95上)のように17例中16例までが「身(み)」を主語としている。

(4)　「不快(こころよからず)」は、①　主上御目猶不快歟　シユジヤウの　おほむめ　なほ　こころよからざるか。(長和4．4．14一424上)のように「目(め)」7例、②　覚給後御心地猶不快者　さめたまひて　のち　おほむここち　なほ　こころよからず　てへり。(寛弘9．7．21一286下)のように「心地(ここち)」4例、③　皇太后御悩猶不快御　クワウタイゴウグウの　おほむなやみ　なほ　こころよからず　おはします。(万寿4．7．19三135下)のように「悩(なやみ)」3例、④　所労猶未不快之故也　いたはる　ところ　なほ　いまだ　こころよからざる　ゆへなり。(万寿4．12．12三158下)のように「所労(いたはるところ)」3例などが主語である。

　以上から、(3)「熱(あつし)」は「身(み)」との結合が多く用いられていると言える。

4　形容動詞(又は、形容動詞相当語)を中心に見た場合

　「病気」・「怪我」に関する形容動詞(又は、形容動詞相当語)は、和語としては「不審(あきらかならず)」・「不穏(おだやかならず)」の2語がある。

　字音語としては、「危急(キキフ)」・「枯槁(コカウ)」・「昏黒(コンコ

ク）」・「至急（シキフ）」・「尋常（シンシヤウ）」・「憔悴（セウスイ）」・「微（ヒ）」・「非常（ヒシヤウ）」・「不覚（フカク）」・「不便（フヒン）」・「尪弱（ワウシヤク）」の12語がある。したがって、和語と字音語を併せると14語になる。

　上記のうち、「不審（あきらかならず）」2例・「不穏（おたやかならず）」2例・「枯槁（コカウ）」7例・「不覚（フカク）」37例の4語を取り上げる。
(1)　連語「不審（あきらかならず）」は、①　御目事案内、一両蔵人云　昨今弥御不審　サクコン　いよいよ　あきらかならず　おはします。（長和4．4．6一420下）、②　今日御目不如昨日　猶不審御也　なほ　あきらかならず　おはしますなり。（長和5．5．27一443下）のように、2例共に「目」に関して用いられている。
(2)　連語「不穏（おたやかならず）」は、①　相府足雖平復　行歩不穏　ギヤウブ　おがやかならず。（長和4．8．19二10下）、②　須進御所令奏　而行歩不穏　しかるに　ギヤウブ　おだやかならず。（長元4．8．25三281下）のように、2例共に「行歩（キヤウフ）」（歩くことの意）が主語である。
(3)　「枯槁（コカウ）」は、①　而枯槁身体未如尋常　しかるに　コカウなる　シンタイ　いまだ　ジンジヤウの　ごとからず。（長和5．5．18二99下）、②　被痛煩　有枯槁之気者　コカウなる　ケ　あり　てへり。（長和5．閏6．27上一457）のように、「身体（シンタイ）」や「気（ケ）」を修飾している。「枯槁（コカウ）」は、体がやせ衰えることである。
(4)　「不覚（フカク）」は、①　如此之間心神不覚御坐者　かくの　ごとき　あひだ　シンシン　フカクに　おはします　てへり。（万寿2．9．9三71下）のように「御坐（おはします）」2例、②　通夜不覚悩給　今間令休息　ツウヤ　フカクに　なやみたまふ。（寛仁2．閏4．16二180下）のように「悩（なやむ）」5例、③　去朔日按察行成俄不覚煩　飲食不入口　太重煩者　ゆきなり　にはかに　フカクに　わづらふ。（万寿4．12．4三153上）のように「煩（わつらふ）」2例などを修飾している。「不覚（フカク）」は、人事

不省に陥ることである。

　以上から、「不審（あきらかならず）」は「目（め）」と、「不穏（おたやかならず）」は「行歩（キヤウフ）」と、それぞれよく一緒に用いられているといえる。

二　注意される表現の類型

　前記一では、主語と述語、目的語と述語、修飾語と被修飾語などのそれぞれの関係において、どんな語が一緒に用いられているかについて考察した。ここでは、「病気」・「怪我」に関して同じような意味を示す表現の場合に、どんな類型が用いられているかに注目してみる。

　本文献では、(1)病気が生じるという意味の場合は、「発（おこる）」62例・「発動（ハツトウ）」30例・「発起（ハツキ）」1例の3語、(2)病気であるという意味の場合は、「労（いたはる）」239例・「悩（なやむ）」156例・「煩（わつらふ）」77例・「病（やむ）」4例・「有病（やまひあり）」5例・「悪有（つつかあり）」4例の6種類、(3)病気が回復するという意味の場合は、「平復（ヘイフク）」44例・「復（フクす）」37例・「平（ヘイす）」16例・「平癒（ヘイユ）」15例・「減平（ケンヘイ）」6例・「平損（ヘイソン）」5例・「平減（ヘイケン）」3例・「滅（メツす）」2例の8語、がそれぞれ用いられている。又、(4)普通すなわち病気でない状態を示す場合は、「尋常（シンシヤウ）」6例・「例（レイ）」24例・「平生（ヘイセイ）」1例・「常儀（つねのキ）」1例の4種類が用いられている。

　この4群について、以下に表現の類型を考察する。

1　病気が生じるという意味の場合

　病気が生じるという意味の場合は、「発（おこる）」・「発動（ハツトウ）」・「発起（ハツキ）」は、その主語に注目すると、「風病（フヒヤウ）」・「風（かぜ）」・「痢病（リヒヤウ）」・「瘧病（わらはやみ）」・「咳病（しはふきやみ）」・

「疫癘（エキレイ）」・「痔（シ）」・「赤痢（セキリ）」・「悩（なやみ）」・「腫物（はれもの）」・「熱（ネツ）」・「腰病（こしのやまひ）」・「胸病（むねのやまひ）」・「所労（いたはるところ）」・「所痛（いたむところ）」などである。先述の三つの動詞（又は、動詞相当語）にできる限り共通して用いられている主語を選んで具体例を調べてみると、次のようなものがある。

(1)「発（おこる）」は、① 日来風病時々発動　今日弥発不可参之由　ひごろ　フビヤウ　ときどき　ハツドウ。けふ　いよいよ　おこて　まゐるべからざる　よし（万寿2.3.13三45下）、② 春宮大夫腫物更発　はれもの　さらに　おこる。（万寿4.3.23三124下）などである。

(2)「発動（ハツドウ）」は、① 内府俄被申風病発動之由　ナイフ　にはかに　フビヤウ　ハツドウの　よしを　まうさる。（長元4.2.11三234上）、② 亦背腫物発動　不受医療　また　せの　はれもの　ハツドウ。（万寿4.11.21三149上）などである。

(3)「発起（ハツキ）」は、○ 近日赤痢痎病共以発起　キンジツ　セキリ　わらはやみ　ともに　もて　ハツキ。（長和4.15二10上）などである。

　上記具体例(1)(2)(3)の三者間に、使用上の差異は認められない。従って、本文献の記者藤原実資は、用例数の上から(1)「発（おこる）」62例、(2)「発動（ハツドウ）」30例、(3)「発起（ハツキ）」1例の順に少なくなっているように、和語の動詞「発（おこる）」を最も好んで用いたと考えられる。

　なお、「発（おこる）」に引用した具体例①の中で、漢語「発動（ハツドウ）」と和語「発（おこる）」の両方を用いているのは、同一語の繰り返しを避けたものと考えられる。

2　病気であるという意味の場合

　病気であるという意味の場合は、体のどこ（部位）が病気であるのか、又は、どんな病気であるのかを調べてみると、部位は「足（あし）」・「面（おもて）」・「腰（こし）」・「歯（は）」・「腹（はら）」・「胸（むね）」、病気は「霍

410　第四章　公卿日記に見られる諸表現

乱（クワクラン）」・「瘡（かさ）」・「時疫（シエキ）」・「時行（シキヤウ）」・「赤痢（セキリ）」・「熱物（ネツのもの）」・「腫物（はれもの）」・「風病（フヒヤウ）」・「胸病（むねのやまひ）」・「瘧病（わらはやみ）」などである。前記1と同様に、6種類の動詞（又は、動詞相当語）にできる限り共通して用いられている語を選んで具体例を比較してみる。

(1)「労（いたはる）」は、①　資平云　主上労御々腹　シュジヤウ　おほむはらを　いたはりおはします。（長和5．5．28二101上）、②　資頼云　主上御悩令平復給　赤班瘡只五ケ日許令労給者　セキハンの　かさ　ただゴカニチばかり　いたはらしめたまふ　てへり。（万寿2．8．16上三65）などである。

(2)「悩（なやむ）」は、○　主上自昨御悩赤班瘡　シュジヤウ　きのふより　セキハンの　かさに　なやみおはします。（万寿2．8．13三63上）などである。

(3)「煩（わづらふ）」は、①　母氏今日俄煩腹二三度　ははうぢ　けふにはかに　はらを　ニサンド　わづらふ。（長元4．7．28三265上）、②　中納言室家重煩赤班瘡　チウナゴンの　シツカ　おもく　セキハンの　かさを　わづらふ。（万寿2．8．29三68下）などである。

(4)「病（やむ）」は、○　資房病腹無極　去夜痢廿余度　すけふさ　はらを　やむ　こと　きはまりなし。（万寿2．8．21三66上）などである。

(5)「有病（やまひあり）」は、○　或有身病不可参入　あるいは　みにやまひ　あて　サムニフすべからず。（治安3．12．27二410下）などである。

(6)「有恙（つつかあり）」は「参入陣事思慮多端　老人有恙所憚無極　おひびと　つつが　あて　はばかる　ところ　きはまりなし。」（治安3．閏9．26二383下）のように用いられている。(5)(6)を除いて残りの四つの動詞の間には使用上の差異が認められない。(1)「労（いたはる）」・(2)「悩（なやむ）」・(3)「煩（わづらふ）」・(4)「病（やむ）」の四つの動詞が目的語を取るのに対し、(5)「有病（やまひあり）」・(6)「有恙（つつかあり）」はどこにと

いう補語を要求するものである。

　又、本文献の記者藤原実資は、(1)「労（いたはる）」239例、(2)「悩（なやむ）」156例、(3)「煩（わつらふ）」77例、(4)「病（やむ）」4例の順に用例数が少なくなっていることから、和語の動詞「労（いたはる）」を最も好んで用いたと考えられる。

　次に、「労（いたはる）」・「悩（なやむ）」・「煩（わつらふ）」の三つの動詞に共通して見られる表現の類型は、次の具体例に見られるように、「所（ところ）（……するところ）」である。これ全体で名詞に相当する。
(1)「労（いたはる）」は①　使申云　扶公出立之間　前日所労瘡更発　ゼンジツ　いたはる　ところの　かさ　さらに　おこる。(万寿2.7.21三56上)、②　相扶所労必可参入　いたはる　ところを　あひたすけて　かならず　サムニフすべし。(長保1.11.15一158下)のように、「所労（いたはるところ）」79例ある。
(2)「悩（なやむ）」は○　和尚所悩従昨弥重　ヲシヤウ　なやむ　ところ　きのふより　いよいよ　おもし。(寛仁3.8.26二282下)のように、「所悩（なやむところ）」30例ある。
(3)「煩（わつらふ）」は○　彼殿御消息　従去夜所煩難堪者　さぬる　よより　わづらふ　ところ　たへがたし　てへり。(寛仁2.4.10二174下)のように、「所煩（わつらふところ）」23例に用いられている。

　又、他の類型は、(1)「労（いたはる）」が②報云　足下有所労　今明不可参入　あしもとに　いたはる　ところ　あり。」(万寿2.9.22三74下)のように「有所労（いたはるところあり）」131例、(2)「悩（なやむ）」が○或云　源宰相日来有所悩　於三井寺修善云々　ゲンサイシヤウ　ひごろ　なやむ　ところ　あり。(長和4.7.30二6下)のように「有所悩」4例、(3)「煩（わつらふ）」が○左大将教通俄有所煩退出　にはかに　わづらふ　と

ころ　あて　タイシユツ。(寛仁2.12.15二227上)のように「有所煩（わづらふところあり）」14例などに用いられている「有所〜（〜するところあり）」という表現である。

3　病気が回復するという意味の場合

　病気が回復するという意味の場合は、「平復（ヘイフク）」・「復（フクす）」・「平（ヘイす）」・「平癒（ヘイユ）」・「減平（ケンヘイ）」・「平損（ヘイソン）」・「平減（ヘイケン）」・「滅（メツす）」の8語である。その主語に注目すると、「足（あし）」・「目（め）」・「胸（むね）」・「心地（ここち）」・「心神（シンシン）」・「食（シキ）」・「悩（なやみ）」・「病（やまひ）」・「疵（きす）」・「瘡（かさ）」・「熱気（ネツのケ）」・「風病（フヒヤウ）」・「痢病（リヒヤウ）」・「所労（いたはるところ）」・「所悩（なやむところ）」などである。先述の8語にできる限り共通する主語を取っている具体例を引用すると、次のようになる。

(1)　「平復（ヘイフク）」は①　所労漸以平復　而時々心神不宜　いたはるところ　やうやく　もて　ヘイフク。(寛弘9.7.5一284上)、②　入夜資平来云　左将軍病已平復　サシヤウグンの　やまひ　すでに　ヘイフク。(長和4.12.14二39下)などである。

(2)　「復（フクす）」は①　余報云　所労猶不復例　いたはるところ　なほ　レイに　フクせず。(治安3.閏9.26二383上)、②　面疵未復尋常　逢人多憚耳　おもての　きず　いまだ　ジンジヤウに　フクせず。(治安3.9.13二375下)などである。

(3)　「平（ヘイす）」は、○　申所労未平之由　不参入　いたはる　ところ　いまだ　ヘイぜざる　よしを　まうす　サムニフせず。(長保1.8.4一146下)などである。

(4)　「平癒（ヘイユ）」は①　而所労未平愈之間　不能定申　しかるに　いたはる　ところ　いまだ　ヘイユせざる　あひだ（治安3.4.2二335上）、

第5節　『小右記』に見られる「病気」・「怪我」に関する表現　413

② 日々所労疵平愈　ひび　いたはる　ところの　きず　ヘイユ。(治安3．9．12下二375)　などである。

(5)「減平(ケンヘイ)」は、①　近江守朝臣日者病悩　自昨夕似減平者　サクセキより　ゲンヘイするに　にたり　てへり。(寛弘2．2．7一176下)、②　右大臣日来被労痾病減平之間　従一昨日身熱悩苦云々　ウダイジン　ひごろ　いたはられる　リビヤウ　ゲンヘイする　あひだ(長和5．6．8二105上)　などである。

(6)「平損(ヘイソン)」は、①　重尹朝臣申母病重由　平損期可難知　ヘイソンの　キ　しりがたかるべし。(長和4．4．6一420下)、②　行経所労痾病　未平損　ゆきつね　いたはる　ところの　リビヤウ　いまだ　ヘイソンせず。(万寿4．7．22三136上)　などである。

(7)「平減(ヘイケン)」は、○　余所労漸以平減　面疵今三四分許未満　ヨ　いたはる　ところ　やうやく　もて　ヘイゲン(す)。(治安3．9．20二377上)　などである。

(8)「滅(メツす)」は、①　宰相云　資房今日服韮　似有験　所労頗滅者　いたはる　ところ　すこぶる　メツす　てへり。(万寿2．8．23三67上)、②　宰相来云　資房已有減気　少許食　熱気滅　ネツの　ケ　メツす。(治安3．7．19二361上)　などである。

　以上から、(2)「復(フクす)」はその後ろに「例(レイに)」とか「尋常(シンシヤウに)」とかの補語を伴っている点に違いがあるが、その他の七つの語には使用上の差異が認められない。

　次に、「平復(ヘイフク)」・「平(ヘイす)」・「平愈(ヘイユ)」・「平減(ヘイケン)」の4語に共通して見られる表現の類型は、次のようである。

(1)「平復(ヘイフク)」は、○　臨未剋有平復給之気　然而猶令悩給　ひつじのコクに　のぞみて　ヘイフクせしめたまふ　ケ　あり。(寛弘9．7．20一286上)　である。

(3)「平(ヘイす)」は、○　今日大殿白地渡座土御門　御心地有平気歟

おほむここち　ヘイずる　ケ　あらむか。(寛仁2．6．24二198上) である。
(4)「平愈（ヘイユ）」は、○　帰来云　昨日以後有平愈気者　サクジツより　のち　ヘイユする　ケ　あり　てへり。(寛弘9．6．29―282下) である。
(7)「平減（ヘイケン）」は、○　式光今日有平減気　しきみつ　けふ　ヘイゲンする　ケ　あり。(治安3．11．7三390上) である。

　すなわち、4例共に「有～気（～するケあり）」が共通している。「気（ケ）」とは「様子」の意味である。

　その他、「平復（ヘイフク）」と「平愈（ヘイユ）」の2語に共通して見られる表現の類型は、①「平復（ヘイフク）」は「仍退出　是熱発也　今夜着薄衣臥筵上　得平復者　ヘイフクする　ことを　う　てへり。」(寛仁2．12．29二232上)、④「平愈（ヘイユ）」は「人々云　近日時疫漸以無音　希有悩者　不過三日五日　得平愈云々　ヘイユする　ことを　う　と　ウンウン。」(長和4．7．14二3上)、のように「得～（～することをう）」である。

4 「普通」すなわち「病気でない状態」を示す場合

　「尋常（シンシヤウ）」・「例（レイ）」・「平生（ヘイセイ）」・「常儀（つねのキ）」は、何が「普通」すなわち「病気でない状態」を示しているかを調べると、「心地（ここち）」・「疵（きす）」・「目（め）」・「病（やまひ）」・「所労（いたはるところ）」・「所悩（なやむところ）」・「心神（シンシン）」・「心性（シンセイ）」・「言語進退（コンコシンタイ）」・「五体（コタイ）」・「飲食（オンシキ）」などである。

(1)「尋常（シンシヤウ）」は、○　今日両度訪大納言　所悩不復尋常者　なやむ　ところ　ジンジヤウに　フクせず　てへり。(長和5．6．23二108下) である。
(2)「例（レイ）」は、○　余両三日心神復例　ヨ　リヤウサンニチ　シンシン　レイに　フクす。(万寿4．12．16三159下) である。
(3)「平生」は、○　御目如例者　若復御平生御覧遠近者歟　もし　ヘイ

第5節 『小右記』に見られる「病気」・「怪我」に関する表現　415

ゼイに　フクしおはしまして　エンキンを　ゴランずる　てへり　か。(長和5．閏6.26一456下）である。

(4)「常儀（つねのギ）」は、○　昨日酉刻許発　未時剋復常儀　昨日頗宜発御　ひつじの　ジコクに　つねの　ギに　フクす。(寛仁4．9.11二313下）である。

　このように、4語はいずれも漢語サ変動詞「復（フクす）」を伴っていて、4語間には使用上の差異が認められない。従って、用例数——「尋常」16例・「例」24例・「平生」1例・「常儀」1例——から見て、本文献の記者藤原実資は②「例（レイに）」を最もよく用いたと考えられる。

　次に、上記4語「尋常・例・平生・常儀」に共通して用いられている表現の類型は、既に述べたように「復～（～にフクす）」である。更に具体例を2例付け加えておく。

(1)「尋常（ジンシヤウ）」は②　摂政御心地復尋常　セツシヤウの　おほむここち　ジンジヤウに　フクす。(長和5．5.16二99上）、(2)「例（レイ）」は②　頭中将資平伝勅云　御目無可復例之期　嘆思無隙　おほむめ　レイに　フクすべき　キ　なし。(長和4．7.7二1下）である。

　(1)「尋常」と(2)「例」の2語に共通して見られる他の表現の類型は、「如～（～のことし）」である。具体例を挙げると、(1)「尋常」は③　昨発悩後至今無異　如尋常　ジンジヤウなるが　ごとし。(寛弘9．6.5一275下）、(2)「例」は③　御目如例　おほむめ　レイの　ごとし。(長和5．閏6.26一456下）、④入夜中将来云　初参禅室　太危急坐　乍臥有行　穢　而心神如例云々　しかるに　シンシン　レイの　ごとし　と　ウンウン。(万寿4．11.10三147上）である。

　又、上記2語に共通して見られる他の類型は、(1)「尋常」が④　弥有平復之気　飲食雖不快　不異尋常者　ジンジヤウに　ことならず　てへり。」(長和4．7.13二3上）、(2)「例」が⑤　今日間日頗得尋常　但病体異例　已不可存　ただし　やまひの　テイ　レイに　ことなる。(寛弘9．6.9一

277上）のように、「異〜（〜にことなる）」である。

ま　と　め

　本文献に見られる「病気」・「怪我」に関する表現について、次のようにまとめておく。
1　本文献における「病気」・「怪我」に関する表現に見られる異なり語数は、名詞（又は、名詞相当語）が和語51語・字音語57語、動詞（又は、動詞相当語）が和語73語・字音語29語、形容詞（又は、形容詞相当語）が和語22語、形容動詞（又は、形容詞相当語）が和語2語・字音語12語である。したがって、異なり語の総数は和語148語・字音語98語、併せて246語である。即ち、和語と字音語の比率は60.2％：39.8％であり、和語が1.5倍多い。

2　1文における主語と述語、目的語と述語、修飾語と述語、補語と述語などに用いられている語の観点からは、次の3点が言える。
　(1)　「風病（フヒヤウ）」・「痢病（リヒヤウ）」は漢語（又は、漢語サ変動詞）「発動（ハツトウ）」と、「飲食」は連語「不受（うけず）」と、それぞれよく一緒に用いられている。
　(2)　形容詞「熱（あつし）」は、「身（み）」を主語としてよく一緒に用いられている。
　(3)　形容動詞（又は、形容動詞相当語）では、「不審（あきらかならず）」は「目（め）」と、「不穏（おたやかならず）」は「行歩（キヤウフ）」と、述語と主語の関係においてそれぞれよく一緒に用いられている。
　　　又、「不覚（フカク）」は動詞「悩（なやむ）」の修飾語としてよく一緒に用いられている。

3　注意される表現は、同様の意味を示す動詞（又は、動詞相当語）として、

第5節 『小右記』に見られる「病気」・「怪我」に関する表現　417

次の3群がある。
  (1) 「発（おこる）」・「発動（ハツトウ）」・「発起（ハツキ）」の3語。
  (2) 「労（いたはる）」・「悩（なやむ）」・「煩（わつらふ）」・「病（やむ）」・「有病（やまひあり）」・「有恙（つつかあり）」の6種類。
  (3) 「平復（ヘイフク）」・「復（フクす）」・「平（ヘイす）」・「平愈（ヘイユ）」・「減平（ケンヘイ）」・「平損（ヘイソン）」・「平減（ヘイケン）」・「滅（メツす）」の8語。

　　又、同様の意味を示す名詞（又は、名詞相当語）としては、「尋常（シンシヤウ）」・「例（レイ）」・「平生（ヘイセイ）」・「常儀（つねのキ）」の4語が用いられている。
以上、いずれの群においても使用上の差異は認められず、それらのうちのどれを用いるかは本文献の記者藤原実資の好みであると言える。すなわち、(1)群は「発（おこる）」、(2)群は「労（いたはる）」、(3)群は「平復（ヘイフク）」、名詞（又は、名詞相当語）は「例（レイ）」が、それぞれ最も多用されている。

4　注意される表現の類型は次の3点である。
  (1) 上記3で述べた第2群の動詞（又は、動詞相当語）の中で、「労（いたはる）」・「悩（なやむ）」・「煩（わつらふ）」の3語に共通しているのは、①「所～（するところ）」・②「有所～（～するところあり）」である。
  (2) 第3群の動詞（又は、動詞相当語）の中で、「平復（ヘイフク）」・「平（ヘイす）」・「平愈（ヘイユ）」・「平減（ヘイケン）」の4語に共通しているのは、③「有～気（～するケあり）」である。「平復（ヘイフク）」と「平愈（ヘイユ）」の2語に共通しているのは、④「得～（～することをう）」である。
  (3) 名詞（又は、名詞相当語）で、「尋常（シンシヤウ）」・「例（レイ）」・

「平生(ヘイセイ)」・「常儀(つねのキ)」の4語に共通しているのは、⑤「復〜(〜にフクす)」である。

又、「尋常(シンシヤウ)」と「例(レイ)」の2語に共通しているのは、⑥「従〜(〜にしたかふ)」・⑦「如〜(〜のことし)」・⑧「異〜(〜にことなる)」である。

『小右記』に見られる病気・怪我に関する語　一覧表

［色］=『色葉字類抄』　　［名］=『観智院本類聚名義抄』に載っている。
○=有、×=無

A　和語　(1) 名詞(又は、名詞相当語)

	単　語	読　み　方	［色］	用例数
1	足	あし	○	24
	脚	あし	○	6
2	汗	あせ	○	2
3	腕	うて	×［名］	1
4	面	おもて	○	17
5	大指	おほゆひ	×	1
6	瘡	かさ	○	32
7	頭	かしら	○	8
8	風	かせ	○	8
9	肩	かた	○	3
10	顔色	かほのいろ	×	3
11	疵	きす	○	23
	瘢	きす	○	1
12	医師	くすし	×	1
13	薬	くすり	○	19
14	口	くち	○	1
15	頸	くひ	○	2
16	心地	ここち	×	35
17	心	こころ	○	1
18	腰	こし	○	19
19	声	こゑ	×［名］	3
20	咳病	しはぶきやみ	×	4
21	尻	しり	○	2
22	筋	すち	○	1
23	背	せ	○	5
24	血	ち	○	5
25	近目	ちかめ	×	1
26	恙	つつか	○	9
27	常儀	つねのキ	×	1
28	手	て	○	3
29	手足	てあし	×	3
30	悩気	なやましけ	×	50
31	悩	なやみ	○	50
32	歯	は	○	3
33	鼻	はな	○	1
34	腹	はら	○	8
35	針	はり	○	2
36	腫	はれ	×	1
37	腫物	はれもの	×	13
38	膝	ひさ	○	2
39	肱	ひち	○	2
40	隙	ひま	×	4
41	蛭	ひる	×［名］	3
42	頬	ほほ	○	4
43	眼	まなこ	○	1
44	身	み	○	23
45	胸	むね	○	36
46	目	め	○	86
47	股	もも	○	2
48	病	やまひ	○	176
49	腋	わき	○	1
50	煩	わつらひ	×	1
	患	わつらひ	×	1
51	瘧病	わらはやみ	○	15
	痎病	わらはやみ	×	1
			計	730

(2) 動詞(又は、動詞相当語)

	単　語	読　み　方	［色］	用例数
1	喘	あへく	○	1
2	労	いたはる	×	26
	所労	いたはるところ	○	79
	有所労	いたはるところあり	×	131
	所労侍	いたはるところはへり	○	3
3	痛	いたむ	○	2
	所痛	いたむところ	×	1
4	愈	いゆ	○	4
5	癒合	いえあふ	×	2
6	得	う	○	13
7	受	うく	○	6
8	打	うつ	○	5
9	打破	うちやふる	×	6
10	移	うつる	×	2
11	吟	うめく	○	2
12	吟苦	うめきくるしふ	×	1
13	発	おこる	○	62
14	発悩	おこりなやむ	×	13

15	発煩	おこりわつらふ	×	8
16	衰老	おとろへおゆ	×	1
17	衰疲	おとろへつかる	×	1
18	衰瘦	おとろへやす	×	1
19	思悩	おもひなやむ	×	3
20	及	およぶ	○	1
21	折	おる	○	1
22	乾	かはく	○	2
23	加	くはふ	○	2
24	切	きる	○	2
25	打切	うちきる	×	1
26	喰	くらふ	○	3
27	苦	くるしふ	○	3
28	苦吟	くるしひうめく	×	1
29	気上	ケあかる	×	1
30	削	けづる	○	1
31	叫	さけぶ	○	2
32	鎮	しづむ	○	1
33	沈	しづむ	○	2
34	咳	しはぶく	×	2
35	攻	せむ	○	1
36	損	そこなふ	○	2
37	打損	うちそこなふ	×	1
38	背	そむく	○	1
39	憑	たのむ	○	4
40	堪	たふ	○	3
41	仆	たふる	○	1
42	散	ちる	○	14
43	疲	つかる	○	1
44	突損	つきそこなふ	×	1
45	突破	つきやぶる	×	1
46	取	とる	○	2
47	悩	なやむ	○	126
	所悩	なやむところ	×	26
	有所悩	なやむところあり	×	4
48	悩吟	なやみうめく	×	2
49	悩苦	なやみくるしふ	×	12
50	悩煩	なやみわつらふ	×	21
51	蘂	なゆ	×	1
52	似	にる	×	16
53	臨	のぞむ	○	1
54	腫	はる	○	10
55	腫悩	はれなやむ	×	1
56	冷	ひゆ	○	3

57	冷	ひやす	×	1
58	臥	ふす	×	12
59	臥煩	ふしわつらふ	×	1
60	踏誤	ふみあやまる	×	1
61	踏損	ふみそこなふ	×	1
62	踏立	ふみたつ	×	3
63	振	ふるふ	○	1
64	倍	ます	○	13
	増	ます	○	1
65	乱	みたる	○	4
66	見	みる	○	2
67	催	もよほす	○	1
68	休	やすむ	○	3
69	止	やむ	○	4
70	病	やむ	○	4
71	蘇	よみかへる	○	1
72	煩	わつらふ	×[名]	54
	所煩	わつらふところ	×	9
	有所煩	わつらふところあり	×	14
73	煩悩	わつらふなやむ	×	1
			計	784

(3) 形容詞（又は、形容詞相当語）

	単　語	読み方	[色]	用例数
1	赤	あかし	○	22
2	明	あかし	○	2
3	熱	あつし	○	17
4	遍	あまねし	○	1
5	危	あやふし	○	2
6	痛	いたし	○	12
7	重	おもし	○	108
8	難	かたし	○	1
9	軽	かるし	○	5
10	暗	くらし	×[名]	5
	昏	くらし	○	1
11	苦	くるし	×	5
12	不快	こころよからず	×	18
	未快	こころよからず	×	17
13	高	たかし	○	3
14	無力	ちからなし	×	16
15	無恙	つつかなし	×	1
16	悩	なやまし	×	22
17	不安	やすからず	×	1

第5節 『小右記』に見られる「病気」・「怪我」に関する表現

	単語	読み方	[色]	用例数
18	宜	よろし	○	128
19	｛難堪	たへかたし	○	21
	｛難耐	たへかたし	×	1
20	如此	かくのことし	○	2
21	如常	つねのことし	×	2
22	無殊事	ことなることなし	×	11
	殊事不御	ことなることおはす	×	11
	無異	ことなる(こと)なし	×	2
			計	437

(4) 形容動詞(又は、形容動詞相当語)

	単語	読み方	[色]	用例数
1	不審	あきらかならず	×	2
2	不穏	おたやかならず	×	2
			計	4

B 字音語 (1) 名詞(又は、名詞相当語)

	単語	読み方	[色]	用例数
1	医療	イレウ	×	4
2	疫	エキ	○	6
3	疫死	エキシ	×	2
4	疫癘	エキレイ	×	7
5	飲食	オンシキ	×	12
6	加持	カチ	×	6
7	霍乱	クワクランキ	○	9
8	灸	キウ	×[名]	3
9	気力	キリヨク	○	3
10	苦痛	クツウ	○	2
11	験	ケム	○	1
12	言語	ケンコ	○	1
13	紅顔	コウカン	×	1
14	時疫	シエキ	○	6
15	食	シキ	×[名]	2
16	時行	シキヤウ	○	12
17	疾	シツ	×	4
18	疾疫	シツエキ	×	1
19	疾病	シツヘイ	○	1
20	邪気	シヤケ	○	43
21	邪霊	シヤリヤウ	×	1
22	辛苦	シンク	○	3
23	尋常	シンシヤウ	○	16
24	心神	シンシン	○	38
25	心性	シンセイ	×	1
26	進退	シンタイ	○	5
27	心労	シンラウ	○	3
28	寸白	スハク	○	9
29	赤痢	セキリ	×	5
30	膳	セン	×	1
31	増減	ソウケン	×	6
32	痔	チ	○	3
33	治	チ	×	1
34	熱	ネツ	×	38
35	熱物	ネツのもの	×	7
36	濃汁	ノウシフ	×	1
37	病痾	ヒヤウア	×	1
38	病苦	ヒヤウク	×	1
39	病患	ヒヤウクアン	×	3
40	病死	ヒヤウシ	×	1
41	病者	ヒヤウシヤ	×	7
42	病人	ヒヤウニン	×	3
43	病悩	ヒヤウナウ	×	15
44	病羸	ヒヤウルイ	×	1
45	風気	フウキ	×	1
46	風病	フヒヤウ	×	34
47	不予	フヨ	×	4
48	不例	フレイ	×	4
49	平生	ヘイセイ	×	1
50	老屈	ラウクツ	○	2
51	老骨	ラウコツ	×	2
52	痢	リ	○	8
53	痢病	リヒヤウ	○	21
54	霊	リヒヤウ	×	10
55	例	レイ	○	24
56	療治	レウチ	○	8
57	万死一生	ハンシイツシヤウ	×	7

35 厳密には「混種語」 計 423

(2) 動詞(又は、動詞相当語)

	単語	読み方	[色]	用例数
1	休息	キウソク	○	4
2	眩転	ケンテン	○	1
3	苦悩	クナウ	○	1
4	乖乱	クワイラン	×	3
5	乖和	クワイワ	×	1
6	減平	ケンヘイ	×	6

422　第四章　公卿日記に見られる諸表現

	単語	読み方	[色]	用例数
7	除愈	ショユ	×	1
8	振動	シントウ	×	1
9	蘇生	ソセイ	○	5
10	湯治	タウチ	○	14
11	調伏	テウフク	×	1
12	発動	ハツトウ	×	30
13	不調	フテウ	○	1
14	平減	ヘイケン	×	3
15	平損	ヘイソン	×	5
16	平復	ヘイフク	○	44
17	平愈	ヘイユ	○	15
18	発起	ホツキ	○	1
19	落馬	ラクハ	×	1
20	屈	クツす	×	1
21	減	ケンす	○	30
22	寫	シヤす	×	7
23	称	ショウす	○	31
24	存	ソンす	○	2
25	治	チす	×	4
26	復	フクす	×	37
27	服	フクす	×	41
28	平	へいす	×	16
29	滅	メツす	×	2
			計	313

(3)　形容動詞(又は、形容動詞相当語)

	単語	読み方	[色]	用例数
1	危急	キキフ	×	7
2	急	キフ	×	1
3	枯槁	コカウ	○	7
4	昏黒	コンコク	×	1
5	至急	シキフ	×	2
6	尋常	シンシヤウ	○	27
7	憔悴	セウスイ	○	5
8	微	ヒ	○	1
9	非常	ヒシヤウ	○	1
10	不覚	フカク	○	37
11	不便	フヒン	○	3
12	尫弱	ワウシヤク	○	7
			計	99

第6節 『小右記』に見られる「死生」に関する表現
――語彙を中心に見た場合――

はじめに

本節の目的は、平安後期の公卿藤原実資（957～1046）の記した日記『小右記』（978～1032の記事、以下、本文献と呼ぶことにする）に見られる「死生」に関する表現を語彙の観点から記述することである。同時代の和文で書かれた日記や物語に見られる詳細な描写はなく、生や死の事実をただ客観的に述べたものが殆どである。しかし、第四章第1・3・4節で先述したように、何らかの感情を記している場合もある。

以下に、「死」と「生」、両者を含むものの三つに大別して述べていく。

一 「死」に関する表現

「死」は、病気や流行病などで死ぬ「自然死」の場合には、原則として自動詞が用いられている。「他殺」の場合には、他動詞を用いるか、又はその受身形を用いるかのいずれかである。

1 「自然死」の場合は、自動詞としては、和語に「終（をはる）」・「死（しぬ）」・「及（およふ）」・「入（いる）」・「逝（ゆく）」・「溺死（おほれしぬ）」・「酔死（ゑひしぬ）」・「寝死（いねしぬ？）」の8語、他動詞としては「損（そこなふ）」・「閊（とつ）」の2語がある。

字音語（漢語サ変動詞をも含める）としては、「死去（シキヨ）」・「死亡（シハウ）」・「亡（ハウす）」・「逝去（セイキヨ）」・「薨（コウす）」・「崩（ホウす）」・「崩御（ホウキヨ）」・「卒（シユツす）」・「卒去（シユツキヨ）」・「遷化（センケ）」・「入滅（ニフメツ）」・「夭（エウす）」・「夭折（エウセツ）」・

「頓死（トンシ）」・「頓滅（ドンメツ）」・「疫死（エキシ）」・「死者（シシャ）」・「死人（シニン）」・「骸骨（カイコツ）」・「死骸（シカイ）」・「死闕（シケツ）」・「薨奏（コウソウ）」・「故～（コ～）」など、23語がある。

　2　「他殺」の場合は、和語の他動詞として「殺（ころす）」・「打殺（うちころす）」・「突殺（つきころす）」・「射殺（いころす）」の4語、字音悟（又は漢語サ変動詞）として「殺害（セツカイ）（す）」1語がある。

1　「自然死」の場合

　「自然死」の場合には先述したように、自動詞は、和語の場合と漢語（漢語サ変動詞の場合もある）の場合とに分かれる。他動詞は和語の場合である。読みに関しては、和語か漢語かの認定が難しい場合もある。

　又、死そのものを示す場合のみでなく、広く死に関係するものも併せて取り上げた。

A　和語の動詞の場合
(1)　「終（をはる）は、①　丑剋許　自宮告送云　御悩極忽者　仍馳参問女房至今非可奉憑先是剃御額髪　閇御眼之比　名香盛御手　向西方唱給弥陀宝号終給　サイハウに　むかひ　ミダの　ホウガウを　となへたまひて　をはりたまふ。（長保1．12．1一161上）のように用いられている。主語が大宮なので、尊敬の補助動詞「給（たまふ）」を伴っている。

(2)　「死（しぬ）」は、①　但父未死之前宮仕　参議正光女外未聞之事也ただし　ちち　いまだ　しなざる　まへの　みやづかひ（長和2．7.12―330上）、②　或云　前日院女房夢　入道殿男子女子可死者　尚侍相合夢想ニフダウドのの　ナンシ　ニヨシ　しぬべし　てへり。（万寿2．10.20三86上）のように、事実を現実や夢の中の事として客観的に述べる場合は、「死（しぬ）」の主語が四位以上の身分の高い人であっても尊敬表現は用いられて

いない。又、③　問老母存亡　即申云　賊徒等到着高麗地之間　取載強壮高麗人　以病羸尪弱者皆入海了　汝母并妻妹等皆以死了者　なむぢが　はは　ならびに　つま　いもうと　みな　もて　しにをはんぬ　てへり。(寛仁3．8．10二276上)(「汝」とは、対馬島判官代長岑諸近のことである。)、⑤前上野介維叙今日可出家之由　昨日令申摂政殿云々　仍差忠時問遣　即帰来云　近日所労更発　未死前今朝遂本意了者　いまだ　しなざる　まへに　けさ　ホイを　とげをはんぬ。(長和5．5．15二98下)のように、主語が受領(地方官)階級或いはその家族の場合は、話し言葉(会話)の中であっても尊敬表現は用いられていない。

(3)「及(およふ)」は、①　(頭中将従者)男以枚打(資平)童面　童引破男鳥帽　男抜刀突童腹　已及死門　中将即捕獲男　すでに　シモンに　およぶ。(長和2．9．3一350下)、②　座主云　年已七十有余　於待国拷訊可及死門　須以寺家請文欲請出待身者　くにの　ガウジンを　まつに　おいては　シモンに　およぶべし。(治安3．6．25二354上)のように、「及死門(シモンにおよふ)」という形で用いられている。「及死門」とは、「死に至ること」を示している。

又、③　注礼帋云　帥中納言　以去年十二月二日　出厠之間折腰　于今辛苦　已及死也　すでに　シに　およぶなり。(寛弘2．2．8一176下)のように、「及死(しにおよぶ)」という形もある。

(4)「入(いる)」は、○　宰相帰来云　従未時許(尚侍)如入鬼籙　遂以入滅　キロクに　いるが　ごとし。(万寿2．8．5三60下)のように「入鬼籙(キロクにいる)」という形で用いられている。「入鬼籙」とは、「死亡する」という意味である。

(5)「逝(ゆく)」は、○　昨勘解由次官今宗允政　散位方弘卒　允政者明法

426　第四章　公卿日記に見られる諸表現

博士　当時絶倫者也　一日妻死　相次已逝　天亡文道　悲哉悲哉　あひつぎて　すでに　ゆく。(長和5．6．23―449下)のように、主語は勘解由次官今宗允政である。妻に「死(しぬ)」を用いているので、同語の反復を避けて「逝(ゆく)」を用いたものと考えられる。

(6)「溺死(おほれしぬ)」は、○　致行朝臣申剋自石清水来云　昨日和泉守朝元従者　并□人之従者等　先取列道　自信道被向宮之間　載馬牛等　始下人数多令乗　於河中漂没　人多溺死者　ひと　おほく　おぼれしぬ　てへり。(寛仁1．9．24二119下)のように、会話文であっても、主語が下人などの下層の人であるので尊敬表現は用いられていない。

(7)「酔死(ゑひしぬ)」は、①　於陣左府被談云　興福寺雅敬日来在読経而昨食茸　今日酔死　弟子一人同食死者　けふ　ゑひしにたり。(寛仁2．4．8―186下)②　春宮大夫云　隔日被悩歟　近来往々食茸有死者　示遣律師許　故慶祚阿闍梨不食茸類　若有酔死者　最後一念難叶歟云々　もしゑひしぬる　もの　あらば(長元2．9．18三215下)のように用いられている。主語はいずれも僧である。「酔死」とは、「毒茸の中毒で死ぬ」という意味である。

(8)「寝死(いねしぬ)」は、○　去夜忠暹〈内供阿闍梨〉　於女院頓死　又云　寝死者　弟子等隠忍今朝発覚　いねしにたり　てへり。(長徳3．12．10―141上)のように会話文で用いられている。主語は僧(内供阿闍梨)忠暹である。「寝死」とは、「眠ったままの状態で死ぬ」という意味である。

(9)「損(そこなふ)」は、①　教通卿招公任卿清談　即復殿上座云　道綱卿従昨日不覚　只今欲損命之由　告送宰相乳母許〈道綱卿女也〉　仍経営下曹司者　ただいま　いのちを　そこなはむと　する　よし(寛仁4．9．20二316上)、

第6節 『小右記』に見られる「死生」に関する表現 427

② 一条養女行頼母 於阿闍梨興照別処 俄以頓滅 興照載車出遣之間 命已損了 興照所為非法師之志云々　いのちを　すでに　そこなひをはんぬ。(長元4．7．8三257上)のように、「損命（命損、いのちをそこなふ）」という形で用いられている。「損命」は「死ぬ」という意味である。

⑽ 「閉（とつ）」は、上記　①　閉御眼之比　名香盛御手　向西方唱給弥陀宝号終給　おほむまなこを　とづる　ころほひ(長保1．12．1一161上)のように、「閉眼（まなこをとつ）」という形で用いられている。「閉眼」とは「死ぬ」という意味である。

B　字音語（又は漢語サ変動詞）の場合
⑾ 「死去（シキヨ）」は、①　昨日戌時許　一条大納言北方入滅　彼一条太相府子孫連々死去　去月孫親王薨動　又有此事　かの　イチデフの　ダイシヤウフの　シソン　レンレンとして　シキヨ。(永観3．6．3一70上)、②　問飯室僧都云　公源云　法師先年死去其後無公源云僧者　ホフシ　センネン　シキヨ。(寛仁1．10．25二134下)、③　衝黒史義光令申云　御書所雑仕女落入后町井死去　ゴシヨどころの　ザフシの　をんな　きさいまちの　ゐに　おちいりて　シキヨ。(治安4．8．9三23上)のように、その主語に当たる人物の身分の違いに拘らず、事実を客観的に述べる場合に用いられている。

⑿ 「死亡（シハウ）」は、①　天下死亡者　又御目事尤可恐念食　令行非常赦給　太可貴事也　テンカに　シバウする　もの(長和5．5．23一441下)、②　又云　東国疫癘云々　就中上野国郡司七人死去　又佐渡国百余人死亡云々　また　さどの　くに　ヒヤクヨニン　シバウ　と　ウンウン。(万寿2．3．24三49下)のように用いられている。その主語は世間一般の人々や郡司であり、事実を客観的に述べる場合に用いられている。又、②から、

「死去」を繰り返す代わりに「死亡」を用いたと考えられる。

⑬　「亡（ハウす）」は、①　去四日民部大輔顕定卒　兄弟頻亡　尤足為奇　キャウダイ　しきりに　バウず。(治安３.８.６二367上)、②　左頭中将（公成）依妹喪　不可仕　右頭中将妻也　今日亡云々　是右衛門督実成卿二娘　けふ　バウず　と　ウンウン。(万寿２.12.1三102上)、③　院御息所亡㊟実時云々禅門高松腹㊟大師　キンの　みやすんどころ　バウず。(万寿２.７.９三53上)、④　以師重朝臣　弔少納言息子夭　并俊遠朝臣女亡事　ならびに　としとをあそんの　むすめ　バウずる　こと（長元４.８.８三271上）のように、性や身分を問わず用いられている。

⑭　「逝去（セイキヨ）」は、①　大納言斉信卿二娘　今日申剋許逝去　けふ　さるのコクばかりに　セイキヨ。(長和４.７.９二２上)、②　以忠時宿祢弔故備前守景斉法師後家　去十七日逝去云々　さんぬる　ジフシチニチに　セイキヨ　と　ウンウン。(治安３.７.21二361下)、③　四条大納言示送云　皇太后宮大夫㊟道綱　今暁逝去之由　従頼光辺所聞之遣人了　コンゲウ　セイキヨの　よし（寛仁４.９.11二313下）のように、性や身分の違いに拘らず用いられている。

⑮　「薨（コウす）」は、①　此暁二品尊子内親王薨㊟冷泉院二宮　この　あかつきに　ニホンの　ソンシナイシンワウ　コウず。(永観３.５.２一67下)、②早朝覚縁師義行朝臣告送云　関白薨者　クワンバク　コウず　てへり。(正暦６.４.６一106上)、③　去夜左大臣薨㊟年五十五　さんぬる　よ　サダイジン　コウず。(正暦６.４.24一106上)、④　今暁参議有国薨　春秋六十九　コンゲウ　サムギ　ありくに　コウず。(寛弘８.７.11一226上)、⑤　夜半許中将示送云　禅室入滅㊟六十二　又按察大納言行成卿俄薨㊟五十六　また　アゼチの　ダイナゴン　カウゼイキャウ　にはかに　コウず。(万寿４.12.４三

第6節 『小右記』に見られる「死生」に関する表現　429

153上)、⑥　此暁皇太后宮権大夫国章薨云々　この　あかつきに　クワウタイゴウグウ　ゴンのタイフ　くにあきら　コウず　と　ウンウン。(永観３．６．23一71下)のように、男女を問わず三位以上の貴族（天皇や院を除く）の「死」に用いられている。「薨（コウす）」は尊敬語である。

⒃　「崩（ホウす）」は、①　式部卿宮日　村上先帝臨崩給程　有此恠者　むらかみの　センテイ　ホウじたまふ　ほどに　のぞみ（寛弘２．10.15一204上)、②　陽成院花山院例等　依不受禅　只有五箇日廃朝歟　花山院崩給之時　被薄其礼之由　諸人所申也　クワサンヰン　ホウじたまひし　ときに（寛弘８．７．８一225下)、③　依皇后崩事直物止　クワウゴウ　ホウじしことに　よて（万寿２．３．27三50下）のように、天皇・院・皇后に用いられている。先帝や院には、尊敬の補助動詞「給（たまふ）」が用いられている。

⒄　「崩御（ホウキヨ）」は、○　候御前　摂政又祇候　無輔左人宮事有若亡　院崩御後便無為方　ヰン　ホウギヨの　のち（寛弘１．８．７二112下）のように、院の「死」に用いられている。「崩御」は尊敬語である。

⒅　「卒（シユツす）」は、①　去今日間　四位五位多卒　シヰ　ゴヰ　おほく　シユツす。（正暦６．４．11一106下)、②　今日右京権大夫光栄卒 年七十七　けふ　ウキヤウ　ゴンのタイフ　クワウエイ　シユツす。（長和５．６．７一445上）のように、四位五位の人の「死」に用いられている。

⒆　「卒去（シユツキヨ）」は、①　光照朝臣午時許卒去云々　是謙徳公第四子也　クワウセウあそん　むまのときばかりに　シユツキヨ　と　ウンウン。（天元５．４．２一20上)、②　今日於殿上問予　丹波守匡衡卒　有前例乎　已是主基国也　如何者　答云　国司雖卒去　不可被改国歟　タンバのかみ　まさひら　シユツす。……　コクシ　シユツキヨ（す）といへども

430　第四章　公卿日記に見られる諸表現

（寛弘9．7．22一287下）のように、四位五位の人の「死」に用いられている。又、②から、「卒」を繰り返す代わりに「卒去」が用いられており、両者の働きは同じである。

⑳　「遷化（センケ）」は、①　左少弁道兼云　昨日天台座主大僧正良源遷化云々　サクジツ　テンダイ　ザス　ダイソウジヤウ　リヨウゲン　センゲ（す）と　ウンウン。（永観3．1．4一50下）、②　宰相来云　一昨慶祚阿闍梨遷化年六十七　をととひ　ケイソアザリ　センゲ（す）。（寛仁3．12.24二307下）、③　去夜入道馬頭於無動寺遷化禅閣子高松腹年廿四　さんぬる　よ　ニフダウの　うまのかみ　ムドウジに　おいて　センゲ（す）。（万寿8．5．15三131下）のように、高僧や仏道に入った人の「死」に用いられている。

㉑　「入滅（ニフメツ）」は、①　天台座主大僧正慶円　去三日夜半許入滅春秋七十六　さんぬる　みか　ヤハンばかりに　ニフメツ（す）。（寛仁3．9．7二287下）、②　民部丞国幹告送云　入道関白　去夜亥時許入滅云々　遠資朝臣又告送云　戌時許入滅者時年三十三　さぬる　よ　ゐのときばかりに　ニフメツ（す）と　ウンウン。……　いぬとときばかりに　ニフメツ（す）てへり。（正暦6．4．11一106上）、③　亦其後禅閣御病危急　遂以入滅　ついに　もて　ニフメツ。（万寿4．10．5三146上）のように、高僧や入道した高位の人（禅閣＝摂政・関白）の「死」に用いられている。又、⑳一①と㉑一①を比較すると、「還化」と「入滅」は同じ働きである。

㉒　「夭（エウす）」は、①　右頭中将児夭云々　二十一日云々　みぎのトウの　チウジヤウの　こ　エウす　と　ウンウン。（万寿2．3．23三49下）、②　以書状弔大弁児夭事　ショジヤウを　もて　ダイベンの　この　エウせし　ことを　とぶらふ。（万寿2．7．16三54上）のように、「児（こ）」が「若死すること」に用いられている。

㉓ 「夭折（エウセツ）」は、○　又今年玉体不予　又天下疫癘流行　夭折之輩京畿外国其聞無隙　被行開元尤可宜事也　エウセツの　ともがら（長和５．６．１一444上）のように、疫癘の流行によって「若死する」仲間の多いことを示す場合に用いられている。

㉔ 「頓死（トンシ）」は、①　去夜忠暹〈内供阿闍梨〉　於女院頓死　又云　寝死者ニヨウキンに　おいて　トンシ。（長徳３．12．10一141上）、②　未剋許蔵人頭左中弁経通消息状云　今朝滝口女　於本所内頓死　臨暗可令取捨侍　ホンジヨの　うちに　おいて　トンシ。（寛仁２．５．12二187下）のように用いられている。「頓死」は「急死のこと」である。

㉕ 「頓滅（ドンメツ）」は、①　今朝院女御頓滅云々　けさ　キンの　ニヨウゴ　ドンメツ（す）　と　ウンウン。（天元５．１．28一７下）、②　一条養女行頼母〈明任朝臣妻〉　於阿闍梨興照別処〈知足院西〉　俄以頓滅　興照載車出遣之間　命已損了　にはかに　もて　ドンメツ。（長元４．７．８三257上）のように用いられている。24「頓死」と同じく「急死」の意味である。

㉖ 「疫死（エキシ）」は、①　使元懐　弔故光栄朝臣後家并文佐朝臣妻亡事等　近日疫死者不可計尽　路頭死骸連々不絶　キンジツ　エキシする　もの　かぞへつくすべからず。（長和５．６．11一445下）、②　頭経通持来宣旨并先日覆奏文等次云　吉平進明年疫死者大半勘文　キチヘイ　ミヤウネン　エキシする　ものの　タイハンの　カンブンを　たてまつる。（寛仁１．12．23二164下）のように用いられている。「疫死」は「疫病で死ぬこと」である。

次に扱う７語は死ぬこと自体を示すものではないが、広く死に関するものとして取り上げておく。

⑵⑺　「死者（シシヤ）」は、①　又或云　存命只六人　死者真偽難知　シシヤの　シンギは　しりがたし。(寛仁1．9．24二119下)、②　入夜宰相来云　大殿曰　於家修孔雀経法　内裏穢　仍明日不可参内　前々希有於禁中有死者　而蔵人貞孝外　於御在所最近処　未聞事也　可謂恠歟　さきざき　キンチウに　して　シシャ　ある　こと　ケウなり。(寛仁2．5．12二187下)のように用いられている。①では、「存命（ゾンメイ）」と対比されている。

⑵⑻　「死人（シニン）」は、①　自斎院女房許申送云　去夜被殺害者方雑人随身死人　破壊院人宅々　シニンを　ズイジンす。(寛弘8．3．27一222下)、②　蔵人永信走来云　南殿橋下有死人頭　是下人所申者　差永信令見帰来云　死人頭有実　但半破頭也　ナデンの　はしの　したに　シニンの　かうべ　あり。……　シニンの　かうべ　まことに　あり。(長和4．7．27二6上)のように用いられている。

⑵⑼　「骸骨（ガイコツ）」は、○　大納言尊堂骸骨安置処為甲処　太皇太后宮乙処　ダイナゴン　ソンダウの　ガイコツを　アンジする　ところは　コウショたり。(長和4．7．19二4下)のように用いられている。

⑶⑽　「死骸（シガイ）」は、①　童女￼　不見　尋求近辺遂不出来　問女等云　件童女寝臥之間火已迫来　不驚彼童経営出者　只今火滅之後令見　已有死骸　仍定頼為穢者　すでに　シガイ　あり。(長和4．4．14一423下)、②　人々云　近日時疫漸以無音　希有悩者　不過三日五日　得平愈云々　路頭不見死骸云々　ロトウに　シガイを　みず　と　ウンウン。(長和4．7．14二3上)のように用いられている。

⑶⑴　「死闕（シケツ）」は、○　左大弁於化徳門云　観真申文云　朝静死闕者

第6節　『小右記』に見られる「死生」に関する表現　433

朝静替以僧正深覚被任了　テウジヤウ　シケツ　てへり。(治安3．8．22二370上)のように用いられている。「死闕」とは、「その職に就いていた人が亡くなって空きがある」という意味である。

(32)「薨奏(コウソウ)」は、①　昨日故帥中納言経房卿薨奏　サクジツ　コチウナゴン　つねふさキヤウの　コウソウ(治安3．12．15二405下)、⑥5　大外記頼隆云　尚侍僧位薨奏事等　ナイシの　ソウヰ　コウソウの　ことら(万寿2．8．22三66下)のように用いられている。「薨奏」は、「位の高い人の死を奏上する」という意味である。

(33)「故～(コ～)」は、①　備中守生昌朝臣随身故平中納言惟仲卿骸骨入京云々　コヘイチウナゴン　これなかキヤウの　ガイコツ(寛弘2．4．20．一188上)、②　故山井三位室尼消息云　コやまのゐの　サムヰの　シツのあま(長和4．12．10二38下)、③　故尚侍七々法事於法成寺阿弥陀堂修之　コナイシの　シチシチの　ホフジ(万寿2．9．21三74上)のように用いられている。「故」は「故人」を示している。

2　他殺の場合

他殺の場合は、能動形を用いる場合と受動形を用いる場合とがある。

(1)「殺(ころす)」は、①　今月七日書云　刀伊国者五十余艘来　着対馬島殺人放火　ひとを　ころし　ひを　はなつ。(寛仁3．4．17二244上)、②　或云　非盗人所為　将出女王於路頭殺云々　ヂヨワウを　ゐて　いだしロトウにして　ころす　と　ウンウン。(治安4．12．8三33上)のように他動詞を用いる場合がある。また、③　件被殺者頭中将宅下人云々　くだんの　ころされし　ものは(寛弘8．3．27一222下)、④　次亦申被殺者姓名須随身被殺者父母并妻子参上　ころされし　ものの　セイメイ……すべ

434　第四章　公卿日記に見られる諸表現

からく　ころされし　ものの　ちちはは　ならびに　つまこを　ズイジンして　サムジヤウすべし。(治安３．５．10二344下)のように受身形の場合がある。

(2)「殺害（セツカイす）」は、①　別当消息云　捕遣殺害女王之者使官人等有其勤者　可給禄歟　送絹四疋　随有先遣二疋　昨日　右衛門尉時通捕殺女王之盗　ヂヨワウを　セツガイせし　もの（万寿２．３．17三46下）、②　即其高麗国船之体　高大　兵伏多儲　覆船殺人　賊徒不堪被猛　船中殺害所虜之人等　或又入海　センチウにして　セツガイせし　ところの　とらはれの　ひとら（寛仁３．８．10二277上）のように能動形の場合がある。また、③　阿闍梨真円　阿闍梨心誉弟子童子等　昨日闘戦　真円弟子戒尊　為心誉弟子童子被殺害了　シンヨの　デシの　ために　ドウジ　セツガイせられをはんぬ。（寛弘９．７．５一284下）、④　筑前国壱岐対馬島人牛馬　為刀伊人被殺害并被追取解文　トイひとの　ために　セツガイせられ　ならびにおひとられし　ゲぶみ（寛仁３．６．29二261下）のように受身形の場合がある。①②から、同一語を反復して用いないことがわかり、「殺害（セツガイす）」と「殺（ころす）」は同じ働きをしている。又、③④は、「Ａ為Ｂ被殺害（ＡはＢの為に殺害せらる）」という形式を用いている。

(3)「打殺（うちころす）」は、○　愛罷着高麗国岸之後　賊徒等毎日未明之間上陸地　滅海辺列島之人宅　運物取人也　尽則隠島々　撰取強壮之者打殺老衰之者　ロウスイの　ものを　うちころす。（寛仁３．８．10二277上）のように用いられている。

(4)「突殺（つきころす）」は、○　今日大学助大江至孝推入威儀師観峯女宅（中略）至孝以従者令申右三位中将能信　令遣雑人等　欲打調法師之間　已遁去　弟子法師抜刀突殺乱入者一人　デシの　ホフシ　かたなを　ぬいて

第6節 『小右記』に見られる「死生」に関する表現　435

ランニフせし　もの　ひとりを　つきころす。(長和5．5．25二100下) のように用いられている。

(5)「射殺 (いころす)」は、〇　昨日未剋許　将監藤原頼行　於粟田口為敵被射殺　あはたぐちにして　テキの　ために　いころさる。(長和2．1．20―304上) のように受動形で用いられている例がある。

二　「生」に関する表現

「生」に関する表現は、誕生や瀕死からの回生が中心になる。「誕生」に関するものには、「懐妊 (クワイニン)」・「妊 (はらむ)」・「気色 (ケシキ)」・「産気色 (サンのケシキ)」・「産氣 (サンのケ)」・「産 (うむ)」・「降誕 (カウタン)」・「遂 (とく)」・「成 (なる)」・「了 (をはぬ)」・「産 (サン)」・「平産 (ヘイサン)」・「産月 (うみつき)」・「産婦 (サンフ)」がある。即ち、和語5語・字音語6語・混種語2語、計13語を取り上げる。

また、瀕死の状態から回生する場合や生き長らえる場合には、「蘇生 (ソセイ、又は、ソセイす)」・「万死一生 (バンシイツシヤウ)」・「存 (ソンす)」・「存命 (ソンメイ、又は、ソンメイす)」の4語を取り上げる。

●「誕生」に関するもの
(1)「懐妊 (クワイニン)」は、①　仰云　守隆聞食日来煩悩由　重可召遣貞亮　庶政等　就中貞亮不勤公事常事故障　其障不明　仰其由可召遣者　頭弁云　毎臨時祭申妻懐妊由云々つま　クワイニンの　よし (長和3．12．28―416下)、②　法住寺太相府女懐妊　世号五君　故兼資妻也　懐妊後已十六箇月　未聞之事也　ホフヂウジの　ダイシヤウフの　むすめ　クワイニン。……クワイニンの　のち (長和5．4．24二93上) のように用いられている。

(2) 「姙(はらむ)」は、〇 摂政不被参賀茂 依有姙者云々　はらむ　ものあるによるとウンウン。(長和5.4.24二93上)のように用いられている。

(3) 「気色(ケシキ)」は、① 巳時許人々云　中宮有御産気　上下奔営云々乍驚問遣資房許示送云　雖有気色　未令遂給　時剋推移　ケシキありといへども(長元2.2.1三192上)のように「有気色(ケシキあり)」という形で用いられている。「生まれる兆しがある」という意味である。直前に「有御産気(ゴサンのケあり)」があり、同一表現の反復を避けたものと考えられる。又、② 産期漸迫　可在去今日　而無其気色　しかるにそのケシキなし。(永観3.4.19一65下)のように、「生まれる兆しがない」という表現もある。

(4) 「産気色(サンのケシキ)」は、① 報云　従夜部有産気色　而未被遂　よべよりサンのケシキあり。(万寿2.8.3三59上)、② 義光朝臣従内侍御許来云　今日両三度有産気色　上下経営　サンのケシキあり。(万寿2.8.3三59下)のように、動詞「有(あり)」を伴って用いられている。又、産む主語が中宮の場合は、③ 夜半許随身扶貳走来云　中宮御産気色已成　人々経営　自宮告示大夫許者　チウグウ　ゴサンのけしきせでになる。(長和2.7.6一328上)のように接頭辞「御」が付き、動詞「成(なる)」を伴っている。

(5) 「産気(サンのケ)」は、① 丑終許　資平告送云　室有産気者　シツサンのケありてへり。(長和2.1.7一297下)、② 資頼妻　従去夜有産気由云々　さぬるよよりサンのケあるよしとウンウン。(万寿2.11.5三92上)のように、「有産気(サンのケあり)」という形で用いられている。上記4「産気色」と比べてみると、「産気色」は内侍や中宮

第6節 『小右記』に見られる「死生」に関する表現　437

であり、「産気」は資平や資頼の妻である。

⑹「産(うむ)」は男性が主語の場合、① 去七日少将惟章令産男子　其穢引来　セウシヤウ　これあきらは　ダンシを　うましむ。(天元5．1．12一4上)、② 去夜子時新源中納言経房令産女子　つねふさは　ヂヨシを　うましむ。(長和4．12．12二39下、)③ 又云　右兵衛督経通令産女子　つねみちは　ヂヨシを　うましむ。(万寿2．2．20三39下)のように「令産(うましむ)」という使役形を用いている。

女性が主語の場合は、④ 卯刻中宮産男子 前但馬守生昌三条宅　チウグウは　ダンシを　うむ。(長保1．11．7一157下)、⑤ 左大臣内房　産女子云々　サダイジンの　うちの　バウは　ヂヨシを　うむ　と　ウンヌン。(長保1．12．23一164上)、⑥ 寅辰刻許内府室産男子　ナイフの　シツは　ダンシを　うむ。(治安3．12．27二410下)、⑦ 東宮御息所一品禎子戌時産女子　テイシは　いぬのときに　ヂヨシを　うむ。(長元5．9．13三306下)、⑧ 式部卿宮北方産男子 右大臣女　シキブキヤウのみやの　きたのかたは　ダンシを　うむ。(長和3．10．7一396上)、⑨ 陰陽師恒盛云　春宮大夫頼宗卿室産女子　よりむねキヤウの　シツは　ヂヨシを　うむ。(万寿2．9．18三73下)、⑩ 左頭中将妻産男子　則左兵衛督外孫也　ひだりの　トウの　チウジヤウの　つまは　ダンシを　うむ。(寛弘2．3．13一182上)のように用いられている。主語の身分に拘わらず、「A産B(AはBを産む)」の形を取っている。つまり、事実を簡単に述べたものである。

一方、尊敬表現は⑪ 暁更人々云　中宮御産平安遂給云々（中略)少選資平帰来云　相府已不見給　卿相宮殿人等　不悦気色甚露　依令産女給歟　天之所為　人事何為　をんなを　うましめたまふに　よるか。(長和2．7．7一328下)のように会話文の中で「令+動詞+給(〜しめたまふ)」を用いている。また、⑫ 申終許左衛門尉成光馳来云　尚侍産男児　今一事未遂給（中略)爰知両事有遂（中略)民部卿云　吉平守道占産時　吉平占云午時　守

道云辰時　女房云　陰陽師恒盛令占勘云　酉時者　酉始剋産給　恒盛占勝二人　仍給禄　とりの　はじめの　コクに　うみたまふ。(万寿２．８．３三59下)のように、補助動詞「給(たまふ)」を伴った例が見られる。

(7)「降誕(カウタン)」は、①　早朝罷出　寅時降誕女子　不逢産間　雖馳向産已遂了　於右近少将信輔宅　有此事　巳時　以速資朝臣妻令哺　とらの　ときに　ヂヨシを　カウタン(す)。(永観３．４．28―66下)、②　又云　故尚侍降誕児　従今日身熱　有悩気　コナイシ　こを　カウタン(す)。(万寿２．８．８三63上)のように他動詞として用いられている。

(8)「遂(とく)」は、①　巳時許従油小道告送云　伯耆守妻有産気者　馳遣師重　時刻推移帰来云未剋　只今産女子者　示遣平遂悦之由　たひらかに　とげし　よろこびを　しめしやる。(治安３．９．24二378上)、②　昨日尚侍産時事問恒盛申云　卯辰若申酉時平安遂給歟　又被間男女　占申男由　奉仕御祓間遂給了者　うたつ　もしくは　さるとりの　ときに　ヘイアンに　とげたまふか。……　おほむはらへに　ホウジする　あひだに　とげたまひを　はぬ　てへり。(万寿２．８．４三60上)のように「平(たひらかに)」とか「平安(ヘイアンに)」とかの修飾語を伴ったものがある。また、前出の(6)―⑫　左衛門尉成光馳来云　尚侍産男児　今一事未遂給　いま　ひとつの　ことを　いまだ　とげたまはず。(中略)　爰知両事有遂　ここに　リヤウの　こと　とぐる　こと　あり　と　しる。(万寿２．８．３三59下)のように、「今一事(後産のこと)」とか「両事(出産と後産のこと)」とかの目的語を伴ったものがある。又、②　の二つの例のように、文字表記上は目的語を伴わないものもある。

(9)「成(なる)」は、①　夜半許随身扶貳走来云　中宮御産気色已成　人々経営　チウグウ　ゴサンの　ケシキ　すでに　なる。(長和２．７．６―328

第6節 『小右記』に見られる「死生」に関する表現　439

上）、②　丑時許　資高示送云　大外記頼隆申送云　只今中宮御産成畢　其後資房来云　御産遂畢　女子者　宮人気色太以冷淡　ただいま　チウグウ　ゴサン　なりをはぬ。（長元2.2.1三192上）のように、「御産気色（ゴサンのケシキ）」や「御産（ゴサン）」が主語になっている。「正に産む時がやってきた」という意味である。

⑽　「了（をはぬ）」は、○　光栄朝臣示送他事之書状云　去夜子時中宮御産平安已了者　さぬる　よの　ねの　ときに　チウグウの　ゴサンは　ヘイアンに　すでに　をはぬ　てへり。（長和2.7.17一328下）のように、主語「中宮御産」、修飾語「平安」と「已」を伴ったものがある。

⑾　「産（サン）」は、①　以光栄朝臣　為女房令解除　依産事遅々　サンの　こと　チチたるに　よる。（永観3.4.18一65下）、②　産期漸迫　可在去今日　サンの　キ　やうやく　せまる。（永観3.4.19一65下）、③　吉平守道占産時　サンの　ときを　うらなふ。（万寿2.8.3三59下）、④　故山井三位四娘産間今暁死去　児全存　サンの　あひだに　コンゲウ　シキヨ。（長和4.11.17二32上）、⑤　左中弁経通来　語昇進事　未承左右　日来依産穢蟄居　今日可産処々者　ひごろ　サンの　けがれに　よて　チツキヨ。（寛仁3.12.13二304上）、⑥　又云去夜新中納言長家妻大納言斉信女　平産七月云々（中略）産後無力尤甚　以可難存　サンの　のち　ちから　なきこと　もとも　はなはだし。（万寿2.8.28三68上）、⑦　日没詣向産処上東門院東対　ニチモツに　サンの　ところに　まうでむかふ。（万寿2.8.3三59下）のように用いられている。助詞「の」（文字としては表記されていない）を介して、「事・期・時・間・穢・後・処」など様々な形式名詞・普通名詞と一緒に用いられている。

⑿　「平産（ヘイサン）」は、①　（伯耆守妻）平産事即以師重示送尼許

ヘイザンの こと（治安3．9．24二378上）、② 戌刻許宰相告送云 <u>尚侍平産</u> 不聞男女 ナイシ ヘイザン。（万寿2．8．2三59上）、③ <u>尚侍煩赤斑瘡之間有産気</u>（中略）<u>加持不快事也 偏祈神明可期平産歟</u> ヘイザンをゴすべきか。（万寿2．8．5三60下）のように用いられている。「平産」は「安産」の意味である。

　次の2語は、広くお産に関わるものとして取り上げておく。

⑬ 「産月（うみつき）」は、○ 宰相来云 春宮大夫室赤痢無算 甚危急 亦当<u>産月</u> 最可難存云々 また うみづきに あたる。（万寿2．8．30三69上）のように用いらている。「産月」は「臨月」の意味である。

⑭ 「産婦（サンフ）」は、○ 又云 去夜新中納言_{長家妻}_{大納言斉信女} 平産_{七月云々} 而児亡 母不覚 為邪気被取入 <u>産婦</u>母忽為尼 其後<u>産婦</u>僅蘇生 猶不可憑 父母悲泣者 侍従経任従大納言許来云 去夜丑時産 不幾児死 即<u>産婦</u>母已立種々大願文 サンフの あま たちまちに あまと なる。その のち サンフ わづかに ソセイ。……すなはち サンフの はは すでに シュジュの ダイグワンモンを たつ。（万寿2．8．28三68上）のように用いられている。

　次の4項目は、瀕死の状態から回生する場合や生き長らえる場合である。

●瀕死の状態から回生する場合や生き長らえる場合
⑮ 「蘇生（ソセイ、又は、ソセイす）」は、① 或又入海 石女等同又被入海浮浪 仍合戦案内不能身給 無幾有高麗船扶了 即労所令<u>蘇生</u>也 すなはち いたはりて ソセイせしむる ところなり。（寛仁3．8．10二277上）、② 辰刻許随身番長扶武云 有可案内事 今暁罷修学院 <u>皇太后宮大夫</u> 夜

第6節 『小右記』に見られる「死生」に関する表現   441

半許 為邪気被取入 今朝蘇生者　けさ ソセイ てへり。(寛仁4．9．11二313下)、③ 義光朝臣云　被差尚侍旧居留守祇候　昨夜尚侍可蘇生 是禅閣夢想　サクヤ ナイシ ソセイすべし。(万寿2．8．9三63上)、④ 納言誓云　一生間不食魚鳥　亦母為尼　此間蘇生　日来煩赤斑瘡 飲食不受　この あひだに ソセイ。(万寿2．8．28三68上)のように用いられている。

(16)「万死一生(ハンシイツシヤウ)」は、① 式部卿宮雑人与定頼従者闘乱(中略)宮人一人死去云々 実説不死 万死一生云々　バンシイツシヤウ と ウンウン。(長和3．12．4一410下)、② 昏時人々云 左衛門督女児日来煩時行 今日当七日 万死一生(長和5．4．28二94下)、③ 中納言二娘数日病悩神明霊気祟云々 種々祈禱未得其験 昨日有其隙 仍見物 入夜万死一生 以牛修風誦今朝尚不快者 病者見物不快事也　よるに いて バンシイツシヤウ。(長元4．9．26三298上)のように用いられている。「万死一生」は、唐代の漢籍『貞観政要』に出ている言葉で、「万に一つの幸運で危うく命が助かること」である。

(17)「存(ソンす)」は、① 故山井三位四娘産間今暁死去　児全存 左大将子云々　こは まつたく ソンす。(長和4．11．17二32上)、② 亦母為尼 此間蘇生 日来煩赤斑瘡 飲食不受 痢病発動 于今不休 産後無力尤甚 以可難存　もて ソンしがたかるべし。(万寿2．8．28三68上)、③ 大納言報云 中納言室家重煩赤斑瘡 僅平愈　不経幾日来及其期 七月 産 臥赤瘡疾之以来 水漿不通 日夜為邪気被取入 不可敢存 悲嘆之間 今有此消息者　あへて ソンすべからず。(万寿2．8．29三68下)、④ 式光云 禅室危急不可存給　ゼンシツ キキフにして ソンしたまふべからず。(万寿4．11．13三147下)のように用いられている。「存」は生き長らえる意である。

(18)「存命(ソンメイ、又は、ソンメイす)」は、① 昨日和泉守朝元従者

并□人之従者等　先取別道自信道向被宮之間　載馬牛等　始下人数多令乗於河中漂没　人多溺死者　亦或云　存命只六人　死者真儀難知　ゾンメイはただロクニン。(寛仁1．9．24二119下)、②　刀伊賊徒到来之間　判官代諸近并其母妻子等被虜（中略）但賊徒還向之時寄対馬島　爰諸近独身逃脱罷留本島　而竊惟離老母妻子　独雖存命已有何益　不如相尋老母委命於刀伊之地　ひとり　ゾンメイす　といへども　すでに　なにの　ヤク　あらむ。(寛仁3．8．10二276上)のように用いられている。「存命」は「生き長らえる」意である。①　は「死者」のと対比して「存命（ソンメイ）」、㊾は漢語サ変動詞「存命（ソンメイす）」である。

三　「死」と「生」の両方に関する表現

　「死」と「生」の両方に関する表現は、次の2語である。

⑴　「死生（シシヤウ）」は、○　大外記文義云　女配流事　亦在国史　仰可注進由　中将母堂昨今可定死生之由　二人陰陽師所占云々　チウジヤウのボダウ　サクコン　シシヤウを　さだむべき　よし（長元4．8．10三273上）のように用いられている。この場合の「死生」は、「死ぬか生きるか」という意味である。

⑵　「存亡（ソンハウ）」は、○　渡海制重　仍竊取小船罷向高麗国　将近刀伊境　欲問存亡事（中略）爰罷会彼賊虜中本朝人等　問老母存亡　ラウボの　ソンバウを　とふ。(寛仁3．8．10二276上)のように用いられている。「存亡」は、「生きているのか死んでいるのか（生死）」という意味である。

第6節 『小右記』に見られる「死生」に関する表現　443

まとめ

　本文献に見られる「死生」に関する表現について、「異なり語数」・「語種」・「敬語」の観点からまとめておく。

1　「死」は「自然死」の場合、和語としては、「終（をわる）」、「死（しぬ）」、「及（およふ）（及死門、シミンにおよふ）」、「入（いる）（入鬼籙、キロクにいる）」、「逝（ゆく）」、「溺死（おぼれしぬ）」、「酔死（ゑひしぬ）」、「寝死（いねしぬ？）」、「損（そこなふ）（損命、いのちをそこなふ）、「眒（とつ）（閇眼、まなこをとつ）」の10語がある。字音語（漢語）としては、「死去（シキヨ）」・「死亡（シハウ）」・「逝去（セイキヨ）」「崩御（ホウキヨ）」・「卒去（シユツキヨ）」・「遷化（センケ）」・「入滅（ニフメツ）」・「夭折（エウセツ）」・「頓死（トンシ）」・「頓滅（ドンメツ）」・「疫死（エキシ）」の12語がある。漢語サ変動詞（混種語）としては、「亡（ハウす）」、「薨（コウす）」、「崩（ホウす）」、「卒（シユツす）」、「夭（エウす）」の5語が用いられている。外に、広く死に関するものとして、漢語「死者（シシヤ）」・「死人（シニン）」・「骸骨（カイコツ）」・「死骸（シカイ）」・「死闕（シケツ）」・「故～（コ～）」の6語が用いられている。

　即ち、「異なり語数」は和語10語・漢語18語・混種語5語であり、30.3％：54.5％：15.2％となる。漢語の比率が和語・混種語のそれよりも高い。

2　上記33語のうち敬語に関わるものは、三位以上の貴族の死に用いられる尊敬語「薨（コウす）」、院に用いられる尊敬語「崩御（ホウキヨ）」、四位五位の貴族の死に限って用いられる「卒（シユツす）」・「卒去（シユツキヨ）」の4語である。

3　他殺の場合、和語としては「殺（ころす）」、「打殺（うちころす）」、「突

殺（つきころす）」、「射殺（いころす）」の４語、漢語サ変動詞（混種語）としては「殺害（セツカイす）」の１語、計５語が用いられている。
　即ち、「異なり語数」は和語４語・混種語１語であり、80.0％：20.0％となる。和語が混種語の４倍用いられている。

4　「生」は、誕生に関するものとして和語「姙（はらむ）」、「産（うむ）、「遂（とく）」、「成（なる）」、「了（をはぬ）」の５語、漢語「懐妊（クワイニン）」・「気色（ケシキ）」「・降誕（カウタン）」・「産（サン）」・「平産（ヘイサン）」の５語、連語・混種語として「産気色（サンのケシキ）」、「産気（サンのケ）」の２語、計12語が用いられている。広く誕生に関するものとしては、和語「産月（うみつき）」１語、漢語「産婦（サンフ）」１語、計２語がある。
　瀕死の状態から回生する場合には、混種語（漢語サ変動詞）「蘇生（ソセイす）」１語、漢語「万死一生（ハンシイツシヤウ）」１語の計２語が用いられている。生き長らえる場合には、混種語（漢語サ変動詞）「存（ソンす）」、「存命（ソンメイす）」の２語、漢語「存命（ソンメイ）」の１語、計３語が用いられている。
　即ち、「異なり語数」は和語６語・漢語８語・混種語５語であり、31.6％：42.1％：26.3％となる。漢語が和語・混種語よりもやや多い。

5　「生」と「死」の両方に関する表現は、漢語（字音語）「死生（シシヤウ）」・「存亡（ソンハウ）」の２語である。和語・混種語は皆無である。

6　全体としては、和語20語・漢語28語・混種語11語であり、33.9％：47.5％：18.6％となる。即ち、漢語の占める割合は和語の約1.4倍である。

『小右記』に見られる「死生」に関する表現　語彙一覧表

一　「死」に関する表現			二　「生」に関する表現		
1　「自然死」の場合			1　「誕生」に関する場合		
(1)	終	をはる	(1)	懐妊	クワイニン
(2)	死	しぬ	(2)	妊	はらむ
(3)	及	およふ	(3)	気色	ケシキ
(4)	入	いる	(4)	産気色	サンのケシキ
(5)	逝	ゆく	(5)	産氣	サンのケ
(6)	溺死	おぼれしぬ	(6)	産	うむ
(7)	酔死	ゑひしぬ	(7)	降誕	カウタン
(8)	寝死	いねしぬ	(8)	遂	とく
(9)	損	そこなふ	(9)	成	なる
(10)	閙	とつ	(10)	了	をはぬ
(11)	死去	シキヨ	(11)	産	サン
(12)	死亡	シハウ	(12)	平産	ヘイサン
(13)	亡	ハウす	(13)	産月	うみつき
(14)	逝去	セイキヨ	(14)	産婦	サンフ
(15)	薨	コウす			
(16)	崩	ホウす	2　瀕死から回生する場合		
(17)	崩御	ホウキヨ	(15)	蘇生	ソセイ(ソセイす)
(18)	卒	シユツす	(16)	万死一生	ハンシイツシヤウ
(19)	卒去	シユツキヨ			
(20)	遷化	センケ	3　生き長らえる場合		
(21)	入滅	ニフメツ	(17)	存	ソンす
(22)	夭	エウす	(18)	存命	ソンメイ(ソンメイす)
(23)	夭折	エウセツ			
(24)	頓死	トンシ	三　「生」と「死」の両方に関する表現		
(25)	頓滅	ドンメツ	(1)	死生	シシヤウ
(26)	疫死	エキシ	(2)	存亡	ソンハウ
(27)	死者	シンヤ			
(28)	死人	シニン			
(29)	骸骨	カイコツ			
(30)	死骸	シカイ			
(31)	死闕	シケツ			
(32)	薨奏	コウソウ			
(33)	故	コ			
2　「他殺」の場合					
(1)	殺	ころす			
(2)	殺害	セツカイす			
(3)	打殺	うちころす			
(4)	突殺	つきころす			
(5)	射殺	いころす			

446　第四章　公卿日記に見られる諸表現

第7節　『小右記』に見られる「有職故実」を実証する表現

はじめに

　「有職故実」とは、官位昇進の順序、職掌の内容、年中恒例臨時の行事、儀式典礼、法令などの先例で、最も範とするに足りる例証のことである。その「有職故実」を記録し、それを子々孫々に伝えていくことを目的として記された公卿日記である『小右記』(以下、本文献と呼ぶことにする)において、それを実証する表現にはどんな類型が用いられているのか。これを考察するのが本節の目的である。

　本文献は周知のように藤原実資(957〜1046)の記した日記で、天元5 (982)年正月から長元5 (1032)年12月までの記事が現存している。「有職故実」を示す表現の類型を考察する際、次の二つに大別して述べる。一つは、名詞(或いは名詞相当語)を中心に取り上げる場合である。どんな動詞(或いは形容詞ほか)と一緒に用いられているかに注目する。他の一つは、動詞を中心に取り上げる場合である。

一　名詞(或いは名詞相当語)を中心に見た場合

　「有職故実」であることを実証する名詞(或いは名詞相当語)は、漢語(字音語)として「古実・固実・故実(コシツ)」・「古跡(コセキ)」・「古伝(コテン)」・「古事(コシ)」・「古昔(コセキ)」・「古体(コタイ)「上古(シヤウコ)」・「往古(ワウコ)」・「往昔(ワウセキ)」・「往代(ワウタイ)」・「近代(キンタイ)」・「古今(ココン)」・「例(レイ)」・「旧例(キウレイ)」・「恒例(コウレイ)」・「先例(センレイ)」・「前例(センレイ)」・「先跡(センセ

第7節　『小右記』に見られる「有職故実」を実証する表現　447

キ）」・「前跡（センセキ）」・「規模（キホ）」・「後鑑（コウカン）」の21語がある。

　和語としては、「古（いにしへ）」、「所＋動詞（～するところ）」、「為＋名詞（～のために）」の3項目がある。以下、順に述べる。

⑴　「古実・固実・故実（コシツ）」　28例

　「コシツ」は、「古実」18例・「固実」7例・「故実」3例で全28例がある。

①　当時相府尚不知故実耳　タウジ　シヤウフは　なほ　コジツを　しらざるのみ。（寛弘9．9．10一294下）、②　共不知固実歟　ともに　コジツを　しらざるか。（寛弘8．8．11一235下）、③　丞相不可受盃　給盃之例也　不知故実也　コジツを　しらざるなり。（長和3．4．18一378上）のように連語「不知（しらず）」を伴っているもの17例ある。

④　又被仰度数　而無其事　似失古実　コジツを　うしなふに　にたり。（正暦4．3．29一89上）のように、他動詞「失（うしなふ）」を伴っているもの3例ある。

⑤　彼納言則示奉親　不知前例之由　適不失故実所行也　たまたま　コジツを　うしなはずして　おこなふ　ところなり。（寛弘9．5．2一264下）のように、連語「不失（うしなはず）」を伴っているものは1例ある。

⑥　古実云　承仰之後　取草座着上座者　コジツに　いはく（長和4．12．23二41下）のように、他動詞「云（いふ）」の「ク語法」を伴っているものは2例ある。

⑦　更召経通朝臣　可尋問一家古実歟　近代之人以自案為固実　イツケの　コジツをたづねとふべきか。キンダイの　ひと　みづからの　アンを　もて　コジツと　す。（寛仁2．5．6一191上）のように、複合動詞「尋問（たづねとふ）」を伴っているものは1例、他動詞「為（す）」を伴っているものは1例ある。

⑧　諸大夫等　皆有饗　近代事　不因古実　コジツに　よらず。（寛仁3．8．5二274下）のように、連語「不因（よらず）」を伴っているものは1例

ある。
⑨ 大臣着座之時　参議未昇之前　少納言早着　召大舎人　是故実也　これ　コジツなり。(正暦4.5.5一91下)のように、断定の助動詞「也(なり)」を伴っているものは1例ある。
⑩ 被引上卿着座更下立之礼古実歟　……レイは　コジツか。(長和4.4.24一428下)のように、疑問の終助詞「歟(か)」を伴っているものは1例ある。
(2)「古跡(コセキ)」　6例
「古跡(コセキ)」は、① 近代摂政召随　失古跡　コセキを　うしなふ。(寛仁1.9.22二119上)のように、他動詞「失(うしなふ)」を伴っているものは2例ある。
② 近来事異古跡云々　ちかごろの　こと　コセキに　ことなる　と　ウンウン。(治安3.4.16二339上)のように、自動詞「異(ことなる)」を伴っているものは1例ある。
③ 長秋不知古跡歟　ながあき　コセキを　しらざるか。(治安3.7.26二364上)のように、連語「不知(しらず)」を伴っているものは1例ある。
④ 彼又有所案歟　但似忘古跡　ただし　コセキを　わするるに　にたり。(万寿2.8.16三65上)のように、他動詞「忘(わする)」を伴っているものは1例ある。
(3)「古伝(コテン)」　15例
「古伝(コテン)」は、① 奏下彼手禄絹之由　有古伝如何　コデン　あり　いかに。(寛仁2.11.22二219下)のように、自動詞「有(あり)」を伴っているものが1例ある。
② 古伝云　下﨟納言并下﨟参議候南殿　コデンに　いはく(万寿2.10.23三87下)のように、他動詞「云(いふ)」の「ク語法」を伴っているものは2例ある。
③ 不知食案内之上卿　触事被失古伝　ことに　ふれて　コデンを　うし

第7節 『小右記』に見られる「有職故実」を実証する表現　449

なはる。(長元4.2.23三238上)のように、他動詞「失(うしなふ)」を伴っているものは1例ある。

④　<u>不得古伝</u>之人万事如此　コデンを　えざる　ひと（長和5.1.1二45下）のように、連語「不得（えず）」を伴っているものは1例ある。

⑤　是聞<u>古伝</u>而已　これ　コデンを　きこゆのみ。（長元5.1.8三300上）のように、他動詞「聞（きこゆ）」を伴っているものは1例ある。

⑥　置笏之方不聞<u>古伝</u>　コデンを　きかず。（長和2.7.5一327下）のように、連語「不聞（きかず）」を伴っているものは3例ある。

⑦　<u>不知古伝</u>歟　コデンを　しらざるか。（長和5.6.18一448上）のように、連語「不知（しらず）」を伴っているものは4例ある。

⑧　而左府子姪着用有文帯螺鈿釼　<u>背古伝</u>　コデンに　そむく。（長和2.8.1一339下）のように、他動詞「背（そむく）」を伴っているものは1例ある。

(4)「古事（コシ）」　1例

　「古事（コシ）」は、○　時頼　執馬口　近代作法歟　<u>知古事</u>之人　可弾指乎　コジを　しる　ひと（寛仁2.3.13二170上）のように、他動詞「知（しる）」を伴っているものが1例ある。「古事」は「近代作法（キンタイのサホフ）」と対比されている。

(5)「古昔（コセキ）」　8例

　「古昔（コセキ）」は、①　近代事<u>不似古昔</u>耳　キンダイの　ことは　コセキに　にざるのみ。（寛仁3.5.8二251上）のように、連語「不似（にず）」を伴っているものが2例ある。

②　<u>古昔</u>者不満町解文者返給之　コセキは　（長元4.9.8三289上）のように、係助詞「者（は）」を伴っているものは2例ある。

③　<u>古昔例</u>者　尊者只用赤木机　コセキの　レイは　（治安1.7.25二320上）のように、名詞「例（レイ）」を伴っているものは1例ある。

④　猶須従京被発遣代官　<u>古昔常例</u>也　コセキの　シヤウレイなり。（治

安4．2．4三10上)のように、漢語「常例（シャウレイ）」を伴っているものは１例ある。
(6) 「古（いにしへ）」　3例
　「古（いにしへ）」は、①　一上布衣城外例　仰訪前　古所不聞也　いにしへは　きかざる　ところなり。（長徳3．9．20一137上)のように、連語「不聞（きかず）」を伴っているものが１例ある。
②　穢事定不似往昔　近代只無一手若一足　被定五体不具為七日穢　古者不然　いにしへは　しからず。（長和5．6．19二107下)のように、係助詞「者（は）」・連語「不然（しからず）」を伴っているものは１例ある。
　２例までが「近代（キンタイ）」と対比して用いられている。
(7) 「古体（コタイ）」　1例
　「古体（コタイ）」は、○　大殿　按察　四条大納言　聞貢馬由上蔍卿相馳参　非古体之作法　忘恥辱之世也　コタイに　あらざる　サホフ（寛仁1．10．22二133下)のように、連語「非（あらず）」を伴っているものが１例ある。
(8) 「上古（シヤウコ）」　2例
　「上古（シヤウコ）」は、①　又勧上古例　可被行者　また　シヤウコのレイを　すすめて（長徳3．7．9一135上)のように、名詞「例（レイ）」を伴っているものが１例ある。
②　近代上達部勧盃云々　上古専不然　シヤウコは　もはら　しからず。（治安1．8．7二326上)のように、連語「不然（しからず）」を伴っていて、「近代（キンタイ）」と対比されているものは１例ある。
(9) 「往古（ワウコ）」　38例
　「往古（ワウコ）」は、①　後聞近衛府使不参内　直列列見　大略往古不聞之事也　タイリヤク　ワウコは　きかざる　ことなり。（長和3．4．18一378上)のように連語「不聞（きかず）」を伴っているものが24例ある。
②　頭中将馳向関白家云々　此事大奇異之極也　必有事敗歟　往古未聞如此

第7節 『小右記』に見られる「有職故実」を実証する表現　451

事　ワウコは　いまだ　かくの　ごとき　ことを　きかず。(正暦6．3．8―104下)のように、連語「未聞(いまたきかず)」を伴っているものは2例ある。

③　三后並御座　主上儲君同御　往古不有此比歟　ワウコは　この　たぐひ　あらざるか。(寛仁2．10.22二209下)のように、連語「不有(あらず)」を伴っているものは1例ある。

④　而忽有笠制　未知其是　往古無制　足為奇乎　ワウコは　セイ　なし。(治安3．5.13二346上)のように、句「無制(セイなし)」を伴っているものは2例ある。

⑤　可置棒物之料也　往古所不見聞　已是新案　ワウコは　みかざる　ところ　(寛弘9．5.17―267下)のように、連語「不見聞(みきかず)」を伴っているものは2例ある。

⑥　往古之例　奉仰之人　自進仰也　ワウコの　レイは　(長和2．3.27―322下)のように、名詞「例(レイ)」を伴っているものは5例ある。

⑽　「往昔(ワウセキ)」　3例

　「往昔(ワウセキ)」は、①　今夜御遊不似往昔　不異狄楽　コンヤのおほむあそびは　ワウセキに　にず。(長元5.11．2三307下)のように、連語「不似(にず)」を伴っているものが2例ある。

②　中納言実成　参議定頼　右中弁経輔　従侍従所入内　已及晩景　往昔不然　ワウセキは　しからず。(万寿4.10．4三145下)のように、連語「不然(しからず)」を伴っているものは1例ある。

⑾　「往代(ワウタイ)」　1例

　「往代(ワウタイ)」は、　○　而来触云　於八方以八人阿闍梨可令奉仕護摩　其阿闍梨公家可令請給者　此事往代未聞事也　心底所奇思也　このことは　ワウダイ　いまだ　きかざる　ことなり。(弘仁1.10.14二129下)のように、連語「未聞(いまだきかず)」を伴っているものが1例ある。

⑿ 「近代（キンタイ）」 37例

　「近代（キンタイ）」は、①　往古例　代官向饗所参内　而近代不然　無便事也　　しかるに　キンダイは　しからず。（長和2.2.9一310上）のように、連語「不然（しからず）」を伴っているものが4例ある（①の場合、「往古例」と対比されている）。

②　両度御読経不奏巻数　太奇事也　左代弁道方云　近代不奏者　上卿之不知古実歟　　キンダイは　ソウせず　てへり。（寛仁2.6.11二195上）のように、連語「不奏（ソウせず）」を伴っているものは2例ある（②の場合、「古実」と対比されている）。

③　大夫頼宗着鈍色　扈従　尤可尋事也　近代不聞耳　　キンダイは　きかざるのみ。（万寿4.11.29三151下）のように、連語「不聞（きかず）」を伴っているものは1例ある。

④　左金吾両三位中将等随身与疋絹　依思権勢歟　近代例也　　キンダイのレイなり。（寛弘9.4.25一258上）のように、名詞「例（レイ）」を伴っているものは8例ある。

⑤　近代事不似古昔耳　　キンダイの　ことは　コセキに　にざるのみ。（寛仁3.5.8二251上）のように、形式名詞「事（こと）」を伴っているものは7例ある（⑤の場合、「古昔」と対比されている）。

⒀ 「古今（ココン）」 4例

　「古今（ココン）」は、①　古今未有此例　天下驚嘆　　ココンは　いまだこの　レイ　あらず。（長保3.10.11一167下）のように句「未有（いまだあらず）」を伴っているものが1例ある。

②　右中弁経通朝臣云　左府命宰相中将　出入件門者　古今不有此例　　ココンは　このレイ　あらず。（寛弘2.6.26一196上）のように、連語「不有（あらず）」を伴っているものは1例ある。

③　無官白丁者　歩行従兄弟葬　古今不聞　何大臣乎　　ココンは　きかず。（万寿2.8.7三61下）のように、連語「不聞（きかず）」を伴っているもの

第 7 節 『小右記』に見られる「有職故実」を実証する表現　453

は 2 例ある。

⑭　「例（レイ）」　53 例

　「例（レイ）」は、①　而更入立殿上前称名　失例而已　レイを　うしなふのみ。（長和 2．1．10─300 上）のように、他動詞「失（うしなふ）」を伴っているものが 4 例ある。

②　参新宮　今亦有背例之作法云々　いま　また　レイに　そむく　サホフ　あり　と　ウンウン。（長和 4．9．20 二 17 下）のように、他動詞「背（そむく）」を伴っているものは 1 例ある。

③　須書黄昏　亦書敕任只可書勅也　違例之事極以多々　レイに　たがふこと　きはめて　もて　タタなり。（寛弘 8．2．4─217 下）のように、自動詞「違（たがふ）」を伴っているものは 5 例ある。

④　仰云　明日辰時ﾆ依御即位可有行幸八省院　任例侍ヘ　レイに　まかせて　さぶらへ。（長和 5．2．6 二 66 上）のように、他動詞「任（まかす）」を伴っているものは 2 例ある。

⑤　主鈴依例就案下欲捺印　シユレイは　レイに　よて　アンカに　ついて　（寛弘 2．12．17─210 上）のように、自動詞「依（よる）」を伴っているものは 8 例ある。

⑥　須依例賜官符　而禅位之後　未有内印政　仍准寛平九年例　只下宣旨云々　よて　カンビヤウ　クネンの　レイに　ジユンず。（寛弘 8．7．11─226 下）のように、自動詞「准（シユンす）」を伴っているものは 3 例ある。

⑦　右大史奉政候申文　作法如例　サホフは　レイの　ごとし。（長元 1．12．20 三 186 上）のように、比況の助動詞「如（ごとし）」を伴っているものは 17 例ある。

⑧　今日番奏　右衛門佐不参　仍六位候矣　但列五位後　是例也　これレイなり。（寛弘 2．10．1─203 下）のように、断定の助動詞「也（なり）」を伴っているものは 3 例ある。

⒂ 「旧例（キウレイ）」　3例

「旧例（キウレイ）」は、①　雖致一端之嘲難　不知数代之旧例歟　スウダイの　キウレイを　しらざるか。（治安3．6．28二355下）のように、連語「不知（しらず）」を伴っているものが1例ある。

②　依旧例可清書　キウレイに　よて　セイショすべし。（長元4．9．14三291下）のように、自動詞「依（よる）」を伴っているものは1例ある。

③　近年依左府命帯弓箭　世間人為奇　而今般不令帯弓箭　若帰旧例歟　もし　キウレイに　かへすか。（長和3．4．18一378上）のように、他動詞「帰（かへす）」を伴っているものは1例ある。

⒃ 「恒例（コウレイ）」　2例

「恒例（コウレイ）」は、①　賀茂大明神仁王講　是恒例二度講演　一度修畢　これ　コウレイは　ニド　コウエン（す）。（万寿2．10．30三89上）、②　三日行幸恒例定事也　みかの　ギャウカウは　コウレイの　さだめごとなり。（万寿4．1．1三114下）のように、少なくとも2例はある。

⒄ 「先例（センレイ）」　30例

「先例（センレイ）」は、①　上官録事者　似不被知先例　センレイを　しられざるに　にたり。（治安1．7．25二320下）のように、連語「不被知（しられず）」を伴っているものが1例ある。

②　頭弁転不可仰威儀師　背先例云々　センレイに　そむく　と　ウンウン。（寛弘8．3．20一221下）のように、他動詞「背（そむく）」を伴っているものは1例ある。

③　擬侍従定事　尋先例可定者　センレイを　たづねて　さだむべし　てへり。（万寿4．12．14三158上）のように、他動詞「尋（たづぬ）」を伴っているものは1例ある。

④　中納言俊賢遅参之内　不尋先例　センレイを　たづねず。（長和5．4．27二94上）のように、連語「不尋（たつねず）」を伴っているものは1例ある。

第7節 『小右記』に見られる「有職故実」を実証する表現　455

⑤　又問先例　日記所注不明　また　センレイを　とふ。(寛仁1.10.6
二125下)のように、他動詞「問(とふ)」を伴っているものは1例ある。
⑥　仰云　典法有　須任先例行之　すべからく　センレイに　まかせて
これを　おこなふべし。(寛弘8.7.8一225上)のように、他動詞「任(ま
かす)」を伴っているものは1例ある。
⑦　件事只可随相府命　抑可依先例歟　そもそも　センレイに　よるべき
か。(長和4.11.19二34下)のように、自動詞「依(よる)」を伴っているも
のは1例ある。
⑧　大饗之儀全存先例歟　またく　センレイに　ソンするか。(正暦6.1.
28一102下)のように、自動詞「存(ソンす)」を伴っているものは1例ある。
⑨　左大弁惟仲在此座　起座経上達部座末　懐忠安親称無先例之由　尚可経
弁座上者　センレイ　なき　よしを　ショウす。(正暦6.1.28一102下)
のように、形容詞「無(なし)」を伴っているものは1例ある。
⑩　以吉上為志以下行酒　先例不然　センレイは　しからず。(寛弘2.6.
29一196下)のように、連語「不然(しからず)」を伴っているものは1例あ
る。
⑪　仍公卿依相府命有召入　雖非先例　不然者　又事不可成　センレイに
あらず　といへども　(長和3.10.24一399下)のように、連語「非(あら
ず)」を伴っているものは2例ある。
⑫　先例雖幼主皆奏　近代不然　センレイは　(寛仁3.5.8二250下)の
ように、「先例(は〜)」というのは16例ある。
　なお、⑫の場合、「近代(キンタイ)」と対比されている。
⒅　「前例(センレイ)」　130例
　「前例(センレイ)」は、①　御忌月行幸例可尋　若有前例可移幸云々
もし　センレイ　あらば　うつりカウすべし　と　ウンウン。(長和5.2.
27二76下)のように、自動詞「有(あり)」を伴っているものが11例ある。
②　縦雖無前例　於有宣旨　不可申左右耳　たとひ　ゼンレイ　なしと

いへども　(寛仁3．2．6二237下)のように、形容詞「無（なし）」を伴っているものは11例ある。

③　又大臣座設南面非<u>前例</u>　ゼンレイに　あらず。(寛弘8．9．9一245上)のように、連語「非（あらず）」を伴っているものは1例ある。

④　造酒司不進試酒　失<u>前例</u>耳　ゼンレイを　うしなふのみ。(長和5．6．10一445上)のように、他動詞「失（うしなふ）」を伴っているものは6例ある。

⑤　分執駒之事　左右相排撰取駿蹄　何用代官乎　<u>前例</u>不覚　ゼンレイは　おぼえず。(万寿2．8．14三64下)のように、連語「不覚（おほえず）」を伴っているものは1例ある。

⑥　又可<u>勘前例</u>之事仰大弁　また　ゼンレイを　かんがふべき　こと(治安4．12．9三33下)のように、他動詞「勘（かんがふ）」を伴っているものは5例ある。

⑦　惟光毎人待掖　太奇怪也　<u>不知前例</u>歟　ゼンレイを　しらざるか。(寛仁2．10．16二204上)のように、連語「不知（しらず）」を伴っているものは21例ある。

⑧　余経階下立南階坤　左将軍先立同階巽角　此間御輿候版位北方　太<u>背前例</u>　はなはだ　ゼンレイに　そむく。(寛弘8．8．27一242下)、⑨　国盛以後　蒙裁許不填進　然則<u>乖前例</u>　当任難済進歟　しかれば　すなはち　ゼンレイに　そむく。(寛仁3．12．4二302上)のように、他動詞「背・乖（そむく）」を伴っているものは3例ある。

⑩　昨日中納言云　不召見日記事　必有事難歟者　上卿<u>不存前例</u>之所致也　シヤウケイ　ゼンレイを　ゾンぜずして　いたす　ところなり。(万寿4．7．11三134下)のように、連語「不存（ソンぜず）」を伴っているものは1例ある。

⑪　頭弁示告　件事更不知案内　欲<u>聞前例</u>者　ゼンレイを　きかむと　おもふ　てへり。(寛弘9．4．23一256下)のように、他動詞「聞（きく）」を

第7節 『小右記』に見られる「有職故実」を実証する表現　457

伴っているものは1例ある。

⑫　余云　不堪文大粮文一度令申事　前例不聞　センレイは　きかず。（万寿2.10.11三81下）のように、連語「不聞（きかず）」を伴っているものは1例ある。

⑬　今案件事　多違前例　おほく　ゼンレイに　たがふ。（長和5.2.19二72上）のように、自動詞「違（たがふ）」を伴っているものは5例ある。

⑭　余所思者　殿上人并所衆外勧盃之間所不聞也　可尋前例歟　ゼンレイを　たづぬべきか。（長和5.4.25二93下）のように、他動詞「尋（たづぬ）」を伴っているものは30例ある。

⑮　前例大臣定奏行事職掌等人　書折堺被奏聞　而只以詞被定奏行事上卿　似不尋前例　ゼンレイを　たづねざるに　にたり。（寛弘9.8.17一293上）のように、連語「不尋（たづねず）」を伴っているものは2例ある。

⑯　而任意用上東門如何者　能可尋知前例也　よく　ゼンレイを　たづねしるべきなり。（治安1.7.28二323下）のように、複合語の他動詞「尋知（たづねしる）」を伴っているものは1例ある。

⑰　後日尋見前例　長保四季最勝講　出居無事所見　ゴジツ　ゼンレイを　たづねみるに、（寛弘2.8.14一201上）のように、複合語の他動詞「尋見（たづねみる）」を伴っているものは4例ある。

⑱　今日可有臨時祭之日　而可有御禊乎否可問前例之由　以左頭中将頼定有仰事　ゼンレイを　とふべき　よし（寛弘2.11.29一209上）のように、他動詞「問（とふ）」を伴っているものは3例ある。

⑲　見前例　第一人先敷円座　近候御辺所奏行也　ゼンレイを　みる。（治安4.9.19三26下）のように、他動詞「見（みる）」を伴っているものは1例ある。

⑳　此事慥不見前例　この　ことは　たしかに　ゼンレイを　みず。（永観2.11.5一39下）のように、連語「不見（みず）」を伴っているものは1例ある。

㉑ <u>任前例</u>可載宣旨由 仰之 ゼンレイに まかせて センジを のすべき よし （寛仁１．10．25二134上）のように、他動詞「任（まかす）」を伴っているものは４例ある。

㉒ <u>依前例</u>可賜官符在京国司又弁済使等 ゼンレイに よて （寛仁３．９．４二287上）のように、自動詞「依（よる）」を伴っているものは７例ある。

㉓ 今日儀<u>不因前例</u> 若従時講歟 けふの ギは ゼンレイに よらず。（寛弘２．３.27一184下）のように、連語「不因（よらず）」を伴っているものは１例ある。

㉔ 馬寮<u>忘前例</u>太愚也 うまの レウ ゼンレイを わするることは はなはだ おろかなり。（治安４．９.19三26下）のように、他動詞「忘（わする）」を伴っているものは１例ある。

㉕ 又<u>前例</u>如此 また ゼンレイは かくの ごとし。（長元４．８.25三281上）のように、句「如此（かくのことし）」を伴っているものは38例ある。

⒆ 「先跡（センセキ）」

「先跡（センセキ）」は、○ 尊者禄 大納言能信中納言実成取 主人伝取可被与歟 <u>失先跡</u> センセキを うしなふ。（治安１．７.25二320下）のように、他動詞「失（うしなふ）」を伴っているものが１例ある。

⒇ 「前跡（センセキ）」 22例

「前跡（センセキ）」は、① <u>此事有前跡</u> 能々可被慎歟 この こと ゼンセキ あり。（寛仁２.閏４.24二183下）のように、自動詞「有（あり）」を伴っているものが１例ある。

② <u>雖無前跡</u> 於撰遣可無訪難 ゼンセキ なしと いへども （長元２．８．６三211下）のように、形容詞「無（なし）」を伴っているものは１例ある。

③ 於本所返給文夾 <u>立所指非前跡</u> たちて さす ところは ゼンセキに あらず。（長元４．１．７三222上）のように、連語「非（あらず）」を伴っているものは１例ある。

第7節 『小右記』に見られる「有職故実」を実証する表現　459

④　資平来云（中略）不奏可承呪願趣之由并作者事者　失前跡之事等也　ゼンセキを　うしなふ　ことらなり。（長和5．6．18―448上）のように、他動詞「失（うしなふ）」を伴っているものは1例ある。

⑤　左大将更降自檀　立予立所　已謂失儀　似不知前跡　ゼンセキを　しらざるに　にたり。（長和2．7．29―336下）のように、連語「不知（しらず）」を伴っているものは1例ある。

⑥　近代之人以自案為固実　甚背前跡之事也　はなはだ　ゼンセキに　そむく　ことなり。（寛仁2．5．6―191上）のように、他動詞「背（そむく）」を伴っているものは3例ある。

⑦　自今日事甚違前跡　おのづから　けふの　ことは　はなはだ　ゼンセキに　たがふ。（寛弘2．7．21―199下）のように、自動詞「違（たかふ）」を伴っているものは2例ある。

⑧　只明日服着錫紵　令除給之日当重日　尋前跡可被行歟　ゼンセキを　たづねて　おこなはるべきか。（万寿4．12．4三153下）のように、他動詞「尋（たづぬ）」を伴っているものは2例ある。

⑨　但奉送之事以左為先　是定事也　自余事可随時議　近代事不尋前跡　キンダイの　ことは　ゼンセキを　たづねず。（長和4．11．19二35上）のように、連語「不尋（たつねず）」を伴っているものは1例ある。

⑩　彼皆識者　尋知前跡歟　ゼンセキを　たづねしるか。（長和3．1．2―362上）のように、複合語の他動詞「尋知（たつねしる）」を伴っているものは1例ある。

⑪　件事尋見前跡　天暦七年　以改姓為臣者　くだんの　ことは　ゼンセキを　たづねみるに、（長元4．1．14三225上）のように、複合語の他動詞「尋見（たつねみる）」を伴っているものは1例ある。

⑫　寛平六年　新羅凶賊到対馬島島司善友打返　即給賞　雖無被募　前跡如此　ゼンセキは　かくの　ごとし。（寛仁3．6．29二262上）のように、句「如此（かくのことし）」を伴っているものは1例ある。

(21)「規模(キホ)」 4例

「規模(キホ)」は、① 以資平所持之天慶宣命奉納言 以後為規模 イゴ キボと す。(長和5.4.28二94上)のように、他動詞「為(す)」を伴っているものが3例ある。

② 左相国車乗入 自郁芳待賢等門 進近太政官下車 任意之事也 非規模耳 キボに あらざるのみ。(長和3.2.15一367下)のように、連語「非(あらず)」を伴っているものは1例ある。

(22)「後鑑(コウカン)」 1例

「後鑑(コウカン)」は、○ 其過差非丞相志耳 不可〔為〕後鑑 コウカンと〔す〕べからず。(寛弘2.4.19一188上)のように、他動詞「〔為〕(す)」を補って考えるとよい例が1例ある。

(23)「所+動詞(〜するところ)」 23例

「所+動詞(〜するところ)」は、① 権大納言行成着藁履歩行 頗無所拠由 上下云々 すこぶる よる ところ なき よし(万寿2.8.15三65上)のように、主語「所拠(よるところ)」が述語の形容詞「「無(なし)」を伴っているものが16例ある。

② 崩給後被行奉尊号之例 以大外記敦頼 令尋勘 申無所見由 延長例可相准 然而彼間日記已無所見云々 みゆる ところ なき よしを まうす。…… すでに みゆる ところ なし と ウンウン。(寛弘8.7.22一230下)のように、主語「所見(みゆるところ)」が述語の形容詞「無(なし)」を伴っているものは6例ある。

③ 内府云 件事等見故殿御日記乎 若有所見可示口者 もし みゆる ところ あらば ……(寛弘8.7.22一230下)のように、主語「所見(みゆるところ)」が自動詞「有(あり)」を伴っているものは1例ある。

以上、「所拠(よるところ)」16例、「所見(みゆるところ)」7例である。

(24)「為+名詞(〜のために)」 9例

「為+名詞」は、「為後(のちのために)」5例、「為後々(のちのちのため

第7節 『小右記』に見られる「有職故実」を実証する表現　461

に）」3例、「為後鑑（コウカンのために）」1例で、全9例がある。
　「為後（のちのために）」は、①　賭射持時　射手等賜禄否由令勘　当府及左府無有其例　仍不給者　今依此御日記　不賜禄　為後所記也　のちのために　しるす　ところなり。（寛弘2．1．18一174上）のように、他動詞「記（しるす）」を伴っているものが5例ある。
　「為後々（のちのちのために）」は、②　大嘗会年不奉御灯事　諸人不知余又不知只臨河頭行列被　而隔年記見故殿安和元年御記　已有不可奉之由是三代実録文也　為後々所注付　のちのちの　ために　しるしつくる　ところ　（寛弘8．9．1一243下）のように、複合語の他動詞「注付（しるしつく）」を伴っているものは1例ある。
③　今年節会猶可有御出歟　但御物忌固者無御出　有何事哉　為後々聊記由緒了　のちのちの　ために　いささかに　ユイショを　しるしをはぬ。（長和3．11．22一406下）のように、他動詞「記（しるす）」を伴っているものは1例ある。
④　即参来着膝突　申代官　仰於小庭可申由　驚而退居小庭　不知古実歟　召大外記文義　仰非例由　非可為恐　為後々也　のちのちの　ためなり。（寛仁1．11．22二146下）のように、指定の助動詞「也（なり）」を伴っているものは1例ある。
　「為後鑑（コウカンのために）」は、⑤　又云　周公并呉公也　彼家周公也予家呉公也　左右思慮　昇三公可在近者　識者言　為後鑑聊所記置　コウカンの　ために　いささか　しるしおく　ところ　（寛弘9．5．11一266下）のように、複合語の他動詞「記置（しるしおく）」を伴っているものは1例ある。

二　動詞を中心に見た場合

　動詞を中心に見た場合は、和語「聞（きく）」・「見聞・聞見（みきく）」・

「知(しる)」・「見(みる)」・「見(みゆ)」の5語、漢語サ変動詞「信(シンす)」1語の計6語を取り上げる。

⑳ 「聞(きく)」 19例

「聞(きく)」は、① 弁官布衣追従之例　未聞之事也　いまだ　きかざる　ことなり。(寛弘8．2．15一218上)のように、陳述副詞「未(いまだ)」と否定の助動詞「未(ず)」(再読字)とを伴っているものが17例ある。

② 資平自内出云　昨日聞食内論議　左大臣候簾中者　殊不聞之事也　可尋也　ことに　きかざる　ことなり。(寛弘2．8．3一200下)のように、打ち消しの助動詞「不(ず)」を伴っているものは2例ある。

㉖ 「見聞・聞見(みきく)」 3例

「見聞(みきく)」は、① 則還御　頭中将正光　下御自御輿之間　依例祗候　相類内侍候御共　未見聞事也　いまだ　みかざる　ことなり。(長徳2．閏2．9一122上)のように、「未(いまだ～ず)」(再読字)を伴っているものが1例ある。

「聞見(みきく)」は、② 入昏宰相来云　摂政御読経号季読経　帳中安置仏　如帝王儀　未聞見之事也　いまだ　みきかざる　ことなり。(寛仁3．6．24二261上)のように、「未(いまだ～ず)」(再読字)を伴っているものが2例ある。

㉗ 「知(しる)」 2例

「知(しる)」は、○ 報云　公卿初参時　反閉不聞事也　但大臣初参時有反閉歟　又未知事也　また　いまだ　しらざる　ことなり。(治安1．8．7二325下)のように、「未(いまだ～ず)」(再読字)を伴っているものが2例ある。

㉘ 「信(シンす)」 1例

「信(シンす)」は、○ 又云　斎王被命云　雖有少々思悩　以祭不止可有神感者　若有可然之告歟　毎聞如此之事　弥信天暦四年先公御記而已　いよいよ　テンリヤク　よネンの　センコウの　ギヨキを　シンずるのみ。

(寛弘9．4．4―252上)のように、1例がある。

(29)「見（みる）」6例

「見（みる）」は、① 出自母屋御簾内之例也 不可渡階下昇東階歟 就中外衛佐昇自東階 未見事也 いまだ みざる ことなり。(治安4．7．29 三23上)のように、「未（いまだ〜ず）」(再読字)を伴っているものが5例ある。

又、② 権大納言伊周卿云 見年々日記 如此之時 殊無免者 然而依群議被免了 としどしの ニキを みる。(正暦4．7．27―93下)のように、具体的な日記名や書名を伴っているものが少なくとも1例はある。

(30)「見（みゆ）」2例

「見（みゆ）」は、○ 摂政大饗日 右府内府自左府後着座 左府大饗日自右府後内府着座 如今日 可就北座人 経参議座末 着北座也 其由見故殿御日記 その よしは とのの おほむニキに みゆ。(正暦4．1．26 ―87上)のように、具体的な日記名や書名を伴っているものが少なくとも2例はある。

まとめ

本文献に見られる「有職故実」を実証する表現は、上記本文中の具体例や巻末の一覧表などから次の5点にまとめることができる。
1 どんな異なり語と一緒に用いられているのかという観点から見ると、18「前例」が最も多くて25種類、次いで20「前跡」が12種類となっている。即ち、本文献の記者藤原実資は、「前例」・「前跡」を好んで用いたと言える。
2 表現の類型という観点から見ると、
　　(1)「失X（Xをうしなふ）」　　　　　6種類
　　(2)「不知X（Xをしらず）」　　　　　6種類

(3) 「無X（Xなし）」　　　　　　　　6種類
(4) 「背X・乖X（Xにそむく）」　　　　6種類
(5) 「非X（Xにあらず）」　　　　　　5種類
(6) 「不聞X（Xをきかず）」　　　　　5種類
(7) 「X不然（Xはしからず）」　　　　5種類
(8) 「有X（Xあり）」　　　　　　　　4種類
(9) 「依X（Xによる）」　　　　　　　4種類

の九つの型が多用されたと言える。

3　上記九つの類型の中では、
　(1)　「失前跡（センセキをうしなふ）」
　(2) ┌「不知前例（センレイをしらず）」
　　　└「不知前跡（センセキをしらず）」
　(3)　「無前跡（せんせきなし）」
　(4) ┌「背前例（センレイにそむく）」
　　　└「背前跡（センセキににそむく）」
　(5) ┌「非前例（センレイにあらず）」
　　　└「非前跡（センセキにあらず）」
　(6)　「不聞前例（センレイをきかず）」
　(7)　「先例不然（センレイはしからず）」
　(8) ┌「有前例（センレイあり）」
　　　└「有前跡（センセキあり）」
　(9)　「依前例（センレイによる）」

が典型と言える。

4　「有職故実」を後人（子々孫々）に伝える必要が特にある場合は、24「為後（のちのために）」・「後々（のちのちのために）」・「為後鑑（コウカンのために）」などのように、「為X（Xのために）」という表現類型を用いている。

5　動詞を中心に見た場合は、上記25「未聞（いまたきかず）」、26「未見聞（いまたみきかず）」、27「未知（いまたしらず）」、29「未見（いまたみず）」のように、「未Ｘ（いまだＸず）」という表現類型を用いている。

表1 『小右記』に見られる「有職故実」を実証する表現名詞（或いは名詞相当語）を中心に見た場合一覧表

	有 あり	未有 いまだあらず	不有 あらず	非 あらず	云 いふ	失 うしなふ	不失 うしなはず	不得 えず	不覚 おほえず	畝 か	如比 かくのごとし	如 かくの	帰 かへす	勘 かんかふ	聞 きく	未聞 いまだきかず	不聞 きかず	異 ことなる	事 こと	不然 しからず	知 しる	不知 しらず	不被知 しられず	准 シュンす	記 しるす	記置 しるしおく	注付 しるしつく
1 古実 固実 故実 (コシツ)					○	○				○												○					
2 古跡 (コセキ)						○								○								○					
3 古伝 (コテン)	○				○	○		○						○	○							○					
4 古事 (コジ)																			○								
5 古昔 (コセキ)																											
6 古 (いにしへ)																○			○								
7 古体 (コタイ)				○																							
8 上古 (シャウコ)														○					○								
9 往古 (ワウコ)			○											○	○												
10 往昔 (ワウセキ)																			○								
11 往代 (ワウタイ)															○												
12 近代 (キンタイ)																○		○	○								
13 古今 (ココン)		○	○												○												
14 例 (レイ)				○					○													○					
15 旧例 (キウレイ)							○															○					
16 恒例 (コウレイ)																											
17 先例 (センレイ)			○													○			○								
18 前例 (センレイ)	○		○	○			○		○					○	○							○					
19 先跡 (センセキ)				○																							
20 前跡 (センセキ)	○		○						○													○					
21 規模 (キボ)				○																							
22 後鑑 (コウカン)																											
23 所拠 (よるところ) 所見 (みるところ)	○																										
24 為後 (のちのため) 為後々 (のちのちのため) 為後鑑 (コウカンのため)																						○			○		○
	4	1	2	5	3	6	1	1	1	1	2	1	1	2	2	3	5	1	1	5	1	6	1	1	2	1	1

第 7 節　『小右記』に見られる「有職故実」を実証する表現

		為す	「為」「す」	不奏ソウせず	存ゾンず	背そむく	乖シャウレイ	常例	違たがふ	尋たづぬ	尋問たづねとふ	尋知たづねしる	尋見たづねみる	間とふ	無なし	不似にず	也なり	者「は」	任まかす	見みる	不見みず	不見聞みきかず	依よる	不因よらず	例レイ	之例のレイ	忘わする	
1	古実/固実/故実(コシツ)											○			○					○						○		8
2	古跡(コセキ)																											5
3	古伝(コテン)																											7
4	古事(コシ)						○								○	○									○			5
5	古昔(コセキ)														○													1
6	古(いにしへ)																											2
7	古体(コタイ)																											1
8	上古(シャウコ)											○								○			○	○				6
9	往古(ワウコ)											○																4
10	往昔(ワウセキ)																											1
11	往代(ワウタイ)		○									○													○			4
12	近代(キンタイ)																											3
13	古今(ココン)				○		○					○			○			○		○								8
14	例(レイ)																			○								4
15	旧例(キウレイ)													○														3
16	恒例(コウレイ)				○						○ ○		○ ○			○ ○												8
17	先例(センレイ)		○ ○ ○					○		○	○ ○				○ ○ ○			○ ○						○		20
18	前例(センレイ)																											9
19	先跡(センセキ)				○			○ ○ ○		○ ○		○																8
20	前跡(センセキ)	○																										6
21	規模(キボ)	○																										2
22	後鑑(コウカン)											○																1
23	所拠(よるところ)											○																1
	所見(みるところ)																											1
24	為後(のちのため)													○														2
	為後々(のちのちのため)																											2
	為後鑑(コウカンのため)																											1
		1	1	1	1	1	5	1	1	3	3	3	1	2	2	2	6	3	3	2	2	3	1	1	4	2	3	1	2

表2 『小右記』に見られる「有識故実」を実証する表現の類型　一覧表

名詞 （或いは名詞相当語）	一緒に用いられている語	有 あり	非 あらず	失 うしなふ	不聞 きかず	不知 しらず	背・乖 そむく	不然 しからず	無 なし	依 よる	計
1　古実・固実・故実	コシツ			○		○					2
2　古跡	コセキ			○		○					2
3　古伝	コテン	○		○		○	○				4
6　古	いにしへ				○			○			2
7　古体	コタイ		○								1
8　上古	シヤウコ							○			1
9　往古	ワウコ				○				○		2
10　往昔	ワウセキ							○			1
12　近代	キンタイ				○			○			2
13　古今	ココン				○						1
14　例	レイ			○			○			○	3
15　旧例	キウレイ					○			○		2
17　先例	センレイ		○				○	○	○	○	5
18　前例	センレイ	○			○	○	○			○	6
19　先跡	センセキ			○							1
20　前跡	センセキ	○	○	○		○	○		○		6
21　規模	キホ								○		2
23　所拠	よるところ								○		2
所見	みゆるところ	○									2
		4	5	6	5	6	5	5	5	4	45

終章　公卿日記研究の現在と将来の課題

　公卿日記研究の出発点は、岡山大学での卒業論文としてキリシタン資料『天草版伊曾保物語』を取り上げたのとは違って、広島大学大学院生時代である。初めての論文は、『御堂関白記』の程度副詞「極（メテ）」（1975年）である。以来今日まで35年になるが、大して進展していない。振り返ってみると、副詞（程度副詞・陳述副詞・情態副詞）・接続詞、感情表現、原因・理由を示す表現、病気・怪我に関する表現、死生に関する表現、有職故実を実証する表現、「時」の表現、類義語・類義表現、「如」（ごとし）と「似」（にたり）、語彙の一特徴など、語彙の面からの考察が中心であり、それも限られた領域である。

　将来の課題は、次の5項目である。
1　『御堂関白記』・『小右記』・『権記』のそれぞれの総索引を作ること。
2　上記三つの公卿日記のそれぞれについて、言語体系としての共時的研究をすること。具体的には、漢語・字音語（和製漢語）・和語・混種語の語種に分けて、更にそれぞれの品詞別ごとに異なり語数・述べ語数を明らかにすること。
3　その結果、三つの公卿日記に用いられている語彙に関して、共通点・相違点をはっきりさせること。更に、平安後期公卿日記に共通する語彙や文体（表現方法）を明らかにすると共に、三つの公卿日記の記者である藤原道長・藤原実資・藤原行成のそれぞれの表現上の個性をも浮き彫りにすること。

4　三つの公卿日記と同時代の他の領域の文献、和文語の『源氏物語』（11世紀初頭成立）、漢文訓読語の『興福寺本大慈恩寺三蔵法師伝古点』（院政期の訓点資料）、公卿日記と同じ変体漢文ではあるが模範的書簡文としての『高山寺本古往来』（院政末期の訓点資料）、漢字カタカナ交じり文としての『今昔物語集』（平安末期成立）と語彙・文体の面で比較することによって、公卿日記の位置付けをすること。

5　公卿日記の通時的研究をすること。鎌倉時代の『吉続記』（吉田経長、1267〜1302の日記）・『勘仲記』（藤原兼仲、1268〜1300の日記）、室町時代の『康富記』（中原康富、1401〜1455の日記）・『実隆公記』（三条西実隆、1474〜1536の日記）などと語彙・文体の面で比較することによって、平安後期・鎌倉・室町の三時代を通じての共通点・相違点を明らかにすること。

本書所収の論文初出一覧

第一章　公卿日記に見られる副詞

　第1節　『御堂関白記』に見られる程度副詞「極（メテ）」

　　　　　　　　　　　　　　　　　　　　　『國文學攷』　第67号　1975年6月

　第2節　『権記』に見られる副詞──情態副詞を中心として──

　　　　　　　　　　　　　　　　『ノートルダム清心女子大学紀要』　38号　2003年3月

　第3節　『権記』に見られる陳述副詞

　　　　　　　　　　　　　　　　　　『中国短期大学紀要』　第20号　1989年6月

　第4節　『小右記』に見られる「しはらく」

　　　　　　　　　　　　　　　　　　『中国短期大学紀要』　第10号　1979年3月

第二章　公卿日記に見られる接続語

　第1節　『御堂関白記』に見られる原因・理由を示す接続語

　　　　　　　　　　　　　　　　　　『中国短期大学紀要』　第15号　1984年3月

　第2節　『権記』に見られる接続詞

　　　　　　　　　　　　　　　　　　『中国短期大学紀要』　第21号　1990年6月

　第3節　『権記』に見られる原因・理由を示す接続語

　　　　　　　　　　　　　　　　　　『中国短期大学紀要』　第22号　1992年6月

　第4節　『小右記』に見られる原因・理由を示す接続語

　　　　　　　　　　　　　　　　　　『岡大国文論稿』　第22号　1994年3月

　第5節　副詞・接続詞から見た『権記』の位置──「異なり語数」の観点を

　　　　　中心として──　　　　　　『岡大国文論稿』　第31号　2003年3月

第三章　公卿日記に見られる語彙の特徴

　第1節　『御堂関白記』に見られる「同」字の用法──位相語としての観点に注目して──

　　　　　　　　　　　　　　　　　　　　　『清心語文』　創刊号　1999年12月

第2節　『権記』に見られる「時(とき)」の表現——1日(24時間を中心として)——

　　　　　　　　　　　　　　　『中国短期大学紀要』　第19号　1988年6月
第3節　『権記』に見られる類義語・類義連語

　　　　　　　　　　　『ノートルダム清心女子大学紀要』　36号　2001年12月
第4節　『小右記』に見られる「如（ことし）」と「似（にたり）」

　　　　　　　　　　　　　　　　　『山陽論叢』　第2巻　1995年12月
第5節　『小右記』に見られる批判文の語彙

　　　　　　　　　　　『ノートルダム清心女子大学紀要』　37号　2002年3月
第6節　公卿日記に見られる語彙の一特徴——平安後期の日記を中心に——

　　　　　　　　　　　　　　　　　『清心語文』　第4号　2002年8月

第四章　公卿日記に見られる諸表現

第1節　『御堂関白記』に見られる感情表現

　　　　　　　　　　　　　　　『中国短期大学紀要』　第14号　1983年3月
第2節　『御堂関白記』に見られる「病気」・「怪我」に関する表現

　　　　　　　　　　　　　　　『中国短期大学紀要』　第24号　1993年6月
第3節　『権記』に見られる感情表現

　　　　　　　　　　　　　　　『中国短期大学紀要』　第17号　1986年3月
第4節　『小右記』に見られる感情表現

　　　　　　　　　　　　　　　『中国短期大学紀要』　第16号　1985年3月
第5節　『小右記』に見られる「病気」・「怪我」に関する表現

　　　　　　　　　　　　　　　　『岡大国文論稿』　第21号　1993年3月
第6節　『小右記』に見られる「死生」に関する表現——語彙を中心に見た場合——

　　　　　　　　　　　　　　　　　『山陽論叢』　第3巻　1996年12月
第7節　『小右記』に見られる「有職故実」を実証する表現

　　　　　　　　　　　　　　　　『岡大国文論稿』　第25号　1997年3月

索　引

【あ行】

位相　　　　　　　　256, 262, 293

位相語　　8, 9, 35, 55, 77, 126, 127, 158, 176, 187, 188, 300, 301, 302, 305, 307, 471

【か行】

漢語　　10, 11, 20, 44, 47, 56, 198, 199, 201, 202, 203, 204, 205, 207, 209, 210, 211, 217, 221, 223, 228, 238, 242, 258, 271, 277, 286, 287, 288, 289, 299, 300, 301, 303, 305, 306, 332, 333, 334, 335, 336, 338, 339, 340, 346, 401, 402, 409, 416, 424, 443, 444, 446, 450, 469

漢語サ変動詞　　11, 12, 47, 136, 138, 179, 185, 236, 238, 260, 278, 287, 301, 302, 303, 305, 306, 331, 332, 333, 334, 335, 336, 340, 346, 350, 352, 376, 399, 400, 401, 403, 415, 416, 423, 424, 427, 442, 443, 444, 462

ク語法　　　　　　　301, 306, 447, 448

小書き　　　　　　　　　　　　106

語種　　11, 211, 289, 290, 325, 356, 369, 370, 393, 443, 469

語順　　　　　　　　　　　　　233

異なり語数　　32, 34, 158, 160, 162, 163, 164, 165, 166, 167, 180, 242, 267, 284, 285, 286, 287, 288, 289, 290, 325, 329, 356, 369, 370, 374, 392, 393, 416, 443, 444, 469, 471

混種語　　11, 47, 211, 285, 286, 287, 289, 300, 306, 341, 344, 346, 375, 376, 393, 435, 443, 444, 469

【さ行】

再読字　　32, 33, 55, 58, 61, 65, 66, 67, 72, 462

字音語　　10, 20, 56, 177, 179, 180, 184, 196, 197, 198, 199, 201, 202, 203, 204, 205, 207, 209, 210, 211, 213, 214, 215, 217, 221, 223, 228, 237, 238, 242, 313, 318, 319, 325, 326, 329, 333, 335, 336, 340, 344, 345, 347, 350, 352, 356, 369, 370, 371, 375, 376, 380, 384, 385, 389, 390, 393, 399, 403, 406, 407, 416, 421, 424, 427, 435, 443, 446, 469

情態副詞　　31, 33, 35, 44, 48, 53, 55, 58, 60, 61, 65, 67, 71, 158, 159, 160, 161, 162, 163, 164, 165, 167, 172, 392, 393, 469, 471

正字　　68, 79, 83, 86, 88, 90, 92, 93, 195

接続詞　　45, 47, 67, 97, 98, 99, 107, 108, 110, 112, 114, 115, 116, 118, , 120, 121, 125, 126, 128, 129, 130, 131, 138, 139, 143, 154, 156, 158, 159, 160, 161, 163, 164, 165, 166, 167, 169, 173, 177, 178, 184, 190, 192, 194, 469, 471

接続助詞　　　97, 99, 106, 111, 112, 178, 192

俗字　　　　　　　　　　　　68, 195

尊敬語　　　　　　　　　　429, 443

【た行】

陳述副詞　　31, 33, 51, 55, 61, 64, 65, 67, 71, 73, 74, 75, 76, 158, 159, 160, 161, 162, 163, 164, 165, 167, 170, 252, 253, 265, 462, 469, 471

通字　　　　　　　79, 83, 86, 88, 90, 92, 93

程度副詞　　14, 20, 22, 24, 25, 31, 34, 52, 55, 158, 159, 160, 161, 162, 163, 164, 165, 167,

474　索　　引

171, 281, 282, 286, 288, 290, 314, 315, 316, 320, 324, 326, 327, 356, 369, 371, 378, 380, 392, 393, 469, 471

同義語　　　　　　　　　　　　　269

【な行】
延べ語数　　32, 34, 267, 329, 335, 336, 374, 397, 469

【は行】
比況　　248, 253, 257, 258, 265, 318, 326, 334, 453

複合語　　313, 317, 318, 323, 324, 381, 384, 385, 388, 457, 459, 461

複合動詞　　322, 323, 324, 333, 401, 447

変字法　　　　　　　　　　　　　176

変体漢文　　　　　　　　　　　10, 12

【ら行】
類義語　　　　　　269, 289, 469, 472

類字　　　　　　　　　　　　　92, 93

【わ行】
和語　　10, 11, 20, 44, 47, 56, 97, 177, 178, 179, 180, 192, 196, 198, 199, 201, 202, 203, 204, 205, 206, 209, 210, 211, 213, 214, 215, 217, 221, 223, 228, 236, 237, 238, 242, 243, 258, 260, 264, 277, 286, 287, 288, 289, 299, 300, 301, 304, 305, 306, 313, 318, 319, 325, 335, 336, 337, 338, 340, 341, 342, 344, 345, 352, 356, 369, 370, 375, 380, 384, 385, 389, 390, 393, 398, 399, 402, 403, 406, 407, 409, 411, 416, 419, 424, 435, 443, 444, 447, 461, 469

和製漢語　　　　　　　　　　11, 469

あとがき

　本書は、2004年度ノートルダム清心女子大学出版助成を賜って上梓できたものです。髙木孝子学長を始め、関係の皆様に厚く御礼を申し上げます。

　本書は、2003年10月にノートルダム清心女子大学大学院文学研究科に提出し、2004年3月に博士（文学）の学位を授与されたものを基にして、加筆・修正したものです。その際に懇切な御指導を賜った神部宏泰先生・赤羽淑先生・工藤進思郎先生を始め、関係の皆様に深く感謝申し上げます。

　振り返ってみますと、平安時代公卿日記との出会いは、広島大学大学院文学研究科の大学院生として在籍したときからです。恩師小林芳規先生の下で5年間御指導を賜ったことに、深く感謝申し上げます。また当時、藤原与一先生・故森田武先生・故稲賀敬二先生・磯貝英夫先生・坂本賞三先生などの御講義を拝聴できたことも、大変有り難いことでした。厚く御礼申し上げます。また、岡山大学法文学部文学科の学生だったときには、言語学の故江実先生・日下部文夫先生、日本語学の故井上富蔵先生、日本文学の守屋俊彦先生・赤羽学先生などから御指導を賜りました。今の私の基礎を培ってくださった先生方に、改めて御礼申し上げます。

　なお、言い訳がましいことですが、授業の準備に人の2倍も3倍も時間のかかる私です。そのため、研究の方は牛の歩みです。本書には、不十分な所が沢山あると存じます。多くの皆様の御批判・御教示をお願い申し上げます。

　末筆になりましたが、本書を出版するに際して何かと御配慮を賜った翰林書房の今井肇様・今井静江様に厚く御礼申し上げます。

2004年11月23日

　　　　　　　　　　　　　　　　　　　　　　　　　　　清水教子

著者略歴

清水　教子　（しみず　のりこ）
岡山県生まれ
1970年　岡山大学法文学部文学科言語・国語・国文学
　　　　専攻卒業
1975年　広島大学大学院文学研究科博士課程国語学・
　　　　国文学専攻単位取得満期退学
1999年　中国短期大学・山陽学園大学の教員を経て、
　　　　1999年からノートルダム清心女子大学文学部
　　　　日本語日本文学科に助教授として勤務し現在
　　　　に至る
主な著書『平安中期記録語の研究』（翰林書房 1993年）

平安後期公卿日記の日本語学的研究

発行日	**2005年 3 月 28 日　初版第一刷**
著　者	**清水教子**
発行人	**今井 肇**
発行所	**翰林書房**
	〒101-0051　東京都千代田区神田神保町1-14
	電　話 (03)3294-0588
	FAX　 (03)0294-0278
	http://www.kanrin.co.jp
	Eメール● Kanrin@mb.infoweb.ne.jp
印刷・製本	シナノ

落丁・乱丁本はお取替えいたします
Printed in Japan. © Noriko Shimizu. 2005.
ISBN4-87737-208-3